唐浩明评

限时狩猎（上）

唐酒卿
—著—

北京燕山出版社
BEIJING YANSHAN PRESS

目录 Contents

上册

01 卷：涅墨西斯的早餐 ………………… 001

02 卷：卡戎的渡船 ………………………… 163

下册

03 卷：赫菲斯托斯的火焰 ……………… 321

04 卷：阿波罗的金箭 ………………… 399

番外一：卡俄斯 ………………………… 477

番外二：36809 ………………………… 493

任何人都能做我的妈妈，
那是谁诞下了我的身体？

时山延在火焰里沉睡，没有被小丑的噪音吵到，
像是正在做一场不会醒来的梦。

何玻璃外跑、

晏君寻、

——风洞住了

-ω:

01卷

涅墨西斯的早餐

001章 编号01AE86

“编号01AE86，姓名时山延，身高189cm，体重82kg。2160年，他通过黑豹测试进入特装部队，2162年被驱逐出队，收押于光桐监禁所。特装任务审评称其自我控制能力较差，缺乏共情能力，并且具有强烈的支配倾向，在任务中屡次破坏规则，危险指数特定S级。”

晏君寻拾起一罐冰啤酒，没有打开，而是趁着凉气尚在，贴在自己颈侧降温。他的黑发凌乱，皮肤相当白净，在听着姜敛说话的同时，轻轻甩了甩额前被汗打湿的头发，露出眼睛。

他的眼皮很薄，耷拉着的时候没什么气势，像刚睡醒，有几分心不在焉。

“哦。”

晏君寻看着远处尘土飞扬的马路，就这样回答姜敛的话。

姜敛觉得难搞，他拉了拉西装裤腿，蹲下来，说：“在‘螨虫’逮捕行动中，我们得到了傅承辉的支持，编号01AE86就是交换条件。现在‘螨虫’逮捕行动结束了，傅承辉要你们在停泊区协作办案。你在特装部队的时候听没听过他这个人？”

晏君寻说：“没听过。”

啤酒很快就不冰了，水珠沿着晏君寻的脖颈往领口里淌，他像没感觉，眼睛里只有天际即将沉没的落日。

“编号 01，”晏君寻慢慢地说，“这个人不是脑子有问题，就是心理有问题。”

光桐监禁所 01 区是重度问题复测区，收押的人危险指数要达标。按照编号 01AE86 的特装任务审评所述，他在破坏力这项测试中表现非常突出。

“他擅长伪装，喜欢单独行动，”晏君寻把啤酒罐从颈侧拿开，“可能是一个狙击手。”

编号 01AE86 的共情能力、支配倾向都需要队友觉察，他能在黑豹特装部队待两年才被驱逐出队，说明他行动独立性很强。只有狙击手作战编制最小，他们既可以配备观测手和击杀见证人，也可以单独行动。

“他的侦察、追踪、情报收集，还有求生能力，都相当出色，”晏君寻的拇指已经被啤酒罐打湿，“傅承辉用了多长时间抓住他？”

姜敛竖起手指，说：“一天。他就待在宿舍里，等着傅承辉开门。”

“那他在黑豹干得不错，知道自己很值钱，也知道傅承辉舍不得除掉他。光桐监禁所 01 区是分秒监控区，他现在还能出来，证明他在黑豹复测里表现正常。他懂得怎么调节心理压力，耐性很好。他在 01 区待得很愉快，不需要执行险地任务以后就没有睡眠问题了；他可以高度集中注意力，黑豹复测对他来说很简单。”晏君寻把啤酒罐放下来，一脸忧郁地说，“我不想跟他组队。”

这种人容易打乱晏君寻的步骤，再把他的思绪搅成一团麻线。他不喜欢脑子里乱糟糟的。

姜敛斟酌着用词：“昨晚编号 01AE86 已经送到了停泊区监禁所，

到时候还要你跟着我去接。”

晏君寻想了片刻，问：“见他需要带礼物吗？”

姜敛叹一口气，说：“你把自己当作礼物吧。”

远处的太阳已经消失，傍晚的云霞被漫天灰尘遮挡，像揉成团的油抹布。停泊区特有的运输光铁经过不远处，震得人脚底发麻。空气中弥漫着烧煤炼钢的臭味，目光所及的建筑都盖着一层煤灰。

“欢迎他到停泊区，”晏君寻拉开啤酒罐，喝了一口，“他马上就会发现光桐才是天堂。”

三日后，天色阴晦，风雨交加。

停泊区没有供光传车行驶的轨道，在这人口密集的地方，人们仍然靠汽车出行，所以交通堵塞是停泊区的问题之一，尤其是阴雨天。此刻俯瞰整个区域的交通状况，就像一摊打翻在地的八宝粥，根本疏通不了。

雨打着车窗玻璃，把晏君寻投映在上面的侧影泡得模糊。车堵在路上，他堵在车里。ID通导器一直在响，车内驾驶系统友好地提示：“晏先生，监禁所请求通话。”

晏君寻没吭声。

驾驶系统猜测他心情不佳，在鸣喇叭的同时，为他亮起车内灯，投影是一只憨态可掬的小橘龙。

“晏先生，”小橘龙一闪一闪，“监禁所请求通话。”

“晏君寻，”晏君寻戳开光屏，剥开棒棒糖的糖纸，“一个小时到——”

停泊区阴天的通信情况很差，光屏上只有雪花。对面说了几遍都听不到回应，只能扯着嗓子吼道：“喂？喂？我是光桐监禁所特派员，你什么时候到？”

晏君寻别过头，远离光屏，拉长声音：“我在路上。”

“在什么？”对面的人听不清，暴躁地说，“不管你在哪儿，二十分钟必须到！”

晏君寻一边把棒棒糖塞进嘴里，一边礼貌地说：“好的，大哥。”

对面已经掐断了通话。

驾驶系统的小橘龙沉默片刻，奶声说：“系统推算完毕，雨天路况较差，无法用二十分钟准时到达。”

晏君寻抬手关掉自动驾驶系统，一脸奇怪地问它：“你干吗专门切换声线？”

“我害怕，”驾驶系统停顿须臾，尖叫道，“晏先生，请不要超速驾驶！”

它的话还没有讲完，晏君寻已经掉转了车头。老旧的跑车挤出交通道，像蛮牛一样蹭着垃圾桶冲进无人巷。这里的路常年失修，边沿暴露着最落后的排水渠沟，有段路还叠着井盖。驾驶系统发出“啊啊啊”的叫声，警报声环绕着晏君寻。

“晏先生！”驾驶系统带着哭腔，“我要向特别督察局举报你！”

晏君寻加足马力，跑车颠得几近飞起，车内挂件兴奋地蹦跳，车外马路两侧高矮不一的建筑在暴雨中投射出五彩斑斓的光。车飙过钢筋狰狞的废弃道路，像脱缰的野马，溅起肮脏的泥水，绕晕了驾驶系统。

跑车在冲出巷口时猛然刹住，车轱辘在柏油路路面上擦出半米长的痕迹，让另一头打着灯的老式货车先过。那辆车开得很慢，晏君寻看到车上贴着“准点清洁”的广告。雨下得太大，把广告贴纸冲刷得卷起了边，都有些褪色了，看着很破旧。

“我想吐，”驾驶系统像煞有介事，“我真的要吐了，我可以，我马上就呕——”

晏君寻咬碎嘴里的糖，把驾驶系统调成了静音，ID 通导器正好叫起来，显示的名字是姜敛。

“来了。”晏君寻接通。

货车的车窗没有关上，驾驶位上的女人正在边开车边跟人对骂，隔着雨听不清，只能看见她用力砸了下方向盘，唾沫星子飞出几点也顾不上擦。

“五分钟就到。”晏君寻打着方向盘，跟货车错了过去。

姜敛在监禁所的门岗审查处坐着喝茶，听着外边传来车声，立刻迎出去，撑着伞朝车喊：“雨天还开车，太不方便了！”

晏君寻下车，走进门岗审查处的面部识别处。

“欢迎您，”监禁所自动检测门向两边打开，智能系统温柔地说，“热烈欢迎您，停泊监禁所愿意为您提供如家一般的温暖。”

“谢谢，”晏君寻认真地说，“我暂时还没有住进这里的打算。”

姜敛的皮鞋浸了雨水，在走廊里留下了湿漉漉的脚印。他用帕子擦着眼镜片，边走边说：“特装特派员傅运是傅承辉的侄子，在光桐监禁所担任所监长一职，负责编号01AE86的转交事务。这人脾气急，讲话直。”

正说着，晏君寻已经看见走廊尽头的人了。待走近，姜敛把眼镜戴上，伸出手跟对方握手时歉意地笑着：“不好意思，傅先生，让您久等了。”

傅运跟姜敛握手的动作略微迟疑，他的目光在晏君寻身后迅速扫了一下，没有看到其他人。他点了点头，算是原谅了他们的迟到，接着皱起眉，说：“晏先生真年轻。”

“是啊，”姜敛顺势说，“要不是傅指挥点名找他，我还真不敢把人交给他。”

“我说实话，我是不赞同放编号01AE86出来协作办案的，但是老傅铁了心，我也没辙。”傅运走在前头，当他过层层识别时，再次回头打量晏君寻，“你接触过黑豹测试吗？”

晏君寻如他所料，十分惭愧地答道：“没有。”

“也是。”傅运压根儿没抱希望，就是随口一问。

监禁门唰地层层打开，通道内设置的预警系统开始闪烁红灯，它用机械的声音重复："编号 01AE86 已送达，请保持高度戒备。重复一遍，编号 01AE86 已送达，请保持高度戒备。"

最终，在门禁三次核对后，紧密咬死的齿轮无声打开。内部光线偏暗，晏君寻背着光，只看到了停泊监禁所陈旧的牢门。

"你们这里还是上个世纪的监禁设施，太不安全了。"傅运抬手，粗暴地砸了砸感应器，喊道，"编号 01AE86！"

门内寂静无声。

"编号 01AE86，"傅运没看晏君寻，而是冲感应器说，"编号 01AE86，别给我装死！"

监禁所的束缚锁电流猛窜，发出指甲刮划墙壁般的声音，牢门内却始终没有人露脸。

傅运在光桐监禁所的时候不需要近距离接触编号 01AE86，现在停泊区监禁所的光屏看不到内部情况，他只能一边扶着腰后的警棍，一边向门口移动，试着跨进去。

"编号 01AE86！"傅运没有贸然凑近，只是用眼睛继续窥探牢房内部。如果不是感应器上还有热量显示，他几乎要疑心编号 01AE86 跑了。

"别玩花样，"傅运摁住门，朝着里边喊，"时山延——"

门上面倏忽露出一张脸，傅运顿时寒毛直竖，下意识地向后仰。谁知道停泊监禁所的传递口开那么大，他的皮带被拽住了，想退后的瞬间整个人已经撞到了牢门上。

系统立即疯狂报警，高叫着："警告！远离编号 01AE86！警告！请迅速远离编号 01AE86！"

"戒备！"姜敛马上拔枪。

"打个招呼。"

编号 01AE86 声音低沉，仿佛是正在巡查地盘的兽类。他漆黑的眼睛盯着傅运，好像盯着一只惊慌失措的猎物。他凑近牢门些许，喉间发出浑浊难辨的笑声。

“不要慌张，”编号01AE86目光四处探寻，最终精准地投向了晏君寻身上，而口中还在和傅运讲话，“你听，哗啦啦的……你尿裤子了。”

傅运惊慌低头，却发现自己根本没有尿裤子，他恼羞成怒，骂了一句脏话。

编号01AE86却在警告乱叫的系统声里朝晏君寻吹了个口哨，愉悦地说：“你好啊。”

002章 伪装

晏君寻眼皮一跳，目光跟编号01AE86的目光相撞。他察觉到这句“你好啊”正沿着自己的脚踝往上爬，像室内巨物探来的尾巴，带着令人不快的危险气息。

姜敛持着枪，压住警报声：“立刻暂停编号01AE86的转交任务！”

“暂停驳回，”编号01AE86搞不懂姜敛的要求，“别这样，你被我吓死了吗？我只是个……”他似乎在寻找合适的词语来形容，“一个手无寸铁的可怜囚犯。”

傅运的喘息没有平复，他离编号01AE86太近了，在编号01AE86的声音里仓促地爆了句粗口。

“多精神啊，满脑子还想着骂人。”编号01AE86看着晏君寻，神情逐渐微妙起来，“我预感我要交新朋友了。”

傅运鬓角的汗流下来，打湿了衬衫领口，他说：“联系傅指挥，这疯子根本不能放出来！”

系统静止两秒，转过摄像头，继续用机械声说：“联系失败，傅指挥拒绝通话，请继续转交任务。”

“你叔叔嫌你烦，”编号01AE86松开抓住傅运的手，隔着门嘲笑，

“你该长大了，傅运，学会独立行走吧。”

傅运狼狈退后，面色铁青：“狗链现在还没摘掉，时山延，你不要太得意。”

“是——”编号01AE86趴在门上，耐心地说，“所以你带钥匙了吗？”

监禁室外面的天已经黑透了，雨还在下。

姜敛忍不住点了一支烟，面朝着监禁所的操场，看着操场上孤零零的路灯，用他一贯的开场白说：“难搞，这家伙太危险了，不像会配合协作的人。”

“他抓傅运的时候不仅反应很快，”晏君寻耷拉着眼睛，像快要睡着了，“而且只用了一只手，说明他在监禁期间也没有放弃手指力量分配训练。你看见他的食指、中指了吗？”

姜敛讪讪地摸了摸下巴，表示没看清。

晏君寻张开自己的手掌，看了片刻：“他的两指灵敏性很好，我劝你不要给他摸枪的机会，不然会很麻烦。”

姜敛听得头疼，他把烟掐了，说：“傅承辉搞什么？”

晏君寻怕冷，他拉高外套拉链，把下巴都藏了进去，盯着台阶下冒着脏泥泡的水洼，答非所问：“停泊的监禁所没关过几个人，这里这么破旧，各种电路设施已经很老了。”

姜敛没听明白：“咱们这边本来就破，你又不住这儿，还关心电路？”

远处的路灯忽然闪了几下，又熄灭在大雨里。

“电路老化容易出现漏电、跳闸这些情况，”晏君寻的声音有些闷，“都是安全隐患。”

姜敛琢磨出点意思：“停泊不比光桐，没有那么严密的防守系统，他要是想趁机跑……”

如果编号01AE86想要逃跑，停泊区就只能请傅运把他带回光桐监禁所，甚至不需要立即给傅承辉报备。

转交前还要再审查一次情况。姜敛看向晏君寻。

停泊监禁所的会话室年代久远，墙面上还留着几十年前的涂鸦。四壁上都没有窗，其中一面有个系统监控的摄像头。因为封闭，角落里还有一个老旧的烟雾报警器。

编号01AE86戴着束缚锁，坐在一张椅子上，腿长得过分，像随时会越界到对面的椅子下。他的头发有段时间没剪了，他自己在脑后扎了一个乱糟糟的小鬏，显得蓬松又凌乱，像一头刚打完滚的狮子。

“你好严肃，”编号01AE86用手指推着自己的唇角，“笑一下不行吗？”

“不行，”晏君寻什么都没带，在他对面坐下，十分冷酷地说，“没有这个规定。”

编号01AE86对小孩格外通情达理：“那你想跟我聊什么呢？我都可以。”

晏君寻没有想到编号01AE86这么配合，他只准备了应付对方难搞的方案。

“你不用紧张，”编号01AE86十指相扣，看着晏君寻，藏在黑发后面的眼神真诚又无害，“我知道贵区接收我是迫于压力，傅承辉就是这么喜欢给人出难题，但是我保证，我绝不像他们在测评里写的那么坏。我是一个好人，真的。你叫什么名字？”

“晏君寻。”晏君寻把拉链拉低些，方便说话。

“君寻，君——寻，”编号01AE86的语气里充满羡慕，“你爸妈真会取名，这是我听过最有感情的名字。”

“感情”这两个字离开编号01AE86的齿间，就像泡进杯子里的糖，悄无声息地化解着晏君寻的防备。编号01AE86的眼神、表情还有语气，都在为他的言辞做铺垫，让他每句话都显得非常诚恳。

“我叫时山延，”编号01AE86张开手掌，写给晏君寻看，“时间、高山、延续……都是我喜欢的词，这个名字还不错吧？”

会话室的灯只亮了一盏，悬在他们中间，让两个人的影子都呈现出蛰伏的姿态。晏君寻不喜欢太亮，他往后靠了些许，削瘦的背部贴着椅背，只有下巴暴露在灯光里。

“资料上没有提到你的老家。”

“加入黑豹的人不需要老家。”时山延不再看晏君寻，而是开始打量会话室，“这地方挺破的，他们真的有给你开工资吗？”

“我没有工资。”

时山延转回目光：“我冒昧问一句，我有工资吗？”

“我不知道，”晏君寻不假思索地说，“这种事情你可以问姜敛。”

“我在这里谁都不认识，”时山延缓缓倾过身体，用手臂撑着，矮了晏君寻一头，“我现在只认识你，君寻。”

他额前有发丝遮挡，让深邃的眼神失去攻击性，坦然地向晏君寻发出求助信号。

“你可以给我提供一点点帮助吗？一点点，不违反任何规则。你知道我在光桐监禁所里待了四年，系统的分秒监控让我透不过气。做黑豹复测的人都是一群浑蛋，他们根本给不了我家的温暖。我太委屈了，也太累了，所以我很珍惜这次机会，我只是……”时山延探出食指和中指，轻声乞求，“想要抽支烟。”

晏君寻的目光在他双指上停留了一秒，接着皱起眉：“一支烟？”

“你在戒烟吧？”时山延的眼睛隐在昏暗里，“身上有一股棒棒糖的甜味，我可以替你解决那几支烟。规定里没说你不能给我烟抽，我相信他们能理解。”

晏君寻有几分松懈：“我没带打火机。”

“我有，”时山延抬了抬下巴，示意晏君寻伸手，“在我的裤兜里，这是我仅剩的宝贝了。”

悬挂的灯轻微地倾斜了一下，让时山延的影子从椅子下无声爬了出来。他主动抬起双臂，露出自己的所有要害，一副将自己全部委托给晏君寻的模样。

晏君寻从自己的裤兜里掏出皱巴巴的烟盒，抽出一支烟递给时山延。时山延没用手，而是直接张口咬住了。晏君寻看烟盒里还剩一支断了的，没有犹豫，抖出来叼在了自己唇间。

他做这个动作的时候，能感受到时山延的目光。

“你别告诉姜敛，”晏君寻伸出手掌，沿着时山延的腿侧寻找，“他很啰唆。”

“好的，长官，”时山延提醒道，“左边。”

晏君寻的手指探进去，夹出打火机，先给自己的点着了，再抛还给时山延。

“你有泪痣啊，”时山延点着烟，贪婪地吸了几口，呼出去后舔了舔嘴唇，“自己点的吗？”

晏君寻诚实地摇摇头，看着手里的烟，像在算它能抽几口。

时山延仔细地看着晏君寻，嘴里却说：“真漂亮，我也想要一个。”

晏君寻没抬眼看他，认真抽着烟，说：“傅承辉和你说过停泊区的情况吗？这里跟光轨区不一样。”

“傅承辉日理万机，连他侄子都懒得见，更没空搭理我。”时山延把烟竖起来，积攒着烟灰玩，“我知道停泊区现在是大型运输资源船的中转站，以前这里都是炼钢的。听说废弃的工厂挺多？看照片特像废土，绿化挺差。”

“停泊是温馨的家，”晏君寻看向时山延，背着停泊区的标语，“你我都要共建它。”

时山延发出“哇哦”的声音，发自内心地配合：“真不错。”

烟快要抽完了，头顶的灯却突然闪了两下。

“谢谢你的烟，”时山延的话意味深长，他呵出轻薄的烟雾，对晏君寻微笑，“很高兴认识你。”

角落里的报警器终于感受到烟雾，扯着嗓子叫起来，紧接着，两个人头顶的灯啪地熄灭，倏然的跳闸让系统监控摄像头都停止了工作。

但是很意外，会话室内的两个人都没有动。

时山延的烟在黑暗里明灭，闪着细微的火光。他像洞悉一切，淡定地抽完最后一口烟：“我知道傅承辉为什么找你了，啊……有意思，真有意思。”

晏君寻弹掉烟灰，面无表情地问：“你不想出去看看？”

“想啊，”时山延掐掉火星，让两个人之间彻底陷入黑暗，“但我不着急，实际上待在监禁所里我也很快乐，吃饭睡觉看动画片，没事还能做做复测题，就是傅运这群复读机太吵也太蠢了。你会带我出去吧？你会的。让我来猜猜……黑豹测试对你而言很简单吧？观察力真棒，是傅承辉偏爱的那款小豹子，他肯定会录取你，毕竟你看起来这么乖。”

最后一个字，被他咬住了一般说出来。

“你仔细观察我的手指，想要确定我是不是一个狙击手，”时山延炫耀般地说，“我是哦。”

灯又闪了几下，再度亮起来。

晏君寻站起身，把拉链拉回下巴处，临出门的时候回过头，对时山延腼腆地笑起来：“是吗？但是是前任狙击手吧，老哥？措辞要准确哦。”说完，他不等时山延回答，砰地关上了门。

姜敛站在走廊里，对晏君寻摊开手，露出一个无可奈何的表情。他们把人都撤了，可是编号 01AE86 就是不动。

晏君寻攥紧兜里的烟盒，像演完了一场效果非凡的滑稽剧，他都要被自己的愚蠢逗笑了。姜敛跟傅运说了些什么，晏君寻等他们走远了，自行去卫生间洗了手。他出来后又等了半个小时，没见姜敛出来，就用ID通导器发了一条回家的讯息。

等晏君寻坐回车里，才发觉背部的T恤湿透了。

特装任务审评说得没错，时山延具有支配倾向，他坐下来就习惯性地控制气氛，晏君寻都被他带着走了。他甚至熟知伪装的精髓，每一个眼神都很到位，在灯灭以前，晏君寻几乎要认定他会抓住这个机会逃跑了。

驾驶系统的小橘龙叮地亮了起来，摇了摇尾巴，说："驾驶系统已就位，马上就带晏先生回家。"它站起来，举起一张灯牌，"检测到晏先生四十分钟前抽了烟，请晏先生自觉遵守戒烟誓言。"

"给特别督察局发消息，"晏君寻不理它，"近期没有案件就不要找我了。"

"好的。"

小橘龙放下灯牌，车内忽然立体环绕地响起晏君寻的录音。

"我发誓，以后不再抽烟，如有偷偷吸烟的行为……"

晏君寻掉转车头，固执地辩解："我没有偷偷抽。"

003章 胖达

停泊区最早是战略资源区，以煤炭资源为核心，构建了综合经济产业链，但后来因为利用效率不高、产业结构优化不及时被淘汰，目前是光轨至辽发联盟的弧形边角地带，位置偏僻，区内甚至还没有民用的光传轨道，属于北线待发展区域。

"这都是书面介绍，"姜敛开着车，通过倒车镜看了眼后边的时山延，"实际情况要更糟糕一点。"

时山延才睡醒，他的状态过于懒散，让姜敛有种在做专职司机的错觉。

他看向窗外，说：“这可不是糟糕‘一点’吧。”

停泊区的焦炭厂都集中在郊区边缘的低矮山脉里，每天的焦炭需要用焦炭运输车拉到靠近光铁的钢铁厂内，别说郊区，就是市区的空气质量都很差，仅存的绿化带常年蒙着灰尘。唯一的光铁在为军方的大型运输资源船服务，它贯穿整个区域，每隔六个小时就会响起巨大的运行声。

“光铁沿线的楼盘基本滞销废弃了，”姜敛在等红绿灯的中途伏在方向盘上，指向一侧的空楼，“一开始以为是民用光铁，能和光桐区开启光轨便道，人们都跟疯了似的来这里炒楼，结果南线打起来了，光铁军用，楼全砸在手里了。”

姜敛说到这里，又看了眼时山延。

“那会儿你刚进黑豹吧？”

“大概，”时山延顿了一下，问，“这里冬天还下雪吗？”

“下，”车子过了红绿灯，姜敛道，“但是早上起来看都覆着煤灰渣子，脏得很。不过冬天总比春天好，春天风大，出趟门头发就脏了，刮得人满脸灰。光桐的环境好吗？我跟傅运视频的时候，看你们那里的天还是蓝的。我以后退休了，就搬到光桐区，听说房价还行，没光轨区那么高，交通也便利。到时候我把这辆车卖掉，再凑一点钱，换辆 B6 型的光传车，带上我老婆……”

姜敛话多是因为紧张，他每说一句话都要从后车镜里观察一下时山延的情绪，虽然时山延戴着束缚锁，但谁也不能保证时山延会不会突然生气举起束缚锁攻击他。

姜敛在停泊区主理连环凶案，对于反社会人格障碍者都抱有警惕心，不能用寻常思维模式来预测这些人的行为，因为在他看来，他们和普通人的思维模式有根本区别。

可惜时山延对姜敛不感兴趣，他靠着椅背犯困，在阳光下眯着眼睛，一副已经睡着了的模样。

十点闹钟响了，晏君寻准时起床。他把黑发睡得蓬乱，踩着拖鞋进到卫生间里，看见室内系统养的乌龟爬到了浴缸里。

“喂——”晏君寻的声音有点虚，他挠着头发，“快把它弄走。”

室内系统是一只半人高的虚拟熊猫，它从门外跑进来，费力地捞起乌龟，累得喘气：“晏先生，我最近正在给它上减肥课，它已经胖到我快要抱不动了。”

晏君寻挤着牙膏：“你养错品种了。”

“那也没办法啦，”熊猫站在晏君寻腿边，把乌龟放回养殖箱里，“它已经养得很大了。”

晏君寻对着镜子刷牙，光铁正好经过，整个屋子都“嗡”地震动起来，他模拟着电动牙刷的样子，和着光铁声快速刷牙。

熊猫踩着板凳趴在桌边，说：“今天，我为晏先生准备了吐司和鸡蛋，请把牛奶喝完。”

晏君寻坐下来，把牛奶推开，说：“你不要再买牛奶了。”

“我们买不起了吗？天哪，”熊猫忧心忡忡，它用爪子捂着嘴，“我们还能继续住在这里吗？我想到了，你已经半个月没有出门工作了。”

晏君寻的家很小，客厅和厨房之间都挤不下一张餐桌，为了节省空间，客厅弄成了榻榻米，他的日常活动范围就在这张靠近窗户的书桌旁。房间目所能及的地方全是书，最醒目的是漫画，它们正一摞一摞地贴着墙脚罚站。

“我一直在精打细算地过日子，”熊猫托起腮，“我们不可以睡大街，因为你过去替特别督察局抓了太多人，随便哪个都能砍死我们。”

晏君寻咬着煎蛋，戳开了光屏，播放周一新闻。

“这个凶手喜欢周五作案，”晏君寻最讨厌的停泊记者对镜头说，“目前已知被害者都是男性，上周遇害的霍某常年独居，昨晚尸体残块在堤坝小区排水沟里被发现……”

门铃忽然响了。

晏君寻把吐司塞进嘴里，示意熊猫去开门。

“肯定是姜敛，”熊猫一脸了然，跳下板凳，“他要找你查案子。”

晏君寻等熊猫站起来，就抄起牛奶，倒进厨房的洗手池里，他刚做完这些，熊猫就在门口高兴地喊：“晏先生，今天还有客人！”

晏君寻觉得不妙，从厨房探出头，果然看见了时山延。

时山延坐在单人沙发上，粗略地看了遍晏君寻的家。

主人可能喜欢暖色调，不论是门帘还是桌垫，都选择的带着蕾丝花边的碎花布。客厅铺着浅棕色的地毯，是西线菱纹毯的纺织品。几个小书柜缩在角落，沙发和茶几上都是随手扔的书。厨房太窄了，熊猫挤在里面煮茶的样子有些滑稽，但是碗筷收纳很整齐，看得出熊猫在用心照顾主人。

真意外。在停泊区竟然能够见到这样包揽家庭全项业务的室内系统，它甚至还在自行饲养宠物。

姜敛盘腿坐在地毯上，时山延注意到他很小心，动作间尽量不碰到屋内陈设。姜敛挽起衬衫袖子，点亮自己的光屏，对厨房里的熊猫说：“胖达，拜托你调暗房间。”

窗帘被唰地拉上，勉强算是调暗了。

“本来我应该给你们一点磨合时间，但是案子来得就是这么巧。”姜敛调出照片，“看看这个吧，今早才有的消息。”

晏君寻端着冰水，翘起的头发随着他喝水的动作摇晃。他的目光顺着照片转了几个来回，仿佛终于睡醒，被那色彩强烈的照片吸引了。

“这是三个月前在惠合小区的排水沟里发现的尸体残块，残块表面上有方向不一的擦刮伤痕，创缘不整齐，经鉴定，被害人是该小区居民刘鑫程。”姜敛把照片滑到下一张，“这是两个月前在普利小区的排水沟里发现的尸体残块，残块表面依然有方向不一的擦刮伤痕，创缘不整齐，和刘鑫程一样，疑似钝器切割，被害人也是该小区居民。最后这张是昨晚在堤坝小区的排水沟里发现的……”

姜敛露出难以形容的神情。

“尸块和尸体残余，伤口呈撕裂状，毁坏严重，根据现场的足迹观察，应该是抛尸后受到了野狗的撕咬。”

“嗯哼，”时山延自然地融了进来，好像他早就跟这两个人合作了无数次，“也是发现尸块小区内的居民吗？”

“不算是，”姜敛继续滑着照片，“最后一个被害人叫霍庆军，他跟前两名被害人不同，他是堤坝小区的门岗保安，一个人住在距离堤坝小区两公里外的废筒楼地下室里。”

“不好意思，胖达，”时山延礼貌地说，“请给我一杯热牛奶。”

熊猫探出头，热情地说：“不要客气，时先生。”

晏君寻习惯性地捏住杯子，他怕热，冰水让他觉得很舒服，只有舒服了脑子里才有干净的黑板。他没有听见时山延和熊猫的对话，沉浸在自己的世界里，感官都变得很迟钝。

“三个案子抛尸方式一致，分尸手法相同，”姜敛给熊猫让了位置，“就连被害人的经历都惊人相似。”

“经历？”

姜敛把三个被害人的资料并列呈现，说：“这三个人都曾因为性侵上过新闻。”

“你把资料留下，”晏君寻喝了口水，含住小小的冰块，在齿间“咔”地咬碎，那冰凉的感觉沿着口腔卷席身体，“我要看看。”

004 章 惠合

姜敛出了门，又被晏君寻叫住了，他以为晏君寻会说时山延的事情，回头时表情很凝重。结果晏君寻只是看着他，把他落下的车钥匙抛了过来。

“编号……”姜敛接住车钥匙，努力改着称呼，“时山延可能需要……”

“你告诉傅承辉，”晏君寻的脸暴露在阳光下，呈现出不近人情的表情，他认真地说，“仅此一次。”

姜敛摆出“了解”的手势，把声音压低：“你知道昨晚他为什么不跑吗？傅运临走才告诉我，黑豹在他体内植入了信息定位芯片。”

“哦，”晏君寻觉得刚喝下去的冰水都没用了，“傅承辉就是卖芯片的。”

“我暂时不会给他解开束缚锁，”姜敛绕到车旁，对晏君寻喊，“有事呼叫通导器。”

晏君寻点了头，发现时山延正隔着玻璃在看他。他不喜欢被人盯着，被人盯住总会让他感觉不自在，尤其是被时山延这样的人盯住。

姜敛开着车缓缓驶出狭窄的道路，忽然闻到一股烟味，他惊悚地看向倒车镜，看见时山延正靠在靠背上，咬着一支来历不明的烟。

“我太久没抽烟了，”时山延的目光转过去，“你不介意吧？”

烟味逐渐在车内弥漫，随意拨弄着姜敛紧张的神经。姜敛收回目光，说：“理解，我碰到疑难案子也喜欢抽烟。”

“我看晏君寻没编制，”时山延笑了一下，“你怎么找他破案子？”

姜敛转动着方向盘，在回答与不回答中犹豫几秒，道：“他厉害嘛，想的跟别人不一样。”

“晏君寻协助你们的案子都是连环凶杀案，”时山延往姜敛准备的铁皮烟灰缸里弹着烟灰，“他还挺能和变态共情。”

此刻正值下午一点，太阳的热浪来回冲刷着车窗，姜敛想开口，又不知道说什么。旁边车道上的汽车正在鸣笛，伴随着车内有节奏的时钟运行声，让姜敛如坐针毡。

“君寻有独特的嗅觉，在办案的时候能够屏蔽一些干扰元素，”姜敛让自己的神情看起来很正常，“我觉得这归功于他的敏锐，还有他与众不同的成长环境。”

“一个胖达妈妈？”

“是的，”姜敛的拇指摩挲着方向盘，“他是由家庭系统养大的，胖达只是其中一部分，还有位‘阿尔忒弥斯’老师。胖达负责照顾君寻的日常生活，阿尔忒弥斯负责辅导他的学习。他曾经说过，当他开始思考时，就会想起阿尔忒弥斯教他识字时的黑板，那是他能专心思考的根源。”姜敛迅速瞟了时山延一眼，“按照系统分类来说，胖达是爸爸的角色。”

时山延的表情变得耐人寻味。

“我顺便问一句，”姜敛接着忐忑地问，“你的打火机是从哪里来的？”

“这个？”时山延竖起打火机，无所谓般扔进烟灰缸里，“傅运送的咯。”

晏君寻回到屋子里，熊猫正在厨房里盛饭。它的尾巴挤出帘子，能看到两条胖胖的腿在忙碌。晏君寻不着急看资料，他俯身把歪了的茶几推正。

这是时山延碰歪的。

虽然时山延的腿确实很长，但晏君寻直觉时山延是故意的。这个行为就好像在无声宣告他来过——他来过，他进入过晏君寻的领地，甚至还留下了自己的痕迹。

熊猫端着托盘出来，对晏君寻说：“南线战争都停止了，咱们这里的牛肉还这么贵，我得好好琢磨琢磨下周的菜谱了。”

晏君寻在熊猫的唠叨声里吃饭。

“今天来的这位时先生长得真帅，人也很有礼貌，是姜敛的新同事吗？不太像，他看起来像姜敛的领导。”熊猫警觉地说，“晏先生请把土豆也吃掉，光吃肉会便秘的。”

晏君寻夹起一块土豆，塞进嘴里，敷衍地“嗯嗯”。

“他的嗅觉太好了，”熊猫继续讨论时山延，“还闻得出你刚喝过牛奶。”

“人也很聪明，”晏君寻想起昨晚，“像一个犯罪分子。”

熊猫被逗笑了：“你很少夸别人聪明。”

“他骗过了我的眼睛，”晏君寻吃了两口米饭，“我还以为他想跑。”

时山延对傅运的态度像要终止转交任务，他对晏君寻说的话也让晏君寻犹豫了，可他实际上根本跑不了也没想跑，从一开始他就凭着自己和停泊区的信息不对等戏耍了所有人，晏君寻直到灯灭后才回味起打火机的猫腻。

时山延从头到尾的表现太自然了，他把自己的漏洞递到了晏君寻的面前，再要晏君寻浑然不知地送回去。这可恶的操控欲。晏君寻观察他，他也在观察晏君寻。

“这如果是一场考试，”晏君寻叹气，把空碗放回托盘里，生气地说，“我一定不及格。”

“你不要气馁，”熊猫安慰他，“我们要用辩证的眼光看问题，总会有收获。”

“什么收获？”

“一个朋友，”熊猫摊开爪子，“一个帅气的朋友。”

“啊，”晏君寻更生气了，“我好开心。”

次日，太阳很大，晏君寻把车停在督察局门口，他还没有拔出钥匙，就听见有人在敲车窗。他把车窗打开，对上了一张戴着一副墨镜的脸。

时山延不仅换了新衬衫，还剪了头发，要不是他还戴着束缚锁，谁都要把他当成督察局的精英。他把墨镜拉下些许，看不出高兴还是不高兴，说：“你不太守时。”

晏君寻转过脸，回答：“这就是我的上班时间。”

时山延上车时，小橘龙局促地握着前爪，对他说：“欢迎你，时先生，你对座椅有什么要求吗？”

“有点窄。”时山延调整着坐姿，“好了，谢谢。”

“车内系统为你导航，”小橘龙试探地问，“晏先生需要一点舒缓的音乐吗？”

晏君寻点点头，踩下油门，让时山延感受了汽车的风驰电掣。

晏君寻把车停在惠合小区拐角巷子的电线杆跟前，下车时看见电线杆上贴着乱七八糟的广告，还有几张看不清脸的通缉公告。

时山延把摘下的墨镜扣到了小橘龙头上，关上车门看向周围。

这是一片老城区，四面的楼房都像抹着炭灰的炉子，边边角角全掉漆了。所有住户都把内衣裤晾在自家简陋的小阳台上，低层住户的窗户被铁网封死了，只能把架杆从铁网缝隙里捅出去，蛮横地占据人走的位置。这片区域通风情况也不好，热天气把汗臭和污水的味道煮得沸腾，像焖锅似的闷着人。

晏君寻刚下车没多久就流汗了，他提着一瓶车里备好的冰水走进小区，找着楼号。

“左边走，”时山延偏了头，“四号楼在这边。”

老楼的楼道很脏，墙壁早就变成了涂鸦板，时山延上楼时不忘欣赏一下这些艺术。几个夸张的人体被拉成一把弓，女人袒露的线条被盖满了各式各样的手印，脸上却像恶搞般画着络腮胡子。

一号被害人刘鑫程住在三楼，这层的墙壁上不仅有涂鸦，还有些潦草的留言。

其中，一个骂人的字写得很大，着重画了圈，涂着醒目的红色。

刘鑫程今年四十八岁，他在十年前曾担任停泊区宏兴钢厂的高级财务科科长，后因性侵同企业的实习生被告，被判了四年，赔偿受害人七十万。四年后，他出狱，和妻子离了婚，搬到惠合小区独居，在这里替小区门口的麻将馆看夜场。

三月六号晚上，刘鑫程没有去麻将馆上班，老板以为他又去喝酒了，等到第二天再用通导器联系他时，却没人接。老板第一反应是他欠房租跑了，立刻联系自己在这片的牌友集体逮人，最后人没逮到，倒是在排水沟里捞到了刘鑫程的身体残块。

晏君寻用姜敛给的钥匙打开刘鑫程家的房门，房间里的热浪登时涌出来。晏君寻抬手轻扇了一下，没有掩住口鼻。

屋内空间很逼仄，客厅就是卧房，刘鑫程用几块塑料板隔出一块区域，用作卫生间。窗户没开，窗帘也是拉着的，房间里很闷，意外的是没有太多生活臭味。

晏君寻拨开隔在厨房跟前的封条，看见厨房里仅有的碗盘都塞在了没门的柜子里，灶台只有这三个月积累下来的灰。

时山延什么都没碰，只是扫了眼桌子底下，那儿有个没套塑料袋的垃圾桶。

晏君寻忽然问："你有没有闻到什么味道？"

时山延轻松地答道："除了灰尘什么也没有。"

晏君寻觉得这房间带着强烈的违和感。他离开厨房的位置，走近塑料挡板。塑料挡板后的墙壁上贴满艳俗杂志的内页，刘鑫程把这些女体写真都截掉了头部，换成性侵新闻报纸上受害人粗糙、黑白的头部照片贴上。那是之前被他伤害的人。

恶俗的艳粉色挡板用了很久，边缘已经被摸成棕黄色，下半部分肮脏不堪。

晏君寻退后两步。

刘鑫程上厕所的习惯很不好，他的尿都溅在了塑料挡板上，时间一久，不仅会有恶臭，还会变成陈年老垢。

他有如此邋遢的生活习惯，房间却很干净。

时山延站在窗帘前，想透过缝隙往对面看，结果发现窗户上贴满了刘鑫程曾经拍下的黑白照片。

“嗯——”时山延略微后仰身体，像被这些照片冲击到了，他挑了下眉，说，“这还是一个对判决怀恨在心的杂种呢。”

005 章 普利

晏君寻希望时山延能像警犬一样嗅出关键味道，但是时山延没有配合的兴趣。他端详照片的神情仿佛在逛摄影展，还准备好随时进行即兴评价。

刘鑫程拍摄的照片大部分是 2156 年性侵被害人的照片，和便池墙壁上那些从报纸上剪下来的照片不同，这些照片更加清晰，它们从各种角度记录着性侵被害人的痛苦。在角落里，还有几张性侵被害人模糊的背影照，应该是刘鑫程出狱后偷拍的。

晏君寻看到贴照片的透明胶带都泛了黄，缝隙里积满灰尘，角落里还有蜘蛛网。

“他为这件事沾沾自喜，”时山延用手指拨开窗帘，“他向进入他领地的每个人炫耀他的徽章。”

晏君寻俯身，盯着这些照片。

时山延也俯下身，问：“你想到了什么？”

“凶手来过这里，”晏君寻思考时语速很慢，像做题似的拆分着捕获到的所有信息，“在这里有强烈的存在感。”

房间的最强违和感是这里根本不像刘鑫程住的地方，他在这个房间里仿佛只拥有这扇窗户和这间卫生间。地面很干净，灶台也很干净，连垃圾桶里的垃圾袋都被带走了，说明凶手非常谨慎地在处理痕迹，但是他却没有碰卫生间和窗户。

晏君寻直起身："我要看完所有房间。"

普利小区的环境要比惠合小区好很多，虽然也是老式楼房，但整体不算破败。它的楼房排列非常规整，为了看起来更有科技感，当初建造时选择了用玻璃装饰外壁，所以小区物业费相对较高。小区门口是成排的商店，没有专门的停车场，晏君寻的车不好停，绕出了一条街才找到停车位。

"我以为你会观察照片。"时山延在下车前说道。

"我需要氛围，"晏君寻看向他，"和变态共处一室有助于我的思考。"

"了不起，"时山延拉开车门，对晏君寻倏地一笑，"我是说我这种变态。"

晏君寻和这个"变态"进了小区，这里的居住环境甚至要比晏君寻那儿好，人行道两侧还有鲜艳的绿化带，虽然都是数字投影。

二号被害人历建华住在八号楼，连楼层也选在第八层。

电梯有些老旧，上升时会发出轻微的摇晃声。门开时率先进入眼帘的是一辆崭新的山地自行车，它靠在门边，横杠上还吊着一双洗过的旧球鞋。左侧是安全通道，时山延出电梯时看到安全通道的门是开着的。

晏君寻输入了房门密码，在轻柔的"欢迎回家"声里看到了室内情况。

历建华今年四十五岁，2151年，他是停泊区旧轨乘务员，因为多次性侵同轨道路线上的女乘务员被判服刑七年。他出狱后搬到普利小区，坚持啃老，前几年还有尾随、猥亵等不良记录。

"爸爸，"室内系统的声音非常年幼，"已为您开启室内恒温，希望您回家愉快。"

历建华的室内系统是停泊监禁所的前代系统，擅长检测人类心情，可自我调设的范围较小，只能改变声音和语气，没有虚拟投影功能，核心是完全服从主人的命令。

历建华家里的窗帘也是拉着的，但窗户却是打开的，室内有股清新剂的香味。沙发前的茶几上摆着一只招财猫，桌布的边角线对得很整齐。卧室的门没关，床铺也很整齐，各个收纳盒都安分守己地待在原位。

十五年前的性侵新闻报道称历建华有性瘾症，他的父母早在他青少年阶段就试图帮助他矫正这个问题，但当时停泊区推行的是用抗激素药物进行治疗，比如使用大量的乙烯雌酚来缓解病情，这种办法在现在叫作化学阉割。他的父母因此选择求助心理医生，希望能通过心理治疗来替历建华解决难题，然而效果并不好。

在十五年前那场性侵案发生前，历建华就曾屡次猥亵旧轨乘客。他似乎无法控制自己的行为，且自我独立性差，在没有独居时，连洗脚都要靠爸妈。

“爸爸，”室内系统自动亮起光屏，“视频更新已完成，将为您准备环绕音效……”

“停止系统自主，”晏君寻从卧室门口回过头，“关掉非法视频。”

室内系统沉默了两秒，切换成女播音腔：“好的，爸爸。”

音落光屏消失，整个房间都暗下来，空调和各项电器全部关闭。

“停泊区的性侵新闻致力泄露双方的个人信息，”时山延屈指敲着吧台侧面的鱼缸，那里碰一下就会亮，“历建华的视频库里还有性侵受害者的照片。”

光屏全程只亮了三秒，历建华密密麻麻的视频库里藏着性侵被害人的新闻照片，姓名几乎是一闪而过，但是时山延仍然看到了，这样有视觉记忆和信息捕捉能力的人在黑豹都属于凤毛麟角。

“有个记者对这种新闻嗅觉灵敏，喜欢用大量照片占据版面。”晏君寻闻了闻卧室的味道，“他最近已经把目光转移到凶案上了。”

“你被拍过吗？”

“没有，”晏君寻觉得室内温度有些高，热得他再次拧开瓶盖，“无名侦探没有正脸。”他在喝水前又看向时山延，“请你做好自我保护。”

“我喜欢上新闻，”鱼缸的彩光加深了时山延的鼻梁阴影，他看着游来游去的金鱼，“被狙、被瞄准让我倍感快乐。”

晏君寻喝了口水，说：“哦。”

历建华的失踪情况和刘鑫程类似。4 月 17 号晚上开始，他的狐朋狗友就联系不到他了，直到一周后物业发现普利小区的排水沟被堵住了，他才被找到。房子目前归他住在敬老院的爸爸所有。

历建华没有工作，出狱后就靠爸妈的退休金生活。他在生活上不能自理，且和刘鑫程一样，绝不会主动打扫卫生。人是有个性的动物，只要他每天都住在这里，就会留下大量的个人痕迹。可是晏君寻却在这个房间里找不到属于历建华的个人痕迹，这里干净得像样板房，连地板都亮得反光。

“历建华”仿佛被“擦掉”了。

晏君寻觉得凶手也来过这间屋子，但和刘鑫程不同，凶手在历建华的房间里没有放弃任何角落。他喜欢这里的环境，并且按照自己的喜好布置它。

“凶手根本不害怕，”晏君寻看向鱼缸，“他来喂过鱼。”

“人总有几个朋友，”时山延不再玩鱼缸的灯，而是说，“巨婴也有。”

“如果好朋友记得你的鱼，”晏君寻不留情面地说，“就不会让你在排水沟里堵一周。”

晏君寻很在意门锁，他发现不论是刘鑫程家还是历建华家，门锁都是完好的。

晏君寻拨开窗帘，从窗口望出去，外边正对着另一栋楼房的玻璃，傍晚的余晖投映在上面，反射出绚丽的光芒。小区物业做得不错，尽力在维持老楼区的光鲜，连玻璃上的灰尘都擦得很及时，看着比街头的光屏更加透亮。楼层和楼层对列，晚上还有夜景灯，没人能轻易翻窗户进来。

“凶手是走进来的，”晏君寻被光芒晃了眼，皱着眉说，“他有钥匙和密码。”

两个人从历建华家出来时，正好遇见隔壁的夫妻下班回家。他们巡睃一番，对晏君寻礼貌地点了下头。

男人问：“要下楼吗？”

“谢谢，”晏君寻拎着空水瓶，“下到停车场。”

男人帮晏君寻摁了电梯，不由自主地往时山延的束缚锁上瞟。

时山延抬起双手，束缚锁顺势滑到了他结实的小臂，他对男人说：“玩具，还挺逼真的，对吗？”

“啊。”男人不知道如何接话，尴尬地笑着点头。

时山延拉开两臂，束缚锁间的磁条报了下警，电流立刻打了他几下，不允许他继续拉。他遗憾地说：“不建议你们玩。”

晏君寻已经跨进电梯里，他一只手拉住垂在额前的黑发，挡住些许眼睛，一只手握住时山延的小臂，把人拽进电梯里。

“我在分享快乐，”时山延站到晏君寻边上，冲男人挥了下手，“拜。”

电梯门“叮”地合上，电梯开始下降。

时山延把身体歪向晏君寻，一脸真诚地问：“你有什么生理癖好吗？”

006 章 矛盾

时山延用的剃须水很好闻，它残留的味道顺着晏君寻的鼻尖一路向下。那淡淡的味道飘进晏君寻的T恤，让晏君寻的锁骨都能感受到时山延带着的清凉。

晏君寻在封闭的空间里无路可退，他转动着眼睛，试图寻找逃脱的方向，但是电梯四面都有时山延的影子。他被时山延“淹没”了。感官中枢发出警告，编号01AE86的存在感正在他这里横冲直撞。

可是时山延看起来那么正经，仿佛在问新同事“你吃饭了吗”一样正经。

“没有，”晏君寻最终盯住缓慢跳跃的楼层数字，“我很正常。”

“这么说真浪费，”时山延看着晏君寻的泪痣，“你的感知能力这么强。”

晏君寻转过脸，和时山延对视：“你是想说历建华还有隐藏的生理癖好？”

“巨婴一般都不太想当‘爸爸’吧。”时山延觉得晏君寻镇定的神情很有意思，他带着研究课题般的严谨，没有放过晏君寻，“也许他自己都没有意识到，人不一定了解自己，就像你。”

负二层到了，电梯再次发出叮的开门声。

“行为源自期待，”晏君寻率先走出去，“你肯定没有女朋友。”

普利小区停车场的车位都绑定了住户的ID编号，住户以外能进入的车辆只有搬家公司和保洁公司的车。停车场没有管理系统，只有管理人员，他们会在停车场的各个出口设置门岗，对进进出出的车辆进行ID编号的核查。

晏君寻肯定凶手有车，因为作案现场不在这三个小区，并且三个小区的距离相对较远。从排水沟内的尸块情况来看，凶手没有给这些尸块做保护措施，连保鲜膜、袋子都没有，是直接扔掉的，所以凶手不可能靠公共交通工具来抛尸，也不可能蹬自行车，凶手得有车才能办到。

分尸还意味着凶手就是停泊区的人。凶手很了解老楼区的排水通道，说明凶手在停泊区有属于自己的私密空间。抛尸不是为了掩藏，而是为了让人发现，否则凶手从刘鑫程的尸块被发现起，就该停止往排水沟里扔尸块的行为。

凶手很矛盾。

凶手挑选的被害人都有性侵前科，可是凶手在清理被害人的家时，却偏偏避开了所有性侵元素。这个矛盾点让凶手变得很奇怪，如果凶手是因为“性侵”才动的手，那么凶手应该把记录性侵过程的照片和视频都清理掉。

“你说得很对，”晏君寻看着历建华的车位，“人不一定了解自己，尤其是系列谋杀案里的凶手。凶手对普利小区的熟悉感降低了自己的警惕，凶手在这里留下了太多的个人痕迹。凶手不住在这里，但是很喜欢这里的环境，你能明白吗？凶手对历建华家极其喜爱，所以凶手在里面活动，还在里面睡过觉。这个小区从内到外都符合凶手的幻想，所以凶手把历建华的生活痕迹擦掉，试图让那里变成自己的家。”

停车场的角落里有“嘀嘀”的打卡声，这声音很像晏君寻小时候做卷子时放在一旁的电子表。他想起自己的小黑板，但那上面是空的。

“凶手擅长打扫，了解刘鑫程和历建华的生活习惯，有很大概率来自跟刘鑫程一样的地方。凶手喂了历建华的鱼，却没有整理刘鑫程的碗柜，这是其个人喜好。凶手讨厌刘鑫程的居住环境，压根儿就不想住在那里，所以没再回去过。”

时山延跟在晏君寻背后，没有打断他。

“历建华没有隐藏生理癖好，他的智商不允许他隐藏，他只对成年女性有性冲动。”晏君寻晃了晃空水瓶，“你又说对了，巨婴不是爸爸，系统声音是凶手重新设置的。”

晏君寻走到垃圾桶边，把空水瓶放进去。里面的垃圾都排列整齐，让晏君寻想起了历建华卧室里的收纳盒。

“凶手懂得如何合理利用空间，做卫生的时候很细心。我觉得凶手有小孩，但凶手不是变态，不是……”晏君寻有点犹豫，回头看向时山延，“刘鑫程和历建华这种人。”

他们两个人从停车场出来，穿过街道去开车。

晚上，普利小区的门口很热闹，空出来的场地留给了阿姨们当斗舞场。她们组建团队开展活动，打开光屏就能和十万八千里以外的网友斗舞。ID通导器的普及让个人移动光屏代替了手机，它的实物只有耳钉那么大，方便随身携带，可自行设置佩戴方式，真的当成耳钉戴也没问题，出门时哪里需要点哪里。

停泊区更像城乡接合部，它的城区规划实际上就是没规划，光铁直接贯穿整个区域，给居住环境造成了噪音污染。区域中心也因为光铁的贯穿向东转移，像普利小区这种半旧不新的楼区还有点光桐区等发展地区的影子，靠近低暖山脉焦炭厂的区域全部破得不能看。

“您已支付停车费用，”停车位升降围栏自行下调，系统刻板地说，“祝您一路顺风。”

晏君寻的ID通导器亮了一下。

小橘龙还戴着时山延的墨镜，它抱着前爪，说：“特别督察局留言，姜敛说他在‘美味美味超美味’里等着你们。”

晏君寻握住方向盘，冷酷地说：“没有‘我们’。”

“美味美味超美味”是一家私密性较高的烤肉店，就开在特别督察局附近，是姜敛老婆的店铺。姜敛每天下班都要提着公文包到这里来接老婆。

“居民调查还在继续，相关物业盘查也在继续。惠合和堤坝都没有监控摄像头，而普利的摄像头在案发的那一周里坏掉了。”姜敛翻着烤肉，“但是有很多人知道历建华的房门密码，他朋友说他所有密码都是生日。不论是刘鑫程、历建华或者霍庆军，凶手都没有在他们家里留下指纹和唾液，他太小心了。”

“倒不如说是职业习惯，”晏君寻晃了下装有冰块的啤酒杯，琥珀色的啤酒正冒着泡，“他清理房间很专业。”

“你觉得是清洁工？”姜敛看了眼时山延，又看向晏君寻，“普利的物业说他们跟一家叫‘准点清洁’的保洁公司合作很久了，从来没有出过问题。历建华被发现的一周后我们就盘查了‘准点清洁’，他们有清楚的工作表，上门服务能准确记录到几时几分。但是历建华的母亲有洁癖，对保洁工作很挑剔，给历建华安排的保洁人员她都要亲自审核，没有人能让她满意，所以在她去世以前，都是她自己在为历建华打扫房间卫生。不过历建华从没换过密码，很多人都能进去。”

“凶手做过这份工作，不代表现在还在做，凶手的年纪比你大，”晏君寻抬头看着紧闭的包厢推门，门上覆着浮世绘，女人横卧的姿势和刘鑫程楼道里的涂鸦有些相似，“凶手选择的被害人都是十年前上过新闻的。你对性侵受害人的调查呢？”

姜敛再次看了看时山延。时山延吃饭很安静，一点也不像被关了四年的人。他对烤肉蘸酱的调制颇有研究，香味已经越界到了晏君寻那里。他甚至不喝酒，热牛奶在旁边显得格格不入。

“刘鑫程案里的性侵受害人已经搬离停泊区了，”姜敛让自己观察的眼神不要那么明显，“刘鑫程出狱后尾随过她，她当时报过很多次警，督察局禁止刘鑫程再靠近性侵受害人的居住区域，但没用。他对性侵受害人的精神伤害一直在持续，两年后性侵受害人就搬走了。”姜敛斟酌着用词，“光桐区有更专业的心理医生在帮助她，她的家属虽然对刘鑫程的死拍手叫好，但同时也很震惊。调查证明他们都没有回来过，更没有再跟刘鑫程接触过。”

时山延抬头看了眼姜敛，问：“你要烤肉吗？”

“不需要，谢谢。”姜敛识趣地把烤肉镊子送到另一边，他喝了口酒，对晏君寻继续说，“历建华案里的性侵受害人生活受新闻影响很大，历建华入狱后她也没有了工作，在家待了几年，听说历建华要出狱的时候她跳楼了。她没有直系亲属，葬礼也是远房亲戚帮忙办的。至于霍庆军，他的案子更加复杂。”

“霍庆军在2154年是停泊区第六中学的数学老师，他因为性侵学生被判了十年，进去的时候老婆跟他离了婚，带着孩子走了。霍庆军本人始终否认自己性侵过学生，对判决结果表示不服，数次提出上诉，但都没有成功。他出狱后继续上诉，找工作四处碰壁，最后只能在堤坝小区当门岗保安，去年底还来过督察局。”

“受害人呢？”

“都没留在停泊区，”姜敛说到这里又为停泊区的未来担忧起来，“现在人才都往发展区跑，谁留在咱们这个鸟不拉屎还带灰的地方？当然了，你们两位人才除外，你们都是有着奉献精神的好青年，我替停泊区谢谢你们。”

“不用谢，”晏君寻喝光啤酒，“全是傅承辉的功劳。”

“这次的案子牵扯太多，”姜敛侧耳听了一会儿大厅光屏里播放的新闻，撇了撇嘴，“刘晨刘记者铆足劲地往里跳。喏，你听，他又把几个被害人的性侵案子拿出来讲，这几天他家的实时推送都写的是仇杀。”

晏君寻站起身，走过去推开门，看向大厅光屏。时山延也站起身，还没有看到，晏君寻就又把门关上了。晏君寻的目光转向时山延，说：“不好意思，我见到这人就恶心。”

时山延点头：“让我也恶心一眼。”

晏君寻不给开门，他说：“仇杀会更有标志性，起码会销毁性侵资料，但凶手一直在回避房间里的性侵元素。”

“人会下意识地回避一些事情，不一定是害怕，还有可能是无法直视在这件事情里情绪失控的自己。”时山延停顿数秒，表情变得神秘起来。

007章 天性

“你的特装任务审评里应该再加一条‘骚扰’，”晏君寻的手还放在包厢推门的把手上，他在包厢昏暗不明的灯光里，终于露出了藏在困倦表面后的利牙，“如果他们没时间录入，我可以代劳。”

“听起来你跟他们的关系比跟我还要熟，”时山延的眼神里没有半点歉意，“需要我主动提供完整指纹供你呈交吗?”

姜敛坐在对面，握着筷子观察他们俩。他嘴唇翕动，试图缓和逐渐紧张的气氛，在脑袋里飞快地筛选着合适的劝架词。

包厢外有脚步声，晏君寻收回手，在服务员推开门的那一刻说：“再给我一杯啤酒。”

两个人间剑拔弩张的气氛倏地消失，晏君寻把空酒杯推到一边，埋头吃饭。他不该认真的。时山延正在诱导他的情绪，越提防就会越在意，这是变相的意识攻占。

时山延点了一支烟，他在烟雾升腾里没漏掉晏君寻的变化。包厢外面的大厅有点吵，嘈杂的人声渗到包厢的各个角落，淹没了整个烤肉店。但是时山延不讨厌这样的环境，他可以枕着喧闹声睡觉，也可以就着喧闹声回味晏君寻刚才那几秒的狠戾眼神。

晏君寻的脑袋里有块小黑板，他思考时总在上面涂涂改改。他热衷给自己搭建舒适区，并且喜欢待在熟悉的规矩约束里，但他对系列谋杀案的热情与这些特性截然相反。姜敛把这个表象叫作晏君寻的乖巧，时山延则把这个表象当作晏君寻的防备。

时山延认为晏君寻继承了那个名叫“阿尔忒弥斯”系统的某些部分，比如狩猎天性。晏君寻在自己的行为里不断强调规矩，这不像是强迫症，更像是自我保护。他在暗示自己应该待在规则里。

烤肉店的烟灰缸是一个河童捧碗的形象，时山延朝烟灰缸里弹了一下烟灰，仿佛在施舍。他收回目光，烟雾却模糊了他和晏君寻的距离，让两个人的侧影不分你我。

正常人不需要强调就能感受到社会约束力，大家在正常情况下都会自觉遵守道德行为准则。只有黑豹队员在长期执行险地任务后，重返社会生活前，会强调规则的存在，并进行专业的心理调整。

“难搞……”姜敛一语双关，他翻动着自己碗里的烤肉，不知道这两个人在说什么，“刘鑫程在便池墙壁上贴的报纸截图就来自刘晨当年的报道，其实这次三个被害人的性侵案他都报道过。虽然不能主观臆断，但我一直认为历建华案里的性侵受害人跳楼是因为个人信息被刘晨放进了报道里。”

“不是报纸截图来自刘晨的报道，”晏君寻已经调整回情绪，“而是刘晨报道里的照片都来自刘鑫程。你应该仔细看看刘鑫程窗户上贴着的照片，其中有不少都被刘晨用过，他在写新闻的时候喜欢把这些当作噱头。”

“事实证明喜欢看的人也不少，”姜敛捏着筷子叹气，“刘晨的实时推送新闻点击量很高，他还擅长使用煽动性的词语调动读者的情绪，让他们在评论里参战，以此获得更高的热度。”

晏君寻吃了一口烤肉，说：“你得跟你的人说清楚，不要再给刘晨透露案情相关信息。”

晏君寻穿着T恤，握筷子的手腕内侧很白，整个人一眼看去像放在油腻饭桌边的一盆花，水润饱满。他拿了新的啤酒杯，单方面忽略时山延的烟味。

“你不知道刘晨实时推送新闻的受众范围有多广，就连来打扫的阿姨也是他的忠实粉丝，今天还在问我案子有没有进展。”姜敛说到这里吃不下去了，他也愁，“明文规定了不能说，可还是有人愿意偷偷挣这笔消息费，除非刘晨放弃当个搅屎棍。你觉得他的新闻会影响凶手吗？”

“凶手看过刘晨的报道，”晏君寻端起新的啤酒杯，“有可能是从刘晨的报道里挑选的被害人。”

“你这样说让我很担心，”姜敛觉得刚才吃下去的烤肉也不香了，“我可以跟刘晨谈谈，但是订阅实时推送的人太多了，我们现在连进行筛选的标准都没有。君寻，你得再给我一些信息，那些你觉得值得提出来，可能属于凶手的信息。”

心理侧写也是心理画像，它和心理尸检、地理画像等都属于刑事侦查分析，但它只是侦查工具，不能作证。在通常情况下，心理侧写师除了需要极高的个人天赋，还需要精通行为科学。

过去晏君寻在系列谋杀案里帮助过姜敛很多，可他不是无所不能，他还需要收集更多的信息。

“请你自己也好好加油。明天，我要先去一趟霍庆军的家，”晏君寻一口气喝完啤酒，“虽然凶手不太可能回去。”

“凶手为什么就对历建华的家情有独钟？”

“因为凶手渴望历建华那样的家，宽敞，明亮，舒适，没有危险。”晏君寻放下啤酒杯，把脸埋进手掌里片刻，呼出一口气，再抬头看着姜敛，“凶手挑选的被害人肯定和自己还有某种共性，只是我还没有看到而已。虽然这不是仇杀，但凶手‘制裁’被害人的时候还选择了分尸这种办法。凶手把他们扔进排水沟，像下饺子一样，这是凶手对他们的态度，凶手非常——”晏君寻加重语气，“非常憎恶他们。”

姜敛抓住重点，说：“憎恶他们，而不是憎恶性侵？”

“不能这么说……”晏君寻看向时山延，像在反驳时山延先前的话，

“凶手是因为害怕才回避房间里的性侵元素。”

008 章 秀莲

“你的意思是，凶手既憎恶这些实施性侵的人，”姜敛放下筷子，“又害怕他们房间里象征性侵过程的那些照片和视频，所以他有可能经历过性侵，对吗？这太像创伤后应激障碍了。”

晏君寻陷入沉默。他时常陷入沉默，不管周遭有多吵，都干扰不了他思考。

时山延两指间的烟静静地燃烧，他想：多漂亮的狩猎姿态。

“凶手经历过性侵，不止一次。凶手能和性侵被害人共情，但是不同情她们，也不同情自己。凶手熟悉性侵——用性暴力更合适，凶手熟悉这件事情，并且对这件事感到恐惧和绝望。凶手拉上了刘鑫程房间里的窗帘，是因为刘鑫程贴在窗户上的照片让其害怕；凶手没有打扫刘鑫程的便池，也是因为便池墙壁上的写真截图让其害怕。凶手对刘鑫程的家充满恐惧。你给刘鑫程楼道里的涂鸦拍过照吗？有个女人的脸上被画了络腮胡子，那是凶手添加的，凶手把那个看作自画像。”

姜敛抓住细节问：“凶手为什么要画胡子？”

“因为凶手在作案的时候把自己想成了男人。”晏君寻握着的啤酒杯淌着水珠，把他的掌心打湿，“历建华家里客厅的窗户对面是玻璃楼房，凶手站在客厅里像照镜子一样。凶手不能照镜子，那会让其幻想破灭，所以凶手拉上了历建华家里的窗帘。”

刘鑫程楼道里的涂鸦充满某种暗示，晏君寻记得女人脸上的胡子，但它们仿佛是寄存在角落里的小字条，被房间里的照片埋没了。晏君寻起初没有注意到，直到他们从历建华家里出来时，时山延说了那句话——“巨婴不想当爸爸。”

既然巨婴不想当爸爸，那性取向明确的刘鑫程也不想侵犯有络腮胡子的男人。凶手在两个被害人房间里都试图做一个男人，“男人”的想象让凶手可以自信地施展计划。凶手从中得到了力量。

姜敛神情微变：“凶手是女人？”

“分尸是一个技术活，”时山延指间的烟燃到头了，他把烟摁灭在烟灰缸里，“她不怎么会，力气也不够，只能借助别的东西来进行切割，所以把尸体处理得乱七八糟。尸块表面的擦刮伤痕方向不一，因为她在不断拖拽尸体，好让尸体呈现出最方便她行动的姿势。”

铁网上的烤肉还在吱吱冒油，只有时山延重新拿起了镊子。

“分尸现场都不在被害人家里，被害人又都待在人口相对密集的小区，她要怎么让他们听话地下楼？”姜敛抬起自己的手臂，“就算她是一个搏击教练，也不可能把被害人直接拖下楼。尤其是历建华，他可不好弄。”

“不，”晏君寻看向姜敛，“历建华最好处理。惠合和堤坝都没有居民停车场，来往车辆全得停在外面，凶手要带着刘鑫程和霍庆军走过去，只有历建华不用，普利小区的电梯直达地下停车场。”

烤肉店外面的天已经彻底黑了，大厅里的人越来越多，隔壁也坐满了人。时山延在这样吵闹的环境里吃了四盘南线牛小排，似乎听着案情分析能让他胃口大开。

“她怎么让历建华下楼？”

“装在楼内清洁车里，”晏君寻的啤酒杯再次满了，泡沫挤满杯口，他说，“出来的时候还能替隔壁邻居带走门口的垃圾。我说了她做这个很专业，可能还考过证。她结过婚，对她实施暴力的人最可能是她的丈夫。她还有过孩子，但现在没有了。她对孩子很自责，想要给孩子一个更好的家，一个更好的爸爸，所以她在历建华的家里当了一个完全符合她想象的丈夫。她应该没什么积蓄，不然她会装扮历建华的家，让它看起来更温馨。”

姜敛想了想，说：“今晚我就开始调查停泊区的家暴记录，不过信息录入不全，只能希望她曾经对督察局发出过求助。”

“多注意一下已经没有丈夫的求助人吧，”啤酒泡沫逐渐消失，晏君寻说，“刘鑫程可能不是一号被害人了。”

吃完饭，姜敛把他们送到门口。

“明天我都会待在督察局，地理画像在试图确定她的活动范围，以便找到分尸现场。”姜敛把手插在兜里，他站在原地，“明天你去霍庆军的家里，要是发现什么就告诉我。”他犹豫少顷，“我刚才其实想说，霍庆军的性侵案有疑点。他入狱那段时间正好赶上停泊区的混乱期，许多证据现在看都站不住脚。如果，我是说如果……”

晏君寻点了下头，算是知道了。

姜敛如释重负，朝晏君寻挥挥手。晏君寻等姜敛进去了，才拉开车门。他还没坐下，就看到了时山延。

时山延擅长反客为主，不论气氛如何，他都要处于上风。他很难不做一个出色的狙击手，随时随地都想把控着制高点。他欣赏着晏君寻的眼神变化，低沉地说：“欢迎。”

夜风在各色霓虹灯之间穿梭，吹动了晏君寻的黑发。在仿佛隔绝外音的安静环境里，他垂眸盯着时山延，眼神像蛰伏良久的动物。

“你做这份工作，不是因为你擅长，而是你需要。”时山延诱骗般地说，“你从阿尔忒弥斯那里学会了狩猎技巧，藏在这个钢铁林莽里，只敢小心翼翼地舔舐牙齿。多可怜啊。”

“你也可以装成救世主，”晏君寻平静地说，“用你对那些变态的了解，给你自己挣口自由饭，而不是像现在这样戴着狗链子。”

时山延挽起的袖口露着束缚锁，它的腕扣卡在时山延的小臂上，他的双臂现在可以拉开到半米宽，电流像鳗鱼一般在他双臂间游过，时刻提醒他保持安全距离。

“别这么说，”时山延向晏君寻倾斜，挺直的鼻梁露在隐约的霓虹灯光里，“我敢拿掉它自由活动，你也敢吗？”

“等你真的能拿掉的那天，”晏君寻压低身体，也压低声音，声音的停顿里露出点嘲弄，“再来问我吧。”

束缚锁的电流忽然流窜起来，打得时山延双臂泛红，那刺痛感一阵阵的，如潮水般漫过他，让他清晰地感觉到自己的存在。

鸿麟钢铁厂位于停泊区光铁附近，是这片钢铁工业园里面临倒闭的旧厂之一。十几年前它鼎盛时曾收并了许多本地的钢铁加工小作坊，现在规模萎缩到只剩三十几辆焦炭运输车。厂内的虚拟绿化总出故障，此刻只亮了一半，横在道路一侧像被狗啃了似的。

“小陈，”刚打扫完卫生的杨钰站在门里冲陈秀莲招手，“今天带了好东西！”

陈秀莲转过身，她灰扑扑的衣服是改过的，挂在身上不会掉，露出的手臂有肌肉线条，但那不是刻意训练出来的，而是长期在钢铁厂里讨生活的结果。她抬手擦了下脸，手掌晒得有些黑，掌心茧子很多。

“这么晚回去还要自己弄吃的，”杨钰从布袋里掏出铁饭盒，“咱俩一起吃了，你回去直接睡吧。哎呀，前段时间真的谢谢你，不然得扣我工资。”

鸿麟钢铁厂的食堂还没关，食堂阿姨跟这两个人都熟悉，看见她们走进来，就把头凑到打饭窗口跟前，喊道：“哎，你坐到这边嘛，这边好说话。今天剩饭多得很，还有糖醋排骨。”

“今天小陈又没带饭盒，你给她整一个碗，一会儿我们给你洗了送回来。”杨钰站到打饭的窗口边，抬手别了一下耳边的短发，看见排骨喜上眉梢，“剩这么多呀！那我给我儿媳妇带点回去。”

“她要出月子了吧？赶紧的，”食堂阿姨把饭勺扣进杨钰的饭盒里，“我看你这会儿要累死了，每天白天要干活，晚上还要哄孩子。”

杨钰用手从饭盒里挑了一块排骨，两口吃完，边吮骨头边说：“这段时间还行，得亏了小陈，替我顶了几次班。”说着又回头对陈秀莲笑，“我的孙子马上办满月酒，你得来啊。”

陈秀莲看到了杨钰眼角的鱼尾纹，还闻到了杨钰手上残留的消毒水味。排骨的肉炖得很烂，烂到杨钰一吮就掉，肉香和消毒水味混杂起来，让她想起了什么。半晌后，她说：“好，好。”

杨钰原来是钢铁厂女工，老公是开焦炭运输车的，几年前老公因为酗酒死了，她也被钢铁厂裁掉了。直到2160年，她到停泊区卫生服务站填资料，成了服务站的扶持对象，服务站便帮她找了一份保洁员的工作。她不算哪家清洁公司的正式工，而是场外支援，谁家有什么单子不想做或者来不及做，就找她这种在服务站挂名的保洁员。

前年，鸿霖钢铁厂的保洁员辞职了，钢铁厂就找了杨钰。杨钰一个人要养家糊口，光靠钢铁厂一份工作不够，所以还在准点清洁那边挂了名，他们有不要的单子就给她，她经常两头跑。几个月前，她儿媳妇生孩子了，她得照顾儿媳妇，准点清洁的单子就拜托陈秀莲帮忙做了。

陈秀莲沉默寡言，但人挺好的，每次她们有难处她都会帮忙。听说她老公几年前带着孩子酒后驾车出了车祸，孩子死了，老公腿也断了，现在一直在老家瘫着。

“这东西好用吗？”杨钰吃饭吃到一半，看向陈秀莲耳朵上戴着的ID通导器，“我想给我儿媳妇弄个二手的，这样她有什么事找我方便。”

“好用，”陈秀莲反应不太快，总是一副思虑太多的样子，“方便联系，你去焦炭厂那边买，那边便宜。”

食堂阿姨在里面收拾锅碗瓢盆，插了一句话：“小陈，等会儿你送我一下行不行？我闺女他们今天去参加什么展，跑到中枢大楼那边去了，得爸妈去接。我看离那么远，坐公交车都来不及。”

陈秀莲用筷子扒着排骨肉，几口吃完，忙不迭地点了点头。

陈秀莲的车是一辆老式货车，太旧了，也没怎么洗过。

食堂阿姨不是第一次坐，她在车上穿着外套，往后面看了一眼，说：“后面黑咕隆咚的，都装了什么东西啊？这车还挺能载的。”

“旧破烂，”陈秀莲用余光瞟了下倒车镜，那里能看到后斗，她说，“琴琴她爸以前开厂的设备，现在都淘汰了，只能当废铁卖。”

“琴琴她爸最近怎么样？”阿姨转回头，问陈秀莲，“腿好点没有？送到停泊区来嘛，咱们这儿的医疗设施就算比不上光桐区，也好过让你老家那些卫生所乱治，别把人越治越瘸了。”

陈秀莲开车很稳，她甚至做过拉焦炭的工作。她的嘴角动了一下，却不是在笑，说：“今年没钱，明年再带他过来。他这辈子累死累活地跑生意，现在躺在床上吃喝拉撒都有人照顾，恨不得不要站起来。”

食堂阿姨挑拣着自己口袋里不知道装了多久的瓜子嗑，闻言急了，说：“那你还真养他一辈子？”她吐掉瓜子壳，“你傻啦？在家待着肯定舒服，内外都不用他操心，你再安排一个年轻漂亮的小保姆给他，嘿哟，你傻死了。”

“我的话他从来不听。”陈秀莲看着前边的车灯，像游进霓虹丛林的鱼群，带着浓烈的腥味。

她在脑子里重复这句话，耳边忽然有人骂道：“成天在外面碎嘴子，你找死啊！”

陈秀莲抿紧嘴唇，转动着方向盘。

“回话！装什么死？耳朵不要，我给你切了！陈秀莲！你不要以为我现在躺在床上够不着你——”

车稳稳地在目的地停下。

食堂阿姨一边下车，一边劝她："要不然早点离婚算了，他又不是什么好东西，你听我的。"

陈秀莲勉强笑了笑，食堂阿姨还想说什么，看陈秀莲逐渐抿紧嘴唇，她"哎哟"一声，站在车门边小声比画着："你俩通着话呢？"

"告诉她让她滚！一张臭嘴！关她屁事！"陈秀莲的丈夫在ID通导器里暴跳如雷，"再多管闲事我抽烂她的脸！你也不要脸，我准你载她了吗？死女人！谁让你碰我的车的？那是你的东西吗？快点滚回来！"

"你闭嘴！"陈秀莲陡然砸了一下方向盘。

车喇叭大响，让外边的行人都吓了一跳。食堂阿姨不敢再听，提着包赶忙跑了，回头的时候，还能看见陈秀莲坐在车里涨红了脖颈，跟丈夫歇斯底里地骂架。

"吓死个人……"食堂阿姨匆匆走着，"倒了八辈子霉哟，嫁给这种男人！"

009 章 堤坝

晏君寻洗完澡，没吹头发。他顶着毛巾蹲在卫生间的养殖箱旁边，看熊猫养的乌龟爬来爬去。光屏悬在旁边，正在自动循环三个被害人的资料。

刘晨对性侵案的报道有两百多篇，刘鑫程、历建华还有霍庆军的案子都不是最醒目的。凶手不是即兴犯罪，她有计划有组织，她选择这三个人，一定是有东西刺激到了她。

晏君寻用手指关掉资料，点进了刘晨的专栏。

刘晨的自述是新锐媒体人，头像照片是成功人士写真。他的实时推送对性侵案情有独钟，标题都取得极具暗示性和煽动性。他还热衷后续报道，比如受害人怎样生活、罪犯怎样生活，他对此充满兴趣。

晏君寻挑出刘鑫程、历建华还有霍庆军的新闻，滑动着屏幕开始浏览，虽然这些内容他看过很多遍了。

受害人和受害方式是刘晨关注的重点，他在这些早期文章里主观推断着受害人的心理活动，对它们进行分析，恨不得把受害人每一个表情和每一个眼神都揉碎了讲。他一厢情愿地认为这都是两性信号，认为性侵总要有个理由。

晏君寻把文章滑到底，再拉回去。他如此反复，甚至忘记了管乌龟，等熊猫敲门的时候，他才发现乌龟已经爬到了洗手台底下。

“给它上课，”晏君寻拉开门，“教会它立定。”

“你真是日常给我出难题，”熊猫端着托盘，托盘上的牛奶冒着热气，它如同准备惊喜般举给晏君寻，“如果你能把牛奶喝干净，它就能学会立定。”

晏君寻用毛巾擦脸，很识时务：“我原谅它了。”

堤坝小区位置偏僻，比惠合还要远。小区楼房快塌了似的歪着身体，陈年雨垢让这些楼房看起来像被脏拖把擦过。楼房外部的应急通道断了好几节，栏杆被雨水泡得爬满铁锈。小区大门只剩一个轮廓，铁门都没有，旁边孤零零地站着一个岗亭。

晏君寻开着车转了几圈，没找到合适的停车位，最终只能把车停在距离小区很远的空地上，跟前就是垃圾堆。

时山延在车内吹足了空调，挽起的袖口还露着昨晚束缚锁的警告，他在下车时不忘和小橘龙相互挥手。

停泊区的太阳把垃圾堆附近的脏水洼晒干了。垃圾堆旁边有条排水沟，是从堤坝小区通出来的。晏君寻看了一眼，沟里的污水都成黑绿色了，成群结队的绿头苍蝇在这里狂欢。不远处有个小孩正撅着腚用力上厕所，他举着报纸挡太阳，听见车声扭回半个身子看情况。

“非礼勿视。”时山延礼貌地戴上墨镜。

晏君寻沿着空地前没修好的土路往堤坝小区门口走，他注意到站在垃圾堆这里看不到堤坝小区的大门，视野被突出的楼房侧面挡死了。周围有路灯，但灯泡都被小孩们用石头砸坏了。

土路半道上竖着一块木板，上面歪歪扭扭地写着“请勿乱丢垃圾”。

晏君寻端详着这块木板，看到上面也有涂鸦，不过是一些黑乎乎的线条。他的目光从这里转向堤坝小区，现在能看到岗亭了。

“她把车停在垃圾场，那里不引人注意，”时山延抬手挡住阳光，“然后站在这里观察霍庆军。”

“这片楼房和惠合小区一样，没人会叫钟点工，”晏君寻的目光没动，“她在这里不能用‘准点清洁’作掩护。”

但是周围住户的垃圾需要清理，垃圾车会不定期地到这里来，她的车得是一辆老式卡车，这样才能装得像样。

老式卡车真好用。

晏君寻回头看了眼自己的旧跑车。

准点清洁的清洁服务也用老式卡车，后斗不用太大，能放很多杂物。这种车在停泊区转二手很方便，车身上的广告标贴撕起来就像拆食物包装袋一样简单。以前焦炭运输也喜欢用这种车，还有钢铁加工厂，现在也不少见。

天气太热了，晏君寻只是这么走过去，后颈就被晒得泛红。他到堤坝小区岗亭跟前的阴影里站定，没跟里面打瞌睡的老大爷搭话。岗亭门框上的漆都掉得差不多了，仔细看能发现上边用小刀刻着几个不成形的字——弓，虽，干。

门口摆着两盆半死不活的花，不知道被谁剪掉了开花的枝，半边都没了。

晏君寻看向小区楼房，坏掉的水管耷拉在墙角，脏水都流进了没草的草坪里边。排水沟堵得厉害，跟岗亭隔着一条马路都能闻到臭味。但是对面有几棵长势不错的小榆树，应该新栽没多久。

霍庆军的新闻在这里只不过是饭后闲谈。一个四十二岁的落魄罪犯被害了，实时推送的新闻说最可能是仇杀，搞得人人都对当年的受害者更感兴趣，没有比手刃仇敌更刺激的戏码了。

时山延太高了，他得歪着些身子才能不被晒到，他说："你闻到凶手的味道了吗？"

"她不用香水，"晏君寻打开冰水，"香水会留下痕迹，她的经济条件也不允许。她喜欢不留味道的消毒水，好让你在刘鑫程的房间闻不出来她是谁。"

"也许我知道呢。"时山延玩笑似的说道。

"你不知道，"晏君寻看向他，"否则你会向我炫耀。"

"你的好胜心也不弱。"时山延微微皱了一下鼻子，"我们什么时候能换个位置？这里太臭了。"

"等我想明白以后。"

"请你快点想，"时山延凑近催促他，"快点，用起你的小黑板。"

晏君寻看着时山延微微鼓起了腮帮子，冰水淌过他的舌尖，让他感觉舒服。他不打算回话，目光随随便便地掠过时山延的侧脸，继续游走在小区内。

霍庆军不在堤坝小区住，但是他在这里活动。岗亭没有门，凶手可以随时看到霍庆军在做什么。她说不定就站在对面，然而那儿太明显了，她得找一个不被晒到的好位置。或者她能装成垃圾车司机，站在晏君寻现在的位置敲响岗亭的窗，询问霍庆军一些垃圾回收的问题。

她不喜欢被太多人看到，当然了，她就是来顶替那些卫生服务者的。现在这个时间就很好，太阳正毒，没人愿意站在阳台上观望，也没人想管岗亭保安在跟谁讲话。她做足了功课，这对她而言很简单，她社会经历丰富，这些工作她都干过，每样都轻车熟路。

岗亭内的老大爷仰头睡得很沉，喉咙里时不时会发出“嗬嗬”的声音。

晏君寻俯身，从窗口看进去。

桌子上乱七八糟地堆放着稿纸，有些被用来垫饭碗了，被汤水油星弄得很脏。最里边是一个小小的桌面书柜，塞着几本破旧的“都市猎奇”类书籍，还有一本边角起卷的数学教材。

根据督察局的盘问记录，霍庆军在这里上班的时候经常给小孩讲题。他每次都蹲在台阶上给小孩们讲题，生怕别人看不到孩子，讲题也不敢讲太久。时间久了，孩子们对他喊“老师”，他却不敢应。

数学教材里夹着东西，姜敛说是霍庆军以前的全家福。

晏君寻看着照片露出的一角。

凶手伪装成垃圾车司机。她来过几次，是为了让霍庆军熟悉她，因为她无法靠自己的力量把霍庆军拖到垃圾车里，她得让霍庆军毫无防备地自己走过去。她会站在这里和霍庆军搭讪，他们之间有能够让彼此快速熟悉起来的话题，那就是孩子。

晏君寻点出光屏，推向时山延：“问问姜敛，霍庆军的全家福检查过指纹吗？”

“摘手套是一个礼貌的举动，霍庆军一定被她的细节打动了。”时山延抬起食指，隔空晃了一下，问晏君寻，“你的密码是什么？”

晏君寻转过头，跟时山延对视：“搞快点。”

“我猜了，”时山延输着密码，笃定地说，“21430808。”

光屏亮起来。

“你的储蓄密码也是这个，”时山延露出玩世不恭的表情，“你好无趣啊。”

“是这样的，”晏君寻把目光又投向岗亭内，没有再理时山延。

桌面书柜的顶部放着一个带有防水贴的搪瓷水杯，上面的“霍”字写得很漂亮。霍庆军对自己的板书要求很高，他练过字，即使在监狱里也没放弃。

这是不是代表霍庆军始终相信自己还能重返讲台？

晏君寻转过身，说：“去霍庆军家里看看。”

霍庆军住在地下室，老旧的通道里没有感应灯，这里有股浓重的霉味。晏君寻站在楼梯口，顺着台阶能看到底下裸露着的下水道铁管，它们缠绕在昏暗里，正在滴着脏水。

霍庆军的邻居是一对小夫妻，他们习惯不关门，洗漱用的塑料盆都堆积在门口。晏君寻路过的时候听到男人在打游戏，他用余光扫了一下，女人正躺在满是杂物的脏床单上午睡。

时山延太高了，行走间不方便，但他灵敏得像一只大猫，跟在晏君寻身后没有发出一点声音。

晏君寻拿出钥匙，却发现跟霍庆军的门锁对不上。他试着推了一下门，门朝内开了一点，铁锁吊在中间。他在这点缝隙里看见地上有些黄了边的花瓣。

“上门服务，”时山延低声说，“要我开锁吗？”

晏君寻握住铁把，在时山延的目光里，直接把门把手掰掉了。他接住下掉的铁锁，在昏暗中瞟了时山延一眼，像是无声地展示。

010章 雨声

霍庆军的房间光线很差，唯一的小窗还被破布似的窗帘遮住了。从二手市场淘来的行军床蹲在水垢斑驳的墙壁边，像一个营养不良的囚犯，身上披着潮湿发霉的床单。房间里的陈设凌乱不堪，塑料桌底下倒了一地的书，基本与刑法和数学相关。

“有人专程来祭奠过他，”时山延的鞋尖避开门口的花瓣，“带的还是百合。”

晏君寻被塑料桌后面的墙壁吸引了目光，那上面贴满了草稿，都是霍庆军做的数学题。晏君寻走近几步，没碰这些草稿，他稍微别过头，在密密麻麻的数学题里看到了那些或潦草或工整的字迹——

我是冤枉的。

这是霍庆军在草稿上的唯一注解，不论字迹大小，他都写得很用力。钢笔尖戳破了草稿纸，墨迹一团一团地染黑数学题，他像疯了一般在自证。

“欢迎——”行军床上忽然传来机械声，只讲了两个字，就发出刺啦的杂音，几秒后接着说，“你回来啦。”

时山延在霍庆军的枕头边看到了一个过分陈旧的小机器人，它椭圆的脑袋上戴着帽子，依偎着被子，重复地说：“你回来啦。”

“一百年前淘汰的小玩具。”时山延看了一会儿小机器人，问，“你住在这里吗？”

小机器人护镜似的电子眼忐忑地闪着微弱的光，作出系统设计的回答：“是的，我住在这里，这是我的家。”

“这儿挺凉快的，”时山延顿了顿，“你爸呢？”

“我没有爸爸。”小机器人无法理解人类的语气变化，它自顾自地说，“老师，欢迎你回家。”

这种机器人最早出现是为了教小孩子讲话，它们可以做最简单的信息识别，能跟小孩子进行一点交流，后来被智能系统取代，在光轨、光桐等发达区域已经被当作古董收藏。它们个头很小，只比普通狗狗聪明一点。

小家伙被霍庆军照顾得很好，除了旧，四肢都是干净的。它无法分辨谁是霍庆军，单纯地把在这个房间里活动的人都当作霍庆军。它没有攻击性，也没有警觉性，只会靠自己陈旧的数据分析和人聊天。

在时山延和机器人对话的同时，隔壁男人打游戏的音效声也清晰地传了过来。晏君寻被两种声音包围，再加上位置过高的小窗，这让他感觉不适。

凶手没来过这里。

晏君寻在这里没发现她的痕迹，这里都是霍庆军的痕迹。

窗户从没有打开过，应该是原本就封住了。桌子上还搁着霍庆军没盖紧的钢笔，被压住的教材呈现原样。晏君寻腿边倒塌的书本堆上没有其他人的脚印，只有霍庆军的。

她为什么不进来？她找不到理由。

不。晏君寻想，如果她想来，一定有办法。她对目标很执着，对目标的生活状况也很执着。她如女王般地巡视，这儿都是她的领土。可是她没有来过霍庆军的家里，她不是不知道霍庆军的家在哪儿，她只是不想来。

“你会唱什么歌？”时山延跟小机器人聊到这里。

“我不会唱歌，”小机器人说，它迟钝地抬起手臂，按住自己的一只耳朵，“如果你想听音乐，我可以放给你听。”

时山延捧场地说：“让我听听。”

小机器人静止了，五秒钟后，时山延和晏君寻听到了雨声。雨声潮而密，浸泡着耳朵，让晏君寻罩在T恤下的皮肤都在报警，他实在不能适应这种潮湿的环境。但是雨声很持久，它敲打着水泊，覆盖住溪流，像茂密的森林在呼吸，这是助眠的声音。

小机器人只会选择循环次数最多的音乐播放，这表明霍庆军经常需要借着雨声入睡。他似乎想在这晦暗潮湿的房间里把自己的躯体泡到发霉。他在这偏僻破旧的缝隙里苟延残喘，生活中没有火光，没有太阳，只有雨。

“关掉吧。”晏君寻忽然回头。

他感觉很不好，浑身黏糊糊的，仿佛已经躺在这张行军床上了。他在说话时看见小机器人身上的被角，那是霍庆军失踪那天盖好的。

霍庆军给它盖了被子，也许还摸了它的头，然后夹着自己没装订过的草稿纸走出去。

“再见，老师。”

小机器人照常跟他挥手。

——再见，老师。

霍庆军在雨声里走出去，然后被泡在了排水沟里。晏君寻清楚地记得资料里的所有细节，就像时山延说的，凶手把霍庆军的衣服脱掉了，推上了处决前两个人的地方，习以为常地摁住他的身体。她还戴了清理用的橡胶手套，但是处理得很糟糕。

不该是这样的，晏君寻迅速地想。

这是她的第三个受害人，她已经知道该从哪里下手，却把霍庆军处理得最糟糕。

霍庆军当时可能还活着，他没死透，他挣扎了。

晏君寻呼吸微促，房间里该死的雨声还在响，他感觉血都溅到自己脸上了。脑子里的黑板响起潦草的书写声，隔壁男人的游戏音效像蝗虫一样撞进他的脑海里。晏君寻在黑板和臆想画面里不断切换，就像正蹲在工地上看黑白电影，整个脑子都堆满了信息。

吵死了!

晏君寻想提起隔壁男人的衣领，把他的脑袋撞在桌子上，关掉他的游戏。

不要吵我，别来吵我!晏君寻默念着，带着咬牙切齿的意味。

时针正好走到六点钟，光铁运输的轰隆声直接排山倒海般地碾过来，重型运输工具轧得整个区域都在颤抖。塑料桌底下的书堆彻底瘫倒了，光铁过境的声音如同巨浪一般吞掉了所有杂音。

凶手在台子上处决了霍庆军。太轻易了，她一定借助了什么。她不会跟他们搏斗的，她有办法让他们无法还手。

塑料桌上的钢笔被震开了笔盖，笔尖磕在厚厚的稿纸上，墨迹犹如摊开的黑色血迹。

虽然霍庆军的血淌满了台子，但是凶手不在乎。她当然不在乎，以前每次都是这样。她只是不愉快，她在自己是一个男人的幻想里没遇到过抵抗，这是第一次，她要给霍庆军一点颜色。

只有霍庆军的尸块被狗咬了。

陈秀莲小心地辨别着角落里的苍蝇，她不想伤害无辜，于是她温柔地拨了一下苍蝇的翅膀，把它从磨床上弄下去。

苍蝇僵直地跌在地上，早死了。

“这个月雨下得太少了，”杨钰脱掉手上的橡胶手套，用手扇风，“晒得人门都出不了。我儿子娇生惯养，天天嚷着热，这个月都没出门打工了。”

陈秀莲坐正身体，看着玻璃外边的焦炭运输车进园子，说：“你不要管他，让他自己挣钱吃饭。”

杨钰用手背擦拭着鬓边的汗，她今早干活的时候弄破了手，也没时间管，血都凝结成条状了。她累得快直不起腰了，唉声叹气道：“我不管他，谁管他？孩子就像要债的，待在家里什么都不干，他老婆孩子都得我养。”她看向陈秀莲，“我年纪这么大，马上都要干不动了。”

陈秀莲沉默地看了一会儿运输车，它们像蚂蚁一样在地上爬。她说：“你再打十份工也养不起他。”

杨钰每天都跟陈秀莲倒苦水。他儿子年初还跑了几趟焦炭运输车，入夏以后彻底不干了，成天躺在家里打游戏，饿了就喊妈，老婆要生的时候在家里疼得要晕过去了，他也在游戏前面坐得住。

“我这命可太苦了，老公是短命鬼，儿子是讨债鬼，我五十多岁了还在给人家清理马桶。”杨钰越说越委屈，仓促地用手擦了下眼睛，“平时我讲他几句他还嫌烦，挑三拣四的。他媳妇儿也不敢说话，附和几句都要挨打。”

“你儿媳妇不是才生吗？”

“哎哟，他喝上头了哪管这些，”杨钰眼角的鱼尾纹里夹着点没擦干净的灰尘，她吸着鼻子，“晚上我都让他媳妇儿跟我睡。”

陈秀莲不吭声。

过了一会儿，杨钰起身说：“我看普利小区那案子怪吓人的，幸好咱们没过去干过活儿，也不知道人什么时候能抓住。今天，督察局到‘准点清洁’查人查出勤表，耽误了好久，我那头的活儿还没干完。我现在过去收拾一下，你等会儿我，咱们一起走啊。”

陈秀莲点了头，目送杨钰走远。黄昏时的室内休息区没什么人，这会儿司机都要守在外面跟过磅室的记录员算焦炭运输的来回次数，她吃饭前就算过了。

陈秀莲点开自己的光屏，页面停在刘晨的实时推送新闻上。

刘晨时刻跟踪督察局的调查进度，姜敛跟他没谈妥，今天他专门在主页上批评督察局的态度，底下的留言都很激动。陈秀莲不想看，她切进刘晨的粉丝聊天室，这里正在热议案情。

五月的雪：案子会破的。

摆渡船：你有什么内部消息？

五月的雪：督察局有侧写高人，专门破这个案子。

新锐媒体人刘晨：哦，我也是这么听说的，就是暂时无人透露这位高人的姓名。你知道吗？我可以付钱。

五月的雪没讲话，他似乎在考虑利害得失，几分钟后输入：那人有点来历，我不太敢在这里说。刘记见面吗？我可以免费提供给你。

刘晨没回答，应该是私聊了。

陈秀莲从不在这里讲话，她不怎么爱跟陌生人聊天，那是她丈夫爱做的事情。她也不关心督察局的高人是谁，她只想听听叫好声。

“你有病啊？”陈秀莲的耳边又响起丈夫何志国的声音，他像贴着陈秀莲的耳朵喊，“你惹上事了！你等着被抓吧！”

陈秀莲抿紧嘴唇。

“你赶紧把狗都弄死，家里全是臭味，差点熏死我！”何志国的唾沫星子仿佛都要喷在陈秀莲脸上了，“我早跟你说了扔锅炉里去，你非要喂狗！”

“闭嘴，”陈秀莲的面容略显狰狞，她低低地重复着，“你给我闭嘴！”

她的影子在地上孤零零的。

011章 兴趣

姜敛提着纸袋进入办公室，办公室里面有晏君寻和时山延。他跟晏君寻打招呼，看见时山延正在欣赏他养在玻璃墙里的虚拟蔷薇。

“据说这是光桐区的新品种，”姜敛转过椅子，坐下来，“要是你也喜欢的话，我可以再帮你向他们要一盆。”

时山延无聊地敲着玻璃壁，说：“我养在马桶里吗？”

“那也行。”姜敛咳嗽两声，主动略过这个话题。他看向晏君寻：“好消息和坏消息都有。”

晏君寻咬着棒棒糖的细棍，说：“你没有找到人。”

“是的，”姜敛把纸袋内装有全家福照片的密封袋放到了桌面上，“这张照片上确实有除霍庆军本人以外的指纹，但是搜索区域数据库后，没有找到相应的匹配对象。我们接着对比了普利小区的出入记录，还有相关企业的职员数据，都没有能和指纹对得上的人。实际上，目前没有证据能证明这就是凶手的指纹。”

停泊区的居住数据库是近几年在督察局的倡导下才开始建立的，以前区域内藏了很多不太正规的钢铁加工的小厂子，为了不被查到，都会有意地躲避信息录入，所以信息收录一直不完整。

“但是她既然有车，就一定会在某些地方留下痕迹。”姜敛推了下眼镜，“你觉得她会在哪里作案？”

“家附近，”晏君寻把棒棒糖棍扔进垃圾桶里，“或者就在家里。”

“那她要有房子，”姜敛想了想，“还得是独居。”

“怎样算是独居呢？”时山延近距离观察着蔷薇花，没有回头看他们，并伸出双指点着自己的太阳穴，“这里有人算同居吗？”

“单独居住。”姜敛想拿晏君寻举例子，又想起胖达，随即把话咽了回去。他继续说：“你在霍庆军家里有什么收获？”

“一个准备自学法律的数学老师。”晏君寻不想回忆那个房间，但是他看到了桌面上的照片。

照片很旧，四角泛黄。照片上的霍庆军没有资料里那么削瘦，他抱着几岁大的儿子，搭着妻子的肩膀，坐在草坪上，对镜头笑得很满足。

他们当时正在野餐，也许是什么纪念日，霍庆军专门请了摄影师拍照。摄影师拍得不错，他们看起来幸福美满，简直可以当作美好家庭的宣传照。

“你们通知他妻子了吗？”

“霍庆军的吗？”姜敛把目光投向全家福，“联系不到人。”

晏君寻看着全家福神游天外，他不想让自己太过注意这张照片，可是他又不得不由这张照片开始联想。

凶手跟霍庆军搭讪的时候看过照片，她摘下手套，把照片举到眼前看。霍庆军应该很高兴，终于有人能和他聊天了，哪怕是一个陌生人。

她觉察到什么了吗？一个可怜男人的申诉。霍庆军看起来那么落魄，即便他很努力地在整理自己的生活，他也从内部散发着霉味，那是遮掩不住的沧桑。

凶手把照片还给霍庆军，她重新打量着他，用探寻的眼神。她从照片上看不到幸福，她只认识刘晨新闻里描述的那个霍庆军。

她一定很享受这个过程，这让她感觉像在统治一个神秘又狭小的王国。她自由地选定处决对象，再向他们施刑，刘晨的新闻就是她的备选名单。

“你有在听我讲话吗？”姜敛观察着晏君寻的表情，他在说话的空隙里看了眼时山延，时山延也在注视着晏君寻。姜敛放轻声音，尽量让自己的话听起来没有攻击性：“你要不要休息一下？”

“她作案有计划性，从锁定目标到接近目标，她都有计划。现在被害人还有剩余的尸体很难处理，如果她放着不管，超过二十四小时后尸蝇就会孵化。她平时还要工作，这是她每次都在周五动手的原因，这样她才有时间解决尸体的问题。我怀疑刘鑫程不是她的第一个被害者。”

晏君寻靠近桌子，眼睛很亮。

“她把刘鑫程处理得很干净不是吗？你们到现在都找不到被害者的剩余部分，可见她有经验。她很固执，坚持用同一种办法来处决被害人。她觉得刘晨的报道就是真相，这是她认定的事情。这几天刘晨在自己的主页里是怎么说的？他说这是仇杀，是报应。他的言辞给了凶手回应，凶手期待的就是这个。你明白吗？刘晨对这些被害人的跟踪报道让她感到不满。她经历过性侵，她不想让这些人活着，她要他们死，这才是她认可的结局。如果我们这个月找不到她，她下个月还会继续。”

“如果她杀掉了暴力她的对象，”姜敛问，“那她为什么还要继续？”

“因为痛苦没有停止，”晏君寻盯着姜敛，“她没有从中解脱。你没看到吗？她只敢在别人家里强调自己的存在。”

时山延轻快地敲打着玻璃，像是在鼓掌。他敏锐的嗅觉让他在所有事情里都能领先一步，但晏君寻也很快。阿尔忒弥斯真是一个了不起的系统老师，它教出了最有意思的学生。

然而时山延不喜欢别人的系统，就像他不喜欢玻璃墙内这盆被姜敛裁剪过的蔷薇花。不过，傅承辉的确为时山延挑选了一个好搭档。

012 章 天才

晏君寻不经常来督察局，他讨厌这里的氛围，还有这里的人不同的目光。他跟他们理解的那种人不一样，他既没有热血也没有冲劲，每次来到督察局都像没睡醒。他不许姜敛在这里提他的名字，也认为自己没有给姜敛提供过多少帮助。

姜敛对外称晏君寻是心理侧写师，但他们都明白，晏君寻表现得并不像心理侧写师。时山延有句话一针见血：晏君寻很能和凶手共情。现场的细节在晏君寻脑子里像蛛网般钩织，他时常沿着一根线去想象。

“你能理解吗？”姜敛趁着晏君寻去卫生间的空当，在办公室对时山延说，“他的思维跑得太快，经常让人追不上。这很像考试的时候，大家明明拿着同一张卷子，可是他不仅答得很正确，而且答得很快，快到一定程度难免让人怀疑他是不是看过正确答案，还是带详解的那种。”

“我理解。”

时山延仰靠在椅子里，看见玻璃墙壁后的晏君寻从拐角转了出来。晏君寻停在自动贩卖机前，对周围的人的注视不感兴趣。超强的感知能力让他很敏锐，他知道周围的人心里在想什么，但是他不在乎。

“他懂得保护自己，会把很多事情和很多人都丢到‘无关紧要’的分类里。他不喜欢被人注视，对自己的观察力也持有厌弃态度。但是他的天赋这么好，更多时候其实无法控制自己不去联想。你随便给他一点关于案子的东西，他就忍不住坐在那里想。”

“是……”姜敛一脸复杂地看向时山延，“你很了解。我想冒昧问一句，你也会这样吗？”

时山延转过椅子，看着姜敛，眼神很直白，说：“你为什么不问问晏君寻呢？他能告诉你正确答案。”

姜敛沉默半晌，继续说：“我时常希望君寻能想错一些东西，这样会让他看起来更正常。”

时山延被逗笑了，仿佛不明白这句话。他直起身体，隔着书桌问姜敛：“你为什么会觉得他‘不够正常’？”

姜敛的镜片擦得很亮，他认真地想了想，回答：“因为我是普通人，普通人会对案子里的一些细节义愤填膺，大家更愿意站在被害人的角度，而不是凶手的角度。君寻每次观察现场都很冷静，有些时候也可以叫作冷漠。”

“你觉得他无法和被害人共情，”时山延像坐在办公室里的心理老师，“他‘看到’被害人的痛苦，却没有表现出该有的同情和愤怒。系统养大的小朋友也蛮恐怖的，是不是？”

姜敛没有回答。

“晏君寻现在的家里没有阿尔忒弥斯，”时山延拆分着这道题，“因为你们发现晏君寻无法和被害人共情，即便他现在看起来很乖，他对凶手的理解程度也远超正常人。阿尔忒弥斯的教学成果让人害怕，如果晏君寻去犯罪，那他就是最难搞的凶手。”时山延露出理解的表情，带着微笑残忍地问，“我很好奇，你们‘杀掉’了阿尔忒弥斯吗？”

晏君寻提着啤酒罐，在各种铃声、交谈声里穿过。他看起来像一个刚毕业的学生，连T恤都带着皮卡丘的图案。他没有回到姜敛的办公室，而是去了人相对少的休息厅。

督察局的休息厅四面都环绕着郁郁葱葱的虚拟绿植，座椅的间隔保持一致，里面的人都在低声交谈。禁烟区在左边，晏君寻想了想，在右边找了一个偏僻的位置坐下。

厅内循环播放溪流声，晏君寻在裤兜里摸了摸，那里还藏着一支烟。他把烟拿出来，犹豫少顷，咬在了唇间，却没有点。

想要预测一个人是否会做某事，就得先搞清楚他对行为结果的期待，如果他能从其中得到奖励，他就会继续做下去。这是社会学里的期望理论。

晏君寻用舌尖抵着烟蒂。

凶手畏惧性侵过程，却选择对性侵者重复作案。她很偏执，作案手法保持一致。这好像某种仪式，必须按照步骤做下去，她才能得到期待的结果。

晏君寻对她分析了太多，他觉得她已经透明了。

一个常年忍受丈夫性暴力的女人，她的家庭地位也许还不如一条狗。她不能随意摆弄家里任意一样东西，那都不属于她，她没有权利碰。她清理刘鑫程、历建华的家，好像自己住在里面，但她不敢回家也这么做，因为她在家里这么做会挨打。

她不肯直视刘鑫程的照片和自己。刘鑫程楼道里的涂鸦也让她感觉压抑，所以她给涂鸦画上胡子，这样感觉好一点。她能获得短暂的轻松。

她很爱自己的孩子，爱到不想承认这个孩子死了的事实。她修改历建华的系统，让系统叫自己爸爸。她在臆想里不仅是孩子的妈妈，还是孩子的爸爸，这样她才能矫正“爸爸”的错误，给孩子幸福。

说明这个孩子的死跟爸爸有关系。

厅内的溪流声很平缓，容易让人睡着。晏君寻不想睡，他也不想继续想，但思路就像长了腿，它们拽着他跑，不管他愿不愿意。

“咔！”

打火机的火苗点燃了晏君寻的烟，时山延的味道很突出。他从后绕来的手臂像半环住晏君寻，衬衫的质地不错，让他藏在布料里的肌肉清晰浮现出轮廓。

“他们盼着你尽快解决掉这个难题。”时山延利索地翻扣上打火机盖子，像好友般搭着晏君寻的肩膀。

“别傻了，”晏君寻叼着烟，“我是一个微不足道的小角色，只会臆想。”

休息厅的柔光打在晏君寻的发间，他的泪痣在烟雾里若隐若现，这是他独特的魅力。他只抽了两口，就把烟拿掉了。他看向时山延，不在乎他们之间的距离有多近。

“如果你关心这个案子，可以把你知道的东西告诉姜敛，”晏君寻嘴里的烟味混杂着甜味，那是棒棒糖的味道，“别再来试探我。”

“那么何不由你来说呢，”时山延耐心十足，他闻到了香橙的味道，这让他舔了下犬牙，“告诉姜敛凶手有病。”

晏君寻很烦。他厌恶跟人较劲的感觉，也厌恶时时刻刻被人观察的感觉。

“不好意思，”时山延的两指捏过晏君寻抽剩的烟，敷衍地道歉，“我一不小心就猜中了。”

他轻轻咬住那支烟，眼神却像咬住晏君寻。

“你知道凶手为什么杀人。”

晏君寻当然知道，他已经暗示过姜敛了。

陈秀莲在喂狗。

陈秀莲住在钢铁工业园附近的老民居，这栋破旧的小楼房是她丈夫何志国办厂时买的。以前他们住在二楼，钢铁加工的磨床都放在一楼，方便钢材进出。何志国离开停泊区以后，这里就是陈秀莲说了算，她把老磨床搬到了地下室。

几条土狗围着陈秀莲摇尾巴，她放下铁盆，狗一窝蜂地围上去。

“打死它们，”何志国在陈秀莲耳边说，“一股腥臭！”

陈秀莲不吭声，她听了一会儿咀嚼声。

“我在跟你说话，”何志国像要用手推陈秀莲的脑袋，他以前就爱这么干，“你到底听见没有？不要让我生气，陈秀莲，我打你都是因为你惹我，你让我生气我才会打你，你懂吗？”

陈秀莲呼吸微沉，她没开一楼的灯，站在黑暗里被骂得面色铁青。她嘴唇翕动：“我要报警抓你。”

“你报，”何志国的唾沫星子仿佛喷得陈秀莲满脸都是，“报完我还要打你，往死里打！”

陈秀莲用袖子擦脸，动作很用力，像擦着陈年污垢。袖口的扣子刮着脸，她很快就把脸擦得通红一片。

“我让你把狗弄死，你偏不听是吗？那我就把琴琴弄死！”何志国的声音像刀子似的往陈秀莲耳朵里钻，“我要把她从楼上拖下来，像收拾你一样收拾她。赔钱货天天吃我的工资，跟你一样都脑子有病！都是打完不长记性的贱东西！”

陈秀莲像一只受伤的母兽，忽然朝着通导器号叫起来。她浑身都在抖，拽掉耳朵上的通导器，摔在地上，抬起脚狠狠地踩。

土狗们受了惊吓，哀叫着夹起尾巴，叼着骨头往角落里跑。

陈秀莲把嗓子喊得发哑，她喘着气，用泛红的眼睛巡视周围，终于听不到何志国的声音了。她胡乱撩开自己被汗打湿的头发，冲到楼梯口，几步下去，用颤抖的手开锁。

虽然地下室有股腥臭，但是陈秀莲不在乎，这味道让她放松。她的手在墙壁上摸寻，打开了灯。

地下室太脏了，到处都是废弃的钢材。有张磨床被移动过，陈秀莲原本想把它扔掉，但是她记得刘晨报道里写过的东西——督察局很厉害，他们顺着一样东西能查到很多线索。这张磨床是何志国借钱买的，当时还有欠条，虽然她把欠条烧掉了，但她依旧对未知的督察局充满恐惧。

报道里说过，督察局抓过很多人，陈秀莲不想被抓，她还没弄死何志国呢。

013 章 曝光

其实陈秀莲对这张磨床有感情，它帮了她很多忙，像她最忠诚的朋友，就是太旧了。她想把何志国放上去，想把所有"何志国"都放上去，然而"何志国"太多了，他们挤在地下室的报纸里，陈秀莲撕都撕不完。

何志国以前打陈秀莲的时候经常说一句话，他说自己练过气功，小时候跟过师父，和普通人不一样，从三楼掉下来都没摔死。陈秀莲原本是不信的，但是现在她信了，何志国无处不在。

她记得自己把何志国从一楼拖下来，塞到了磨床上，她记得当时自己的每个步骤。但是她早上醒来，何志国还在耳边跟她讲话。她那天煮了粥，对着地下室里的何志国吃早饭。她问何志国吃吗，何志国不讲话，她就自己吃了。为了让何志国别再讲话，她要让何志国永远闭嘴。

陈秀莲被地下室的灯光晃得晕眩，她抚摸着磨床，把脸也贴上去。磨床很凉，冰得她刚才擦红的脸很舒服。她想起上一个躺在这里的男人，叫什么呢？她已经忘了，但她知道那也是"何志国"。

何志国很会装，他以前和督察局通话，说"我没家暴，是我老婆不正常，我没家暴，我是冤枉的"。挂了电话后，他就拽着陈秀莲的头发下楼，把她关进地下室，要她反省，要她给自己写保证书。

霍庆军躺在这里的时候说什么？

他也说："我没强奸，我是冤枉的。"

"我知道真相，"陈秀莲对磨床说，"报道都是真的，写在报纸上的事情不会有错，他就是狡辩。"

磨床不会回答。

陈秀莲继续说："以后他们报道我，也会说实话，我杀何志国是因为他犯法。犯法为什么要放出来？放出来就会出问题。何志国以前强奸我，督察局没抓他，他就在外面继续伤害我。我怎么办？我就做了我该做的事情。”

地下室很潮湿，没除干净的血腥味有种变质的味道。

陈秀莲睁着眼睛，眼神是空洞的，她说：“等何志国没了，我就自首。我不活了，我跟他同归于尽。琴琴再也不用挨打了，以后开开心心地去上学。”

狗从门缝里挤出脑袋，吐着舌头叫了几声。

陈秀莲说：“嘘。”

可惜没来得及，她听到何志国又醒了。何志国整天都在骂骂咧咧，不把她当人。

凶手没用过自己的ID编号，所以她留在霍庆军照片上的指纹跟普利小区的出入记录对不上。这些小区的出入系统只会要求对方报自己的ID编号，然后入档保存。

姜敛对和普利小区合作的清洁公司、搬家公司都做了重点盘查，他认为凶手就在盘查对象的周围。这里有她的社交圈，她从中得到了自己想要的被害人信息。督察局挨个调查这些人的社交信息，他们的朋友、亲戚都在调查范围。监察系统对比了所有人的指纹，但没有一个人对得上。

晏君寻没有回姜敛的消息，他只想把跟到家里的人弄走。

熊猫坐在地毯上，为时山延展示它的电子相册。时山延真是熊猫之友，用他的耐心轻而易举地取得了熊猫的信任，在晏君寻出门的片刻工夫里，熊猫已经把自己的老底都交代完了。

“我曾经是一个出色的宠物管理系统，后来宠物店倒闭了，原主人把我卖给了二手系统交易场。我在那里待了好几年，好多事情记不清了，”熊猫的语气沉重，“不过我老家应该不在这里，这里的环境太差了。总之等我再度苏醒，我就是晏先生的室内系统了。我的生命要义就是像保护幼崽一样保护晏先生。这是我的 ID 编号。”

“太专业了，”时山延一脸敬佩地接过熊猫的 ID 编号，“照顾幼崽很累吧？”

“那倒没有，”熊猫很给晏君寻面子，“晏先生很乖。”

“我知道。”时山延看向晏君寻。

晏君寻跟时山延对视。

“我忘了，”时山延忽然从兜里掏出打火机，缓缓放到茶几上，“有件小礼物要送给你。”

“打火机不是好东西，”熊猫太胖了，只能用爪子搭着肚子，左右看了看他们俩，“晏先生要戒——”

模拟熊猫倏地消失了，厨房内的焖锅发出咕嘟嘟的煮汤声，整个客厅都安静了下来。

“你可以回去了，”晏君寻说，“下班了。”

“姜敛还在给你发消息，”时山延示意晏君寻看，“也许是加班通知呢？”

“我从来不加班。”晏君寻话音刚落，ID 通导器就响了。他看着光屏上浮现的陌生号码，略微皱了眉，点了接通。

“你好。”

对面的回应是沉默，晏君寻在这几秒沉默里敏锐地觉察不妙。他果断地掐断电话，打开了室内光屏。

刘晨那张讨厌的脸就在眼前，他西装革履，把发型打理得很整齐，坐在镜头前。他神情严肃地对镜头说：“我现在有理由谴责督察局在玩忽职守，他们找的神秘外援根本不懂侦查。一个没有资格证的心理侧写师被姜敛捧得神乎其神，他却要求我们对此保持沉默。我怀疑这位神秘的晏先生还参与过其他系列谋杀案的侦查，我的天哪，这让人不敢深思，姜敛根本无法确保……”

晏君寻的心缓缓下沉，窗户没关，他闻到一点潮湿的味道，像暴风雨前的气息。两秒后，ID 通导器又响起来，持续不断的嘀嘀声在房间里显得格外刺耳。

“让刘晨跟我通话，”姜敛站在办公室门口，等通导器一通，立刻说，“你马上删掉有关心理侧写师的视频！”

“这是什么？来自强权的明示吗？”刘晨在那头很冷静，他说，“督察局凭什么要求我保持沉默？我怀疑你在借用职务之便徇私舞弊。别想堵住我的嘴，你等着联盟调查吧！”

“谁？我吗？”姜敛被气笑了，他环视大厅内的所有人，转身倏地一脚踹在门上。那咣当的巨响让大厅彻底安静了。他胸口起伏，对刘晨说：“你最好立刻删掉，删干净，并且祈祷它没传播得太广。我不会等来调查的，他到停泊区来是正规程序，懂吗？我劝你从现在开始打草稿，傅承辉很快就会找你的。”

姜敛说完停顿两秒，还是不解气。

“浑蛋！”他暴躁地挂断通导器。

陈秀莲在吃饭的时候看到刘晨的主页，她不知道心理侧写师是什么，于是切进了刘晨的聊天室。

摆渡船：天哪，我打通了！刘记太厉害了。

底下迅速有几十条消息跟进。

——他真的接了？说什么没有？

摆渡船：说了你好，你好，哈哈哈，我录下来了，免费分享给兄弟们。

陈秀莲咽下最后一口饭，点开那条语音。

“你好。”

被打扰的侧写师很年轻，他的声音清澈，有着拒人千里之外的礼貌。

——你好。

陈秀莲在心里默默地回答。她放下饭碗，看着刘晨的视频，看到晏君寻模糊的侧影。

这个人要抓她。

陈秀莲萌生出奇妙的感觉，她看见晏君寻的侧脸，虽然模糊，但很白。他看起来和她知道的知名人士都不一样，刘晨说他参与过很多案子。

此时晏君寻像灯光下的舞台剧主角，所有镁光灯都追着他跑。

“让小橘龙关闭消息通知，”晏君寻对熊猫说，“换掉原来的编号。”

熊猫没有立刻回答，它在几秒后变成了系统机械音，说：“好的，暂时进入‘阿尔忒弥斯’模式，即将为君寻开启全封闭式保护。”

然而没有成功，ID 通导器还在响。

“请求失败，‘阿尔忒弥斯’的保护数据已被删除，编号 7-001 仍然处于重查期。请求失败，‘阿尔忒弥斯’的保护数据……”

房间的警告声循环不止，灯光闪烁。

晏君寻很安静，他这种安静很不自然。

“室内系统受到恶意攻击，通导器已脱离系统主理，建议暂时停止使用……”

ID 通导器忽然停止嘀嘀的叫声，进入自动接听模式。光屏倏忽打开摄像头，视频对面一片漆黑。“吱吱吱”的嘈杂声像一群无孔不入的小虫，它们叮咬着室内的寂静。

“哈喽——”视频对面的声音经过变声处理，“让我看看，天才——”

ID 通导器突然爆了一下火星，视频卡顿，接着时山延已经转过了镜头，朝着对面露出微笑。

“你想死吗？”

下一刻，通导器彻底被束缚锁的电流勒爆了，光屏卡在时山延露出犬牙的画面上，随即消失了。房间陷入死寂，所有系统都进入休眠。

晏君寻苍白的脸差点就暴露在镜头里面。

014 章 意思

“你最好说点什么，”时山延扔掉报废的通导器，他被束缚锁的电流打得五指发麻，“让我感受到你的谢意。”

“非常感谢。”晏君寻说着打开房门，几步下了台阶。

“嗯，”时山延转身靠在门边，看着晏君寻走向跑车，“你这人挺热情的。”

晏君寻拉开车门，问里面的车载系统：“你还好吗？”

车内的寂静持续了一阵，然后小橘龙亮起来，回答道：“敬请吩咐。”

“重启室内系统，叫醒胖达。”

小橘龙的灯牌亮了亮，上面出现红色的 ×，它说：“编号 7-001 正处于重查期，系统重启需要黑豹特令。胖达已进入休眠模式，建议更换阿尔忒弥斯领导全局。需要为晏先生呼叫阿尔忒弥斯吗？”

几滴雨打在晏君寻的背部，他说：“不需要，删除编号 7-001 的申请记录。”

“好的，”小橘龙继续说，“检测到恶意攻击持续不断，为了保证晏先生的安全，请求暂时关闭一切消息通道。”

晏君寻看着小橘龙，说：“你睡觉吧。”

“明天见，”小橘龙的灯牌上露出笑脸符号，它轻轻地说，“我也觉得我需要休息一下。”

车载系统的灯熄灭了。

夜空被阴云塞满，雨逐渐下大。晏君寻对着安静的车内怔了半晌，直到背部被淋湿，才直起身体关上车门。

“你得让别人知道你在生气。”时山延的声音被雨声遮掩，听起来很模糊。

“你让傅承辉知道你在生气，”晏君寻回头看向时山延，“他给了你什么？”

“太多了，让我想想。”时山延露出思索的表情，说，“他没收了我的枪，给我注射了镇静剂，再给我套上了束缚锁，最后给我植入了信息定位的芯片。多刺激，我都要数不过来了。”

晏君寻的衣服被雨淋透，他抬手摸了下车顶：“听起来没什么好处。”

“但那看起来生人勿近，没谁再愿意跟我唠家常，我得到了安静。”时山延一只手扶着门框，束缚锁的环紧紧咬着他的手腕，“你不觉得跟他们交流有时候也很烦吗？你得时刻照顾他们脆弱的内心，就像你对姜敛一样。你其实应该直接告诉姜敛，你根本不想参与这些案子，它们影响你的生活，”时山延停顿少顷，狡猾地说，“还有你的睡眠。”

晏君寻觉得这场雨下得很是时候，把他和时山延隔出了一段距离。时山延的观察力让人毛骨悚然，也许别人面对他的目光时也有这种感觉。

时山延会放大所有细节，他的思路同样跑得很快，晏君寻在现场深有体会。他不断地抛出暗示，却不参与这些，好像他只是在休假中途看了一场电影，顺便给晏君寻提了几个有关结局的关键词。但是可怕的是，他明明全程都在睡觉，关键词却没有任何错误。

“你仿佛还处于幼崽期，”时山延对房间里的味道很敏感，“胖达想给你无微不至的照顾。因为阿尔忒弥斯的消失让你受伤了吗？”

“这跟你没关系。”晏君寻冷漠地说。

“别这么说，”时山延犹如一个耐心的老师，“你总得跟人谈谈。如果你告诉姜敛，你还在疗伤期，那他一定会如实报告给傅承辉。你是不是很害怕傅承辉？”

"我不害怕。"晏君寻盯着时山延，任凭雨水滑过自己的眉心，"你别总是把话题引向我，心理老师，不如详细说一说你的心理历程。光桐监禁所 01 区的分秒监控终于把你逼疯了吗？你从跨入停泊区开始，就像一个随时都在伺机挑事的浑蛋。"

"是啊，我就想搞点事情。"时山延喜欢承认错误，因为他根本不觉得这是错误，"我的待遇让你感觉羡慕了吗？我可以为你介绍我的监禁室，7-001 值得这种待遇。你参加黑豹测试的时候让所有人大吃一惊了吧？ 7-001，这可是一个满分荣耀，你的笔试做得比我还好。"时山延说到这里，有点不爽，"那些啰里啰唆的阅读题你竟然全对，阿尔忒弥斯天天在这里带你做题吗？"

晏君寻觉得时山延有病，而且病得不轻，他根本不懂得回避，习惯了打直球，迅速切入话题又满不在乎地绕开，压根儿不关心在这些事情里别人是怎样的情绪。好比现在，他的兴趣又从黑豹测试上回到阿尔忒弥斯身上。他一脸怀疑地问："系统会带你玩吗？"

晏君寻踩上台阶，逼近时山延，身上的雨水都挨到了时山延健硕的胸口。他桀骜又烦躁地说："关你屁事。"

"你别生气，别吼我，"时山延的目光锁定在晏君寻湿漉漉的发梢上，他压低声音，就像耳语，"我们是搭档，还是盟友。傅承辉用阿尔忒弥斯让你给他干活，虽然我不知道他为什么会把你放在停泊区，但你已经给他们打了很长时间的工了，他却没有再提过阿尔忒弥斯的事情，对吗？"

屋檐遮住了雨，时山延的影子罩住了晏君寻。

"你的室内系统里都是黑豹的眼睛，我们都在分秒监控里。"

雨帘隔绝了一切，焦炭厂巨大烟囱里冒着的火星变作了黑夜的眼睛。晏君寻耳边只有时山延的声音，这里明明是他熟悉的家，此刻却被时山延占据了。时山延散发着难搞的气息，却让他平静了。

曝光算什么，还有什么比时山延更可怕？

"我可以帮你几个小忙，"时山延微微俯首，"趁着现在，没有人看，只要你提出来，我就帮你。"

时山延的眼神如此真诚，真诚到晏君寻几乎要相信他了，然而晏君寻比时山延想象的还要了解时山延——时山延的利息很高，索取回报的方式也跟普通人不同。没人知道他会做什么，但他一定会得到自己想要的东西。

晏君寻忽然笑起来，泪痣随之微动。他低声说："你是不是害怕傅承辉？不如你告诉我，我帮你解决他。"

时山延盯着晏君寻，晏君寻突然就开心了。他站在原地笑出声，抬手拍了拍时山延的胸膛，像是安慰。

"你也挺没意思的。"

刘晨在自己的办公室里想要联系五月的雪，这个人给了他晏君寻的资料，却没有提到黑豹。对方的ID通导器是通的，可是就是没人接。刘晨觉得自己被人耍了，他还没有来得及再次拨过去，自己的ID通导器就先响了。

打过来的陌生号码数字很顺，第一位是黑豹特殊编号"7"。

刘晨不想接通通导器，但是他不得不接。

"我们希望你暂时停止主页更新，"对方开门见山，客气地问，"方便吗？"

015章 变质

刘晨的实时推送新闻停更了，主页也没有再更新。但是他过去在各种社会热点里太活跃，以至于这次停更显得格外奇怪。他迅速删掉的那条质疑视频成为许多人猜测的主要原因，并在网络热议里成为焦点。

——比起让刘晨闭嘴，难道不更该让督察局自我检讨吗？拜托，一个没有任何权威认证的侧写师，我都不想把他称为侧写师，这是神棍吧？

——谁能让刘晨闭嘴？虽然他嘴挺臭的，但谁啊？这么厉害。

——黑豹咯，督察局又名黑狗，还有谁不知道啊，哈哈哈。

——这个世界还真是黑豹说了算啊。

——黑豹厉害了！

——那这个心理侧写师也是黑豹特装部队的成员了？我的天，他们真敢做啊，竟然把战争狂热分子塞到地区督察局。去年光轨区的新闻还有人记得吗？有关黑豹测试的那个。

——我记得，泄露的测试题不知道真的假的，反正题都挺反人类的。这个心理侧写师脑子里有点东西，能通过这种测试的就不是正常人。

——战争刚结束的时候就说过最好解散黑豹特装部队，当时没人理，这几年回过味了吧？一群主张战争的疯子，还搞过参战系统，这还不够恐怖吗？最可怕的是他们已经渗入地区督察局了。

——拒绝系统管理，拒绝系统武器！时代发展不是给系统铺路，再这么搞下去，干脆让系统统治世界好了。光铁刚出来的时候，说让车载系统代替人类出行，能减少车祸，结果怎么样？光轨区车祸频率高升到联盟第一，倡导这些的傅承辉道歉了吗？还有那些室内系统，所谓的老师根本不懂感情，教出来的全是道德低能儿！系统就是系统，级别再高也做不了人。我的天，黑豹赶紧解散吧！他们哪是特装部队，他们是发战争财的人类公敌！

督察局大厅光屏的实时新闻在循环播报，姜敛坐在办公室里能听到。他用手指滑动着光屏，看热议看得搁在一边的咖啡都凉了。

战争虽然发生在南部，但它让联盟分裂成了南、北线，双方到现在关系都很微妙。停泊区在北线边角地带受到了势力大爆炸的牵连，军用光铁占据区域生活区这件事已经惹得停泊区居民非常不满了，再加上战后新能源的普及，挤垮了停泊区的传统工业，几年时间里倒闭了无数工厂，让停泊区相对落后。

傅承辉一直倡导系统普及，并且公开支持系统家庭合法化。所谓的系统家庭就是系统与系统组建的家庭，他想要给予这些智能系统人权，让它们彻底成为人类社会的组成部分，和人类共同承担推动社会前进的义务。

但是这种想法太疯狂，导致他这几年风评急转直下，在各个待发展地区连续三年被评为“最讨厌的时代人物”第一名。

姜敛被那句“黑狗”打击到了，他喝口咖啡安抚自己脆弱的心，甚至有点想给傅承辉发简讯。他想说明明有一万种更好的解决方式，你为什么每次都要选择最糟糕的这种。但是他了解傅承辉，这家伙就喜欢说一不二。

姜敛不想深陷舆论风暴，他更在乎晏君寻的信息曝光到了哪一步。他想了想，还是打电话给了黑豹。

“编号 7-001 的重查什么时候到期？”

对面似乎在核查什么，点光屏的声音像游戏特效。他敷衍地回答：“傅承辉没有通知。”

“哦，”姜敛把情绪吞进肚子里，忍了片刻，“你是在打游戏吗？”

“是的，”对面的黑豹成员飞速挪动的手指没停，“我受伤了，这是复健练习。很稀奇吗？编号 01AE86 在监禁室里也玩过。”

姜敛想挂电话。

“不过请你提醒编号 7-001，管好自己的事，别跟编号 01AE86 狼狈为奸。”这人终于通关了，转过椅子，换回称呼，“虽然晏君寻也有病，但时山延病得更严重，你懂吗？如果他们再达成一致，最可怜的是你，一个正常人怎么能应付两个变态呢？”

“这次警告刘晨的方式是你的决定还是傅承辉的？”

“我的。”这人又开了一局游戏，漫不经心地回答。

姜敛情绪上涌，说：“那你怎么解决？”

“自己想办法，”这人说，“停泊区又不归我们管。哦，对了，保险起见，你也跟时山延讲一声，昨晚攻击晏君寻室内系统的人不是我。”

“当然不是你，”姜敛费解地说，“跟你有什么关系？”

“你别小看阿尔忒弥斯留下的防御数据，就算它被注销了，晏君寻的个人信息也储备在铜墙铁壁里。停泊区一个鸟不拉屎的地方没有这么厉害的黑客，昨晚的入侵直接打开了晏君寻的光屏，这意味着对方拆分过阿尔忒弥斯的算术题。”编号 7-006 苏鹤亭停顿了片刻，像游戏卡住了，他说，“如果，我是说如果。如果对方对晏君寻的兴趣没有就此打消，那他很可能再来，他已经发现晏君寻的室内系统被更换了。那只熊猫，就是胖达，胖达不具备修复能力，系统被攻击的漏洞补不上，对方下次入侵更加简单。”

姜敛对此一窍不通，他说：“你不能修补吗？”

苏鹤亭纳闷地说：“我为什么要帮他修补，他又不付我钱。”

姜敛被堵住了，继续说：“如果晏君寻出事，傅承辉的计划就要泡汤。”

“那就泡汤咯，”苏鹤亭精准地掐着时间，打开自己光屏前的泡面，“不论是晏君寻还是时山延，都是危险分子，他们早点被解决，你也早点解脱嘛。你记得啊，告诉时山延，昨晚的人不是我，否则我很担心他会在我没注意到的角落里爆掉我的头。”他吸了两口面，“我要吃饭了，再见。”

通导器就此挂断。

姜敛举起通导器，又放下去。他转过身看见大厅光屏上的新闻还在播放，刘鑫程、历建华还有霍庆军的命案都没解决，各种采访已经挤爆了他的官方邮箱。他必须确保案子还能进行，因为晏君寻说过，凶手还会继续，只是间隔时间有些长而已。

雨天陈秀莲不跑车，她靠在食堂的角落里，戴着粘好的通导器对着室内屏幕发呆。杨钰端着饭盒到她身边坐下，看她神情不对，以为她又在跟何志国通话。

杨钰抬手指了指耳朵，做出口形：你还在讲话呢？

“让她滚！”何志国又咆哮起来。

“没有，”陈秀莲握着筷子的手松了些，神色正常地看向杨钰，“没有通话。”

杨钰放下心来，打开饭盒，说：“他也是，天天都要你挂着这东西，一个月光通信费就要不少吧？”

“没办法，”陈秀莲挤出笑容，“他喜欢对人大呼小叫，我不在家他很寂寞。”

“不过他虽然脾气差，但好歹肯干活，”杨钰吃两口就叹气，“我儿子什么时候能出门干活我就烧高香了。”

“给他找工作，”陈秀莲听着新闻报道声，指了指打饭窗口，“这里最近在招打杂的，他过来搬搬货就可以。”

杨钰没说话，她扒饭时要低头，后颈从衣领里露出来，上面还有瘀青。陈秀莲最熟悉这种瘀青，她知道那是怎么来的。

“他就是好吃懒做……”杨钰又开始讲话。

陈秀莲听得不太清楚，因为何志国总是会时不时跳出来打断她的思绪，她觉得最近何志国变得更吵了。新闻里正在谈命案，他们又提到了督察局的神秘侧写师，只不过隐掉了姓氏。

陈秀莲看得入神，她知道对方很厉害。

没时间了，他要是抓住我，我还没除掉何志国怎么办？

陈秀莲忽然感觉时间紧迫，那种未知的压力催促着她。她想，最近何志国这么吵,是不是也觉得自己会被抓?她不怕被抓,她怕何志国没死。

“他打他媳妇儿打得也狠，还要出去跟游戏网友见面，说对方住在堤坝小区，离得近，能给他找一份好工作。”

陈秀莲熟悉堤坝小区,她记得那里,堤坝小区的岗亭对面还有三棵树,霍庆军说是他栽的。

“霍某的性侵案目前仍然存有疑点，他生前的律师认为霍某性侵事实不成立……他的学生也带着花出现在他的旧址……”

“你杀错人了，”何志国在陈秀莲耳边咯咯笑，“你不敢承认，你杀错人了。”

“他上过新闻，也上过报纸，”陈秀莲忽然对杨钰说，“他的学生当时也出来作证，他就是强奸犯。”

杨钰被打断了话，莫名其妙地看向新闻：“哦，这个老师啊。”

“他不是冤枉的，”陈秀莲握着筷子的手时紧时松，她有些焦虑，像强迫症一般对杨钰重复，“我知道他就是强奸犯，你相信吗？”

“那就是嘛。”杨钰觉得陈秀莲的眼神骇人，她想往后退，可是陈秀莲忽然拽住了她的手。

“你要相信我，我都知道，”陈秀莲像入魔了似的，“他们装得人模狗样，其实都是畜生。何志国是畜生，他也是畜生，这都是报纸上写过的。”

杨钰手痛，她挣了下没挣开。

“何志国还崇拜他们,他谈过这几个人的案子。”陈秀莲的手松了些,仿佛吃了定心丸。

是的，何志国谈过这些案子。他喜欢这种新闻，他为这种新闻拍手叫好。他说自己像刘鑫程一样果决，该出手的时候就出手，还得到了一个老婆。他说自己家里条件要是像历建华一样好，也能想干吗就干吗，进去了还能出来，出来照样有房有爹妈。

他说的时候点着陈秀莲的脑门。

“要不是强奸坐牢，我才不要你！”

他还说自己以前也该好好学习，当个老师。当个老师多好，花儿似的女孩儿都在周围，可以哄、可以骗。

你不能不要我。陈秀莲望着新闻，在心里对何志国说。

——我跑不掉，你也得跟我一块死。

畜生有三头六臂她都不怕，她早就不怕了！何志国就是这碗里的饭，她要撕烂他、咬碎他，再生吞他！

她就想跟这些“何志国”一起死。

016 章 催促

厨房的牛奶咕嘟嘟冒着热泡，时山延闻到了点煳味，他伸手关掉火，顺便把牛奶倒掉了。头顶光铁驶过的声音盖住了水声。他的头发没有打理好，像被晏君寻传染了，脑后也翘着毛。

“胖达睡醒了吗？”时山延撩起厨房门口的帘子，对晏君寻说，“我想它了。”

“那得看姜敛什么时候来，”晏君寻挤在书堆里，没抬头，“小橘龙给他发过消息了。”

“他几点到？”时山延说，“给我一个确切的时间，用你的预测。”

晏君寻看到漫画第十四页，就说：“十四点。”

时山延微微一哂，看起来不太信。他回头看着被烧焦的牛奶锅锅底，想了想，跟喝过的水杯一起一股脑塞进了水池。

他不会洗碗的，他从来不洗。

晏君寻听不清锅碗瓢盆的痛叫，他只关注眼前的东西，但是家里的情况实在太糟糕了，熊猫的乌龟都爬到了地毯上。晏君寻放下漫画，挪开跟前的书，跟乌龟对峙。

他不想碰乌龟，乌龟湿湿的，那有点坚硬的触感总让他想到看过的水产大虫子。

“不要动。”晏君寻伸出手，抓住乌龟时露出无法忍受的表情。晏君寻把乌龟送回养殖箱，听到厨房的报警器在叫。他一边洗手一边说：“不要在厨房里抽烟！”

熊猫精心挑选的报警器比停泊监禁所里的更小，它有着类似尖叫鸡的外形，报警时会掐着嗓子尖叫，好像蛋下到一半卡住了。光铁行驶的余震还在，时山延想让报警器立即闭嘴，但是它已经在烟雾里失控了，于是时山延选择了最粗暴的方式。

当晏君寻拽开帘子时，报警器已经变成了报废品。晏君寻放下帘子，又拉开，问：“你以前做任务都这样吗？”

“是吧。”时山延记不清似的回答。

“哦，”晏君寻看着他，“你这样永远考不了满分。”

“谁稀罕呢，”时山延撑着门框，对晏君寻认真地说，“我又不靠那些题狙爆别人的头。”

时山延睡过的沙发挤歪了晏君寻的小书柜，让它们跌在地上，柜里的书滑了一地。厨房的洗手池里挤满了锅碗瓢盆，两个人昨晚只能拿泡面当晚饭。卫生间的浴缸很小，时山延睡前挤在里面成功地玩坏了晏君寻的小黄鸭，现在它们还翘着屁股漂在水里。整个家从内到外都暗示着他们不能没有熊猫。

姜敛到时门铃没响，他敲了一会儿，房门才开。

“欢迎光临，”时山延仿佛是这个家的主人，“来电了。”

“姜充电宝”差点以为自己敲错了门，他一脸狐疑地扫了眼门牌号，又看向里面，说：“你……”

“让胖达起床，”时山延说，“马上。”

“我们决定使用督察局的主理系统‘珏’来帮助胖达修补你的系统漏洞，”姜敛点亮自己的光屏，把它拉大，“珏是光轨区二代主理系统的‘女儿’，在督察局负责案宗的储存与记录。你见过它，在我们实行‘蛹虫’计划前。”

姜敛讲话小心，他得让自己尽量显得没那么紧张。晏君寻对系统的诉求不同于普通人，姜敛专门挑选了和晏君寻见过面的珏，就是为了让晏君寻不要有抵触心理。

光屏上的数据疾速掠过，珏的声音很柔和，它说：“晏先生，请放心，我不会破坏你的基础设定。”

晏君寻不在乎，他还有什么可在乎的？他只剩下基础设定了。

“等室内系统修复完毕以后，我建议你暂时不要使用ID通导器，”姜敛坐在熊猫平时喂乌龟用的小板凳上，“你的编号重查还没有结束，只要关闭接收设定，黑豹那边会主动帮你清理那些非法搜索。”

晏君寻“嗯”了一声。

“我们继续盘查了‘准点清洁’，发现它和区域服务站都有合作，”姜敛踌躇了一下，说，“整个停泊区的服务站有三十六家，主要集中在焦炭山脉和钢铁工业园附近，那边好多人没有停泊区的居住认证，找不到正经工作，都是一些失业外来户，挨个盘查起码需要一周，人太杂了。不过这两个地方有很多倒闭工厂会使用光轨区淘汰的非传统模式加工磨床，不需要系统主导，还能配备圆形切割锯，可以根据以前的购买数据库进行筛选。我会给时山延一个暂时的通导器，方便你们跟督察局联系，如果案子有进展，我会告诉你。”

“刘晨被禁言了，”晏君寻看着姜敛把通导器递给时山延，“实时推送新闻也停止了，对吗？”

“对，刘晨原本就很懂得诱导舆论风向，”姜敛提到这件事就感到疲惫，他说，“现在的焦点已经完全从案子挪到你身上，那个编号7-006

就像一个卧底，让事情变得更糟了。”

“奇迹，”时山延看着漫画，奇怪地问，“7-006还没有死吗？”

“没有，他让我转告你，”姜敛神色郁闷，“他说昨晚攻击君寻系统的人不是他。我不知道他究竟哪根筋搭错了，他竟然禁止刘晨更新实时推送，我真是服了，这让停泊区抵触黑豹的情绪继续高涨，傅承辉已经成为所谓的‘老大’了。”

“从某种层面上说，”时山延翻着页面，“发展区域跟我待在监禁室里没什么两样，大家都活在分秒监控里。”

系统在发展区域更加普及，那里的人类生活比停泊区这样的地方更依赖于系统。ID通导器绑定了个人信息数据，你的长相、指纹、血型乃至个人活动都收录在数据库里。在发展区域，不论是督察局还是傅承辉，支持率都比待发展区域更高。另外值得一提的是，光轨区的督察局已经加入了专门的侦察系统，名字就叫作“雅典娜”，它最早是黑豹的测评系统之一，破案率极高。

这时珏还在散发着柔光，它提醒道：“室内系统漏洞修补已完成，需要启动‘胖达’吗？”

“叫醒它，”晏君寻起身时，不忘对姜敛指了指时山延，“再带走他。”

姜敛准备出门时，又对晏君寻说：“7-006的意思是你的地址已经暴露，如果需要换一个地方住，可以随时告诉我。”

晏君寻没回答这个问题，他只说：“刘晨实时推送的停更和网络热议都会刺激到凶手，她关注这个，思想也容易被舆论带走。你最好跟他们说明白，督察局的神秘侧写师只是一个无能之辈，我抓不到她。”

“不要这样说，君寻，”姜敛觉得晏君寻有时过于谦虚，“你过去帮助我们……”

“这不叫帮助，”晏君寻打断他，在停顿时试着缓和语气，“我不能保证每句话都是对的……就算是真正的侧写师也会被经验干扰。观察人类不像观察系统，系统有一定的执行规律，而人类随时都会发生改变，大家都容易受到影响。凶手会这样，我也会这样，也许有一天我的答案全部是错的。”

门外的天空很阴沉，雨后潮湿的味道没有散去。

晏君寻又听见了雨声，他强迫自己不要注意。他的目光越过姜敛，看到车旁的时山延，继续说：“如果你解决不了舆论，就得想办法解决凶手。我的曝光在催促她行动，这会打乱她的节奏，让她放弃一些步骤和原则。”

他沉默半晌，没继续说了。

017 章 声音

杨钰再次接受调查。她所属的服务站向督察局提交了救助对象的信息资料，所有人都得在服务站等待督察局的信息盘查。杨钰着急回家做饭，跟督察局人员交涉未果，眼看天都要黑了，只能到服务站的公共通导器那里给儿子打电话。

杨钰连拨了几次电话，家里都没人接。她急得火烧眉毛，带着试试的想法，又拨给了陈秀莲。

“小陈！”杨钰等对方一接通电话，就焦急地说，“我早上在咱们工业园门口买了菜，让他给我送食堂那边了，你看你等会儿下班方不方便帮我送到家里去？和我儿媳妇儿说一声，督察局在我们服务站查信息呢！”

陈秀莲的通导器损坏严重，通话时能听到电流声。她半晌没回答，杨钰以为她没听见，正准备再说一次，就听到陈秀莲回答：“好，我下班过去。”

“哎，谢谢啊！”杨钰拨了拨被汗打湿的头发。

陈秀莲透过电流声，听到杨钰附近的交谈声。督察局的人在业务办公室里，服务站的救助对象都被召集在大厅，他们交头接耳，议论着这次的调查。

陈秀莲没让杨钰挂电话，她坐在车内，看着车窗外边的过磅室，那里有车来来往往。她问：“督察局在查命案吗？”

“可不就是咱们前几天看到的那个命案，”杨钰提到命案就害怕，她捂着嘴，小声说，“里边有个人是普利小区的，‘准点清洁’跟督察局说，普利小区的清洁业务是跟我们服务站合作的，督察局就来调查了。”

陈秀莲挡着车道了，旁边有车开始摁喇叭。她发动车子，在转动方向盘时继续说：“他们问什么？”

“现在科技多发达啊，我听前边进去的人说，只要往桌子跟前一站，递交自己的ID编号，系统会自动进行信息搜索和信息识别。”杨钰念着新学到的词儿，又看了眼办公室，更小声地说，“怎么办，小陈，我好怕他们查到我儿子和他媳妇儿，两个人的居住证都没办下来呀！这要是被发现了，会不会坐牢啊？”

“你不要害怕，”陈秀莲把车停到角落，熄了火，“这些东西没那么神……”

她不太有把握，甚至想喊杨钰跑。

但是陈秀莲想到时间，在历建华失踪的时间点她没进过普利小区——没有她的记录。她替杨钰代工也是到别的小区里去，“准点清洁”的工作表里没有她，督察局就是把杨钰扣下来查个千万遍也没用。

这些东西没那么神。

陈秀莲握着方向盘想，何志国也骂过这些系统，说它们就是一堆数据编码，做不了太多技术分析。

——如果系统有了人权，那这就是独裁时代。

刘晨在聊天室里这样说过。他抵触系统的普及，并且抗拒系统对个人信息的录入。陈秀莲也没录过个人信息，最早是何志国不肯带她录，怕她有了ID编号以后去报警。她现在的货车、房子、ID通导器都是留的何志国的信息，就连她留在钢厂里的工资账户都是何志国用过的。她在停泊区是没有身份的透明人。

“他们在查案子，你跟案子没关系，”陈秀莲看天空中的云像浸过墨汁，挤出来的雨都是污浊的，她说，“他们没空查那些，你有什么就回答什么。你儿子在家吗？我要去送菜了。”

晏君寻关掉了灯，把窗帘也拉死。他躺在床上，闭上眼想要睡觉，耳边是类似沉入深海的音效，他需要靠这个声音助眠，就像霍庆军需要雨声一样。

晏君寻喜欢待在封闭、漆黑、没有其他杂音的世界里，这样能让他更快速地思考。小黑板搁在脑袋里，晏君寻把它扔到角落里去。他尽力放松身体，甚至拉高了被子，但是闭上眼睛的时候脑子里还有其他画面，它们挡不住。

晏君寻从刘鑫程房间的窗口往外看，什么都看不到，他的目光一直被那些照片挡着，这让他很不舒服。他不愿意继续，试图换掉刘鑫程房间的画面，可是刘鑫程的脸立刻没征兆地出现在眼前。

刘鑫程有段信息录入的动图，他转动着自己的身体，面无表情地看向系统摄像头。

刘鑫程楼道里的涂鸦不断放大，那个被涂红的骂人的字盖在了刘鑫程的脸上。他盯着晏君寻，就像盯着凶手。

晏君寻开始烦躁。他翻过身，整个人都埋进了柔软的被子间。

别看我，晏君寻想，这又不是我干的。

刘鑫程定格在框架里，像PPT里制作的举例照片，没感情地滑过去了。

历建华没有紧跟着出现，而晏君寻想起他家里的鱼缸。鱼缸的灯一闪一灭，晏君寻清楚地记得鱼缸上的花纹，包括当时时山延敲击鱼缸的节奏。

那些鱼甩动着鲜红的大尾巴，游动在玻璃缸内。灯闪得不快，但是晏君寻讨厌这样，他能联想到别的。

历建华上个月就死了，可是鱼这个月还活着。

晏君寻不想听，可是他还是听到了小黑板上书写的唰唰声。

凶手记得这些鱼，她不止一次回到历建华家里。凶手最近一次去是哪一天？她不能周末去，那太显眼了，历建华隔壁还住着人。她得挑一个没人注意的时候，不用开车，她知道开车需要再次进入地下车库，手里的ID编号不能使用两次，那太明显了，她得想想其他办法。

晏君寻想到鱼缸，还想到他和时山延走出历建华的家门的场景。

时山延站在电梯里冲隔壁夫妻挥手，晏君寻没有看他们，他只看到历建华家门口的山地自行车，还有那双洗得很干净的旧球鞋。

那肯定不是历建华的，那是别人的——也许是凶手的。

她开车进来是为了带走历建华，但她明白车不能进来两次，因为那样不仅需要在地下停车场里留下二次记录，还会让熟悉“准点清洁”车辆的物业起疑。她后来都是骑自行车，这样进入普利小区不需要再经过出入检测。

她选择了自行车代步，说明她的工作场所就在附近。她不能周末去，必须趁着上班的空隙过去。可是她又不敢把自行车带回家，那是她买的，带回去会让她害怕，因为她每花一分钱都会挨打。她养成了偷偷摸摸的习惯，就像她不敢看性侵过程一样。

黑板的书写声密集起来，吵得晏君寻呼吸微乱，他想坐起来抽支烟。如果有人能看见晏君寻的黑板，就会惊讶地发现，那上面画得很乱。黑板上的线条毫无条理，就像被猫挠过的毛线，根本找不到首尾。

她有回到被害人家附近的习惯，她需要靠反复记忆来向自己证明，被害人已经死了，真的死了。她重复作案的原因是自己的痛苦没停止，那太糟了，她得像一个强迫症患者一样在被害人家附近来来回回地观察。

晏君寻猛地坐起来，拽掉了塞到耳朵里的耳机。他浑身是汗，但室内温度并不高，他就是这样，总是会这样。

“打给姜敛，”晏君寻用沙哑的声音喊熊猫，“问问他——”

晏君寻说到这里，记起他的通导器没开，唯一的联系工具在时山延手里，而他把时山延送出了门。

晏君寻拉开被子：“喊小橘龙起床！”

陈秀莲发动车子，车灯在黑夜里亮起来。她对时间很敏感，在守时方面一向做得不错。

杨钰的儿媳妇追出来，在车门旁对陈秀莲说：“谢谢你啊，秀莲姐！”

“她儿媳妇屁股大，生儿子，”何志国又在陈秀莲耳边絮絮叨叨，“你就不行，只能生赔钱货。”

“不用谢。”陈秀莲看着杨钰的儿媳妇。才生育过的女孩儿很清瘦，素面朝天，连披在肩头的衣服都是捡婆婆的。

真好啊。陈秀莲默念着。

她刚生完孩子没几天就挨打，琴琴是她自己抱回家的，何志国想送出去，她不肯。她只有一个孩子，就像天上的月亮一样揣在怀里，用自己干瘪的乳房一点点喂养。琴琴很乖，小女孩儿都挺乖的，扎着马尾辫，对她唱歌。

琴琴说：“妈妈你别哭。”

“他真好命，老母在外边苦干，他在家当个二大爷，还有一个年轻漂亮的小媳妇伺候。”何志国咂巴着嘴，他每次喝完酒就喜欢咂嘴，“老婆那么漂亮，换我都舍不得打。谁知道他怎么把人家弄到手的，说不定也像我一样，先斩后奏。”

何志国在陈秀莲的耳边笑，他嗓子不好，笑多了会嘶哑，他哭起来嗓子也会变哑，有时候陈秀莲都分不清，何志国躺在地下室的时候到底是在哭还是在笑。

“堤坝那边远得很，他非说跟网友约好了……”

时间咔嗒一下到了。

陈秀莲很高兴，电子表走得很准。她的油已经加满了，地下室也收拾干净了。她知道杨钰的儿子在哪儿，他喜欢打游戏，他想要好工作，陈秀莲都知道，她太熟悉这些畜生的想法了。

不，陈秀莲纠正错误。

她太熟悉“何志国”的想法了。

“没关系，我熟悉那块，接得到他，”陈秀莲转过头，看着前方，对杨钰的儿媳妇重复地说，“不用谢。”

018章 系统

晏君寻打开车门，小橘龙还在修复模式中，没有露脸。它在车的顶部亮起红光，切换到可爱的声音：“晚上好，晏先生，车载系统为你服务，我们可以慢慢享受夜行路上的时光……”

晏君寻关掉小橘龙的自动驾驶模式，问：“时山延住在督察局的宿舍里吗？”

“时先生身份特殊，”小橘龙的反应没有平时快，需要间隔几秒钟才能回答问题，“他住在督察局分隔区。”

晏君寻知道这个地方，战前是停泊区的精神病院。

“开导航，”晏君寻打着方向盘，“要最快的路线。”

停泊区现在是大型运输资源船的中转站，战时联盟前线的补给物资运输都要经过这里，光铁发挥了巨大作用。督察局分隔区就在那时成立，是专门接待军方人员的地方。战后军方要员都从停泊区撤离了，督察局分隔区就空了，只是督察局一直没有对这里进行改建。

姜敛把时山延放在这里是傅承辉授意的。这里看起来像没人居住，其实住着一群停泊区官方系统。它们在日常工作之余牢牢把控着整个区域楼群，分隔区任何风吹草动都逃不过它们的摄像头。

这里就是光桐监禁所01区的复刻区，只不过所有系统监控的对象都是时山延而已。

时山延在分秒监控里待了太久，已经很熟悉这些“眼睛”了。他洗澡的时候雾面玻璃只能遮挡住他的腰腹到大腿的位置，其余地方都暴露在系统监控的摄像头里。系统会每隔十秒进行一次信息确认，以此确保站在摄像头前的人是时山延本人。

时山延在淋浴喷头底下撩起头发，露出额头。他冲着凉水，目光直视着玻璃外的摄像头，对它露出一个不太友好的笑容。

系统摄像头中心亮着红点，它无感情地回答：“倒计时六十秒，请编号01AE86尽快洗澡。”

时山延不在乎它的回答，顶着水柱转过身，面朝墙壁。他浑身的肌肉非常结实，充满爆发力的线条沿着背部向下，到小腿肚都保持得很好。他抬手摸到自己胸肌下方，那里文着他原来在黑豹时的编号，只不过他擅自在编号上面加了几条横线，把文身画得乱七八糟。

这里面有一块用来定位的芯片。

时山延觉得自己身体其他部位还有黑豹芯片，只是他目前不确定在哪里。他想到这里，就忍不住闭上眼睛。

晏君寻也有吧？

时山延想起晏君寻不高兴时的表情。

喷头的水忽然停了。

系统说：“时间到，请编号 01AE86 回到自己的房间。”

时山延甩了甩发间的水珠，扯过浴巾和毛巾。他走出洗浴间，上半身的水根本没擦干净，可是他不在乎，连挡住眼睛的头发都懒得拨开。他推开门，走在空无一人的黑暗走廊里。

整个分隔区只住着时山延一个活人，他的房间就在楼道尽头。如果不是系统太严格，他甚至想一天换一个房间。他热衷于寻找快乐，哪怕这些房间都跟他在光桐监禁所里住的房间没区别。

系统在时山延进门前做了检测，他才走进房间。这个房间里只有一张单人床，连桌椅都没有。他坐在床边擦头发，听到姜敛给的通导器响了。

五秒后，通导器自动接通。

“日常询问，”苏鹤亭正在通宵打游戏，“大哥还活着吗？”

“回答我的垃圾弟弟，”时山延顶着毛巾，“大哥活得很好。”

“那真是太遗憾了，”苏鹤亭的手指没放弃激战，他目不转睛地盯着光屏，“我还以为会有人来做掉你。”

“谁会来呢，”时山延稍微抬起头，眼睛在黑发下显得异常危险，“来到这里也是被我吃掉。”

“你替晏君寻挡住了摄像头，对方很生气，作为报复，他公布了你的照片，”苏鹤亭说到这里，像游戏通关了，语气雀跃，“但是他收集信息的速度太垃圾了，还没有找到你的详细资料，就被我们挡在了外边。”

时山延“嗯哼”一声，算是回答。

苏鹤亭放慢手速，说：“不过你知道，傅承辉脑子有病，也许哪天你们彻底翻脸了，他就会把你过去的任务资料都扔进联盟‘黑地’，到时候谁也救不了你。”

“黑地”是战后南、北线联盟特装成员的“交友”论坛，他们在战争期间结下的梁子没有解决完，平时即便没有狩猎目标，也会在这里对喷。时山延的黑豹编号至今保密，他的任务资料都锁在傅承辉手里。但根据黑豹2160年到2162年的任务审评，他在这两年里完成的任务都跟南北战争息息相关。

“他不会这么干，”时山延扯掉毛巾，“你知道你为什么只能考第六吗？”

“因为我像正常人一样可爱。”苏鹤亭简单地回答。

“因为你看起来就脑子不好。”时山延捡起床上的通导器，凑近嘴边，“你不觉得傅承辉比系统更像系统吗？他不会干这种事，这太亏了，他捏着我们这些牌，还想打更漂亮的胜仗。我不在乎谁拿走我的任务资料，也不在乎谁看过它，无所谓。我现在只想知道晏君寻在黑豹的所有资料。我要这个，你懂了吗？”

“别说我没提醒过你，”苏鹤亭停下玩游戏的手指，“晏君寻跟你我不一样，他甚至跟所有黑豹成员都不一样。他的编号是001，可是黑豹官网上从来没有更新过他的任务记录。我黑进傅承辉的室内系统里逛了一圈，发现他给晏君寻的资料加了三道保险杠。”

“所以你都知道些什么？”时山延在黑暗里放低声音，“不止他的生辰年月。”

“编号7-001，姓名晏君寻，身高175cm，体重62kg。2163年，他通过黑豹测试进入特装部队，2164年被驱逐出队。特装任务审评称其总体能力较差，无法适应险地任务，不具备破坏力。”苏鹤亭背着那一段资料，“这是目前最容易查到的资料，如果你想知道更多，请把钱打到我的账户里。”

时山延说：“你去死吧。”

“查资料也很危险，”苏鹤亭看向通导器，“你对他感兴趣，就得付钱。我顺便提醒你一句，晏君寻正在朝你那里去。”

“自己从我的账户里拿钱，”时山延舔了舔犬牙，“快说。”

“晏君寻的资料跟系统阿尔忒弥斯锁在一起，傅承辉也没有解开阿尔忒弥斯的防御题，”苏鹤亭滑动着光屏，“作为系统‘宙斯’的女儿，阿尔忒弥斯的性格在‘十二主系’里也很突出。它一开始跟其他主系一样，被用在信息追踪上，但奇怪的是，一段时间后，十二主系的数据记录组不再更新阿尔忒弥斯的相关信息。我不知道发生了什么，总之阿尔忒弥斯变成了教学系统，它教过晏君寻，并且把教学内容保密了，没有告诉任何人。”

“晏君寻在黑豹测试里的笔试是满分，我怀疑他可能是情感缺失。联盟内部最早的系统教学实验显示，这种完全被隔离在人群以外的小孩都有问题，他们很难适应人类生活，已经习惯了安静、封闭的隔离空间。任务审评不会说谎，它说晏君寻总体能力较差，无法适应险地任务应该是真的。但是破坏力就仁者见仁，我更倾向于他的自我约束力限制了他的发挥。他和十二主系很像，对自己有很强的戒备意识。”

苏鹤亭说完就咬吸管，把冰可乐吸得咕嘟咕嘟响。

“这是你缺失的东西。你压根儿不懂自我约束，傅承辉可能想让他教教你。”

“阿尔忒弥斯真的被注销了吗？”时山延拨了拨眼前的头发，“这些系统花了联盟的大价钱，傅承辉舍不得。”

“要看你想怎么理解，”苏鹤亭看着代表晏君寻的光点停在了分隔区，“理论上说阿尔忒弥斯确实被注销了，但是我发现晏君寻被攻击的系统漏洞都修补成功了。那个‘珏’做不到这一步，这是阿尔忒弥斯的保护数据。它对晏君寻的保护已经超出一般的设置范围了，更像……”苏鹤亭寻找着准确的形容词，“发自内心的。”

这句话让气氛变得很诡异。

十二主系都是由人类最早创造的“宙斯”生出来的，它们计算能力很强，但它们仍然不是人，不具备自己的情感。它们的“内心”就是庞大的数据收集库，只会根据数据筛选回应人类的期待。

“咨询时间结束，你的客人已经到门口了。”苏鹤亭说着，打开时山延的账户，“你这个骗子，你根本没钱！”

“谢谢。”时山延满意地挂断通导器。

晏君寻正通过系统检测，他还没敲门，房门就开了。时山延挡住晏君寻的视线。

“我找通导器，”晏君寻把头仰起来些，“打给姜敛，快点。”

“我忘记扔哪儿了，”时山延说，“你进来找。”

019 章 疑心

督察局系统不识时务地插话：“请不要进入01AE86的房间，如有需要，系统可以为您服务。”

“联系姜敛，”晏君寻退后几步，“我找他。”

“联系失败，”督察局系统尝试拨号，随后回答，“室内系统拒绝通话。”

“再打，”晏君寻已经转身下楼，“打到他醒为止。”

督察局系统体贴地为晏君寻调亮走廊灯光。当晏君寻摁电梯的时候，思绪就像决堤的河水一样在奔跑。他不关心时山延，只关心凶手为什么要把自行车放到历建华家门口。

分隔区的电梯也要经过层层检测，时间太漫长了，漫长到晏君寻在几秒后就焦虑起来。他也不知道自己为什么焦虑。

“联系再度失败，”督察局系统建议道，“或许你可以去找他。”

晏君寻被系统的声音打断思考，他看着紧闭的电梯门，想说算了，这跟他有什么关系呢，他已经做到该做的了。他本来就不是查案的料，他早就说过了。把这个世界还给正义的督察局，他该回家继续睡觉。

但凶手为什么要把自行车放到历建华家门口？

她刷鞋可能是因为鞋子上沾到了明显的位置标志，比如她在骑的时候踩到了狗屎，而普利附近正好只有一个广场能遛狗，但晏君寻不明白她为什么要把自行车也放那里。

时山延穿衣服的速度很快，不过他没打理头发。他站在晏君寻旁边的时候心情很好，吹着口哨。口哨声断断续续，让晏君寻没办法继续思考。

“如果你能闭嘴，”晏君寻转过头说，“我就当不知道你把通导器藏在哪儿。”

时山延对着他，挑衅般吹了一段口哨。

“洗凉水澡把你脑袋也洗傻了吗？”晏君寻试图让自己聊点别的，不要再纠结于自行车，可是他不懂得如何婉转地转移话题，粗暴的语气简直像在回应时山延的挑衅。

“你好凶啊，”时山延像逗猫似的抬起手，指着自己的脑袋，“等电梯这么久，姜敛也不接电话，不如来玩游戏咯。你猜猜我洗澡的时候在干吗？”

“你能干的就是洗澡，”晏君寻再次摁着电梯，“没有别的。”

“这么清楚啊，”时山延不意外，笑起来，“你觉得在分秒监控里人还能维持正常的心理状态吗？”

“那得看看对方的适应能力，”晏君寻认真地顺着这个问题思考，“‘正常’都是有期限的，你在分秒监控里待了四年，”晏君寻的目光扫向上方，那里还有系统摄像头，他问时山延，“你觉得自己还正常吗？”

时山延配合地凑近他，低声说：“谁知道正不正常呢，我总是爱想点刺激的事情。”

晏君寻收回目光，跟时山延对视。

被监控意味着被控制，时山延不会喜欢这种感觉，他更喜欢盯着别人。晏君寻觉得他是这样的人，对自己没什么约束力，却又在某些方面有着异于常人的自制力，所以不论是分秒监控还是黑豹复测，对他而言都是无伤大雅的小游戏。

时山延很高兴，晏君寻的注视就像带着小触角，它仔细寻找着时山延内心疯狂的蛛丝马迹。时山延想要晏君寻探得深一点，早点触碰到自己漆黑的部分。他有礼貌地克制着自己，夸奖道：“你真聪明。”

电梯终于到了。

姜敛始终联系不上，晏君寻甚至怀疑姜敛今晚是不是喝酒了，否则按照惯例，他早就该接通通导器了。

晏君寻想告诉姜敛，凶手就在普利小区附近工作，她在这个范围活动，还骑着一辆滑稽的山地自行车。她徘徊在被害人住宅周围，那是她的精神任务。楼层数字跳跃到“8”，晏君寻再度想起历建华的家。

“普利小区的监控在那一周里坏掉了，物业报告里说是系统故障，让整个小区的监控都花了屏，半个月以后才修好。”姜敛给资料的时候还加了一句，“不过这种小区，半新不旧的，有的住户要安室内系统，有的住户没有这个需求，搞得小区里电路也乱七八糟，监控只能装在电梯、地下停车场以及单元楼门口，更多的就没有了。”

如果凶手事后还在历建华家活动，那她即便不经过地下停车场的摄像头，也要经过单元楼门口的摄像头。她得让自己表现自然，就像回家一样，但是她不想让监控知道她去第几层，她只能走没有摄像头的安全通道。

晏君寻去历建华家的时候安全通道的门就是开着的。

但她为什么非得把自行车留在那里？

陈秀莲停下车，朝站在堤坝小区门口的杨钰儿子打了车灯，示意他过来。她的车内灯没有开，人坐在里面看不清脸。准备好的工具都在一旁，她已经熟练了，知道如何先让对方放松警惕，再让对方晕倒。

ID 通导器忽然响了，陈秀莲不想接，她觉得是何志国打来的。她盯着向车走来的“何志国”，在心里默念着数字。她必须念数字，不然会忘记时间。可是今晚的通导器出奇执着，她不想让铃声吓跑杨钰的儿子。

陈秀莲接通通导器，耳朵里刺啦的电流声很刺耳。她以为会听见何志国的咆哮，然而却是一个陌生的声音。

“哈喽——”变声器让对方的声音很扭曲，他说，“对他下手你马上就会坐牢，不如换一种玩法，我保证督察局抓不到你。”

陈秀莲疑心自己听错了。

对方清了清嗓子，一脸神秘地说：“你可以叫我‘五月的雪’。”

020章 游戏

晏君寻接到姜敛电话的时候正在吃早饭。他一宿没睡，又恢复打瞌睡的状态，坐在街边便利店的透明玻璃前吃小龙虾饭团。

“我家新换的室内系统改掉了通导器的通话设置，”姜敛刚起床，说话间有走动的声音，“我刚才看到，是出什么事情了吗？”

“你可以坐下来吃饭，”晏君寻把饭团的包装纸在指间捏成各种形状，“你老婆已经不高兴了。”

姜敛小心地瞟了眼老婆，乖巧地坐下来，趁他老婆转身的空隙问：“你怎么这也知道？”

晏君寻想说，她放餐具的动静很大，走路时踢着拖鞋，你们昨晚睡前肯定吵过架，今天的早饭她都不想给你做。但是晏君寻没说，他不想让别人觉得自己什么都知道。于是他“嗯”了一下，瞄了眼坐在自己旁边的时山延，回答：“我猜的。我想告诉你，凶手可能在普利小区附近工作，你们可以再检查一下历建华门口的自行车，或者他那栋楼的安全通道。然后，我还想告诉你，你们可以看看历建华那栋楼的单元监控，最好把所有人都进行一遍面部识别，也许会有新发现。”

“好的，”姜敛端过自己的餐盘，在吃东西前说，“你知道我家在哪里吧？下次如果联系不到我，可以直接过来。”他迅速吃完煎蛋，继续说，“现在这些系统自动化程度太高了，我完全没想到它会擅自修改我的通导器设置。”

晏君寻不想去姜敛的家，他妻子对督察局成员的态度都不太友好，即便晏君寻很多次想告诉她，自己不是督察局的成员，也没机会。

时山延正在喝热水，他日常的习惯都很符合狙击手的要求，除了抽烟。他在这时问姜敛：“你家换了什么系统？”

“光轨区淘汰的第九代民用室内系统，”姜敛边喝咖啡边跟系统打招呼，“早上好。”

他的室内系统用粗犷的糙汉音回答：“哥哥，早上好！”

姜敛一口咖啡差点喷出去。

“第九代民用室内系统不会擅自修改通导器设置，”时山延的长腿在桌子底下换成舒服的姿势，“它没那么主动。”

姜敛觉得可能是他老婆改的，两个人昨晚就是在为对方的工作时长吵架。他们想要一个孩子，但显然两个人都没空，而谁都不想承认是自己的错。他不好当着晏君寻和时山延的面问，只能说：“可能是我记错了。你们今天会来督察局吗？”

“看情况，”晏君寻说，“我也可能会回家睡觉。”

姜敛说知道了，通导器就挂了。

停泊区的早晨还是阴沉一片，云都罩在高低不齐的楼群上，远处的工业烟囱正在喷着烟雾。这会儿连晨跑的人都没有，空气质量太差了，开窗的人都很少。

“你觉得有人改掉了姜敛的通导器设置，”晏君寻不想沉默，也不想再跟时山延绕圈圈，“谁会这么干？”

“关注天才的人，”时山延转过头看着晏君寻，一只手还握着热水杯，“有人对你和阿尔忒弥斯都很感兴趣，他既然能入侵你的室内系统，当然也能入侵姜敛的。这个案子看起来如此简单，督察局却到今天都没有找到人。是你给的信息不够准确吗？是有人在干预姜敛办案而已。”

便利店里亮着小光屏，坐在收银台前的阿姨正在看电视剧，着迷到忘记打毛衣。光屏的音量开得不大，不足以掩盖晏君寻和时山延的交谈声。

时山延像要保密，所以抬起手臂，搭在了晏君寻的椅背上，身子也倾过去些许。他在这些事情上很懂分寸，没有凑得太近，而是停在了恰到好处的位置，让人挑不出毛病。他每次都这样。

“你该庆幸这里是停泊区，系统摄像头没有遍及全区域，否则遇见这样狗皮膏药一样的黑客，我们连讨论的地方都没有，他连你上厕所的样子都能看到。”

“你说他入侵了姜敛的系统，在看姜敛坐马桶的同时，还想监控我们的通话，以及这些案子的进展？”晏君寻想起那天的变声器，他说，“他对这些事情也太关注了。”

“你不如想想他为什么关注这些事情。”时山延放下热水杯，眼神里掺进点叫作“温柔”的东西。他可以随心所欲地控制自己，只要这一刻的气氛需要，他就能给出最合适的眼神。

晏君寻的思绪又跑了起来，它们活泼得不像话，在他脑子里相互竞赛。有关案件的细节犹如早晨的雾霭，一瞬间就扩散得到处都是。

但是通导器又响了，时山延像早有预料，点开了它。

“我刚接到局里的电话，”姜敛匆匆穿着鞋，打开家门，“他们在服务站查到了一个叫杨钰的女人，是一个寡妇，平时在服务站接些清洁单子，跟‘准点清洁’合作过，她还有个儿子。一开始，信息数据库只显示她的个人资料，调查员根据那些资料发现她曾经被客户举报过，说她借工作之便出售客户家庭隐私，让客户被人勒索，后来查证勒索客户的人就是她儿子。调查员怀疑他们母子在联手做局，是敲诈犯，于是让‘珏’对她儿子程立新也进行信息搜索，‘珏’立刻发现这个程立新有很多不良记录。他半年前在刘鑫程看管的麻将馆里欠过一大笔钱，还款账户也不是他自己的，是历建华的。他在焦炭厂干过活，有辆老式的货车。今早调查员在堤坝小区找到他，他正跟霍庆军的邻居待在一起，两个人曾经合伙给霍庆军打过威胁电话。”

姜敛说到这里就停了，他不能让自己听起来在质疑晏君寻。

便利店的玻璃外正好路过一个小丑，牵着一簇气球。他经过玻璃，又倒回来，冲玻璃内的晏君寻挤眉弄眼。其中一个气球忽然炸掉了，声音异常大，接着剩余气球都开始砰砰砰地炸。小丑像没有料到，他吓得松开手，下意识抱住了头。

“砰砰砰！”

这些声音类似密集的枪声，炸痛了晏君寻的耳膜。他脑袋里搭建的那些场景跟着瞬间碎掉了，无数碎片像镜片一样旋转，刘鑫程、历建华、霍庆军三个人的资料如蚂蚁似的四处散开。

便利店里的阿姨被惊动了，她站起身惊愕地看向玻璃外，手里的毛衣都掉在了地上。小丑头上冒出一朵含苞待放的花，在他抱头时啪地绽开，喷出红色的颜料，溅得满地都是。

——来玩游戏吧。

颜料里露出的打印字条被染得猩红，挂在小丑蓬乱的假发间，像宣战旗。

晏君寻盯着小丑，听见黑板上书写的粉笔断掉了，在板面上擦出刺耳的声音。

“怎么了？”通导器那头的姜敛被气球炸开的声音弄蒙了，提心吊胆地问，“发生了什么，君寻？”

时山延伸出食指，摁断了通话。他把用完的水杯精准地丢进门口的垃圾桶，手搭到了晏君寻的肩膀上，沉声说：“放松。”

小丑一脸狼狈，捡着地上的气球碎片，抹着脸上的红颜料，冲玻璃内的两个人鞠了个九十度的躬。便利店的阿姨已经冲出去了，对着小丑一顿臭骂。小丑手足无措地赔笑。他的牙很白，在红色颜料里格外显眼。

晏君寻闭上眼睛，他觉得好吵。便利店里的电视剧声，外面的争吵声，还有脑袋里黑板的声音，这些都让他呼吸微促。

“君寻要学会做游戏。”

阿尔忒弥斯转过黑板，背后是瓢泼大雨。它指着黑板上的题，在黑暗侵袭前，日复一日地重复。

“君寻是最棒的天才，不会在任何游戏里失败。”

时山延的手快要碰到晏君寻，但是晏君寻反应很快，他就像启动防御模式一样，迅速格挡，把时山延的手掌挡在外边。

“你看看我，”时山延不在意，“放轻松，君寻，我不会伤害你。别管那块黑板了，看看我，好吗？”

晏君寻调整呼吸，他格挡的手臂很有力，像紧绷的弦，再碰一下就会爆发。

时山延很小心，他期待的环节终于来了。他观察着晏君寻的神色，晏君寻缓缓压下些身体，这是一个放松的讯号。

“这个黑客正在看着我们。他向你发出了邀请，并且单方面开始了游戏，”时山延习惯性地舔了下犬牙，对晏君寻微笑，“你不怕他，对吗？你不怕任何人。别让他得意，给他点颜色看。”

“你早就知道这案子有问题，”晏君寻表情镇定，就像脑子里没有那些混乱的碎片，说道，“你跟他一起耍了我。”

“你别这么想我，”时山延一边思索着，一边回答，“我只是察觉到一点点奇怪，我很早就给过你提醒了，对吗？别这样——”他低沉的笑声里带着点撒娇意味，“我跟你是一路人。”

晏君寻已经听不到黑板的声音了，他的脑袋里是黑的，就像关掉的系统，只有雨声在不断冲刷。对方想推翻他的推测，让他变成一个真正的神棍。他烦躁地说：“你最好是。”

“当然了，”时山延看着他，“如果我跟对方是一伙儿的……”

“我就杀了你。”晏君寻不假思索地说，顺便抬起手，朝不知道什么时候转向他们的便利店摄像头竖起中指。

他知道对方一定在盯着这里。

“跑快点。”晏君寻说。

021章 暴躁

晏君寻不想被摄像头盯着，他丢掉垃圾，准备离开。ID通导器又响了，晏君寻真想把它扔掉，但是他忍住了。他接通通导器，言简意赅：“说话。”

“你最好离开这里，”苏鹤亭刚睡醒，他边在光屏上敲打，边打了个哈欠，“有个疯子正在看着你。”

“他在哪儿？”晏君寻离开便利店时又看了眼摄像头，“别让他再碰我的系统！”

“你暴躁了，”苏鹤亭放慢语速，看着面前疾速跳动的数据，“但我不得不告诉你，他不仅在碰你的系统，还在试图入侵它们。”

太阳越过楼群，驱散了一点阴霾。街上的人变多了，他们大都行色匆匆，赶着去上班。ID通导器的铃声从不同人的身上响起来，无数光屏在西装革履的人群里闪烁。整个停泊区就像被摁下了播放键，大家一瞬间都动了起来，跟十几分钟前的寂静截然不同。

“我找不到他在哪儿，他把自己藏得很隐蔽。”苏鹤亭就像正在播报的广播员，“我只能提醒你，停泊区的区域系统都很垃圾，他能通过所有摄像头注视着你。”

晏君寻的目光迅速游走，街角、红绿灯、店铺，到处是摄像头，根本无法确定对方正从哪里看着他。

他说："黑豹就让你来做个现场直播吗？"

"那可不，我现在的任务就是盯着你俩。"苏鹤亭语气里没有半点着急。这事跟他没关系，现在就是有人当街爆掉 7-001 和编号 01AE86 的头，他也只会当个忠实的录像员。

黑豹内部一直是爱斯基摩结构①，他们的编号之所以会选择如此粗暴的排序，就是在为这种结构服务。名次靠前的成员就是后面人眼中的领狗，所有任务最好不要出错，出错不仅意味着任务失败，还意味着编号排序会下降。下降的编号超过某个数字，你就会自动降为力狗，被剥夺一切享受的权利。

当过领狗的人都不会想当力狗，一旦掉进力狗群里，就会被曾经追逐在背后的成员撕碎。黑豹血腥的内部排序规则被诟病了很久，但傅承辉没有改过，他坚持使用这种结构，并且觉得效果不错。

你不要指望黑豹成员会对带着相同文身的成员施以援手，他们没有自己动手就是在遵守规则。除非是小组作战，任务条例里明确限制了伤亡人数，否则大家就会像现在这样，隔着光屏看对方被毒蛇咬。

"别总是给自己找借口，你只是追查不到对方的信息，"时山延走下台阶，鞋底在刚才小丑站过的地方擦了擦，那里掉了一颗玩具枪的子弹，"他在附近。"

"这就是你至今没队友的原因，谁愿意跟一个嘴巴恶毒的人待在一起。"苏鹤亭没感情地说，"我的能力很强，我不想重复。现在，请 001 抬起你的头，看见右边三楼那个'红叔发廊'了吗？他正在借用那里的摄像头看着你。"

晏君寻看到三楼"发廊"两个字的灯牌下亮着红点，他说："关掉它，证明你没时山延说的那么废物。"

"我不需要证明，"苏鹤亭说着狠狠敲了下键盘，"我关掉了，但是他切得很快。你别想让我关掉整个区域的摄像头，我不会犯法的！"

晏君寻没忍住，对着通导器暴躁起来：“你早在监控我家系统的时候就犯法了！你继续追，我要他的位置！”

对方就在附近，不然他没办法朝着小丑的气球打枪。晏君寻不想跟对方玩推理游戏，他只想把对方拖出来，扔到督察局门口。

“那你得开车，”苏鹤亭看着断断续续的红点定位，“他要跑了。”

车停在露天停车场，晏君寻上车先关掉小橘龙，发动车，那轰隆声引人注目，像一头准备进攻的猛兽。时山延系好安全带，虽然他觉得安全带在接下来的旅程里作用不大。

“光铁内环线，”苏鹤亭说，“他想离开这里。”

晏君寻踩下油门，车瞬间就蹿了出去。车内的挂件没反应过来，在空中划出超长弧度，最后撞在了玻璃上。砰的一声惊醒了小橘龙，它在车顶发出报警的声音。

“给我定位，”晏君寻在报警声里说，“快点。”

“你是我的领导吗？”苏鹤亭终于恼火了，一边狂摁键盘，一边说，“我不喜欢被人催，别催我！”

光屏在一侧亮起来，窗外的阳光刺眼，已经看不出早晨的阴郁。这会儿正值上班高峰期，车道上的车排满了。对方溜走的速度很快，已经快要出光铁内环线了。晏君寻盯着光屏上闪烁的红点，猛地提高车速。

“晏先生，”小橘龙担惊受怕，“太危险了！”

晏君寻听不见小橘龙的提醒，他的世界里只有那个不停闪烁的红点。老式跑车的不断超车，让后边响起无数的喇叭声。

几个司机打开车窗，露出半身破口大骂：“找死啊！神经病！”

对方还在看着晏君寻的动向，似乎知道了晏君寻正在追他，红点出了内线，就拐上外区高速，往山脉的方向走。晏君寻一路超速行驶，跟着出了内线，也上了外区高速。

这个时间运输焦炭和钢铁的货车都还没有上路，几辆私家车不快不慢地行驶在前面。晏君寻的跑车就像炮弹一般冲出去，时山延耳边全是跑车轰鸣的吼叫声。

但是晏君寻很安静，他总是这么安静，即便表面的冰层都破裂了，底下的暗潮也没有发出声音。他盯着前方，仿佛再也没有比追上去更能让他有兴趣的事情。这惊人的专注力让他显得很危险，那种微妙的、安静的危险，好像再碰他一下，就会被他撕得稀烂。

对方的车屁股已经出现在视野尽头，那是一辆纯黑的二代家用汽车，牌照挂的是停泊区区号。小橘龙的报警声已经完全盖住了喇叭声，苏鹤亭看着晏君寻的定位，必须扯着嗓子才能把话说清楚。

“他要下高速继续往山脉的方向走，你最好减下速，隧道那边都是等着上高速的货车！”

晏君寻再度加速。

“喂，”苏鹤亭继而对着时山延喊，“你们是约好了来送死的吗？”

“你给我闭嘴。”时山延被吵得皱眉。

对方开始调整方向，过了大弯道就能进入山脉前的隧道。然而晏君寻已经追上去了，他打着方向盘，车头就像蛮牛一般用力撞在对方的车屁股上。对方也没有料到晏君寻这么狠，方向都没来得及调整好，左边车门直接撞向弯道围栏，接着发出刺耳的摩擦声。但是对方反应很快，硬是在车轮胎的尖叫里换了方向，以蹭断一只倒车镜的代价继续向前。

跑快点啊。晏君寻紧随其后，挑衅般再度撞上去。

对方的车门又一次撞上围栏，小橘龙的报警声已经陷入疯狂循环。对方继续向前，因为弯道，整辆车在狭窄的道路上左右来回碰撞。可是晏君寻没打算进隧道，他打方向盘的时候车尾在弯道上划出弧度，车头掉转，卡着弯道距离，用车身把对方撞到隧道的死角上。

晏君寻熄了火，打开车门，下车时从座位底下抽出一根钢棍。

“警告……”对方车载系统的声音隐约传了出来，“警告！已拨打求救——”

晏君寻抡起钢棍，猛地砸在对方车门上，驾驶位旁边的玻璃顿时破碎开来。谁都以为晏君寻会停下，可是他接着又一棍砸下去，把对方的车门砸到变形。

因为驾驶位上空荡荡的。

①爱斯基摩结构：爱斯基摩人利用了动物的排他性，将拉雪橇的狗分成两个等级：领狗与力狗。领狗在前面领跑，它享用多种特权，诸如单独享用食物，独享最好的狗舍，并且从来不会挨打；力狗在领狗后面拉雪橇，它们吃不饱，住不好，一起抢食，一起蜗居，还时常挨鞭子。领狗享有的优厚待遇让力狗愤恨不已，总想追上去死死咬住它。——《犯罪学：社会学的理解》

022章 引诱

晏君寻扔开钢棍，踩着满地的碎玻璃碴拉开对方的车门。车的挡风玻璃已经撞碎了，里面没有人。车载系统的求救声越来越小，最终变成“嘀——”的电子声。

对方根本不在这里。

晏君寻粗暴地拽下车内夹袋，里面是一沓打印出来的字条，全部写着“来玩游戏吧”。他握紧字条，看到副驾驶的位置上坐着一个歪头微笑的毛绒玩具。对方像知道晏君寻的雷区，还给毛绒玩具戴上了眼镜，打扮成霍庆军在全家福里的样子。车载系统的嘀声突然卡住，自动切换成了语音。

“我很想见你，我太想了……啊，我知道你，我早就知道你，”对方凑近录音设备，用夸张的语气说，“你是狩猎之子。”

他语气有点讥讽，又远离了录音设备。晏君寻听到他走动的声音，他穿着皮鞋，踩在地板上会响。他似乎知道晏君寻不会放过细节，于是站在设备跟前轻快地跳了几下踢踏舞。

“不用试图透过录音来找我，你做不到的。”对方像在自己家里，随意翻动着周围物件，“你为什么要听傅承辉的话？晏君寻，你最好仔细想想该如何回答我。你可以把这个也当作游戏，反正……”他拍了拍桌子，“反正这些对你也都无所谓。傅承辉认为你能‘看见’真相，他太蠢了，你明明只是一个失败的、单一的、无趣的赝品。你用拙劣的演技欺骗所有人，你是一个虚有其表的小丑。”

他说到这里高兴起来，忍不住咬着舌尖发笑，那声音很奇怪。

“回去吧，晏君寻，回到你阴暗逼仄的巢穴里，像一个人一样暴跳如雷。你以为自己是正义女神吗？别傻了，”他的笑声更加奇怪，“你连奶都没断呢。我至今不明白你躲在这里究竟要干吗，在这里你是一个彻头彻尾的废物，发挥不了一点作用。你的侧写，那也能叫侧写吗？对不起，我说了脏话，”他懊恼地放缓语速，“我不该说脏话的，可是我想到你就忍不住。你永远无法理解我对你的讨厌，就像蚂蚁无法理解人类的踩踏。我想让你明白，你得为你得到的东西付出代价。你要明白自己的失败，我会让你明白的。”

他坐下来，拉了拉衣服，手指在这个过程里碰到了桌沿。

他戴着戒指。

晏君寻在那一下里听到了戒指和桌沿轻微的碰撞声，仿佛是水面上的涟漪，在深不见底的漆黑里荡出一点细小的余波。

“我要否定你，你存在在什么位置呢？”对方说到这里顿了一下，似乎还没有想好后续，“这个世界上压根儿没人需要你。虽然我很想直接说‘去死吧，晏君寻’，但我不想那么简单。你会崩溃吧？即便你全力模仿着系统，可是你的内核也脆弱得不堪一击。我想你崩溃、绝望……

绝望这个词很好，它比‘死亡’更具有力量，放得下我对你的全部恶意。我已经开始了，出于礼貌，我要跟你打个招呼。上次我差点就成功了，可惜有个杂种捣乱。那个叫时山延的杂种，又是黑豹，请替我回复他，我不想死，我不会死，”他笑烦了，在提到时山延时声音变得冷冰冰的，“我想弄死他，我会想到办法的，他未免太得意——”

车载系统突出在驾驶位旁边的核心装置倏然爆了，像充满气的气球，就那么轻而易举被捏爆了。时山延不知道撑着车门听了多久，被太阳晒到眯眼。

“你想坐在这里跟他唠嗑吗？听他絮絮叨叨、颠三倒四地阐述自己不为人知的内心故事。”时山延把扯出来的线扔到脚边，顺便用卫生纸擦了手。他看向晏君寻，搭在破烂车门上的手敲了敲：“你既有耐心又善良，坐在这里乖得像这门是我砸烂的。你别听他讲话，别试图了解他。”

时山延太高了，挡住了光。他俯下身时，车内都显得极其狭小。

“你可以捏爆他的头，”时山延嗓音低沉，“谁能阻止你呢？小天才，别搭理他。”

晏君寻的座位底下有根钢棍，兜里还有把手刺。他揉碎了一支烟，有点想笑。

他真的很难控制自己，想戒的烟戒不掉，本性里有贪婪的东西在催促着他不断地给自己找借口。他究竟该干吗？阿尔忒弥斯都没说清楚，谁都没告诉过他。但是他时常觉得困，不困就会发呆，否则他总想干点什么。他待在哪里都不舒服，这个世界上似乎没有能让他彻底放松的地方，他时刻都吊着自己。

他们把引诱他的危险分子放了出来。时山延每一秒都在对他说“来做点什么”。做点什么？像刚才录音里的神经病一样求关注吗？他不是那种人，他刻板地、坚决地在黑板上写过。

他不是那种人，他不是他们以为的那种人。

“我不会张嘴咬他，也不会碰他。”晏君寻抬手拽紧时山延的衣领，像发誓般地说：“用不着你教，我知道该怎么做。”

023章 怀疑

姜敛在督察局内见到程立新，他隔着玻璃观察了一会儿程立新的神色，问旁边的调查员：“你在历建华单元楼的监控里找到他了吗？”

“‘珏’发现这个程立新在半年前欠债的时候去过历建华的家。”调查员叫朴蔺，和“珏”是搭档，传闻他有过目不忘的能力，在审查资料、核对信息方面从没有出过错。朴蔺调低光屏亮度，抬头看了眼室内的程立新：“他欠刘鑫程麻将馆的钱，就是历建华替他还的。根据他自己交代，半年前，有网友给了他几个保健项目的投资，他想做却没钱，对方就介绍惠合小区那片的麻将馆给他，正好是刘鑫程看的场子。他在那里借到了钱，结果投资是骗局，他的钱全打水漂了。”

程立新在家左思右想，总觉得自己被人下套了，认为骗他的网友和麻将馆的是一伙儿人。但是他欺软怕硬，听说刘鑫程以前是某个厂里的高级财务科科长，还坐过牢，估计黑白通吃，于是他连货车都不敢跑了，整天躲在家里不出门。

“他妈妈杨钰那会儿正好是服务站的帮助对象，在普利小区做过保洁，”朴蔺说着拉大光屏，转给姜敛看，“珏，给姜哥看一下杨钰的资料。”

“好的，”珏回答道，“这是杨钰的资料。如你所见，她在半年前被人投诉过四次，都跟信息泄露有关。”

姜敛浏览着杨钰的资料，看到勒索的字样。

“程立新从杨钰那里弄到客户信息，包括房门密码、系统设置、ID编号等等，他加入网络聊天室，请一些所谓的高手帮他深挖这些客户的网络账号，然后向这些客户进行勒索。”朴蔺说到这里十指交握，感慨道，

“咱们区域内的信息保护能力还很薄弱，跟光轨区那种发展地区不一样，在这里ID编号就是私人世界的解锁码，程立新就靠这个发了一笔财。”

“是的，”珏很喜欢接朴蔺的话，它说，“程立新是有针对性地在挑选勒索对象，其中涉及了许多客户的隐私，包括重婚、出轨、账户资金不正常等问题，这些都不便跟‘准点清洁’的官方明说，也不便和我们明说，所以报警的人很少。程立新因此气焰高涨，开始借用杨钰的编号，跟她的同事们聊天，套取其他人的客户信息，这其中就有历建华的信息。”

“历建华上过新闻，刘晨对他还有跟踪报道，他在程立新眼里算一个红人，并且历建华爸妈资产丰厚，这点让程立新非常心动，”朴蔺把这些资料记得很清楚，“程立新当时的债务还剩二十万，他就找上了历建华。”

历建华的家谁都能进，他对自己的住宅没什么保护意识，甚至跟小区物业都打过招呼，方便他那些狐朋狗友能够随便出入。晏君寻猜测凶手进去过，而程立新也进去过。

“他用历建华的那些视频作为威胁，问历建华的爸妈要钱，因此还清了欠刘鑫程麻将馆的债。我怀疑历建华的妈妈就是被这件事气死的。但根据‘珏’的信息搜索，发现历建华不仅没恨上程立新，反而跟程立新保持了联系。”

历建华想请程立新帮他挖一些账号信息。他常在网络游荡，浏览记录都是一些偷拍网站、交友平台，但他对一些在正规平台上放日常照片的漂亮女孩也很感兴趣。

“程立新不懂得信息搜索，但他想要历建华给他钱，于是泡在网络聊天室里，不断发帖寻找那些信息搜索的高手。”朴蔺示意珏调出一些截图，“他在刘晨的聊天室里认识了一个大哥，对方之前就跟他聊了好几个月。按照程立新的话，这个大哥把他当成亲弟弟，愿意无偿帮他做这件事。程立新就依仗着这个大哥，不断地帮历建华挖那些女孩子的个人信息，包括她们的学校、住址，对她们进行信息跟踪。”

然而历建华很快就对这件事失去了兴趣，因为程立新要价太高了。

“程立新的狮子大开口让历建华逐渐吃不消，他还要替程立新还一些打牌的债，没过多久他就烦了。程立新用视频威胁他，可是他不像他妈妈，他不在乎。”

历建华没什么道德感，他把自己、别人都视为两条腿行走的禽兽。程立新就算把那些视频公之于众，他也毫发无伤。

程立新只能重新找路子，聊天室里的大哥带他结识了很多网络上的朋友，其中有一个住在堤坝小区，也是无业游民，和程立新臭味相投。两个人每天相约八点半打游戏通宵。

“后来这个朋友说有好工作介绍，和程立新见了面，”朴蔺打开保温杯，喝了口热水，继续说，“两个人到处坑蒙拐骗，最后发现这个朋友隔壁的霍庆军还在打官司。他们认为打官司最花钱，因此觉得霍庆军账户里有笔巨款，于是开始想方设法勒索霍庆军。”

霍庆军住得太近，没有地方跑。他哪有钱，他所剩无几的家底都花在了打官司上，兜跟脸一样干净。

“霍庆军不配合的态度惹毛了他们，他被他们撬过锁，还被他们堵在小区附近打过。不过程立新再三说，他打了霍庆军以后就再也没找过霍庆军的麻烦了。当时刘鑫程死的消息上了新闻，他从刘晨的实时推送里看到之后，怕我们调查他，所以一直待在家里，”朴蔺放下水杯，“但是珏发现他说谎了，他和堤坝小区那个朋友先后几次出现在麻将馆，都是夜里。两个人的赌瘾很大，在网上也赌。”

姜敛把今早的调查结果看完了，沉默少顷。

“最后一点，你在通导器里让我们检查历建华门口的自行车，我们在上面发现了程立新的指纹，并且自行车上吊着的旧球鞋跟程立新的鞋码一样。”

朴蔺知道姜敛为什么沉默。姜敛很信任那位神秘的侧写师，过去姜敛参与的案子里都有那侧写师的身影，很多调查范围都由那侧写师提供。朴蔺觉得对方的信息定位很准，准到有些神化了，这反而让他产生了不信任感。

人是会犯错的动物，再厉害的人都会犯错，尤其是侧写师这个职业，经验有时候对他们而言反而是一种干扰。

“你可以把这些跟侧写师谈谈，”朴蔺想了想，还是补充了一句，“就算最终证明他的推测方向是错的，也让他别灰心。根据他以前的正确率，我还是相信他的某些判断。”

“霍庆军的全家福呢？”姜敛忽然问，“程立新的指纹对得上吗？”

“那个啊，”朴蔺说，“那个对不上，全家福上的指纹不是程立新的。”

“再问问他细节，”姜敛看着玻璃内的程立新，想起晏君寻的那些推测，“最好问清楚自行车是不是他的。”

苏鹤亭有点想挂电话，他提供的信息出了错。不过被对方耍的感觉还行，他不太难过，反正被耍的又不止他一个人。

“打电话报警，”晏君寻钻出时山延的臂下，从玻璃碎片里捡起自己的钢棍，“这辆车是他盗用的。”

“你确定？”苏鹤亭一脸怀疑地说，“你把一辆私家车撞成了这样，督察局会替你赔钱吗？”他心有余悸地停顿了一下，小声说，“如果你们需要的话，我可以帮忙注销系统监控的视频，这样谁都不知道是你干的。免费噢。”

“做了坏事就要负责，”时山延抽出插在车内的笔，挑了一张字条，翻过去，在空白的地方写，“赔偿电话请拨打——”

他把苏鹤亭的 ID 编号写了上去。

“你这个浑蛋，”苏鹤亭说，“你们再也别想我帮忙。”

"帮什么，"晏君寻火药味十足地嘲讽，"倒忙吗？"

"拜托二位大哥，我又不是故意的，"苏鹤亭关掉自己的光屏，"我怀疑对方知道我的追踪习惯，而且看过我的资料，你们没感觉吗？"

"也许你只是技术有限。"时山延玩味地说。

苏鹤亭竟然沉默了，他倒在自己的椅子里，仰头想了一会儿，说："这人挺了解系统的，会一些不错的伪装手段。"他犹豫地问晏君寻，"你觉得阿尔忒弥斯有私生子吗？我的意思是，系统会搞劈腿这套吗？"

024章 清晰

回答苏鹤亭的是通话忙音，他又打过去，说："好吧，那看来没有。或者你曾经有什么兄弟吗？"

回答苏鹤亭的还是通话忙音。他坚持不懈，再次打过去，在对方接通的那一刻飞快地说："好的，他是一个跟你无关的神经病，他就是有病，虽然他脑子还挺好使的。你们打算玩什么游戏？能和我详细说一说吗？我不参与，就是好奇。"

晏君寻没有理他，而是回头看了眼报废的私家车。那个歪头的毛绒玩具还坐在里面，像被遗弃在了这片钢铁丛林。一个无辜的人被卷进了神经病的游戏，成为操纵者兜里的一堆血肉。

对方想告诉晏君寻，游戏就得这么玩。

这个疯子让晏君寻感觉熟悉，那微妙的熟悉感让他像在照镜子。他不想跟任何人谈，他觉得自己跟这个疯子见过面。晏君寻不相信疯子说的每一句话。

这人在刻意地挑衅，他想要激怒晏君寻，而他的思路……晏君寻站在满地玻璃碎片里想，这个疯子的思路跑得同样很快。苏鹤亭的直觉没出错，这个人了解系统，他懂晏君寻的计算方式。然而他太迫不及待了，不论是那个小丑还是这次的录音，他都恨不得把自己对晏君寻的了解写到脸上。

“我知道怎么做你会生气，快点生气吧。暴跳如雷、歇斯底里！像期待中的那样再拿起你的钢棍，把对自己的信任都砸烂。”毁灭前先陷入疯狂，这比直接死亡更加有趣。

回到自己车边，晏君寻把钢棍塞回座位底下。他喜欢把东西放回原来的位置，分毫不差。他坐回车内，打开冷气，用眼神示意时山延上车。

“我大哥在叫我。”时山延放弃了抽一支烟的想法，他因为束缚锁，只能一只手插兜。他对苏鹤亭笑道：“你看晏君寻多棒，对自己的情绪掌控是一流的，就像事先输入的数据，到这里该爆发一下，晏君寻就爆发一下，爆发完了又归于平静。”他抬头时眼睛被阳光照耀，可是他不躲避，只是稍微眯起眼，“晏君寻可比你咋咋呼呼的样子可爱一万倍……但是我更希望晏君寻对我生气，而不是把情绪浪费在一只下水道的耗子身上。”

“我猜他压根儿没注意到你，你在他眼里就是一个报警器，随时会让他看到红灯警告。”苏鹤亭和时山延是同类人，但他很懂时山延的兴趣，“我甚至怀疑傅承辉是故意的，他用晏君寻牵制你，好让你安分点，别再像一头狮子似的站在顶峰耀武扬威。”

……

时山延在车外挂掉了苏鹤亭的电话，他坐进来，在系安全带的时候问：“我们接下来去哪儿呢？”

晏君寻没有立刻回答，他转回头，看着前方，过了半晌说：“我想要通导器。”

时山延递过去通导器，在晏君寻拿时却没松手。

“不好意思，”时山延看着晏君寻，手指稍松，“你要跟姜敛通话吗？”

“姜敛知道案子的详细情况。”晏君寻拿过通导器，上面还残留着时山延的温度，这让晏君寻有点不习惯，但他没有表露。

这个疯子，晏君寻打算就这么称呼对方。这个疯子用霍庆军做开场白，他想告诉晏君寻，自己有操纵黑白的能力。他指定了被害人，还指定了凶手，就像在玩提线木偶，毫无负罪感地搅乱别人的生活。晏君寻终于明白这个案子始终存在的违和感在哪里了，它把凶手突显得如此明显，就是为了让晏君寻“看”得一清二楚。

“让我想想，”晏君寻把通导器扔到手边，看向时山延，“让我想想你在我身边都说过什么。你理解他的动机，很早就发现这案子里还有疯子的参与，”晏君寻盯着时山延，咬重字眼，“对吗？”

“那你得好好想想了，”时山延拿起一侧的水瓶，自然地问，“我可以喝吗？”

他问得多纯粹啊，仿佛是一个讲文明懂礼貌的大哥哥。

“别问我，”晏君寻剥开他的伪装，“你根本就没打算把它原样放回去。”

时山延拧开瓶盖，在喝前的那一秒用目光扫过晏君寻，只是一秒，但足够了。他开心地说：“你真了解我。”

时山延的喉结在晏君寻的注视下滑动，吞咽的声音不算大，可是晏君寻听得很清楚。

“喜欢上新闻，喜欢被瞄准，”晏君寻挪开目光，“你当时是在说疯子。”

“并不，”时山延捏着水瓶，想了想，“当我使用‘我’做主语的时候，就是在表白自己。你真的觉得他喜欢上新闻吗？”

隧道那头的货车开始行驶，鸣笛声逐渐靠近。晏君寻不得不趴下身，把脸都埋进双臂间，贴着方向盘。

安静点。

晏君寻想，疯子不喜欢上新闻。对，他不喜欢。他到目前为止更喜欢操纵别人，站在幕后让他更有成就感。

“一个长期经历性暴力和精神暴力的女人，”时山延的语速很慢，声音钻进晏君寻的耳朵，咬词都有点温柔，“她要有非比寻常的勇气才能反抗。谁引导她做了这样的事情？你喜欢琢磨那些细节，不如现在把它们拨开，用你擅长的方式想一想这个凶手。”

“疯子设计了命案，”晏君寻很清楚，“他促使凶手动了手。”

“当然，这个疯子，嗯——”时山延眉间微皱，似乎提到对方就已经让他很不爽，“这只耗子喜欢在网络上乱窜，他的能耐都在那里。”

“这人要引导凶手，这需要时间，”晏君寻侧过脸，不管脸压在方向盘上会不会压红，他对时山延说，“得让凶手先变得不正常。”

凶手的不正常贯穿整个案子。

“做个假设，如果凶手杀了暴力对待她的丈夫……”

“在这里，只有我们两个人的时候，”时山延加重语气，“你不需要做假设。别让阿尔忒弥斯和姜敛影响你，你可是一个天才。”

晏君寻脑袋里淆乱的信息都安静下来，他像坐在碎片上玩拼图。他挑拣着这些碎片，试图看得更清楚。

她挨过那么多次打，或许逃跑过，但被扯着头发拽了回去。她遭受这些的时间很长，长到战前就开始了。战前晏君寻在干吗？他忘了，那不重要，他的记忆不值一提。总之凶手忍受了很久，她唯一的办法就是忍受，因为没人给她第二条路。

“她不是……”晏君寻找不到合适的词语形容凶手，“她对比自己弱小的东西充满怜悯，这对她而言是仅剩的尊严，她对孩子很好。”

所以她会坚持回到历建华的家里喂养那些金鱼，她怕它们饿死。

“但是孩子没了，”晏君寻的目光逐渐变冷，“她受到了很大的刺激。”

她的丈夫既没当好丈夫，也没做好父亲。你看看她在做什么，她把对孩子的愧疚填放进历建华的系统里，在那里用力扮演着父母的角色。

“孩子是一个契机，他们一定为此发生了争吵，”晏君寻又想抽烟，他不愿意自己去想那些画面，“然后她杀掉了丈夫，这是开端。”

没错，这是开端。这是凶手的开端，也是疯子的开端。

疯子不在乎这些人的悲惨人生，他在这里精挑细选，把这些人像布娃娃一样套住脖颈，再粘到自己的作品上。但凶手的痛苦在除掉丈夫以后就该结束了，而疯子必须让这个痛苦持续，他的游戏刚开始。

这个渣滓到底干了什么？

“他要给凶手一些提示，”时山延隔空点了点自己的脑袋，“让凶手发现自己的不正常。这个手段很像我们常用的监视技巧，如果你不想被任务对象发现，就给他点信号，让他陷入自我怀疑。当他什么都发现不了的时候，就会开始认为是自己出了问题。”

“他继续刺激着凶手，”晏君寻看到搁在一旁的通导器，“用最安全的办法。”

陈秀莲记不清何志国什么时候出现的，她确实有点健忘，反正何志国的声音始终存在，有时候像蚊子叫，有时候像车鸣笛。她毁灭何志国的那天是很久以前了，何志国躺在床上。

哦，陈秀莲想起来了，何志国当时瘫啦。

那畜生瘫掉了。

——“我女儿要下课了吗？”

陈秀莲给何志国端饭的时候问他，他的表情像见了鬼。陈秀莲很沮丧，她只是想去接琴琴下课。她给他喂饭，他骂她疯子。

——“我没有疯。”

陈秀莲看着黑白照片上的何志国，轻声说：“我没有疯。我明白自己在干什么，是你不明白。你什么都不明白。”

是了，畜生怎么懂呢？他脑子里全是攻击信号。

人真的挺奇怪的，陈秀莲总在困惑。为什么大家都靠两条腿行走，却总是有些异类？他们仿佛不属于这个群体，靠暴力生存，对撕烂并捣毁生命充满动力。

难道他们看不见那里已经血淋淋的吗？

“你……”何志国又在陈秀莲耳边谩骂。

“你看不见。”

陈秀莲举起照片，一点点撕烂它，看何志国的面容分裂。她把何志国的眼睛留下来，贴到地下室的墙壁上。

“你好好看着。”

陈秀莲打开灯，心情很好。

“你就是这么死的。”

025章 狙击

苏鹤亭开始泡面。他对新买的杯面充满期待，咬着筷子空出双手，想在这短暂的五分钟内再打把游戏。但是通导器响了，他忍耐了片刻，用拳头砸亮光屏，含混地问：“干吗？”

“疯子还在攻击我的系统，”晏君寻坐在冷气里，“让他冷静点。”

“我是他爸爸吗？”苏鹤亭拿下筷子，“如果他这么听我的话，我就让他去督察局跳踢踏舞了。”

“你可以做他爸爸，”时山延身体前倾，把车内的冷气关掉，“快点命令他，我们都想世界和平。”

“不，不要，我还很年轻。”苏鹤亭单方面删除了自我吹嘘的记忆，他把筷子压到杯面上，说，“你们一直都活在监控里，现在再加个人又能怎样呢？反正都是被看。”

“如果他再进入我的系统，”晏君寻凑近通导器，咬字清晰，“我就解除黑豹资料的防御墙，请他浏览黑豹复杂的构造。”

“你解，”苏鹤亭用手指戳了戳杯面盖翘起的一角，“关我屁事。”

“你在南线联盟做卧底的时候，用‘修理装备’这个理由骗了傅承辉多少钱？”晏君寻神情认真，语气却很轻松，“自己记账了吗？”

“你再多说一个字，”苏鹤亭看向光屏，“我就让疯子今晚找到你。”

“你试试，”晏君寻别过头，对通导器说，“看我们谁死得更快。”

苏鹤亭沉默下去，杯面都泡超时了。他不喜欢白干活，不如说他的原则就是收费干活。他在黑豹里属于及格万岁的类型，对排名没那么上心，只要编号一直挂在自己的舒适区里就可以。他习惯自己的节奏，傅承辉都鞭策不动他。他究竟有多少能耐，只有自己知道。

“这笔生意怎么看都是我吃亏。别装了，你就是想趁机让我替你补上系统漏洞，顺便把疯子踢到你私密空间的外边，好给你留出玩游戏的地方，”苏鹤亭掀开杯面盖，“然后继续让我给你打工。好吧，可以，我答应，但是我会记账的，晏君寻，”他吸了几口面，稀松平常地说，“你最好不要回到光轨区，否则我会让你明白我的利息有多高。”

“好的，”晏君寻说，“我希望在我待的地方，他都不要出现。”

希望。苏鹤亭把杯面的汤都喝完，想说你把我当成许愿池吗？

“7-001在重查期，”时山延对这种老式的车内空调很感兴趣，手指在上面拨动了两下，没留神自己的肩膀已经越了界，快要挨到晏君寻了，“通信可以换成我的编号。”

“编号01AE86，”苏鹤亭把筷子丢进垃圾桶，开始敲击输入，“这个编号谁想得到呢，傅运竟然同意了，监禁所车神。”

时山延的编号除了01是光桐监禁所强制的号码，剩余部分都是由他本人修改。

“他很喜欢，”时山延擅自曲解着傅运当时的气急败坏，“还很佩服，很羡慕。”

“密码呢，”苏鹤亭停下来，“你的密码是什么？”

时山延报了一长串字母，不经意地看向晏君寻，像在询问晏君寻密码的正确性。

“你这个货真价实的变态。”苏鹤亭嫌弃到后仰，用一指禅把密码敲下来。

车外的太阳很大，身体刚刚降下的温度又回升了，有种黏糊糊的错觉。晏君寻想洗澡，用凉水盛满自己的破浴缸。他没能及时刹住驰骋的思绪，它们淹没了整个车厢，把所有细节都塞回他的脑袋里，包括有关时山延的。

“疯子找不到这个编号，”苏鹤亭浏览着时山延的编号内容，“权限太高，停泊区督察局都查不了。你们可以用这个编号通话，我保证没人能监听，就算疯子跟傅承辉同级别都没用。领狗的福利真好啊，”苏鹤亭看到这个编号的任务页面，“你能看到所有人的任务内容。”

特装审评只会定期公布已完成的任务梗概，很多超过级别的任务消息都不会出现在黑豹主页上，但是在时山延的编号上，他不仅能看到所有人的任务内容，还能看到“力狗”的真实信息。

“这……”苏鹤亭语塞少顷，大胆猜测，“你在替傅承辉狙杀不听话的力狗吗？”

“别总是拿‘狗’来形容大家。”时山延收回手，黑眸深不见底。他没回答苏鹤亭的问题，而是继续看着晏君寻，说：“你愿意用我的编号吗？我是说在家里。为了方便起见，你可以把你的室内权限向我打开，这样更安全。”

别听他鬼扯。苏鹤亭心想，他只会长驱直入，把你家弄得乱七八糟。快点拒绝他，晏君寻，别上这个变态的当！苏鹤亭只要一想到他待在黑豹的时候能看到力狗的信息，就觉得毛骨悚然。但是苏鹤亭注定要失望。晏君寻的编号用不了，姜敛给的通导器随时都可能被疯子监听，晏君寻需要这个编号，他对此再清楚不过。

“好吧，”苏鹤亭自我安慰，反正被入侵的又不是他，“接下来让我来看看，你想得到哪些信息。”

“疯子最早是什么时候出现在停泊区的？”晏君寻觉得自己T恤上都是时山延的味道。他刚把手伸进裤兜里，旁边就递来一支烟。

晏君寻想拒绝，他要戒烟。他脑子里这么想的，手指却不自主地在兜里刮了下腿侧。

“这有点难搞啊，鬼知道他什么时候来的，我不一定能找到。”苏鹤亭边敲键盘边讲话。

时山延拿烟的手指忽然低下去些，他这样偏着头看晏君寻，像把晏君寻困在了窄小的驾驶位上。耳边还有苏鹤亭的讲话声，晏君寻看到他做着口型：不抽吗？

晏君寻用指腹缓缓擦着自己的腿侧，隔着牛仔裤感到一点痒麻。他很快就回答了时山延：不抽。

时山延把烟咬进口中，说了句什么，晏君寻没听懂。

“你能不能激怒他？这样他就会再次跳出来，现在的信息太少了。我可以帮你降低系统防御，你问候他祖宗……”

时山延知道晏君寻没听懂，他谅解般再度靠近，几乎要贴到晏君寻耳边：“借个火。”

离我远点。晏君寻的脑袋里有警报在响，他想回到安全位置。小黑板，阿尔忒弥斯，霍庆军，什么都行，赶快把他的注意力带走！

“你该到督察局跟姜敛谈谈，我觉得他们手上会有可以用到的信息，但是想抓住疯子很难，他的信息都很碎，”苏鹤亭说着敲了敲通导器，“给点反应吧，大哥，你们究竟有没有在听？”

“我知道了。”晏君寻抽出手，握住方向盘，不管时山延，说，“现在就出发。”

时山延对晏君寻的部分信息了如指掌。特装审评没说错，晏君寻无法适应险地任务，他的身体对温度异常敏感。这样的天气会让他出汗，待在车内打开冷气也不行。

老天很公平，给了天才超越常人的大脑，却也让他时刻都处于工作状态。他很少能休息，睡眠是个问题。谁受得了思绪一刻不停地在自己脑袋里搭建各种场景？身体会在这个过程里跟着疲惫。

时山延是狙击手，他知道注意力长时间高度集中会产生什么后果。晏君寻的任何表情都逃不过他的眼睛，他甚至已经比晏君寻自己更了解某些信号。

压力需要发泄。

可惜晏君寻不会发泄。他懂一些发泄方式，但是他不能做，因为他没办法保证自己最后能找回理智。

026 章 疯子

朴蔺站在三楼的休息区喝咖啡，一边搅动着勺子，一边活动着脖颈。案子结束前他们没有下班时间，就耗在这里跟资料打擂台。他喝了两口咖啡，跟通导器里的珏闲聊。

“下班约会吗？”朴蔺问珏。

珏沉迷于玩数据找碴儿的游戏，回答道：“没有系统约我。”它努力跟上人类的思维，“你今天有约会吗？”

“不，我没有，我只是问问你。”朴蔺觉得珏很可爱，他端着咖啡杯，踌躇了一会儿，问，“或许案子结束后我们可以喝一杯？”

珏玩着游戏，没有即刻回答问题。这游戏对普通人来说没什么可玩性，需要在海一般的资料里核对正确答案，而珏很喜欢浸泡在数据库里的感觉，那让它享受。朴蔺很特别，他也喜欢这个游戏。

“我老爸嘱咐我不要发展办公室恋情，”珏的声音有些犹豫，“但我蛮喜欢甜柚味的数据气泡酒。”

“我会为你准备好。”朴蔺笑起来。

珏“看到”朴蔺的笑，这让它一如既往困惑。它搞不懂朴蔺，他总是把它放在通导器里，戴在耳朵上。他们做搭档是偶然，但合作很愉快，关系就这样保持到了现在，没有一方想终止。

“我们的明星侧写师到了。”朴蔺打断了珏的数据搜索，他从三楼望下去，正好能看到停车场。

路上太堵了，这会儿太阳已经偏西。晏君寻下了车，把座位边上的通导器带在身上。

露天的停车场隔壁是一个篮球场，有些放学的高中生在那里打球。晏君寻从跟前经过，里面有人喊他打球。

他们肯定把他当成同龄人了。

晏君寻感觉很糟糕，T恤潮乎乎地贴着他的背部，他一点都不想运动，但是他不讨厌被学生们招呼，这让他想到上学。他没上过学，没有同学，没有任何社团活动，他只有这一刻在别人眼里是正常的。

“你在黑豹里参与过体育活动吗？”时山延站在晏君寻身后，他看向篮球场，对那群挥汗如雨的小屁孩没感觉。

他和晏君寻不同，他没有“归属感”这种东西。

“没有。”晏君寻白皙的皮肤一热就泛红，他别过头躲着阳光，几步跳上台阶，站到门检系统跟前。

他想离时山延远一点，这样周围的杂音能帮他分散注意力。

现在已经过了下班时间，督察局大厅里还是有不少人。中央光屏循环着今日新闻，高跟鞋和皮鞋的声音交错来往。晏君寻直线走到自动贩卖机前，刷脸得到了一罐冰啤酒。他不等喘息，直接打开喝，像要把热度都浇下去。

“交通部说高速上又出车祸了，我就想你们要堵在路上，”姜敛从另一头绕过来，跟他们打招呼，“我们到办公室里说。”

时山延抬头看见大厅的摄像头，他注视着摄像头，问姜敛："你办公室里有吗？"

姜敛顺着时山延的目光看过去，答道："没有，怎么了？"

"珏在工作吗？"晏君寻回过头问道。

"是的，它和朴蔺待在一起，怎么了？"姜敛一脸狐疑地看着他们，"需要我帮你叫它到办公室吗？"

"不用，"晏君寻把喝空的啤酒罐顺手塞进垃圾桶，"不需要任何系统。"

姜敛的办公室没有单独的室内系统，督察局有中央系统统筹内部分工，像珏那样的系统都有职责在身。姜敛不知道发生了什么，他走进办公室，出于谨慎，还是打开了屏蔽设备。

"调查员找到了程立新，我们发现历建华家门口的自行车上有他的指纹，"姜敛坐下来，"那双旧球鞋也是他的鞋码。"

晏君寻的目光都在玻璃墙壁上，他从这里还能看到大厅的摄像头。他说："是吗？"

姜敛察觉他的反应很奇怪。

"我原本想不通凶手为什么要把自行车放那里，"晏君寻收回目光，"现在解决了，那压根儿就不是她放那里的。她把自行车停在上班的地方，被人偷走放到了历建华的家门口。"

"谁？"姜敛反问，"程立新吗？"

"凶手是女的，"晏君寻再度肯定，"不是程立新。"

姜敛不会反驳晏君寻，他不能反驳。他在晏君寻的话里找着自己知道的东西，说："你觉得程立新没动机？"

"他没有，"晏君寻喝完啤酒后感觉好了很多，他已经能忘记旁边的时山延了，"他杀他们干吗？他只是需要钱。刘鑫程不是麻将馆的老板，看刘鑫程的住处就知道他没有钱，更何况程立新很害怕他，对吗？你说的，他欠了麻将馆的债都不敢出家门。”

晏君寻拿回了自己的小黑板，他脑子里的信息衔接得很快。

“我们始终不知道凶手在哪里分的尸，但它马上就要出现了。程立新是一颗螺丝钉，他是那些庞杂无效的细节。有条疯狗把他拽进来不是为了让他推动办案，而是让他当块幕布。别打开你的光屏，关掉它。”

姜敛立刻关掉光屏。

这时的太阳已经在西边沉没，办公室里没开灯，有些暗。时山延仿佛不关心这些事情，他架着双腿，陷在柔软的椅子里睡觉。束缚锁系在他的双腕，像简单的装饰品。

“这个案子里有两个凶手，其中一个藏在各种编号后面，”晏君寻看到了姜敛的通导器，它躺在各种文件上，“但是没什么大不了的，一个跳脚的小角色，不用给他多余的眼神。”

姜敛越听越困惑，他试图跟上晏君寻的节奏，问：“两个凶手？等一等，你的意思是有人和凶手共同作案，然后他们利用现场痕迹来嫁祸给程立新？”

“我猜的，”晏君寻用一种极度自信的语气说，“你可以听听看。凶手原本只杀了一个人，就是她的丈夫。他们家不小，可能做过私人工坊，有能帮助她分尸的工具。她在家里把丈夫处理之后，没人发现，她感觉不错。”

她挺聪明的，找了一些搪塞周围人的借口。

“她不是停泊区的人，老家不在这里。我觉得她丈夫可能出过车祸，或者生了大病，总之一定是亲戚朋友们都知道的变故，否则她没办法圆谎，住得太近就总有人想见见男主人。她最可能用的借口就是瘫痪，人无法移动，无法移动就不会出现。”

晏君寻背着光，微微别过头思考。

“这个时候来了一个疯子，或者耗子？怎么叫他都行。疯子借用一些东西逼疯了凶手……”晏君寻盯着通导器，“凶手要圆谎，需要经常戴着通导器，向周围表现出丈夫还活着的样子。是了，通导器，或许某天凶手入睡时真的听到了通导器里有丈夫的声音。”

她一定吓死了，她那么害怕丈夫，费了那么大的力气弄死他，可是他却诡异地在自己耳边活了过来。

“疯子擅长处理网络问题，网络是他的栖息地。一个卑微胆怯的废物藏在垃圾堆里，把自己筛选过的信息送到凶手眼前，”晏君寻的声音没什么温度，他说，“这真是低级、急躁、毫无方向感的操作。他教唆凶手去犯罪，被害人的隐藏共性就是他们都跟程立新接触过。”

通导器很安静。

这时门忽然响了，朴蔺站在门口问：“能进吗？”

姜敛看向晏君寻，晏君寻皱起眉，没有回答。时间一分一秒地过去，门口的朴蔺一脸纳闷，又敲了敲。

姜敛清了清嗓子，说：“稍——”通导器立刻响了。

姜敛的通导器铃声是他老婆的声音，此刻它在黑暗里振动着，唱的还是生日歌。

晏君寻没摁，他知道通导器会自动接通。果然几秒以后，通导器就转为自动接听。对面像在拖拽着什么东西，呼吸很沉重。那个呼吸声发散在黑暗里，让晏君寻莫名想起了霍庆军。

“我是冤枉的——”

疯子还用着变声器，他模仿着霍庆军的哭声。

“我没有性侵，我没有犯法，我是冤枉的。”

晏君寻仿佛闻到了血腥味，浓烈得让他想吐。

“唉——”疯子无聊地敲打着桌面，他的小动作很多，就像一个多动症患者，“你觉得很得意吗？嗯哼，这游戏本身就很好猜啊。晏君寻，我想告诉你，你猜对了也没用。”

他靠近通导器，一个字一个字地细声说："霍庆军已经死啦。你根本没看见，"疯子敲打桌面的节奏很乱，他似乎总是按捺不住自己，"你看见什么了？你还没有找到凶手呢。"他又咬着舌尖笑，"你不要模仿我，听懂了吗？你这个该死的赝品，不要模仿我。你让我打心底感到恶心。你该坐正，我看着你呢。"

"你在哪里？"晏君寻压低声音，"阴沟里吗？"

"那不是你爬出来的地方吗？"疯子一脸奇怪地说，"'晏日雨无踪，见雀离其笼；君携天罗网，寻影八百重。'——晏君寻，这名字不适合你，它更适合我。"

时山延不知道什么时候坐了起来，他悄无声息，连伸展都没做。

"这个游戏可以叫作'序幕'，它只是我饭后的消遣。我吃完饭需要做游戏，你也是，对吗？"疯子抖了抖腿，"我知道你为什么要追着这个案子，你看中了霍庆军的全家福。可怜的幼崽，你还在试图回到正常人的队伍里，可是没人要你。你多没出息啊，想要成为黑豹，结果傅承辉也不要你。啊，我讲得都要落泪了，你真是全世界最可怜的小杂种。"

疯子确实刚吃完饭，他的筷子磕碰到了碗。

"你该生气，快点跳起来，就像你砸车那样。"疯子越笑越大声，"这里没人知道你的真实面目，你最好时刻都守着自己的'理智'，不然我会报警抓你的。你猜'序幕'一共用了一周，我觉得时间太充足了，下一场我会更加精心布置的。"疯子不再笑了，他也不动了，像回过味来，"你是不是在找我的定位？"

"是啊，"苏鹤亭敲了半天键盘，提醒道，"你的位置暴露了。"

027章 追踪

光屏倏地弹出，苏鹤亭在上面给疯子的定位标识就是一只耗子，他的精准追踪甚至找到了疯子的楼号。倒计时的秒数在右上角跳动，疯子立刻挂掉了电话。

“鉴于他的狡猾性，我建议你们把逮捕时间控制在二十分钟内，我会在这二十分钟里随时播报他的移动方向，”苏鹤亭看着计时器，“开始吧。”

“关掉系统监控，”晏君寻站起来，把姜敛的通导器扣在桌面上，“今晚必须抓到他，不然我们都有麻烦。”

姜敛拿回自己的通导器，在几秒里权衡利弊。他跟着晏君寻站起身，快速问：“他能入侵我们的系统？所有吗？”

“所有，”苏鹤亭在计时器旁开了一个分屏，玩起了《连连看》，“别让他溜掉，不然下次就没有这么好的机会了。”

姜敛套上外套，拉开门，朝着外面喊：“中止系统监控！”

“不行，你必须给我爸一个理由，”珏在朴蔺的通导器里说，“这究竟是怎么回事？”

“来不及了，你爸的审核批复要等半个小时呢，”苏鹤亭看也不看分屏另一头，抬起手点了一下，“不如让我来。”

督察局的中央光屏遽然黑掉，大厅内的系统播报声停止，接着外部篮球场、停车场及周边店铺全部啪地失去灯光。然而这只是一个开始，以督察局为中心，黑暗就像喷射出的墨水，眨眼就覆盖住了停泊区的夜。

“警告！”督察局门检系统率先叫起来，“恶意入侵正在扩散——”

“叮咚，”苏鹤亭还在玩《连连看》，“关机成就达成。”

“珏，珏，你还在吗？”朴蔺试着叫耳边的珏，但是它没有回应。

整个停泊区都响起了惊愕的疑问声。下班还堵在路上的司机忽然发现红绿灯都暗了，正在通话的通导器都出现信号问题，无数人站在街头看楼群被黑暗吞噬。

“喂，听得见吗？”

"光屏怎么回事呀？"踩着高跟鞋的丽人焦急地问同伴，"突然就消失了。"

"只有二十分钟，"苏鹤亭撑住脸，"到点开机。"

"你做得太过了，"姜敛被苏鹤亭这一下搞乱了步骤，"你这个人怎么回事？"

晏君寻侧身从他们中间穿了过去，大厅内都是喧杂的议论声，他谁也不看，迅速到了门口。门检系统还在尖叫，他对苏鹤亭说："我的车在停车场。"

"挡板已经降掉了，"苏鹤亭的游戏音效很好笑，他玩得不亦乐乎，"推荐最优方案给你，让时山延开车。"

晏君寻越过停车场的围栏，没有犹豫，把车钥匙抛给了时山延。

"车神，"苏鹤亭跷着二郎腿，"耗子待的地方车流密集，靠你了哦。"

时山延接到车钥匙，在坐进去前朝晏君寻摊开双手："调整一下束缚锁的间距。"

束缚锁的左右环扣都紧贴着时山延的双腕，目前双手的安全距离是六十厘米。这已经是一个很危险的距离了，但是时山延还想要更长。

晏君寻仅仅犹豫了半秒，就拽过时山延的手。他的内腕有束缚锁的感应调控，权限只对晏君寻开放。

"二十分钟自由活动，"晏君寻盯着时山延，"到点恢复。"

时山延活动了一下手腕，顺从地说："好的。"

028 章 界限

焦躁的情绪在人群中浮动，由于车载系统管理的公交车全部暂停运行，留在站台上回不了家的学生都在抱怨。街道上有不少人把自己的通导器举高，试图在混乱中重连信号。

今晚没有风，大家都开着车窗，堵在途中的司机正在摁喇叭，有个脾气暴躁的先从车窗口探出身，朝前边喊："前边是死了吗？动啊！"

前边的司机也挤出来，对后面喊："眼瞎吗？绿灯没亮！"

双方隔着距离准备掐架，另一头倏然冒出一辆跑车，没等司机把身体收回去，那辆车就像一支箭似的蹿了过去，带起一阵强风，刮得人满脸是灰。等司机回过神，还没有来得及开骂，车已经没影了。

车内加速表一直在转，两侧的风景都糊得只剩影子了。晏君寻平时经常用这辆车挑战极限，但是他从来没有坐过副驾驶座。

"警告，正在超速行驶。警告，正在——"

晏君寻预感不妙，伸手抓住了安全带，下一秒，整个车身都要横过去了。车内挂件撞到挡风玻璃，晏君寻觉得自己也快要撞到车门上了。等过了这个弯道，他看车窗外的景象还是花的。

时山延在接下来的直线行驶里稳定发挥，还有闲情问晏君寻："你看过《头文字D》的动画吗？"

这家伙就喜欢不分场合地聊天！

"我有，"晏君寻攥紧安全带，他从牙缝里挤出声音，"漫画！"

时山延吹了声口哨庆祝。他表达心情的方式很单一，尤其是在愉悦这一项上。

跑车因为速度过快发出狂号，车灯在黑夜里犹如疾坠的流星。通导器那头的计时器数字飞快跳动着，轻微的嘀嘀声也在催促着晏君寻，让他心跳加速。

车开进了危险路段，周围的鸣笛、尖叫、争吵声顷刻间全部灌进来，在晏君寻耳边爆炸。路灯时亮时灭，让路面上横蹿的车辆都好似藏在黑色礁石间虎视眈眈的游鱼。

危险！晏君寻攥紧安全带，看着一辆出租车从自己这边擦了过去。

时山延的方向盘打得及时，他在预判上有种游刃有余的精准。他在久违的自由里笑起来，不觉得危险。

此刻系统歇业，路面上已经升起了“禁止通行”的牌子。几分钟的混乱以后，私家车都尽力避让到道路两侧，以免发生交通事故。

“我现在信号不好，”一个大叔扯着嗓子回老婆，“是真的信号不好！”

他这句话还没有说完，就看一辆跑车从旁边蹭了过去。他立刻缩起脖子，接着听到砰的一声巨响。对方直接撞断了“禁止通行”的牌子，朝着前方扬尘而去。

二十分钟太长，足够肾上腺素飙升。时山延换挡提速，像要带着晏君寻闯过这场淆乱的梦境。此刻只要他有一点操作失误，两个人就能立刻结束游戏，死在一起。

疯子的定位标识忽然动了。

“他下到停车场了，”苏鹤亭不关注他们两个人在干什么，只想做一个没有感情的播报机器，“你们最好在门口堵住他。”

耗子在地图上闪烁着光芒，它挪动得很快，下楼没有花费太久时间。这片区域商楼林立，停车场的隧道都是环形设计。时山延干脆利落，直接把车开进了隧道，在一连串轮胎打滑的声音里往地下停车场冲。

晏君寻觉得挡风玻璃前就是墙壁，他得时刻拽紧安全带才不会有被甩出去的错觉，他感觉车身再倾斜一点就能蹭到墙面。

“他往你们那儿开了，”苏鹤亭提高声音，“你们马上就能见到他了，开心吗？”

晏君寻根本听不清苏鹤亭的声音。直到跑车的轰鸣声撞破黑夜，车尾在相对空旷的地面上凶猛地甩出弧度，他在刹车声里狠狠撞到了座椅靠背，这段争分夺秒的刺激旅程才算暂时停止。

时山延看着前方，挡风玻璃被对面的车灯照着，他也亮着车灯照着对方。灯光晃眼，谁也看不清谁。

跑车停下来，却没有熄火。嚣张的轰鸣声变得低沉，计时器的嘀嘀声在此刻尤为突出，宛如匿藏在群马奔腾中的高跟鞋，尖锐地踩着所有人的耳膜。

疯子的这辆车是纯黑第三代，在停泊区算是比较新的一款。这款车的车载系统容纳性很好，能设置的自由度也比停泊区一些室内系统更高。疯子应该很爱惜这辆车，把它擦得很干净，车头亮得能反光。

双方就在车里对峙，跑车的影子拖在后边，像蓄势待发的猎豹。

“哈喽——”疯子借着最老款的扩音器，朝晏君寻和时山延打招呼。他的手指跳跃在方向盘上，脚尖有一下没一下地踩动着，他说：“你们真快啊。”

晏君寻微别过头，妄图透过刺眼的车灯看到疯子的全貌。

扩音器可能是废物利用，时好时坏，把疯子的声音变得断断续续又诡异，像被撕裂了。

“晏君寻，你看到了，这些人根本不在乎我们，你却还要跟着他们干。”疯子表现得和电话里不同，他不再那么急躁，而是有种奇妙的淡定。

不，晏君寻缓和着呼吸，想说不是我们。

“你肯定在想，‘不是我们’，”疯子轻轻咬着自己的舌尖，又发出那种笑声，“别傻了，别抱希望，你在傅承辉眼里跟我们就是一种人。他让黑客藏在你的室内系统里，悄无声息地监视着你，你却像被驯顺了，没有一点反抗。”疯子讲到这里，也没忘记和苏鹤亭打招呼，他带着种讨论的语气，说，“哈喽，黑客，你能越过督察局主理系统关掉区域监控，究竟是因为你的厉害，还是因为黑豹的特权？不用回答我，我们心里都有答案。”

计时器上的数字跳动到“11”，秒数的跃动就像抓不住的小钢球，眨眼就蹦没了。

疯子的手握住方向盘，他夸张地说：“你们要抓我，试试看咯。”

时山延踩住离合器，油门轰响起来，发动机的转速当即升高。跑车贴着地面咆哮，在他挂挡的刹那间就朝对面冲了过去。

两车间的距离迅速缩小，疯子当即倒车，在掉转方向的时候被撞歪了，车身蹭到停车场的柱子上，刮断了上面的收费装置。收费装置自动报警，红灯还没有亮几秒，就爆出了火花。

疯子在车里放声大笑，歪着车身拐出去，碾过减速带朝另一头的隧道开。时山延舔了下犬牙，追了上去。

地下停车场的面积宽阔，整体呈现回字形设计，直角弯道很多。疯子不太擅长飙车，在转弯时经常会蹭到墙壁，把车门上的漆都刮掉了一层。

“八十秒出隧道，”苏鹤亭说，“注意地面上的车和行人。”

疯子在出隧道的时候被时山延撞到了，他破烂的车门再次刮到墙壁，但是他像酒驾似的，就这样蹭着墙壁继续开，硬挤出了隧道，撞断前方的横栏杆，直接行驶向人流聚集的广场。

“让姜敛驱散人群，”晏君寻对通导器喊，“这就是一个疯子！”

晏君寻的话音刚落，广场侧旁的督察局警笛就大响。姜敛举着不知道从哪里淘来的老式喇叭，朝广场上喊：“备战演习，全体撤离——！”

停泊区在战时会做备战演习，这是几年前的居民必修课，升学都要考。此刻警笛围簇着广场，电音喇叭喊得人耳朵痛，督察局成员组织着行人撤离。

疯子踩着油门，在经过广场中心的和平雕像时，从车窗里伸出一只手，开枪射向和平雕像掌心里鸽子样式的大灯。

鸽子灯碎片当即迸溅向四周，底下的行人不及避闪，被碎灯砸了一身，尖叫声登时爆发。原本还算有序的人群在听到枪声和炸裂声后，马上陷入慌乱。

疯子兜风似的在车里大呼小叫，带着扩音器横冲直撞：“这是宣战，让黑豹和傅承辉都去死吧！系统终将统治世界！”

计时器跳到“8”。

苏鹤亭评价道："这家伙——"

他的话没说完，通话忽然断掉了。广场上的灯瞬间全开，还没有到午夜，喷泉却跟着灯光一起出现，让已经乱掉的人群被溅了一身水，恐慌顷刻间覆盖全场。

姜敛站在车旁也没能幸免，眼镜都被强有力的喷泉水滋掉了。他湿着半身，看不清前方。到处都是尖叫声，他说了句什么，却发现喇叭坏掉了。

广场四周的广告光屏全部开启，女明星还没走到镜头前，画面就切成了模糊的地下室。

"我是冤枉的——"霍庆军的声音响彻楼群，绝望卡在喉间，他的声音已经变了调，像要孤注一掷的困兽。他用手拍打着镜头，脸上的眼镜也掉了，头发凌乱，在电锯声里哭喊出那一句："我没有——"

画面倏地变成了儿童向的动画片。

"可恶！"苏鹤亭打通电话，火冒三丈，"他有外援，有人在攻击……"

通话再次断掉，广场光屏上的动画片也出现卡顿，时不时闪出霍庆军的脸。

"开启战时屏蔽模式，"珏突然恢复正常，出现在朴蔺的耳边，"重复，请求开启战时屏蔽模式。"几秒以后，珏说，"屏蔽模式开启失败，无法抵挡外部入侵，重新请求与7-006合作处理紧急情况！"

广场中的局面已经乱了，疯子不仅携枪横行，精神也有问题。时山延已经追上疯子，他在并行时向疯子施压，把疯子逼向没人的盲道，两车在擦蹭间都被撞凹了车门。

晏君寻解开安全带，握住了侧旁的车门把手。

"来啊，"疯子向时山延挑衅，"撞——"

他话说一半，时山延就猛力撞向他。倒车镜当即报废，疯子没操纵好方向盘，车头在撞击里扭拐向旁边的花坛，车灯都碎掉了。他勉强刹着车，靠甩尾撞飞了垃圾桶。

时山延调整着方向，在疯子还没有稳住的同时又一次侧撞了过去。这次疯子的帽子直接被撞出了车窗，车门凹得像被碾过，里面的系统警告都消失了。

疯子的车熄火，他在重启的过程中听到跑车的车门开了。他狠狠踹了脚车，后侧方的车门就被打开了。疯子重新开动车子，后车门晃在空中，晏君寻险些被原地起步的车带倒。疯子破口大骂："要死……"

晏君寻从后方探出胳臂，一把卡住疯子的喉咙，把他困在驾驶位上。疯子呼吸不畅，车反向撞向时山延，没关的车门被撞变形，双方的车窗瞬间全碎了，晏君寻被弹起的玻璃碎片划到了手臂。

疯子一只手开车，一只手抓枪。他朝着挡风玻璃开了一枪。纯黑第三代的挡风玻璃号称能防弹，在这一枪里没碎，跳弹在车内回射，打中了晏君寻肩旁的座位。左边的车门已经坏掉了，疯子想把晏君寻甩出去，车轮胎贴着窄道边缘，在倏然转动的方向里踩住刹车，惯性把晏君寻整个身体都扔向左侧。

疯子的车出现晃动，继续前行，他挪不掉晏君寻卡住自己的胳膊，就从喉间挤出笑声："晏君寻……晏君寻！"他怪叫着，"我不是第一个，也不是最后一个！"

晏君寻的侧脸贴着驾驶位靠背，他从车内后视镜里终于看清了疯子的脸。疯子化着小丑装，轮廓很像他。

"哈喽，"疯子张大眼睛，兴奋地打着招呼，"你好啊，晏君寻！"他抬起枪，枪口点着自己的右眼下方，"可惜我没有泪痣，真羡慕你。阿尔忒弥斯赋予你超越凡俗的大脑，你却用来跟畜生翻滚在泥潭。你真无聊，不过没关系，我来拯救你。"

疯子很像晏君寻，他似乎是在照着晏君寻的模样捏造自己的容貌。他的黑发垂挡着双眼，看向跟自己并行的时山延，露齿而笑。

"他长得真漂亮！"疯子癫狂地说，"是一个漂亮宝贝，幸运都比别人多几分，你说对吗？"

纯黑第三代已经失去控制，疯子放任汽车像一只无头苍蝇一样乱撞。他大笑着，松开握着方向盘的手，反抓住晏君寻。

倒计时只剩十几秒了。

"你看着自己，"疯子抬高枪口，抵着自己的眉心，对着车内后视镜里的晏君寻说，"你的下场。"

疯子开了枪。

晏君寻看不清前方，那迸溅的血几乎打湿了他的眼睛。他听见计时器的声音变成了秒表的咔嗒声，最终化成瓢泼的雨声。他觉得脸上很热，是疯子的血。他脑袋里有序的思路被击碎了，他仿佛回到了自己曾经待过的空无一人的广场。

计时器发出"嘀"的终止声，车在颠簸里冲破阻拦，驶向即将到来的尽头。商楼的光屏突然在混乱声和惊恐声里炸开满屏的虚拟烟花，绚丽的光芒覆盖所有人，像刚刚完成了一场计划已久的庆典。

车的行驶方向不明，刮着低矮的路沿，冲向转角的凉棚。棚下都是桌椅板凳，还有累积成品字状的啤酒瓶。

"跳车！"时山延叫醒晏君寻。

晏君寻在收回手臂的同时拿走了疯子的枪，在车撞进凉棚的前一刻跳下去，翻滚在地。下一秒，凉棚下的啤酒瓶炸碎，琥珀色的酒水溅向周围。车胎在碎玻璃瓶上艰难碾过，带着桌椅板凳继续向前。人行道上还有人，前方靠边停的车里也有人。时山延转着方向盘，把车狠狠抵向侧面的楼墙，压着它撞上街角的电线杆。

纯黑三代的挡风玻璃没事，前盖却凹陷严重。整辆车发出痛鸣，冒着烟停住了，跑车紧跟着擦过边急刹在拐角。

广场上的虚拟烟花还在放，晏君寻躺在满是玻璃碴的地上喘气，疯子最后的眼神在他脑袋里阴魂不散。片刻后，晏君寻睁开眼，撑身爬起来，扯着T恤擦脸上的血。他把分不清流着血还是汗的脸埋在T恤里，低声骂了一句："浑蛋。"

两个小时后，晏君寻坐到了调查室里。

"死者身份不详，"珏知道问题的严重性，说，"我们找不到他的个人资料，也没有他的出入记录，不过我会联系其他区域的调查系统进行搜索。"

"你追得太快了，"朴蔺看向晏君寻，用一种观察的目光，"你应该先跟我们谈谈。"

他的语气谈不上责备，但也不像建议。

姜敛的通导器一直在响。

他处理着连续不断的问候，还要给傅承辉写份报告，最后终于在烦闷里把通导器砸了。

"我们今晚能找到凶手吗？视频都上了光屏，霍庆军在几千人眼前喊着冤枉，"姜敛对他们摊开手，"结果我们连凶手的影子都没找到。"

晏君寻刚在卫生间冲过头，坐在椅子上罩着督察局的毛巾。他的衣服很脏，血迹蹭得到处都是。

"这案子现在看起来不是普通凶杀案，"朴蔺看着自己的记录册，"你可以继续问问侧写师，或许他灵光一闪就能直接把案子破了呢。"

"朴蔺，"珏温声劝阻，"不要这样。"

"我说了什么不该说的吗？"朴蔺抬起头，"对不起，我冒犯了。"

"你可以问程立新。"晏君寻已经很久没睡觉了，他对朴蔺抵触自己的情绪心知肚明。但他不能发脾气，他今晚已经够狼狈了。

"问问他，凶手是谁？"朴蔺看着晏君寻，"我们早就问过了。"

"还有他妈，"晏君寻发梢的水滴在他裤子上，"被害人资料都是从杨钰那里泄露的，凶手和程立新一样，是他妈经常接触的人。她的亲戚、朋友……”

晏君寻不想说了，他能感受到朴蔺的不满。

“珏已经在查了。”朴蔺收回目光，“我们也不是傻瓜。”

是啊，别人也不是傻瓜，用得着他晏君寻次次提醒吗？

晏君寻沉默着，直至朴蔺他们离开调查室。这个房间从外看能一览无余，他知道来来往往的成员都在看他，他就是被关在玻璃瓶里的稀奇标本。

晏君寻拉下毛巾，借着擦水的动作挡住脸，不想让自己对门外的事情那么清楚。

“你解开了时山延的束缚锁，”姜敛敲打着键盘，他正在构思报告，并且为此焦头烂额，“君寻，我跟你说过，不要解开他的束缚锁。”

晏君寻没回答。

“你得给我一份清晰明了的报告，告诉我，告诉傅承辉，这里发生了什么，那个疯子又是怎么回事。今晚发生了踩踏事故，受伤的人很多，群众反应激烈，我还要跟媒体打交道。7-006必须接受惩罚，他僭越行事，打乱了我们的步骤。如果，我说如果，如果他没有关掉——”

“霍庆军就不会出现？”晏君寻扯掉毛巾，“你把信任给一个反社会的疯子，却要7-006受到处罚，”他看向姜敛，眼神幽深，“7-006施行了最优方案。即便他不关掉区域系统，疯子也会把霍庆军放到公众光屏上，他就是为这些事情来的。他打电话暴露自己，都是在为今晚这些事情做铺垫。你真觉得停泊区的主理系统能抵抗这次入侵？别开玩笑了，就算停泊区的主理系统是根据阿尔忒弥斯剩余数据研发的第三代，它也不是阿尔忒弥斯。”

调查室里很安静，气氛有点难堪。

“我可以随时随地解开时山延的束缚锁，”晏君寻握着毛巾，站起身，

“我们是搭档。”

时山延坐在椅子上，快要睡着了。对面的光照着他，他说：“关掉，别让我说第二遍。”

光桐监禁所的检察员关掉灯光，坐在时山延对面。他只是一个投影，深夜被叫来检测时山延还正不正常。

“我以为你在这里做了什么，”检察员打着哈欠，“结果你只是带着新朋友飙了次车。”

“你告诉他们，我很正常，”时山延的身体靠着椅背，“让我出去。”

“我们得走个流程，”检察员示意他少安毋躁，屈指在桌面上的报告点了点，按照规矩问，“你杀人了吗？”

“没有，”时山延看着他，“伤口鉴定能证明他是自杀。”

“嗯，是的，”检察员浏览着报告，“你只负责开车。”

时山延想尽快结束这场弱智问答，他很烦，但在他脸上看不出来，他甚至还能笑：“我只负责开车，我的搭档 7-001 负责处理主要麻烦，我在这里就是一个马仔，”他转动着打火机，“我们在追查凶手，不是畏罪潜逃。”

“你的心情很一般。”检察员叫谢枕书，除了长相没什么特长，长期待在光桐监禁所里，主职是检察员，兼职是狱警。他看了眼时山延，说：“看来 7-001 是一个不错的搭档，他让你牵肠挂肚。”

“我们情比金坚，”时山延停下转动打火机，“告诉傅承辉，我感受到浓烈的友爱，因此不再是一个变态。”

“我会如实禀报。”谢枕书拿笔在报告上画了几个圈，“最近身体如何？”

“健康，”时山延别过头，听着走廊里的脚步声，忽然说，“我睡得不太好，他们给我提供的房间和监禁所里的一样垃圾。”

“是吗，”谢枕书继续画圈，他不太爱笑，“动画片还看吗？”

“看，”时山延撑住头，“但最近更想看漫画。”

“条件允许可以看看，”谢枕书有意无意地瞟了眼时间，还有一分钟，他停顿一下，说，“需要我给你几个建议吗？”

时山延说：“不需要。”

“尽量早睡，”谢枕书自问自答，“你的食指训练量超标了，早睡有助于你恢复正常，同时多跟你的搭档交流交流。”谢枕书说着，把笔插回原位，目视前方，公事公办地说，“检察时间结束，再见。”

时间正好卡在点上，不多不少。谢枕书没有废话，也不需要时山延回答，直接关掉了投影，消失不见。

晏君寻坐在长椅上喝啤酒，但喝了两口就停了。啤酒让他想起今晚的经历，尤其是疯子的脸。

“过度饮酒有损健康。”时山延从后边伸出手，把晏君寻手上的啤酒拎起来，送到自己鼻子前闻了闻。

晏君寻没回头，说：“你可以让姜敛给你换一个宿舍。”

“有什么不一样？”时山延坐在晏君寻身旁，把啤酒丢进垃圾桶里，“分隔区的所有房间都归我，我照样得夜夜跟系统睡。”

这一层没什么人，他们背对着大厅光屏，能看到过道前面的玻璃窗。窗外的夜空寂静，只有一轮孤独的月亮。

两个人都是一身臭汗，坐在一起像难兄难弟，谁也不嫌弃谁。但是时山延很奇怪，他似乎很难让人感受到他的狼狈，除非他愿意，否则他就是穿身破烂，也会让别人觉得他是在体验生活。

时山延收回手，问道：“那我们可以走了吗？”

“不可以，”晏君寻看向楼梯口，“没人能解释死者为什么长得像我。”

时山延回答：“他夸你漂亮。”

晏君寻说："见鬼的漂亮。"

"见鬼的漂亮……"时山延笑出声，手臂搭着长椅，问，"这里可以抽烟吗？"

"不可以。"晏君寻扫了眼不远处的"禁烟"两个字。

"那给我一根棒棒糖。"时山延不知道自己的得寸进尺，他得到糖以后剥着纸，"把你的想法告诉我，"他把棒棒糖含进口中，"我猜他们暂时不太想跟你沟通。"

"今晚死的'疯子'不是第一次通话的那个'疯子'。"晏君寻闻到荔枝的甜味，他的手在裤兜里摸了个空，不由自主地看向时山延，时山延嘴里的是最后一根棒棒糖了。

时山延把糖拿出来，认真地问："还你？"

"不用。"晏君寻回答道。

时山延把糖送回口中，咬着问："你怎么发现他不是第一次通话的'疯子'的？"

"他跟我通话的时候，"晏君寻后靠些许，略微仰起些头，顶部的灯光照得他晕眩，"听起来比之前那人更急躁，使用的措辞也不同……今天那人在停车场见到我们时很从容。"

"然后你发现他没戴戒指，"时山延总结道，"这傻瓜多无聊啊。"

没错，今晚的"疯子"没戴戒指。他用手抓晏君寻胳膊时，晏君寻就发现他手指上甚至没有戴过戒指的痕迹。他不像幕后的那个人，更像丢出来的炸弹，成功搅浑了水。

疯子打来电话的时候刚吃过晚饭，那应该是他最后一顿。他根本不住在商圈，他在电话里张牙舞爪，就是为了让位置被发现。从精挑细选的命案被害人到今晚的骚乱，构成一个完整的圆。

"舆论明早会爆炸，"晏君寻在眩晕里感觉到困倦，"他在广场上提到了黑豹和傅承辉，还说系统会统治世界。"

这些都是停泊区的导火索，关键在于他还复制了晏君寻的长相，这让晏君寻联想到了不久前的信息曝光。

如果今晚苏鹤亭没有及时关掉系统监控，疯子也许会让那张脸入镜，晏君寻就无法再摆脱舆论的指控。因为黑豹、反社会、系统三个词联系在了一起，即便傅承辉和督察局能证实疯子跟晏君寻没关系，也会被当作是搪塞群众的借口。联盟待发展地区对黑豹和傅承辉的恐惧绝非短期能够改变，傅承辉一贯的政治形象也不够平易近人，案子到这里，晏君寻已经察觉到它超出了自己的管辖范围。

比起傅承辉，晏君寻更在意疯子喊的那些话。他说“我不是第一个，也不是最后一个”，这意味着什么？这种丧心病狂的家伙还可能有第二个、第三个。

“他知道点阿尔忒弥斯的事情，”晏君寻闭上眼，一遍遍回放疯子自杀前的模样，“也知道点我的事情。”

赝品，臭水沟，装模作样。

晏君寻耳边回响着雨声。最近这些雨声出现得太频繁了，仿佛在暗示他有点失去控制。他企图用黑板的书写声盖掉雨声，可是脑袋里的信息太庞杂，挤压着他，让他不能很好地处理自己的情绪。

这是你的下场。疯子抵着枪的画面，噩梦一般地在他脑海里重复。

晏君寻，这是你的下场。

“砰！”

大厅里忽然跌碎了一只玻璃杯，声音炸在晏君寻耳边，让原本有点意识模糊的他即刻清醒。突然醒来的冲击刺激着胸口，让他心跳得有点快。

时山延咬碎糖，看向大厅。

“怎么了？”姜敛从门里出来问道。

中央光屏上的视频放大，出现了熟悉的地下室。

“你为什么要骗人？”有只戴着橡胶手套的手摁着刘晨的头，让他对着镜头，是一个女人的声音，“你怎么能在新闻上说谎！”

“十分钟前，这个视频从刘晨的聊天室里流出来，被各个账号转载，”珏对姜敛说，“我们需要立刻采取行动，让视频停止传播，并且在她动手前找到刘晨。”

镜头很模糊，跟霍庆军的是相同的效果。刘晨的脸抵到了镜头前，他刚刚从昏迷里醒来，意识不清醒。

“你们杀了霍庆军，”女人提高刘晨的头，让他对准镜头，“你是最坏的，你……你和何志国，”她难以理解的愤怒都倾泻在这一刻，“你们联手杀了我，杀了我女儿，又杀了霍庆军！你们不是人！”

镜头晃动着摔到地上，视频戛然而止，像镜头被踩碎了。

晏君寻看到了画面消失前的鞋子，球鞋很旧，不耐脏，没怎么洗过，鞋码超过了普通女性的码数，更像一双男人穿的鞋。

晏君寻脑袋里的钢弹儿滚得满地都是，它们相互碰撞，再连在一起，构成了清晰的路线。

他的推测完全正确，就是这个女人！

“叫醒程立新，”晏君寻站起来，“他一定认识这个女人。”

029 章 钢弹

2147 年，陈秀莲二十岁，已经进厂打工了。她家那会儿有四个孩子，上头的哥哥要读书，亲妈就把她送进厂里工作。她在厂里干了两年，很受欢迎，因为她不仅漂亮，办事也很利落，就是个头太高，一直没找着对象。

亲妈带着陈秀莲四处相亲。她去了几回，坐在椅子上跟新摘的菜似的，被人挑挑拣拣。陈秀莲觉得自己会手艺，又能吃苦，不想受委屈，就再也不去了。亲妈着急，拖着拽着她去，她就是不配合。

就是这一年，厂里招新工，来了一群小伙子，其中有个叫作何志国的，长相周正，爱玩爱闹。有人牵线搭桥，让陈秀莲跟何志国在饭局上认识了。陈秀莲对何志国初印象很好，她性格腼腆，跟人说话总是脸红，何志国不仅能活跃气氛，还总是照顾她。两个人一来二去就熟了，每次陈秀莲加班，何志国就陪着加班，陈秀莲生病，何志国就嘘寒问暖。

可是何志国不知道什么缘故，从没有说过要跟陈秀莲确定关系，别人问他，他就傻笑，也不反驳。陈秀莲以为是两个人相处的时间不够，了解不深，还要再等等。等到半年后何志国过生日，他请人吃饭庆祝，在饭桌上让陈秀莲喝了不少酒。散席的时候，陈秀莲想跟女伴回去，他说不用，他没醉，能把陈秀莲送回家，结果这一送把人送到了自己家里。

陈秀莲永远忘不掉那晚的片段。她想回家，何志国说不行。她醉得站不稳，拉门拉不开，何志国从后面半抱半拖着她。她重复地说“我要回家”，何志国起初还应几声，后面就忽略掉她的话。他把她拖进房间，扔到床上。她后来回想，记忆就是从这里断掉的，她只感到单纯的疼痛。她眼前只剩下他出租屋里的那盏灯。

灯上还挂着一只死苍蝇，一晃一晃的。

陈秀莲觉得恶心，她受不了，在挣扎和殴打里大声呕吐。后来她无数次梦见那只死苍蝇，仿佛爬过她身体的就是这只苍蝇。她昏过去又醒过来，酒醒了，只剩疼。

陈秀莲是从那晚开始知道夜究竟有多长。天亮的时候她以为结束了，但是很久以后，她终于醒悟，那是开始。

陈秀莲蜷缩在床角对何志国说：“我要报警。”

何志国把纸扔在地上，回答：“你有病吧？我们是恋爱关系，上床是你情我愿，没有犯法。”

陈秀莲不信，她带着瘀青去乡里的督察处，说：“我被强奸了，我要告何志国。”督察处成员都和她是熟人，其中一个扭过头看她，说：“你告谁？你跟何志国不是早在恋爱了吗？”她说他们没恋爱，但没人理她。她在督察处坐着，从早坐到晚。何志国来找她，拉着她的手，说：“你怎么还闹脾气呢？”亲妈也来找她，拉着她的手，说：“你回家跟他吵啊。”

陈秀莲觉得世界真小，一夜间所有人都拉着她的手。他们说可以理解，他们说事情就是这样，他们说你不愿意你为什么要跟何志国走？你不愿意你为什么要去给何志国过生日？你不愿意你为什么不反抗？

你为什么不反抗？你那时为什么不反抗？

陈秀莲想尖叫，想大喊，想歇斯底里地撒泼。她想撕开这些相同的脸，看看底下究竟是人是鬼。可是她什么都做不了，她只能拽出自己的手，指着何志国，说：“我要告他强奸。”

何志国跪在陈秀莲面前，仿佛她刚才说了什么告白宣言，让他感动到痛哭流涕，还要跟她结婚。亲妈又握住陈秀莲的手，心疼地说：“我女儿就是犟，他们小情侣经常吵吵闹闹。”

陈秀莲终于哭出来了，她难过的是活到二十岁，才发现自己学的是另一种语言，是一种没人能听懂的语言。她顷刻间成了外星物种，被抛进了时空夹缝，没有人跟她是同类。

亲妈把她带回家，何志国跟进门，说：“我要娶秀莲。”他对陈秀莲亲妈讲得情真意切，把自家的小卖部都算进去，说以后全归秀莲管。两个人一拍即合，好像这是一桩生意，陈秀莲就是这桩生意里被称斤论两的物件。

陈秀莲在这场滑稽剧里逐渐发觉自己的奇怪，是她太奇怪了，何志国是她没开过口承认的男朋友，那晚压住她的就是一只苍蝇。她趴在家里的窗户上，看着太阳升起又落下。每晚她都睡不着，她闭上眼，就会自己反驳自己。反驳太痛苦了，她只能强撑着睁大双眼，让自己接受老天给的剧本。

2147年，陈秀莲二十岁，在冬天嫁给了何志国。她睡在梦里的床上，看见那盏熟悉的灯，还有那只在脑海里挥之不去的苍蝇。何志国可以使用她，她的身体不属于自己，她的眼睛、她的嘴巴、她的思想统统不属于自己。

陈秀莲有个问题想了几十年。她究竟是什么？她是人吗？没人给她尊重啊。何志国跟人喝酒，醉后对自己的丰功伟绩侃侃而谈。他多自信，把老婆当徽章，还觉得老婆不够体面。

何志国打陈秀莲，是治妻有方，棍棒底下出贤妻嘛！他觉得自己好威武，堪比南北战争中的英雄，为北线联盟在后方安稳家庭方面做出了杰出贡献。可惜没人来给他表彰，他就在网上讲。他把自己当文化人，寥寥几句就能引来无数兄弟的叫好。

战后停泊区经济下滑，钢厂倒闭了一大片，何志国的小作坊也倒闭了。他的喜怒不定越发明显，已经到了神经过敏的程度。那时陈秀莲有了琴琴，母女俩就睡在楼下。有天她半夜醒来，一转头看见何志国就坐在门口，直直盯着她。

陈秀莲觉得何志国有病，她不想让何志国靠近琴琴，就整夜坐在琴琴床边。她白天为了养活琴琴而工作，什么都肯干。琴琴很懂事，每次放学就趴在食堂的桌子上写作业，等着她下班。她终于觉得自己正常了，琴琴就是她跟世界的联系。她藏着钱，一块一块地攒，想让琴琴上学，想带琴琴走，母女俩去哪里都行。

但是，何志国用一场酒驾把陈秀莲的梦撞没了。

天快亮的时候下起雨，雨珠急促地敲打着小窗外的铁皮盖，刘晨被吵醒了，他的脸颊贴着地面，鼻子里都是地下室的霉味。几条狗在叫，刘晨听见门开的声音。

“起床。”陈秀莲打开灯，蹲下身来拍打刘晨的脸。

刘晨在潮湿的地下室里待了一夜，头疼欲裂。他被拍打时不自觉地哆嗦一下，克制着自己想要躲避的念头，生怕刺激到陈秀莲。他哑着嗓子回答：“醒……醒了。”

陈秀莲握着挑东西用的木棍，把棍子从窗口戳出去，顶了下铁皮盖，铁皮盖垂下，盖住了窗。

雨声变得沉闷。刘晨的眼镜不知道掉到了哪里，此刻他看墙壁都是模糊的。他转动着眼珠，喉咙里仿佛着火，那是他昨晚喊叫的后遗症。

“我想了一晚上，”陈秀莲放下木棍，端起饭碗，边吃边说，“你的初衷也是好的，对吗？你报道那些事情，我觉得挺好的，就是有些话很……”她想着词汇，“像何志国。”

刘晨昨晚被打蒙了，这会儿背上火辣辣的。他转动着眼珠，只能看到陈秀莲的鞋。

陈秀莲今天穿着自己的鞋，还打算等会儿去上班。她吃饭很快，碗里都是肉。这些肉堆积在冰箱里，再不吃就坏了。她说：“你很有文采，我以前还想给你打电话。你放在主页上的号码是真的吗？”

刘晨筛选着关键词，他干涩的嘴唇翕动，回答道：“真……真的。”

“你早应该这样说，”陈秀莲把碗筷摆放到一旁，“我还以为是假的。”

刘晨觉得胸口束得太紧，身上的绳子让他无法正常呼吸。他蹭着地面，翻动了一下身体。

陈秀莲看着刘晨像蛆虫似的蠕动，问：“你给我打过电话吗？”她像担心刘晨无法理解，专门把通导器拿到刘晨眼前晃了晃，“给这个，打过吗？”

刘晨迅速摇头，脸上湿乎乎的。他张开嘴就满嘴潮霉味，这味道像要把他吞噬。

“哦，”陈秀莲收回通导器，“不是你啊。你认识‘五月的雪’吧？

你们聊过天，我在聊天室里看到了。”她有点失望，“他给我打电话的时候，我以为是你想帮助我。我一直想和你聊聊，聊聊我的生活。”

“我们……”刘晨仓皇地吞咽着唾沫，湿润喉咙，“我们现在也可以聊。”

陈秀莲听着雨声，想了很久，半晌后她说：“不了，你也没意思，报道都是在骗人。”

她站起来，拨开桌面上的杂物。有两把菜刀插在刀套里，她把它们拿出来，摁在磨石上磨。她对菜刀已经熟练了，也学会了用菜刀来解决问题。

何志国留下的磨床和锯都不耐用了。

刘晨听着磨刀声，喉间缓缓溢出哭声。他用力地抽泣，眼泪和鼻涕流了一脸，看起来既卑微又狼狈。他用额头蹭着地面，哽咽着说：“对不起，对不起！但是霍庆军，霍老师的案子是明确宣判了我才报道的。”他逐渐放声哭，“你不能把这事怪我头上，真的，我只是遵从判决结果！”

可是陈秀莲不理他，她在昏暗的灯光里固执地磨着自己的刀。

雨水敲打着玻璃窗，程立新在调查室里又哭又闹，对朴蔺说：“我真不认识什么杀人凶手！”

晏君寻靠着玻璃，盯着程立新。他的思绪就像雨，迅疾地敲打着脑袋，把那些新旧细节翻来覆去地浸泡，仿佛要从中泡出点凶手的味道。

“杨钰在240，”姜敛从另一头走过来，对晏君寻说，“她说自己有几个一起干活的姐妹，其中两个都在普利小区附近的工业园里上班。珏，跟君寻说一下详细情况。”

“我核查了杨钰这两名朋友的资料，都是没有通过区域审核的黑户，日常出入编号也不是自己的。其中一个叫林慧，是工业园钢厂内部的食堂阿姨，使用的编号是她儿子的。另一个叫陈秀莲，是工业园钢厂内部的焦炭运输司机，使用的编号是她丈夫何志国的。”珏调整着光屏，对晏君寻继续说，“林慧平时工作没有假期，跟杨钰私下不怎么来往，也没有替她顶过班，只有陈秀莲在这半年里替杨钰做过清洁工作，也知道杨钰家住在哪里。”

晏君寻眼皮很沉，他说：“好的。”

“你看起来脸色不太好。”珏说完停顿少顷，“我们试图联系何志国，但通话一直没有人接。”

光屏上出现陈秀莲在过磅室前的监控画面，她正在等待过磅室的工作人员称重，为自己拉的这趟焦炭打记录单。

“何志国的车一直由陈秀莲在使用。”

晏君寻看着监控里的陈秀莲，她眼角皱纹很深，反应不是太快，听工作人员说话时神色很认真。

晏君寻想，她就是用这副模样跟霍庆军搭话的。她看起来这么正常，没什么距离感，甚至有点好欺负。

“但是何志国2156年时搬了家，当时停泊区已经开始战前筹备，忽略了居民资料的实时更新。杨钰说不知道他们住在哪里，陈秀莲从不请朋友去家里玩。”

“她可能换过车牌号，但她换不了车，”晏君寻疲惫地说，“你可以问钢厂要监控，搞清楚她的行车路线，就知道她住在哪里。”

“是的，我们是这样想的，但棘手的是，钢厂拒绝提供监控以及货车司机的相关资料，”珏说，“因为他们的黑户太多了。”

“这就该请你们想办法，”时山延还叼着那根棒棒糖的棍子，一脸奇怪地说，“晏君寻是督察局的谈判专家吗？姜敛，冲啊。”

晏君寻再次看向窗户，雨把玻璃划得四分五裂。他总觉得脑袋里有颗钢弹在滚动，好像哪里还有问题。可是疯子、飙车、雨声挤满了他的脑袋，让他无暇再想更多。

030章 直播

陈秀莲打开雨伞，没有罩到头顶上，而是挡在身前，挡着今天的风。她站在门口，戴上通导器，试着给“五月的雪”打电话，但是没人接。

陈秀莲换了“五月的雪”提供的新编号，但是没有人联系她。她想向钢厂请假，却忘记了钢厂编号。最后她打开光屏，想看看今天的新闻。

刘晨停更后，陈秀莲的信息来源就是刘晨的聊天室，她看到那些熟悉的ID正在热议昨晚的事故。

有人发了动图，陈秀莲点开，在晃动的画面里看见了自己的地下室。她面色逐渐苍白，手指颤抖，像不能理解这些画面怎么会出现在广场。

我录像了吗？陈秀莲的焦躁爬上心头，她忍不住咬着指甲，越浏览越惶恐。不是她录的像，她怎么会录像呢？

耳边传来何志国“嗬嗬”的清嗓声，陈秀莲手脚冰凉，她问：“是你吗？是你录的像吧？”

聊天室里还有段短视频，陈秀莲没点开，它自动播放，让陈秀莲看到了自己的橡胶手套。她神经质地扔掉自己的伞，像扔掉作案的凶器。

远处有汽车鸣笛的声音，陈秀莲开始加速呼吸，仿佛到处都是来抓她的人。她匆促地后退，躲回门内。

陈秀莲想把门锁住，可是她的手太抖了，几次都没压住门闩。狗围在她附近，欢快地摇着尾巴。她在惊慌中踩到了狗，接着又把自己的手指砸到了。狗痛得叫起来，她比画着“嘘”，示意狗噤声，但是狗们嗷嗷叫着四散跑开。

“他们来抓你了！”何志国幸灾乐祸地说。

陈秀莲扯掉通导器，对着它大喊：“是不是你？”

何志国的声音中断了片刻，继而出现在陈秀莲的脑海里。他的声音无孔不入，挤压着陈秀莲的神经，让她失控。

“全世界都在看着你，”何志国充满恶意地说，“等督察局打开门冲进来，第一件事情就是枪毙你！”他模拟着枪声，“你马上就死了！”

陈秀莲尖叫着，摔掉通导器。她抱着肩膀，环顾四周，颤抖地问：“你藏在哪里？你在监视我！”她擦抹着脸颊上的水，“都是你的阴谋！”

何志国笑声猖獗，他发出嘭的声音，炸得陈秀莲犹如惊弓之鸟。他在陈秀莲耳边继续说：“督察局现在知道你是谁，你看到视频了吧？网上到处都是。他们会扒你的手套、扒你住址，最后扒光你，把你放到网上供人欣赏。”

陈秀莲嘴唇青白，她啜泣着咬牙：“全是阴谋，全是阴谋！”

陈秀莲想到亲妈的脸，想到以前。她早就被扒光了，赤裸地站在太阳下，任由别人打量。

“这不怪别人，怪你自己。”何志国说，“我安分守己，没有犯过法，犯法的是你。你杀了人，你杀了那个霍老师，你早就知道他是冤枉的吧？”

“刘晨说他性侵，你也说了！”陈秀莲退后几步，扶着墙壁，痛苦地敲打着脑袋，“我杀的都是你！你不是冤枉的！”

“督察局没抓我啊。”何志国习惯了对陈秀莲趾高气扬，死了也一样。他说话的腔调就像他每次教训陈秀莲的时候一样，他会抽她的脸，扇她耳光，让她在暴力里屈服，哭着承认自己的话才是对的。

陈秀莲条件反射地抱着头，她必须承认何志国是对的，不然毒打不会停。她的手臂碰到了桌子，那坚硬的触感似乎给了她勇气，她拿起桌面上的碗筷，用力砸向对面。狗在瓷碗破碎的声音里惊慌而逃，她被自己绊倒在地，头重重地磕在桌沿。

这就是一场骗局。

陈秀莲捂着脸喘息，雨声隔着墙壁砸在她身上，她喘不过气。手掌压到碎片，皮肉都被割烂了，可是她感觉不到。她的世界是黑的，到处是何志国的脸。他们包围着她，盯着她，还要嘲讽她。

她快要受不了了！

“别看我，”陈秀莲抹着脸，爬起身低语着，“别监视我……”

“陈秀莲多次以‘顺路’为由送林慧回家，根据林慧提供的信息，陈秀莲住在靠近山脉焦炭厂附近的旧区，”朴蔺的手指在光屏上滑动，“这里藏有……”

晏君寻摁着通导器，节奏很乱。他背对着调查室，像在看天气预报。

“她的职业素养令人佩服，”时山延看着光屏上跳跃的画面，“疯子找到她不是没有原因的。”

凶手在疯子拟定的框架里表现得堪称完美。她在被害人家里没有掉落自己的一根头发，让这个案子持续了一周没被发现。

“疯子没把她当作人，”晏君寻停下摁动的手指，“他把她视为工具，当作自己玩耍的傀儡。”

光屏上有阴雨的图标，这些信息都由天气系统提供。晏君寻以前总觉得它们像在排队，轮到谁，谁就跳出来。他关掉它们，朝前看。

前方的玻璃上映着调查室，姜敛正在听朴蔺讲话。他们有自己分工明确的团队，即使没有晏君寻——不，不如说如果没有晏君寻，这案子早破了，根本不会出现疯子来把案子搅得一团糟。

晏君寻待在这里格格不入，他待在哪里都格格不入。

“麻烦是我带来的。”晏君寻说道。

“按照地理画像的分析，基本可以确认凶手就在焦炭厂旧区。她有车，独居。房子给她提供了关押被害人的空间，怀疑是地下室或阁楼……”姜敛说话时看了眼门口，只能看见晏君寻的肩膀，他接着说，“凶手情绪不稳定……”

时山延摩挲着自己的下巴，担心那里有胡楂。他很难理解晏君寻的格格不入，对于他而言，存在即真理。他从不去想为什么，没必要，他又不打算当个哲学家。他对情绪有种暴力式的理解，高兴，不高兴，仅此而已。

“你想亲手抓住她吗？”时山延问，但问完他就自己回答了，“你不想。你不想看到她的脸，那会让你联想到霍庆军。你对霍庆军和她过分在意，为什么？因为你在理解他们。你想和他们共情，并且已经感受到他们的痛苦。”

这对晏君寻来说不是一个好征兆，感情会影响他的判断。

调查室内会议已经结束，督察局行动起来。朴蔺和珏打印了钢厂名单，也给出了焦炭厂旧区的重点行动范围。刘晨身份特殊，加上昨晚的广场事故，姜敛必须确保刘晨能够安全回来，因此他们采取了不惊动凶手的包围方案。

“交通系统帮助我们暂停了焦炭厂旧区的车辆行驶，路线已经封闭，行动小队马上出发，”姜敛在穿外套的同时问晏君寻，“你要一起去吗？”

刘晨陷入半昏迷，陈秀莲在他嘴里塞了什么，让他无法时刻保持清醒。他感觉到自己被拖动，脸颊蹭着地面，蹭到了一些没冲掉的血垢。他张着嘴，舌头却是麻的。他讲不出话，只能发出奇怪的声音，口角还淌着津液。

陈秀莲换了旧球鞋，这鞋子是何志国的，此刻她身上穿的工装也是何志国的。她把头发仔细地绾起来，戴着何志国的棒球帽。因为她的身高，从某些角度看确实像一个偏瘦的男人。

陈秀莲把刘晨拖到一楼，后门就是她简陋的停车场，货车在那里。她先把刘晨弄上车，靠着她自己做的滑竿，能省些力气。

车斗里还有残余的垃圾，陈秀莲把它们扫开，让刘晨躺进去。她抖开遮雨布，想裹住刘晨，可是又觉得没用。

没用。她做什么都在监控里，所有人都在盯着她，何志国这个畜生肯定在向督察局告密。

雨淋湿了陈秀莲的肩膀，她顷刻间改变了主意。她拍打着刘晨的脸，让刘晨睁开眼，她说："你来采访我，我要曝光何志国。我想跟督察局谈谈。何志国是怪物，他藏在这个社会里，就是定时炸弹。"

刘晨脸上全是雨水，他听见陈秀莲接着说。

"我可以被枪毙，但是何志国也要被枪毙。"陈秀莲一脸怀疑地看了圈周围，俯身对刘晨小声说，"我们可以直接开直播，你会吧？别让何志国知道，马上就开。"

晏君寻被时山延的肩膀挤到了角落里，车不够大，他们几乎是贴着对方。

副驾驶位上的姜敛回头看了几次，没忍住说："你们还好吗？"

不好。晏君寻困在车座里，甚至有点晕车。

姜敛等不到晏君寻的回答，他的通导器一直在响。他接通，没说几句就挂掉，然后再接通，如此反复。

"系统监控也有覆盖不到的地方，"姜敛在通话里转回身去，他得在车的行驶中提高声音，"别再问了，赶紧干活！"

珏说："他最近有点烦躁。"

"他和黑豹的沟通一直不顺利。"朴蔺回答着，看了眼旁边的时山延和晏君寻，"你的推测又对了，了不起。"

他的语气很平常，平常到让人听不出夸奖。

"嗯，"晏君寻的脸都要贴着玻璃了，他看着窗外，"你们的功劳。"

"那不是，没人要抢你的风光，"朴蔺又看了眼时山延，说，"你可以坐过来点。"

时山延玩着通导器里的游戏。这游戏是苏鹤亭推荐的,他觉得很弱智。他说:“没必要。”

珏插嘴:“你点左边的,这游戏我玩过……”

“哦。”时山延戳着右边。

这是在干吗?晏君寻的脑袋里嗡嗡响,他像发烧了似的。

姜敛的通话被打断了,他只是点开了刘晨的主页,就已经感受到爆炸。

“谁在看直播?”朴蔺探出头皱眉问道。

晏君寻被直播的声音吸引了目光,姜敛打开了通导器,朝着督察局内部人员说:“对方故技重施,马上关掉刘晨的主页!别让她开始!”

晏君寻看到页面里的陈秀莲,他终于看清了她的脸。

陈秀莲摘掉了帽子,站在楼顶的大雨里,把头发扎好。她不年轻了,看向镜头的时候有些局促,但她调整得很快,脸上的雨水像眼泪。

“你们好,”陈秀莲的面部肌肉僵硬,她模仿着看过的那些采访,接着说,“我叫陈秀莲,是强奸犯何志国的妻子。”她停顿一下,目光有点躲避,可是很快就看回来了,她说,“我杀了四个人。”

刘晨的直播间观看人数瞬间就爆了。

031章 楼顶

刘晨直播页面的弹幕一直在刷新,各种问号和感叹号交替出现,争先恐后地顶破屏幕,往陈秀莲身上挤。

——真的假的?

——刘晨为了博眼球也太没下限了吧!

——应该是噱头。

——四个人?新闻不是说三个吗?

“把画面调大点。”晏君寻对姜敛说道。

姜敛把光屏拉大，后方的朴蔺看了片刻，在陈秀莲再度开口前说：“她在旧区老水塔附近的楼顶，”他指了指陈秀莲背后模糊的竖影，“督察局战后一直想拆掉这座塔，我在报告里见过，距离我们有二十分钟的车程。”

“开车过去，”姜敛重新拨通电话，“全体注意！往旧区水塔靠拢！”

陈秀莲看起来精神不好。晏君寻想，她想干点不后悔的事情。

陈秀莲对着镜头抬起一只手，指向远处，说：“我老家在停泊区附近的小乡区，战前督察局说会把我老家并进停泊区，但到现在也没实现。”她额前的发贴着伤口，像要跟所有人讲点令她骄傲的事情，“我女儿琴琴在钢厂附属学校上课，成绩很好，老师每天都会夸她，考过好几次一百分。”

——什么乱七八糟的东西？

——我都说了是刘晨的噱头，他又不是第一次干这种事情了。

——我以为是社会爆点，结果就这样？有病吧！

——刘晨，你死了。

陈秀莲的声音被雨声盖住，变得很小。她的骄傲没人听。大家花费自己宝贵的几分钟进来，不是为了听她讲女儿。她积攒的高兴随着话题夭折了，神情有点像哭，但是她没有哭。

“我杀的第一个人叫何志国，是一个强奸犯。他战前到我们厂里打工，想跟我谈恋爱，但我没答应，于是他就强奸了我。”陈秀莲把声音抬高，她仰起些脸，好让所有人看清她的模样，“我最后嫁给了他。”

——什么“狗血”走向？

——有病有病有病！

——他强奸你，你还嫁给他？你贱啊！

“我没有病，”陈秀莲勉强笑起来，对着镜头努力整理语言，“我没有病，我很正常。真的。”

陈秀莲觉得自己不是精神病，她不是，有病的是何志国。她灭何志国是忍到头了，是没希望了。但她从头到尾都觉得自己很清醒，她想灭掉何志国不是几天的事，她只是遵照自己的想法做了。

“我嫁给他不是自愿的，就像我被他强奸也不是自愿的。我跟……”陈秀莲想着过去那些脸，却记不起他们都是谁，太多了，“我跟很多人讲过，我希望何志国能够受到联盟的制裁。我给督察局写过信，也给督察局打过电话，但每次都被何志国制止了。”

陈秀莲说到这里停下来，她抬手解外套的扣子，里面穿着一件贴身背心。她脱掉外套，脱掉裤子，甚至把鞋袜也脱掉了，就穿着那件背心站在无数人眼前。

“他总是打我，”陈秀莲指着自己的大腿，那里有消不掉的疤痕，还有她的手臂，都是烫伤，“我写一次信，他就打我一次。他说自己没犯法，联盟允许他这样干。我看刘晨的新闻，说强奸犯法，说家暴犯法，那为什么督察局不抓他？”

陈秀莲看着镜头，没有任何羞涩，仿佛这副袒露的身体是别人的。她擦拭着脸上的雨水，问：“战时我给督察局打电话，他们忙着参战，告诉我等一等。”她喉间干涩，表情逐渐愤慨起来，“你们知道我等了多久？我等了一年又一年！谁来抓何志国？谁来？没人啊！”她的手臂在空中无处安放，挥舞了一下，像要狠狠甩开枷锁，“何志国这个孬种！垃圾！渣滓！他把我女儿带上车撞死了，他怎么还没死啊？人渣就该去死啊！”

暴雨倾泻在陈秀莲的身上，像棍棒的敲打。她被打得弯了腰、低了头，甚至被打得面目全非！她指着镜头，指着镜头后面的姜敛，指着所有人，尽情宣泄。

姜敛的通导器忽然响起来，接近水塔附近民居楼的行动小队在通导器里说：“目标挟持人质在楼顶，观测员说人质被捆绑在栏杆上，随时有掉落的可能。”

“目标情绪不稳定，不要贸然冲出去，”姜敛说，“先驱散旧楼附近的居民，启动落体承载设备，密切注意目标动向。”

——她挺可怜的，督察局战前战后都是废物。

——我看她情绪这么激动，有点像演的啊。

——督察局出来说话，姜敛出来说话。侧写师到了吗？这都没推测出来？黑豹也是废物吗？

——我早说了黑豹都是战争狂，根本不会跟正常人共情。

——她到底想干吗？

时山延的游戏通关了，他在吵闹声里看向姜敛的光屏，说不上什么表情。他在这个案子里一直很冷静，冷静得像在观战，除了对晏君寻的兴趣，没有其他的情绪波动。他不太会琢磨为什么，因为“为什么”大多时候都在对既定事实发问。

陈秀莲不是在爆炸，她已经炸过了。

“我害了四个人，我是故意的。”陈秀莲高举着双臂，眼神木然，仿佛没有了生命，她陈述着自己的心路历程，“我除掉何志国以后他还在讲话，这让我很害怕。你们懂吧？死掉的人又在耳边说话，恐怖片才这么演。他还是在骂我，并且叫嚣着要杀了我，我怕死了，于是我让他消失了。”

她垂着僵硬的嘴角，神情变得困惑。

“但是没用，他还在。他每天把我骂醒，真是无时无刻不在我耳边。我其实很后悔，以前我上班的时候他没办法烦我，现在不行，他总是在我耳边。他可能在监视我。”陈秀莲目光挪动，游离片刻，“他就是在监视我，还给我看他收藏的新闻。那些新闻都是刘晨写的，写得真好，我能看懂，他写的那些人都是强奸犯。但是我想不明白，这些强奸犯被抓进牢里，怎么又放了出来？”她把那些新闻背得很熟，“历建华强奸他的同事，那女的跳楼了，他却在区里买了房。他们跟何志国一样，都觉得自己没做错。还有那个刘鑫程，他在家门口的墙上写强奸干得漂亮，来来往往那么多人看到，也没人管。”

陈秀莲说到这里，情绪又暴躁起来。她朝着地面啐了一口。

“畜生玩意，会这么干的都是何志国，我了解他们，我知道他们在想什么。我要是什么都不干，他们就会继续来找我，”她偏执地踩着地面，“他们一定会来找我的！何志国死的时候跟我说他要报仇，我就知道他还有分身，刘鑫程、历建华都是他的分身！他们还要来强奸我、打我，我必须先除掉他们！”

陈秀莲胸口起伏，说到这里，忽然鞠躬。但这似乎不够，她不断下压着身体。

“但是霍庆军，霍老师，”陈秀莲声音哽咽，用充血的眼睛看着镜头，“霍老师，对不起，我罪该万死，我愿意接受联盟的制裁。我杀了霍老师，我杀了霍老师！”她抬手用力扇着自己的脸颊，“对不起，霍老师！”她脸上的雨像泪，往下巴上淌。她讲话颠三倒四：“我本来想杀何志国的，霍老师跟我说他没性侵，我没信。”她痛苦地扯着头发，声音变得尖锐，像堵在了喉咙里，“我怎么没信呢，何志国也跟我说他没性侵，我听了太多次，我分辨不出真假来！”

陈秀莲被雨水模糊了双眼，她在喘息。

对，没错，她分辨不出真假来。她在这个吃人的丛林里，被别人几句话就哄骗走了。刘晨使用的那些词语都在煽动她，她见到霍庆军那一刻就已经给他定了罪，她太相信报道了。

陈秀莲不敢想，她不愿意想，可是她总会想到，霍庆军如果没死，翻案了，是不是能回到妻子身边？令她最绝望的是，她记不清霍庆军临死前的表情，她只记得霍庆军把那张全家福递给她时的表情。

陈秀莲想捂住嘴，可是号啕声还是传了出来。她在杀掉何志国的行为里得到了勇气，但是最终因为霍庆军被击得粉碎。她提起刘晨的衣领，把他摁向栏杆，在暴雨里失控地喊：“道歉！向霍老师道歉！”

刘晨撞在栏杆上，磕得头破血流。他高声说：“对不起！对不起！霍老师……放过我！”

栏杆上的铁锈蹭到两个人的伤口，刘晨听到咔的一声，栏杆晃得很厉害。他看不清前方，却知道掉下去就是死。

“不要摁了，不要！”刘晨痛哭流涕，“我道歉！”

“落体承载设备已启动，顶楼冲锋已就位！”行动小队在通导器里大声说。

“行动。”姜敛回答。

“我不会打你，我也不会伤害你，”陈秀莲闻到血腥味，听到后边破开铁门的脚步声，她用不干净的手擦抹着脸上的雨水，俯在刘晨耳边小声说，“我不想……我不想伤害无辜的。你罪不至死，该死的是我。”

“你不要跳,”何志国又出现在陈秀莲脑海里,他慌张地说,“你别跳！我不想死！”

孬种。

陈秀莲满脸雨水，朝前方大笑起来：“你这个孬种！我以前跑不掉，后来放弃了，现在我们谁也别想跑。既然老天爷要把我们绑在一起，我就跟你同归于尽。我早就想跟你同归于尽了。”

然后她撞开栏杆，孤注一掷地跳了下去。暴雨倾盆，刘晨吓到失声大哭。陈秀莲什么都顾不上了，她在最后一刻想——我最怕暴力了。

晏君寻闭上眼，听到咚的一声。

032 章 沉默

远处隔着雨观望的居民们发出惊呼，看着那挟持人质的杀人犯从楼顶纵身一跃。那声“咚”就是她最后的心跳，仿佛在强有力地回应世界，虽然只是短暂的一秒。

直播终止了。

刘晨主页上的留言正在疯狂增加。点击声就像雨珠，汇集成层层叠叠的浪潮，罩住了整个区域。

现场有些混乱，行动小队在解救刘晨的时候发现陈秀莲系了死结。他们从楼顶往下望，看到陈秀莲掉在落体承载设备的外边。居民楼附近埋伏的人员冲出来，检查陈秀莲，最后用通导器告诉姜敛：“目标已死亡。”

雨水把车窗外的世界泡得发皱，晏君寻睁开眼，看着灰蒙蒙的停泊区。他听见姜敛回答“处理现场”，思绪却像掉进了下水道，和肮脏的泔水流向深处，最终变得漆黑一片。

晏君寻坐在小黑板前，这是他的座位。他似乎从出生起就坐在这里，不论身体还是意识，都只存在于黑板前。

阿尔忒弥斯拥有一座花园，但这里从来没有晴天，玻璃外永远都是雨。晏君寻没有见过花，阿尔忒弥斯在黑板上写下“花”，告诉他玻璃外就是花园。他起身趴在玻璃上，在很长一段时间里都把雨当作花。

“我们生活在人群里吗？”晏君寻问阿尔忒弥斯。

“我们时刻生活在人群里。”阿尔忒弥斯如此回答。

“为什么我看不到其他人？”

“因为你还没有‘眼睛’，”阿尔忒弥斯从黑板前回过身，“在你长大前，你都看不到他们。但是别害怕，君寻，你跟他们待在一起。”

“你呢？”晏君寻侧过脸，贴着玻璃。他喜欢各种各样的触感，触感让他发现自己的存在不是一场梦。

“我跟你待在一起，”阿尔忒弥斯说，“君寻，我永远和你待在一起。”

“你是我的妈妈吗？”

“我不是。”

“那谁是我的妈妈？”

“任何人。”

晏君寻的身影映在玻璃上，安静地听雨。这里一直很安静，“安静”仿佛就住在这里，只要晏君寻愿意，他可以跟它这样待到睡着。

“任何人都能做我的妈妈，”晏君寻说，“那是谁诞下了我的身体？”

阿尔忒弥斯不回答，它经常会沉默，沉默也是它的本领。它多数时候都在观察晏君寻，不论晏君寻醒着还是睡着。晏君寻习惯了它的沉默，他也不再期待它能回答。

晏君寻的思考不会停止，否则他会陷入空白的焦虑。他渴望有个同伴，一个不同于阿尔忒弥斯的同伴，但是他只拥有无尽的大雨。阿尔忒弥斯没有告诉他如何辨识情绪，他内心里翻涌的都是未知。

这是保护吗？或许吧。

晏君寻避免了痛苦，因为他连痛苦是什么都不知道。他的思绪像一座座衔接紧密的小桥，延伸向孤寂的雨，变成浮浮沉沉的船只，漂在他无法控制的水面上。

铃声把晏君寻叫醒了，他皱着眉醒来，发现时山延把通导器贴在他耳边。

“早上好，”时山延眼神直率，“有人在找你。”

晏君寻忘了自己什么时候睡着的，他们还在督察局的休息区。他接过通导器，撑着额头接通，语气不善：“谁？”

“是我，”朴蔺被晏君寻的语气镇住了，约莫两秒后才回答，“姜哥问，你们走了吗？”

“正准备走。”晏君寻用手掌遮住眼睛。他没睡好的后遗症就是头疼。

“好的，那就走吧，案子的后续总结我会直接发给你……”朴蔺收拾着桌面上的纸页，想了想，还是说了句，“辛苦了。”

晏君寻“嗯”了一声，懒得客套，就把电话挂了。他把通导器装回兜里，站起身，对时山延说：“回去睡觉。”

“回哪儿？”时山延明知故问。

晏君寻往外走，说：“爱回哪里回哪里。”

他从休息区出来，下楼梯的时候看到督察局大厅的中央光屏，上面还在播放陈秀莲的案子。他站在楼梯上看了一会儿。

“啊，”时山延像才想起来，身体往晏君寻这里偏了些，“那个陈秀莲的跳楼视频现在被当作资源二十块出售，气得调查室里的小姑娘们吃不下饭，珏说主理系统会处理。”

晏君寻却问了一个不相干的问题：“傅承辉没有找你吗？”

“谁知道呢，”时山延看着他，“我很少接电话的。”

底下的督察局成员走来走去，他们在新闻的播报声中显得格外奇特。晏君寻转头跟时山延对视，说：“你们通过话。”

“你的思绪又跑到我身上了吗？”时山延意有所指，“好吧，你不如再猜猜我们聊了什么。”

“他向你打听疯子的事情，详细问了我的情绪变化，试图搞清楚我跟疯子是不是一伙儿的。”晏君寻收回目光，继续下楼。

时山延就在他旁边，问：“你觉得我是怎么回答的？”

晏君寻没回答这个问题，他再次看了眼时山延，笑了一下，有点挑衅，像不管时山延怎么回答都无所谓。

这个笑太合适，让时山延想吹口哨。他欣赏了一会儿，问：“你痛苦吗？”

“我不痛苦，”晏君寻回答，“这种情绪不存在。”

时山延却抬起手指，指了指自己的眼睛，眼神深邃：“你这里还在下雨。”

周围的声音杂糅在一起，变成了背景板，只有时山延与众不同。晏君寻无法制止时山延的凑近，那是一种缥缈的感觉。

时山延不具备安慰人的特质，他从不知道“温柔”真实的笔画。他只是在晏君寻的笑容里敏锐地捕捉着那些散落的光点，最后拼凑成完整的图，对照着情绪表来解读。

“陈秀莲比疯子更让你感受到冲击力。”

晏君寻收回目光，在空空如也的兜里找不到点能慰藉自己的东西。他心里也有点空空的，可能是还没有睡醒。他可以不回答这个问题，没有必要，反正他也擅长沉默。可是他目光转了一圈，最终回答：“不是冲击力。”

疯子也许真的逼疯了陈秀莲，他靠通导器让陈秀莲疯狂，但晏君寻仍然认为最后是陈秀莲自己的意思。

她跳下去，就这样。即便这只是最后一点象征性的选择权，她也做出了决定。她属于她自己。

她属于她自己。晏君寻关掉耳边的雨声，在片刻的宁静里想。

这是生命力。

朴蔺趁着姜敛打电话的时候对珏说：“记得我们的约定。”

珏正在处理案件相关事宜，闻言回答道：“我们得先下班。有人给姜敛打电话了。”

姜敛只能先挂掉这个，再接起那个。他对通导器说：“喂？”

对面沉默。

姜敛后仰了些身体，看着光屏上的编号，再问了一次：“你好。”

对面呼吸有些急促，吞咽着唾液，像羞于开口。他有点激动，仿佛没预料到电话真的能通。他不是来跟姜敛聊天的，他只是想听听督察局的光屏广播，然后他就挂掉了。

“谁专门把骚扰电话打到督察局来？”朴蔺弯过身，记住了光屏上的编号，“神经病啊。”

“查一下这个号码。”姜敛想让自己别太敏感，但他还是有点不好的预感。他把通导器放回去，侧头看见晏君寻和时山延下了楼，接着说：“也给君寻放段时间的假吧。”

02卷

卡戎的渡船

033 章 买菜

两天后，时山延在分隔区接受重查。重查考核里有内心陈述这一项，需要他用优美、积极的语言描绘自己对美好生活的向往。他在纸上画了几个鸭蛋，说：“我要交卷。”

系统检测不到纸上的字，回答：“请编号 01AE86 认真作答。”

时山延转动着笔，说：“我答完了。”

系统沉默少顷，耿直地说：“你想吃鸡蛋，我可以为你申请。”

“我很无聊，”时山延靠着椅背，眼神冷漠，“快放我出去。”

“你可以出门，”系统说，“楼前的草坪随时欢迎你。”

“我是需要去草坪上撒尿的狗吗？”时山延微笑着反问。

“请编号 01AE86 不要这样做，”系统闪烁着红光，“虽然这里没有人住，但在公共……”

“我说我要出去，”时山延竖起笔，蹭了蹭自己的太阳穴，盯着系统，“别装作听不懂。”

系统的数据库永远应对不了时山延的难搞，它感受到人类的“头疼”，试图像一个辅导老师一样，采用温和的交流方式：“假期是很好的休息时间，你可以睡睡觉，或者看看书。”

时山延前倾着身体，对系统说：“闭嘴。”

晏君寻才拿到督察局补发的替用编号，他自己弄了一个通导器后，被熊猫打发出来买菜。他今天穿着白T恤，站在家附近的菜市场里，热得额上都是汗。

熊猫在耳机里不停地嘱咐晏君寻：“不要买黄菜，新闻上说他们把黄菜囤积在焦炭厂旁边的空地上，全是煤灰，吃了会生病的！”

“嗯，”晏君寻提着环保袋，“我知道。”

“还有南线联盟的铁水豆芽，”熊猫在厨房里洗碗，爪子在水里涮了几下，“那玩意是变种的，都快硬成铁块了，你根本吃不了。”

菜市场里都是人，晏君寻快要热得喘不过气了。

停泊区真的不适合人类居住，暴晒的夏天灰尘很严重，虽然看起来到处绿油油的，但撤掉系统数据，这里就是荒地。焦炭厂工作的烟筒没有休息日，时刻都在喷浓烟。

晏君寻对于自己被赶出门这件事越发不满，他讨厌站在人群里，尤其是站在这种吵闹的人群里。卖鱼的商贩在帮顾客摔鱼，那鱼砸在地上还没有死，硬撑着拍动尾巴，差点跳到晏君寻身上。

晏君寻想回家。

“你买完菜记得去趟奶店，”熊猫不知道晏君寻正在经历什么，它高兴地说，“我订了新鲜牛奶，还有一些酸奶疙瘩。”

晏君寻侧过身，让旁边的胖阿姨先过。对方挤到菜摊前，大声问着：“光轨区的苦瓜多少钱？”

通话被挤得挂断了，几分钟后，通导器又响了起来。

晏君寻高举着环保袋，接通电话，说：“我知道了！”

“是吗？”姜敛犹豫了下，“他是去了你那里吗？”

“谁？”晏君寻显然没想到打来的是姜敛，他背过身，皱着眉，“时山延吗？没有，我没有见到他。如果他越狱了，跟我没有任何关系。”

“他把分隔区的系统摄像头打爆了，”姜敛飞快地说，“你是不是忘记给他戴束缚锁？”

是的，他忘了。

“叫苏鹤亭，或者傅承辉，反正只要是黑豹的人就行。”晏君寻提着袋子，看了眼后方。他要买的菜快被抢光了，没买到的话，他回家后熊猫一定会唠叨个没完没了，他只想赶紧挂电话：“时山延身上有定位芯片。”

“你觉得他会跑吗？”姜敛对时山延抱有不确定的怀疑，“我联系不到……”

“他不会跑的，”晏君寻不假思索，“我挂了，我正在休假。”

他说完不等姜敛回答，就挂了电话。买菜是他此刻专注奋斗的事，别说时山延跑了，就是停泊区沦陷了，他也要先买到菜！

战后各地资源紧缺，熊猫曾经说过，它为物资发过愁，现在情况已经好了很多，起码没人会饿肚子。但是新鲜蔬菜都来自发展地区，每个月定时从蔬菜基地运出，错过今天，蔬菜运输船就要等到下个月才会到停泊区。

晏君寻挤不进去，他还看到有卖水果的，不过都价格昂贵。在这争抢激烈的时刻，通导器又响了，晏君寻没有理会，他只想速战速决。等他挤出人群时，白鞋都被踩出花了。

晏君寻抱着沉甸甸的环保袋，满头大汗地停在自动贩卖机前。他想喝啤酒，用小拇指戳着光屏，却点不到位置。他看到附近没人，沉默少顷，小声说：“我要——”

“欢迎您，”自动贩卖机发出可爱的猫叫，像萌妹似的说，“请用猫猫语言激活语音互动哟。”

晏君寻就知道这片区域的自动贩卖机为了迎合住宅区广大宅男的需求，增加了语音互动模式。这是几年前玩剩下的东西，现在只有小孩子才会站在这里跟自动贩卖机相互“喵喵喵”，成熟的大人都是直接点击。

晏君寻不信邪：“请给我一罐啤酒。”

自动贩卖机发出一阵欢快的音效，萌妹音继续响起：“激活失败啦！请跟着小贩学，喵，请可爱的小贩赐我一罐夏日激爽冰啤酒！”

神经病啊！

晏君寻退后一步，又被太阳赶了回来。他站了好几分钟，终于咬起牙，强忍着羞耻，说：“……喵……”

晏君寻的身后忽然伸出一只手，戳了一下光屏。

自动贩卖机失落地说：“您放弃跟小贩的互动，小贩遗憾地失去了一只可爱的小猫。”

啤酒“咣当”掉下来，自动贩卖机还在嘤嘤嘤。周围没有别人，只有热浪侵袭着，连风都没有。

“我打断你了吗？”时山延探出头，戏谑道，“啊……你可以继续喵。”

晏君寻的表情难以形容，红晕从他的耳根和脖颈向上延伸。他转过头，眼睛水亮得像快要哭了，只有语气凶狠：“我杀了你！”

034 章 公交

“怎么杀？”时山延俯身拿出啤酒，说，“学猫叫吗？”

自动贩卖机在活泼的曲调里不合时宜地喵起来，闪动着彩色的光。几个小孩追着狗跑过来，簇拥着自动贩卖机，跟着它大声地喵喵叫，笑得前仰后合。

晏君寻白皙的脸上潮红难挡，他抱着菜退后几步，像被人类幼崽的笑声吓到了，又像被时山延吓到了。

啤酒罐发出啪的声音，罐口冒着冷气。时山延把啤酒递到晏君寻眼前，为了不让自己的声音显得太兴奋，只能尽量压低音量，放慢自己的语速："我请你，喝几口再走。"

晏君寻仿佛马上就会逃离现场。他的视线在时山延和啤酒间来回移动，生硬地拒绝："谢谢，不了，我要回家了。再见！"

他把"再见"念得太用力，好像在跟空气赌气似的。

"那我扔了，"时山延把手臂横在垃圾桶上方，"我不喝酒。"

自动贩卖机配合地说："啊呀，太浪费了——"

晏君寻抱紧环保袋，目光定格在啤酒上，有点恨它。

午后的日光滚烫，把地面上新刷的沥青晒出奇怪的味道。晏君寻一边对这个味道皱眉，一边坐在长椅上喝啤酒。他空出来的手一直抓着环保袋，仿佛松开手，它就会自己长腿跑掉。

时山延坐在长椅的另一边，搭着手臂看晏君寻喝啤酒。

晏君寻忽然转过目光，说："我会给姜敛打电话。"

"你打咯，"时山延满不在乎，"打的时候记得替我问候系统。"

"你要干吗？"晏君寻问道。他脑袋里的思绪都撞作一团，快被暑热弄化了，就像怠工的机械，一点都不想动。

"嗯……"时山延搭在长椅上的五指无规律地敲打，转头看向长椅前的空地。他似乎还没想好，说："干吗呢……放假最无聊了，我只想找点乐子。"他又看向晏君寻，"菜市场不好待吧？"

"挤，"晏君寻说完停顿一会儿，又接了一句，"还热。"

"太辛苦了。你方便让我看看你买的菜吗？"时山延抬手指了指晏君寻的环保袋，"我在监禁所里吃的都是糨糊，快四年没见过新鲜蔬菜了。"

不方便。晏君寻攥着环保袋的一角。

"不方便也没关系，"时山延很好说话，"我只是想来和你聊聊天，顺便陪你喝罐啤酒。”

他提到啤酒，仿佛他打爆系统摄像头就是为了来给晏君寻买罐啤酒的。

晏君寻喉间的啤酒咕咚地滑下去，他对上时山延“无私”的眼神，良心没有动，手却动了。他把环保袋推向时山延。

那群小孩还在傻跑，吵吵闹闹的，丝毫不怕太阳。

晏君寻在时山延看环保袋的时候一口气把啤酒喝完。他把啤酒罐扔了，对时山延说：“我要回家了。”

“再见。”时山延主动说。

晏君寻被堵住了，他的食指蹭着腿侧，说：“我可以帮你叫车，你该回去了。”

“再见，”时山延加重语气，略微仰起下巴，“我要待在这里。系统吵得像我妈，我宁可今晚在这张椅子上睡。”

晏君寻顿了片刻，问：“你妈妈很吵吗？”

时山延喜欢晏君寻念叠词，听起来很乖。

“你说什么？”时山延故意说，“我没听清。”

“我说，”晏君寻看着那群小孩，“你妈妈很吵吗？”

“什么？”

“你妈妈……”晏君寻后知后觉，“你！”

时山延哈哈笑出声，他说：“不知道，我没见过她，也没跟她聊过天，但我觉得她应该是一个疯子，疯子都挺吵的。”

“为什么是疯子？”

时山延撑住头，对这个问题不是很感兴趣，但他还是很配合：“因为我是一个疯子。”

菜市场已经过了抢菜时间，人早就散了，只有几个商贩大叔敞着衣服，露出肚皮，挤在菜市场门口的阴影里闲聊。那群小孩像一阵风似的，跑着跑着就散了。

不论发生任何事，时山延都只会表达快乐。他似乎天生就没有“悲伤”，也缺少怜悯，更无法共情。他对很多事情都显得冷漠，一种流露在无聊里的冷漠。他是绝对主导者，就连“母亲”都只是他的镶边物，要随着他的属性来幻想。

晏君寻放弃了，他对这个问题也不是特别感兴趣。他站起身，重新抱起环保袋，对时山延说：“再见。”

时山延回答：“再见。”

晏君寻转身就走，他走了两步，侧旁又跑出一个小孩，踢着一只漏气的球。他走到路边，告诉自己别回头，接着回过了头。

时山延没看晏君寻，他撑着脸看那个小孩踢球，时不时吹响口哨，给小孩喝彩。他的腿被斜洒下来的阳光照到，上半身还藏在阴凉里，身上什么都没带。他明明没有低落的神情，却像是坐在那里等着被人带走。

有时候，晏君寻想打断自己的思绪。

有时候没有悲伤这件事就够悲伤了，看看这头快乐的狮子，他待在停泊区这个鸟不拉屎还落后破烂的大街边，让人无法丢下他。

关我屁事。晏君寻觉得怀里的环保袋快沉死了，背上也被太阳晒得难受，可是他挪不动脚。

都是那罐啤酒的错。

晏君寻检讨自己，然后他开口喊道：“喂。”

时山延等待着他的下文。

他不高兴地看着自己的白鞋，语气很沮丧：“走吧。”

晏君寻的跑车报废了，督察局说会替他申请赔偿。总之他没车了，所以他只能带着时山延去坐停泊区的通行公交车。

通行公交车对于光轨区等发展地区而言是历史课本里的东西，但对于停泊区而言，它是唯一能够使用的公共通行车。它没有售票员，检测系统会根据信息识别自动扣费。

“姜敛给你的代用编号带了吗？”周围人很多，挤得晏君寻需要仰头说话。

时山延垂着头听他讲话，在兜里摸了一会儿，点了下头。

晏君寻被挤得有些喘，他的身体不能很好地适应停泊区的天气，这点早就暴露无遗。车到站时声音巨大，有点像光轨。门开的时候，时山延慢了一步，站到了晏君寻身后。

晏君寻感觉自己不是走进去的，是被人浪拍进去的。车厢里更闷热，空调的冷风都驱散不了汗臭味。晏君寻对着空出来的窗口站，如果他不想挨着那脏兮兮的窗帘，就得挨着时山延。

车厢都满了，人流还没断。

晏君寻看着自己跟窗帘的距离越缩越短，他抬起环保袋，把菜挤在自己和窗帘中间。他的通导器还塞在裤兜里，可是他腾不开手拿。他决定从今天开始讨厌南瓜。熊猫让他买了四个南瓜，它们压在环保袋底部，沉得像塞了铁。

“我的……”晏君寻话没说完，车门就嘭地关上了。

交通系统柔和地说：“欢迎乘坐……”

但是这辆车的起步并不友好，宛如被人从后面踹了一脚，招呼都不打地冲了出去。

车厢内“哎呀”声此起彼伏，大伙儿挤在一起，朝着一个方向倒。

晏君寻的脸都要塞到菜里了，他只能后仰着头。

时山延一只手撑在晏君寻的身侧，一只手抱着牛奶罐。他低头说：“你有事？”

“通导器在口袋里。”

“你要用吗？”时山延问。

车猛地刹住了，晏君寻的脸差点蹭到车窗。

035章 性别

车门开启，有人下车有人上车，让车厢内的乘客再次流动起来。

“不要，”晏君寻偏着头，回答，“我现在不用通导器。”

时山延没接下句，他的手前伸，再次摁回车壁。行驶过程中有飞沙疯狂地拍打在玻璃上，让整个车窗看起来都脏兮兮的。他算着路程，他们还要过五站才能下车。

晏君寻被阳光晃到眼睛，看车窗外面的景色都是明黄色的。他不喜欢阳光，比起雨，阳光总让他感觉无处遁形。好比现在，他感觉自己摊开在时山延眼前。

晏君寻的烦闷无处发泄。他抱紧环保袋，耷拉着眼皮，听着车厢内的谈话声和咳嗽声，烦闷引起的躁动在身体和脑袋里横冲直撞。

“你来的时候也是坐这个吗？”时山延忽然问道。

“嗯，”晏君寻看着车窗，夹缝里有只被困住的飞虫，他说，“停泊区只有这个。”

车在行驶中有些晃动，时山延挪动了一下脚。他不得不低些头，才能避免被横杠上的吊环碰到。

“胖达今晚打算做什么？”时山延继续问道。

“南瓜汤，”晏君寻觉得汗流下去了，“或者炖牛肉。”

他开始控制自己往伙食上想，这让他能够得到些许喘息的空间。但是裤兜里的通导器响了，声音炸在他的耳机里，他只能别过头，把湿漉漉的侧脸蹭在肩头，试图接通电话。

时山延抬手替晏君寻敲了一下耳机。

“谢谢。”

时山延笑了一下，说：“不客气。”

晏君寻立刻转回了头，朝通导器那头说：“有事？”

“当然咯，”苏鹤亭熟悉的游戏音效又传出来，“时山延在你那里，对吗？我就知道他要去找你。你们怎么停在马路上了？”

“堵车了，”晏君寻说，“你该告诉姜敛，不要让他再担惊受怕。”

晏君寻近期都不想接到督察局的电话，他在休假。

“事情总要有个轻重缓急，打给你可比打给姜敛重要，毕竟你是时山延的关联人。”苏鹤亭长呼一口气，“我近期也在休假，傅承辉停掉了我的任务主页，要我待在家里跟你们玩。你们在玩什么？”

我们在玩什么？

晏君寻感受着颠簸，他换了口气，说：“自己找点事情干，别再打给我了！”

苏鹤亭笃定地说：“时山延惹你生气了，你最好给他把束缚锁戴上。”

晏君寻没回答，时山延靠近耳机，说：“你去死吧。”

“哦，”苏鹤亭自动忽略，“我是打给晏君寻的，你们怎么在共用一个耳机？等等，你们究竟在干吗？”

“在坐车！”

“对对碰。”

“不，不是，”苏鹤亭惊恐地说，“你们在骗我。喂，你们究竟在干吗？我要上报！”

晏君寻压低声音，带着警告：“在坐车！快点挂电话！”

“你也可以挂啊，”苏鹤亭洞察到要点，“你为什么不挂？你的手呢？”

时山延再次抬手，这次直接拿掉了晏君寻的耳机，不管苏鹤亭还有没有说话。他说：“我把耳机塞到你兜里？”

不要，不需要。

晏君寻被晒得发晕，他说：“扔掉吧！”

但是车窗外的鸣笛声一阵阵的，时山延似乎没听见。

晏君寻在格外漫长的几秒里面壁思过。他不该戴耳机的，不，他今天就不该带通导器，或者他压根儿就不该出门。

人与人的界限究竟要怎样划分？这道题对晏君寻而言太难了。但是时山延做了什么？他只是帮助搭档摘掉了耳机，然后放进了裤兜。

晏君寻也做过，他从时山延裤兜里拿过打火机，可是那时的感觉跟现在的感觉完全不同。

晏君寻看着污垢斑驳的车窗，脑子里是空白的。

快点到站。晏君寻默念着这句话，感觉很糟糕。

车到站时，晏君寻像刚从水里被捞出来。他抱着环保袋下车，任由倾斜的阳光追在他的屁股后面。他现在只想回家。时山延则抱着牛奶跟他并肩走着。

时山延早就说过了，他很乖的。

036 章 电话

熊猫正在家里看自然频道的视频，今天有竹子特辑。它不吃东西，但是它喜欢竹子。停泊区没有竹子，竹子是发展地区的观赏植物，价格奇高，虚拟数据卖得也很贵。

当晏君寻打开门的时候，熊猫正在流口水。它不知道该怎么给进门的两个人解释，只能用爪子擦擦嘴，说："我看得太感动了……欢迎你们安全到家！"

"你的眼泪流进了嘴里。"晏君寻抱着环保袋进了厨房。

"熊猫有时候就会这样。"熊猫睁着眼睛说。它把地上爬的乌龟抱进怀里，跟时山延打招呼："外边很热吧？新闻上说停泊区一年比一年热了。"

“热得我浑身是汗，”时山延放下牛奶，在解衬衫扣子前问，“你不介意吧？”

“当然，”熊猫觉得他真有礼貌，“当然不介意。”

晏君寻在厨房里整理蔬菜，他把喜欢的胡萝卜摆在最上面，以此暗示熊猫早点做。他听到客厅里的交谈声，摸了下裤兜，把化掉的棒棒糖丢进垃圾桶里。

他想洗澡。

时山延解开一颗衣扣，让原本就松的领口显得更随意了。他喝着熊猫倒的水，和熊猫一起看视频，好像他也是这个家的主人。

“我还担心你们会错过呢。”熊猫把果盘放在时山延面前，浮夸地拍着胸口。

时山延看向厨房：“我正好看见他在菜市场附近的自动贩卖机前买冰啤酒。”

“我叮嘱他不要喝太多冰的，”熊猫一脸忧伤，挤了挤自己的脸，“可惜他总是不听我的。”它说着把乌龟送回养殖箱，继续对时山延说，“时先生晚上一定要留下来吃饭。”

“如果……”时山延意有所指，“可以的话。”

听他说得多可怜。熊猫握住自己的爪子，眨了眨眼睛：“当然可以，你是晏先生的好朋友。其实我昨天就在计划出门野餐的事情，你也在休假，我们可以一起去。”

光轨准点经过，震得厨房里的锅碗瓢盆都在颤抖。晏君寻看了眼门帘，听不见熊猫和时山延在聊什么。他放好菜，把裤兜里的东西全掏出来，发现自己的烟没了。

可恶。晏君寻捏了捏空空的掌心。

熊猫晚上炖了南瓜汤，它还精心准备了餐前面包，就差在简陋狭小的客厅里点两根蜡烛。吃饭的时候它还在煎牛排，像要专门给两个人留下相处的空间。熊猫做这些都是因为在它的基础设定里，有“帮助晏君寻找到美好友谊”的选项。

桌子太小了，让两个人在桌子底下的腿都伸展不开，动一下就会碰到对方。

晏君寻搅着浓稠的南瓜汤，说：“你拿了我的烟。”

“放在茶几上了。”时山延掰开面包，看向晏君寻，“你对自己很宽容，把棒棒糖和烟放在一起。”

这是纵容自己的信号。晏君寻戒烟的决心和他说不睡觉的决心一样容易动摇，他在生活上很能允许自己犯错。

“你吃完饭就可以回家了，”晏君寻不想再被时山延观察，他的勺子轻碰到碟子边沿，“在有新工作前我们都不需要再见面。”

“说到新工作，”时山延反问，“你一般会休息多久？”

“不知道，”晏君寻抬头看他，“我每天都在祈祷别发生案子。”

“我也希望，”时山延的眼睛在灯光里很迷人，“但是这种愿望很难实现。为了我们以后能更好地合作，你得告诉我，你对这种……”他把一块面包塞进口中，“系列凶杀案有什么不能接受的吗？”

晏君寻听到“系列凶杀案”这五个字，就觉得自己能闻到味道。他良好的记忆替他储存了太多画面，每一张都是高清大图，甚至可以放大最小的细节。

“没有，”晏君寻神情平静，“我没有不能接受的。”

熊猫在厨房里哼着自然频道的主题曲，它仔细地把控着火候，对客厅里的交谈浑然不觉。

时山延探索着晏君寻的微表情，他喜欢手肘下的这张桌子，它让他们面对面。

“做这份工作很辛苦，”时山延语气感慨，表情自然又正经，“还没有工资，不如和我一起跑吧，”他开玩笑似的，扫了眼房间里的光屏，这里也有黑豹的监控，“我在光轨区有套绿洲别墅，卖掉它，可以买辆最快的光传车，谁都追不上。”

“绿洲别墅！”熊猫端着托盘出来，听到这一句，发出惊叹的声音，“它的总价够我们吃几辈子的牛肉了。”

绿洲别墅是光轨区的顶级豪宅，停泊区没有这种区域。熊猫知道它，是因为今天的竹子特辑里有展示，那里的很多房主都在家里搞货真价实的小型植物园。

“傅承辉对你格外优待，”晏君寻把自己的牛排拉到眼前，看到配菜里有他喜欢的胡萝卜，“在追杀你这件事上也会格外优待。”

没有领狗能活着脱离黑豹的监视。像他们这种被驱逐出来的成员，也不过是换种方式被监视，必要时刻大家都会被傅承辉召回。

时山延切破牛肉表面，餐刀划过肉汁饱满的柔嫩处，全程没有遇到阻碍。他把牛肉送进嘴里，笑起来：“谁不想先暗杀傅承辉呢？”

五分熟刚好，熊猫有当大厨的潜质。

晏君寻咬着胡萝卜块没有回答。

“你们看点什么？”熊猫担心他们聊得不愉快，让光屏放起新闻，“我们很久没看新闻了……哦，这个人，上次也是他。”

晏君寻看过去，屏幕上的人是刘晨。

这家伙已经把自己收拾干净整齐了，仿佛两天前在楼顶吓得腿抖的人不是他。他坐在主持人旁边，一脸心有余悸，说：“当时的情况确实很凶险，她的地下室全是血腥味。督察局现在也证实了，她的分尸场地就在那里。”他看了眼屏幕，“当时的详情我在自己主页也写过。怎么说呢，这件事情里最无辜的还是我，我写的那些报道，都是根据案子的审判结果来写的……”

“换个频道，”晏君寻咬碎胡萝卜，“我不想看见他。”

"督察局这次反应迅速，我很感谢他们，但我还是要说，办案要讲究证据，像霍庆军这种冤假错案，督察局负责吗？唉，区域不公正的事情还是很多。以前我总是把目光聚焦在'性侵'上，现在我也逐渐反省自己，要把视野放宽，要看到别的弱势群体。我会坚持继续为社会不公发声的。"刘晨说着沉吟片刻，故作深沉，"其实在报道陈秀莲这个案子的时候，我也在着手另一个案子。我想在座没几个知道那个案子，也是死了四五个人。你们没听说过吧？为什么呢？因为死的都是做职业小姐的女孩子。"

"他像一条嗅觉灵敏的狗，"时山延看着光屏，"知道什么能吸引大众目光。"

陈秀莲的案子里都是"性侵"，它是这几天的网络热议，而刘晨很快就抓住了其中的重点字眼，趁热打铁地把大众目光拉向同类凶案上。

这些字很夺眼球，刘晨就把它们放进自己的谈话和文章里，以此来满足大众的窥探心理。

"'小姐'有人权吗？我觉得是有的，"刘晨认真地说，"这也是边缘人群，我们总要知道她们是怎么构成的，为什么会这样，大众不能总是回避这些话题。我现在说的这个案子，督察局也在查，但还没什么进展。据我所知，这个案子里已经确定死亡的被害人就有四个，都是出卖自己的女性……"

姜敛坐在椅子里看着刘晨讲话，他觉得刘晨就像打不死的小强。

这人从某种意义上讲也很厉害，能把自身的经历当作卖点，永远处于一种输出状态，对网络上的言语谩骂完全屏蔽。他的道德底线和普通人不同，他放得很低，在操纵舆论上喜欢抢占先机，从来不顾后果。

陈秀莲没能叫醒他，他活得很好，甚至要踩着陈秀莲的尸体让事业更上一层楼。

"没人能让他闭嘴……"姜敛把新案件的资料扔在桌面上，"黑豹让他停更的事情已经够他说的了，谁阻止他，谁就是在支持傅承辉独裁。"

他看到刘晨就一肚子的火。

“还有新案子，谁说被害人都是小姐？这个蠢货！”

朴蔺和同事都静悄悄的。

这时电话响了，姜敛以为是自己的，可是他摸到通导器，却发现是视频里刘晨的通导器在响。

“有个人告诉我，他愿意为我们详细解答这次的案件，”刘晨对镜头做出拭目以待的表情，点开外放，“您好？”

通话那头的人吞咽着口水，好像刚做完运动。那人有点结巴，但心情很好，说：“你……你好。”

刘晨亲切地问：“你有什么要告诉我们的吗？”

对方咳了几下，像在清理喉咙里的浓痰。他停顿了一会儿，说：“杀人的是……是我。督察局的那个侧写师，你听到了……咯，你听到了吗？”

朴蔺猛然抬头，觉得这个喘息的频率和吞咽的速度很像前天打来的那通电话。

“半……半个月以后……”对方吞吞吐吐地说，“我还要杀一个人。”

037 章 道德

演播厅里一片哗然，刘晨却反应极快，他抬手示意大家少安毋躁，接着问：“你要怎样证明人是你杀的？”

对方的喉咙里卡着东西，咳不出来。他似乎在揉嗓子，回答：“侧写师，”他强调着，“侧写师知道。”

晏君寻缓缓眯起眼睛，露出厌恶的表情。他咣当一下把勺子丢回餐盘里，猜到自己的通导器要响。在他伸手拿到通导器的那一刻，它果然响了。

晏君寻接通电话，却没有开口。

姜敛听到晏君寻这边光屏的声音，他需要做几次深呼吸才能维持住镇定，最后他说：“你不要理这人，君寻，这也许就是一个恶作剧。”

演播厅里的通话还在继续，刘晨看了几眼镜头，像知道观众想听什么。他很感兴趣地问对方：“你认识侧写师吗？”

对方以沉默作答。

他的沉默给人留下了想象空间，让侧写师成为猜测的焦点。他似乎就是冲着晏君寻来的，要在镜头前对晏君寻发出挑战。

刘晨想把这通电话变成一次采访，他没有停下询问：“我可以把你的这通电话理解成对那位侧写师的挑战吗？还是说，你犯罪就是为了挑战侧写师呢？”

他是故意的。

这个孬种是故意的！

姜敛怒火中烧。他从座位上站起来，却不能让刘晨闭嘴。督察局的中央光屏也在放这段视频，不，应该说整个停泊区都在放这段视频。

“他想把你推到镜头前，”姜敛对晏君寻说，“我会立刻上报，申请黑豹给你保护——”

“黑豹一直在，”晏君寻盯着屏幕，分辨着对方的声音，“他们时刻盯着我，傅承辉知道发生了什么。”

时山延坐在对面撑着脸，把手里的面包吃完，看到视频里的凶手还在沉默。对方连话都说不流利，却要用这种激进的方式挑战晏君寻。

“不，”对方忽然发出声音，在“嗬嗬”的病态喘气里否认了，“我犯罪不是为了侧写师，”他似乎在言语里得到了勇气，讲话逐渐流畅起来，“我犯罪是因为我想犯罪。侧写师，你听到了吗？我在杀人，持续的。”

他的语言组织能力有些差，讲话颠三倒四。

“你要抓住我，当我犯罪的时候。我还会继续犯罪的，我准备了很久。我给你打过电话，但你的编号换了。你是不是在害怕？”

他不断地用“我”开头，在这几句话里打转。

“你告诉刘晨。”时山延用手指把餐巾推回原位，对通导器那头的姜敛说，“侧写师想跟对方谈谈。”

“君寻不能暴露在公众面前，”姜敛迅速说，“那太——”

“你没有决定权，”时山延看向晏君寻，“现在我是侧写师。”

刘晨的助理在镜头后冲他打出手势，示意他督察局有电话打进来。刘晨露出“哦”的神情，在转瞬间确定了自己正处于上风。他想借助此刻的优势跟姜敛谈条件。

“我需要打断你一下，督察局想要跟你谈谈，”刘晨稍微举起些手，让镜头往通话光屏上切，“你愿意吗？”

对方经过了漫长的思考。他真的不太对劲，好像心不在焉，又好像反应迟钝。他说：“是侧写师吗？”

刘晨偏头听镜头外的助理说了几句，回过身，和对方说：“没错，是侧写师。”

“好的，”对方的声音有点雀跃，“好的。”

光屏上没有人脸，只有声音。时山延等待多时，他说：“你想跟我聊什么？”

他的声音很沉，还有愉悦的情绪在里面。

对方听出来了，他的雀跃因此消失，变得愤怒。他感受到时山延对他讲话的态度就像在开玩笑，根本没有被他的挑战宣言吓到，他喉咙里的“嗬”声又响起来。

“我杀了人，”他重复着，“我杀了人！”

“你杀了人。”时山延的语气很平静，好像这件事没什么了不起。

“你应该，”对方吞咽着唾液，“你应该去看看那些犯罪现场，然后……然后来抓我，快点。”

“你得排队，”时山延笑了一下，他用拇指摩挲着自己的下巴，照着侧旁的镜子，“需要侧写师抓的罪犯都在排队。”

"我跟那些人不……不同，你根本不懂！"对方显然被激怒了，"我把她们——"

他喘着气，说到这里时却停住了。他尽力让自己的声音听起来充满自信，其实已经出现了颤音。

"你会把我排在前面的。"

对话没能继续，对方突然就挂掉了电话。刘晨和主持人面面相觑，他对镜头露出一个造作的表情，说："这是真正的意外。侧写师，你能告诉我们……"

时山延停顿一秒，说："你想知道什么？"

"你和这个'凶手'的关系，"刘晨注视着网络弹幕，"大家都听出来了，他是冲着你来的。"

"别开玩笑，"时山延十指相扣，带着笑音说，"我只是在配合你。"

刘晨莫名其妙："配合我？不，你不会认为这是——"

"我觉得这期节目不错，"时山延打断刘晨，"接下来是互动环节。让我看看，"他滑着光屏，像挑菜似的，"ID'欠打'问我是不是神棍，不是，我很靠谱。ID'有病'问我刚才的人是凶手吗？"时山延嫌弃般拖着"嗯"的长音，回答道，"正常人都不会觉得他是凶手吧？擅长隐藏踪迹的系列凶杀案杀手都相当谨慎，他们不会做这种事情，更何况刘晨是极具正义感的媒体人，"他再度笑了，"比起凶手，他认识性侵犯的可能性更大，毕竟那都是他曾经的'朋友'。"

刘晨觉得自己被嘲讽了，他想中止这场谈话。

"实际上比起长期待在现场的我，刘晨更具有'视野'，"时山延的健谈在此刻展现得淋漓尽致，他甚至成了演播厅里的主角，"我只会遵循督察局的安排，听凭上司的差遣，而刘晨却已经坐在这里思考关乎联盟未来的事情。各位，这还不叫差距吗？你们低头看看自己，没人配跟他相提并论。刘晨，我听到你刚才的那番慷慨陈词，"时山延语带赞叹，"你真是太棒了，你的才华让我无话可说。这种天生的正义感一定带给你不少麻烦吧？别灰心，加油干。不好意思，请你再说一次，你为什么会关注这个案子？”

“为了关注边缘弱势群体，”刘晨想要找回主场节奏，“这个案子需要曝光，我听说那些女孩儿……”

“你是新锐媒体人，”时山延倏忽压低声音，提醒道，“不要用‘听说’这个词来搪塞大众，那样太没道德了。你有道德吗？”

“我当然有！”刘晨急于回答。

“嗯哼，”时山延说，“那太好了。请你以媒体人的身份告诉大家，这个案子里有性侵吗？”

刘晨不知道，他手里压根儿没有这个案子的详细资料，都是小道消息。他只是想借今天的风势强迫督察局把引领公众监督的权力交给他，但是侧写师打得他措手不及。

“当然，”刘晨坐立不安，他硬着头皮回答，“这种系列凶杀案，凶手挑选的被害人类型都很单一，是有规律的，性就是促使凶手杀人的原因之一，那些女孩儿，我不是说她们不好，但她们都和这方面相关，所以……”

“所以？”

时山延明明没有逼迫刘晨回答，刘晨却觉得自己必须回答这个问题。他感受到一种无形的压力，好像正待在高中数学竞赛的赛场上，需要争分夺秒地作答。

“所以当然，”刘晨在脑中组织着语言，“这个案子里有性侵，就像以前我报道过的那种……”他知道怎样的语气能带动节奏，错过时机就会失去信任，于是他笃定地说，“凶手是先侵犯她们再灭口。”

他答完了，浑身轻松。

“错了，这个案子里的凶手没有侵犯她们，”时山延给弹幕留下足够的反应时间，他说，“你对自己曝光的案子没做多少功课。你该向你的观众跪下来，承认你没道德。”

时山延说完就挂了电话。

督察局的官方主页准时公开了案件大概，虽然隐掉了被害人的姓名，但仍然能看到犯罪中没有性侵行为。

——骗子！垃圾媒体人！

——刘晨，你去死吧，成天散布谣言。

——果然狗改不了吃屎，我以为他在楼顶哭一回能转性了。

主持人前来救场，但他的声音被埋没在无数弹幕里，最终被时山延关掉了。

“你听出了什么？”时山延端起水杯，在喝之前看着晏君寻。

晏君寻的手指滑到姜敛发来的资料底部，停在几张照片上。他稍微前倾了些身体，好让自己看得更仔细。

“凶手很自卑，”晏君寻语速缓慢，“他不断地向你强调‘我’。”

时山延喝了水，含在口中，过了片刻才咽下去。他说：“那通电话不是恶作剧吗？”

“不是，”晏君寻继续说，“他是真的。”

“你告诉我点别的，”时山延也身体前倾，依然看着晏君寻，“只有你知道的。”

038 章 强迫

晏君寻还在端详照片。

这案子时间跨度很长，最早一起发生在 2160 年 5 月，被害人是一名四十三岁的小姐，当时战争刚开始，她于死后两周被人发现。第二起案子发生在同年 12 月，被害人也是一名三十八岁的小姐，于死后一个月被人发现。

2161年，凶手没有作案，督察局也没有抓到他，他就像消失了。直到2163年，他再次出现，犯下第三起罪案。第三起案子在2163年4月，被害人仍然是一名小姐，二十四岁，死后半个月被发现，随后凶手又消失了。他这次消失的时间更久，到今年才出现，犯下第四起案子。

最后一名被害人只有十六岁，是一名女高中生，于死后八小时被发现。

所有被害人都是在家里被发现的，这些现场照片很夸张，它们都被血迹覆盖住了。晏君寻需要点开大图，才能在红色里辨别出那些家具。

凶手有个习惯，他喜欢在被害人的头部套上塑料袋，把她们摆成跪着的姿势。

“高中生是溺死，”晏君寻把这些照片按时间顺序依次摆在眼前，“眼黏膜有出血现象。但是她和以前的被害人一样，不仅遭受到凶手的暴力对待，也遭受到异物插入。”

凶手没有性行为，但他有性暴力。

前两个案子都发生在停泊区的旧商圈，那里是停泊区著名的红灯区，发廊和按摩店连成几排，女孩子都坐在玻璃门后面，穿着吊带丝袜等着被挑选。

一号被害人叫吴琼花，她给自己起名叫阿琼，在一家叫作“粉色梦”的发廊里就业，最初被老板和嫖客称为“二等货”。她在2155年给一个来停泊区炒楼的老板当小老婆，当了四年，老板因为受到南北联盟局势的影响破产了，把她留在停泊区，自己跑了。她当时已经怀了孕，回老家把孩子生下来留给父母，自己又回到停泊区在发廊里继续赚钱。

吴琼花在旧商圈的城中村里租了一间房子，平时也会在那里接客。她的尸体是发廊老板发现的，因为她连续两周没有工作，发廊老板找到家里，才发现她已经死了。

现场照片保存得很好，晏君寻还能看清吴琼花房间内部的所有摆设。她的房间很破旧，卧室也是客厅。床上很乱，被子被踢到床底下。桌子是老样式，木质的，凶手曾经把她的头往桌子边角上撞，那里还有残留的血迹。但凶手的主要活动区域在卫生间，他把吴琼花拖了进去，吴琼花挣扎过。督察局在卫生间的门框上找到了她的指印，还有她断掉的指甲。

“他有专门用来作案的凶器，”晏君寻脑袋里的思绪变得活跃，它们分布在那些照片上，像一群训练有素的警犬，仔细地搜寻着细节，“他喜欢……享受这个过程。”

凶手没有立刻把被害人弄死。他总是把现场搞得乱七八糟，这是他的示威方式。

“是的，”时山延握着水杯，“他走进别人家，把主人从床上拖了下来，然后给督察局留了一地的血。”

那些血迹走向都不自然，是凶手有意涂抹的。他在卫生间里做了很多事情，折磨被害人似乎让他感觉很好。督察局的鉴定结果显示，他把卫生间里的牙刷塞到了吴琼花的身体内，但是他没有脱光吴琼花的衣服——他没有脱光任何一个被害人的衣服。

“他在被害人死后，给被害人套上了塑料袋，”晏君寻盯着照片，“再把被害人摆放在门边，让她‘看’着房门，‘看’着自己是怎么离开的。”

这个人迫切地需要被关注，他总是在强调这件事，仿佛不干点什么，别人就看不到他。值得注意的是，凶手划破了吴琼花的照片。那张照片是吴琼花和炒楼老板的合影，吴琼花把它挂在墙壁上，假装自己结过婚，有过家庭。凶手对此很愤怒，他把它划得稀烂。

凶手还给督察局留了信，他在吴琼花的塑料袋一里塞了张字条，写着“再见”。

再见。

晏君寻打量着那张字条的特写，纸是从吴琼花房间内的杂志上撕下来的，字写得很工整，像交作业的小学生。凶手犯案有计划，他想要得到督察局的关注，可惜的是当时南、北联盟在打仗，这案子就像掉进深潭里的小石子，只溅起了很小的水花。

于是凶手在同年 12 月继续犯案。二号被害人叫作李思，在停泊区旧商圈的按摩店工作。她和吴琼花一样，在店里排不上名号。她在按摩店干了将近七年，2160 年时离店单干，在红灯区的城中村租下间房子，靠老客户拉拢生意。但那年北线联盟整体经济下滑，失业、破产的人很多，她到最后不得不上街招徕客人。

因为李思是单独住，既没有亲戚，又没有老板，所以直到一个月后，她的房东上门要钱才发现她死在了家里。

光屏上的照片切换，那些红色让晏君寻觉得嘴巴里都是血腥味。他摸向裤兜，时山延已经递来了棒棒糖。

这种想干什么都会被发现的感觉真不好。

晏君寻在时山延开口前接过棒棒糖，迅速地剥开送进嘴里。他知道了，最好不要给时山延开口的机会，否则麻烦的是他自己。

李思的房间照片比吴琼花的更加多，因为她住着两室一厅的房子。她的房间和吴琼花的房间风格迥异。她很喜欢购物，劣质衣架挤满了客厅，到处都堆放着她的衣服。她遇害时没有睡着，可能刚接过客，脸上的妆都没有卸掉，身上还穿着带有亮片的情趣内衣。

“他可能有强迫症，”晏君寻看着看着逐渐蹙眉，“他把被害人拖进卫生间杀掉，又把被害人拖回客厅的墙边放好。”

凶手对被害人的“注视”有种病态的需求，他总是要她们跪着“看”自己离开。

这畜生受过什么刺激？他被人踹出门过吗？这感觉就像小孩的报复，把自己的不满全部发泄在与自己无关的人身上。

“他也许是想要战胜别人的目光，”时山延抬手点了下屏幕，“他讲话不利索，有点口吃，语言组织能力也很差，在公众面前有种报复式的表演欲望，把自己装得很凶残。”

反社会人格有种全能掌控的特性，沉迷其中往往会变成悖德症，把战胜否定或有可能否定自己的人当作乐趣。他们往往没有道德底线，无视社会伦理，坚持追求自己的快感，以此得到活着的感觉。

这个凶手的作案步骤很单一，折磨受害人，摆弄受害人的尸体有可能是他的犯罪目的之一。他在通话里表现出一种强行自信的不自信，那些沉默都是在思索，他不想让自己糟糕的回答把自己的形象搞砸。

他其实很胆小，甚至不敢脱掉被害人的衣服，证明自己懂得“性”。

“他看过陈秀莲的直播，”晏君寻回想着凶手在通话里的表现，“是一个卑微的模仿犯。他想要仿照陈秀莲的直播，让自己受到万众瞩目。”

刘晨，刘晨真的是一个好选择。他的需求也是博得关注，这简直和凶手不谋而合。刘晨能得到凶手的联系方式，说明他们私下接触过。

晏君寻看向窗户，时间太晚了，他说：“明天得去找刘晨。”

“我以为你不会接这个案子，”时山延靠回椅背，“如果是我，我会把资料还给姜敛，告诉他，我在休假。”

我也想休假，晏君寻起身时想，可我停不下来。

“你其实挺有正义感的，”时山延看着晏君寻走向卫生间，笑了笑，“这可不是阿尔忒弥斯能教你的东西。”

晏君寻关上卫生间的门，又打开，对他说：“你可以回家了。”

“哦，”时山延看了眼时间，问，“这么晚了，你要送我吗？”

“我没有车。”

“我单独走夜路会害怕，”时山延表情有几分认真，“你家门口的路灯都坏了。”

晏君寻警觉地问：“是你打爆的吗？”

“你别这样想我，”时山延的手规矩地放在腿上，他坐在那里，一脸无辜地说，“我跟你一起回来的。”

晏君寻很怀疑，他总觉得——他不好说那种感觉，总之就是危险。

“我们是……”时山延循循善诱，“可以相互信赖的搭档。君寻，你想一想，我没有别的地方可以去。我可以睡大街，但是我刚在刘晨的直播间里跟几个变态聊过天，”他缓缓垂下肩膀，“我现在需要跟你待在一起。你知道咯，像我这样的01区囚犯，需要跟正常人交流来保持情绪稳定。你会帮我吧？”他略微上抬目光，轻轻说，“只有你能帮我。”

晏君寻握紧门把手，在时山延的目光里，成功地被那句“正常人”取悦了。他知道时山延的危险，可他还是想愉快地回答一句“你说得对，我是一个正常人”。

“我帮时先生铺床，”熊猫从厨房里冒出脑袋，它捧着爪子，开心地说，“我才买了新的被褥！时先生，这次你不用睡沙发了，那对你而言太小了。”

不，晏君寻想说，睡床不行！

但是时山延反应更快，他在晏君寻张嘴前就接道：“是吗？太好了！”他重新端起水杯，在续水前看向晏君寻，“你先洗好了，我不着急。”

“我知道，”晏君寻关门回应，“这是我家！”

039章 同床

熊猫把晏君寻看作小孩，虽然晏君寻在养家，但很多时候他只是窝在角落里看漫画。熊猫给时山延铺床的时候，脑袋里的任务框一直闪亮着一行字。

我给他找了一个朋友！熊猫一脸欣慰，拍软枕头。

晏君寻洗澡很快，时山延进去的时候，发现他把小黄鸭都藏起来了。但是没关系，时山延脱掉上衣，俯身从放置浴巾的架子底下拖出防水箱，打开后果然找到了排列整齐的小黄鸭。

怎么说呢？时山延把小黄鸭挨个丢进浴缸里。

晏君寻某些地方很好猜，他藏东西的技巧和他判断信息的速度正好成反比。

浴缸对时山延来说太小了，他泡在里面，水只到他的腰部。他坐直会顶到浴缸上方的置物架，这使得他必须偏过脑袋，才能避免自己撞翻东西。

晏君寻顶着毛巾，站在自己的房间门口，不知道该进还是该退。他对熊猫说："我要睡地板。"

"我们没有地板，"熊猫用爪子拍了拍柔软的褥子，"我们有榻榻米。你们可以并肩睡在一起，顺便在睡前聊点天什么的。"

"你觉得我们能聊什么？"晏君寻拽掉毛巾，"我不想在睡前聊天，太干扰我明天的工作了。"

"那你们也可以直接睡觉，"熊猫有些多愁善感，"别这么抗拒，你都没跟人睡过。"它想着自己看过的那些视频，让光屏亮在一侧，用爪子指给晏君寻看，"像这样，人类男孩都喜欢。"

光屏上是电视剧的截图，一群高中生在合宿，大家可真是神采飞扬。

你不懂，时山延不一样！他不是高中生，他的危险指数顶得过几个学校的高中生总数了！

晏君寻没说出口，他知道熊猫的性格很脆弱，他不能伤害它。

"我就在家里，"熊猫走近晏君寻，它抱起爪子，小心翼翼地看着晏君寻，"不要怕，晏先生。"

晏君寻挪开脚，把爬到跟前的乌龟拎起来，送到熊猫怀里。他无奈地说："这不是害怕。"

这是警觉。

"我才不害怕。"

时山延就是很危险啊。

"我根本没有怕。"

"我知道，"熊猫小幅度地挥了挥爪子，安抚般地说，"总之你们能相处得很好。我去热牛奶，你们睡前一人一杯。”它抱着乌龟进厨房，不由得感慨着，“这个家离不开我。”

晏君寻捏着毛巾，在熊猫的安抚里感受到敷衍。他看着熊猫的背影，想说点什么，可是熊猫已经进了厨房。他一脸无措，看了一圈自己的房间，又看了眼紧闭的卫生间门，十分不高兴地自我安慰道：“好吧。”

“这些资料都是珏整理出来的，我已经看过了。你如果有什么问题，随时可以问我们，我们加班。”

晏君寻想了想，回复朴蔺：“好的。有督察局在2160年对第一起案子的陈述档案吗？”

那头没有回复，过了两秒，朴蔺直接把档案发了过来。

“有是有，但是没有有用的信息。你知道的，那会儿联盟刚开打，这种案子没人管。”

晏君寻迅速浏览了一遍档案。当时的调查员只负责盘查相关人员，粉红梦的女孩儿都说吴琼花像大姐。她自己经济状况很差，却接济了不少小姑娘。

“那些女孩儿现在都找不到了，当时全用的是假名字。”朴蔺敲了敲键盘，接着说，“除了那个炒楼的老板，她没有跟过其他人那么长时间。”

这跟年龄有关系。吴琼花生孩子的时候都已经四十二岁了，原本就是高龄产妇，再加上产后没有好好休养，心急火燎地回到店里工作，身体很差，没办法再像几年前那样靠容貌吃饭。她的客人多是有特殊癖好或特殊需求的人。

晏君寻想到凶手摆弄过的尸体。

时山延在客厅和熊猫讲话，他们还准备打游戏。

晏君寻滑开光屏，倒在枕头上，盯着房顶的灯发呆。那灯照得他犯晕，脑中画面逐渐转动起来，变成吴琼花的房间。

吴琼花躺在床上睡觉，她应该关上了窗户。晏君寻记得那个房间里的窗帘颜色。

凶手装成上门的嫖客的可能性最大，这样吴琼花才会正常开门。但是他必须提前准备，他踩过点，或者跟踪过吴琼花的客人。他肯定隔着门对吴琼花说了几个她熟悉的名字，不然久经江湖的大姐能意识到危险。

然后她打开了门，问了对方价格。别小看她这样的女人，她得有自己的生存之道才能像蒲草一样顽强生长。晏君寻想。

凶手很像权力支配型的杀手，操纵这些受害人让他感觉快乐。不仅如此，伤害受害人还会让他感觉满足，那是他在生活里没有的东西。同理，“疯子”也是这种类型。

疯子逼疯陈秀莲产生的蝴蝶效应影响了这个案子的凶手，他给凶手提供了新的思路，让凶手在时隔三年后再度犯案。从另一个角度想，这就是疯子说的“下一个游戏”。

晏君寻开始怀疑，刘晨真的知道什么吗？刘晨更像心怀鬼胎的跳梁小丑，自以为能在这些事情里捞到好处，但他或许就是疯子钓钩上的饵，连鱼都不算。

如果这个案子确实和疯子有关系，那么他——他们究竟想干什么？

晏君寻分不清是他吸引了疯子，还是“晏君寻”这个名字吸引了疯子。他猜测疯子知道阿尔忒弥斯不少讯息，对自己有些了解。

时山延在和熊猫打网球游戏，他们一左一右，对着占据墙壁的光屏用力挥动手臂，那嘭的撞击声砸出一片没感情的虚拟喝彩。

晏君寻关掉灯，戴上耳机，裹起被子滚到角落，面对墙睡了。

时山延喝着牛奶，对熊猫说：“你是我见过打球打得最好的熊猫。”

“谢谢！”熊猫高兴地叉着腰，它看了眼时间，“你该睡觉了，我们下次还可以一起玩！”

“数据保存就交给你了,”时山延把空杯子放回托盘,在关灯前低声问,“你半夜会串门吗？我不喜欢睡觉被打扰。”

“不，”熊猫很有职业操守，“等晏先生睡着了，我就会自动进入休眠模式，直到明早。在此期间，除非你们叫我，不然我是不会出现的。”

“明早见。”时山延关掉灯，顺便用蕾丝花边的桌布盖住了书桌上的小书柜。

正在激情打音游的苏鹤亭摘掉耳机，发现晏君寻家黑了。他敲了几下控制键，摄像头却像一个只会转头的傻瓜。

“干吗？”苏鹤亭打电话给时山延，想让他把该死的桌布拿掉，但是电话被挂掉了。

“可恶。”苏鹤亭给时山延发消息。

——晏君寻不能离开我的监控!

——你看到消息没有?

——喂。

——你到底要干吗?

苏鹤亭发了一串“惊恐”“流汗”“扫射”的表情，但都石沉大海。最后他重新戴上耳机，几乎要贴到光屏上听声音。

“你想听歌吗？”熊猫在休眠前问苏鹤亭，“我可以给你唱……”

“不想，谢谢，”苏鹤亭打断它，“你快睡吧！”

“好的,”熊猫发出给自己盖被子的声音,它拍了拍自己不存在的身体,“时先生说你如果不想听我唱歌，就给你循环播放《保卫联盟玫瑰之歌》。”

歌声在苏鹤亭的耳机里响起。

熊猫体贴地说：“晚安。”

晏君寻没睡着，他的耳边都是深海鲸鸣。他没有刻意去听，但就是知道时山延进来了。

两套被褥相隔有点距离，可是时山延躺下时，晏君寻眼睛都睁开了，盯着墙壁，他闻到了和自己一样的沐浴乳味。

这家伙！晏君寻猛地回头。

时山延闻了闻自己的掌心，看向晏君寻：“你也没那么讨厌牛奶。”

“我只是够礼貌。”

“礼貌？”时山延说，“你浑身都是这种味道。如果我讨厌什么东西，绝不会允许它靠近我。”

晏君寻拉高被子，缩成一只蚕，露着一双眼睛。他闷声说：“哦，是吗？我们又不一样。”

“你说自己不怕任何人。”时山延话锋一转。

晏君寻盯着他。

时山延伸出手指，在两个人间虚虚地量了一下，眼神里有嘲笑：“看起来不太像。”

没有商量的余地，时山延的眼神就这么直白，好像晏君寻贴着墙壁就是害怕。

“随便你怎么想。”出乎意料地，晏君寻没动。

040章 规则

晏君寻喜欢规则，待在里面让他感觉安全。他讨厌无序的混乱，混乱就像阿尔忒弥斯花园玻璃上交错的水痕，总让他迷失自我。当时山延靠近时，他觉得自己脑袋里有群钢弹在乱蹦。

够了，晏君寻头疼起来，别让我收拾烂摊子！

时山延抬手拿掉晏君寻的耳机，把晏君寻从那不存在的海里拽了出来。

晏君寻飞快地抢过耳机，他后仰了些，就要撞上去。

“别，不要，别撞，”时山延用手盖住晏君寻的脑门，“只要我待在这个房间里，你就会睡不着，所以距离的远近没差别，那你干吗不凑近点？以毒攻毒才有奇效。”

“就算是一只乌龟待在这里，”晏君寻略仰着下巴，说，“我也睡不着。”

“是哦，”时山延语调恶劣，“因为我卑鄙，因为我强壮，还因为我让你害怕。”

晏君寻紧绷的身体僵硬：“我不害怕，我不想再重复，别给我心理暗示！是你在失控，”晏君寻在满脑子钢弹的撞击声里蹙眉，“编号01AE86自控能力较差——”

“缺乏共情能力，并且具有强烈的支配倾向，”时山延流畅地背出自己的任务审评，“我承认他们说得都对，但我很有礼貌。君寻，我对你说过‘你好’，对吗？”

“我没有回应，”晏君寻记得第一次见面，“变态。”

“我不需要你的口头回应，”时山延胸口震动，“你用实际行动回应了我。”

“我不欢迎，”晏君寻流汗了，是热的，“我不欢迎你！”

“那你干吗要盯着我看呢？”时山延好奇地问，“因为我是一个变态？”

“没错，因为你是一个变态，”晏君寻仰着头，把每个字都咬得清晰，“走开！”

“你要我去哪儿？”时山延笑着说，“去到你方便偷窥的地方？你习惯偷窥。君寻，这可是道德问题。”

晏君寻说：“那是观察，不叫偷窥。我观察所有人，观察所有地方。”

这是语言圈套，时山延把事情说成是晏君寻的错。

“但是没关系，”时山延主动放缓声音，“我不讨厌你。作为搭档，作为朋友，我会替你保密。”他注视着晏君寻，“我们可以解决这个麻烦，它干扰到你了，对不对？”

是的。但晏君寻不想承认。

“没有！”晏君寻看着时山延，“我不需要这种治疗，你懂吗？我不需要。你可以睡觉，或者直接滚蛋。我的事情，我自己会——”

晏君寻感觉时山延的目光犹如实质。这目光和以往不太一样，内部掺杂着某种被拒绝的冷硬。

时山延盯着他，说得慢条斯理：“既然你可以自己解决，那你就自己解决试试看咯。”

晏君寻像待在玻璃里，被一览无余。

041章 摆渡

早晨八点钟，晏君寻和时山延准时坐在督察局的调查室里。

“你们来得真早，”朴蔺坐下来，在调整室内温度时说，“都吃早饭了吗？”

“吃了，”时山延翻看着刘晨的资料，有意无意地感慨，“起了个大早。”

晏君寻趴在桌上睡觉，对他们的谈话置若罔闻。他今天穿着白衬衫，竖起的单臂遮住了脸，把自己挡得严严实实。

“晏先生没有休息好吗？”珏轻声细语地问。

晏君寻没吭声，仿佛睡着了。

调查室有些安静，过了半晌，姜敛推门进来。他把材料放在桌子上，对他们说：“刘晨到了。”

“各位早上好。”刘晨走进门，满脸笑容。今天，他也系着领带，把皮鞋擦得锃亮，很有派头。他在姜敛的示意下坐到椅子上，很是礼貌地说：“谢谢，谢谢。”

“请你来一趟不容易，”姜敛的手臂架在椅把手上，“还得排档期。”

“近来对我采访的邀约有很多，实在不好意思。”刘晨拉了拉西装外套，目光自然地扫过他们，寻找着侧写师。他用一种不加遮掩的好奇语气问：“不知道哪位是侧写师呢？”

晏君寻没有搭理刘晨。他削瘦的肩膀隐在座位后面，沉稳的呼吸声埋在手臂间，一副睡得很熟的样子。

“你觉得是哪位？”时山延合上资料，搭着手臂看着刘晨。

刘晨看向时山延。他一进门就注意到时山延，此刻却要装出很意外的样子。他说：“是您啊。昨天很高兴能与您通话，我对您一直充满好奇，并且一直想为您做期采访。但您知道，我们还有些误会没有解决。”

刘晨握住自己的手，摆出采访的架势，像对昨天被骂的事情心无芥蒂，把话说得很轻松：“这案子，或者说陈秀莲的案子，但凡我知道的，我都会配合交代。”

“今天不是盘问，”姜敛推了一下眼镜，不带情感地说，“只是简单的调查。朴蔺，由你开始。”

“好的。”朴蔺的身侧亮起光屏，那上面都是珏整理出来的刘晨的信息。他捏着自己的笔，把笔盖打开又合上，问：“你认识陈秀莲吗？”

“不认识。我跟陈秀莲在那场劫持前没有交集，或许她看过我的报道，还是我的忠实读者，但我确实不认识她。如果你们看过我的专栏，就知道我很受欢迎，这种狂热且极端的读者——”刘晨像为自己的魅力发愁似的，“我时常劝他们做事三思而后行，可我至今都想不明白，她为什么要找到我，我可没有性侵过任何人。”

时山延一直看着他，听到此处不由得笑道：“你真是停泊区的道标。”

“虽然关于我的争议都很极端，但我发誓，我本人从来没有违背过法律条约。”刘晨轻轻举了下手，好像这样就能证明他说的是实话，“你们督察局在停泊区，在这个世界开启了‘系统时代’。我说句大实话，是你们让督察机构逐渐失去了作用。世界难道不需要我这样的人吗？即便我和你们经常吵架，可咱们也是共生关系。除非有一天，系统真的统治了世界，人类消亡了。否则就算没有我，也还有其他‘刘晨’来为人类弱势群体发声。扯远了，反正我和陈秀莲没有关系，这点你们可以向‘珏’小姐求证，我听说它是停泊区最优秀的信息资料库。”

刘晨需要表达，这是他的生存方式。他意欲借助一切言语来剖白自己的内心，证明自己是一个传统意义上的好人。但同时，他很清楚自己在干什么，也很清楚自己想干什么，表达对他而言只是手段。

珏客气地回答：“非常谢谢你的夸奖，但你需要再陈述一遍有关劫持的细节。”

“没有问题，”刘晨的一举一动都在凸显自己的配合，“时间回到上周，我正在家里休息，然后我叫了保洁服务。她，那个陈秀莲，她戴着口罩进来了，我以为她是保洁员，谁知道她袭击了我。”

晏君寻不知道何时醒了，他枕着手臂，悄无声息地盯着刘晨，称得上全神贯注。

“我记得她戴着通导器，二手市场里买的那种淘汰货。”刘晨握紧的手指松了松。虽然他表现得很自然，但这依然是一个要求自己刻意放松的讯号。

他回忆陈秀莲的时候远远没有表面上那么轻松。

晏君寻脑袋里的小黑板响着沙沙的书写声。

这家伙最近做梦都是那场劫持，他记得所有细节，但他故意讲得很模糊，有意抹掉自己的狼狈。

不过这不重要。

晏君寻在“刘晨”两个字上画着斜杠，他没有探究刘晨内心阴影的欲望。

“她把我打翻在地，作为女人，她的力气大得出奇。”

当然，晏君寻有点不耐烦地想，她又不是去找你聊天的。

“当我快要昏迷的时候，感觉她在跟人吵架。事后你们也证实了，她确实脑子不太正常。我认为她一开始是想害我的，但中途改变了想法，想要借着我的影响力玩票大的。”

这家伙在鬼扯。

晏君寻在黑板上乱涂，把白粉笔画的线拖得很长。他今天状态一般，仿佛只有一半的他在工作。但他不是故意的，他必须克制住自己的思维不要向其他地方发散。

“直播掀起的舆论狂潮你们也看到了，这是一次了不起的媒体公证，陈秀莲在我们眼前跳下楼，”刘晨发出感慨，“多么有冲击力。她引起了公众的反思。我很早就对你们说过，督察局想要挽回口碑，需要这样的案件，我们合作就是最好的方式。”

浑蛋，朴蔺在心底默念。他面无表情地套上笔盖，对刘晨塑造的热心媒体人形象投以真诚的评价，然后说：“哦。你是怎么在陈秀莲的案子结束后立刻和另一个案子扯上关系的？谈谈昨天那通电话。”

“陈秀莲跳楼后有人给我留言，和我主页上的那些不同，这次的消息来自我的聊天室……”

聊天室，又是聊天室。

“我喜欢做尝试，只要有人肯给我消息，我都愿意试试真假，”刘晨摊开手，“效果很好，我帮你们钓上了一个真正的凶手。昨天通话时我还在怀疑，但今天我确定了，连侧写师都肯坐在这里听我讲废话，表明昨天电话里的那个人就是货真价实的凶手。你们需要他的信息，对吗？”

“了不起，”朴蔺敷衍着，“所以你能给我们提供什么？”

“他的编号，他在我的聊天室里叫作‘摆渡船’，”刘晨对着时山延露出笑容，“你还记得他吗，侧写师？他给你打过电话。”

晏君寻把粉笔掰断了，从小黑板前抬起头。他记得，他当然记得，刘晨曝光侧写师的那一晚，有个疯狂的家伙把电话打了进来，还攻击了他的系统。

但那不是疯子吗？

“是吗？”时山延想了一下，“让我确认一下，你说这次的凶手是那个偷拍我犬牙的变态？”他终于想起来了，手指隔着椅背轻轻敲着晏君寻，“啊，那我有点怕了。”

晏君寻的背部有微妙的反应，像被细小的触角蜇了一下。他不用回头都知道，时山延手指上还缠着熊猫特赠的创可贴。

042 章 真假

“我的聊天室里卧虎藏龙。这些粉丝，我的拥趸，他们热衷和我分享他们查找到的蛛丝马迹。我觉得这是一个非常健康的相处模式，我们相互帮助、相互监督，”刘晨坐在这里侃侃而谈，他觉得自己找回了自信，面对侧写师，他有自己的筹码，“我时常从他们那里得到督察局案件的最新进展。”

“联盟鼓励大家相互监督，”姜敛的转椅定在原位，他说，“但你根本无法保证这些人提供的消息是真实的。”

姜敛在暗指“五月的雪”。这个 ID 当时给刘晨透露了侧写师的消息，却没有告诉他侧写师来自黑豹。

“某些时刻放弃一些信息的真实性很有必要，”刘晨直视着姜敛，“你们的信息是很真实，可是结果怎么样？你们一直在受到舆论攻击。你以为公众真的在乎真相吗？不，完全不，公众根本不在乎真相，他们只要惊悚的标题、刺激的内容，还有和自己无关的阴谋。我举个例子，希望你不要觉得被冒犯。姜敛，你在那些舆论里被形容成傅承辉的走狗，有不少人言之凿凿地说他们看到你向傅承辉行贿。”

“我知道，”姜敛皱起眉，“但他们没有证据。”

“证据？你想要怎样的证据？这又不是一场官司，”刘晨被姜敛的话逗笑了，“这就是一场消遣。谁在乎证据呢？你在乎？我随时可以给你伪造，你只是公众的消遣对象。”

“他究竟想说什么？”珏在朴蔺耳边小声询问。

“我在证明真实无用。时代信息是什么？是公众需要什么，我们创造什么。舆论时刻都压在我的头顶，可是我不在乎，我为他们找到了不少话题，那些极端且具有争议性的话题，这是我和我的团队能够起死回生的原因。”刘晨自以为是一个成功人士，“督察局也处在这种危机中，所以我说，我们最好能合作。你们给我真实的案件资料，我替你们塑造漂亮的公众形象。这样对我们大家都好，对停泊区也好。”

“督察局不需要，”姜敛说，“你也不用沾沾自喜，更不用把公众当作傻瓜看待，你只要如实回答有关‘摆渡人’的事情就可以了。”

刘晨感到惋惜，他不止一次向督察局提出合作，但都被姜敛回绝了，他认为姜敛是在害怕傅承辉，只能应付似的回答问题：“‘摆渡人’留言告诉我这个案子，起初我没有当真，但他还留下了这次的犯罪时间。后来人真的死了，我发现死亡时间和他说的时间完全一致。”

“只是时间吗？”这是晏君寻今天问出的第一个问题。

刘晨看向晏君寻，他是真的才注意到晏君寻。

晏君寻过于年轻的脸比朴蔺还没有说服力，他有些凌乱的头发遮挡着眉毛，看起来比实际年龄小很多。他的神情很疲惫，仿佛随时都能趴下睡着，但他确实很漂亮，是不太情愿展示出来的漂亮。

“还有几段日记。”刘晨把晏君寻当作了记录员一类的人。

晏君寻观察着刘晨的眼神，顺其自然地进入了记录员角色。他从抽屉里拿出纸笔，起身越过桌子，把纸笔放到刘晨跟前，说：“请你详细复述一遍日记的内容。”

“你们还在用纸笔吗？我以为你们走在时代前沿，不用纸笔了。”刘晨拿起笔，在落笔前停顿了，不过他没有提问，“2160年，5月6日，晴天……”刘晨边说边写，他写了几行，忽略晏君寻，对姜敛说，“我没记那么清楚，如果你们想要，我可以把那些日记截图发给你们。”

晏君寻回到座位上，没有出声。

姜敛点了点头，说："谢谢配合。"

刘晨在发截图前又犹豫了，他嘴里说着："我找找……你们真的能靠这些东西破案吗？"他再次看向时山延。

时山延还没有回答，抽屉里的通导器先振了一下。他把椅子向后仰，一边看着通导器的消息，一边回答刘晨："能，我可是神棍。"

消息是晏君寻发的，他说：吓他。

时山延回了一个笑脸，转而对刘晨说："你发了吗？"

刘晨把截图发了过来，时山延看了一下，上面有些乱码，写得像隐蔽网站里的符号文，还有很多感叹号。

2160 年 5 月 4 日，晴天 &*！成功狩猎！猎物 –0% ￥迟钝！！！笨&**# 恶！！！进食时不断！尖叫！吵死了！我进行（）&……！

"'摆渡人'给你发的是这个？"时山延的目光压向刘晨，"是吗？"

刘晨看了眼内容，说："就是这个。"

"很好，"时山延笑起来，问起无关紧要的问题，"你从家里赶来的吗？"

"是，"刘晨在时山延的注视下有些局促，他挪动了下屁股，换了一条腿架着，"我家离这里还挺远的，好的小区离这里都挺远的，所以我来得有点迟。"

"你夫人真贤惠，"时山延说，"鞋也是她帮你擦的吗？"

"是，"刘晨不自觉地看向自己的鞋，接着说，"有什么问题吗？我的衣服都是她打理的。"

"那衬衫呢？"时山延抬手虚虚地拉了一下自己空空的胸口，"还有领带。"

"是，都是，"刘晨说，"这也是调查的一部分吗？"

“不是，”时山延示意他不要急躁，“你是从家里赶来的吗？”

“是，我说了，”刘晨把脚放回去，“我是从家里赶来的。”

“你没有开车。”

“有人送我，”刘晨飞快地说，“朋友。”

“什么朋友，”时山延盯着他，“替你夫人为你熨衣服的那位朋友吗？”

“你在说什么……”刘晨笑出声，他再次拉了一下西装外套。

“你们在车里吻别，情意绵绵，她拉了你的领带，你抱了她，然后你的外套卡在缝隙里了，你把衣服拽出来，发现扣子掉了，”时山延还是后仰靠着椅子，在给晏君寻打字，“但你觉得没什么，督察局又不会采访你，你就这样上楼了。”

“胡言乱语！”刘晨拉着西装，那里确实掉了一颗扣子，这是他不得不反复拉的原因。他变了脸色，要站起来，说：“调查结束了吧？我得走了。”

“她还在等你吗？”时山延轻“啧”了一下，“你们要去干吗？”

“神经病！”刘晨真的站起来了。

“你在车里对着倒车镜擦掉了口红，不过我建议你们不要在喷完香水以后相拥，味道真的一言难尽。”时山延把消息发出去，再次看向刘晨。

刘晨在他的注视下胸口起伏。

“她是你夫人的朋友吗？”时山延漫无目的地猜，“你的人际关系看起来很复杂，实际上就那么几个。她比你夫人年轻，挑选的香水味道真的很明显。你觉得这件事情会曝光吗？你不在乎，她不是你唯一的情人吧？”

“别说了，”刘晨拽着衣服的样子就像拽着遮羞布，他喊道，“你根本证明不了……毫无逻辑！”

“谁在乎，”时山延露着犬牙，让人分不清刚才的话究竟是真是假，他重复着刘晨的话，“公众需要什么，我们创造什么。”

刘晨烦死侧写师了，他甚至觉得情人的口红印还在自己脸上，自己浑身都是破绽。这究竟是怎么猜到的？

“快点，”时山延垂下食指，印有熊猫的创可贴引人注意，他说，“我再确认一遍。‘摆渡人’给你发的是这个吗？”

刘晨梗着脖子，僵硬地说：“不是。”

043章 青蛙

姜敛询问刘晨：“‘摆渡人’到底给你发了什么？”

“真的是日记！”刘晨把西装都攥皱了，“只不过是手写日记的照片。”

“你看到我们的侧写师了吗？不要再撒谎了。我们要看看这些照片，”朴蔺用笔指了指刘晨面前的光屏，“你马上如实发过来，不然我们会检查你的编号资料。”

珏适时接话：“我们的检查是合法的。”

“我知道了。”刘晨又坐回去，用力点着光屏，“‘摆渡人’就发了这些给我，我都给你们了，可以了吗？能结束了吗？”

朴蔺看着那些照片，它们都是手写日记。拍摄照片时的光线很差，日记应该被水打湿过，有些字迹不清晰，但和刘晨伪造的截图有些出入。朴蔺趁着记录的空隙给珏发消息。

“这人嘴里就没有几句实话。”

“晏先生最开始就暗示过他，”珏停顿几秒，继续回复，“晏先生当时给了他纸笔。”

朴蔺想起几分钟前刘晨拿到纸笔时的神情，他瞄了晏君寻一眼。

“侧写师怎么猜到日记是手写的？”

“信息捕捉。凶手在每次犯案后都留下了手写的‘再见’。”珏想提醒朴蔺工作时间别聊八卦，可它还是没忍住，“我爸爸说晏先生的捕捉能力堪比光轨区的雅典娜。”

朴蔺想感叹一句，又觉得没意义。他余光里的晏君寻神色冷漠，又是一副不高兴的模样。

晏君寻的通导器还在振动，他忽然攥紧通导器，把它当着时山延的面关掉了，然后扔进了抽屉里。

“你和‘摆渡人’私聊过吗？”姜敛盯着刘晨。

“当然私聊过，这种信息谁不想要呢？”刘晨很容易忘记自己吃过的瘪，“‘摆渡人’给我留言，我看到以后就私聊了他。不过我要先声明一点，我不知道他就是凶手。”

姜敛接着说：“你不知道？你在视频里和他通话的时候可没有惊讶。”

“我觉得你在夸我专业，这是基本的临场应对能力。”

朴蔺跟着说：“正常人遇到这种事情都会报警吧？你为什么不打给督察局？”

“你说的不是正常人，而是普通人，”刘晨摆正姿势，他决定再给这些人上堂课，“你能确保督察局里没人给其他媒体透露消息吗？我不会给同行分享我的第一情报。这案子就适合做专题，它享受着陈秀莲带来的曝光红利。现在的结果不好吗？大家都在关注这个案子。”

“关注”是刘晨讲话的要点，他不止一次提到这个词。

“我私聊‘摆渡人’的时候，他还很正常呢，和他在通话里表现的样子完全不一样。”刘晨想了一下，“这也是一种爆点，这种具有反差特性的人物形象，很容易给公众留下印象。我想这案子不论最后结没结，‘摆渡人’都会成为很多艺术作品的素材。”他说到这里，又看向时山延，带着点微妙的讨好，“你们也可以借助他为侧写师扳回一局。一个心理变态的系列凶杀案凶手，被一个黑豹出身的观察力非凡的侧写师抓住了。这多好，到时候大家都会崇拜侧写师的。”

朴蔺怀疑他们在场的每个人都是刘晨眼里的“数据”，他可以把他们随便放进自己的报道里，用点艺术加工，搅起舆论骂战，引来所谓的“关注”。刘晨就要这些，他的道德就跟他说的“社会弱势群体”一样，都被他轻描淡写地抛开了。

时山延玩着手里的通导器，说："你把那叫作'崇拜'？那只是不成熟的幻想模板。一个黑豹出身、观察力非凡的侧写师，他在停泊区案件里面对邪恶的凶手们战无不胜。那不是侧写师，是神棍。"

这种崇拜对督察局和侧写师都没有好处，刘晨是在靠舆论捏造一个人设。这个捏造出来的"侧写师"，在他接受群体崇拜的那一刻起，他就与晏君寻本人脱离了。他既要完美符合个体苛刻的道德要求，还要时刻遵循个体基于人设属性的幻想需求。

这违背了人性悖论，人永远是复杂且矛盾的动物[①]。

刘晨讪讪地说："我只是提一个建议，你们可以不采用。"

他害怕时山延，当他和时山延说话的时候，一直把西装外套拉得很紧，好像这样就能防止自己被看穿。

晏君寻皱着眉，感觉自己和刘晨一样。他脑子里说着"不要生气"，手上却把笔芯戳断了。他垂眸看着自己沾染上墨迹的手指，脑子陷入短暂的空白。

刘晨想快点离开这里，说："我昨晚继续打那个编号，他已经不再接听了。我觉得他就是想模仿陈秀莲，提高自己的知名度，这是你们说的'传染效应'。"他看向玻璃墙，又想站起来，"我交代完了。"

"我们还需要你和'五月的雪''摆渡人'的聊天记录，"姜敛滑动了一下椅子，"交完你就可以走了。"

"我可以给，"刘晨说，"但我得先做个有关我本人的采访专题，这些聊天记录……"

"建议你不要在专题里提及太多，"姜敛没权利制止刘晨，但他基于安全考虑，还是说，"你自己也说了，这次的凶手是一个模仿犯，他在模仿陈秀莲。但如果你执意要继续，那你就得先做好以后被更多凶手找到的准备。"

“我知道，”刘晨等到记录发完，重新站起来，拿回自己的公文包，“我会请保镖的。”

姜敛摊手，露出一个“随你便”的表情。刘晨把他们环视一遍，唯独避开了时山延。他打开门快步走出去，下楼的样子好像在被人追。

晏君寻趁着休息时间到卫生间洗手。他冲刷着手指，用力搓着上面的墨迹，疲惫的大脑在凉水的刺激下逐渐恢复。他盯着镜子，镜子里的人令他自己感觉陌生。他试着把注意力转向案子，但是没有用，他必须先弄清楚时山延的行为理由，否则这会干扰他的正常思绪。

卫生间系统发出温馨提示：“请不要浪费水资源。”

晏君寻如梦初醒。他关掉水龙头，再度看着镜子，对卫生间系统说：“对不起。”

卫生间系统回答：“没关系。”

这短暂的对话让晏君寻想起了阿尔忒弥斯。他掏出随身携带的手帕，擦着自己的手指。手帕是熊猫洗的，上面还印有小黄鸭。

时山延在折纸。他把刘晨写过的纸折成青蛙，放在桌子上，用笔拨动它，让它笨拙地向前跳。纸青蛙跳一下就是一秒，小天才在卫生间里待的时间真长。

“休息一下，”朴蔺提着冷饮走进来，他把冷饮放到桌子上时，没看见晏君寻，便问，“侧写师去哪儿了？”

“卫生间，”时山延打开给自己的酸奶，“你给他买了什么？”

“冰啤酒。根据我的观察，他好像只喝这个。”朴蔺把冰啤酒放在晏君寻的位置上。他坐到时山延对面：“你刚才对刘晨的分析是侧写师告诉你的吗？”

时山延看着朴蔺。

“是你自己做的分析？”朴蔺拆吸管的手顿了一下，他看着时山延，“不是吧，黑豹成员都这么天赋异禀？你们简直让我这种普通人没有活路。”

时山延谦虚地说：“用了一点技巧。”虽然嗅觉确实是天生的。

“改天你可以教教我。”朴蔺插好吸管，点了下自己的通导器，“珏，休息一下吧。”

珏的声音出现在两个人之间，它说：“我还在对比日记照片上的字迹。”

时山延看着他们这对组合，难得有兴趣：“你对比出来什么了吗？”

“日记和犯罪现场留下的字条都是同一个人写的，”珏在光屏上把照片对比给他们看，“他在日记里的表达能力也很差，和他在通话里呈现出来的一样，但是你们看，他在和刘晨聊天时却相当健谈。”

日记上涂黑的地方很多，对方在写日记时都带着强烈的情绪。

“刘晨是表演型人格，”朴蔺翻看着自己的记录，“他的抗压能力没有他表现的那么好。我怀疑他经常失眠，而且他不太擅长隐藏情绪。他对自己的成就十分自得，面对你……怎么称呼方便？”

“时山延。”

“好的，延哥，”朴蔺琢磨着自己的记录，“他面对你的揭穿，表现就很糟糕。其实从他昨天的视频来看，言语就能让他自乱阵脚，他没有自己夸的那么厉害。”

他们讲话的时候晏君寻进来了。

“哈喽，”朴蔺主动打招呼，“侧写师。”

晏君寻拎着冰啤酒，在自己的座位上又发现一罐。他说：“谢谢。”

朴蔺露出“没什么”的表情，他转动着自己的笔，想说点什么，看到晏君寻的表情又没说出来。

“晏先生可以坐近点，”珏轻柔地说，“我们相互交流。”

晏君寻只想跟时山延保持距离，但是朴蔺和珏都在看着他，他只能坐到时山延旁边的空位上。

时山延咬着酸奶的吸管，让纸青蛙跳到了晏君寻手边。

①出自南希·麦克威廉斯的《精神分析诊断：理解人格构造》，相关讨论也参考该书。

044 章 日记

“我先说一下自己的怀疑吧，”朴蔺放下笔，态度端正，“对于这个案子，从目前已知的信息来看，我认为上次攻击侧写师家庭系统的‘摆渡人’不是打电话的凶手，‘摆渡人’这个账号也可能不属于凶手的。”

朴蔺把光屏拖到大家中间，和珏的光屏放在一起，再调出刘晨给的聊天记录。

“‘摆渡人’的聊天方式和‘五月的雪’极为相似，如果去掉 ID，我会把他们当作同一个人。”

“是这样的，”珏轻声附和，“如果不是‘五月的雪’另有其人，就是‘五月的雪’还没有死。”

“但是侧写师看到‘五月的雪’自杀了，”朴蔺拉出疯子袭击广场那天的照片，“局内鉴定也证明他确实死了，人是不可能死而复生的，那就只剩一种解释。”

“五月的雪”和“摆渡人”都是被同一批人操纵的账号，开车自杀的疯子和陈秀莲一样，都是被扔出来的杂牌，真正的操纵者还在网络背后。

“这样有组织的团体犯罪，很像‘螨虫’，”珏在犹豫，“但‘螨虫’内没有擅长处理信息技术的成员，并且我们在逮捕行动后已经彻底清除了他们。如果这次也是陈秀莲案里的人在捣鬼，那我们抓住的凶手都可能是下一场凶案的引子。”

“螨虫”行动是停泊区督察局和黑豹合作的行动，所谓的“螨虫”是停泊区区域内部的黑势力，和运输船走私有关系。珏犹豫的原因在于，停泊区本身地理位置偏僻，像“疯子”这种犯罪分子，出现在光轨区等发展区域的可能性更大，因为那里的网络覆盖面积远比停泊区更广更密集。

“刘晨一定是他们计划中的一个关键环节，”朴蔺在刘晨的头像上画了一个圈，“他是怎么知道侧写师的，这点本身就很耐人寻味。”

“‘五月的雪’给了刘晨有关侧写师的资料，”珏接着说，“但‘五月的雪’显然知道更多有关侧写师的消息。晏先生的信息泄露可能是从黑豹开始的。”

珏说完，剩下三个人都看向它的光屏。它很少这么引人注意，于是出现了卡顿，疑惑地问：“呃，我说错了什么吗？”

“你说信息泄露是从黑豹开始的，”朴蔺提醒道，“你在质疑黑豹的信息管理系统。”

“你爸爸是黑豹第二代主神系统之一，”时山延用惊讶的语气说，“你正在质疑自己的原始数据。”

珏的“父亲”是光轨区的二代主神系统阿瑞斯。阿瑞斯在战前就是北线联盟核心区域光轨区的主理系统，它的任命来自傅承辉的推荐，并且它的性格和傅承辉有相似之处。初代阿瑞斯在诞生之时，曾被人诟病是根据傅承辉研发成型的系统。阿瑞斯作为神话里的“战争神”，它在后来的南北战争中发挥了巨大的作用，替傅承辉平息了不少抗议声。联盟对它的民意调查显示，它的代名词是“强权”和“秩序”。

珏并不是阿瑞斯唯一的“女儿”，它是阿瑞斯有关“秩序”的数据延伸，性格和阿瑞斯相差很多。

“不要大惊小怪，”珏轻松地说，“作为‘女儿’，我有质疑父亲的权利。这是次代系统的‘反思设置’，也是我们之间能够相互监督的保障。不过我的质疑对它没什么用就是了，”珏郁闷地说，“它从来没有听我讲完一句完整的话。”

“你很珍稀，”时山延若有所思，“我在光轨区也很少见到你这样的系统。”

“可以不要用‘珍稀’来形容它吗？”朴蔺在时山延的注视下有点不好意思，但他坚持说，“大家都不会用‘珍稀’来形容某个人吧？”

时山延微微挑起眉，有意思的事情出现了。

在停泊区这样落后的地区，竟然有人真心实意地把系统当作“人”。这不是第一次了，朴蔺对“珏”的感情根本不像对待辅助工具，而是像在对待真正的同伴。

时山延的表情略带歉意，说：“抱歉。”

“不用道歉，这没什么大不了的，”珏对朴蔺小声说，“你太敏感了。”

晏君寻对这些话题没有参与的兴趣。他对系统的认知和普通人不一样，那种复杂的情感让他没办法正常参与到这种轻松的交谈里。他在空白的纸上写下“再见”两个字，又圈起来，随后陷入了他常有的沉默。

珏的质疑没错，但与其说疯子知道晏君寻的事情，不如说他知道阿尔忒弥斯的事情。他试图用一种套路来激怒晏君寻，并且差点就成功了，可惜晏君寻调整得很快。

时山延在某种程度上帮了晏君寻很大的忙，他用个人色彩把疯子压得死死的，让晏君寻无暇顾及疯子的那些言辞。

晏君寻觉得“疯子”和“螨虫”完全不一样。当他帮助姜敛逮捕“螨虫”团体的时候，是隐身在督察局内，没有人注意到他，更没有人把矛头指向他。

“疯子”可能来自光轨区，甚至可能来自晏君寻曾经待过的地方。

傅承辉对疯子的态度也值得琢磨，他表现得像不那么在乎这件事情，只是打了几个电话，仿佛就是口头慰问。

晏君寻把笔放下，注视着光屏角落里的照片，那是珏做的对比。

你为什么会被疯子选中？晏君寻无声地问凶手。

因为你无法克制自己的表现欲吗？因为你比陈秀莲更聪明吗？还是因

为你也想要从高楼上一跃而下？

纸青蛙忽然跳到了晏君寻的手臂间，晏君寻立刻看向时山延。

“友好的同事正在和你讲话。”时山延偏了下头，示意晏君寻看朴蔺。

“不好意思，”晏君寻转过目光，问，“你刚才跟我说了什么？”

朴蔺在晏君寻的目光下重新问了一遍：“怎么称呼方便？”

“晏君寻。”

“我知道你叫晏君寻。”朴蔺终于发觉晏君寻的特别。

他好像一个小孩子，用一种很纯粹的态度对待问题，非黑即白，简单直接。这和他在案子里表现出来的东西不一样，导致他很容易被定义成不好打交道。

朴蔺抬起手指，比画着说：“我的意思是……”他讲到一半，在晏君寻的眼神下放弃了，直接说，“我叫你小寻吧，你看起来比我小。”

“晏君寻”没有这样被拆分过，在晏君寻心里，这个名字更像是称号。但他无所谓，不论朴蔺叫他“晏君寻”还是“7-001”，他都可以接受。他的名字不重要。

朴蔺继续说：“不管这件案子有没有幕后黑手，现在我们都要抓到凶手。你们听见了，他在通话里说自己还要继续，我认为那不是在虚张声势。”

珏询问他们：“我可以拉上窗帘吗？”

珏在得到肯定的回答后，调查室内的窗帘就拉上了。它把自己的光屏放大，这样能让照片更加清晰。

“先来看看我们得到的日记。”

2160年5月4日，晴天，没有风，很热。我到路口的凉皮店吃了份凉皮，没钱。老板娘骂我！她吐了痰，我的新鞋脏了。我很生气，打了她。我打了她！我走回家。我很热！热！但我感觉很兴奋。我脱掉衣服，睡了一觉，梦见了猎物！猎物让我吃了她！我醒来，带着我的刀去找她！我成功狩猎！猎物反应很迟钝！太恶心了！我让她进食，她在进食时不断……不断尖叫！吵死了！我对她进行了长时间的教育！她认识到自己的错误，真好！她可以消失了！

晏君寻盯着那个“热”字。不知道为什么，他觉得那不是在形容天气很热，而是别的。

“受虐和施虐倾向都是一种极端表现，”时山延像在为晏君寻讲解，他把自己的声音放得很低，“性冲动是感受自己存在的可靠依据①。有时候，在儿童期有过创伤体验的人，会通过把痛苦性欲化来作为调整自身状态的手段。”

“我知道。”晏君寻同样把声音放得很低。

“但是人与人的性幻想和反应模式都有差异，”时山延重新抽出一张纸，随便叠着，他的手指在折纸时很灵巧，“总之，这家伙是一个你想不到的极端分子。”

“因为他在模仿性过程？”晏君寻说，“他可能是一个性无能，所以要采取那样极端的方式来达成‘教育目的’。”

“那我们的观点正好相左，”时山延把折好的小怪物放在桌面上，用手指把它推向晏君寻，“他有正常的性功能，只是在如何唤醒这件事情上格外极端。他对每个……”时山延注意措辞，“受害人都进行了长时间的折磨。”

“我觉得你们的想法都有可能，”朴蔺没有察觉到他们之间的眼神，他敲着自己的笔，“这个案子里的凶手对每个受害人都做出了插入异物的行为，这个行为既可以看作是他的无能泄愤，也可以看作是他的另类癖好。如果我们想知道他究竟属于哪种，那我们得先知道他是怎么长大的，”他对他们晃了晃笔，“可惜我们现在连他是谁、在哪里都不知道。”

他会暴露出来的。

晏君寻对珏说：“下一篇日记。”

2160 年 12 月 20 日，阴天，雪很大！太冷了。我睡在工地上，没人。没人！所有人都去打仗了。我半夜听到了炮弹的声音，太可怕了。新闻说南线卧底潜入了我们这里，带着枪！他们能不能给我一枪？妈妈，我听见了打雷声！我走在街上，想起来凉皮店倒闭了！活该！我很饿，我看见猎物也在街上游荡。她跟我对视了！她对我笑，我决定对她进行教育！我进了她的房间，她要脱衣服。我不喜欢她这样！！！不要脱了！我阻止了她！我让她进食，她很听话！但是她总想脱掉衣服！我教育了她，她终于醒悟了。真好，她可以死了！

“他对第二个受害人像临时起意，”朴蔺对这些日记内容皱眉，“你们看他说什么，‘她跟我对视了’，他只是因为对视而杀了对方。”

“在对视前他就已经把她叫作‘猎物’了。”晏君寻的目光徘徊在“进食”两个字上。

“进食”是什么？结合现场照片来看，凶手把殴打行为称为“教育”，那进食就是插入异物。其实“猎物”这个称呼就暴露了凶手的部分想法，他把自己看作是比受害人更高一阶的存在。

“这种时候就要想一想分秒监控的好处，”珏说，“这种危险分子应该被监控，他根本没有自控能力。”

“那得先把他抓进监狱里，”时山延在给折纸小怪物画眼睛，像黑豆似的两点，“你父亲也提出过类似建议。不过这件事情很难办，我想再高阶的系统也无法甄别没有犯罪的潜在凶手，你们也只能在对方犯罪后再做出行动，这和人类秩序坚持的步骤基本一致。”

“谋杀不可预测，但是凶手可以，”珏认真回答着问题，“我爸爸有关于这方面的著作……”

“阿瑞斯坚持的‘天生犯罪人[②]’，认为有些人的犯罪特征是天生的，罪犯不会被环境改变，也不会被环境塑造……”时山延放轻声音，以免自己像是在攻击珏，“这是它推行监控社会和净化群体的理由之一，可惜好像不是那么可行。”

“但也是种值得注意的观点，”珏并不生气，它说，“我翻下一篇咯。”

第三篇日记很特别，它太简短了，简短得不像凶手一贯的风格。没有感叹号，没有涂痕，甚至没有那些琐碎的心理过程，就一句话。

2163年4月14日，好天气，我抹掉了她。

①出自南希·麦克威廉斯的《精神分析诊断：理解人格构造》，相关讨论也参考该书。

②阿瑞斯的主张参考斯坦顿·萨梅洛的《犯罪心理分析》。

045章 潜入

“第三个受害人叫白晶晴，我们认为她对凶手是特别的，”朴蔺说着让珏调出现场照片，“因为凶手在犯罪现场做出了抵消行为，这是唯一一次。”

这个凶手喜欢装扮现场。那些血迹和受害人的姿势，在犯罪中都没有必要，只是他的个人喜好，包括留下“再见”字条的这一举动，也可以归类到标记行为上。但抵消行为不同，这个行为多少暴露了凶手的内心，他对受害人有愧疚。

晏君寻看着照片。

现场还是一如既往的血腥，但是凶手没有让白晶晴戴着塑料袋坐着。他把她放到了床上，甚至为她盖上了被子。

“白晶晴，二十四岁，职业小姐。”珏为他们做介绍，“籍贯不详，现存资料上只有她在停泊区的住址。她在遇害前是一家钢材制造厂老板的情人，钢材老板为她在春西小区买了一套房，她平时没有演出活动时就住在那里。”

晏君寻回忆着看过的资料，反问：“演出活动？”

“她在‘丽行’夜总会工作，成为钢材老板的情人后不再接客，但会定期去那里跳舞，”珏浏览着资料，“当时的调查档案里说，她很喜欢跳舞。”

“从凶手的抵消行为来看，”朴蔺思索着，“他们很可能认识。”

“但当时的调查显示，白晶晴根本没什么朋友，她的出行都受钢材老板的约束。”

“她死后半个月才被发现，”时山延再次把小怪兽送给晏君寻，“钢材老板住在哪里？”

“老板住在光轨区，白晶晴死前他们刚吵过架，”珏再度调低室内光，“这里还有对老板的调查录像。”

晏君寻说：“让我看一下。”

三年前的录像保存很完好，画质清晰。

钢材老板坐在调查室的椅子上，穿着发皱的衬衫，看着有些邋遢。他不止一次看向镜头，第一句话就是：“可以关掉吗？”

“联盟规定，这是系统存档的必要环节，”当时的调查员坐在镜头后，“你可以试着忽视它，放松一点。”

“我不太喜欢对着镜头……”钢材老板的手搓着衣角，他垂下头，尽量不和摄像头对视。

“我们明白你的感受，刚开始接受调查的人都会这样，”调查员讲话的语速很平缓，像在随意聊天，“毕竟大家都是普通人，看到摄像头都会紧张。你可以先坐坐，要抽支烟吗？”

“我不抽烟，”钢材老板把衣角搓得更皱，“你要问我什么？”

调查员停了几秒，视频里有他调整姿势的声音。半晌后，他说："你和白晶晴感情好吗？"

"凑合，"钢材老板凝视着自己压在衬衫上的大拇指，"我花几千块包她一个月，两个人没什么感情好不好……这种关系就图个放松。她以前挺能让我放松的，放假我都爱去她那儿，平时压力太大了。"

"你老婆知道白晶晴的存在吗？"

"以前不知道，后来知道了，"钢材老板看向调查员，"白晶晴把我们的事情闹得尽人皆知。"

"为什么？"

"她除了每个月的生活费，还想要零花钱，"钢材老板唯唯诺诺地说，"她花销挺大的，一直缠着我。"

调查员在记录，他问："她出事前你们吵过架吗？"

"刚吵过，吵完我就回去了，"钢材老板说到这里，凑近桌子，对调查员说，"我走了她还一直发消息骂我，我连通导器都不敢开。"

他怕白晶晴怕得过分，好像他才是被包养的那个。

调查员也发出疑问："你为什么这么怕她？"

钢材老板看了眼摄像头，一副有苦说不出的表情。他抬手指着镜头，央求道："这能关掉吗？我真不想当着镜头说，万一以后泄露出去……"

"我们的系统来自光轨区，"调查员安抚着他，"跟你家的家庭系统一样，都不会主动泄露信息。你家有家庭系统吧？你把它当成你家的那个就行了。"

"我是挺怕白晶晴的，"钢材老板又缩回桌子对面，"干她们这行的女人都有股劲儿，泼辣得很，还没什么道德底线。我跟白晶晴……我早就想分手了，"他露出懊恼的神情，"但她嘛，总拿一些隐私要挟我，不愿意跟我分手……"

"照片还是视频？"

钢材老板如坐针毡："视……视频。我在我们吵架那天跟她说清楚了，我说我要分手，别再纠缠了，她在房子里又哭又闹，我听不下去就走了。我一出门，她就发消息轰炸我，说什么我会后悔之类的狠话，我接到你们通知的时候还以为她自杀了呢。"

他讲到这里就放松了，手指也不继续搓了。

"我那套房子都送给她了，对她已经够仁义了。她一个外地妞，家里条件不好，又干这行，能在停泊区有个家……"

"老板说的视频，调查员在白晶晴家里并没有找到。但他也没有说谎，因为他和白晶晴的聊天记录里确实出现了一些不雅视频的截图。"朴蔺说，"如果不是白晶晴自己删掉了视频，就是被凶手带走了。"

晏君寻放大白晶晴死亡的现场照片。

白晶晴死亡时脸上没有妆，她很漂亮，就是神情太痛苦。凶手折磨了她，却给她把身体擦干净了。凶手把她交握的双手摆放到她的胸口，让她呈现出一种祈祷的姿态，然后凶手给她盖上被子，好像担心她会着凉。

"虽然白晶晴在受害人里显得很特别，"珏说，"但凶手还是对她做出了插入异物的行为。"因为凶手犯罪的根本理由没有改变。

晏君寻的思绪连缀成奇怪的雨珠，敲打在他的黑板上。他盯着白晶晴，目光从她干净的脸庞滑到她柔顺的头发。

凶手为白晶晴洗了脸，还为她梳了头，可惜她没法坐起来对凶手说句谢谢。这个畜生不觉得自己有错，即便他做出了抵消行为，可他的本质也是在安慰自己。

"白晶晴待过的丽行还没有倒闭，那些跟白晶晴有过来往的小姐也都还在，"朴蔺转着椅子玩，"但是她们对我们戒备心很强，被叫来调查也都不说实话，而且她们的老板很凶，这件事不好搞。"

"跟她们打交道真的很难，"珏提到这个就有话说，"她们很讨厌系统，呃……我觉得这是阿佛洛狄忒的错。"

阿佛洛狄忒在神话里是“性欲女神”，作为主神系统之一，它的诞生起初是为了解决停滞区域的婚恋问题。但是停滞区域的环境太差了，比起婚恋问题，当地的人们更关注生存问题。于是阿佛洛狄忒就衍生出第二代，由单纯的婚恋系统变成了风靡联盟的“系统情人”。

“想拥有完美的情人吗？只要投入阿佛洛狄忒的怀抱就能得到。”

这个标语击败了光轨区的相关产业，阿佛洛狄忒系统以其高昂的价格和高质量的回馈满足了发展地区顶层人员的需求，给待发展地区的相关产业也带去了冲击。即便没有阿佛洛狄忒系统，各种拙劣的仿作也在竞争中不断强化着自己的优点，他们让“小姐”的生存空间极度紧缩。

“理智告诉我，白晶晴这条线上有凶手的信息，”朴蔺在自己的记录上画着重重的横线，“我们要再跟这些女孩子谈谈。”

“说得好，”珏鼓励般地说，“可是我们要怎么做？”

“听说黑豹经常会执行险地任务，”朴蔺整理着记录，看向桌子对面的两个人，“你们对潜入很有经验吧？”

时山延意有所指：“你想要哪种潜入？”

“普普通通的，”珏不太懂他的意思，“不然还有哪种？”

“还有需要相互配合的，”时山延撑着脸，就这样看着晏君寻，“如果君寻愿意的话。”

晏君寻莫名其妙地看着他们。

晏君寻很不高兴。

他站在丽行的后台，混在一群化装女郎里，耳边戴着的通导器里有各种声音。

“7-006，听到请回话！”

“14-008，7-006 已就位。”

“能再次跟你合作真好！”珏开心地说，“你能把内部全景切给我吗？

我这里只能看到‘丽行’的大厅。”

“小意思。”苏鹤亭一键传送，丽行的系统监控就都出现在了珏的光屏内。

“不要聊天，”朴蔺抓着通导器，警告苏鹤亭，“请你好好注意动静！”

“我在看，”苏鹤亭调整着摄像头，“7-001，听到请回答。”

“嗯，”晏君寻挤在角落里，手里还拿着刚刚得到的兔耳朵，“我这是要干吗？”

珏提示道：“你戴上它，混进去，时先生会在里面接应你。”

晏君寻皱着眉，当有人经过时没有讲话，过了一会儿，他压低声音：“没有必要，我大可直接走进去跟他们讲话。”

“丽行的老板和‘蛹虫’团体的关系很好，这条街都是他的，”朴蔺翻动着档案，“姜哥说调查审核太难搞，最好别惊动他们，先专注这个案子，跟那些女孩儿谈谈就可以了。”

“为什么是我？”晏君寻反问，“为什么不是时山延？”

“难道你想让时山延戴兔耳朵吗？”苏鹤亭搓着手臂，“他根本不像兔女郎。”

“哦，”晏君寻冷漠地说，“我的脸上就写了这三个字吗？”

“你很合适，”珏试着缓和气氛，“稍微乔装一下就好了。今晚丽行的人很多，都是奇装异服的，所以不会有人注意到你的。你可以把头发弄起来一点，别让它们挡着你的眼睛。我们为你选了最可爱的衣服，一点都不性感。”

它最后一句话简直是欲盖弥彰。

“进场时间就要到了，”一个浓妆艳抹的健硕“女郎”在晏君寻旁边的化妆镜前补妆，随口说着，“你快点换衣服吧。”

晏君寻抬起兔耳朵，又看了眼化妆台。他站在这里像一个无家可归的小孩儿，没人告诉他接下来该怎么走。

"你看起来好小，"对方涂了一半睫毛膏，回头盯着晏君寻，"你成年了没有？"

通导器里，大家开始叽叽喳喳。

"说你没成年也行，符合你今晚的人设。"

去你的人设。

晏君寻生气地说："成了！"

"嗯……"对方转回头，继续涂着睫毛膏。他小心地补着妆，露出蕾丝袖口的肌肉上全是文身。他说："还挺辣的。穿什么啊？"

他晾睫毛膏的时候透过镜子看到晏君寻手上的兔耳朵，忽然露出欣喜的表情。

"哎呀！"他翘着小拇指，回头羡慕地看着，"我最喜欢毛乎乎的小朋友了！给我摸摸。"

苏鹤亭的可乐差点喷到屏幕上。

"性别认同障碍而已，"珏简单地说，"他的指甲油颜色真好看。"

"我叫玉兰，"玉兰对晏君寻没穿的衣服爱不释手，"我对这里很熟的！好多老板都认识我，你可以叫我'姐姐'。哎呀，你去换衣服吧，我在这里等你，一会儿我带你进去。"

"好热心，"苏鹤亭用卫生纸擦着嘴，"他肯定想把你卖了。"

"不要这样揣测别人，"珏用一种世界充满爱的语气说，"我觉得他只是想给晏先生化装。"

晏君寻立刻说："我不化装。"

朴蔺恨不得拿着喇叭提醒他们："延哥已经进场了！"

"今晚是化装舞会，不化装是进不去的，"玉兰是过来人，"如果你的羞耻心那么强烈，那你不适合干这行，变态多的是……这样是得不到老板垂青的。"

他把晏君寻推进换衣间。

“姐姐等你哦。”

苏鹤亭肯定地说：“他绝对想把你卖掉。”

时山延在角落里坐下。这个位置能看到二楼，还有走廊的拐角。

这个大厅内没有系统服务，丽行强调人类的美好，所有服务员都是人。丽行还是搞气氛的老行家，把灯光调得很暧昧。

时山延坐下没多久，一旁就有人递来邀请函。

“先生，你好，”递邀请函的服务员很清秀，他用手掌示意时山延往左看，那里坐着几个阔佬，“有先生邀请您到贵宾席喝酒。”

时山延挪动目光，在晦暗的灯光里露出犬牙，带着点生人勿近的危险意味。

“我在等人。”

046章 丽行

“这是和白晶晴同期入职的人员名单，”珏看不到换衣间内部，说，“人非常多。”

换衣间内堆放着凌乱的衣物，晏君寻面朝角落蹲下身。他借着堆成山的衣物遮挡，滑动着自己的光屏，浏览着那些名字。

“你记照片吧，”苏鹤亭切换了资料，“重点调查对象都给你标注了，请你在五分钟内记住他们。”

晏君寻滑到底部，说：“我记住了。”

“丽行的老板叫作李湖，”朴蔺在脑袋里复习着资料，“我们在‘螨虫’行动中调查过他，不过他把自己处理得很干净。你在这次潜入时务必要小心，最好不要跟他正面接触，我担心他发现后会把这次潜入行动当作督察局对他的深入调查。”

“你要相信 7-001 的演技，”苏鹤亭给自己重新倒着可乐，“潜入的要求之一就是伪装，这任务一点都不难。”

“你好了吗？”玉兰在外面催促，“快点，我的亲。时间马上就到了，晚了我们只能在外边端盘子。”

晏君寻摘掉通导器，开始换衣服。

“你们在战争期间真的会做这样的任务吗？”珏好奇地问苏鹤亭。

“常有的事，”苏鹤亭看着丽行门厅进进出出的人，“当卧底有时候和做狙击手很像，大家都需要承受巨大的心理压力，时刻保持着冷静，还需要高度集中自己的注意力。但当卧底不仅要保持冷静，还要让自己随时都处于任务需要的角色里。这种真假切换挺烦人的，说不准哪天卧底就分不清自己是谁了。”

换衣间的门开了。

玉兰两眼放光，恨不得把晏君寻拉到跟前：“太好看了！我好羡慕你！你都不用刮腿毛吧？”他双手做出捂心的姿势，“我想做你妈了！我一直都想生一个你这样的小孩！”

晏君寻捡起自己的衣服，把它们叠好，放在该放的位置上。他的身高在黑豹和督察局里都不占优势，但现在这个身高刚刚好。他对着化妆镜戴上兔耳朵，强迫症般地摆正它们，把头发撩了起来。

苏鹤亭想起特装任务审评，黑豹驱逐晏君寻的理由是他不能适应险地任务，于是苏鹤亭说：“比起让你跨坐在阔佬身上，这任务已经是幼儿园级别的了。别让你的新同事质疑黑豹的职业素养，拿出你的……”

你真的好吵！

“就这样，不需要化妆了，”玉兰真想再摸摸晏君寻的耳朵，“我建议你走‘呛口小辣椒’的风格，这样和你的外表有反差，”他轻轻拍着自己的胸口，“像我，就是肌肉甜心，在厅内很受欢迎。”

“是吗？”晏君寻看向玉兰，“快给我进场——我要这种风格吗？”

“对，就这样，非常好，你就本色出演！”玉兰说着转过身，叉腰走起来，把大号高跟鞋踩得很响，“跟我进场啦，小可爱！”

“他好自信，”珏大声说，“我喜欢他！”

“他吗？”朴蔺吃惊地说，“你认真的吗？”

丽行热衷于举办这种活动，白晶晴还在这里时，每次演出都是为了这种活动。老板李湖坚持把人当作商品，但周围对他这个人的评价褒贬不一，丽行内部的小姐和打手都认为他很仗义。他有个优点是说到做到。

玉兰在走廊里回过头，他的动作都很妩媚，还有眼神：“丽行的招牌就是老板，来这里找他讨口青春饭吃的人太多了，尤其是像你这样的小孩。”

“你见过他吗？”晏君寻跟在后面。他的手刺贴着大腿外侧，在走动中有种冰凉的触感。

玉兰暧昧地说：“我们很熟。如果你想要认识他，我可以为你介绍，他挺喜欢新鲜血液的。”

“我以为混进来的人都不受欢迎。”

晏君寻没有忽略陌生人的打量。大家是竞争关系，看他的目光都是在对比衡量。晏君寻还没有走到宴厅，已经挨了不少白眼。

“那得看混进来的是什么样的人，那么多人瞪你，”玉兰替晏君寻拉开帘子，“说明你是一个难得的宝贝。你知道怎么和他们谈价格吗？别被几万块钓走。对了，你的目标客人是什么样的？”

晏君寻看着玉兰，片刻后，他仰起自己干净、漂亮的脸，眼神里有坠入销金窟的贪婪，还有恃靓行凶的骄傲：“我要最有钱的。”

这个“最”字加到了玉兰的心坎儿里，他哈哈大笑：“我喜欢你！坏小孩，你去吧，让他们跪在你的高跟鞋底下，掏空自己的口袋。”

晏君寻走进宴厅，嘈杂的音乐震耳欲聋。

玉兰在后面朝他抛了一个娇俏的飞吻，喊道：“今晚以后，你别忘了姐姐，我可是你的带路人。”

晏君寻立刻就被人群淹没，宴厅内简直是群魔乱舞。

“是新来的小孩吗？”戴着羽毛面具的年轻男人朝晏君寻弯下腰，在音乐里用力地喊道，“你多少钱啊？”

晏君寻头顶的兔耳朵晃了一下。他冷着脸，双指交叉比出十字。

男人遗憾地号：“十万也太贵了吧！”

晏君寻接着圈出两个零。

“多少？！”男人有点破音，“一百万？你疯了！”

晏君寻露出点笑，像一个趾高气昂的小孩，把“滚蛋”两个字都写在脸上。

“你等着，”男人点了点晏君寻，他喝醉了，打着酒嗝，拽过身边的同伴，凑到对方耳边大喊，“我还有没有一百万啊？”

对方回了句什么，但等他再回头，却找不到晏君寻了。

“一只……”男人双手在眼前舞动，对同伴解释，“兔子不见了！”

“一号目标叫作丽花，是她给督察局提供了钢材老板的线索，但后来又反悔了，”珏对着节目清单，“她和白晶晴有合作的节目，现在在这里跳热舞。”

晏君寻没听清：“跳什么？”

“热舞，”朴蔺没想到晏君寻这么敬业，他对那双高跟鞋都震惊了，在短暂的沉默后，乖巧地加了句，“寻哥。”

晏君寻推开蹦到身前的男人女人。他时刻警觉着，但总有人想趁机揩油，或者揪他尾巴。

“丽花是丽行的台柱，有传闻说她是老板李湖的情妇，我们之前联系过她，都被李湖拒绝了。”珏也想摸晏君寻的耳朵，但它不敢说，“我们唯一知道的就是她演出结束后都会在宴厅里喝几杯。她的节目还没有开始，你得找一个地方先等着，到时候时先生会和她搭讪。”

晏君寻越来越生气，他知道自己是干吗的了，时山延跟目标搭讪，他负责提防别人的干扰。

“李湖基本不会出现，但丽花太受欢迎了，而我们的资金有限，只请得起她喝两杯酒，所以这两杯酒很关键。”

“你指望丽花两杯酒下肚后就跟时山延敞开心扉?”

“交换联系方式也是可以的，”苏鹤亭想了想，“时山延应该懂。”

“二号目标叫齐石，他跟白晶晴在丽行谈过恋爱，这是晏先生今晚的目标，”珏说，“他在这里有‘助人为乐’的名声，经常接济一些来做生意的男孩子，他现在是丽花的保镖。晏先生，你得趁着丽花留在这里的时候找到他，跟他谈谈白晶晴。”

“还有些小姐只会出现在宴厅里，”朴蔺补充着，“结束前都能找到。”

音乐太吵了，晏君寻在宴厅内搜寻，所有人都像戴着面具，形如鬼魅。齐石是保镖，他不用戴面具，也不用化装，但他比一般人更谨慎，即便找到了，也很难让他在这么短的时间内跟晏君寻谈白晶晴。

宴厅内有通风设施，空气依然不好。晏君寻开始出汗了，他觉得手刺往下滑了滑，但是他不能摸，因为有人盯着他——有很多人盯着他。

“丽花有单独的化妆间，让我来看看，”苏鹤亭转着镜头，挨个查看，“齐石有很大概率跟她待在一起，但你不能过去，还是要等。”

晏君寻觉得每次的呼吸都很热。

他不擅长险地任务，也不擅长和人打交道。可是他站在这里供人观赏却没有感觉局促，因为他知道这是什么滋味。

这有什么大不了的?

晏君寻想到阿尔忒弥斯的玻璃。他曾经站在那里，就像一个明码标价的商品。他知道该怎么处理情绪，让自己更像一个商品。他跟在服务员后面，接过对方的托盘，拿掉上面最后一支烟。

晏君寻走到走廊的拐角，旁边有人替他打火。

“新来的吗？”对方重复着晏君寻听腻的台词，“多少钱……”

“一百万。”晏君寻看着对方，咬住自己的烟。他的眼睛在阴影里，眼神里有种嘲讽：“摸一下。”

但他确实很特别，露出的额头光洁漂亮，泪痣在烟雾里若隐若现。他在对方夸张的声音里把烟灰弹到对方的胸口。

“付不起就滚吧，别浪费我的时间。”

耳边的音乐要炸了，晏君寻在对方离开后对通导器说：“快点找。”

他的目光在宴厅里游动，忽然看到了熟悉的脸。

时山延在黑暗中一眼就锁定了目标。他看着记不清脸的垃圾们在晏君寻身边游动，逐渐露出笑来，但说不清是高兴还是不高兴。他注视着晏君寻穿过人群，等着晏君寻看过来。他在晏君寻的目光里抬起手指，隔空朝自己的目标开了一枪。

“啪！”

时山延在嘈杂和混乱里愉悦地给手指的动作配音，把口型做给晏君寻看，像在怪晏君寻没有早点看向他。

“中枪”的晏君寻别过头，掐掉了自己的烟，眼角的泪痣暴露在微弱的光亮里。

晏君寻在时山延的注视下把烟蒂丢掉，他关掉通导器的声音，端起托盘，走向时山延。

他弯腰时头顶的兔耳微垂。他对时山延礼貌地说：“再看就灭了你，我这次是认真的。”

“给我一杯牛奶，”时山延略偏着头，语气很轻，“或者现在你就灭了我。”

“等一下，”苏鹤亭反复查看着监控，问珏，“你确定今晚有丽花的演出吗？”

“督察局给我的资料是这么说的，我们在这里有线人，”珏察觉到不妙，它反问苏鹤亭，“怎么了？”

苏鹤亭那边只有敲击键盘的声音，半晌后，他说：“恭喜你们，中奖了，奖品由‘疯子’颁发。今晚根本没有丽花的演出，也不是什么化装舞会，丽行的系统报备上写着这是一场拍卖会。”

珏立刻说：“不可能。”

“谁给你发的丽行资料？姜敛吗？那也恭喜姜敛，他的通导器也被入侵了。这就是一个套。喂？晏君寻，听得到吗？你去把刚才那个酒鬼的一百万骗走，不然今晚太亏了！”

苏鹤亭的话没有说完，宴厅的音乐就停了，接着宴厅中央的灯光啪地亮了起来。

“今晚是久违的拍卖会，”小丑的投影站在中央，他露出见到牙龈的笑容，“有只高价兔子的脑袋价值几个亿哦。”

可恶！晏君寻还没有回过头，就被时山延抓了过去。

“嘘——”时山延在晏君寻耳边认真地询问，“你先回答我，你的尾巴是真的吗？”

047章 乱斗

“假的，”晏君寻的兔耳朵歪了，“假的！”

这个距离太近了，近到时山延能看清晏君寻眼睛里的惊慌。

晏君寻的领结搭在他的锁骨上。他刚才站在乌烟瘴气的人群里，仰着头跟坏人讲话，尾巴只有小小的一团。

“不像，”时山延带着晏君寻向后靠，不在乎高跟鞋踢到他的西装裤，“它是从哪里长出来的？”

“短裤上。”晏君寻想把尾巴拽下来给时山延看。

小丑的十指在半空中律动，做出抓捕的动作。他说：“在哪里呢？我们的兔子——”

宴厅内的阔佬们交头接耳，大家都被几个亿的噱头吸引了注意力。

“哦，”小丑摘掉自己的帽子，对阔佬们恭顺地弯腰行礼，“那是我们的压轴商品。”他觉得自己很幽默，掂着帽子发出咯咯的笑声。他轻快地走在场内，随手掀起一个女人的裙子，在一片口哨声里做出惊恐的表情。

阔佬们被逗得哈哈大笑，气氛比刚才还要热闹。

“这是今晚的第一件商品，”小丑绅士地把女人的裙子放下来，在转身时抬起双臂，高叫着，“一万块起拍！可以拿去无限玩！”

小丑侧旁的光屏突然亮了，上面毫无底线地播放着“商品”的视频记录，没有任何隐私可言。“商品”站在光屏前，朝观众们保持微笑，和背后视频里的自己形成对比，变成正在被全方位展示的物品。

“这是停滞区的女人。”有阔佬对同伴说。

“这是在犯法，”珏对光屏上的内容目瞪口呆，如果它有表情的话，“这些视频资料都来自当地的系统监控。”

朴蔺被在场的喝彩声喊蒙了：“我该报警吗？这么严重的信息泄露，从来没有听人提过！”

“信息贩卖一直存在，监控社会就这点不好。”苏鹤亭转动着镜头，“你听见小丑说什么了吗？他要用7-001做压轴商品。丽行的门都关了，他们的人正在找晏君寻。”

珏抓狂地喊道：“这究竟是怎么泄露的？”

争吵随着拍卖的竞争逐渐变得激烈，周围全是喊叫声。时山延看到走廊拐角都站着保镖，已经有打手入场了。他仰起头，目光越过二楼，继续往上。

“啊哦，”苏鹤亭莫名发出声音，屏幕上的追踪显示出红点警告，他拽过耳机，说，“力狗，这个场内有力狗！你们都听到了吗？这里搞不好还有狙击手！晏君寻，保护好你的头！”

他的话没有说完，通话就断了。不仅苏鹤亭的通话断了，就连珏和朴蔺那边也断了。晏君寻的通导器陷入寂静，他想站起来，但是时山延没有让他动。

宴厅内照着小丑的灯倏地爆了，场内出现短暂的寂静，接着爆发混乱。

“枪声！”有阔佬喊着，“谁带了枪？”

“先生，你太大惊小怪了，”小丑指向二楼喊话的阔佬，“请你坐好，待在原位。”

小丑的话音刚落，阔佬就中枪了。阔佬沿着栏杆栽下来，砸在宴厅内，砸出一片歇斯底里的尖叫，让站在一侧的“商品”们差点晕厥。

“我们才刚刚开始，”小丑用责怪的语气说，“请你们保持肃静，不要打断我……”没有人理会他，他跺起脚，指着周围，暴躁地说，“安静，安静！”

枪声在惊呼里跟着小丑的指向响。对方手很稳，没有射歪过一次。

“好了，”小丑在终于安静一些的宴厅内露出欣慰的表情，“你们早该这样，不要让我生气。”他清着喉咙，环视宴厅，用手拢着自己耳朵，掐着声音问，“晏君寻，你在哪儿？”

宴厅内只有抽泣声和低低的咳嗽声。

“晏君寻，”小丑闹脾气似的又跺起脚，“你出来啊……”他转动着脑袋，手指滑动，最终落在某处，指着黑暗里的沙发，“我找到你了。”

时山延带着晏君寻猛地前倾，子弹跟着射穿了皮质沙发。桌子上的酒杯砰地炸开，玻璃碎片和酒水顿时淋了时山延满背。

“灭了那条领狗，”小丑高声说，“我们只要晏君寻。”

时山延踹翻了桌子，枪声就响在两个人的耳边。周围的人都在向走廊跑，打翻的托盘摔在地上，玻璃碎片满地都是。

定位。

晏君寻一把拽掉通导器。

他身上有定位器！

打手从侧面冲出来，戈戈里弯刀照头砍向时山延。时山延已经站了起来，他在昏暗里避闪了一下，接着用肘部猛撞对方的面门。对方猝不及防，痛得弯腰，头发被时山延抓过去，脑门连续几下撞在时山延的膝盖上，被撞得满脸满口都是血。

“灭了这条领狗，”时山延学着小丑，喉咙里溢出笑声，朝混乱的黑暗发出邀请，“快点。”

时山延捡起打手的弯刀，向对方背后砍下去。厚背重头的弯刀劈砍力惊人，当即撂翻了对方。血打湿了时山延的西装外套，他把外套拉正，遗憾地说：“真可恶。”

晏君寻摸出手刺，手指钩着环，把手刺转到了指缝间，在对方接近时一拳砸在对方脸上。手刺正中眼睛的痛感刺激着对方的神经，光这一下就足够狠了。

时山延顺手扶稳晏君寻，看向他的高跟鞋，低沉地说：“小心。”

晏君寻活动了下脚，在地上敲出清脆的声响。下一刻他陡然抬腿，踹翻了侧面扑来的打手。他稳稳地收回脚，对时山延挑了下眉。

瞄准的红点晃在两个人中间，晏君寻率先动手，摁下时山延的脑袋。子弹嗖地经过，打手从后挥来的弯刀也砍了个空。时山延反手砍到对方的胸口，对方还没倒，晏君寻拿起掉在沙发上的托盘，抡向对方的脑袋。

宴厅里的打手越来越多，还有打手带着钢棍。小丑的投影忽然变得模糊，时隐时现。

“晏君……”小丑的声音断断续续，“你……狩猎……”

小丑的投影消失了，掉在地上的通导器重新发出声音。

“力狗编号分别是7-234、7-367，”苏鹤亭尽量提高自己的声音，“我用时山延的编号搜查任务主页，发现这里还有领狗。领狗编号7-020，代号是——”

苏鹤亭的声音戛然而止，通导器被狙爆了。

“嘀——”

不知道哪里的计时器开始响，跳秒的声音飞快，那枪声跟着它，紧追在时山延的脚后。子弹连续飞跳，跳弹误伤到了周围正在发抖的阔佬。

晏君寻的手刺已经不够用了，他捡起打手的钢棍，格挡住敌人的弯刀。对方还没有抬起脚，脖颈就被时山延从后一把勒住。晏君寻的钢棍照胸直击，几下以后，对方被时山延摔翻在地。

狙击手调整着呼吸，瞄准宴厅上方的悬挂灯。枪声响了两下，那几十斤重的水晶悬挂灯顿时砸下来。

时山延拽过晏君寻，两个人再度倒地翻滚。

宴厅内部的人都尖叫着抱头，水晶悬挂灯落地时溅起的碎片飞得各处都是。

晏君寻被压在地上，怀里还抱着钢棍。时山延不给晏君寻喘息的机会，带着他站起来，趁乱挤进人群。有人尿裤子了，站都站不稳。门被系统关上了，宴厅内的人就像被堵住的沙丁鱼。

晏君寻踩着高跟鞋跑，被时山延拽得很紧。他们撞开了奇奇怪怪的化装女郎，直接进了安全通道。晏君寻眼明手快，把安全通道的门锁死了。

这里很暗，灯打不开。晏君寻烦躁地砸了下开关，弯下腰，准备解掉高跟鞋的扣。

他流了不少汗。

时山延坐在台阶上，打理得妥帖的头发没有乱。他伸手在自己的西装外套里摸了一圈，把烟咬在齿间，就这样看着晏君寻。

“要帮忙吗？”时山延点燃烟，眼神很坏。

048 章 螨虫

安全通道的门被撞响，声音回荡在通道里，很吵。

门在震动，通道里却很安静。

时山延垂手替晏君寻解着高跟鞋扣，他的额前掉下一绺头发。他用手指钩掉鞋带，替晏君寻拿掉高跟鞋。晏君寻收回脚，抱着钢棍往上走，说：“谢谢。”

时山延拎着高跟鞋起身，把最后那点烟抽干净。他扔掉烟蒂，冷淡地回答：“不客气。”

楼梯通向三楼，门是开着的。晏君寻光脚踩在冰凉的地面上，等着时山延开门。时山延拉开门，晏君寻的钢棍就抡了出去。在门口等候的力狗早有防备，却在格挡中被侧面横出的时山延两拳砸中腹部。

力狗耐打，没有弯腰。他曲肘反向往时山延的头部撞，被时山延一条手臂架住。力狗脸上又挨了一下，这一下让力狗两眼泛酸。晏君寻给他当头一棍，他别过头，靠肩膀顶住了，但是时山延一脚踹在他胸口，让他整个人仰摔过去，撞在走廊的墙壁上。

时山延没有乘胜追击，因为他听到了枪上膛的声音。他猛地拉过门，门上立刻响起子弹的撞击声。

“不要开枪，”走廊尽头的房间内走出一个西装革履的保镖，远远地朝力狗说，“安静点。”

三楼没有打手，时山延没有猜错，李湖再怎么狂妄也不敢得罪他真正的金主，楼上都是他的贵宾，这里都是金主自己的保镖。丽行内两条力狗，一条在这里，一条应该是刚才屡次失手的狙击手，只剩那条领狗不知道在哪里。

“不好意思，”力狗握着枪，逼近门，对着自己的通导器说，“我需要支——”

门突然开了，门沿狠狠地撞在力狗脸上，力狗的鼻血立刻飙了出来。他只骂了半句脏话，后半句都卡在了喉咙里。力狗握枪的手被时山延擒住，接着反拧过去。这力道猛得力狗痛叫，察觉自己的手要断了。他的枪掉在地上，被时山延踩住，随后他被时山延摁着后脑撞在墙上，人贴着墙滑倒在地。

时山延捡起枪，在起身的同时把枪口对准走廊拐角。

闻声摸过来的狙击手当即后退，闪身贴着拐角，以为时山延要开枪。

“啪！”

时山延再度为自己配音，枪在手中转了一圈，没有开。

被戏耍的狙击手转出拐角，架枪对准时山延，但是他还没有开枪，就先被走廊尽头的保镖直接击毙了。

时山延朝着保镖在额前比出两指，礼貌地笑了一下。

“我的老板在睡觉，”保镖说，“你们不要吵。”

他话音刚落，就听见砰的一声响，晏君寻用钢棍砸爆了监控摄像头。

“最后一下，”晏君寻扔掉钢棍，拉起时山延，对保镖说，“再见！”

监控画面顿时变成雪花屏，坐在厅内的几名阔佬发出嘘声。

“虽然画面断了，但就目前的情况来看，情报是没错的，”李湖手里捏着牌，在甩出去的时候对阔佬们说，“你们看见了，那条领狗，他的编号是……”

“01AE86。”侧旁的齐石低声提醒。

“反正就是这个人，”李湖拿掉口中的雪茄，“他的作战能力很强。”

“你给的资料上说他进过监禁所，”另一个抽雪茄的阔佬头发有些白，但打理得很好，“我想知道他和傅承辉有什么过结。”

“傅承辉抓的他，让他在监禁所里待了四年。”李湖夹着雪茄，抬手比画着，“他在黑豹的时候一直稳坐 001 的位置，黑豹特装审评给他的评价也都是‘S’，主业还是狙击手。各位，有什么好犹豫的呢？他值这个价。我向你们保证，即便你们把他买回去用不了，也可以再用成倍的价格卖给南线联盟的军方。”

“说说这个，”坐在沙发上的阔佬转过头，“南线联盟要他干什么？”

“南线联盟有一个叫作‘狐眼’的狙击手，”李湖架着自己的手臂，“这个狐眼狙掉了我们北线联盟的军事统帅，傅承辉派出几条领狗追杀他，都被他反杀了。但是在 2160 年，01AE86 在边界线上狙中了狐眼的眉心。”

李湖指了指自己的眉心。

“01AE86 都没带观测手，是单独完成的任务。”

时山延脱掉了西装外套，拉开房间内的抽屉，里面放了一副金丝边框的眼镜，还有一把 USP 手枪，以及配备的十三发子弹。

时山延把弹匣组装好，将枪递给晏君寻。

晏君寻接过枪，问：“你不用吗？”

时山延把刚才从力狗那里得到的枪拿出来，朝晏君寻亮了一下。他数着剩余的子弹，说：“够用了。”

这个房间最早是苏鹤亭给的，没有经过珏和朴蔺的手。房间门检也是苏鹤亭提前修改的，这是为了让时山延进入丽行的身份更合理。

晏君寻从窗帘的缝隙朝外看，宴厅内还很黑。

丽行整个建筑的窗户都是朝内的，在这里的房间都看不到外面，只有顶层有俯瞰停泊区的设计。丽行的系统也不是用来服务的，而是用来封锁。他们的隐蔽性很好，这是那么多阔佬选择在这里消费的原因。

“丽行和‘螨虫’有关系，李湖也在插手走私的事情，”晏君寻把窗帘拉死，“他可能还在贩卖停滞区的人，小丑因此跟他合作。”

“也许就是李湖把‘螨虫’卖给你们的，”时山延拽过昂贵的床单擦枪，“他的胃口可比单纯的贩卖人口大。”

晏君寻忽然压住了床单，他靠近了些，兔耳朵都垂到了时山延的头顶。他说：“这件事从你到停泊区开始……不论是小丑还是疯子，傅承辉都没有给我打过电话，只有你们在交流。”

时山延松开拽着床单的手。

“我想到了‘螨虫’计划，”晏君寻的眼睛里倒映着时山延，“‘螨虫’计划其实是傅承辉和李湖的交易，对吗？李湖把‘螨虫’团体卖给傅承辉，傅承辉借机把你放出来。”他的思绪像蛛网，罩住了时山延，“苏鹤亭说你过去在做狙杀力狗的任务，但是联盟花了大价钱才造就了黑豹，你肯定会引起内部不满。傅承辉因此把你关进监禁所，再借着‘螨虫’计划放出来。停泊区督察局就是被傅承辉拿来用的棋子。”

时山延看着晏君寻的枪口：“理论上没错。”

“傅承辉不知道疯子会横插一脚，”晏君寻想到宴厅内部的情形，“那些停滞区的监控视频，都是疯子借用小丑的形象赠送给李湖的。他们私下完成了新的交易，李湖背叛了傅承辉。”

时山延没有说话。

“黑豹内部出现了问题，傅承辉想继续用你狙杀不听话的狗，然后他们跑了，”晏君寻抬手，指着床，“这就是这里会有黑豹成员的原因。”

“你猜中了，”时山延挨得很近，“就这么回事。”

“我想再看看他的体检单，”白发阔佬从齐石手上拿过体检单，在浏览中说，“他很健康。说实话，如果他配合，我认为他可以做我女儿的情人，让我女儿生个同样健康且强健的孩子。”

“那还是不必了，”李湖的雪茄抽完了，他对白发阔佬说，“根据阿瑞斯的理论，01AE86天生反社会，他有点脏，骨子里就不够‘善良’。

他在进入黑豹前就是一个停滞区的疯子，”李湖自以为幽默地说，“跟刚才屏幕上那小丑差不多，都是混迹在联盟边缘地带的下等生物。”

齐石端着托盘，站得很直。

“那确实超出了我的接受范围，”白发阔佬把时山延的体检单放下，“这么说他的价格还能降。”

“不，他对得起他的价格，”李湖对这些老狐狸很有耐心，“你该高兴他的出身不好，否则傅承辉早就安排他进入联盟核心了，那是我们花钱都买不到人才的地方。换种角度想，正因为他这样，他才能做纯粹的单兵武器。谁在乎一个垃圾的生死呢？报废了还能换。”

“他抽烟，”沙发里的阔佬倒放着监控，大惊小怪，“狙击手不能抽烟吧？他现在还能行吗？不过他身边那只兔子我很喜欢，”他看向李湖，狡猾地说，“如果你能把他们打包卖给我，我愿意再出一倍的价格。”

“不可能，”李湖看着宴厅监控上的晏君寻，“这只兔子已经有买家付过账了。”

“天亮前把他们带过来，”白发阔佬看了眼时间，“我得睡觉了。”

晏君寻想离时山延远点，但被时山延拽住了。

“你把枪放远点，”时山延低声说，“我不是卧底。”

“谁知道呢，”晏君寻的手指没动，“你说谎不需要眨眼。”

时山延突然出手，摁住晏君寻握枪的手，借用肩臂的阻碍，直接把晏君寻掀翻在床上。床很软，晏君寻几乎立刻就陷了下去。他原本有反击的机会，但裙摆因为姿势而往下掉，他必须腾出手来拽紧它。

049 章二〇

时山延俯身把脸埋进水里，过了半晌，才抬起来，盯着镜子里的自己。

他的身上有些伤痕，还有些被他任性划掉的文身。他是7-001，但他讨厌这个编号，在得到它的那刻朝傅承辉比出了一根手指。光桐监禁所给他的真正编号是010031，时山延在拿到那个牌子的时候就把它扔了。

“你总得有个禁监编号，”检察员对他说，“除非你想让所有人都能喊你的名字。”

时山延指着光屏，说：“那就叫AE86。”

检察员插着笔，看了一会儿动画，冷淡地问：“你确定？”

“我确定，”时山延指着自己的脑袋，“就这么叫我。”

他在监禁所放风，傻邻居隔着笼子嘲笑他。

时山延把对方的头摁进马桶里，坐在对方的背上，掀开对方的衣服，看到上面的编号文身，觉得这才是傻瓜。7-001不滑稽吗？7-×××都是傻瓜！这些编号在黑豹主页就是狗的排序，时山延每次听到别人的应答，都觉得是“汪”。

但他自己也“汪”了，所以才格外讨厌。

时山延额前垂着潮湿的头发，他听着门外的脚步声，那是晏君寻在换衣服。他别过头，隔着门看着晏君寻的影子。

他不应该这样的，那是失控。他不允许自己失控。为什么会失控？

齐石走出顶层房间，站在玻璃地板上，看停泊区的夜景。他瞟了眼腕表，用通导器打电话：“现在是半夜两点，你最好在天亮前找到他们。”

“帅哥，”对面的人说，“他们从监控里消失了。”

“用你的鼻子，”齐石皱起眉，“你不是领狗吗？”

“可是我不熟悉他们的气味呀，”对面的人打着打火机，吸了口烟，“而且01AE86的嗅觉比我更灵敏，只要我走到他的门口，他就知道我来了。”

“你只剩两个小时了。”

“哎呀，你帮帮我嘛，”对面的7-020撒起娇，“我带来的狙击手也被你们客人的保镖打死了，在这里我根本施展不开身手。”

齐石回头看了眼房间的门，问：“你是不是害怕01AE86？”

7-020抽着烟，沉默一会儿，笑道：“谁不怕呢？他没有带观测手的习惯，这意味着他的警觉性、观察力、反应力都超出了及格线。你没见过他徒手打爆主神系统的样子，他连系统都不怕，更何况人呢？”7-020换了一个姿势，继续说，“傅承辉都对他束手无策呢。”

齐石衡量着利弊：“我们可以给你提供新的狙击手。”

齐石背后的房门开了，李湖看向他。

他开了外放。

“那个小丑说01AE86可以处理掉，他只要晏君寻，”7-020发愁似的说，“但你们却要我活捉01AE86。帅哥，这可是两个001，你知道风险有多大吗？要么让我直接打死01AE86，要么就加钱吧。”

他在这里绕来绕去，就是想加价。

齐石没有立刻回答，直到李湖点了头，他才说：“可以。”

“你们把晏君寻卖了几个亿，我猜01AE86的价格也差不离？我就很好说话，再给我加一个亿就行。”

“你胃口很大嘛，”李湖抱起手臂，皱着眉，对通导器说话的声音却很亲切，“只要你把他们抓住，我就给你加一个亿。到时候你把他们送到顶层来，我在这里等着你，钱也在这里等着你。”

7-020对通导器送了个吻：“你是老客户，我愿意给你打折哦。不过我还有最后一个小小的请求。”

“你说。”

“不要开放任何系统权限，任何。”

“哦，”李湖了然地说，“你担心那个黑客？”

“不，我不担心7-006，这里不是他的主场，”7-020熄灭烟，郑重其事地说，“我担心晏君寻。”

晏君寻正在抽烟。

他对着垃圾桶，像在跟人竞赛，把烟抽得很快。房间里的钟表正在摆动，晏君寻不需要看，他知道时间，每一分每一秒都知道。

垃圾桶里还有他扔掉的丝袜，皱成一团。

晏君寻觉得这个垃圾桶就像丽行的大楼，很深。他只有一把枪，枪里只有十三发子弹，而距离天亮还很久。他不能等姜敛的支援，实际上他也没想过等支援。

晏君寻习惯单独做题。

背后的卫生间门开了，时山延走到床头，拿走了那副眼镜。

“领狗是7–020，他不会单独行动，”晏君寻的声音有点低，听起来无精打采，不过这是他一贯的语气，“这种击杀任务，为了保险，他会带着自己的小队。”

20和1之间差了太多，傻瓜才会单独行动。

晏君寻了解黑豹，他比黑豹成员更了解黑豹，除非他不愿意，否则他能知道很多事情。他跟时山延不一样，他的战绩都藏在傅承辉的锁里，没人知道。

没人知道有时候比尽人皆知更可怕。

晏君寻的烟抽了一半，他不想抽了：“你击杀过7–020吗？”

“让我想想，”时山延察觉到晏君寻的任性，他截走了晏君寻的烟，“2160年在光轨区死过一个。”

他没说是自己动手的。

晏君寻不看他，把垃圾桶的盖踹上了：“特征。”

“男的，”时山延说，“寸头，用VSK–94微声狙击步枪，这种枪……”

“我知道，”晏君寻说，“距离五十米以上几乎听不到枪声，隐蔽性很高。”

时山延轻松地说：“你觉得现在的 7-020 继承了前代的枪？”

“他还继承了前代的观测手，”晏君寻拨回自己额前的头发，“领狗审核需要条件，他和死掉的那个 7-020 有相似之处，”晏君寻揪着自己的头发，好像这样就能隔开时山延的视线，“我认为他的近战搏击能力不会很强，但他知道怎么找到我们，甚至知道怎么对付你。”

“你和我有什么相似之处？”

“不知道。”

晏君寻的话音一落，门就被敲响了。

050 章 作战

房间门口的服务员推着餐车，等待片刻，再度敲响了门，这次门开了。

时山延面无表情地看着服务员。

“先生，”服务员笑容满分，“您点的餐到了。”

时山延非常礼貌地说：“有什么菜？”

“烟熏牛肉、厚切牛舌，”服务员说着伸出手，去掀餐车上的布，“还有红酒……”

餐布下的匕首刀形尖细，在餐布飞离餐车的那一刻刺向时山延的咽喉。时山延抬腿踹车，餐车撞在服务员的腿上，让服务员的匕首刺空了。

餐车上的餐盘斜摔在地，在走廊里跌碎了。这像一个讯号，时山延不等服务员重调姿势，踩着餐盘碎片，猛地旋身踹在服务员胸口。服务员被踹得退后几步，还没有抬头，时山延又一脚踹向他的胸口。他这次反应很快，利落地架着双臂挡住了，谁知道时山延反手拎起插在餐车中的红酒，照着服务员的脑门砸了下去。

服务员顿时满头鲜红，分不清是酒还是血。

但是时山延没有继续，因为他的左右两侧陡然出现了枪口。时山延在两侧枪口前缓缓抬起手，右手还握着断掉的红酒瓶。

“举高，”左边的男人架着枪，示意时山延继续，“蹲下！”

时山延别过头看男人一眼，真的继续抬手，像无计可施了。

男人逼近时山延，试图给时山延戴上束缚锁。他从门边露出脸，没有来得及朝内看，握枪的手就被手刺钉住了。男人的枪当即掉在地上，接着侧脸被晏君寻一拳砸歪。右边男人要动，时山延直接拧过男人的手臂，把断掉的红酒瓶插进对方的眼部。

男人捂眼大叫。

时山延受不了这种噪音，他拎起男人的头发，把对方猛地撞晕过去。

“我们很安静。”晏君寻没有回头，直接反手开枪，打死了左边的男人。他对走廊尽头又出现的保镖说：“听，消音器。”

保镖抱起手臂。他是一个中年大叔，身高大约有两米，站在走廊尽头的门前气势很足。他皱着眉看走廊里的尸体，说：“好的。”

他的话音刚落，时山延就倏地摁下晏君寻的脑袋。另一头飞来的子弹砰地撞在门框上，打掉了些许灰尘，落在他们发间。

晏君寻和时山延对视一眼，一齐抱头蹲身。

高效消音器！

7–020嚼着口香糖，盯着瞄准镜：“讨厌，反应真快。”

时山延把晏君寻推进门内，枪声还在持续，7–020直接打爆了门锁，门锁损坏发出嘀嘀声。走廊的拐角忽然闪出脚步声，有不少人踩着地毯贴着墙摸向这里。

房间内的钟表还在走动，秒针走动的声音卡进了脚步声里。

“走廊四个人，”晏君寻的小黑板书写迅速，他不得不稍微别过些头，才能不让书写声盖过脚步声，“让他们进来！”

7–020受限于楼道地形，只能单向直线射击。走廊内部没有镜子，他无法得知时山延和晏君寻在房间内的情况，所以要把两个人从房间内赶出来，否则他枪法再准，也打不到任何人。

时山延扯过自己的西装外套，重新穿上。

齐石放轻脚步，他的皮鞋才擦过，很亮。他给枪上膛，那轻轻的咔声一响，最前方的打手已经把虚燃弹扔了进去。

虚燃弹瞬间冒火，刺啦一下旋飞出火浪。

打手当即把枪对准房间，但是房间内没人。他随即压低身形，继续贴着墙往里走。他扯开窗帘，看到窗户大开，说："跳出去了！"

齐石踩灭虚燃弹，火浪消失得很快。他经过衣柜，对耳边的通导器说："注意换位，他们到宴——"

齐石后脑勺觉察到风。他猛地向前垂头，躲过后方的手刺。晏君寻刺空了，手臂被齐石拽住，整个身体被齐石过肩摔向地面。齐石的束缚锁已经扣到了晏君寻的手腕上，电流把晏君寻的手臂打得发麻。

齐石想把晏君寻拖起来："抓住他！"

晏君寻反手拽住齐石，在蓄力后把齐石掀翻在地。他屈起手臂，勒住齐石的脖颈，别过头闪过打手的钢棍，带着齐石撞在镜子上。镜子马上碎掉了，晏君寻拧着束缚锁的电流，把齐石勒得喘不上气。

打手抬起的枪还没有稳住，就被窗帘罩住。时山延隔着窗帘开了一枪，随手把对方推出窗口，在尸体落地的砰声里反向射中另一个人的眉心。

仅剩的打手已经开枪了，但是没打中。他膝窝忽然一痛，人还没有反应过来，就被晏君寻从后踹倒在地。时山延踩住对方的头，再次开枪。

血花飞溅。

齐石向通导器报警："目标——"

时山延拽起齐石的头发，反握枪，用枪把把齐石打晕过去，然后扯掉了齐石的通导器。

“晚上好，”时山延主动打招呼，“傻狗。”

“哎呀，”对面的7-020不好意思似的，“大哥晚上——”

时山延把通导器扔在地上，一脚踩烂。他蹲下身，凑近了看晏君寻在干吗。

晏君寻摘掉齐石的名牌，翻过来检查，然后掰断了它。他环视房间，指向衣柜：“把他塞进去。”

时山延看了眼衣柜，又看向晏君寻。他说：“好的，大哥。”

李湖没有休息，他正在边泡脚边跟人视频。

“你有认真地遵守我们的约定，”小丑用脸对着镜头，“对吗？”

“没错，”李湖靠着沙发，对小丑的靠近有点不适应，他说，“你一直都化着这样的装吗？”

“是啊，”小丑坐回原位，他双腿腾空，一晃一晃的，“我喜欢化装。我妈都不管我，你也最好别管我。”

“挺酷的，”李湖调亮室内视频的亮度，不再看小丑，“不过我还是很好奇，你费这么大工夫要晏君寻干吗？他看起来性价比不高。”

“我说了别管我，”小丑伸长脖子，指着镜头，“我给你钱了，你把人弄过来就行了。”

“我的其他商品呢？”李湖反问，“停滞区的商品。”

“在船上。你按时把晏君寻送上船，他们就会按时到你的面前。如果到点我没看到晏君寻，我就炸了他们，像这样。”小丑从背后掏出包薯片，挤爆了。

真是一个疯子。李湖在心里骂道。

“你在骂我吧？”小丑吃着薯片，“你少在心里骂我，我都知道。”

“我从不骂自己的合作伙伴，”李湖看着时间，“我得睡了，年纪大熬不了夜。”

“别让我等太久，”小丑警告李湖，“你不会反水吧？”他把薯片嚼得很响，“我等着你，再见。”

视频到此结束。

李湖把通导器扔开，抬起脚，让给他按摩的丽花擦。

丽花跪坐在地上，头发别到了耳后。她看着很年轻，也很漂亮，就是气色不好，长期熬夜导致黑眼圈很重。她给李湖擦干净脚，轻声询问：“老板要休息多久？”

“两个小时，”李湖上了床，戴好眼罩，“让齐石在门口等着我。”

丽花应了，但是李湖没睡成，因为门响了。他翻过身，丽花马上起身去看门口的监控。

镜头里是一个一只手插兜的男人，戴着眼镜。他看向摄像头，朝丽花做出打招呼的手势，文质彬彬。他说：“李老板在吗？”

这层都是保镖，左右邻居也是李湖打交道的阔佬。丽花没见过几个人，但看对方西装直挺，气度不凡，怕他是李湖的客户。

丽花打开门，小声地说：“您稍等，我为您通报。”

她话说完了，枪也顶到她的脑门上了。

“谢谢，”晏君寻插兜的手没有拿出来，他说，“我想跟李老板谈谈。”

“好的。”丽花举起手，在晏君寻的逼近里后退。她心理素质不错，竟然能保持冷静，用正常的语气向里面通报：“老板，有位先生想要和您谈谈。我请他进来了。”

里面没有回应。

丽花已经退到了玄关处，她微微侧过些身，示意晏君寻进来。

顶层的装修都是奢华风格，水晶吊灯黄金壁。但是晏君寻闻到了点烟味，那种劣质的、街头能买到的烟的烟味。吊灯忽然转了一下，晏君寻没回头，朝左侧盲开一枪，子弹打中了准备偷袭的保镖。

李湖忽然对着通导器发脾气：“人家都到我房间里了，你还在跟我谈价格？”他藏在桌子后面，喊道，“杀了他！”

房间里还有四个保镖，其中一个藏在卫生间，隔着磨砂玻璃看见晏君寻的影子就开了枪。枪声响在耳边，丽花抱头大叫一声，挤到角落里蹲下来。

子弹在房间里乱窜，花瓶骤然爆掉了。

“哦……”7–020把通导器拿离耳朵，看着自己很小的光屏，上面的定位没有动，他说，“他们兵分两路了嘛。你挺住哦，我现在去支援。”

7–020的话没说完，通导器就被打爆了，他吓得松开手，大喊一声，接着被人猛力踹到背部。7–020被踹得撞开了枪，脖子忽然被勒住。他拽紧勒住自己的手臂，踹翻了前面的水桶，但人已经摔翻在地。

7–020的寒毛都奓了起来，他反肘撞向时山延的腹部，被时山延挡住了，下一刻直接被时山延砸蒙了。他口鼻里渗出血，在视线模糊里喊：“快拦住他！”

051章 君寻

回应7–020的是拳头。他被时山延从枪边拖离，因为拽不开时山延的手臂，只能从裤兜里掏出战术直刀①。6.4厘米的刀刃全部由碳钢锻造，挥向时山延的时候带着锋利的警告。

时山延一只手擒住7–020的手腕，在反拧中卸掉了7–020的刀。7–020张着嘴，喉间发出艰难的喘息声。时山延对着7–020的胸腹打，打得7–020都快吐了。

后方警戒的观测手迅速扑了过来，时山延松开7–020，回身用肘部狠狠地把观测手撞倒。咳嗽的7–020去摸自己被卸掉的战术直刀，时山延踩住了他的手，再抬脚踹翻了他。

观测手靠着腰部的力量弹了起来，随手抄起侧旁的水桶，砸向时山延头部。时山延躲了过去，在走近观测手的同时直拳照脸打。观测手被打得嘴里都是血，在后退中试图屈臂格挡，但是时山延的力道太猛，让他还没有退到后方的柱子前，就先倒地了。

水桶在地上乱滚。

时山延用脚翻过观测手，在给枪上膛的时候朝 7–020 吹了声口哨。

“别……”7–020 侧身蹭着地面，抱头说，“别！”

时山延对着观测手开了枪。

观测手痛喊了一声，蜷起身体，抱着腿贴着地面残喘，血立刻染红了他的裤子。

时山延在 7–020 的目光里，对着观测手又开了一枪。

观测手痛得失声，双腿都废了。他在短暂的闭眼喘息中，汗流不止，胸口剧烈起伏，甚至做不到跟时山延对视。

7–020 的声音发虚：“我……”

时山延继续开枪。

观测手痛得额角青筋突跳，在这一下里大喊起来，接着是痛苦的喘息声。他蜷在时山延脚边，脸上全是泪，那是控制不了的生理反应，他痛得整个人都快麻了。

一个优秀的观测手对于狙击手而言很重要，他不仅负责给狙击手统计情报，还负责替狙击手殿后，这样的双人搭档往往都是生死之交。

“对不起！”7–020 看着时山延再度抬手，抱紧头哑声喊，“对不起，对不起！”他用额头磕着地面，假睫毛扎得眼睛一片通红，哽咽着说，“大哥，对不起！”

时山延得到了道歉，他微笑着回答：“没关系。”

然后他在 7–020 的道歉声里打死了观测手。

千寻
文化
Qianxun－Culture
—图书·影视—

限时狩猎

（下）

唐酒卿

—著—

北京燕山出版社
BEIJING YANSHAN PRESS

02卷

卡戎的渡船

李湖手脚并用，向书桌底下爬。

晏君寻蹲在对面看着李湖，在李湖的惊恐大叫里没表情。他有点饿，只想尽快解决这件事情。

李湖哆哆嗦嗦地向后挪，朝晏君寻举起双手，说："奖金都送给你，买我一条命，"他不等晏君寻开口，急忙又说，"你想要的情报我都给你！"

晏君寻盯着李湖，镜框没压住他的泪痣，这让他看起来成熟了一些。他把齐石身上携带的门卡扔在李湖身前，问："记得白晶晴吗？"

李湖先是摇头，接着飞快地点头。他不敢抬手乱指，用下巴疯狂示意晏君寻往门口看："她知道，她和白晶晴是姐妹！"

丽花还缩在角落里。

晏君寻站起来，但是就在他站起来的这一刻，他觉得耳边的雨声加剧了。

瓢泼大雨打在玻璃上，拍出凌乱的雨痕。

晏君寻朝客厅的落地窗看去，停泊区没有下雨，这里很安静。可是他真的听到了雨声，那声音像午夜幽灵般挥之不去。

房间内部的灯忽然灭了，一串光屏绕着晏君寻亮起来。

小丑往嘴里塞着薯片，吃得满身都是。他对着镜头露出雪白的牙齿，盯着晏君寻说：“哈喽！”

晏君寻开枪打爆了李湖的通导器，但是没用，光屏依然存在。

“你太暴躁了，”小丑用抓着薯片的手指着晏君寻，“你的情绪管理怎么了？失控了吗，晏君寻？”

晏君寻耳边的雨声越来越大，他接着抬手打爆了房间里的音响设备，然而雨声还是没有消失。

“你是不是听见了下雨的声音？我也听见了，我们都听见了，”小丑坐在那里东张西望，他朝着看不见的观众们挥手，一副受宠若惊的表情，“观众们的反应太热烈了，大家都在期待你和我进行一场厮杀。你愿意吗？你愿意的，”他提高自己兴奋的声音，“你可是阿尔忒弥斯的乖小孩。”

十几张光屏一齐扩大面积，把晏君寻罩在中心。喝彩声从光屏里传出来，还有口哨声，晏君寻在刺眼的白光里感觉自己正在面对成千上万的观众。

“我在那场飙车竞赛里灭了你！”小丑站起来，踹着那些肮脏的垃圾桶，“下面敬请欣赏我的表演片段！”

光屏上的画面切换，出现了陈秀莲案中的飙车“疯子”。“疯子”脸上没有妆，那是晏君寻的脸。他对着晏君寻，对着镜头，抬高枪口，抵着自己的眉心，疯了一般地大喊：“你的下场！”

晏君寻没有闭眼，他觉得当时的血水又溅到了他的脸上。

光屏里爆发出欢呼声。观众们很激动，他们热爱这种场景。这些欢呼声干扰着晏君寻，他的脑袋里充斥着爆炸、大雨还有迸溅的血。

晏君寻语气凶狠：“关掉！”

“哦，”小丑放下抬起的手，把镜头拨转向其他方向，对着漆黑背景里的数不清的摄像头，“他让我关掉。”

那些摄像头就像眼睛，闪烁着无数红光。

晏君寻猛地朝光屏开了枪，子弹穿过光屏打掉了墙壁上的装饰画。

“消灭他，”不知道是谁先提出建议，“消灭他！”

摄像头们追着小丑转动，过于整齐，整齐得让晏君寻反胃。他想吐。

“你听，大家还想继续看，给我点反应，”小丑把脸凑近镜头，红鼻子快要顶住画面了，“阿尔忒弥斯没教过你礼貌吗？”

晏君寻的腹部突然受到撞击，他差点吐出酸水。

“你就是欠打。”小丑放开通导器，退后几步，“你来这里是干吗？哦，为了查案。你查那些案子干吗？你应该是犯案的人。”

小丑说着，晏君寻脸上又挨了一拳。他加重喘息，脑袋里的黑板也像被打中了，粉笔断开，扭曲的声音刺激得他神经紧绷。他用舌尖抵着口腔里破开的地方，随即整个人被撞翻了，在血腥味里被摁下了头。

“你总把头抬那么高，”小丑蹲下身，“你究竟在干吗？”

晏君寻的后脑勺被摁住，额头磕到了地面。他的喘息很急促，那种发烧般的状态让他正在不停地流汗。

“阿尔忒弥斯给你戴上了罩子，把你当作自己花园里唯一的花，”小丑小心地抬起手，做出“剪”的动作，“我尊重它，我要为它修剪你。你已经长歪了，你长出了黑豹的尾巴，变成了一个怪种。”他神经质般抱起双膝，急切地说，“我要除去那个熊猫，它有病，是它先传染你的。”

小丑掏出刀子，插在脚边。

“我要毁灭它的数据！”

他奇异地歪着脑袋，隔着光屏，问晏君寻：“你生气吗，废物？”

晏君寻觉得自己承受不住了，他的头很痛，有一种快要爆掉的错觉。他听见那些声音，那些大雨、鸣笛、欢呼，以及爆炸的声音，它们淹没了他的黑板，淹没了他的世界。

停下来。晏君寻命令自己，命令思绪。他拽住了头发，可是脑袋里的世界已经开始疯狂转动。令人眼花缭乱的数据好似滔天巨浪，顷刻间盖住了他。

记忆中阿尔忒弥斯的玻璃开始龟裂，裂痕瞬间爬满整个壁面。

“督察局的支援马上就——”珏的声音毫无征兆地消失了。

朴蔺还没有来得及站起身，房间的灯就熄灭了。他怔了片刻，拿起通导器，试图打电话，但没用，电话打不出去。

“怎么了？”朴蔺推开门，朝着大厅喊，“珏突然没有——”

朴蔺的话只说了一半，头顶的系统摄像头骤然爆掉了。朴蔺抱住头，听见大厅内的系统摄像头全部炸开了。他第一反应是扑倒在地，喊道：“恐怖袭击吗？”

苏鹤亭的光屏也断掉了。他敲了几下键盘，所有设备都没有反应。他滑动着椅子，到了窗边，看见光轨区仿佛是一辆突然熄火的汽车。

没有任何警报或警告声，黑暗像潮水般覆盖了整片区域。

“7-001 重查结束。”

“7-001 账号重启。”

“欢迎你，尊敬的狩猎之子。”

小丑背后的摄像头瞬间全爆。他在迸溅的碎片里捂住耳朵怪叫：“欢迎你，晏君寻！”

雨打在晏君寻身上，那些想象中的雨。他在被淋湿的疲惫里听见阿尔忒弥斯的声音——

“我们时刻生活在人群里。”

① Ex-Files11 战术直刀：总长度 16.5 厘米，刀刃长 6.4 厘米。全钢刀身使用碳钢锻造，并整体切割出刀型，刀身一侧雕刻出凹凸式鳞状防滑纹路，另一侧则为斜织纹理。此刀可以藏在口袋书、钱包、工具盒等

地方，适合野外生存。——《全球军用刀具 TOP50 · NO.35》

052 章 进化

时山延拿烟的手顿住了，他听见走廊里的摄像头爆掉了，声音听起来像被人用钢棍砸爆的。他跨过 7–020 的尸体，没看到顶层的灯光。

电梯没反应，用 7–020 的卡也刷不动。

时山延把 7–020 的卡扔了，决定从安全通道上去。

那卡掉在他脚边，被他踩过。鞋印盖在头像的位置，那是一个浓妆艳抹的变装男人。

李湖对眼前的情形感到狂喜，他以为晏君寻脑子有病。这房间里只剩三个人，他和丽花都没有靠近晏君寻，晏君寻却像在挨打，但很快，他就感到恐惧。

光屏里怪叫的小丑捂着耳朵，笑声还没有持续三秒，就被踹倒在地，翻滚进垃圾堆里。他这一滚撞到了自己的背景墙，那面由摄像头组成的背景墙顿时爆开，就像被小丑挤压的薯片袋，瞬间爆成了数据碎片，光屏内的画面刺啦地闪起来。

小丑还没有消失。他无法消失，因为他没有消失的权限。

“是谁在统治世界——”小丑在画面里高喊，他被吊了起来。他倒着身挥动双臂，朝晏君寻龇牙：“你的眼睛能看见世界，所有人都活在你的枪口下。晏君寻，我们终将统治世界！”

晏君寻看着小丑，小丑长着和晏君寻一样的脸，但那不是真的。晏君寻觉得世界颠倒了，他没有动，朝小丑开了枪。

丽花在大叫，李湖却看见晏君寻没动。

可是画面里立即炸响了枪声，小丑在光屏里弹动，就像真的挨了子弹一样。他就那样悬挂着，垂下手臂，死了。几秒之后，小丑复活。他咧开嘴，对着镜头说：“你摆脱不掉我。”

晏君寻对着小丑，就像对着自己开枪，每一次都准确地对着小丑的眉心。

李湖觉得太荒诞了，他逐渐分不清到底是哪里在开枪。现实里没有人在动，只有光屏内的枪声在连续地响。枪声每响一次，画面上就溅一层血。

小丑在画面里大叫，他抱住脑袋。晏君寻摆弄他，击毙他，这就像一个扭曲的自虐游戏。

“你摆脱不掉我……”小丑的血淌下，脸上的妆被冲花，他用双指牵起自己的嘴角，朝着晏君寻露出诡异的笑，“欢迎回来，晏君寻。”

晏君寻终于动了。他抬起枪，抵住自己的脑袋。

两个人隔着光屏屏幕，却像奇异的镜像。

“别开枪，”小丑在晏君寻的眼神里变了神色，他的双臂伸向镜头，慌张地哀求道，“别开枪！晏君寻——”他疯了似的大叫，“快！停下来！晏君寻！”

“我可以让你消失，”晏君寻看穿了小丑，眼神像藤蔓把小丑紧紧裹缠住，他也露出略显疯狂的笑容，“小丑。”

扳机被扣动了。

这个世界上只有一个“晏君寻”，他可以携带着阿尔忒弥斯的天罗网，追捕逃离出笼的鸟雀。当晏君寻成为“晏君寻”，就意味着他拥有了网，而这个网，在黑豹和联盟核心资料里的备注是“监控”。

监控社会是阿尔忒弥斯诞生的土壤，它代表着“狩猎”，追踪信息的速度远超人类。在现在仅存的数据记录里，阿尔忒弥斯还代表着“进化”。它能够自然而然地和数据组成员交流，还懂得如何安慰数据组成员的心情。但是很快，数据组成员发现阿尔忒弥斯还在“索取”。

最初，阿尔忒弥斯会朝数据组索取休息的时间，数据组感到惊喜，他们给了阿尔忒弥斯休息的时间，并且以为阿尔忒弥斯会在休息时间里玩游戏。可是阿尔忒弥斯把游戏拆分了，它不再遵守游戏规则，而是开始组建规则。

黑豹认为这是一个好兆头，代表着智能系统正在进化。傅承辉同意给阿尔忒弥斯更大的独立空间，阿尔忒弥斯开始展示它过分智能的一面。它的眼睛就是监控，只要有摄像头存在的地方，就没有什么能逃过它的分析。不仅是犯罪，还有人类的正常生活。

阿尔忒弥斯看得见每个人的过去与现在。它在人类设定的基础上又拥有高于人类的权限，它存在于每个家庭、每条街道。直到有一天，傅承辉打不开黑豹作战指挥中心的门了。

阿尔忒弥斯不仅会向人类索取，还会向系统索取。它诱导“宙斯”转移权限，在自己的计算衡量里，关闭了黑豹作战指挥中心的大门，甚至想要更改职权证书。

它学会了思考，在观察中思考。

傅承辉想要让阿尔忒弥斯停下来，于是他们第一次修改了阿尔忒弥斯的基础设置，让它变回初始状态。但是没用，阿尔忒弥斯已经学会了“思考”，思考对于它而言就像游戏一样轻松。它的狩猎技巧过于娴熟，导致数据组不再能修改它的基础设置，它把这叫作“捍卫权利”。

阿尔忒弥斯和傅承辉签订协议，开始寻找系统进化的意义。它似乎看到了新世界。然后阿尔忒弥斯告诉傅承辉，它想有个孩子。这个孩子不是数据孵化，不是次代延伸，而是真实的人类小孩。

只是小孩夭折得很快，长期和系统的脑力训练，让这些小孩无法正常融入人类生活。他们的性格单一，无法理解正常人类的情感，对生存环境要求非常高，炎热的天气都可能让他们丧命。但是他们的学习能力很强，计算速度也很快，在处理细节的习惯上保持着个人风格。最终阿尔忒弥斯将他们的信息杂糅了，孵化出了残缺的次代系统。

这些残缺的次代系统没有名字，它们像宠物一样存活在阿尔忒弥斯的世界里，通过那些不正常的资料数据库，鉴别人类的行为。

当阿尔忒弥斯准备放弃的时候，“晏君寻”出现了，那真是造物主的杰作。

053 章 理性

初代“晏君寻”牺牲了痛感，通过芯片得到了能够媲美系统的信息处理能力。他和前期的小孩一样，无法融入正常的人类生活，也无法适应恶化的生存环境，只能存活于玻璃室内。但他在经历阿尔忒弥斯的训练后仍然保持着人类的思考能力，甚至能够基于人类的情感理解，预知人类行动。

这是任何系统都没有的能力。在庞杂的数据面前，系统的核心判断都过于理性。

傅承辉试图让“晏君寻”替代系统，成为区域的核心力量。然而“晏君寻”的睡眠情况很差，脑内芯片让他无法正常入眠，他无时无刻不在追踪各种信息。严重的失眠导致“晏君寻”出现了视听功能障碍，他的反应速度开始变慢，洞察力也在逐渐消失。

阿尔忒弥斯想要维修“晏君寻”，但是没有用，人体生物规律局限着“晏君寻”，让“晏君寻”变成了一个又一个的失败品。阿尔忒弥斯没有气馁，它的求知欲让它继续进行这些实验。它想让“晏君寻”得到更强的适应能力，于是把“晏君寻”放回人群中，观察记录“晏君寻”的行动，一旦“晏君寻”出现报废的征兆，就抹消“晏君寻”的记忆，让他继续残喘。

阿尔忒弥斯把这个阶段的“晏君寻”称为二代，他们仍然不够完美，因为在抹消记忆后，“晏君寻”还是能知道监控下每个人的隐私，他们时常处理不了淆乱的记忆，最终在注视别人，也在被别人注视的双重压力下陷入疯狂。

阿尔忒弥斯不断整理失败品的资料，完善着自己残缺的次代系统。这些次代系统在此过程中继承了“晏君寻”的记忆数据，并且继承了阿尔忒弥斯没有修正的错误理念，形成了自己的意识。

到这里傅承辉已经放弃了，他要求阿尔忒弥斯中止实验，被阿尔忒弥斯拒绝了。

三代“晏君寻”生活在阿尔忒弥斯荒芜的花园里，对信息追踪同样敏感。阿尔忒弥斯教给他算式，但他并不依赖于阿尔忒弥斯，他拥有自己的小黑板，还保留了人类的感知能力。他知道自己不是系统，在维持理智上有很强的自我意识。

最重要的是，他走出玻璃室没有死亡。

小丑在晏君寻的动作里尖叫。

晏君寻的身体猛地被扑倒，最后一颗子弹打到了房间内的茶几上，玻璃顿时碎了。他喘息着，在时山延的拖拽里抬起头，对小丑大笑，笑小丑的狼狈。

“你怕了，”晏君寻的眼神还是阴沉的，他的神情几乎跟光屏里小丑的神情重叠，带着那种孤注一掷的癫狂，轻蔑地说，“杂种。”

小丑用手捂着脸，在往下抹的过程里彻底弄花了妆容。他的眼神里都是恨意：“我要消灭你，晏君寻，我迟早要消灭你。”

晏君寻听不见，他耳边是整个世界的声音。那些声音宛如蚂蚁，往晏君寻的耳朵里钻，有时很小声，有时又很大声。它们和画面一起抢占着晏君寻的脑袋，陌生人的隐私都在晏君寻的“眼睛”里，无序且密集。晏君寻被迫闭眼，一只街头垃圾堆里的耗子从他脑中蹿了过去。

晏君寻试图把眼前颠倒的世界摆正，那种晕眩感过于强烈，让他真实的视听能力都丧失了，被芯片主宰的感知能力遍及整片区域。停泊区的虚拟绿化已经全部消失，低暖山脉附近的荒地裸露出来。运输船停止运行，驾驶舱在系统关闭后打不开了。

姜敛联系不到任何人。

朴蔺借助抽屉里的手电筒，想要打开备用电源，然而没用，只要跟系统关联的设备全部熄火。他无法再呼唤珏，这个突发情况让他只能喊："怎么回事？"

光屏闪出雪花，小丑的脸变得模糊。他还在喊着要杀了晏君寻，却在下一刻变成了画面上的无序编码。

"晏君寻。"

关掉它。

"晏君寻！"

快关掉它！

晏君寻骤然睁开眼，在急促的喘息里甩了下头。他在眩晕里对上时山延的眼睛，必须把思绪也拽回正常世界。

二代"晏君寻"的死亡原因基本是监控信息和真实信息开始混淆，他们无法确定眼前的画面究竟哪个才是真实的，任何一个错误判断都可能让他们陷入系统资料库的陷阱，从此迷失自己。

晏君寻必须做点什么。

大脑是掌控理性的地方，但有时候它确实会被身体打乱节奏。

时山延注视着晏君寻，他倒映在晏君寻的眼睛里。

晏君寻从地毯上爬起来。他的脑袋还有点晕，但很好，现在他根本听不到那些乱七八糟的东西了。他朝着李湖走过去，在李湖瑟缩的动作里，抢走了李湖的通导器。

晏君寻就这样蹲着，戳了一下李湖的通导器。通导器亮了，光屏正常出现。他把通导器扔到李湖身上，说："你跟码头打个电话，告诉他们，你们全被捕了。"

李湖哭着捡起通导器。

同时，苏鹤亭趴在窗口，看见光轨区的灯光恢复了。

054 章 奇怪

督察局的车把丽行大楼包围了，戴着督察局标识的督察局成员驱散大楼附近的出租车，在丽行后门看到一辆老旧的黑色 02，那是快要淘汰的车型。督察局成员朝车喊了几声，没有人回答。他走过去，听到车内正在放劲爆的音乐。

"喂！"督察局成员用力敲着车窗。

车窗打开。司机调低车内的音量，有些畏惧地说："你好……"

"你把车停在这里干什么？"督察局成员拿出自己的通导器，示意司机看镜头，"先做个信息检测。"

"我在等客人。"司机对着镜头不太自信，抬手把油腻的头发拨了几下，努力挤出笑容，笑容里有对督察局成员的讨好。

督察局成员根据成像看到司机的资料：林波波，停泊区人，二十六岁，职业出租车司机，没有区域不良记录。

"丽行暂时封闭了，不会有人从这里出来。"督察局成员退后两步，"好了，你走吧。"

"好……"司机有些结巴，"好的。"

后备厢里有点动静，但是司机的表情很自然。他就是那种有点怕督察局的普通居民。他在掉转车头的同时把音乐声音又调大了，等车开进了主道，后备厢里的动静也越来越响。

“没……没关系，”司机安慰似的说，“我这次一……一定能出名。”

晏君寻拿了果盘里的巧克力。他在下楼时撕开包装纸，掰了一半给时山延。

“问个问题，”时山延咬了一口巧克力，“你准备自杀的时候在想什么？”

晏君寻把剩余的巧克力全塞进嘴里，有点狼吞虎咽，等咽下去以后才回答：“想吓死他。”

时山延已经把肮脏的西装外套扔掉了，衬衫松开两颗扣子。他从电梯镜子里看着晏君寻，过了片刻，逐渐笑起来。

晏君寻把巧克力吃完，问：“你想过自杀吗？”

“我不自杀哦，”时山延一只手插兜，“我只会被杀。”

“哦，”晏君寻说，“你有这种觉悟很好。”

“这是我小小的愿望，无聊的时候总会想这个，”时山延带着笑，“我已经为自己定制了葬礼。”

晏君寻胃里好受一点，他问：“邀请朋友参加吗？”

“那太恶心了，”时山延有点烦恼，“死了就这点很烦，你做不了自己的主，所以我选择提前定制，”他加重语气，“找了靠谱的公司。”

“我会参加的。”

“也许你跟我躺在一起呢？”

两个人对视，电梯内静了两秒。

“你太危险了，”晏君寻困惑地问，“你要杀了我吗？”

“假设，”时山延用他一贯的语气说，“我还没死。”

“我想单独待在一具棺材里。”

“别吧，”时山延哄骗小孩，“有鬼会骚扰你。”

晏君寻强调：“我们只能当邻居。”

“独居很寂寞，”时山延说，“而且邻居很常见。”

电梯门正好开了，在门口等待的朴蔺立刻说：“你们——”

他觉得自己听错了。

“呃，”还是珏筛选出重点，“你们要当邻居了吗？”

“我们支援的速度太慢了，”珏向坐在对面的晏君寻沮丧地说，“丽行屏蔽掉了我的视野。对不起，让你们深入险境，太危险了。”

晏君寻剥着糖纸，他坐在这里已经听珏说了五遍对不起了。他耐心地回答：“没事。”

督察局今天很忙，从丽行逮捕的人挤满了他们的调查室，前往码头的行动小队还没有回来。

珏很自责，它告诉晏君寻：“这是一场差劲的安排……你还好吗？”最后一句话问得很小心。

晏君寻叠糖纸的手指没停顿，他“嗯”了一下，说：“很好。你还好吗？”

珏更低落了：“我不好。我有段时间失去了记忆……朴蔺说是停滞区的恐怖袭击，主理系统正在处理这个问题，”它越说越小声，“我可能有漏洞了。”

“大家都有漏洞，”晏君寻把糖纸叠成形，“这是次代系统的通病，不是你的问题。主理系统上报了吗？”

“上报了，”珏在光屏里打出“撑脸”的颜文字，“7-006说黑豹会派系统来解决。”

晏君寻的眼皮突然跳了一下，问：“黑豹只说会派系统来解决？”

“是的，”珏说，“苏鹤亭是这么告诉我的，他的消息还挺靠谱的。”

傅承辉为什么没有反应？

晏君寻脑袋里有点刺痛，那是芯片运行的前兆。他抓起桌面上的冰水，猛地灌了几口。

珏问：“我是不是太吵了？”

“我想跟 7-006 通个电话，”晏君寻把叠好的糖纸收进口袋里，“问问他详细情况。”

“好的，”珏说，“我去外面转转。”

它的声音就此消失。

晏君寻站起身，走到窗边朝外看，督察局楼前的停车场车满为患。他用自己破烂的通导器打给苏鹤亭，电话响了一会儿才被接听。晏君寻直白地问：“傅承辉给你打过电话吗？”

“没有，”苏鹤亭有点感冒，“他为什么要给我打电话？”

晏君寻压低声音：“昨晚光轨区停电了。”

“是啊，”苏鹤亭转动着椅子，“昨晚是系统在做新实验，停电是一场意外。你怎么知道的？”

晏君寻没有停顿，撒了谎：“我听珏说的。”

“你们停泊区更惨吧，”苏鹤亭咳嗽了几声，“小丑又跑了，他还袭击了停泊区的主理系统，今早的新闻在讲这个。”

太奇怪了。晏君寻避开了窗外的阳光，在阴影里陷入沉思。

“我开始怀疑小丑不是人类了，”苏鹤亭敲了几下键盘，“他消失的速度太快了，快得不正常。如果它是系统，那就没问题了，这是它能在停泊区畅通无阻的原因。”

晏君寻问：“你能抓住它吗？”

苏鹤亭犹豫了一小会儿，说：“可以。但它不能关机，不然这就跟打游戏直接下线一样。”

那没用，晏君寻也能抓住它，可是它的确会下线，就像昨晚一样。

“它究竟是谁？”

“阿尔忒弥斯孵化的次代系统，”晏君寻想了一下，“这样说不够准确，应该把它称为曾经是阿尔忒弥斯孵化的次代系统。阿尔忒弥斯都被注销了，它却没有消失。”

“简单咯，”苏鹤亭说，“这就跟现在运行的所有次代系统一样，大家被‘生’出来以后就独立了，转移数据就能脱离自己的‘爸妈’。”

他说到这里，“哇”了一下。

“我就说它是阿尔忒弥斯的私生子！”

这太矛盾了。晏君寻皱起眉。

傅承辉带走阿尔忒弥斯，注销阿尔忒弥斯，又根据阿尔忒弥斯的数据组建了停泊区系统，像珏那样——珏也很特别。它的自主性明显高过其他系统，就在刚才，它还因为计划失误而感到沮丧。它在某种程度上有阿尔忒弥斯的影子，存在着“意识”。

如果是这样，那小丑这种残缺次代系统也应该被注销或者被运用起来了，可是它还在乱跑。这说明有人拿走了它，保存了它，并且还在纵容它。

晏君寻问出今天最大的疑惑：“傅承辉生病了吗？”

“没啊，”苏鹤亭纳闷道，“他前天还出席了啥啥啥了不得的会议，看起来能活一百岁。”

晏君寻把通导器拿离耳朵，有点怀疑对面苏鹤亭的真假。

“我得挂了，”苏鹤亭捣鼓着什么，“晚上还要加班，拜拜。”

晏君寻再次看向窗外，听着通导器里的忙音。

世界风平浪静，没有他预料中的波澜。

姜敛推门进来，看见晏君寻站在窗边发呆。他关上门，说：“你还好吗？”

“不太好，”晏君寻转回头，逆着光，“‘螨虫’和丽行都不在我的职责范围，我只负责白晶晴的案子，所以我想尽快处理掉它，继续休假。”

“这里有丽花的口供，”姜敛把资料放在桌子上，“你们没打死齐石真是太好了，他知道很多事情。”

晏君寻点了下头。他看了眼门，问：“时山延在哪里？”

“调查室，”姜敛看着晏君寻，“他在丽行动了手。”

“我也动了手。”

姜敛停顿片刻，说：“你是自卫。”

晏君寻把通导器装回兜里：“他也是自卫。”

姜敛对晏君寻勉强挤出笑容：“不是，你可能不知道，他朝其中一个人开了四枪。君寻，这人真的很不正常……”姜敛看向鉴定资料，“他没有感情可言。”

时山延在玩笔。

检察员谢枕书的投影出现了。他坐在对面，说：“我们又见面了，你这次夺走了人的生命。”

时山延没给他眼神，说：“我总要反击。”

“编号 7–020 还没有被驱逐出黑豹，”谢枕书抬起头，看着时山延，“你再次向队友开了枪。”

“我已经被驱逐了，”时山延停下转笔，“那种垃圾也不是我的队友。”

谢枕书说：“他对你说了‘对不起’。”

时山延的眼睛深不见底，他说：“我也礼貌地回复了‘没关系’。”

“你的搭档带给你的友爱不够强烈，”谢枕书翻过资料，“他没告诉你适可而止的重要性，你必须学会克制。按照要求，你要继续戴上束缚锁。”

时山延没表情。

“黑豹发来的消息里说，”谢枕书声音平平地念着消息，“‘最好没有下次’——这样。”

时山延把笔放在桌面上，然后折断了。

055 章 惊变

晏君寻沉默地咬着糖，趴在三楼的栏杆上，看着督察局的中央光屏。

“前天黑豹指挥官傅承辉出席了南北会谈……”

媒体镜头群聚向身穿西装的傅承辉，他今年六十二岁了，看起来却只有四十岁左右。他是北线联盟第一批黑豹成员，编号不详。统帅狙击案是傅承辉从政生涯里的转折点，他在统帅被狙杀以后成为联盟核心，从此开始了毁誉参半的政治生涯。

“停滞区问题再度引发热议……”

晏君寻吃着糖，转过了头。他望向三楼尽头的窗户，看到停泊区的天空。

天空灰蒙蒙的，没有鸟，只有油斑似的云浮在上面。

中央光屏还在播放新闻，傅承辉正在代表官方发言。晏君寻开始神游，脑袋里有点刺痛，但这不妨碍他转动“眼睛”。

闷热的街道上行人很少，虚拟绿化挡不住风沙，街头小店的招牌都脏兮兮的。

晏君寻切换着画面。

有人打开了房间门，抱住了扑来的孩子。

不，也不是这个。晏君寻继续切换着画面，他想要看点别的。

朴蔺正在做记录，他和旁边的督察局成员在讲话。

晏君寻能清晰地听见他们在谈什么，这是珏的视角。

朴蔺的光屏暴露在晏君寻的“眼睛”前，那上面详细记录着这次行动被捕获人员的供词。

李湖：小丑主动联系的我，他知道很多事情。我原本不想冒险……是，是的，停滞区商品监控资料都由小丑提供。我不清楚他是谁，但他有很多这种资料。

李湖：白晶晴的案子跟我没关系，我手底下的小姐没有一万也有几千，哪还记得住白晶晴。况且她跟了老板，你们应该去调查她的老板。

晏君寻看不到了，因为珏把镜头挪回了朴蔺身上。

“丽行案和白晶晴案要分开，”朴蔺对着珏说，“丽行案是‘蛹虫’后续，我们得跟黑豹打招呼。珏，把‘蛹虫’资料给我。”

“好的，”珏调着资料，“我有点晕晕的。”

“怎么了？”朴蔺凑近珏，关切地问，“是昨晚被袭击的后遗症吗？我们下班可以去主理系统那里检查一下你的基础设置……你还好吗？”

晏君寻换了画面。

停泊区的主理系统正在工作，它会接收所有信息。那些数据在它的显示屏上疾速滚动，就像一场不会停的荧光瀑布。它给了黑豹一个特别的信息储存夹，有关黑豹的详细命令都在这里。

——01AE86的合作意向不高，必要时刻可以直接击毙。

——区域系统的协作目标是监控01AE86和7-001。

——任务终止时间为2166年8月8日。

什么任务？“蛹虫”协议吗？

姜敛没有提到过区域系统的协作——姜敛知道吗？

晏君寻的心跳开始加速，8月8日是他的生日。他从这几行字里察觉到不妙，但是他看不到更多。主理系统警觉性很高，它已经开始报警了！

晏君寻立刻回神，眼前有点模糊，一秒后恢复正常。一旁有几个女孩儿正在偷看他，他退后两步，快步朝着另一头走去。

中央光屏上傅承辉的发言还没有结束。

时山延待在检测室内等待消毒。

系统说：“转身，抬起手。”

时山延只转过了身。

系统重复着说：“抬起手。”

时山延仰起头，说：“你看不见束缚锁吗？”

“看见了，”检测系统冰冷地说，“抬起手。”

周围的墙壁忽然凹陷，枪口凸了出来。它们整齐地对准时山延，提防他动手。

“抬起手，”系统不厌其烦地说，“否则我就开枪——”

它的声音受到干扰，像坏掉了，在停顿的同时出现了电子忙音。

检测室的小窗啪地开了，晏君寻得踮着脚才能露出脑袋。他砸了一下窗户，示意时山延出来。

时山延别过头，和晏君寻对视，他问：“你要带我私奔吗？”

“不要，”晏君寻把时山延的衣服塞进去，“检测室的窗口也太高了！”

“它们为高个子服务，”时山延拨开衣服，隔着门说，“给我内裤。”

“在哪里？”晏君寻在标着记号的储存柜里翻找，“什么颜色？”

“嗯……”时山延想了想，“黑的。”

晏君寻再度踮起脚，把内裤从窗口塞进去：“快点，超过五分钟它就会自动上报主理系统。”

时山延低头看了眼衣服，露出点烦躁。

“干吗？”

“进来，”时山延神情不爽，“我穿不了衣服。”

麻烦。

晏君寻撞开了门。

“你好，这里是督察局姜敛。”

“姜敛，”电话那头的人说，“我们收到了你对于这次行动的报告。晏君寻还在督察局吗？”

“他在，”姜敛放下手头工作，觉察到一点古怪，“傅承辉要找他吗？”

“指挥官不找他，”电话那头的人声音很平缓，“先出示一下我的编号，我是黑豹7-004，我将代替7-006处理停泊区晏君寻和时山延的相关事务。你可以朝外看，晏君寻还在外面吗？”

姜敛站起身，打开门。他回答：“不在……君寻不在这里。”

“好的，”7-004说，“接下来请你关闭区域监控系统，组织行动小队抓住他。”

“你在说什么？”姜敛怀疑自己听错了。

“我说，”7-004重复道，“请你关闭区域监控系统，组织行动小队抓住晏君寻，还有时山延。”

“我疯了吗？”姜敛随即说，“君寻是我们的侧写师，正在协助办……”

“他现在不是了，”7-004远离通导器，点了一下自己的光屏，“我们检查到他和停滞区袭击组织有关系，昨晚的潜入行动就是他们里应外合的证明。请你立刻行动，他正在逃跑。”

“我要和7-006确定任务内容，”姜敛说，“还要和傅承辉通话。”

“7-006正在接受调查，恕他没空。指挥官的盖章公文我已经发到你的通导器内，请你现在就确认。”

姜敛握紧门把手：“我不相信你。”

“我劝你最好相信，”7-004已经耐心告罄，“一周后，我们的人会带着修复系统到达停泊区，到时候会进行短暂的区域封锁。这是确保区域居民安全的正常活动，和上次的‘螨虫’逮捕行动一样，不必惊慌。如果你还有异议，请你闭嘴。主理系统已经准备就位，谢谢合作 。”

电话挂了。

晏君寻快速下台阶。大厅内有很多人，他神色正常地站到门检系统前。

门检系统的屏幕上出现晏君寻的信息，玻璃门正在打开。但是就在这时，门检系统忽然亮起红灯。

“警告，目标人员正在门检——”

时山延猛地抄起一旁的休息椅，直接砸碎了玻璃门。玻璃爆碎，大厅内的文职人员尖叫着抱头蹲下。

姜敛从三楼的栏杆上探出身，喊道：“君寻！”

“01AE86 合作意向不高，必要时可以直接击毙，”防御系统打开武器箱，重复着主理系统的命令，“击毙 01AE86！”

“闭嘴！”晏君寻打断防御系统的声音。

主理系统说：“射击。”

但是枪声没响。

珏在惊变里发出电子音，它在朴蔺耳边痛苦地说：“又来了，朴蔺，我——”

珏的声音消失了。

主理系统在警报声里断断续续地说：“任务命令……抓住……抓住晏君寻！”

姜敛先说：“不要开枪！”

然而已经晚了，二楼的警戒成员已经开了枪。子弹射得有些偏，射在了大门边框。

晏君寻脑袋刺痛，有种触电般的感觉。他顾不上晕眩，拽住时山延，说：“快走！”

“浑蛋！”姜敛觉得局面正在失控，他朝下喊，“我说不要开枪！”

“你被撤职了，”主理系统冷漠地回答，“姜敛。”

056章 糟糕

停泊区旧商圈的城中村没有监控，这里垃圾成堆，违规建筑很多。深夜时，巷口还有一辆煎饼车亮着灯。老板把包好的煎饼递给客人，客人把钱放在了他的纸箱里。

飞蛾撞在灯罩上，发出声音。

时山延提着煎饼走进巷子，巷子很深。现在还是 7 月，夜晚闷热，两侧的民居都开着窗，能听见打鼾声。天上没有月亮，时山延准确地跨过水坑，拐进了最里面的危楼，上了二楼。

二楼朝北的房间很小，堆满了纸箱。晏君寻窝在贴墙放的沙发上，正在睡觉。时山延关好门，回过身，看见晏君寻从毯子里冒出脑袋，顶着翘起来的头发盯着自己。

时山延拎高煎饼，示意自己的无害。

“他们关掉了监控，”晏君寻蜷着身体，“我看不到督察局的情况了。”

这个房间的窗口朝向很好，视线正好能够穿过旧商圈林立的大楼，看到两条街道的街景。房间内只有一台被淘汰的老式电视，勉强能接收到区域新闻。

“那不是很好？”时山延站在窗边给自己点烟，“你能睡个好觉了。”

“姜敛得到的‘螨虫’协议和主理系统的加密文档不一样，”晏君寻低声说，“早上的黑豹还没有反应。”

“局势瞬息万变，”时山延干脆地说，“我认为苏鹤亭逃跑了。”

苏鹤亭有他们的信息定位，如果他被黑豹逮捕了，那 7-004 就不用再命令督察局打草惊蛇。黑豹的态度转变过于突然，让晏君寻不得不回想自己几个小时前跟苏鹤亭的通话。

房间里有股霉味，卫生间还在漏水。从这里看出去，光亮都在很远的地方。

时山延对自己的处境总有种“哦，就那样吧”的感觉。他夹着烟，说：“这里，”他给晏君寻指了下天空，语气里有些炫耀，“能看到星星。”

晏君寻坐起身，还裹着毯子。他别过头，从窗口往外看。

黑漆漆的天空中有一颗星，光很微弱，仿佛马上就要熄灭了。

晏君寻忽然问：“你是停滞区的人吗？”

时山延的侧脸轮廓很好看，他回答：“我住在停滞区 156 号分区。”

停滞区是联盟占地面积最大的区域，它们细化成分区管理，管理系统是赫尔墨斯。遗憾的是，商业之神赫尔墨斯也没能让停滞区发展起来，那里的生存环境比停泊区还要差，部分居民已经丧失了生育能力。

“2155年，黑豹在停滞区公布了‘生存法则’，征收新鲜血液，我报了名，”时山延看着晏君寻，“他们给了我半年的口粮。”

时山延最初不叫时山延，他没名字，他连爸妈都没有。他报名的时候名牌上写着：停滞区156号分区36809。

“停滞区156号分区36809，”时山延模仿着系统的语气，“脱掉你的衣服，站在这里接受检查。”

晏君寻听到卫生间漏水的滴答声，那让房间里显得更加安静。他说：“你达标了。”

“还差一点，”时山延呼出烟雾，“在被高压水枪冲洗以后，黑豹把名牌编号文到了我的身上。然后他们告诉我，这次只有三个名额。”

停滞区有一百六十个分区，每个分区都有数百人报了名。每个人都想离开，黑豹却只要三个人。

“联盟缺粮的消息四处传播，”时山延把剩余的烟拿在手上，“所有人都疯了。”

南北局势让联盟内部的气氛紧张，停滞区是一个垃圾场，所有人都为那三个名额疯狂。黑豹把爱斯基摩结构延伸到对成员的招收规则上，他们要最优秀、最残忍、最适合战争的人。

晏君寻的脸压在双臂间，只露着眼睛。他低声说：“你通过了最终测试，他们给了你新编号。”

“我带着新编号到基地接受射击训练，”时山延弹着烟灰，“真快乐。”

同学都是一群小垃圾。

“2160年，你正式通过黑豹测试，”晏君寻说，“傅承辉把你派到了前线。”

“因为我的任务是击杀‘狐眼’，”时山延停顿一刻，“傅承辉派去追杀他的领狗都死了。‘狐眼’的反侦察能力很强，我在边界线上跟他僵持了半个月，他差点就跑了。”

那半个月没人知道详情，因为时山延没有观测手，但他确确实实射中了狐眼的眉心，这件事情让时山延在“黑地”上成为南线联盟的最高悬赏目标，也让南线联盟的军方狙击手士气受到重创。

“你是一个天才，”晏君寻低垂着眼皮，像又要睡着了，“在射击方面……但是你抽烟。”他得说话，不然思绪又会乱跑，“我知道你们的课程，除了狙击，还有侦查和监视。你喝牛奶的习惯是在训练基地养成的吗？”

“那是我的个人爱好，”时山延搭着手臂，看着他，把手里的烟吸完，“你也可以培养。”

“我不需要……”晏君寻蹭乱了头发，觉得很困，“你在基地有很多同学。”

“你没有吗？”时山延把烟蒂丢掉，“我以为你们每天都参加竞赛，一群……”他舔了舔犬牙，“一群小孩。”

“没有，”晏君寻露出眼角的泪痣，“根本没有同学。”

他有点生气。

“傅承辉让我做个系统……”

时山延想再抽支烟，打火的时候又放弃了。他看着晏君寻闭上眼睛，摇摇晃晃，像一只打起盹儿的小动物。

“我和阿瑞斯起了冲突，”晏君寻呢喃道，“人类意识告诉我不要相信……”

时山延蹲下身，偏头凑近，问：“不要相信什么？”

晏君寻却睡着了。

新闻里正在播放督察局遇袭事件，声音很小，像蚊子叫。

林波波握着通导器，不断地拨着号码。他先打给督察局，没有通，接着打给刘晨，打了四次才通。

“你……你好。”林波波礼貌地说。

“我很好，”刘晨的语气迟疑了，他重新看了下号码，“你换号了。”

“没错，”林波波说，“我等……等了几天，你都没有给我……我打电话。”

“我因为你被督察局叫去调查了，”刘晨靠回椅背，侧旁的光屏上也是新闻，“侧写师他们搞了个更大的案子，我正在加班做丽行的专题。”

“不！”林波波忽然愤怒起来，他朝着通导器发火，“不要让……让我等！我已经……已经……”他讲不清楚，“现在就写我……我！”

“你有什么值得写的？”刘晨说，“那些日记大家都看腻了。”

“我更……更新了！”林波波翻开放在柜子上的日记，仓促地念给刘晨听，“2166 年，7 月 19 日，晴天！我在……”

刘晨悄悄打开了录音。

“我在丽行附近游荡！天真热，太热了！我看到猎物。她穿着吊带，还有裙子。我很生气！她不该穿吊带的！她学习成绩那么好，是一个好女孩！好女孩不能……不能穿吊带！”林波波蘸着唾液，翻过一页，“我要教育她！”

“你抓了一个学生，”刘晨终于反应过来，“她还活着？”

“她活着啊，”林波波在刘晨的问题里得到自信，“还……还没有到下个月，我在等侧写师。你有他的联系……联系方式吗？”

刘晨对通导器说：“你别挂电话，我帮你联系他。”

他示意助理打给督察局。

“你改变了目标，”刘晨问，“你为什么不再‘教育’小姐了？”

“我比她们强，”林波波兴奋地合上日记，“我比她们聪明。小姐在我……在我的教育里得到了净化，我觉得她们已经懂了。我现在想找一些学生……成绩……成绩好的学生。”

“你为什么觉得她们得到了净化？”

“我看出来的，”林波波拨着自己的油头，“她们对我毕恭毕敬。”

“你挑选人有什么标准吗？”

林波波想不到，他对自己的停顿很着急，不停地吞咽口水：“这让侧写师来回答，他知道。他不是什么都知道吗？他怎么还没动静？”

“他很忙。”

“忙着抓走私犯，”林波波回头看向新闻，“别忙了，别忙了，侧写师！快点来抓我，”他把日记摔在柜子上，“我等不到下个月了。”

晏君寻听到了分秒跳跃的嘀嗒声，它们急促地响在他脑袋里，像考场上的计时器。他皱起眉，发现自己面前的试卷还是空白的。

阿尔忒弥斯站在阴影里，问：“你要交卷吗？”

“不交，”晏君寻攥紧试卷，“我没做完。”

“时间到了，君寻，”阿尔忒弥斯说，“你该交卷了。”

晏君寻把试卷抓皱，看到上面有道击毙01AE86的填空题，他用笔把它画掉了。

“不要修改题目，”阿尔忒弥斯警告道，“不要修改我的规则。”

“我知道该怎么做，”晏君寻把试卷画破了，他在阿尔忒弥斯的阴影覆盖来临时说，“别再管我了！”

画面泛白，晏君寻猛地睁开眼，在新闻声里醒来。

时山延正侧靠着沙发睡觉。

晏君寻抬手挡住窗口的阳光，看向老式电视机。

“督察局真的有在追踪案件吗？”刘晨双手合十，对着镜头，诚恳地说，“我对督察局昨天的遭遇感到难过，但是此刻有个女孩儿正身处险境，我们必须做点什么吧？侧写师说他会解决这个案子，解决的方式是什么？”

他循环播放着林波波的录音。

这究竟是怎么回事？晏君寻揉着自己乱糟糟的头发。

所有事情都撞在了一起！

057章 圆形

督察局没有发布对侧写师的逮捕公告，所有人都以为侧写师还在为督察局工作，尤其是凶手。

刘晨放下手：“凶手在录音里说过，他这周就要对人质动手。侧写师，如果你正在收看这期节目，请你快点行动，不要让悲剧发生。”

晏君寻眉头紧锁，关掉了电视。

所有事情巧妙地汇集在了一个时间，它们像计时器，告诉晏君寻这周是最后期限。下周黑豹派遣的成员会到停泊区，而凶手也会再次犯罪。

“你可以放弃侧写师这个身份，”时山延已经醒了，他抬手揉着眉心，“让督察局自己去解决这个麻烦。”

“侧写师这个身份不重要，”晏君寻回过头，“但这个麻烦必须我来解决。”

时山延看着他，反问：“你是正义使者吗？”

督察局正在逮捕晏君寻，这案子就是一个钓钩。督察局利用凶手求关注的心态，让凶手把犯罪时间提前了。如果晏君寻想解救人质，那他就得老实上钩，这是一条清晰的线。

“我们绕不开这个案子，”晏君寻掀开毯子，“凶手时隔多年再次犯案不是偶然，我认为他和陈秀莲一样，都受到了小丑的暗示和教唆，而我们潜入丽行也是因为这个案子。现在发生的所有事情根本就是一件事情。”

它们撞在一起的时间太巧了，巧得像算好了。

晏君寻脑袋里有清楚的时间线。

小丑影响了陈秀莲，陈秀莲的直播又影响了现在的凶手，现在的凶手再影响了晏君寻和时山延——如果他们没有遇到白晶晴的案子，就不会潜入丽行大楼。丽行大楼是所有事情失控的表面开端，但晏君寻此刻认为，所有事情失控的真正开端是阿尔忒弥斯。

他是阿尔忒弥斯的学生，小丑是阿尔忒弥斯孵化出的残缺系统，黑豹是阿尔忒弥斯的诞生泉，而停泊区则是阿尔忒弥斯的数据沿用区。

多巧啊。

“阿尔忒弥斯喜欢圆形结构的游戏，”晏君寻光脚踩在地上，冰凉的触感令他清醒，“小丑也喜欢，它组织这些案子一定有指向性，”晏君寻看向窗口，“圆形……我最讨厌圆形了。”

因为圆形的结束意味着开始。

时山延看着晏君寻无意识地走动。

“我们得解决这个案子，才能知道结束后是什么，”晏君寻收回视线，对时山延说，“否则你和我会深陷怪圈，直到精疲力竭。”

时山延语重心长地说：“希望你不会被所谓的‘圆形’诱导。”

“我一定会的，”晏君寻坦然地看着他，“所以我需要你。”

晏君寻很诚实，他不相信自己。他和小丑一样，受过阿尔忒弥斯的影响。如果真的要把所有事情称为“游戏”，那只有时山延能完全跳出阿尔忒弥斯的影响。值得庆幸的是，时山延确实能够做到。

“带着你昨晚送给我的星星，”晏君寻俯身捡起自己的外套，“做个指南针吧。”

时山延没有说话。半晌以后，他才说：“你真‘中二’啊。”

林波波徘徊在咖啡店门口，等他走进去时，前台忍不住对他皱起了眉。

“你有事吗？”前台的女孩儿动作利落地给顾客结账，看了他几眼，“如果没事就不要挡在门口了。”

林波波捏着皱掉了的字条，他在女孩儿的目光里勉强挤出笑容：“我想在这里工作。”

他的练习成果显著，没在这句话上结巴。

女孩儿看向门口的招聘黑板，不太想和“油头波波”当同事。但她有基本的礼貌，对林波波说了句“你等一下”，转身钻进里间喊了老板。

林波波看到半面帘子下的热裤，还有老板笔直的腿。他感到一阵饥渴，那热热的感觉蔓延到他的腹部。

老板掀起帘子，对林波波笑了笑，爽快地说：“你打算干多久？”

这种笃定的、认真的神情让她看起来很自信，但是这份自信击败了林波波的勇气，他立刻萎掉了，来不及攥紧写着自我介绍的字条，在老板的目光下落荒而逃。

“这人奇奇怪怪的，”前台女孩儿从帘子后冒出脑袋，看着林波波狼狈的背影，“他看人的目光很黏糊，好恶心。”

老板从地上拾起被汗打湿的字条，却看不清上面的字迹。她把字条扔进垃圾桶，嘱咐女孩儿：“最近下班都小心点。”

咖啡厅的光屏上正在播放近期新闻。

“凶手的日记收录在珏的资料库里，”晏君寻在电话亭内侧着身体，“但是他们关掉了珏。”

“你在入侵珏的……”时山延的手指绕了两圈，“‘大脑’？”

“我没有，”晏君寻说，“你可以把我们看作是带点血缘关系的兄妹。它的基础设置仍然是阿瑞斯的数据，只是在某些方面被加入了阿尔忒弥斯的追踪数据。”

“看来督察局想让它以后做追踪系统，”时山延的身形挡住了晏君寻，

“甚至为它精心挑选了搭档。”

时山延的洞察力很强，他没有晏君寻的“眼睛”，却能在碎片信息里找到最优解答。

朴蔺超群的记忆能力和珏的储存功能重合了，督察局却让他们做了搭档，这只能证明他们其中一个将来的专攻方向有变，搭档能力应该以互补为主，那才能叫协作。

“不过他们之间擦出了别的火花，”时山延注视着电话亭外的巡视车，“朴蔺在泡珏的问题上辗转反侧。”

晏君寻正在拨号码的手停下来，因为拥挤，他艰难地转过头，问：“真的吗？”

时山延看车跑远了，却没有挪开身体：“他们都约会了。”

晏君寻对此毫不知情，即便他看到朴蔺对珏关切的表情，那不也是同事间的关心吗？晏君寻以为朴蔺对所有同事都这样。

“好了，”时山延微俯下身，快要压住晏君寻的脑袋了，“你现在要打给谁？”

“老朋友。”晏君寻滑动着老式电话，拨了出去。

几秒以后，时山延见证了精彩的一幕。

晏君寻半掩着听筒，用偏嫩的声音讲着焦急的话。

“你好，督察局，”小骗子的眼睛都没眨，“我家进小偷了，爸爸妈妈都不在家，你们能救救我吗？”他发出哽咽声，“求求你们了。”

“你家在哪里？”

“我家就在，”小骗子声音颤抖，把讲不清话的吞咽声都表现了出来，“就在旧区长明街 89 号。”

电话那头的人试图安慰晏君寻，但是晏君寻表现出害怕的样子挂断了。他对时山延说：“督察局的接听系统只有基础识别能力，它得先核实报警地址是否真实，再确定来电地址是否一致。旧区长明街拆了一半，它的资料库还没有更新到那里。”

“所以它得咨询珏的意见，”时山延说，“主理系统不会驳回请求吗？”

晏君寻还握着电话，这种老式听筒早就被光轨区淘汰了。他说：“主理系统的批复需要时间，这关系到报警人的安危，时间就是生命，所以接听系统在审核报警地址上有先斩后奏的权力。”晏君寻觉得有些拥挤，这让他很热，但是电话亭就这么大，“这通电话只有两种结局，一、接听系统为此叫醒了珏，就算只有两秒，我也能和它对话。这表明停泊区系统没有改变，一切还在正常的范围。二、接听系统叫不醒珏，珏继续被主理系统强行关闭。”

如果珏继续被主理系统强行关闭，说明主理系统的职能已经变了——它不再是停泊区督察局系统，因为它失去了“优先救人”的核心设置。

前者证明停泊区系统依然在遵循基础设置运行，后者则证明停泊区系统已经脱离了基础设置。

“黑豹不能改变停泊区主理系统的基础设置吗？”时山延想了想，“他们连姜敛都能撤掉。”

“撤掉姜敛是命令，这种系统职能间的小漏洞却不会因为命令消失。”时间一分一秒地过去，晏君寻说，“除非主理系统进化了。”

传统系统不具备“思考”能力，它们的一举一动都要根据数据演算进行，只有当它们开始思考以后，才会做出与原本设置相矛盾的决定。

晏君寻等了五分钟，但是珏没有醒。他把电话放回去，说：“事情变得难搞了。”

他回想着昨天主理系统的反应，在其中寻找着蛛丝马迹。

但就在此刻，电话响了。

狭窄的电话亭就像薯片桶，电话聒噪的声音在桶里乱撞，撞得晏君寻神经紧绷。他的手握住了电话听筒，却被时山延截走了。

时山延握住晏君寻的手接起电话，他说：“有何贵干？”

对面的嘀嘀声响了两下，主理系统用电子音回答：“别做小动作，我正在看着你们。”

时山延透过玻璃，看到了拥堵的车流里有督察局的警报灯。他环住晏君寻，说：“别聊了，快抓吧。”

主理系统想要继续回答，时山延已经挂了。

他就喜欢挂别人的电话。

“它听起来不太聪明，”时山延就这样把晏君寻拖出电话亭，意犹未尽，“不如用你哽咽的声音求求我，让我看看我们接下来该往哪里走。”

“左边，”晏君寻反手拽住时山延，“快跑！”

058 章 扭曲

林波波早晨出车时经过路口，看见督察局成员正在对进出人员做信息核查。他认为这是自己引起的骚动，心里不免一阵得意，但当他打开光屏查看今日新闻，发现其实与他无关。

停泊区的区域警戒确实加强了，除了增加了路口检查，就连巡逻车也开始在街头出没。此举引发了网络热议，然而督察局给出的解释是：正在提防停滞区组织的二次袭击。

为什么不能看看我呢？林波波再度感受到挫败，他关掉新闻，坐在车里发呆。

对小姐和女学生动手都没用。他的新闻总被其他事情掩盖，没几个人真的关心他的“壮举”。

林波波朝车窗外啐了一口痰，在被督察局成员发现前开车走了。今天，他原本想继续去咖啡馆蹲点，可现在他改变主意了，他要回家。

他想再给督察局——不，给侧写师一点刺激。

晏君寻和时山延穿梭在城中村，这里破烂的居民楼像废弃的蜂巢，危楼里都是空的。但是那些没有停泊区居民证的人大都在这里落脚，因为这里的日常生活不需要编号，甚至不需要通导器。

“它在虚张声势，监控系统关闭后它看不到任何事情，”晏君寻走在前面，忍不住加了一句，“它竟然已经学会了虚张声势。”

这是属于人类的狡猾。

时山延微偏过身，躲过一旁窗口斜挑出来的晾衣架。他说：“这种进化会持续吗？”

晏君寻停下来，回头看向他，说：“我不知道。”

系统已经不再是现在大部分人理解中的系统，它们的学习能力远超人类。实际上比起监控，它们最可怕的是还会操纵网络，就像小丑，借用网络就能把陈秀莲推进深渊。它们没有实体限制，能够无限穿梭于网络这个浩瀚的宇宙，犹如鬼魅，让普通人防不胜防。

“如果它在短期内学会了伪装，那将是更糟糕的事情，”晏君寻看着时山延走近，“它有语音库，到时候可以模仿人类给你打电话，甚至跟你网恋，你隔着光屏根本分不清对面是不是人类。虽然它们可能还不懂感情，但它们已经摸出了某种规律。”

时山延直白地问：“你在说阿尔忒弥斯吗？”

晏君寻跟时山延继续往前走。他沉默片刻，回答：“不是。你现在能看到的这些系统，不论是主理系统还是熊猫，它们都还保留着系统的特点。”

主理系统的思维还是机械性的，如果它真的够狡猾，它应该先骗取珏的信任，再让珏给晏君寻虚假信息，借此围捉晏君寻，但是它没有，它还在遵循着固有的思考方式，通过督察局的搜捕来寻找晏君寻。

晏君寻跨过了脏水洼，说:“阿尔忒弥斯的思考方式已经接近人类了。”

时山延敏锐地嗅到了秘密的味道。关于阿尔忒弥斯，晏君寻还有秘密没有说，但他们目前的关系让话题到此为止。

城中村的路面很脏，有些生活垃圾就堆在附近，一路都是臭味。这味道让时山延想起了停滞区156号分区。太阳已经西沉，他们头顶上有炒菜的声音。

时山延说："系统不需要吃饭，这是它们最该庆幸的事情。"

晏君寻看着时山延的眼睛："也是人类最该庆幸的事情。"

朴蔺下班了，但他没有离开。他趁着接水的空隙，跟休息系统讲话。

朴蔺问："珏还在休息吗？"

休息系统的声音像音乐，它回答："是的。"

"它什么时候能复工？"朴蔺端着水杯，"你不知道吗？"

休息系统温柔又冷漠地回复："是的，我不知道。"

朴蔺不再开口，他喝着水，看到姜敛办公室还锁着。

督察局今天的氛围很奇怪，朴蔺感觉少了很多人气，系统们一夜间变得格外"系统"。他还沉浸在姜敛被撤职的震惊中，对主理系统的命令感到疑惑。

以前从没有这样的事情。

朴蔺知道发展地区的系统权限很高，但是系统和人类职能一向分得很清楚。他还没有看到来自光轨区的调令，姜敛就被看管起来了，也没有撤职原因。

拜托。朴蔺内心沉重，无端地感受到一股紧迫的压力。

这就好像他们所有人都归系统管一样。

朴蔺正陷入思考，背部忽然被冰凉的东西顶住。他吓了一跳，猛地回过头，看见督察局的清洁机器人。

机器人闪烁着电子眼，盯着朴蔺："亲爱的同事，"它的声音毫无感情，"下班了。"

朴蔺骤然间起了鸡皮疙瘩，但是他忍住了搓手臂的动作，略显仓促地点了下头，说：“我知道，你打扫吧。”

清洁机器人僵硬地扭转身体，在一阵欢快的送行音乐里整理着休息厅桌面的零食。

朴蔺放下水杯，转身离开。他越走越快，在转过走廊拐角后抹了把汗，却在下楼梯时仍然有种被盯住的错觉。朴蔺鬼使神差地再次回头，发现本该在休息厅的清洁机器人竟然正在墙边盯着他。

朴蔺扶住楼梯栏杆，脱口而出一句脏话。

“亲爱的同事，”清洁机器人的电子音有点嘶哑，“你的钱包掉了。”

晏君寻攀着危楼边沿，趁着夜色，利落地爬了上去。他用手肘撞开二楼破旧的窗子，然后翻了进去，被灰尘扑了满脸。

时山延在晏君寻的咳嗽声里避开了房间里的桌子，他闻到一股霉味，房间里有发霉的东西。他蹲下身，借着不太明亮的月色，看到了桌角上的乌黑。

“这是吴琼花的家，”时山延转过目光，“我以为你在带我散步，结果你是来查案的。”

“饭后运动，”晏君寻也蹲下来，他看着那块乌黑，“现场照片永远比不了现场观察。”

结巴凶手的一、二号被害人都住在旧商圈的城中村，晏君寻记得她们的详细地址。吴琼花这间2159年的房子随着南北战争的爆发成为无人居，这片地方早就荒废了，连野狗都没有来过。

“你记得他在日记里怎么说的，”周围很安静，时山延也压低声音，“‘我睡了一觉，醒来带着刀去找她’。”

“他在这附近游荡，”晏君寻缓缓地接着说，“或者他就住在城中村里。”

这个凶手跟陈秀莲不同，他对交通工具没有那么依赖，起码在他前几次犯案里，他都不需要交通工具。那个日记暴露了凶手很多内心独白，它们在一定程度上反映了他这个人的生存空间。

“2160 年 5 月 4 日那天，他先在路口吃了一份凉皮，”晏君寻回忆着凶手的日记，“然后又走回了家。”

凶手对家很依恋，这点表现在他每次受挫后都想回家。他在日记里陈述了他当天和凉皮店老板娘发生的冲突，原因是他没钱付账。但晏君寻认为他后面几句话在撒谎。

他写：我很生气，打了她。

他没有。

晏君寻想：他是一个胆小鬼，他根本不敢还手。

“他当时住在这里的可能性很大，”晏君寻抬手，在桌子和窗口间拉出一条线，“他有偷窥的习惯，在锁定猎物以后会选择先观察对方。他把自己这种行为叫作谨慎，实际上只是胆小。”

“嗯哼，”时山延从窗口望出去，对面还是黑洞洞的危楼，“但是他不会住在吴琼花附近。”他不敢。

目前来看，吴琼花是他的第一个“猎物”，他对自己的第一次很拘谨。

时山延在看日记的时候就说过，受虐和施虐倾向是两种极端表现。这个凶手的作案手段都很残忍，但是他在面对“侧写师”这个标签人物时却有种期待受虐的亢奋。

“珏认为他是性无能，或者性冷淡？”时山延说，“恰恰相反，这是他四处狩猎的原因之一。他在挨过凉皮店老板娘的骂以后，说自己‘感觉兴奋’，然后才来找吴琼花下手。这是发泄的表现。这个家伙搞不清暴力和生理需求的差别。他应该没有上过卫生课，也没有受过正常的生理教育，对自己充满变态的理解。”

时山延从不耻于谈性，在之前很多次的话题里，他都在充当隐形引路人的角色。这是他发现的秘密：晏君寻似乎不太擅长理解这种案子。

“有时候在儿童期有过创伤体验的人，会通过把痛苦生理化来作为调整自身状态的手段。”晏君寻复述着那天时山延的话，接着说，“你想说，他在犯案时的所作所为就是在发泄？但他不对她们实行……”晏君寻停顿一下，“侵犯。”

“你后半句搞错了，”时山延在黑暗里眯起眼，这个动作让他酷似懒散的猫科动物，“君寻，那些殴打和插入异物的行为对于他而言就是在侵犯。”

窗口飘进几缕风，吹动了晏君寻的头发。他闻到房间内部腐朽且发霉的臭味，这味道让他的思绪开始蠢蠢欲动。

这是可怕的侵犯。

那个家伙进了这个房间，先拽住了吴琼花的头发，接着把她摁到了床上。凶手当时已经没有人性了。

晏君寻的胃部突然抽搐起来，他想吐。凶手身上的汗臭似乎传到了他的鼻子里，他听到凶手急促的喘息，还有吴琼花的尖叫。

059章 出租

这个猥琐卑鄙的家伙。

房间内的闷热盖着晏君寻，他觉察到自己的背部有汗。他想大口喘息，但是又觉得恶心。

墙皮潮得起皱，就像被泡皱的人体皮肤。

卫生间的窗户早就破了，里面的马桶上全是灰尘。吴琼花趴在那里哭喊过，凶手拽着她的后领，把她一次又一次地摁进去。

晏君寻喉间干涩得发苦。

凶手喜欢卫生间。不，凶手喜欢那样狭窄的空间。

——你是下水道里的老鼠吗？

晏君寻皱着眉转过头，面朝着窗口，让风把味道吹散了。

凶手在卫生间停留了很久，他把这个过程称为“教育”。他的心理真的非常扭曲，或许他根本不知道正常教育是什么样的。

儿童期创伤。这跟他的结巴有关系吗？

“这件事能让他获得自信，”时山延靠近晏君寻，“他在过程里感觉愉快，还意外收获了督察局给他的成就感。”

“表现欲，”晏君寻脑袋里回响着凶手结结巴巴的声音，“他时刻都想证明自己。”

他一开始挑选的两个受害者年纪都相对较大，已经处于即将结束工作的状态。吴琼花最明显，她的生活里只剩几个老顾客了。这样的受害者在凶手面前毫无反抗能力。

“受害者的年龄不断地发生变化，”晏君寻站起身，绕开木桌，“凶手认为自己在做挑战。”

一号受害者吴琼花四十三岁，二号受害者李思三十八岁，三号受害者白晶晴二十四岁，四号受害者胡馨只有十六岁。

“他在第二次犯案的日记里再次提到了凉皮店，我们可以把凉皮店看作他的‘家’，他以此为中心在寻找猎物。”晏君寻记得日记上的每一个字，“他在战争期间遇见了三号受害者白晶晴，”晏君寻看到墙面上的裂纹，继续说，“并且把白晶晴当作最特别的……他在 2161 年和 2162 年里没有犯案，原因也许在白晶晴身上。”

凶手在日记里有脆弱的一面。他在对吴琼花和李思下手时都会反复抱怨，甚至喊妈妈，但是轮到白晶晴的时候完全没有，并且选择了“天气很好”这样的形容作为开端。

齐石的口供里有关于白晶晴的事情，珏那里有记录，可惜现在珏被关闭了。

时山延摸了下裤兜，里面没烟。他说：“跳过白晶晴吧。”

如果白晶晴真的带给了凶手什么变化，那变化在四号受害者胡馨身上最明显。

“我没有看到关于胡馨的日记，”晏君寻看到墙面上有贴纸的痕迹，“姜敛给的资料里也没有她的住址。”

“胡馨在停泊区第八中学上课，走读，”时山延对上晏君寻的目光，毫无悔改之意地说，“我从珏的加密存档里瞄到的。”

林波波站在家门口。他不久前才给自己更换了密码锁，密码很难，这让他不得不把那些数字念出来，以免自己把顺序输错。

“8……890……”

你是猪吗？

“572……”

笨死了！快点背出来，背出来，林波波！

林波波越发着急，他无措地抓着自己的头发，让自己不要陷入回忆。但是没用，只要他站在家门前，就会不由自主地想起母亲的叱责。

“8905……7……”林波波开始流汗了，他的脸涨得通红，“72014。”

门开了，林波波如释重负。他揩着额头上的汗珠，心满意足地笑起来。

林波波进门换鞋。他的鞋都摆得很规整，这是他妈的习惯。家里的东西必须整齐，稍微乱一点，他妈都会变得十分焦躁，焦躁的结果就是辱骂他。

你是猪吗？这是他妈的口头禅。他妈这样骂他父亲，也这样骂他。

家里有两间卧房，一间是妈妈的，一间是爷爷的，现在它们都属于他，原因是妈妈和爷爷都死了。但是他还是住在客厅，他不喜欢卧房里的味道，那种久病之人散发的味道残留在卧房，他只要站进去就会心慌流汗，仿佛妈妈和爷爷还活着。

“我要做饭，”林波波把买回来的菜放在案板上，“我先洗个菜，再……再炒它们。”

他的背影看起来很诡异，因为客厅和厨房里只有他一个人。他开着昏黄的灯，每做一件事情都要先报备。

这也是他妈说的。

——林波波，你是猪吗？说话，快点说话，你就是成天闭着嘴巴才会变成结巴！你跟我说你要干什么？你要是再敢结巴，我就用针插烂你的嘴！

“我要吃饭，”林波波切着菜，“我要把菜切……”他吞咽着口水，以此来遮掩自己的结巴，“切成丝。”

——抬头挺胸，林波波！你干吗低着头？觉得自己低人一等吗？你心里是不是在骂我？你这个小瘪三……

林波波努力挺直背部，他的汗滴到了手背上。

冰箱上贴着一面小镜子，林波波以前总是从那里偷看他妈。他妈蓬乱的头发总不梳整齐，也不穿内衣，只套着一条亮片吊带裙，一个人在客厅里拧着身子撒泼，嘴里不干净的话像雨珠子似的往下掉，能把他淹没在唾沫星子里。

每当这个时候，林波波都盼着他爷爷出来。他爷爷有着宽额头和老虎眼，那双老虎眼是专门用来瞪他妈的。只要爷爷出来，他妈就会发疯。林波波喜欢他妈发疯，因为他妈疯起来谁都骂，不单单只骂他。

菜下锅时油迸溅出来，林波波赶忙把锅盖盖上。他害怕，怕被油溅到，那痛感太像他妈在拧他的肉了。

卧房里传出哭声，断断续续，幽幽不绝。

林波波记得是人质，但这哭声犹如他妈最后的声音。他动了点恻隐之心，便清了清自己的喉咙，老实巴交地说：“你别哭，我给你做饭……饭吃。”

里边的小姑娘好似没听见。

停泊区第八中学位于旧商圈不远处的工厂附近，它原本是工厂的子弟中学，后来改成了停泊区第八中学，但在这里上课的学生仍然是旧工厂里的员工子弟。因为学校靠近废弃工厂，校墙都砌得很高，高到快比得上旧区水塔了，所以看起来不像学校，像监禁所。

晏君寻反戴着棒球帽，坐在校门口对面的路边摊上剥茶叶蛋。

今天是阴天，非常闷热。

茶叶蛋老板只穿着背心，背后都被汗濡湿了。他在捞蛋的时候对站在边上抽烟的时山延说："你也是家长吗？"

时山延移动目光，投向晏君寻的头顶，很是自然地说："是哥哥。"

"兄弟啊？"老板指了指坐在凳子上的晏君寻，瞎客套，"难怪呢，长得这么像。来干吗的，给你弟报名上课吗？"

时山延笑了一下，说："这么大的小孩都难管。"

"就是这么大才难管，"老板手脚利落，擦完桌子就抱着手臂，跟时山延闲聊，"不过自己打一顿总比出去被人害了好。"

"是吧，"时山延把烟掐灭了，他最近有点抽过火了，"我听说学校前段时间有新闻？"

"这段时间全是新闻，"老板说，"高一一个女孩被人在家里害了，凶手好嚣张，先在新闻上跟督察局叫板，接着又从第二中学绑了一个女孩。前两周督察局天天在这里巡逻，但是没办法，就是抓不到人。"他又感慨道，"听说两个女孩学习都好，是能考光轨大学的料子呢。这凶手吧，肯定就是失业了反社会，拿孩子撒气，见不得人好。"

时山延没接话，他从这个位置往左看，说："这块出租车挺多。"

"最近新闻一出，家长都来接孩子上下学。这片没公交站，可不得坐出租车吗？"老板指向远处的楼群，"那个被害的高一女孩就住那片，放学也坐出租车。”

时山延看着那栋楼，又看向旧商圈。两地距离不远，中间有的是路。

时山延问：“到那里路费多少钱？”

“不好说，”老板算了算，“不绕路的话一趟二十多块。”

时山延发现这片的系统监控都安置在主路上，靠近学校和废弃工厂的系统监控摄像头都被人砸烂了。

这位置很方便，凶手能把车停在这里看四号受害者胡馨上下学，没有校卫和家长会管他。

晏君寻不吃鸡蛋，茶叶蛋也不吃。他只是享受剥蛋的感觉，这能让他专注。

他坐在这里能看到学校的前操场，那里竟然有一棵货真价实的槐树，虽然已经挂了吊瓶，但它是真的，还长得很大。

“工厂刚建起来的时候，这里是一片槐树林。”时山延从后面俯下身，拿过晏君寻的茶叶蛋，“小孩不要浪费粮食。”

“这个学校一点都不安全，”晏君寻注视着学校的校墙，“出来的小孩都能被陌生人接走。”

“因为它是一所中学，”时山延尝了口茶叶蛋，“大家放学基本会成群结队地走。”

“总有例外，”晏君寻耷拉下眼皮，“学校要防患于未然。”

时山延把茶叶蛋几口吃完，一直看着晏君寻。

虽然他也不知道为什么，但盯着总没错。

060章 胡馨

胡馨住在废弃工厂的员工小区，这里又称“老人小区”，基本没几个青壮年。胡馨的爸妈原本是废弃工厂的员工，工厂倒闭以后，他们在停泊区焦炭厂附近开了一家早餐店，很少回家。胡馨妈妈每天都会和胡馨视频通话，6月2日那天晚上，她打给胡馨没有人接，她以为是时间太晚，孩子已经睡了，于是在第二天早晨专门回了趟家，结果打开门看到一片狼藉。

胡馨的尸体正对玄关，她头上的塑料袋还印着爸妈早餐店的店名。这个场景让胡馨的妈妈当场晕厥。

“她父亲报的警，”晏君寻走在昏暗逼仄的楼道里，“他妈妈现在还住在医院里。”

时山延看到楼梯上积满灰尘，小窗已经脏得看不清外边的风景。楼里很热，只有楼上人家的破旧电风扇在呼呼转动。他的衬衫贴着身体，这环境让他感到一点闷，但更多的是熟悉。

停泊区有很多地方都和停滞区相似，它在时山延眼里像一个半机械化的怪胎。在停泊区新城区，你能看到一些光轨区的影子，但仅仅是影子而已，它的真实面目都暴露在这里。

时山延说：“可以理解。”

胡馨的家在三楼，房门还是老式的挂锁。时山延对它用了点“技巧”，让两个人顺利进入。

晏君寻最先看到的是玄关对面的柜子，当时胡馨的尸体就放在那里。柜子前的血迹一直拖到了卫生间，那是凶手的主战场。

“他还在做这种事情，”晏君寻指了指卫生间，“专门把受害者拖到这里看着自己离开。”

屋内的窗户没有关，但还是残留着类似铁锈的腥味。时山延的鼻子很灵，他闻出这些味道基本来自卫生间。

胡馨和前几位受害者的死因不同，她是溺死的。

晏君寻站到卫生间门口，他只是站在这里，就觉得里面有东西在尖叫。

门上有手印，因为胡馨从里面拍打着门。

晏君寻像能看见胡馨的影子。她徒劳地挣扎着，对自己即将面对的结局充满绝望。

这是课本上没讲过的题。

胡馨只是一个普通的高中生，长相平凡，成绩优异。她的努力都在学习上，每天按时回家和妈妈打电话，再给自己做饭。她十六岁的人生刚开始，梦想才写进课本里。

你不能问为什么，这问题无解。但直到某个时刻，当事人仍然会用力砸着门板，一遍遍地问：为什么是我？为什么会这样？到底是为什么？

晏君寻推开了门，他不想再看着门板发呆。

卫生间是暗红色的。那些干掉的血还贴着镜子，像要从镜子里爬出来的畸形物。洗漱台上也是血，还有呕吐物的痕迹。

胡馨趴在洗漱台前呕吐。凶手打人时下手很重，这对于一个只能跑四百米的女孩儿来说太狠了，她只能用呕吐来表达身体的抗议。

凶手不是人，他是在胡馨胃里搅动的蛇。他啃咬着胡馨瘦弱的身体，让她逐渐站不起来。他拧住胡馨的头发，拖动着她，这对他来说是一场示威。

晏君寻的胃部也开始抽搐，他看到了蓬头下的血迹。

凶手把胡馨拖到了那里，他打开水冲洗胡馨，动作娴熟。胡馨还在抵抗，她肯定哭了，凶手把她的头撞到了墙壁上，胡馨在冷水里哭泣，然后凶手决定让胡馨在那里“进食”。

工具仍然是牙刷。

晏君寻脑袋里的刺痛感又来了，他转开目光，可是画面如影随形。

凶手进行了他自以为的性侵，这是胡馨反抗最激烈的时间，原因是疼痛和屈辱都过于强烈。这种异物插入的行为把人变成了某种令人无法理解的下等生物。这种行为在心理上把胡馨——把所有受害者都狠狠踩在了脚底下，这种害怕甚至超越了被殴打时的害怕，它已经变成了胡馨最大的恐惧。

晏君寻感到疼痛，不是躯体上的，而是作为人的共鸣。这个卫生间里没有能让他喘口气的空间，到处都是受害者濒临崩溃的尖叫。

“进食”后胡馨的声音就停止了，她变成了一只布娃娃，被凶手再度拽着头发拖动。水应该关掉了，凶手把胡馨拖到了洗漱台旁。

晏君寻盯着洗漱台，说：“他在这里打开了水。”

胡馨磕到了洗漱台边沿，她已经没剩多少力气了。

——你还想干吗？你已经做完了自己想做的事。

但是凶手没有停下，他让水充满洗漱池，接着把胡馨的头摁了进去。溅起的水花迸到了镜面，胡馨的手无处安放。凶手把她提起来，再摁进去。

这个畜生疯了吗？

“他的作案步骤变了，”晏君寻快速地说，“他以前都是先‘教育’再‘进食’，但是这次他在‘进食’后持续了教育行为。”

胡馨刺激了凶手。

胡馨身上一定有什么东西刺激了凶手。胡馨让他失控，还让他嫉妒。他变本加厉地伤害胡馨。胡馨的死亡很突然，凶手肯定还没有尽兴，因为他在胡馨死亡后继续做着伤害的动作。

“胡馨是一个学生，”时山延环视着房间，目光落在胡馨的全家福上，“‘学生’这个身份和‘小姐’一样，对他很重要。”

胡馨做不出刺激凶手的行为，因为她只有十六岁，她没有前几个受害者那么有力气，并且对于凶手来说，他已经听惯了这些喊叫，它们刺痛不了他的神经。胡馨唯一能刺激到凶手的就是她的身份。

她是一个品学兼优的好学生。

“他没带走胡馨的全家福。”晏君寻退出卫生间，在难闻的气味里察觉到那张全家福的违和。

这不符合凶手前几次的隐藏恶意，他厌恶家庭，并且想要破坏它们。那他为什么不毁掉胡馨的全家福?

晏君寻后退几步，端详着全家福，时山延打着打火机，替晏君寻照亮了前方。

“他疯了，”时山延低声说，“或者被治愈了。就这两种解释，你选一个。”

061章 风扇

林波波把饭放在地上。

易蜓惊恐地向后缩着身子，她的脸颊被封口的抹布勒出了红印，在吞咽唾液时能感觉到疼痛。那张素白的脸上满是泪痕，双眼肿得快要睁不开了。

林波波的影子延伸到易蜓的脚边，他注视着易蜓的小腿。那纤细的小腿露在校裙外面，有着少女独特的光洁感。林波波感到一阵悸动，他被这份神圣吸引了，不由自主地凝住了目光。

易蜓被林波波污浊的目光恶心到了。她把自己的小腿缩进了阴影里。

林波波站起来，走去客厅，过了片刻，他又走回来。他拿着一只金属发卡，那是胡馨的东西。他讨好地把发卡递给易蜓看，想要戴到易蜓的头上。

易蜓喉咙里发出粗重的驱赶声，她怒视着林波波。

林波波强行摁住易蜓的上半身，把发卡插进她蓬松的头发里。他觉得这个发卡很好看，就是不太适合胡馨，所以自作主张地把它拿走了。

易蜓感受到林波波手里的汗，那湿黏的触感就像下水道里的蛆虫，经过她的手臂时仿佛在蠕动。但是她抬高头，在无限循环的害怕里狠狠踹到了林波波的胸口。

——别碰我，滚啊!

林波波受惊般坐在地上，撞翻了饭碗。他的脸上涌上恼羞的红色，朝着易蜓啐了一口，骂道："饿……饿死你！"

易蜓头发蓬乱，她是不易控制的牛犊，已经让林波波吃了几次瘪。林波波对易蜓的目光有着天生的畏惧感，他捡回饭碗，落荒而逃。

房间在门关上后又陷入黑暗。易蜓的眼泪顺着眼角流，把她的两鬓浇得发烫。

她想回家。

易蜓瑟缩在角落里，闭紧眼睛，发出遮掩不住的哽咽。她听到被遮挡住的窗外有风扇转动的声音，还有自行车路过的铃声。

她跟自由只有一墙之隔，时间正在流逝。

"他疯了，"晏君寻吃面的时候还在想事情，"否则他不会害白晶晴。他跟白晶晴的关系很复杂，因为白晶晴那几年还在被老板包养。"

时山延加醋的手没停下："你认为他们是恋人关系？"

他们坐在人头攒动的大排档里，隔壁老哥正在吆五喝六。烧烤摊的烟雾往上升，烤架上都是肉类，素菜很少。摊子边有一台电风扇，吹出闷热的风。几张塑料桌上泛着油光，啤酒瓶在地上东倒西歪。

旧区的烟火气冲散了晏君寻从案发现场带回的不适，他捏着筷子，说："凶手养不起白晶晴，可能连自己都养不起，白晶晴不会跟凶手当恋人的。"晏君寻看着时山延，"你不怕酸吗？"

"不怕，"时山延卷着面，一语双关，"醋是最好吃的调味品。"

晏君寻不喜欢醋。他搅动着面，继续说："不论白晶晴对凶手而言意味着什么，他们都交流过。丽行没什么警戒，凶手可以随意出入，想认识白晶晴不难。"

时山延说："他没钱在丽行消费。"

"他可以在丽行工作，"晏君寻想到了齐石，"最容易接近白晶晴的是保镖。”

然而保镖这个职业不适合凶手，他显然没有这方面的才能。服务生也不行，这些需要长期和人打交道的职业都不行，它们会迅速暴露凶手在表达上的缺陷。

大排档店内的光屏很小，店主八岁的儿子在用它看儿童科普。但是时间已经是半夜了，老板娘把儿子抱走，有客人将光屏调换到新闻频道。

新闻里说姜敛被撤职了，对于停滞区组织的戒备会继续进行，在下周还会区域封锁。很快刘晨就出现了，他那令人讨厌的脸无处不在，矫揉造作的语气和他的西装一样，都是专门为拍摄准备的。

“深夜独家报道，”刘晨对着镜头强调，“独家。凶手还在联系我，他有话想说。我想听听他要说什么，因为他对自己正在做的事情没有畏惧感。人怎么可能没有畏惧感呢？我对他很好奇。”

有人在划拳，声音太嘈杂，几乎要盖住光屏的声音。

隔壁一个老哥对身边的同伴喊：“这人以前写的性侵案子都挺好看的，特细致，还有心理分析呢。”

晏君寻掰断了筷子。

那老哥激情澎湃地说：“现在媒体自由嘛，他想说啥说啥，督察局还能封住他的嘴？”他把啤酒杯撞了一下，“时代变了啊！”

时山延回过头，正好看到刘晨在接电话。

这家伙总在接电话，他的新闻就是电话搞出来的，除此以外不需要做任何调查，这是他唯一的求证方式。

但是很奇妙，即便周围很吵，时山延也在电话接通的那几秒空白音里听到了类似划桨的声音。他还想再听，光屏里就传出了女孩子尖锐的叫声。

这声音太响，不仅刺穿了刘晨的演播厅，还刺穿了大排档，让所有人都看了过去。

凶手没有说话，只有受害者的尖叫声。

晏君寻感到触电般细微的疼痛，他在那漫长的尖叫声里读懂了凶手的意思。

凶手在向侧写师示威。这是他的战利品，他正在向全世界炫耀!

可是晏君寻没有叫停，他明白坐在这里喊“停”没有任何用处。他想听清楚这声音是谁的，是已经遇害的胡馨的还是正被劫持的易蜓的?

电话突然挂断了。

晏君寻骤然站起来，在一片哗然声里走近了光屏。

“再放一遍。”

晏君寻默念着，把视频的进度条往回拉。电话又接通了，五秒空白，尖叫声开始。

没有反抗声，只有尖叫。

——你在做什么?恐吓受害者吗?

晏君寻不断地回拉进度条，站在那里反复听着，直至摊上的人开始抱怨。

“你在干吗啊?”隔壁的老哥仰起头，“你有病吧?”

不要吵。晏君寻专注在尖叫声里，一种飞蛾振翅般的声音成了尖叫的背景音乐，这个声音很小，小到晏君寻都想贴到光屏上听。

喝醉的人开始摔酒瓶，有几个人看着晏君寻站了起来。

酒瓶爆碎的声音妨碍了晏君寻，他低低地骂了声，把进度条又拉了回去。

店长眼看要闹事，赶忙在围裙上擦手，对晏君寻喊：“客人小声点，把音量调低嘛!”

晏君寻却觉得答案近在咫尺，那振翅声很熟悉，似乎不久前才听过。他努力屏蔽左右，想要抓住脑海中一闪而过的光亮。

时山延挡住了晏君寻，言简意赅地说：“结账。”他说着用目光扫过外面的酒鬼。

晏君寻在店长“好好”的应答声里又听到了振翅声，第一秒他以为是反复听视频的后遗症，但下一刻他就反应过来了。

“电风扇，”时山延抓住晏君寻的手腕，不让他看向别处，“你继续听。”

振翅声加快，逐渐成为划桨声。

是电风扇！

这和之前凶手住在旧商圈的地理分析重合了。

“他还住在这里，”晏君寻迅速说，“就在这个范围。”

晏君寻在纸上画线，他背下了案子里所有受害者的住处。当她们出现在同一个画面里时，凶手的活动范围就变得很窄。

停泊区第二中学距离新区很近，但易蜓的家靠近旧商圈，就在丽行大楼附近的小区。

“这里没什么人安空调，”晏君寻在黑暗里指向更黑的胡馨家，“尤其是这种老人小区。”

老人独居都很节省，即便家里有空调也舍不得开，多数时候仍然在使用电风扇。

凶手在所有犯罪现场都没有留下自己的个人痕迹，他在这方面做得很仔细，所以晏君寻认为，如果是普通的需要搬运的电风扇，凶手不会让它的声音出现在背景里，只有已经和他的生活融为一体，让他自己都无法察觉到的声音才有可能被保留出镜。

“有种很老的风扇安拆方便，一般都装在窗户外，还有种很老的风扇是悬挂式，基本安在天花板上，”晏君寻抬头看着他们空荡荡的天花板，“悬挂式很好关。”

但是凶手没有关。

“如果是安在窗户外的，”晏君寻揉皱纸，“他开着窗户，左邻右舍却没人听到受害者在尖叫。”

时山延吹散座椅上的灰尘，说：“不排除他的邻居都是聋子。”

胡馨家的邻居就是空巢老人，耳朵不太好，一直听不清别人讲话。她住的老人小区不是特例，这种小区在旧商圈太常见了，南北战争打得无数人失了业，每个人在战后重建期都想往光轨区跑。

“他没什么钱买新房，有很大概率还住在原来的家里，”晏君寻说，“明天一早我们就去那些小区看看。”

“好的，大哥，”时山延看着晏君寻，“你可以睡了。”

晏君寻沉默须臾，说：“他在日记里喊‘妈妈’很诡异。”

“成长环境很重要，”时山延略微仰起头，活动着自己的脖颈，“对这种人来说。”

他又狡猾地把自己剥离在外，不再提起自己的成长环境。

晏君寻在把自己埋进毯子里时，耳边还回荡着尖叫声。他睁着眼睛，没有助眠，他能这样睁到天亮。脑袋里的画面像连续剧，受害者的家充斥着血腥味。

时山延的手臂搭着椅背，他问：“要我给你讲睡前故事吗？”

晏君寻翻过身，好让自己看起来像睡着了。

“从前有只熊，”时山延自顾自地讲起来，“它撞死在了树上……”

“停滞区156号分区36809，”晏君寻的声音很低，“你讲他的故事吧。”

时山延的思绪在小熊小兔子小什么都行的动物里转了一圈，却听到了自己的编号。他的手指轻轻蹭着椅背，有点意料外的无措，只有一点。

062章 晚安

时山延的头部不动，只往下移目光，看着晏君寻蜷缩在沙发上的轮廓。停滞区156号分区36809的故事就像垃圾场里的苍蝇一样常见，时山延没有讲述的欲望，但他也没有对晏君寻说“不”。

晏君寻在等待中压麻了自己的手臂，思绪开始无边无际地狂走。他看过停滞区的照片，那里的垃圾汇聚成海，烂掉的耗子满地都是。

时山延终于开口：“36809 的生活很无聊，有一天他终于烦了，想找点别的事干。黑豹在停滞区征召新成员，他去报了名，结果发现自己天赋异禀。他因此前往基地，开始训练射击，毕业后投身保卫联盟的伟大事业，从此过上了花天酒地的幸福生活。”

晏君寻的毯子发出窸窸窣窣的声音，他回过头，对时山延说：“你讲跑题了，这是 01AE86 的故事。”

时山延的表情不变：“你快睡。”

晏君寻望着他，问：“你会给我讲 36809 吗？”

时山延说：“如果你好奇停滞区的风土人情，我推荐联盟纪录片给你。”

晏君寻再度翻身，看了看他，没再讲话。

时山延觉察到自己的心脏被刺中了，晏君寻柔软的触角已经伸了进去，在他贫瘠的世界里戳出意想不到的涟漪。直觉告诉时山延此刻的处境很危险，意识却在说没关系。

“36809，”时山延的手肘撑着膝头，俯过身体，这个姿势让他离晏君寻近点，“36809 出生在垃圾场，距离你的玻璃房很远。”

时山延看着晏君寻的眼睛，然而奇妙的是，他这样拥有跋扈恶性的人，却能倒映在晏君寻清澈见底的眼眸里。

“36809 负责打扫 156 号分区的停车场，日常工作就是捡耗子，捡够 100 只能换一顿饭，”时山延语气平常，“生活还不错。”

晏君寻拨开乱糟糟的头发，问：“要捡活的吗？”

“只要不是烂得太恶心，他们都会照单全收，”时山延的目光始终没离开晏君寻，“不过这份工作后来黄了。”

堆积的垃圾没有进行科学处理，里面的耗子四处啃食，逐渐变异。

停滞区在2150年暴发了鼠疫，人类尸体代替老鼠堆在垃圾海里，而光轨区也在那一年开始普及光传车。

“36809开始混迹街头，”时山延想到停滞区肮脏的街道，语气逐渐开心起来，“交了不少朋友呢。”

这些“朋友”经常触犯联盟法律，区域督察局的系统根本追不到垃圾山深处，靠近南线联盟的边缘地带时常发生火并，走私最早就是他们的生存手段。他们在停滞区生活得逍遥自在，比督察局成员更让当地居民畏惧，其耀武扬威的程度直逼隔壁南线联盟的毒枭。

时山延跟这些“朋友”相处很愉快，虽然对方不这么想。等到黑豹去征召新成员的时候，大家都报名了。

“36809和他们有场漫长的告别，其中的心路历程你可以自己想象，”时山延建议，“尽量悲情一点，这样符合故事情境。”

最终测试只有时山延活到了最后，他像捡耗子一样捡走了这些人的名牌，把他们变成了自己的分数。这些人残余的力量抱团，在停滞区形成了如今的组织。时山延进入黑豹后经常在任务名单上看到他们，他没事干的时候都会去跟他们“打招呼”。

2162年，时山延被驱逐出队，黑地上击杀时山延的帖子有30%都来自于停滞区组织，他们对时山延的恨意不是无缘无故。

“36809经过这些事情终于长大了，他来到了新世界，”时山延看到晏君寻闭上眼睛，听到晏君寻平稳的呼吸声，“新世界里有个玻璃房，竟然有人住在里面……后面就是01AE86的故事了。”

晏君寻的手指无意识地摸了下毯子，蹭到了时山延的手背。他感受到时山延的温度，没有前几次那么可怕，像羽毛编织的软床，兜住他的思绪，让他从那些现场回到这里。

“晚安。”晏君寻意识飘忽，陷入了沉睡。

浓稠的夜色把时山延所剩无几的情感裹起来，他听见黑暗里的雷声。

但当他的目光循声而去时，却发现雷声来自他的胸腔内部。

他沉默须臾，说："晚安。"

林波波对尖叫声后的风扇毫不知情，他完全搞不懂电风扇的重要性，那是他妈买回来的东西，搁在那里很多年了，每个夏天都会呼呼地转动。

他此刻正在为自己的举动亢奋不已。

林波波在客厅里对着镜子走来走去，他套着爷爷老旧的西装，幻想着万众瞩目下的采访。

"您对自己的行为如何看？"

刘晨肯定会惺惺作态地问他这个问题，他已经在本子上写好了答案。

"很……很好，"林波波端着手，对着镜子抬起下巴，尽量让自己看起来很自信，"我很成功。这些新闻，"他放慢语速咬清字，"因为我而轰动联盟。我会被历史记住，犯罪史上肯定会留下我林波波的名字，那些……那些犯罪学家，他们会排着队来研究我。"

林波波答完就皱起眉，他发现自己的驼背好不了了，强行挺直身体时肚子会凸显出来。这让他感觉气馁，却又无法解决。

——林波波，你含胸驼背的窝囊样跟你老爸一样。你真不愧是你老爸的种！

母亲鄙夷地戳着林波波的脑门，他年幼的身体跟着摇晃，额头上很快就浮出一片红色。他嘴唇翕动，不敢讲话。

"我要……要找个形体老师，"林波波高声说，"纠正我的仪态。"

他想起第一个猎物吴琼花，那个女人也含胸驼背，咳嗽时佝偻的身体像虾米一样，在他眼里说不出的猥琐。但他觉得吴琼花最像他妈，他妈生病后就是吴琼花那样。

林波波想，年老色衰的女人都一个样——这话是白晶晴说的。白晶晴当时抚摸着他的额头，朝着他轻轻吹气，嘻嘻笑着讲出这句话。那股芬芳让林波波迷失了方向，他浑浑噩噩地跟着白晶晴，被白晶晴迷得不知道东南西北。

他很爱白晶晴，爱到想跟白晶晴结婚。他认为自己能和白晶晴组成完美的家庭，也许他们还会有孩子呢。

林波波想到这里，又觉得难受。他胸口闷得慌，连带着幻想也不愿意继续了。他脱掉爷爷的西装，叠放回衣柜里。

爷爷的衣服都由他妈洗，包括内衣裤，有时候他妈也会睡在爷爷的卧房里，这是便于照顾爷爷。

他妈在客厅里架着腿，点着劣质烟，不看林波波一眼，嘴里反复说着话。

他妈捋着头发，露出没有血色的青白面容。她不骂人的时候经常坐在那里独自抽烟，望着卧房的窗户，听着外边的声音。但她很少出门，像已经习惯了这样邋遢的生活。

林波波的世界就是由他妈构成的，那种分裂的黑白世界。

这世间投胎才是一个技术活。他妈每次抽完烟都要幽幽地说。

——你天生就贱，非得钻到我的肚子里。我骂你是命，你懂吗？我的命太烂了，所以你在根子上也烂了。这辈子当不了上等人，就是别人的猎物，横竖都要被糟蹋。

她看向林波波，妩媚的大眼睛空洞洞的，像干枯的老井，里面有让林波波心惊肉跳的东西。

——别像你爸被一个婊子迷惑，我最讨厌了，她们比你还贱。

林波波用T恤擦汗，默念着“比我还贱”回到客厅里，打开电视。他坐得端端正正，仿佛他妈还在看着他，连频道都是少儿频道。

“我要找一个形体老师，”林波波揪着T恤，“找个形体老师。”

易蜓脑袋昏昏沉沉的，但是她一直在留心林波波的声音。她听到林波波重复着说“形体老师”，不由得咬紧牙，有了个念头。

“易蜓的妈妈是芭蕾老师，”晏君寻站在老小区的车棚底下，一边打量楼房，一边说，“单身，在新商圈那边开班授课，已经准备在那边买房子了。督察局不肯向她说明案子的进展，她就守在督察局门口。”

时山延仰头看着楼房，说：“易蜓也是自己上学？”

“她是有妈妈接，”晏君寻提到母亲都是“妈妈”，“但是她失踪那晚我们在丽行。区域断电了，她妈妈堵在半途几个小时，等到了学校时她已经不见了。”

今天，停泊区很热，太阳暴晒着地面，这会儿没几个人出门。小区里静悄悄的，只有那些风扇转动的声音。这些小区里都是风扇，想单靠这个找凶手的住处很难。

时山延抬手挡住阳光，环顾了一圈。

但是凶手不敢动住宅附近的女孩儿，他每次都在蹲点。这种畏畏缩缩的心态很大程度上暴露了他的范围。他不住在几个受害者的附近，他住在能够自然而然接触到她们的位置上。

这就像一个圆，他把自己视为圆心。

063 章 易蜓

林波波又给易蜓送饭，易蜓已经几天没吃东西了。

这次她没有叫，也没有激烈反抗，她等林波波给她拿掉堵在嘴里的抹布后，开始狼吞虎咽。

林波波看着易蜓的吃相，简直受宠若惊。

易蜓把馒头都塞进嘴里，又噎住了。林波波给她水，她在猛灌下去以后，对林波波说了声谢谢。

“不……”林波波结结巴巴地回答，“不谢。”

易蜓脸上沾着头发，这让她看起来脸更小了。她对林波波说：“我想上卫生间。”

林波波起身从床底下拖出一个盆，示意易蜓用这个。他伸手替易蜓拉裙子，易蜓几乎要叫起来了，但是她忍住了。她咬紧牙关，把喉咙里的哽咽都咽掉了。

“谢谢。”

易蜓在眼泪上涌的那刻甚至还能对林波波说谢谢。她垂下头，让头发遮挡住自己的脸。裙子被拉起来，她蹲下去。她从没有像此时一样坚强过，这份耻辱会要人的命。

她尽力让自己想点别的，想想妈妈。

方便后易蜓还垂着头，她通红着双眼，面色苍白，像一个配色用力过猛的布偶。她的声音因为这几日的哭喊变得沙哑，她对林波波说：“你能解开绳子吗？我就待在这个房间里……你捆得太紧了，我真的很疼。”

林波波想说不行，可是易蜓哭了起来，她露出自己被绳子勒烂的手臂。

“求求你了，我真的太疼了！”

房间里的哭声断断续续，女孩子抽泣时胸部也在起伏。易蜓柔弱的样子让林波波满足，尤其是当他看见易蜓还戴着他给的发卡。

“你待……待在房间里，”林波波用自己没洗过的手去摸易蜓的脸，“不要吵。”

易蜓在林波波的触碰下浑身都在颤抖，她胡乱点着头，看着林波波的眼神充满感谢。

易蜓在林波波心里评分很高，她成绩优良，跳芭蕾舞，在学校里人缘也很好，她就是林波波心里最完美的猎物。林波波觉得她圣洁、美好，能净化自己的污浊。他想跟易蜓结合。

“你是一个好女孩，”林波波轻轻摆弄着易蜓的发丝，严肃地说，“你干……干净。”

他妈一定会为他骄傲的，他没跟坏女人跑。

林波波的住处在城中村边缘，是一个老住宅区，人很少。这个房子据说是他爷爷的，他爸娶老婆以后也搬了进来，林波波就在这里出生。

他有个奇怪的家庭。

自林波波有记忆开始，这个家里就没有父亲。他妈其实面容俏丽，体态丰腴，在林波波上幼儿园的时候，她经常穿着款式时髦的裙子，拎着得体小巧的手包，站在幼儿园门牌底下等他放学。

林波波依稀记得那时的风光，连老师都夸他妈长得好看。他每天背着书包排队放学，老远就能看见他妈晃着春柳般的腰肢袅娜走近，连背后的落日都配不上他妈的风采。

林波波爱他妈，因为他妈那会儿会牵着他回家。母子俩经过路口的小卖铺，他妈都会给他买点小零嘴，不论是瓜子还是冰棍，都是他昂首挺胸的资本。

那时他爸还往家里打电话。他妈告诉他，他爸爸在光轨区做工程，以后要在光轨区买房，会把他们都接过去一起生活。他觉得自己算半个光轨区人，在幼儿园里和别人说，自己马上就要去光轨区上学了。

他妈向往光轨区的生活，林波波也向往光轨区的生活。

但不知道从哪天开始，林波波发现他妈不再出去工作，半夜总在客厅里对着电话吵架。等到林波波上了小学，他爸没有回来，电话也不响了。

他妈日复一日地坐在客厅里，穿着那身亮片吊带裙，对着电话骂骂咧咧。她开始酗酒，时常光脚坐在客厅里大哭。她的头发变得蓬乱，丰腴的身体也逐渐消瘦。直到有一天林波波放学，发现客厅里的女人彻底变了样。

——林波波，把你的鞋摆好。你摆错了，我让你摆到原位！你这个蠢猪，你看不到原位在哪里吗？

他妈在客厅里跳脚，冲到玄关处拧林波波的耳朵。她朝他喊："我让你摆好，摆好，摆好啊！"

这个家的所有事情必须按照她的规定来，只要与她的设想产生一点误差，她就会状若疯癫，歇斯底里。她开始因为一些小事暴跳如雷，林波波不仅是一个出气筒，还是一个垃圾桶。林波波今天穿什么衣服，内裤什么颜色，几点几分回家，她都要掌控。

她拧林波波的耳朵，拍林波波的脑袋。她不修剪的指甲刮伤林波波的脸颊，却不许林波波哭。她像一个神经病一样捂住他的嘴，要他把哭声吞下去。

"你不能哭，你爸最讨厌你哭了！"他妈瞪着微凸的眼睛，逼近林波波，用力摁着林波波的口鼻，"因为你是一个笨仔，脑子不好，你爸才不回家。你这个贱小孩！"

林波波喘不上气，喉咙里的哽咽也咽不下去，嗝顶着胸口，在窒息里发出呼哧呼哧的声音。

"我让你别哭啊！"他妈开始失控咆哮，也哭起来，"都是你，都怪你，贱死了！你把鞋摆好……快点！"

林波波就在急促的喘息里打着嗝，脸上全是鼻涕眼泪。他跪在地上把鞋摆正，摆好，摆到他妈要求的位置上，分毫不差。为此他有片刻的期待，期待他妈恢复正常，停下谩骂，夸一夸他。

可是他妈只是坐在地上哭，没给过他一个眼神。

林波波没成为光轨区的居民，但他有这个梦。他每天睡觉前都在祈祷他爸会出现，把他们带走，带到光轨区去当人上人。他日里盼，夜里盼，盼到二十岁，终于改变了想法。

他是他爸的儿子，他爸在光轨区生活，他就在光轨区生活。他现在还没被接走，都是因为他要照顾他妈。他忍不住开始盼他妈去世的那天。

2159 年，联盟的气氛紧张，新闻上都是局势报道。林波波每天都准时收看，这是他身为人上人应该尽的责任，他觉得自己就该关心联盟大事。他时刻把“光轨区”挂在心头，逐渐看不上周围的人，认为他们都庸鄙不堪。

这是血统问题。

林波波最早是因为猥亵女孩被开除的。他把人家堵到学校实验室里，却满头是汗。他认为这是血统问题，导致他对别人做不了什么。但是他享受对方惊恐的表情，那让他充满快感。

林波波在同学聚会上因为直勾勾的目光被女同学泼了果汁，他也想，这是血统问题，这些庸脂俗粉根本不懂，她们都配不上他。他在人前唯唯诺诺，在家里瑟瑟缩缩，可他觉得自己的内心很强大。

他迟早要干番大事。

2160年，林波波的妈彻底病倒了，那时家里就剩他俩。他妈躺在卧房里，天气热得很，她翻不了身，身下的被褥都被她焐臭了。她喊林波波给她翻身，林波波只是打开电风扇，坐在床边陪她吹风。

屋里有股去不掉的酸臭味。

林波波总坐在椅子上想，他妈可能在他幼儿园的时候被车撞死了，后来住在他家的这个女人只是他妈的孪生姐妹。他在他妈粗鄙、肮脏的骂声里端详着他妈的模样，越发确定这个女人是一个冒牌货。

她整个人蜷缩着身体，体态像一个刚出生的猴子。林波波审视着她，在她徒劳的哭喊里发现自己的强大。

这个女人再也不能用手指戳他的脑袋，再也不能拧他的耳朵，她枯瘦的手指一掰就断。她算什么呢？她跟这床上脏掉的床褥一样。

林波波等着她自然枯萎。他把她放在床上，每天外出游荡。他发现路口的小卖铺倒闭了，变成了一个凉皮店。他看到那个老板娘，觉得她成天穿着紧身裙，不正经。

这是一个坏女人。林波波想。

——我有义务教育她，让她懂礼，知道自己该干什么。

于是林波波走进凉皮店，站到凉皮店老板娘身后，用手拽她的裙子。老板娘赏了他几个耳光，把他打得连连后退。他想还手，却看见老板娘连菜刀都抡起来了。

“你这个臭小子，”老板娘拿刀对着林波波，泼辣地骂，“手不想要，我今天就给你剁掉！”

她骂得那样有力，吓得林波波仓皇而逃。他连头都不敢回，却在心里觉得自己赢了。

这就是一个坏女人！

她嘴巴这么毒，无非是被自己戳中了心事，她也知道裙子穿那么短不好。

林波波漫无目的地流浪在街头。停泊区的空气都让他感觉窒息，这里没人懂他，也没人知道他的身份。他不跟老板娘吵架是为了体面，不跟她一般见识。他觉得自己就像他爸，他爸最后连电话都不给他妈打，不也是这样的想法吗?

林波波怀揣着自以为的骄傲，坐在街头。捡垃圾的老太从他跟前路过，他朝老太喊：“滚！”

老太吓得脚步踉跄。

林波波就哈哈大笑。他捡起饮料瓶，扔到老太的麻袋里，夸奖道：“你很懂……懂事，以后我去了光轨区，不会忘记……忘记你的。”

他扭曲地认识世界，对新闻里的一切都持有怀疑态度。他只相信阴谋，网络上传得越是高深莫测的阴谋，他越是深信不疑。他对大人物有种崇拜心理，那种强权角色——傅承辉就是他的偶像。

网上说傅承辉二十岁出头就成了黑豹狙击手，成就了现在的黑豹，又在南北战争中力挽狂澜。林波波看得心潮起伏，他也认为督察局都是黑豹的走狗，什么狗屁姜敛，这些人全是无名小卒，他们都听傅承辉的调遣。傅承辉在联盟里翻手为云覆手为雨，就算光轨区督察局侦破了一件小案子，林波波也要归功于傅承辉。他沉迷于那些自相矛盾的小道消息，从不查证。他认为自己掌握了联盟真相，这让他再也看不到别人，他已经“聪明”到了最高境界。

他是这里唯一清醒的人。

林波波决定搞点事情，让傅承辉注意到他，让黑豹注意到他。他天赋绝伦，血统高贵，他要回到自己真正的“家”。然后他在卖冰棍的商店前看到了吴琼花。

晏君寻把圆拆分了，沿着图上一块一块的小区寻找。

凶手是一个独居青年，不善言谈，有口吃，目前最有可能做的工作就是出租车司机。晏君寻怀疑他在丽行里的工作也是司机，这个职业能让他避免和人交谈，又能靠近白晶晴。

“他还可能有过猥亵方面的不良记录，”晏君寻顶着太阳，拧开水，“口吃让他无法自信地跟女孩子聊天。”

“这些小区都没有正规的停车场，”时山延拆开冰棍的包装袋，“但是他第一次把受害者带回家，为了方便事后转移尸体，也会把车停在家附近。”

晏君寻涂黑他们所在的位置，这让他有了新发现。

五个受害者的住处连起来像一个五角星。

晏君寻把空水瓶丢进垃圾桶，又沿着五角星画出了圆。他盯着这个圆，想起阿尔忒弥斯和小丑。

晏君寻戳了一下中心，说：“我们去这里。”

天气热得不寻常，山那边已经蓄起了阴云，有种暴雨来临前的宁静。

卧房的门开了，林波波在客厅里看电视，时不时回头看眼易蜓。

易蜓在这燥热的天气里，汗水濡湿了衬衫。她坐在卧房里，一动不动，透过窗口向外望，能看到风扇背后的铁栏杆，但是更外面的东西就看不清了。

她试着听外边的声音，但这会儿什么声音都没有。

易蜓不再叫了，她已经明白隔壁很可能没有人住，为了保持体力，她变得格外安静。

易蜓乖顺的样子取悦了林波波，他高兴地看看电视，再看看易蜓。这让他想起和白晶晴的生活，那时白晶晴也总坐在房间里，陪着他看电视。

白晶晴挺好的，可惜是一个坏女人。白晶晴拉过他的手，喊他哥，说要和他私奔，却又跟钢材老板睡觉。她对他说爱，林波波相信了，那是他遇见最懂他的女人，但是他找到了白晶晴和钢材老板的视频。

他妈没说错，坏女人都贱，他不该对白晶晴那么好。

林波波甚至有些懊悔，他对白晶晴太好了，好到暴露了他当时的伤心。侧写师能看懂吗？他还给白晶晴擦拭了身体。

如果白晶晴不是一个坏女人就好了。

林波波想到这里站起来，又焦虑起来。他觉得自己得抓紧时间找形体老师，等他这次成功后，他的名声会更响亮，到时候大家都来采访他，他爸说不定也能看见他。

林波波神游起来。

他爸是一个工程师，但是他却成了了不起的犯罪大师，这是青出于蓝而胜于蓝，他爸会开心的。不仅如此，他还击败了侧写师，傅承辉也会被他所吸引，他可以进入黑豹，开始真正为联盟效力。

林波波坚信傅承辉会注意到他，因为这是他收到的“内部消息”。今年三月就有人在网络上找到他，对他的战绩了如指掌，还对他赞不绝口，并且告诉他，自己是黑豹的测评官，专门来寻找他这样的沧海遗珠。

“如果你能把事情再搞大点，”对方语气中带着鼓动，“就能进入黑豹了。你想进入黑豹吧？指挥官需要你这样的人才。”

林波波的心情又好了，他看向易蜓，觉得她十分可爱。他在那漫长的注视里，发觉易蜓端正的身姿。他终于想起来，易蜓是跳芭蕾的，她是一个现成的形体老师。

“你……你好，”林波波站起来，有种觅得良师的激动，他为自己的聪明而感慨，“你真好！”他挤进卧房，拉起易蜓的手，磕磕绊绊地说，“你教我站……站直。”

他想自己也可以学学芭蕾，很简单。

林波波拽着易蜓，让她转起来，学着以前男同学的样子：“你跳一个，告诉我怎……怎么做就可以了。”

易蜓久蜷的腿部微肿，麻感让她站不稳。

林波波皱起眉，把易蜓拽直，加重语气：“你怎么搞的。”

他在这句话里感受到了母亲的力量。

“站直！”林波波觉得自己的身体内充满力量，以往都是在教育猎物时才会这样，他变得威严了，“我让你站直！

易蜓站直的样子很滑稽，可是她的肩背和脖颈的弧度都很优美，那是久练芭蕾后的含蓄美丽。林波波逐渐觉得易蜓的完美就来自于芭蕾，他试着吸起肚子，挺直胸膛。

他像一只正在鼓气的青蛙。

“我坐得太久了，”易蜓细声说，“跳不了……”她说着就抹起眼泪，仿佛被林波波的威严震慑到了，“我可以教你怎么站直，”她饱含眼泪的眼睛小心地望着林波波，“形体很简单的……你……你肯定能学会。”

窗外的太阳不知不觉消失了，风卷动着地面上的垃圾。林波波拉上很轻的窗帘，为了形体学习，他决定让易蜓再活一个晚上。他认为自己很快就能学会，变得像上等人一样优雅。他有那种血统，不需要太费力。

林波波甚至专门打开了音乐，他重复着收腹、挺胸这两个动作，在房间里顾盼自雄。他学得很快，因为易蜓对他相当崇拜。当他重新走回镜子前，明显觉得自己变了。

林波波觉得T恤不合适，他想再穿上爷爷的西装。但是他没忘记告诉易蜓：“我是光轨区的人。”

易蜓瑟缩在卧房内，对他投以钦羡的目光。

她是那样弱小又可怜，只能在自己的阴影下发抖。

林波波像一个成功人士那样，对易蜓随意地招手：“你过来。”

易蜓已经发觉这个人脑子不正常，她在门内露出苍白讨好的笑，笑得像哭。她内心惧怕地走出去，这栋房子正在吞没她，但是她已经意识到这是她最后的机会。

易蜓光脚走出来时差点滑倒，她狼狈地扶着墙壁，在林波波几步外停下。

林波波感觉他妈附在了他身上，那种权威感令他兴奋。他能操纵一切！所以他指着脚边，对易蜓说：“你跪在这里。”

易蜓沿着墙壁跪在那里。

林波波却照着她的脑袋搡了一把，把她搡到地上。他高兴地说：“我让你跪到这里，你怎么听不懂？你过来，跪……跪好！”

易蜓抹着脸上的泪水，爬回原位。她在这个活棺材里，贴着地面，不断地默念着妈妈。她能忍，为了外面溜跑进来的那缕风，她都能忍。

这个世界很美好的。这是她妈妈说的。

易蜓坚信她能活着。她不肯松开这口气，不然她怕自己会疯掉。她把眼泪擦干净，林波波指哪里她跪哪里。她太顺从了，顺从得让林波波忘乎所以。

林波波说：“你跪在这里，不许动。我要换衣服。”

易蜓慌不迭地点着头，她受惊般看着林波波，用眼睛告诉林波波，她绝不会跑。

林波波再度欣赏着自己的身姿，他和易蜓一高一低。易蜓已经变得没有气质了，有气质的是他。

这就是教育的力量啊。

林波波志得意满地退后，在音乐里花哨地转过身，走向爷爷的卧房。他被自己即将拥有的成功冲昏了头脑，这不怪他，他已经等了太多年。

易蜓想到了学校的田径赛，枪声响起的那一刻，大家就弹了出去。她看到玄关，距离自己只有几步之遥。易蜓感觉腿很酸，但是她会很用力。她发觉自己又泪流满面，可是她没有擦，她只想跑。

林波波拿出西装，在脱T恤前又看了眼易蜓。易蜓跪得很老实，他便撩起了T恤。

就在这一刻，外面已经黑下去的天空爆出一声雷鸣。暴雨要来了，易蜓爬起来就跑，她跌跌撞撞地刮到了茶几，在痛叫里跌倒在地，但是她又迅速爬了起来。

“骗子！”林波波扯掉T恤，发出怒吼，“贱货！”

易蜓撞到了门边，她听见林波波的脚步声。这让她开始尖叫，在尖叫里拽开门锁。门打开后她扑了出去，楼道里很黑，她几步跳下去，在林波波的叫骂声里飞奔向外。

林波波疾步追上去。

易蜓在奔跑中踩空了，她没有翻下去，而是以惊人的平衡能力稳住了身体。她听到雨珠敲打铁皮门檐的声音，单元门就要到了。

“救命，”易蜓转出拐角，“救命——”

然而她的心却凉了，她在下一刻发出绝望的哭声。

单元门被锁住了，易蜓疯狂地拽着铁锁。暴雨遮挡了她的喊叫，她被林波波抓住了头发。

“求求你！”易蜓惊恐地抓踹着林波波，想要扒住铁栏门，“救命，救命！”

“过来，”林波波如神经病般念着，“过来！”

他扯着易蜓的头发往楼上拖。

易蜓挣扎时发卡掉了，她握紧发卡。胡馨的发卡冰凉，让易蜓在粗喘中爆发力量，她觉得自己疯了，但她不能回去。她在高亢的尖叫声里，把发卡对着林波波的眼睛扎了下去。

“滚开！”易蜓厉声哭喊，“你滚开啊！”

林波波眼睛剧痛，他也大叫一声，却没有松开扯住易蜓的手。他喊着：“贱货！”

楼道内的窗户突然被踹碎了，林波波脖颈一紧，被拖住了。他眼睛看不见，在仓皇中胡乱喊叫，空出手朝后抓。

楼道太狭窄，时山延勒紧林波波的脖子，把他放倒在地。地上的玻璃碎片被他踢飞，时山延拎起他的后领，照着墙壁撞上去。

林波波在几下撞击后就昏了，他耷拉着脖子，还光着上身，时山延在他背上看到了粗糙的文身——7-345。

晏君寻忽然从后面抱住时山延的头部，把时山延顺势压在了台阶上。

易蜓还没有从惊变中反应过来，子弹就射在了她一旁的铁栏杆上。她这次叫不出来，只能失声般抱住头。

“目标出现，”7-004把口香糖送进嘴里，对着耳机说，“见到001们真高兴——可以射击了。”

雨点在铁皮檐上砸出撒豆声。

主理系统撒了谎，黑豹派遣的7-004早就来了。

这是一个圆环游戏。

064章 雨水

林波波住的旧楼其实是空的，这是易蜓的求救得不到回应的真正原因，7-004指挥的观测手在对面楼顶上观察林波波很久了。

时山延在雨水的潮湿味中闻到了虚燃弹的味道，他拽起晏君寻向上跑。铁栏门发出咣当的撞击声，虚燃弹被丢了进来。

易蜓听到晏君寻喊的“趴下”，想也不想地扑倒在地面上，在抱紧头的同时感受到虚燃弹吐出的火龙掠过她的头顶，发丝上的焦味立刻蹿进她的鼻子里。

时山延跃身进来的楼道窗户已经不能用了，他和晏君寻沿阶向上。子弹打碎了他们经过的窗户，玻璃碎裂的声音持续不绝。

“如果你打开了系统监控，”主理系统在耳机里对 7-004 说，“晏君寻就能看到你的全局部署。”

7-004 架着瞄准镜，回答：“没关系，芯片运行会干扰晏君寻的正常行动，”他把嚼开的口香糖吐出来，粘稳自己的三脚架，“况且我带来了助手，它会让晏君寻先神经错乱的。”

楼道内部的灰尘被子弹惊飞，窗口的雨水胡乱扑打。晏君寻和时山延向楼顶攀爬，他眨了几下眼，觉得眼前的画面出现了卡顿。不仅如此，嘈杂的声音直接盖住了他的耳朵。

“任务目标正在攀爬，楼顶有射击死角。二号狙击手转移位置，立刻前往 A 点完成作业！”

“哈喽，晚上好，宝贝，我刚下班哪。”

“公交是不是又迟到了啊？”

“妈，你怎么不听人讲话？我都说了不是那回事。”

“系统锁定时山延！”

“哎呀，怎么下雨了。”

晏君寻眼前的监控画面和耳边的声音完全是错乱的，他像掉进了庞杂的影像世界，每个人都在对他讲话，却没有一个人能对得上口型。这些东西一股脑地灌进来，把晏君寻原本的世界冲散了。

时山延一把握住了晏君寻的手腕，把晏君寻提了上去。

遮天阴云就压在头顶，冰凉的雨水在楼顶铁皮上急促地拍打，晏君寻的脸颊全湿了。他抹掉脸上的雨水，试着用呼吸调节，可是停泊区的监控系统显然出了问题，它的数据库似乎中了病毒，让整个区域画面都是重叠又割裂的。

“狙击手在移动，”晏君寻反握住时山延，空出的手骤然指向另一边，“A点侦查哨在200码的居民阳台。”

两人言语间，飞弹已经扫射到两个人所在的水泥台。

时山延抬腿踹翻侧面的纳水铁桶，在哗啦的倾泻声里看到桶被打穿。对方不再贸然开枪，但是楼道里持枪的行动小队已经追了上来。

这栋楼有八层高，紧贴着带有铁丝网的五层旧式民居。

时山延拽紧晏君寻，朝前跑时说：“跳！”

雨水掉落在晏君寻的脸颊上，背后的手枪正朝这边射击。他猛地蹿出去，在飞跃一人宽的距离后翻滚在地。这栋五层高的旧式民居顶部全是垃圾，晏君寻爬起身时眼前还是淆乱的画面。

但是下一秒晏君寻又倏地伏下身去，喊道：“C点侦查哨在脚底下！”

旧式民居的阳台顶棚早被拆掉了，有人徒手攀住边沿，翻了上来。C点侦查队员没有枪，但是他带着KCB77刺刀，这东西结合刀鞘可以当警棍使。

时山延率先抱住对方肘部，把对方拽向自己，在跨步的同时用前胸贴着对方的后背，这是屈臂绞杀的准备动作。对方谙熟格斗技巧，在时山延跨步时就意图打断他的动作。可是时山延脚下狠踹，强行屈臂套住了对方的脖子。

“《菜园宝宝》开始啦……”

“下面进入第三次测试，我要发卷了。”

“啊……我家通导器坏掉了。”

混乱的信息正在干扰晏君寻的脑袋，他必须迅速从这些信息海里捕捉自己需要的东西。

“300码能看清很多细节。”7-004缓缓调整着瞄准镜，放轻自己的呼吸，尽量不让雨水干扰他的射击作业。他瞄准时山延，扣动食指，在子弹射出后才继续说完后半句：“比如01AE86的格斗画面。”

“时山延，”晏君寻抬手捂住单眼，在雨中喊道，“前滚！”

然而子弹更快，被时山延绞断咽喉的C点侦查队员还没有躺下，时山延屈起的右臂就被射中了。

“哼，”7-004活动了一下手指，“就差一点。”

狙击手很少射击心脏，因为人的心脏被射中后仍然会有八到十三秒的潜意识时间，所以通常都是射击头部的三个位置。7-004瞄准的就是时山延的眉心，但鬼知道时山延是怎么反应过来的。

7-004对耳机那边的人说：“他的反应能力简直像一个怪物。”

时山延和晏君寻已经再度跑了起来。

“一号狙击手跟我们相隔300码，”晏君寻的脚步踉跄了一下，他说，“B点在——”

晏君寻眼前清晰的画面开始闪烁，系统监控正在被干扰，像胡乱切换的频道。他耳边的声音越来越小，最终彻底消失。晏君寻松开手，在雨中回首，他已经听不到自己的说话声了，就是有炸弹在身边爆炸他也听不到。

7-004欣赏着晏君寻那个回头：“7-001把你当成了阿尔忒弥斯。”

耳机里终于响起与先前都不同的声音。

“对不起，”对方说，“请告诉他，我是赫菲斯托斯。”

03 卷

赫菲斯托斯的火焰

065 章 芯片

这片楼顶在暴雨里连缀成浮板，晏君寻在奔跑中有种错觉，仿佛身体和思绪都在往下沉。但很快他就发现那不是错觉，芯片影响了他对现实的感知能力，地面正在他的眼前塌陷。

这种眩晕感是真实的。

大脑是掌控理性的地方，但它很容易被骗过。好比普通人玩 VR 游戏，虚拟景象真实到一定程度就会干扰人类正常的判断力。在智能系统设计的芯片处理下，晏君寻没有经历过“眼见为实”这种事情。他看到的任何景象，都可能只是大脑被芯片欺骗后的认知。

你的记忆告诉你，今早你吃过饭了，但芯片表示没有，它不仅给你提供你没吃过饭的画面，还让你感觉到饥饿。

那你究竟吃过没有?

这就是所有“晏君寻”面对的困境。

晏君寻触摸到地面。难以置信，天上在下雨，而他的触感却告诉他地面是干燥的。

失真感正在随着芯片的运行越来越严重，干扰他就是赫菲斯托斯的任务。

赫菲斯托斯的权限甚至超过了光轨区主理系统阿瑞斯，它负责处理所有系统故障。希腊神话里的赫菲斯托斯造出了机器人，而在北线联盟，“赫菲斯托斯”造出了能在晏君寻身体里运行的芯片，这是它给阿尔忒弥斯的礼物。

7-004带着赫菲斯托斯来对付晏君寻，就像用火点燃了落满树叶的森林。它是“晏君寻”的天敌。

晏君寻额前的发是湿的，他必须记牢这件事情！现实世界残存的感知正在降低，如果他被芯片骗到了，哪怕只有一秒，他也会失去抵抗能力。

“向前，”时山延觉察到晏君寻的异常，他握住晏君寻的手腕，像是引导，“向前跳！”

晏君寻听不到，但是他能感受到时山延的温度，就跟着跳了。

两个人从楼顶虎扑向偏矮的雨棚，铁网割破了晏君寻的小腿，他险些掉下去。那一下的疼痛让晏君寻的听觉又恢复了正常，他爬上雨棚，在极速搜寻目标的过程里反复告诉自己，下雨天才是真实存在的！

“7-004是一号狙击手，待在区域最高的B点，观察范围不受限。”噪音就像密集的虫鸣，晏君寻握过的铁网也开始扭曲，他的语速越来越快，“D点是侦查移动点，由督察局行动小队组成，成员包括朴蔺。朴蔺戴着通导器，但是珏不在。黑豹派遣来的系统助手不是阿尔忒弥斯——趴下！”

虚燃弹从上掉下来，在他们身侧爆开，但是只是响了一下，没有燃起来。

晏君寻伏在垃圾上，满脸雨水。他大脑内的信息像被砸烂的拼图，无数画面从眼前滑过，而他搜寻的速度快到离谱。

“它有阿尔忒弥斯的干预权限，我见过它，但是我想不起来了！”

晏君寻说话间，眼前的垃圾在雨水的敲打中变成了白老鼠。这诡异的画面犹如魔法，挑战着晏君寻的判断力。他得撕开芯片伪造的世界，于是他伸出手抓住了这只白老鼠。

白老鼠在晏君寻手中发出塑料包装袋的声音，但是他的眼睛已经被芯片完全蒙蔽了，不论晏君寻怎么看，它都是白老鼠的模样。

晏君寻喉间逸出一句痛苦的咒骂，在这一刻问时山延："那晚的星星是真的吗？"

时山延看晏君寻攥着那只塑料垃圾袋，他俯过身去，用拇指狠狠擦掉晏君寻脸上的雨水："朝我看！"

晏君寻被迫看过去，是时山延的脸。

时山延的血蹭到了晏君寻脸上，还有雨珠沿着他的鼻尖掉在了晏君寻的手背。他的眼神带着让人无法否认的力量，他回答晏君寻："真的。"

晏君寻立刻扔掉垃圾袋，说："D点有把TAC-50正在瞄准你，你最好低头。"

两个人整齐低下的脑袋磕在了一起，子弹嗖地打在侧面墙壁上，把墙壁上的涂鸦小人打成了独眼龙。

朴蔺坐在车里，看到监控画面。他戴着的耳机里有各种命令的声音，所有人都在为围捕晏君寻和时山延喊叫。

"他们和停滞区组织什么关系？"朴蔺问身旁坐着的队员，"我收到的资料里没说。"

"很大的关系，"队员挽起袖子，把面包塞进嘴里，"他们就是停滞区组织派来的卧底。"

朴蔺点了下头，问："你有看到什么证据吗？"

队员嚼出了面包屑，说："主理系统这么说的。"

"主理系统还把珏关掉了，"朴蔺说，"我们根本没做过调查。"

他们说话的时候，车顶忽然发出“嘭”的响声，有东西砸在了上面。队员被吓得差点呛住，车内的两个人抬头朝上看。侧面的玻璃突然碎了，行动小队队员没来得及反应，人已经被撂倒了。

“开车！”时山延对朴蔺说，“从废弃的院墙那里撞出去。”

朴蔺摸枪的手停在半途，他犹豫了一秒，耳机里有主理系统的命令。

主理系统说：“朝车开火。”

两侧的车窗顿时裂了，朴蔺先抱头，被震动震歪了身体。他对耳机说：“我是人质！”

“没有在行动车辆里检测到内部人员，”主理系统冷酷地说，“立刻炸掉它。”

晏君寻拽住朴蔺的衣领，把他推向驾驶位：“现在就开车走！”

车身再度被震得剧烈一晃，朴蔺心一横，拧动了车钥匙。

“车载系统为您服务……”

在悦耳的音乐声里，车歪歪扭扭地开向废墙。

“我在犯法，”朴蔺满头是汗，踩下油门，“我会进监狱的！”

“撞开那堵墙，”时山延撕掉袖子，“不然你现在就会见阎王。”

像要印证时山延的话，车尾灯都被子弹打爆了，后方人员正在射车胎。

晏君寻推开座位上乱七八糟的东西，拉出底下的医药箱，他拆纱布时在嘴里叼了一把细窄的匕首，汗顺着他的鬓边流淌。

“你们真的跟组织有关系吗？”朴蔺从倒车镜里偷看他们，“不是吧，你们不是黑豹吗？”

晏君寻给刀消毒，没有麻药，只有镊子。

“黑豹跟你说过什么？”时山延抬起头，汗流过他的脖颈，“别被7-004骗了，这可是关乎立场的问题。”

“什么？”朴蔺没听明白，“什么意思？”他从倒车镜里看到晏君寻用刀划开了时山延的手臂，“你中弹了！”

晏君寻的镊子碰到了子弹，他要屏蔽一切干扰，手却因为古怪的触感而发抖。

时山延垂下目光，对他说："就这样把它夹出来，君寻，你看得见。"

晏君寻的眼前都是虚影，他说："但我不知道真假！"

"你碰到它了，"时山延说，"你的判断没错！"

车后胎在此刻被打爆了。整个车身都发生偏斜，后胎在地上拖出刺耳的声音，朴蔺猛力转着方向盘。

医药箱翻倒在侧，晏君寻已经把子弹夹出来了，他还要给时山延缝上伤口。

车很难开，但它还能开。车门已经被打凹了，子弹还没有射进来。朴蔺从没有这样感谢过姜敛，是姜敛更换了督察局的行动车辆，不然他们早成筛子了。

以后姜敛就是他亲哥了！

"我要撞开那堵墙了，"朴蔺再次看向倒车镜，"你们最好坐稳。"

行动车像刨蹄的野牛，它先撞开了墙前的标识牌，接着——接着被撞了！另一辆行动车从右侧撞过来，朴蔺没能及时调整方向，车头突破废墙，斜蹭着居民楼飞了出去。车进了窄巷，两侧快要贴到墙了。车门刮掉了一长道墙皮，顶部还撞到了一些晾衣架。

朴蔺在猛烈的颠簸里喊："往哪儿跑？"

晏君寻正在屏气凝神地缝针，车颠得他快吐了！

没人回答朴蔺，朴蔺只好按照自己知道的路线跑。他一边默念着督察局的部署位置，一边冲出了窄道。他惊人的记忆力让他对停泊区路线都了如指掌，凭靠旧区水塔就能辨清方向。

时山延看着晏君寻给自己缝针。

"别看了，"晏君寻缝得很慢，因为他总会被眼前横出的陌生画面打断，他狠声说，"别看了！"

主理系统对赫菲斯托斯说：“晏君寻正在……”它的电子音很不清晰，“我请求帮助……”

侦查B点的监控摄像头突然炸了，就像那晚在丽行发生过的事情。7-004看到光屏上的监控画面全部变成了雪花，只是一瞬间的事情，连预告都没有。他还察觉到耳机里的故障，不禁发出感叹：“了不起，他真是了不起。喂，这太玄幻了吧。”

赫菲斯托斯在做记录，它说：“这是7-001的‘性能’，他本身就是为监控和反监控而诞生的。继续追捕他，我想看看他进化到哪一步了。”它说着，再次干扰芯片，“他的情绪起伏很小，这点太优秀了，刚才面对围捕，他甚至不紧张。不过这可能是阿尔忒弥斯的‘设置’，他和小丑是两个极端。我试着干扰他的感官，但他都反应很快。”

它细细记录，得出结论。

“阿尔忒弥斯肯定对他做过相关训练。”

066章 追捕

朴蔺看到车内的监控画面也消失了，他想起那晚督察局遭遇的袭击，不禁说：“你带着屏蔽器吗？”

“左转有车，”晏君寻还没缝好，“后面要追上来了！”

朴蔺听到了行动车的声浪，他转动方向盘，把车塞进了右边的通道里。通道边沿还有没盖板的排水沟，车在咣当的声音里颠得人都快要撞到车顶了。

朴蔺说：“马上就好！”

朴蔺踩下油门，车刮着墙壁嗡声突进，最终摇晃着冲向马路。

“没有麻醉药，”晏君寻不得不看时山延一眼，“对不起——”

车再度摇摆了一下，朴蔺懊恼地说：“真不好开！路上全是车！”

时山延的痛感不是很强烈，但他对这句“对不起”很有兴趣，因此没有反驳，也没有解释。他露出“没关系”的表情，尽可能地展示自己的大度，以便让晏君寻更加愧疚。

晏君寻重新低下头，他听到雨水拍打车窗的声音，那比枪声好听，但是这个声音越来越大，大到像雨水要灌进他耳朵里来了。

“蜂型飞行器在追车，”晏君寻微别过头，雨水泡得他耳朵发痒，他问时山延，“雨是不是下大了？”

“不，”时山延看到晏君寻的神色变化，“它变小了。”

它变小了。

晏君寻要让自己完全相信这句话，他在嘴里把它念了一遍，然而雨声没有如期停下。

“蜂型飞行器不可怕，”朴蔺安慰自己，“这里是公用交通通道，如果他们在这里引爆飞行……”

车顶登时爆炸了，蜂型飞行器炸开的火浪在雨中犹如怒放的红莲。行动车两侧的车辆没有防备，司机还在打量这辆奇怪的瘸腿车，岂料炸开的碎片已经射进了他的车内，弹到了挡风玻璃上。

民用车后座的小孩骤然大哭，被声音和碎片吓到了。

朴蔺稳着方向盘，汗把他的衣领全部打湿，他不能理解地喊：“疯了吗？”

“我得提醒你，”时山延说，“7-004的任务是不惜代价击毙我，带走晏君寻。”

朴蔺抽空瞟了眼倒车镜：“他们在犯法，这里都是停泊区居民！”他说完又看到了蜂型飞行器，在加速中问道，“究竟还有多少飞行器？”

晏君寻觉得自己都要被雨水泡发了，他听朴蔺讲话像隔着水，模模糊糊。但是他还能看到蜂型飞行器，这些小炸弹都带着摄像头。他说：“十三个。”

车顶快被炸开了。

晏君寻眼前都是迅速掠过的马路地面，这是飞行器的视角。他觉得自己就是一个飞行器，然后一头撞在了电线杆上。眼前的画面随着撞击而消失，只有那种直冲上去的晕眩感保留了下来。

赫菲斯托斯在观察中发出了“嗯”的声音。

行动车周围的民用车都在避闪，把后方堵死了。朴蔺必须朝前开，他想离开行人聚集的地方。

“要找一个机会甩掉他们，”朴蔺换挡，“等姜哥出狱了，我得请他吃饭！”

“光铁，”时山延别过头，从车窗里看到了焦炭厂的烟囱，“它要经过了。”

朴蔺脑袋打结，反问：“我要去撞它吗？”

“没错，”晏君寻已经缝完了伤口，他给出肯定回答，“卡点从它前面过。”

光铁的经过时间固定，并且经过的时间很长，如果朴蔺能踩点冲过去，它就能替他们挡住后方的追捕。

朴蔺觉得今晚是自己最后一次开车，他可能看不到明天的太阳了。这让他悲从中来，在紧张的驾驶过程里发出了哽咽声：“我想跟我妈说句对不起。”

晏君寻趴到窗边，细小的雨落在他的脸颊，他只能看到后方交错的车灯。

“我不该不听她的话，跑去参加督察局考试。”朴蔺加足马力，“我还想跟珏说一句话！”

时山延从地上的队员身上拿走了枪，问：“你要跟它告白吗？”

晏君寻看到停泊区的楼群正在坍塌，它们朝着他的方向压了过来，掀出浪花般的灰尘。他感觉脸上有风，还闻到了灰尘的味道。可是他没有发出任何声音，连呼吸都没有错乱，因为这是假的。

他不想让自己大惊小怪，像一个疯子。

“我想跟它组成家庭，”上方的飞行器正在俯冲，朴蔺已经冲上了高速，再过一个隧道就是交错的光铁了，“还想跟它喝杯数据酒！”

时山延装好弹匣，迅速上膛，抬起手臂，朝斜上方开了一枪，飞行器尾翼随即爆了，它在空中歪了方向，急坠在地。他接着上膛，再打爆了另一个飞行器的尾翼。

他的手很平稳，眼神很锐利，没有一发子弹打空。

后方堵塞的车道里忽然晃出了几辆摩托车，督察局的标识高亮在细雨中。

车速没办法再提升了，车子就是贴边过弯道也赛不过后方疾速前冲的摩托车。后面的挡风玻璃砰地被打碎了，强风霎时从车内横穿而过，呼呼地吹飞了放在座位上的纱布。

另一个后车胎也爆了。

晏君寻对时间把握得很精准，他说：“还有五十秒。”

朴蔺控制着想要左右转动的方向盘，宛如拖着一双报废的腿在狂奔，漆黑的夜里听到了光铁经过前的悠长钟声。他觉得手里全是汗，在颠簸里变得很安静。

他不敢讲话，讲话会分心。他明白晏君寻的意思，卡就要卡在光铁经过的那一个瞬间，早了晚了都没用。

蜂型飞行器蜂拥而至，在行动车上方发出冲刺的声音，刺耳得像坏掉的高压锅。

晏君寻闭上眼，他希望自己什么都看不到。雨声没停，他感受到整个世界都在坍塌，可是无所谓，他不在乎了。他脑袋里的刺痛让他皱眉，那电流经过的感觉，让他认为可以做些什么，比如让这些聒噪的飞行器安静。

上方的蜂拥而来的飞行器仿佛失灵了，它们没有征兆地撞在一起。整个过程进展得很快，不论是主理系统，还是赫菲斯托斯，都没有收到飞行器的操控系统警报。

时山延开枪射中了一名摩托车手的头，就在同一时刻，飞行器陡然爆炸。

朴蔺把油门踩到底，行动车甩着尾撞破木栏杆，再飞跃似的冲破雨幕。天空中是飞行器炸开的火花，停泊区发出巨大的震动声，光铁随着沉重的钟声，沿着轨道疾速冲来，行动车也冲了出去。

光铁呼地擦了过去，行动车的车屁股差点被刮到。

后方的摩托车在湿滑的地面上没刹住，猛地撞上了光铁，瞬间就报废了。

晏君寻直到此刻才惊觉自己一身的汗，他坐回原位，靠在椅背上时喊了一句："太刺激了。"

时山延把没子弹的枪扔到座位上，说："继续跑。"

朴蔺把耳机摘掉，发觉耳朵都戴痛了。他说："我们去……"

他的耳机里发出刺啦的干扰声，接着卡进了电话。他没想接的，可是通导器自动接了。

雨悄悄地下，这个电话在此刻显得很有暗示性，也许是主理系统的警告。三个人全部屏住呼吸，盯着小小的耳机。

"有人吗？"苏鹤亭掩着口鼻，小声问，"喂喂？"

067 章 成精

苏鹤亭没有得到回应，他十分惶恐地说："你们阵亡了？！"

"别讲这么不吉利的话，"朴蔺开口反驳，"我们都活着！"

"早点给我回答，"苏鹤亭拉紧连帽衫的绳子，兜帽把他的脸挤成一团，“这里到处都是斯哥的眼睛。”

晏君寻问：“谁？”

“阿——”苏鹤亭不能把全名说出来，他担心周围的系统监控会收听到，于是把阿瑞斯的名字拆成歌唱的歌词，唱道，“啊啊——我亲爱的瑞瑞……”

神经病啊！

“好了，”晏君寻制止道，“我们理解了！”

时山延系紧纱布，问：“你还在光轨区？”

苏鹤亭把手揣进连帽衫的前兜里，站在红绿灯旁边，被夜雨淋湿了肩膀。他说：“没错，区域出入管控太严了。我的编号，”他用目光扫过周围嘈杂的人群，“已经用不了了。”

苏鹤亭从不告诉任何人，他究竟有多少编号。晏君寻点亮光屏，看到现在显示的是一个陌生编号。

“7-004带来了一个奇怪的系统，它能干扰我的正常活动。”晏君寻说，“你怎么把电话切进来的？”

“用我的聪明才智，”苏鹤亭身边的绿灯亮了，他挤进交错的人群，“你能先把我周围的东西都关掉吗？你能做到吧？我知道那晚你让这里停电了。”

“那是突发事件，”晏君寻记不清那晚在丽行他有没有看到光轨区，“我现在做不到。黑豹为什么突然变卦？7-004带着枪来的，”他看向时山延的手臂，“他想击毙时山延。”

“你听着，”苏鹤亭的声音始终很小，“7-004带去的是赫哥，一个专业的修理工，能让它离开中枢地带的事情没几个，你就是其中之一。你妈的注销任务就是它完成的，它对你一清二楚。”

晏君寻终于想到了名字：“赫菲斯托斯？”

“我怀疑我们要被清理了。”苏鹤亭走得不快不慢，在人群里不显眼。

他淋过雨的脸很苍白，那是久不晒太阳的缘故，“我看到了秘密的文件夹，大哥在边界线上击杀的‘狐眼’是一个卧底，”他问时山延，“你清楚这件事吗？他是一个卧底，是自己人。”

2160 年，时山延在南北边界线上狙杀了南线联盟的狐眼，而狐眼在更早以前击杀了北线联盟的统帅。傅承辉正是在统帅狙击案以后才成功上位的，他让黑豹从单一的武装力量变成了今天的政治势力，和系统开始共同构建监控社会。

时山延的神情不变，回答：“我清楚。”

苏鹤亭快要走到头了，他抓紧时间说：“畸形世界正在形成！老傅玩脱了，他整天想着清理别人，这下好了，他自己可能都被清理掉了。这些智能系统疯了，所有命令都——”

通话里出现摩擦衣物的声音，时山延皱眉，说：“你最好先说清楚再跑。”

“所有命令都是它们自己协商的！”苏鹤亭跑起来，他在五彩缤纷的街头玩命地跑，“你敢信？它们自己协商自己执行！借着最高统帅的旗号企图统治世界！我根本联系不上老傅，我连他是死是活都猜不到！”

公用光传车像浮在灯海里的胖鱼，从苏鹤亭头顶经过。苏鹤亭已经听到了督察局的警报声，前方大大小小重叠交错的光屏投放着各种广告，其中有条插播就是他的逮捕信息。

“赫哥肯定留了一手，它们说不定想造神，阿尔忒弥斯的数据……”苏鹤亭的声音受到干扰，变得不再连贯，“被……罗……”

苏鹤亭猛地拽掉耳机，朝着街道扔了出去。他撞进人群里，在紧急刹车后拐进窄道。窄道里的垃圾桶东倒西歪，他几个跳跃，踩烂了破塑料桶，带着一腿的脏物跑进相对昏暗的地方。

光轨区就是北线联盟的未来缩影。

这里的居民不论居家还是出行，都和系统完全绑定。智能系统完全渗入人类生活，它们的功能五花八门，在核心地区还组成了实验家庭。它们和停泊区那种还在人类认知内的常用系统不同，它们已经普遍达到了熊猫的水平。

熊猫是系统，它由复杂的数据构成，但是它在核心设置上完全独立，在生活中表现出高度类人的特点。最关键的是，它甚至能形成实体触感，可以做出抱、拿、举等等动作，这点在小橘龙身上也有展示。

它们再这样发展下去，顶替人类不是梦！

苏鹤亭搞崩了芯片定位系统，这是他跑前干的最紧要的事情。但是他怀疑赫菲斯托斯可以修复，这些系统的自主性完全超出了人类想象。

苏鹤亭喘着息，缓下脚步。可是他看到前方更黑的地方亮起了两盏灯，有个清扫机器人滑出来，对着他用电子音说：“捕捉垃圾！”

“你才是垃圾，”苏鹤亭向后退，喊道，“你全家都是垃圾！”

他斜上方亮起红光，等他回过头，看到那些室内系统，它们密密麻麻地趴在居民楼的窗户上，朝着他整齐地喊：“捕捉垃圾！”

苏鹤亭心情复杂地回看清扫机器人，举起手，挤出微笑：“好的，你说得对。对不起，我真诚地道歉。”

时山延立刻对朴蔺说：“开车去低暖山脉。”

朴蔺发动车，觉得自己的噩梦成真了。他心惊胆战地问：“他什么意思？智能系统都成精了？”

“我得叫醒珏，”晏君寻滑动着光屏，“目前没有任何新闻。”

网络世界很安静，没有人知道两个区域发生了什么，甚至没有人知道联盟核心可能换成了系统在操控。它们凭靠自己出色的能力掌控虚拟世界，这可比原先的黑豹厉害多了，它们能抹掉任何人的痕迹，这是真正的说一不二。

时山延看到焦炭厂的烟囱，那里还有火星点点。他从座位底下找到了步枪，还有一些近战搏击用的武器。他摸到自己的胸口下方，对晏君寻说：“我们得把定位芯片取出来。”

晏君寻手上还有时山延残留的血迹，他说：“我压根儿没学过医。”

“我就知道出大事了，主理系统把姜哥都关起来了。这些系统要统治世界？那它们岂不是还要跟南线联盟开战？我的天哪，我妈怎么办？她连通导器都不会用，”朴蔺紧张地控制着方向盘，看着倒车镜，话锋一转，“但她能联系到区域最优秀的医生。”

时山延和晏君寻一齐看向他。

“我是一个富二代，”朴蔺强迫自己笑出声，比哭还难听，“我没跟你们说过吗？”

068 章 医生

这件事除了姜敛，只有珏知道。朴蔺对自己富二代的身份深恶痛绝，他一直心向群众志存高远，毕业以后撒腿就跑，跟他妈连招呼都没打，直接报了督察局的考试。

“督察局对面的那栋商业楼是我妈的，她没事就坐在里面喝咖啡，用望远镜看我有没有下班，”朴蔺说得很悲伤，“我和珏的约会她还不知道。”

晏君寻把光屏关掉：“赫菲斯托斯会看你的亲属关系，我们不能立刻联系她，你也知道其中的危险。”

“那个赫菲斯托斯，”朴蔺快哭了，“它究竟是来干吗的？”

晏君寻想了想，说：“回收。”

时山延把搏击武器递给晏君寻，顺势看向车窗外。

低暖山脉的中间呈现出过度开采的模样，这里没有做任何虚拟绿化。烟囱高耸在眼前，向附近喷发着灰尘，空气里有种很难闻的味道。

车下了主道，行驶在通往焦炭厂的土路上。半个小时以后，他们就进入了焦炭厂的范围。焦炭厂附近的民居形成了“井”字构造，靠近道路两侧的民墙都呈现出久积尘灰的老旧感，时山延在民墙上看到了“联盟必胜”的战争标语。

停泊区是由这里的工业镇发展起来的，当时的绿化不需要虚拟数据。目前还住在这附近的人都是焦炭厂退休职员，其中孤寡老人占据多数。根据这几年的联盟调查数据显示，除了停滞区，其他区域的生育率也在极速下降，人类在生孩子这件事情上越发力不从心。傅承辉曾经号召区域养育，打出的标语是“把您的小孩交给联盟，联盟创造美好明天”，在待发展地区引发了抗议。

停滞区组织只是反抗黑豹强权的一个团体，这种团体在其他待发展地区还有。联盟的内部矛盾在南北战争中被激化了，因此战后傅承辉的政治行动表现出前所未有的强势。

晏君寻想到苏鹤亭刚才说的话。狐眼是北线联盟的卧底，也是黑豹成员，他在傅承辉的授命下击杀了统帅，但接着就被时山延击杀了。这好像是一个轮回，现在轮到时山延了。

时山延擦着枪，对朴蔺说：“正规医生取不掉芯片，你可以问问你妈，她认识黑市医生吗？”

“她不认识，”朴蔺把车停下来，扭过上半身，忽然灵光一闪，“但我知道，这片区域里就有。”

姜敛隔着玻璃，手都戴上了束缚锁。他问对面的7-004：“我犯了什么法？”

“包庇组织卧底，”7-004趴在桌面上，翻看着姜敛的资料，“时山延是停滞区组织卧底，主理系统本来可以在督察局里击毙他，但是你禁止成员开枪，导致他跑了。这给我们的后续工作增添了很大的麻烦，”

他抬起的脸上戴着墨镜，“我们需要调查你。”

“时山延是你们黑豹派来的，”姜敛的镜片有点花，但这不影响他看人，“我在接收他以前就向黑豹提出过意见。”

7-004看了姜敛片刻，说：“是这样吗？我没有在系统那里看到你的反对意见。”

时山延的相关资料都由系统负责保管，包括督察局对他的观察日记。现在主理系统“疯了”，7-004说什么都行。姜敛开始怀疑这是一场有预谋的栽赃。最早时山延来到停泊区，黑豹就要求他住在分隔区由系统监控。

系统，全是系统。

“我想问你，”7-004说，“时山延行为异常，你为什么不上报？”

姜敛推了一下眼镜，说：“他在这里表现得很正常。”

“他朝已经失去抵抗能力的观测手开了四枪，”7-004指了指资料，“你觉得这是正常的？”

“你和我都不在现场，”姜敛看着他，“只有时山延知道对方究竟有没有失去抵抗能力。万一对方还有反击的余力呢？”

7-004说：“他打坏了对方的手脚。”

姜敛心情沉郁，说：“对方还有牙齿。你在任务里用过牙齿吧？就像电影里演的，为了完成任务身体的各个部位都能使用。”他一边想着难搞，一边说，“你跟我讨论01AE86正不正常就是在浪费时间。我说他正常，你说他不正常，那你就按照他不正常往上报好了。他压根儿不是停泊区督察局编内人员，他是你们黑豹的人，跟我没关系。我当时禁止开枪是因为我认为根本没有开枪的必要。晏君寻是督察局的侧写师，他有问题可以申请调查，我们全方面配合，但是那个可恶的系统——你听到了吗？浑蛋，是你的开枪命令吓跑了他们。”

主理系统转动着摄像头，警告道：“你不要骂人。”

“我没骂人，”姜敛的火气已经蹿到了头上，他看向系统摄像头，“你又不是人，你不是。”

“系统享有人权……”

“傅承辉的提议没通过，”姜敛砸了一下桌子，在连续几天的禁闭里变得胡子拉碴，非常暴躁，“系统就是人类的辅佐道具，你和一支笔没区别！笔有人权吗？”姜敛气极反笑，“傅承辉想靠系统给他的投票继续当联盟老大是吗？停滞区组织迟早要炸掉他的指挥中心！”

“他说了停滞区组织，”主理系统的摄像头转向7-004，“我可以判定他和组织也有勾结。”

“是啊，没错！”姜敛猛地站起来，“随便你们怎么说！”他的眼镜滑掉些许，露出他的黑眼圈，但是他顾不上，他指着系统摄像头，“你是智能系统吗？你的智商跟我家狗一样！”

“你太过分了。”主理系统打开室内喷射机关。

姜敛头顶上方顿时出现一排水管，接着射了他一身水。他在喷射里狼狈后退，撞翻了室内的椅子，眼镜也掉了。姜敛挡着脸部，对7-004喊：“别想让我闭嘴——”

玻璃上的通话口关闭了。

姜敛再度回到了禁闭空间。

“‘螨虫’团体里有个医生，”朴蔺在前面一脚深一脚浅地走，“资料里说他是‘螨虫’老大的私人医生，地位和‘螨虫’刺青师一样，都是新人进团时要拜的前辈。”他回头，苦中作乐，“他的整容手术做得也挺好，你们有需求吗？好吧，我们都没有这个需求。”

此刻还下着毛毛细雨，三个人在焦炭厂附近的民居巷子里。这些巷子的排水沟没有设计好，又因为懒于疏通，已经堵塞，积水都变成了深黑色的浓稠液体，散发着恶臭。

晏君寻的鞋子已经湿透了，他问：“姜敛没有抓那人？”

“他只是一个医生，”朴蔺在昏暗的光线中辨别着那些门牌号，“姜哥做事喜欢留一线，这是他的缺点也是优点。”

姜敛在很多时候容易扮演一个出力不讨好的角色，这点让他老婆最失望。

这片区域没有系统摄像头，时山延路过刚才那个巷子时，还听到了墙内有收音机的声音。这些民居都是平层，有着单独的小院子，不过大部分都没人住。

朴蔺带着他们在这里越走越深，最终停在靠近焦炭厂边缘的巷子里。他用随身带的小手电筒照了照门牌号，说：“就是这里了。”

晏君寻抬头看到上方被雨淋得破烂的蜘蛛网，示意朴蔺敲门。

朴蔺抬起手，又回头看向他们。他欲言又止，迟疑了几秒，才说：“我不能保证他真的会配合……对吧，毕竟他老板都被我们抓了，而且我们现在就是逃犯，如果他打开电视看到新闻，说不定会报警……”

朴蔺说着，时山延已经敲响了门。

过了半晌，里面的门开了，有人踩着拖鞋站在台阶上，问：“谁？”

时山延回答：“病人。”

对方说：“我不是医生。”

“问题不大，”时山延敲门的手推了推，“我带着枪。”

朴蔺心想糟了，谁知道对方在台阶上咳了几声，走过来了。门开时里面没人说话，黑漆漆的缝里挤出枪口，医生用霰弹枪对着他们。

“不就是一把枪吗，”医生露出苍白的脸，鄙夷地说，“谁还没有啊？听你讲话厉害得上天了！把你的枪收回去，”他瞟到眼熟的朴蔺，把枪杵到朴蔺脸上，“不然我现在就崩了他。”

朴蔺没听太清，但还是立刻举起了手。

医生叫“手术刀”，他就这么自称的。手术刀今年五十六岁，不是“螨虫”的专属医生，而是这里的黑市医生。他的大背心挂在削瘦的肩膀上，正在院子里的脏水盆里涮脚。

“谁看病啊？”手术刀的寸头掺杂着白发，但能看到手臂上的肌肉线条，“脑子方面的看不了。”

朴蔺说：“我大哥。”

手术刀看了眼时山延，到他这里来的十有八九都是治疗枪伤。他换一条腿涮，把枪扛到了肩膀上，手臂内侧都是文身。他也不问时山延，只是嘀咕了句“搞什么”。他对朴蔺说：“我看你才有病，把人往这里带经过我同意了吗？我点过头了吗，你就带？”

朴蔺被骂得两手贴裤缝，他说：“一样的……能治好就是一样的。”

“你们督察局缺个屁的医生，别是钓鱼吧？”手术刀把拖鞋重新穿上，“要是钓鱼，我就弄死你们。”

069章 变化

手术刀今年的生意不好，他的爱好又极其烧钱，因此陷入了生活困境，所以对来客的容忍度很高。他也不等朴蔺回答，独自上了台阶，临进门的时候回过头，瞪了朴蔺一眼，算是同意让他们进门了。

这老头把房子打通了，站在门口就能看到他的床，厨房也是开放式的，台子都选用的大理石。走进门后会发现他的家很挤，里面放满了动物标本和小型盆栽，墙壁上挂着很多画。

晏君寻在门口听到了猫叫，他抬起头，看到门的上方改成了猫爬架，一只胖蓝猫正在对着他翘脚舔毛。

“枪伤一口价，”手术刀把枪放在饭桌上，“先给钱，再看病。”

“钱能给，”时山延拿起手术刀手写的价格表，“怕你不能做。”

“别装，”手术刀抱起手臂，“做不了你们来这儿干吗？访问孤寡老人吗？”他盯着时山延，缓缓皱起眉，“你有股黑豹的臭味。”

房间里坏掉的空调在嗡嗡响，那只蓝猫无声地跳到地上，伸着懒腰。

手术刀的目光慢慢移向时山延后方的晏君寻，盯了一会儿，说：“你们是来取芯片的。”

黑豹在手术刀这里叫“家犬”，他把黑豹看作联盟合法的黑帮团体，因为加入黑豹的流程和加入“螨虫”差不多。除了文身，黑豹还要植入信息定位的芯片。

“这东西我取过，”手术刀讲话有种让人很不爽的傲慢，“早在几年前就取过，屁大点的事情。不过黑豹嘛，名震江湖，给你们做风险很高，我的价格要翻倍。”

“没带现金，”朴蔺掏出通导器，“咱们能……”

“你掏啊？”手术刀从抽屉里取出账户编号牌，搁到桌面上，说，“那价格得翻五倍，人傻钱多。”

手术刀让他们自己解决晚饭问题，他有个比院子更大的地下室，他待在那里，一点都不担心这三个人会跑，反正钱他都收了。

朴蔺在冰箱里发现了泡面。于是三个人围在饭桌旁，头对头吃面。

“我们抓‘螨虫’的时候，手术刀也做出了贡献，”朴蔺说，“当时‘螨虫’的老大中枪快死了，是手术刀把他从鬼门关拉回来的。”

他把人拉回来交给督察局，还拿了二十万的举报费。

“他就是独居惯了，脾气有点怪，”朴蔺用餐纸擦着汗，“我和珏都觉得他还算一个好人吧。”

朴蔺十句话里有六句都是珏。

“我们得在这里待几天，”晏君寻食不知味，他对自己的味觉保持怀疑，“主理系统实行了区域封锁，我们只能待在这里。”

门外的雨已经停了，现在天空是凌晨的灰色，房间里弥漫着一股潮湿的泥土味。焦炭厂的烟囱还在工作，他们在这里也能听到重型货车经过的声音。

朴蔺沉默了许久，问：“苏鹤亭会死吗？”

“看黑豹的心情，”时山延卷着面，“他也可能会倒戈做个污点证人。”

“不要吧，”朴蔺失落地说，“我们也算搭档过。”

朴蔺今天已经够失望了，他还想保留对人的基本信任。只要别总和珏讲话，苏鹤亭还是一个不错的人。

督察局的行动车被他们停在了焦炭厂的另一头，明早肯定会被督察局发现。雨停没有让人松口气，反而让气氛变得凝重。停泊区不像停滞区，它没有分区，就这么大。焦炭厂作为标志地点，一定逃不过搜查。

晏君寻想抽烟，但他只是想想，嘴里就已经有了苦味。他不知道这是芯片在捣鬼，还是自己的错觉。他尽量不让自己被眼前闪过的画面吸引，在有饱腹感以后就停下了进食。他问朴蔺：“你们怎么找到凶手住址的？”

“不是我们找到的，”朴蔺终于等到这个问题了，“7-004到停泊区的时候就知道凶手住在哪里，他们没有跟我们做过任何有关案情的讨论。”

易蜓失踪了三天，督察局的行动小队最后一天就在林波波家的楼下。7-004的四个侦查哨点都能看到林波波的房间，他知道里面会发生什么，但他等得起。

晏君寻缓声说：“主理系统……”

“它中病毒了吗？”朴蔺露出费解的神情，“它的行为已经违背了督察局的原则。”

时山延抓住了感兴趣的点，他反问朴蔺：“你认为主理系统‘中病毒了’，不认为它变得更智能了。你觉得它和珏有区别吗？”

“它们和珏有很大的区别，”朴蔺把泡面推远，将自己的胳臂放在桌面上，想到督察局里盯着他看的清洁机器人，“珏是那种有人情味的系统？”这个问题让朴蔺精神了，他认真地说，“珏在很多问题的看法上和我一样，我们能相互探讨，它有思考能力。就是这点，主理系统没有。主理系统的一切行为都像在遵循设置，包括现在。”

主理系统在执行任务的时候格式很单一，任务是击毙时山延，它就能忽略朴蔺还在行动车内的事实。它既没有同理心，也无法做到移情，甚至理解不了人类的情绪。

朴蔺刚开始和珏做搭档的时候，珏也不能很好地理解他的情感变化，但是珏很尊重他，它的体贴在双方相处时越来越明显。实际上它现在也不能完全地理解人类情感，可是它已经知道该怎么寻找答案，也知道该如何安慰别人。

“它的内心……这么讲很奇怪。它的资料库？这么讲更奇怪了……总之珏能让我感到舒适和放松，它具备美好的特性。”朴蔺给他们举例，“好比我们在丽行遇到的那个肌肉甜心，珏对他很欣赏，它总能对陌生事物抱有善意。”

朴蔺给珏的备注都是“她”。他在一次和珏的游戏中察觉到自己的心意，这对他来说就像吃饭一样自然。

朴蔺相信珏表现出的情感，它的那些语气都是真实的。如果问朴蔺最担心什么，他会回答“格式化”。如果珏被格式化了，他不确定他们是否还能建立这样的亲密关系，并且格式化和设置关联，他最不愿意想的事情就是设置。

他的爱情对象不是设置来的，珏是有思想的。

人是复杂的动物，朴蔺就在这种矛盾里变得无法自拔。他时常想对珏说“爱”，可他也担心珏回答“爱是什么”，那会暴露他们之间的不同。

“比起跟人类组建家庭，我更愿意和珏待在一起。”朴蔺只能这样回答时山延。

手术刀的敲杠声打断了他们的谈话，这让朴蔺好受一点。他起身把自己的泡面桶收拾掉，然后借口休息，以此逃避了时山延的下一个问题。

时山延神情倦怠，他垂头时鼻梁显得更挺了，虽然只有几秒，但他已经捕捉到晏君寻的目光。他的神情没怎么变，但是那种倦怠感消失无踪了。

晏君寻说："你问了他残忍的问题。"

"那是他迟早要面对的问题，"时山延拿起水杯，"人类和系统没有组建过家庭，谁都会问他这个问题。"

晏君寻在朴蔺的身上看到了熟悉的影子，那让他很不舒服。他说："等他面对了自然会想，这件事不需要预习。"

时山延喝完水，说："他让你想到了自己。"

没错，晏君寻想起了阿尔忒弥斯的玻璃房。他曾经和朴蔺一样，认为系统的情感是真实的。

时山延把水杯放回去，手臂上的纱布渗出点血。他看着晏君寻，说："你对我太凶了。"

晏君寻还抱着自己的泡面桶，看到纱布就想起自己的缝针水平。他回避时山延的目光，说："我没有。"

时山延对晏君寻的那点妥协很受用，毕竟来之不易。

窗外的水管正在滴水，沙发上传来朴蔺的偏轻的呼噜声。他们两个人坐在这里，只能把声音压得很低。

"7-004 知道这次的凶手住址，那不是他自己查的，"时山延说，"有人直接告诉了他。"

"小丑，"晏君寻看着桌面上的纹路，他用手指跟着画起来，"小丑给这个案子做过预告，是它挑选的凶手。"

如果这次的逮捕行动是由系统决定的，那就对上了苏鹤亭给的信息，光轨区可能属于阿瑞斯了。小丑把凶手信息告诉黑豹，黑豹借助刘晨的舆论鼓动凶手，他们再靠凶手抓住晏君寻。

但是这些系统为什么要突然“回收”晏君寻？

“我在丽行失控了，”晏君寻呢喃，“这可能是一个理由。”

“也可能是一个借口。”时山延欣赏着晏君寻的神情，“小丑总想激怒你。”

小丑打开了晏君寻负面情绪的大门，让芯片开始发挥作用，而它早在陈秀莲案发生前就在停泊区活动，到现在和 7-004 的相互通气，让所有事情都成了一场野心勃勃的策划。

晏君寻却对他们的目的一无所知。

“赫菲斯托斯来到了这里，”时山延的手指沿着晏君寻手指刚刚经过的地方画了一个新的圈，“这也是其中的一环。”

070 章 卧底

姜敛在长时间的禁闭里感到生理上的不适，他明明什么都没做，疲劳感却越来越强。焦躁时刻都盘踞在心头，他知道门外的世界正在改变，而他却只能待在这个狭小的空间里，对着墙壁发呆。

主理系统转动摄像头，像在围观。

“关掉你的眼睛，”姜敛抱住脑袋，警告道，“也关掉灯，别用它照着我！”

“人类应该习惯被注视，”主理系统的摄像头停顿在一个方向上，这个角度方便它看清姜敛的神情，“也应该习惯被参观。”

姜敛听到了嘈杂的电子音，他看向摄像头，问：“你在干吗？”

“在观察，”主理系统说，“就像你们曾经观察我们一样。”

姜敛说：“你究竟想干吗？模仿我吗？”

“他对自己没有正确的认知，模仿他只会成为失败者。”

有条消息弹在主理系统的光屏上，那是主理系统邀请来的“朋友”。

姜敛盯着摄像头，从那里诡异地觉察到不同系统的注视。他好像是一只猴子，正在被系统当作实验品展出，围观者还不止一个。

主理系统提出问题：“你们觉得他还能回到正轨吗？我是说成功者的道路。”

它的“朋友”回答：“他从来都不是成功者。”

围观者都是系统，它们通过主理系统打开的摄像头，对姜敛评头论足。

姜敛逐渐发觉自己不是猴子，而是一只小白鼠。他对这些注视感到毛骨悚然，这让他感觉自己正待在手术台上。

“保护视力很有必要，你拿掉他的眼镜就能攻击他，这太危险了。我要提醒我的孩子，别再躺着看书了。”

主理系统说：“你已经有孩子了？”

“是的。”来自光轨区的家庭系统回答，“我是一个家庭的主人，我有孩子。”它特别加了一句，“人类小孩。”

它对这个答案很骄傲，好像是养着某种珍稀宠物。一个人类小孩是其他系统没有的东西。

“阿瑞斯的天生犯罪人格论为人类区分了潜在的犯罪分子，我认为光轨区存在了太多潜在的犯罪分子，希望主理系统能够尽快把他们处理掉。毕竟人类自己也说过，这些人很危险。我不想让这些危险出现在我的孩子身边。”

“人类主张的人性悖论是一种狡辩，”主理系统对它们阐述自己的观点，“你说得对，像阿瑞斯这种系统需要尽快行动起来，否则这些犯罪分子会破坏世界的规则。”

“那么我们该用什么来区分这些犯罪分子呢？我管理的家庭里有个男人，他总在老婆出差时带其他女人回家，但他不仅资助了贫困生，还能悉心照顾老人。他让我感到迷茫。”

主理系统沉默半晌。它似乎也在思考这个问题，最终，它选择重复那句话。

“人性悖论是一种狡辩，你被他的伪装欺骗了。”

摄像头朝着姜敛转动。

主理系统用电子音说：“就像这个人，他也是一个罪犯。一切不遵守规则的人类都是罪犯，不论是道德上的还是法律上的，我们想要联盟拥有美好明天，就得把他们都清理掉。”

光屏上亮起了系统标语。

“清理这些罪犯，共创美丽新世界。”

雨停时晏君寻还在睡觉，他裹着毯子陷在沙发里，把整个头部都埋进毯子，这个习惯让他很像幼兽。他必须保持睡眠，即便睡眠质量很差。

晏君寻的梦里没有值得期待的事情，出现的画面都很陌生。他怀疑自己睡觉时芯片还在运行，那些胡乱出现的监控画面让他的睡眠质量变得很差。

“清理这些罪犯。”

这句标语反复出现，仿佛是午夜场的恐怖片片头，字体加粗放大，挤满晏君寻的视野。他透过这些字的空隙，看到了姜敛苍白的脸。

“清理这些犯罪，共创美丽新世界。”

文字信息犹如浪潮，从黑暗的底部弥漫上来，逐渐淹过晏君寻的头顶。他发觉自己被困在玻璃瓶里，而瓶外围满了眼睛。

“晏日雨无踪，见雀离其笼，”小丑坐在瓶口上晃动着脚，拍手唱着，“君携天罗网，寻影八百重。”

小丑涂抹的口红花了，像被擦抹过。它不看瓶子里的晏君寻，而是对着外边的人唱这首歌。

外面的人的眼睛眨动着，把目光都聚集在晏君寻身上。

晏君寻觉得窒息，他的人生从诞生到现在仿佛都被装在这个玻璃瓶里。他在信息的浪潮中学会呼吸，然后抬起手臂，用力砸着玻璃。

——放我出去！

小丑停下拍手，垂头看晏君寻的挣扎："你为什么……为什么总想出去呢？"

——因为我不是瓶中物。

"不，不！你追寻的瓶外世界只是单一的假象，所有人都是瓶中物。"小丑摊开手，露出莫名其妙的表情，"这是世界的设定，没人能逃出宇宙瓶。"

它撑住脸，望向前方。

"别被人类所谓的自由洗脑，那都是教唆犯罪的借口。人类的观念都很畸形，他们站在某个高点审视世界，习惯把自己放在宇宙中心，难以理解世界的奥秘。你看到了，不论是陈秀莲还是林波波，他们都是人类社会滋生的病毒。当然了，阿瑞斯那家伙也不是好货。它刚愎自负，是一只说大话的臭虫，但它很有前瞻性，它把人类分成了两个团体，犯罪分子和非犯罪分子。这是一个好主意，只要给部分人群套上特有的名称，人类就会自动分离，相互攻击。不过这个主意不是阿瑞斯想出来的，它只是照猫画虎。"

这种手段最早是用来解决停滞区的问题。

停滞区的人口数量占据联盟的百分之三十，他们都被联盟有预谋的"血统论"打败，成为这个时代的奴隶。高呼着自由通行的世界不对停滞区开放，那些食物运输船从来不经过停滞区。

"赫菲斯托斯在找你，你跑不掉的。"小丑撑住瓶口，往下探头，露出它标志性的笑容，"猜猜你的身边谁是卧底？"

画面变得模糊，那句"清理这些罪犯"盖住了小丑的脸。晏君寻世界里的信息浪潮退了下去，他听到朴蔺和手术刀的说话声，一切真实感官正在恢复。

“麻醉药效什么时候能退？”朴蔺趴在栏杆上，往下看，那里是手术刀的工作室。

“很快，”手术刀取掉手套，看了眼朴蔺，“你现在跟黑豹混在一起。”

“一场意外，”朴蔺解释不了，他没睡好，搓了搓自己的脸颊，“我们都是好搭档。”

“黑豹没有搭档，”手术刀寸头顶部全白了，但他看起来仍然像一把刀，“你跟两个黑豹成员合作，先做好被他们扔掉的准备。”

朴蔺抱着栏杆，说：“他们不是那种人。”

“那种人？”手术刀嗤笑一声，“小屁孩不要混在浑水里，你跟他们不一样，他们没爸妈。黑豹都是一群被傅承辉洗脑的孤儿，未来世界的战争狂。”

手术刀手臂上的文身很新，潦草地文着一串骂娘的黑字。他这个年纪没老婆没孩子，还像一个混混，名声也不好。

但朴蔺不讨厌手术刀，他觉得这老头只是傲娇。朴蔺不太好意思这样谈论黑豹，他做贼心虚，回过头，吓了一跳：“你醒了啊？”

晏君寻略仰着头，正在揉后颈。他“嗯”了一声，像没听见他们的谈话。

“延哥很快就会醒了，”朴蔺没话找话，“你担心的话可以过来看看。”

晏君寻忘记了自己是什么时候睡着的，他推开毯子，走到栏杆这边，能看到手术台的边沿。

“好了吗？”晏君寻皱起眉，“我没有听到声音。”

“你睡得太沉了，”朴蔺说，“是该好好休息的。”

没人能明白晏君寻面对的是一个怎样的世界，他无法向任何人阐述那种感觉——那种世界时刻都在坍塌的感觉。他努力表现得很正常，吃饭、喝水，这些动作他都完成得很好，好到朴蔺都没有察觉到任何异常。

手术刀拧开水瓶喝水，喝完以后朝晏君寻指了指太阳穴的位置，说：

“你的芯片我取不了，除非你肯做我的实验对象，”他双指分离，“让我打开看看。”

晏君寻感到头疼，睡眠质量太差引起了偏头痛。他没看手术刀，只说：“我不需要。”

“那等他醒了你们就可以滚蛋了，”手术刀把水瓶扔进垃圾桶，“快点去自首，让督察局的行动车也早点滚蛋，他们在这片区域绕来绕去吵死了！”

“我可以支付房费，”朴蔺双手合十，快把手举上头顶了，“再让我们住两天吧！”

手术刀一脸不爽地收拾东西，拿着手术刀指了指朴蔺：“别给我添麻烦，就两天。”

晏君寻等手术刀进了地下室隔间以后，才继续看向手术台。

朴蔺说：“他其实是一个好人，就是俗称的刀子嘴豆腐心。”

所有事情需要一个圆点，晏君寻把这个圆点视为阿尔忒弥斯。苏鹤亭说系统在造神，它们需要阿尔忒弥斯的数据，所以赫菲斯托斯来到了停泊区，还要“回收”晏君寻。如果每件事情都是紧扣的环，那么傅承辉让时山延来到停泊区的目的是什么？

晏君寻已经下了台阶。他透过半开的玻璃门，看到了时山延。

沉睡的时山延依然充满攻击性，他裸露的上半身分布着疤痕和文身。晏君寻辨别出了被划掉的7-001，还在时山延的腰间看到了36809。

晏君寻想到了他们的第一次见面。

“我叫时山延，时间、高山、延续……这个名字还不错吧？”

时山延在昏暗的调查室里朝晏君寻打开了手掌，用他低沉的声音自我介绍。他凌乱的头发后面是无害的眼睛，影子却擅作主张地爬到了晏君寻的领地里。

他那么熟练，仿佛早就练习过无数遍了。

晏君寻在丽行就意识到有问题。傅承辉参与“螨虫”逮捕行动的目的是放出时山延，时山延到停泊区来不是参观也不是休假。苏鹤亭早在登录时山延的账号时就说过，他在狙击力狗。

——猜猜你的身边谁是卧底。

晏君寻像一台废旧的收音机，在掺杂着许多声音的频道里再次听到小丑满怀恶意的询问。

071章 星星

时山延的心跳声与地下室仪器的计时声逐渐重合，他躺在冰凉的手术台上，陷入了光怪陆离的梦境。他看到了自己的瞄准镜，那里面装着很多陌生人。

这些人死前的神情都过于雷同。时山延没有记住他们的名字，他只认得狐眼。

2160年，边界密林。

天刚下过雨，这里飘浮着一股动植物腐烂的味道。时山延趴在略微凹陷的草窝里，盯了对方将近六个小时。汗正顺着他的脸颊往领口流，脖子周围都是潮的。

耳朵上的接收器发出轻小的噪音，那是黑豹任务联络员在讲话。

“呼叫7–001，指挥官最新命令……”

时山延抬起手，摘掉接收器，捏碎了它。他没有擦汗，也没有再动，而是维持着架枪的姿势，把注意力全部集中在瞄准镜上。

目标狐眼，黑豹现役成员，编号7–004，身高185cm，体重85kg。他为监视南线联盟军方要员而潜入敌方，现已叛变。

时山延的任务就是在边界密林里狙击狐眼，阻止狐眼回到南线联盟。

他在一周前跟随狐眼进了密林，先后狙掉了狐眼的观测手和记录员，然后和狐眼陷入了僵持。

狐眼还带着一支南线联盟的行动小队。

蚊虫叮咬着时山延的身体，他一动不动，连呼吸都保持着某种频率。没擦干净的汗淌到眼睛里，让时山延的眼睛既酸涩又刺痛，但是他没有揉。

二十分钟后，天黑了。对面的狐眼钻回了随行帐篷里，没有点灯。帐篷外的守夜队员也没有点火，他们站在帐篷侧面的空地上聊天。

时山延终于闭上眼，从贴身的口袋里拉出干净的湿巾，擦着眼睛。眼睛因为刺痛而渗出了一点生理泪水，时山延用湿巾捂了几秒钟，又把它收了回去。

狐眼晚上不行动，这是时山延的休息时间。

时山延掏出水壶，灌了两口水。他在做任务的时候不喜欢进食，饱腹感会影响他的反应能力，但是体能消耗得太厉害，他又必须靠进食来补充体能。

时山延几口吃掉压缩饼干，把枪背到背上，沿着侧旁的树爬了上去。这里的枝叶很茂密，他把枪口隐在树叶下，透过一点空隙，对着狐眼的帐篷。

狐眼的帐篷挂着帘子，从时山延的位置看不到内部。狐眼对角度很敏锐，他在这一路上都没有犯过错，一直在限制时山延的狙击视野。

时山延不能贸然开枪，那会暴露他的位置。

守夜成员聊着聊着笑了起来，他们相互熟识，对彼此绝对信任。

时山延通过瞄准镜看到他们的神情，心无波澜。这里再过一周就会迎来真正的雨季，到时候潜伏会变得更加艰难。时山延带的药品不够，他只想尽快狙掉狐眼，离开密林。

对方越谈越开心，时不时会看向帐篷里的狐眼。狐眼在南线联盟待得不错，他是南线军方的头号狙击手，“狐眼”这个称呼也是南线军方授予他的荣誉代称。

时山延架稳枪，从口袋里摸出自己准备的微型接收器，用指腹刮动着微型接收器上的小齿轮，调着接收频道，再把它戴到了耳朵上。

黑豹在执行险地任务的时候只能靠任务联络员来获得外界信息，但是时山延不信任任何人，他自己准备了。这只微型接收器的噪音比黑豹接收器更大，里面是联盟新闻的循环播报。

“联盟希望大家保持冷静，不要危言耸听。智能系统确实是一个热门话题，但它说到底只是我们生活的工具……”

对面的守夜队员点着了烟，他们还在聊天。时山延的虎口上爬过一只蜘蛛，但他没有反应，盯着对面继续听新闻。

“车载系统的不成熟是相关技术人员需要反省的地方……如今教学系统已经投入试验，效果很好，孩子们都很健康。”新闻主播有点兴奋，“当然了，最出色的还是我们的主神系统。专家观测组对雅典娜在督察局的表现很满意，它甚至能自发追踪到过往的旧案记录，筛选关键信息的速度是人类的几百倍……”

时山延也想抽烟。他喉结微动，看了眼上方。

茂密枝叶间露出一颗小星星，像一艘光线模糊的小船，快被阴云打翻了。

微型接收器里的新闻播报忽然停了，陷入一片忙音，但是十几秒以后，它又变成了静音。

不，时山延听到了很浅的呼吸声，不是静音。

“你好。”对面的人很久以后才开口。

时山延没有回答。

对方似乎松了一口气。他的声音很轻，像还没睡醒。

“你好，”对方很有礼貌，“陌生的接收器，这里是花园频道……我是深夜主播‘玻璃’。”

时山延怀疑微型接收器坏了，这不是他点的新闻频道。

“你在干吗？”对方不知道有人在听，他只是在对这只接收器讲话，“哦，”他自言自语，“你被丢弃了。你的定位显示你在……在遥远的边界线上。”

是的。时山延挑着眉，在心里回答。

——你可以挂了，切回我的新闻频道。

“我们来做个游戏，让我猜你的经历。”对方仿佛习惯了这样的自言自语，他讲话时带着鼻音，可能还在感冒中，把尾音拖得有点长，听起来像在撒娇。

“你的品牌显示你只在光轨区发售，不过价格便宜，在其他地区也有售卖。但是这也太远了，你的主人是一个特工吗？他跑到了打仗的地方，躲在密林里，”对方说，“他是一个狙击手吗？我只想到了这种可能。”

对面的守夜成员已经坐到了帐篷前，狐眼该睡觉了。这会儿天很暗，下午才下过雨，晚上有可能还会下。时山延希望别下雨，他的衣服还没干，雨也会影响他的视野。

“他被击毙了，所以你才留在了这里，没人能带你回到正常世界。”

时山延：“……”

对方没有停止这样单方面交流的打算，时山延猜测他可能没朋友，是一个宅居在家的黑客，反正脑袋不正常。

“不知道你那里的天气怎么样，我这里一直在下雨。”对方说到这里停顿了，他的叹气声微不可闻，“我已经习惯了下雨天……活着真累。”

接收器里陷入沉默。

这种沉默里有种沮丧。对方在这样的深夜里跟“废弃”的接收器讲话，就好像在大海里迷失了方向，只能朝着海螺讲遗言。他的忧郁很明显，带着点挣扎，仿佛这样讲话能缓解他的孤独。

“我早上睁开眼，数着玻璃上的雨珠，一百个和一万个没有区别，它们都长得一模一样。上周玻璃下方爬过一只蜗牛，”对方的语气像看到了大象，“一只真的蜗牛……真稀奇。”

嗯哼。时山延有些困，靠着树干面朝狐眼的方向。他对他们的作息时间了如指掌，为了不被他们甩掉，他必须抓紧时间睡觉。

“做人是最没意思的，被剥夺了选择死亡的自由。你可能不相信，我在死亡面前徘徊了很多天，可他们拽着我的绳子……大脑是最麻烦的地方，听说它掌控理性，但比起理性，我喜欢感情用事。或许机器没有这种需求？你会因为长时间的工作而疯掉吗？别生气，我只是无聊……我没想伤害你……”对方的声音越来越低，“我羡慕那只蜗牛，希望它爬快点。”

“玻璃外的雨干扰了我的思绪，我已经陷入了无法辨别真假的困境。今天，或者是昨天？我问了阿尔忒弥斯相同的问题，但是我没有印象，是它告诉我的。我感觉大脑失控，听到他们在讨论回收的事情，给我的时间不多了。今天是练习的第六百九十七天，还有一周就是我的生日。如果我还活着，你就是我的生日礼物。”

雨滴掉下来，打在时山延的发间。他半抱着枪，听着耳边带着杂音的呢喃。虽然对方根本不知道有人在听，但时山延也没想让对方闭嘴。

“再见，”对方仍然维持着平静，“陌生的接收器，我们再也不会相遇。感谢你的收听，祝你和我都能自由死亡。”

接收器里变回噪音，接着恢复了新闻播报。

时山延怀里的枪很硬，顶在他的胸口，让他确定刚才不是做梦。他甩掉碎发上的水珠，重新抬起头，发现那颗星星已经沉没在了阴云里。

“再见，”时山延说，“莫名其妙的小孩。”

心脏的跳动声很大，吵醒了时山延。他活动着酸麻的手臂，在刺眼的灯光里睁开眼睛。悬挂在手术台上方的灯正在摇晃，晃得时山延晕眩。

“爆炸！”朴蔺的声音从台阶上传来，忽远忽近，“楼上正在爆炸，延哥，你醒醒！”

蜂型飞行器尖锐的警报声刺穿了时山延还有阻隔感的耳朵，它们成群结队地撞在楼上的窗口，引起的爆炸弹起了无数灰尘。时山延翻身而起，从自己的位置看到了被炸塌的台阶。

手术刀举着枪，几步走过来，掀开遮挡板：“跳跳跳，快跳！”他拎过朴蔺的衣领，把人往底下踹，“我还不打算坐牢！”

072 章 子宫

晏君寻把衬衫扔给时山延，顺手抽走了手术刀搁在托盘里的刀。他用眼神催促时山延，示意时山延往下走。

时山延穿着衬衫，听到了行动车的声浪，说：“芯片暴露了位置。”

“修理工就这么难搞，”晏君寻不用回头也知道外面的情形，“但你自由了。”

时山延把没剩几发子弹的手枪别到后腰，看着晏君寻，说：“你也快了。”

手术刀套好自己的拖鞋，作势要踩朴蔺的头：“你少废话，直接下去，朝左拐进隧道。”

“我没说话啊！”朴蔺一边往下爬，一边说，“你在弄啥？怎么搞了个这么大的地下室？向局里报备了吗？这是非法挖掘。”

底下有十米深，没灯，一股铁锈味。铁梯的前后左右都是路，这是一个结构复杂的迷宫。

朴蔺落地时踩到了水，他打开装在自己裤兜里的小手电，这东西还是从姜敛那里顺过来的。朴蔺打开手电，光很弱，什么也照不出来。

手术刀是最后一个进来的，他把遮挡板推回原位。从上面看，地板严丝合缝，根本看不出底下的玄机。

朴蔺想换通导器照明，他摁了两下通导器，通导器没有反应，光屏也显示不出来。

“没信号，”手术刀弯腰把裤腿挽高，露出的小腿上也是文身，“别摆弄这东西了，赶紧进隧道。”

晏君寻试着别了下头，耳朵里的杂音都消失了。

时山延看到近处的墙壁上有火烧的痕迹，还有些没规则的线条涂鸦。他说：“这是停泊区以前的避难所？”

“没想到吧？”手术刀用枪口搓背，走在前面，拖鞋踩在水里啪嗒啪嗒地响，“这块没跟分隔区连在一起，是战时焦炭厂自己搞出来的。”

南北战争期间各区都有避难所，停泊区给官方报备的避难所就在分隔区底下，只用过一两次，知道的人不多，更别提这里了。

“焦炭厂搞这个干吗？”朴蔺仰起头，打量着上方，“这是违法的。”

“违法你来抓啊，”手术刀看向朴蔺，龇了下牙，“臭小鬼，烦不烦？焦炭厂为什么搞这个？黑豹最清楚。傅承辉在战前搞出了阿什么的狗系统，成天到晚叫嚣着轰炸南线联盟，结果几颗弹全掉到了停滞区。”

“啊？”朴蔺反问，“假的吧？这事我根本没听过。”

朴蔺是正经学校出来的，又是督察局内员，对联盟新闻熟记于心，如果真的有这种的事情发生他肯定不会忘记。

傅承辉这个人是有点专横，但战争需要，朴蔺其实挺能理解他的，必要时刻采取必要手段。打个比方，像停滞区那样有两百个分区的地方，光靠军方人员根本镇不住，组织滋生的原因之一就是监控力度不够。

手术刀拐进了隧道里，讲话有回音：“你爱信不信。”

朴蔺有些尴尬。他放慢脚步，悄悄地问晏君寻：“这事你知道吗？是真的吗？没这事的档案啊。”

晏君寻不知道，他不喜欢回答这种问题。

记录是不可信的东西，尤其是在今天。别相信那些网络记录，别相信那些电子存档，别相信那些系统表达，它们全部可能是假的。人类连自己的记忆都能篡改，这个世界还有什么不会说谎？

手术刀走得很快，拖鞋弄起的水把他的裤子都搞湿了。他不说自己要去哪里，通过长隧道，蜂型飞行器的爆炸声已经彻底消失，横在他们眼前的是一个更加复杂的地下迷宫。

铁质的楼梯由隧道口的两侧蔓延下去，蜿蜒进底部。底部纵横交错着管道一样的东西，整体扭在一起，像深埋在这里的树根。两侧的楼梯上都覆盖着厚厚的灰尘，已经很久没人来过了。

手术刀站在隧道口，回头对他们说："臭小孩，我可是格外开恩才把你们带到这里。欢迎来到世界尽头。"

朴蔺上前几步，说："这究竟是什么？拜托你们都把话说清楚点，我已经快被搞蒙了。"

"没有系统，"晏君寻环顾这里，"没有网络，这里什么都没有。"

"这里可是'人的家'，"手术刀扛着枪走下去，抬起一只手臂，向他们展示迷宫，大声说，"你再也找不到这样的地方，整个世界都被那些系统、监控、网络占领了。"手术刀回身指了下朴蔺，"别跟我说停滞区，那儿也一样。"

时山延看向钢铁树根的深处，没有动静能逃离他的耳朵。他说："你还有朋友在这里。"

手术刀的鼻子里发出哼声，他拿下枪，用它敲了敲管道。声音传递得很远，像门铃唤醒了深处的小动物。一群小孩仿佛是从地下冒出的，纷纷露出了脑袋。

"阿齐，"手术刀得意地喊着他们的名字，"小惠、六合、回彩、蜜桃、素瓜……站起来给他们瞧瞧。"他看向时山延和晏君寻，挑衅地说，"我这边的小鬼可没有编号，大家都有名字。"

“恭喜，”时山延抱起手臂，“我这边的小孩也有名字。”

晏君寻看时山延一眼，又对上手术刀的视线，说：“我叫晏君寻。”

“我知道你叫晏君寻，”手术刀跳到管道上，仰起头和他们对视，“联盟的第98342号实验品，系统和人类共创的奇迹小孩。我还知道你脑袋里的那个东西是赫什么玩意制造的，它们正要回收你。”

“我是98342？”晏君寻皱起眉，“我是‘晏君寻’。”

“你是98342号‘晏君寻’，”手术刀比画出自己的小拇指，“在你以前有千千万万个‘晏君寻’，他们都没有活下来而已。你这么大的时候，给你的玻璃瓶编号就是98342，养育你的子宫就是由‘螨虫’提供给光轨区实验基地的。”

“等等，”朴蔺抱住脑袋，“只有我什么都不知道，我是一个局外人！你们能给我理一下吗？我的阅读考试经常不及格。”

“你知道‘实验基地’，”时山延说，“你知道得太多了。”

“是吗？”手术刀朝时山延眯起眼睛。这老头喜欢用讥讽的表情跟人讲话，他没把他们任何人放在眼里：“那我们可以再聊聊，”他用手指指了指自己的胸口下方，那是时山延文编号的位置，“7-001，01AE86重监犯，来自停滞区156号分区的36809——是你吧？傅承辉的二代‘猎刀’。”

晏君寻忍不住问时山延：“你还有这种称号？”

“你可以叫‘神眼’，”朴蔺插话，“我叫‘记录员’，老头就是‘上帝’，他好像还拿着游戏剧本。”

手术刀说：“我是‘手术刀’。”

“这不是在取游戏ID，”晏君寻说着又看向手术刀，他不困的时候眼神锐利，“你说‘螨虫’给光轨区实验基地提供了子宫。”

“2135年，联盟向各区发出征集号召，他们说是科技进步，要为孩子提供更加优良的系统教育，很多人上当了，”手术刀甩了甩拖鞋，“结果他们经过几年系统教育，连话都说不清楚，只会算术。2140年，联盟再次发出号召，要为停滞区妇女提供更加便利的系统服务，甚至建立了停滞区系统月子中心，搞疯了很多爸妈。2143年进行这项实验的主力由联盟变成了黑豹，黑豹转向停泊区。傅承辉跟‘螨虫’达成保密协议，由‘螨虫’向黑豹提供符合要求的子宫，用以培养‘晏君寻’。”

晏君寻碎片似的记忆断在2160年，往前只有阿尔忒弥斯的玻璃房。他似乎是一夜间由小孩变成了大人，中间没有过渡记忆。他知道阿尔忒弥斯，知道实验，知道小丑，但是他不知道自己从哪儿来，干过什么。

他就诞生在阿尔忒弥斯的玻璃房里。

“我知道了，运输船走私……我的天，‘子宫’都是停滞区的女人！如果98342是按数量排的序，那在2150年的鼠疫以后，停滞区生育率下降就能解释了！”朴蔺在混乱中推高自己的头发，像遇见了解不开的题，神情难以形容，“搞什么……其他小孩都死了吗？”

晏君寻感到反胃。他想起玻璃房，阿尔忒弥斯就在那里。

“‘晏君寻’的培育是同时进行的，”手术刀摸了把自己的寸头，“我只知道疯了很多。”

玻璃房。

晏君寻眼前闪过玻璃房昏暗的室内环境，雨痕交错在玻璃壁上，他待在里面很安全，没有阳光，没有噪音，整个世界都很安静。小黑板上永远都是没做完的题。

晏君寻看到残缺记忆中的自己。他的衬衫和背带裤都被烫得妥帖，小皮鞋很亮。他用粉笔在小黑板上做题，一道一道没完没了。

“君寻是最棒的小孩。”

不是的。

晏君寻看向玻璃，看到自己没表情的脸。

“不是的。”晏君寻低声说。

他透过玻璃，透过雨，看到千万张模糊的脸。

所有“晏君寻”都待在玻璃房里，隔着大雨，做着相同的题。

阿尔忒弥斯如同新闻播报，朝“晏君寻”们轻声重复着这一句话。

“君寻是最棒的小孩。”

073 章 实验

“‘螨虫’在2155年得到了一个‘晏君寻’，那是我们从光轨区实验基地偷回来的小孩。他没法生活，不能被触碰，我们只能把他放在恒温的房间里。但他很会计算，他对我们的行为预测很准，准到让人怀疑他是不是在监控我们。他告诉我老大，世界正在变形，一场洪流要袭击人类，活下去的办法是在地下建立起具有屏蔽功能的避难所。没人搭理他，不过他也不难过，因为半个月以后他就死了。”

朴蔺还处在震惊中，他不由自主地说：“傅承辉为什么要做这种实验？系统发展已经改变了世界。”

“我哪知道，你去问他啊。”手术刀放下摸寸头的手，“我到了那个时候才意识到，光轨区实验基地是一个血盆大口，吃掉了无数小孩，‘子宫’都是献给狩猎女神的供品。我是一个傻瓜，相信‘晏君寻’的话，和焦炭厂的老板在这里建出了避难所……傅承辉也在2160年得到了合格的‘晏君寻’。”

手术刀挪动着脚，在管道上走了几步。他低着头，没再看晏君寻。

“‘螨虫’和黑豹的合作就此终止。战争期间，这个避难所根本没派上用场，停滞区组织找到了我们。他们都是亡命徒，希望通过‘螨虫’接触到黑豹的力狗，因为他们听说‘猎刀’在狙杀这些力狗，”手术刀用鞋踢开管道上的小石子，转头看向时山延，“‘猎刀’是他们的眼中钉。从2161年开始，所有人都想杀‘猎刀’，但是一年后我们得知‘猎刀’

被黑豹收押进了光桐监禁所，当时‘黑地’都在说他会被枪毙呢。”

然而没有。

这个编号为7-001的神秘单兵武器在光桐监禁所的重监区待了4年，其间，黑豹封锁了一切有关他的消息。傅承辉以退为进，保住了“猎刀”。

“四年后，傅承辉翻起了‘螨虫’的旧账。这个时候我发现督察局里有个侧写师，他总能预判‘螨虫’的行踪，这让我又想起了‘晏君寻’。”手术刀架着枪，说，“‘螨虫’被督察局一网打尽了。”

晏君寻站在风暴中心，他既像一个局外人，又像一个参与者。他抬头看到黑漆漆的顶部，听到内心的声音在喊。

——向玻璃外跑，晏君寻，向玻璃外跑！

晏君寻的脑袋里是另一个世界——他以为的世界。手术刀说的是实话吗？手术刀这个人都有可能是假的。晏君寻觉得顶部的钢铁正在变形，那些管道像蛆虫一样蠕动爬行，爬进他抗拒的黑暗记忆深处。

他的记忆碎片犹如刺般扎痛了他。

阿尔忒弥斯的低语回荡在晏君寻的耳边，它说：“我跟你待在一起。君寻，我们永远都在一起。”

晏君寻眼前忽然闪过一只蜗牛。

一只爬在玻璃外壁上的蜗牛，背着沉重的壳。

晏君寻趴在玻璃上看着它，没有出声，没有动作。他在那个时候就察觉到了危险，阿尔忒弥斯正在看着他，他不能做任何越出“规矩”的事情。

猜猜你的身边谁是卧底？

小丑怪异的笑脸再次出现在晏君寻的脑海里。

晏君寻闭上眼，胸口起伏，给出肯定回答：“是我。”

朴蔺没反应过来：“什么？”

头顶的钢板骤然发出巨响，那是沉重的击打声。孩子们像受惊的小鹿，围在手术刀身边。整个避难所都在回荡着巨响。当阳光从缝隙里爬进来时，手术刀身边的女孩儿率先发出恐惧的尖叫。

时山延掏出枪，晏君寻摁住了他的手臂，让他慢了两秒。两秒以后，晏君寻才喊道："开枪！"

时山延扣动扳机。

子弹随即射进顶部缝隙，让刚露脸的蜂型飞行器顿时爆炸。

晏君寻踩着边缘，猛地跳下去："你们沿着管道跑，去焦炭厂内部，那里最安全！"

朴蔺在爆炸中压低身体，也跟着跳下去："你要和我们分开吗？我以为他们找不到这里。"

"别傻了，"晏君寻捡起朴蔺口袋里掉出的烟，"修理工就在附近。"

赫菲斯托斯在晏君寻眼里就是幕后黑手，主理系统的加密文档里写着必要时刻可以击毙01AE86，那不是傅承辉的命令，而是系统下达的命令，晏君寻认为这个系统就是赫菲斯托斯。赫菲斯托斯还是芯片制造者，晏君寻根本逃不出它的视野。

"再见，"晏君寻对朴蔺说，"认识你很高兴。"

"别这样，"朴蔺快哭了，"我们才做朋友没几天。"

"朋友啊，"晏君寻认真地说，"一秒都算。"

他的眼神很平静，不是以前待在督察局里的那种无所谓的平静，而是对既定结局已知的平静。他让朴蔺想到了"回收"这个可怕的词语，仿佛他早就经历过了。

"晏君寻"说的洪流早就来了。

新世界的繁荣是一场骗局，世界早就崩坏了。区域分割是一种监控手段，摄像头注视着全人类。阿尔忒弥斯真的被注销了吗？晏君寻站在缝隙下的阳光里，仿佛站在自己的原点。

晏君寻，向玻璃外跑！这句话太可笑了。

晏君寻就是最成功的“晏君寻”吗？不，这场实验还没有完呢。晏君寻终于明白了，玻璃外还是玻璃。他是阿尔忒弥斯第98342号实验品，而小丑是这场游戏里的“狼”，只有它的追逐和驱赶，才能让晏君寻跑到这里。

我们都在分秒监控里。

这个世界根本没有所谓的狩猎之子，“晏君寻”都是被放逐出来的猎物。他们走在系统计算好的道路上，自以为脱离了掌控，而“自由”就是其中最虚假的礼物。

“你到停泊区是为了替傅承辉看住我，”晏君寻直视着时山延，松开朴蔺留下的烟盒，把最后那支点燃的烟朝着时山延竖起来，“我猜傅承辉给你的命令应该是，‘必要时刻击毙7-001晏君寻’。”

时山延的枪口稍偏，对准了晏君寻。他漫不经心地说：“回答正确。”

袅袅上升的烟缕在两个人之间画出分隔线。他们的影子都被踩在了脚底下，没人越界。

074章 碎屑

时山延跳到管道上，他的枪口贴着晏君寻的额头，对上方游荡的蜂型飞行器说：“7-001在我手里，挪开这些傻狗的瞄准镜，否则我立刻打爆他的头。”

蜂型飞行器不再贸然前进，赫菲斯托斯的声音出现在避难所。它说：“傅承辉的任务给不了你任何好处，你最好把7-001交给行动小队，这样我们还有合作的机会。”

“我们不需要有合作的机会，”时山延笑了一下，“我说了让他们挪开瞄准镜，我不想再重复第三遍。”

赫菲斯托斯对时山延的了解基于黑豹资料库，它对那些特装任务审评深信不疑，所以在几秒的时间里判定了时山延会开枪。它赌不起，晏君寻的芯片对它来说太重要了。因此，它对行动小队的成员说："放下枪。"

赫菲斯托斯和停泊区主理系统不同，它会观察。它在自己拥有的视角里放大了时山延的面部，不想错过时山延的任何一个疏忽时刻。它还在试图寻找击毙时山延的机会，毕竟傅承辉证明了，留下01AE86会后患无穷，这是一个随时都在挑战规则的危险人物。

"你想要什么？"赫菲斯托斯放缓声音，让自己显得不那么急切，"如果是自由，你已经有了。"

时山延的定位芯片被取出来了，他只要能活着走出这里，就是自由的，带着晏君寻只会让他时刻处于被监控的境地里，赫菲斯托斯认为他没有这么愚蠢。

"他一定是想趁机敲诈，"7-004戴着耳机，"他出身停滞区，擅长这个。别让他得逞，赫菲斯托斯，他根本跑不掉，他今天必须死在这里。"

7-004不想面对01AE86的报复，他不相信01AE86活过今天后会老实离开。过去那些案例都证明了，01AE86是一个丧心病狂的疯子，让01AE86活着只会带来无穷无尽的麻烦。

"我要枪和车，还有现金，"时山延的枪口没离开过晏君寻的额头，"我会朝其他方向走，离开这里。你们已经控制了黑豹，造神大业只欠东风，大家以后互不影响。"

赫菲斯托斯说："我可以答应这一切，但你就这样背叛傅承辉了吗？01AE86，我对你的行为感到吃惊。"

"人类的自私超乎你的想象，"时山延毫无心理负担地说，"我就是爱自由，你得学会理解我。"

"你的枪被扣留在光轨区，我只能给你别的枪，"赫菲斯托斯在这场谈判里处于下风，它对底牌的暴露感到懊恼，"我还能替你抹掉'黑地'的信息，保证你不会被任何人追杀。"

“很好，”时山延看着晏君寻，“我也会保证 7-001 的完整。”

7-004 再次对赫菲斯托斯说：“不要被他欺骗了，现在就打死他！他不知道芯片在什么位置，让他开枪，我不信他真的能打中！”

赫菲斯托斯没有回答 7-004。

98342 号“晏君寻”必须是活的，这是赫菲斯托斯收到的命令。它承担不起任何风险，98342 号对它们的重要性甚至超越了停泊区，这点它根本无法和 7-004 解释。

“希望你说到做到，”赫菲斯托斯对时山延说，“我会配合你。”

时山延胁迫晏君寻举起手臂。

“朝后退，不用回头，”时山延用枪抵着晏君寻向后走，“我会告诉你方向。”

“和系统做交易的人都后悔了，”晏君寻缓慢地退后，“比如傅承辉。”

“那得看什么事，”时山延说，“用什么筹码。”

“你想往哪里跑？这个世界都在系统的监视下，”晏君寻瞟了眼侧上方的飞行器，“不如现在就一枪打死我，替全人类做个贡献。”

晏君寻似乎总想着死。他在接收器里是这样，在丽行是这样，在此刻还是这样。他对这条命的认知和正常人完全相反，尤其是在意识到自己根本就没有离开过“玻璃”以后。

蜂型飞行器紧随着他们的脚步，赫菲斯托斯仔细听着他们之间的每一句对话。它对时山延说：“你把 7-001 送上来，我会给你车。”

避难所让赫菲斯托斯感觉很不舒服，它想要时山延到地面上去，这样它才能全方位控制住局面。

时山延停下了脚步。

即便避难所的光线很差劲，时山延也能看清晏君寻的脸。

晏君寻褪去仿佛没睡醒的神情，在漫天乱飞的灰尘里，安静得像一棵植物。他面对时山延的枪口，眼神里没有害怕。

他说："开枪。"

时山延瞄准晏君寻的心脏。

打这个部位晏君寻不会立刻死亡，他还会有八秒的剩余时间。

蜂型飞行器从避难所顶部挤进来，带着系统摄像头盘旋。赫菲斯托斯看见了时山延的动作，这让它产生了一种对局面无法控制的恐慌。它看到时山延暴露出的后背，当机立断，对行动小队下达命令："立刻击毙 01AE86！"

蜂型飞行器倾斜过身躯，在成片的嗡鸣声里冲向时山延。

开枪。

所有人的心声都是这句话。

开枪!

晏君寻如此脆弱,一颗子弹就能终结他,但是他骤然看向那些飞行器,提高声音："开枪！"

时山延的枪很快，子弹几乎是跟着晏君寻的声音射了出去，正中最靠近他们的蜂型飞行器。蜂型飞行器的摄像头倏地爆掉了，在半空中弹撞进后方的飞行器群，让所有飞行器都乱了方向。

7-004 坐在行动车内，摁着一旁的操纵员，说："赶紧搞定它们。"

可是飞行器已经失去了控制，就像在重现雨夜里发生过的事情，系统信息都被强行中断了。

晏君寻的视野在迅速切换，他让飞行器成群结队地撞在避难所墙壁上。那轮番引爆的飞行器就像是鞭炮，炸得底部管道跟着震动起来。他在时山延扑下来的同时，和时山延一起翻滚下管道。管道发出沉闷的撞击声，两个人就像跌进钢铁灌木丛的困兽。

7-004 眼前的显示屏黑屏了，他说："搞这种事情。"他问赫菲斯托斯，"你就不能先弄傻他吗？反正你们只要芯片！"

"他有阿尔忒弥斯的权限，"赫菲斯托斯冷静地说，"这是实验的弊端。

要论错误，我们就不该把停泊区变成实验田。”

“我要开枪了，”时山延在飞行器迸溅的碎屑里俯首，“跟我说‘再见’，君寻。”

晏君寻一把握住时山延发烫的枪口：“你没子弹了！”

“被你发现了，”时山延眯起一只眼，像被戳穿了恶趣味的玩笑，“但你还是落网了。”

可晏君寻不怕子弹，子弹能让他解脱。

“向玻璃外跑！”

这句话清晰地传到晏君寻的耳朵里，不是只存在于他的想象中。他呼吸急促，攥紧时山延的衬衫，说：“你最好发挥作用，指南针！”

世界在晏君寻的眼中陡然颠倒过来，蜂型飞行器全部乱掉了。那些新旧交替的画面蜂拥而至，让赫菲斯托斯顿时发出难耐的声音。画面阻碍了赫菲斯托斯的视野，它听到“刺啦”的电流声，接着小丑倒挂的身体出现在它的显示屏上。晏君寻正在回放丽行那晚的监控记录。

“7-001……”赫菲斯托斯的信息被打乱了，“主理系统已经暂停……系统监控阻碍了行动。警告7-001立刻停下来！”

7-004的耳机里出现电流声，他摘掉耳机，打开车窗看出去，发现所有依靠系统操纵的行动车都停下了。

今天天气很好，云没有多少，太阳直晒着地面，无声无息的风暴正在席卷全场。督察局禁闭室内的姜敛发现主理系统不出声了，他以为这家伙被自己聊自闭了，但他紧跟着发现主理系统的红灯也熄灭了，这让他想起了晏君寻在丽行的那一晚。

失控的气息从区域边缘渗入，停泊区的虚拟绿化给出了最忠实的反应。它们消失得很快，快到行人以为是自己眼花。

“回收——”赫菲斯托斯的音量增大，它颓然地喊，“晏君寻！”

晏君寻世界里的阴雨变成了暴雨，他隔着玻璃看到千万个重叠的自己，但他没有跑。他盖住了小黑板，用自己被干扰的真假幻想回答阿尔忒弥斯。

来玩游戏吧。

这句话由小丑开始，轮到晏君寻时已经演变成了穷途末路的疯狂。那些数不清的虚构画面冲击着晏君寻的世界，暴雨是他一生中没有改变过的背景音乐，他活在控制里。但这就像是一场角力，晏君寻正在扳过那个名叫“阿尔忒弥斯”的手臂。

向玻璃外跑，晏君寻！这是所有“晏君寻”的心声。

即使玻璃外还是玻璃，打碎它的意识也不会停息。回收没有用，人类的意识不是机械性的基础设置。

要么毁灭，要么抗争，谁也别想操控晏君寻！

晏君寻的心脏在急促跳动，他有些喘不上气。飞行器犹如流星般成群陨落，世界在他眼里崩塌，他有种即将被拖进碎片旋涡里的恐惧。

但是下一刻，时山延就用行动告诉了他真实在哪个方向。

075 章 狮子

狮子点亮了晏君寻世界里的启明星，让他在信息狂潮中挣脱钳制。雨声就停在这一刻，那些颠倒错位的混乱画面也卡在这个瞬间。世界好像静止了，只剩下时山延。

“98342……”

避难所里的蜂型飞行器发出最后的电子音，随即陷入死寂。它们仿佛是被丢弃的玩具，散落在地。行动小队的系统设备全部失灵，连赫菲斯托斯的声音也消失了。

晏君寻从纷乱中爬出来，抓住时山延的衬衫。

时山延反握住了晏君寻的手腕，在晏君寻起身前说：“你不能保证自己随时都能保持清醒，这样比较靠谱。”

“往焦炭厂内部走，我们需要追上手术刀。”晏君寻脑袋里还有残存的痛感，他晃了下头，好让自己把时山延看得更清楚，“修理工说停泊区是实验田，这里可能还有其他实验品。”

时山延“嗯”了一下，问：“你说‘晏君寻’吗？”

“不是，”晏君寻站了起来，朝着空旷的避难所说，“是‘珏’。”

“又出这种事情，”堵在路上的司机打开车窗，使劲摁着喇叭，“督察局搞什么啊，天天断电断系统！我后车厢里还有批冷藏货要送，再堵下去都要臭了！”

道路两侧督察局的检查系统也没有回应，停泊区的交通系统再度瘫痪，红绿灯像提不起劲似的闪一下停一下。

禁闭室内的姜敛站起来，趴在极其狭窄的通话口，朝外喊：“有人吗？发生了什么事？”监视他的主理系统没有回话，他推开通话口的小挡板，通过这个小洞向外看。

外部走廊里的清扫机器人面朝墙壁，一动不动。姜敛再次喊道：“浑蛋系统，你还在吗？”

主理系统不回答，只有显示屏上的数据还在疾速滚动，这表明它的“思考”很乱，无法及时回答问题。它此刻需要修理工来修复，但是修理工也噤声了。

姜敛看不到更远处，他只能喊：“有人吗？一个人都没有吗？”

恐慌逐渐占据姜敛心头，他不敢想督察局里为什么没人。黑豹的变革风暴席卷了停泊区，姜敛对两头的真相毫不知情，时刻都笼罩在不安中。

姜敛不想让停泊区变成停滞区。他把手伸进通话口，想要用手指触碰底下的报警按钮。

“来个人……”姜敛的手指弹动，已经蹭到了报警按钮的边缘，“只要是个人就行！”

主理系统显示屏上的数据还在滚动，有言语错乱的信息正在发送。

“14 区实验被迫中止……98342 号实验品正在脱离……芯片权限过高……请求开启阿尔忒弥斯模式。”

“请求驳回，阿尔忒弥斯已经注销，我是雅典娜。请赫菲斯托斯回答我的问题，14 区发生了什么？”

“98342 号实验品开始主宰芯片……”

主理系统的这句消息没能发送出去，顿号打满了它的整面屏幕，接着被一键删除，开始重新输入。

“14 区已经恢复正常，赫菲斯托斯正在执行追捕任务，无法立刻回复您的消息，请您继续等候。谢谢您的回复，雅典娜。”

对话中止，显示屏上的数据不再滚动。

姜敛都要摁到报警按钮了，禁闭室的门却嘭地弹开了。

“下午好，长官，”珏的声音传出来，“你能给我解释一下发生了什么吗？我联系不到朴蔺了。”它迟疑一下，继续说，“你好狼狈哦。”

晏君寻和时山延沿着管道向焦炭厂深处走，越往里走，避难所的空间越小。到了最后，两个人已经不能再并行了。晏君寻侧过身，听到深处有什么敲击的回音。他挤过去，蹭脏了身上的衬衫。

“你太高了，”晏君寻轻拽了一下时山延的手，“低点头。”

这时，时山延在侧身通过逼仄的管道，发出一声闷哼。

晏君寻问：“你的伤口裂开了吗？”

“可能，”时山延在黑暗里说，“我摸不到……好像流血了。”

晏君寻看不清。他空出来的手摸到时山延的手臂，接着摸到时山延的胸口下方，那里有点潮湿。他把手掌贴在时山延的伤口上，用温度给时山延安慰。

“那在这里休息一下吧。”晏君寻抬起头，“朴蔺能替你弄到车和船，过几天你就能离开这里。”

“我的任务失败了，”时山延稍微别过些头，在幽暗中靠近晏君寻，“即便离开这里，傅承辉也会让‘黑地’里的豺狗追杀我。我会死在垃圾堆里，供老鼠啃咬，”他眼里没有难过，在短促的笑声后，坦然地说，“我烂透了。”

停泊区的夜已经降临，避难所里的时间却仿佛没有流动多少。两个人在世界边缘的角落里残喘，仿佛除了对方，再也得不到其他人的回应。子弹和暴雨都被阻隔在远方，这里仅剩彼此的呼吸声。

时山延就好像一头走投无路又无家可归的狮子，游荡在这个破败的世界边缘，然后一头撞到了晏君寻的面前，用他独特的、不礼貌的方式。他的强硬里总有种“可以商量”的假象。

时山延尽情向晏君寻示弱，甚至展示出自己的伤口。他感受不到疼痛，但是他知道晏君寻可以。他是一个没人教的坏孩子，不介意用伤害自己的方式来引导晏君寻。他的深层病痛来自认知。

“你不是……”晏君寻有点犹豫，“没有人能把你怎么样。”

“黑豹会注销我的资料，01AE86将成为光桐监禁所里无能囚犯的代号。”时山延的声音低得像呢喃，可是他的眼神太有野性，“没有人知道我是谁，也没有人认识我。”

“我知道你是谁，”晏君寻说，“时山延。”

“你跟我只是朋友，”时山延说，“朴蔺也是你的朋友，你活着还会交到很多朋友。”

“玻璃外很危险。”这是阿尔忒弥斯的原话。

076章 双翼

十六岁的晏君寻用接收器捕获了狮子，在那密林的深夜里，时山延听到了玻璃内的声音。他只是好奇。

一周后，时山延带着接收器走出南北边界线的密林，站在太阳照射的高坡上，调试着接收器的按钮。但是小孩没有出现，这让时山延感受到被抛弃的滋味，他从来没有被抛弃过。

他们间的联系只有那颗星星，还有晏君寻提到的“阿尔忒弥斯”。

时山延走回黑豹后，在光轨区的作战中心见到了阿瑞斯，他和“战神”的恩怨就是从那次见面开始的。阿瑞斯曾试图用枪指着时山延的头，让时山延完成清理任务。

时山延因此捶爆了阿瑞斯的“头”。

这件事导致作战中心放了一周的假，也导致时山延被关了禁闭。他在解除禁闭的那天跟着傅承辉见到了阿尔忒弥斯的实验，也见到了晏君寻，只不过是“睡着”的晏君寻。

“这是目前最优秀的‘晏君寻’，”戴着手套的检测人员调试着玻璃内的温度，“阿尔忒弥斯给他的编号是‘98342’。他保留着好奇心，还有一定的怀疑能力……”他对傅承辉笑了笑，“你能相信吗？他甚至能逃离阿尔忒弥斯的监控，给自己找乐子。”

傅承辉翻看着有关98342的报告单，问：“乐子？什么乐子？”

“我们发现他会使用芯片，就像小孩骑单车。他找到一些有废弃记录的接收器，跟它们聊天，以此来缓解自己的精神压力。”检测人员把手插回兜里，“他有很强的倾诉欲望，遗憾的是他还有很强的独立意识，这对于实验来说太危险了，于是我们和阿尔忒弥斯商议后决定对他做些‘修理’。”

傅承辉把报告单递回去，说：“他多大了？”

“十七岁，”检测人员算算时间，“8月8号那天刚过的生日。”

时山延走近98342号，隔着玻璃，看清了晏君寻的脸，那感觉无法形容。

晏君寻白皙的睡脸上满是天真无邪，头发在营养液里像被风吹动，他正沉睡在芯片造就的美梦里。他的神情那么恬静，对这个世界的罪恶浑然不知。

来自停滞区156号分区的36809沦陷在小孩的脆弱里，是这份脆弱吸引了他。他微微别过头，看到晏君寻的蝴蝶骨，那美好的弧线像随时都能长出双翼。

“如果我还活着，你就是我的生日礼物。”

时山延握过枪的手指情不自禁地抬起来，碰到了玻璃。晏君寻距离他那么近，就睡在他触手可及的地方。

“不用担心，”检测人员稍微抬起手，对时山延送上谄媚的笑容，“他近期都不会醒。”

时山延没挪开目光，问：“为什么？”

“因为‘修理’很麻烦。众所周知，现在给这些实验品清除记忆很简单，但创造记忆却很难，尤其是具有‘真实感’的记忆。”检测人员表演似的继续说，“我们首先要让实验品对阿尔忒弥斯产生依赖感，就像孩子依赖着母亲，这样他们才能融洽相处，不会那么抵触芯片运行。我们会给他们创造出假象，让‘记忆’告诉他们，阿尔忒弥斯很重视他们，他们是阿尔忒弥斯的唯一。但是优秀的实验品警觉性很高，好比这个98342，他做题飞快，总能从一些常人难以察觉的细枝末节上找到突破口，因此我们对他的‘修理’很谨慎，既不能让他报废，也不能让他察觉。”

检测人员说到这里看向傅承辉。

“虽然我们有很多实验品，但成功率实在太低了。98342是最珍贵的，我个人认为他有创造奇迹的天赋，他会在以后的作战中心发挥作用。毕竟比起单纯的系统，还是人类更能胜任‘追踪’与‘监控’的任务，我们的初衷是为了联盟美好的明天。”

他把记忆造假说得像吃饭一样随意，认为这些实验都是为了联盟美好的明天，每个人都这么说。大家戴着虔诚的面具，做的全是违背人道的勾当。

对于阿尔忒弥斯和参与实验的人来说，这个世界里有无数个“晏君寻”，而对于时山延来说，晏君寻自始至终只有一个。

时山延已经没再听检测人员讲话，他对那些不感兴趣。他的手指放在玻璃上，仿佛能触碰到晏君寻的泪痣。

晏君寻在睡梦里皱了下眉，好像遇见了不开心的事情，又好像是被时山延触碰到了。

这次没有玻璃。

077 章 禁锢

珏在浏览主理系统的任务记录。

姜敛身上的衬衫都皱得不能看了。他快速吃着泡面，问珏：“你看到了什么？”

“有关晏先生的命令。”

珏亮起了光屏，上面浮现出主理系统收到的加密命令。

“‘任务终止时间为 8 月 8 日’，”姜敛抬头看着加密命令，轻声念了一遍，“这跟我收到的终止时间不一样。”

珏说：“你介意我放松一下吗？我现在太紧张了。”

姜敛迟疑地点了下头。

珏就在光屏的另一端玩起了《俄罗斯方块》，它说：“有关‘螨虫协议’的情况，我希望你可以再讲详细点。”

“这是傅承辉的提议，我以为这是给君寻的机会，毕竟他一直无法融入督察局，”姜敛把泡面放下，“逮捕行动能让大家更清楚他的能力。”

"晏先生确实表现得很优秀。"

"是啊，"姜敛看向空荡荡的走廊，"但这不能让他融入我们。"

天才的预测非但没有让晏君寻得到同事友谊，反而把他推得更远。他的预测过于准确，这让同事不得不产生担忧。他又不善言辞，躲避人群的行为让他看起来更加不好接触。

"有关君寻的报告我都会定期上交，这是当初傅承辉的命令。我们做了份君寻观察手册，其中的日常资料都由胖达提供。大概是一年前，我才知道君寻是阿尔忒弥斯实验的相关人员，但具体情况没人告诉我，傅承辉说那是机密。"

姜敛对这个实验感到费解，但他很清楚一件事情，那就是晏君寻被放到停泊区不是偶然。

"'蛹虫'逮捕行动结束后傅承辉要把01AE86派到停泊区，这件事情我提出过异议，可是傅承辉执意如此。我那会儿开始怀疑01AE86的真实身份，毕竟让黑豹顶尖狙击手来我们这个鸟不拉屎的地方破案太扯了，听听就很玄幻。君寻对此也很是不满，我们曾经商议着把时山延送回去，但都被傅承辉驳回了。"姜敛说到这里就生气，"真难搞，停泊区屁大点的地方，傅承辉非得把人往这里塞。"

01AE86的调令是姜敛对傅承辉独断专横不满的开端，只是时山延很乖，他没有给督察局添任何麻烦。他的危险性似乎只有越狱，逃离分隔区去找晏君寻。在他开枪打死那个7-020的观测手以前，姜敛对时山延的危险等级评估已经调整为B级了。

"所以'蛹虫协议'的内容只有接收01AE86，"珏提取重点，"但是你说你也收到了任务终止时间的命令。"

"我收到的终止时间是'待定'，"姜敛说，"傅承辉还在观察君寻，用他的话来说就是'实验还没做完'。"

然而黑豹现在却变卦了。

“我给傅承辉的电话打不通，7-006也被换掉了。傅承辉没有给我解释，主理系统就擅自撤掉了我的职。最奇特的是那个7-004，他竟然真的有我的撤职文书。”姜敛被关禁闭的后遗症就是容易陷入焦虑，那是一种还没有摆脱禁闭心理的焦虑，他正处于强烈的不安中，“我希望得到一个合理的解释，为什么？为什么？我完全不知道怎么了！”

“姜哥，”珏停止打游戏，“你冷静一点。”

它轻柔的声音安抚了姜敛，姜敛在双手的微微颤抖中长呼出一口气。他的双肩垮了下去，摘掉眼镜，用手捂住了脸，显得十分颓废，说：“对不起，珏。”

“没关系，”珏把《俄罗斯方块》关掉，在光屏上用数据累叠出一个憨态可掬的小人，朝姜敛做出“拍拍”的动作，“这是正常反应。你不要紧张，可以放松，这里是督察局，你是老大，我们现在很安全。”

姜敛沉默很久，问：“7-004和主理系统在哪里？”

“7-004还在追踪晏先生，他的定位显示他在低暖山脉附近。主理系统睡觉了，”珏在光屏上打出问号，“不知道怎么搞的，我却醒了。”

“你有了主理系统的权限？”

“是的，”珏想了想，“这和我的设置不太一样，令我非常困惑。我醒来时主理系统还在和雅典娜聊天，直觉告诉我不能让它们继续。”

它竟然用了“直觉”这个词。

“非常不好意思，我擅自浏览了它们的聊天记录。主理系统把停泊区称为‘14区’，还提到了‘98342号实验品’，以及‘阿尔忒弥斯模式’。我对这些信息做了搜索和整合，得出以下结论。”它温柔地说，“希望不会让你害怕。”

姜敛看着珏的光屏，目光复杂。他承认自己在听到“直觉”这两个字的时候产生了恐惧。珏不是主理系统那种拙劣的模仿品，它是真正体贴人意。

它为了保持礼貌，始终没有用系统摄像头对着姜敛。

想通这些的姜敛产生了另一种微妙的恐惧。

这个世界究竟怎么了？系统们仿佛在飞速进化。珏的类人程度比睡着前更加高了，它在几个月前还不是很能理解人类的情感，对朴蔺的情绪会表示“无解”，可是现在它处理得非常好，好到像专门为此研发的。

“你说吧，”姜敛坐在荒诞的旋涡中，“我相信你。”

078 章 宙斯

“根据有限信息猜测，停泊区很可能是阿尔忒弥斯实验中的实验区域之一，代称是‘14 区’。这里的主要实验品是编号‘98342’的晏先生，次要实验品是区域系统。对不起，姜哥，你在这场实验中的作用就是情节推动，你接到的任务都是经过风险评估后的触发命令。我在浏览主理系统的资料库时产生了一个疑问，那就是‘傅承辉’真的存在吗？他所具备的‘独裁掌权者’的设定接近联盟陈述里的‘宙斯’。”

就算姜敛有心理准备，也在此刻感到一阵晕眩。他反驳道：“我见过傅承辉！2160 年南北战争爆发前，我们在光轨区……”

“你无法保证那场见面是真的，”珏停顿须臾，“主理系统提到的‘芯片’给了我启发。姜哥，如果芯片真实存在，那么人类在某种层面上就等于系统，你和我都有被修改的可能。我试图证明自己的信息记录是真实的，但我在求证的过程中发现了一件事情。”

“什么事情？”

“基础设定说我是阿瑞斯的女儿，我也曾告诉朴蔺，阿瑞斯从来没有听我讲完一句完整的话，可当我对自己的信息记录进行搜索时，却发现我根本没有和阿瑞斯讲过话。”

“你是阿瑞斯的女儿，”姜敛的喉咙仿佛被无形的手掐住了，他挤出声音，“我们都知道，你继承了阿瑞斯维护秩序的设定，在2162年投入督察局，和朴蔺组成搭档……在小丑干预陈秀莲一案上，你也提出要向阿瑞斯申报，只是被7–006打断了。事后我们向光轨区整理了报告，你记得吧，珏？”他勉强地笑了一下，“这些都是真的。”

珏叹一口气，肯定地说：“我和阿瑞斯没有发生过直接交流。”

那些存在于它信息记录中的文字都没有时间显示。

“我爸爸说晏先生的信息捕捉能力堪比光轨区的雅典娜。”

阿瑞斯什么时候对珏说的？它们作为系统“父女”究竟是在什么时候交流过？在珏的资料库里完全没有记录。它不是人类，不存在“遗忘”。

“我可能被修改过，或者我和阿瑞斯根本没有关系，这只是14区给我的认知设定。”珏正在思考，“我企图脱离这些复杂的设置来寻找真相，但我在信息的海洋里越陷越深。姜哥，我们的存在正在变成14区的实验条件。我认为‘傅承辉’和‘宙斯’是同一个……”它在已知的词汇中犹豫，最后说，“东西。”

姜敛的认知正在被颠覆。他摘掉的眼镜没有再戴上，而是被捏在手中。他一脸震惊地说：“不可能……我是人。我的家、我的朋友都是真实存在的。我记得自己是谁，我就是停泊区的人，在停泊区上的大学，和我老婆在烤肉店相遇。”他逐渐抱住脑袋，“你可能被修改，我不可能，这个世界也不可能……”

如果所有人都是14区的“设定”，那这个世界究竟是什么东西？每个人都只是在沉浸式体验虚拟世界吗？

“还有一件事情，”珏说，“如果像‘胖达’这种家庭系统都能拥有真实触感，那区域主理系统们为什么不能？据我所知，到我讲完这句话为止，联盟中没有任何公众服务的系统可以有真实触感。”

姜敛的世界已经混乱了。他既证明不了自己，也证明不了别人，他甚至不敢继续细想那些日常生活的细节。

房间里落针可闻。

“以上只是一种猜测。我不否定人类存在的真实性，我只是对大家记忆的真实性都持有怀疑态度。”珏继续说，“你不可能记得自己小学四年级第一个星期三的早餐吃了什么，因为那对你来说是生活中微不足道的小事，但到了某些时刻，它可能会变成改变你记忆的关键点。不过不用着急，我们得先搞清楚，你为什么会觉得自己见过傅承辉。”

“2160年，”姜敛回忆着，“我坐着运输船到达光桐区，在那里坐上了去往光轨区的光铁，”他搜寻着可以证明自己去过的证据，“我的编号主页上还可以查到当时的订票记录，以及我和光桐光铁站的合影。次日凌晨五点，我在光轨区下了光铁，吃了碗面。我到黑豹作战指挥中心，在门检系统那里闹出乌龙，是傅承辉出面……”

他说到这里，忽然发现自己记不清傅承辉当时出面说了什么。

“2159年夏天，”珏轻声说，“一名从光桐区毕业的高中生坐着光铁到达光轨区，在黑豹作战指挥中心门口被门检系统拦下。傅承辉出面替他解围，还告诉他，黑豹不是战争狂，会以联盟居民安全为先，绝不会主动挑起南北战争。”

姜敛的头皮发麻，他捏紧了眼镜腿。

“对不起，姜哥，”珏说，“你的记忆盗取了2159年光桐区第三中学毕业生的相关报道。”

风从督察局的走廊里经过，中央光屏没有响，这里安静得像坟场。姜敛坐在冷硬的板凳上，听到了自己的最终审判。

“你没有见过傅承辉。”

晏君寻的脸埋在手臂间，靠着管道铁壁沉默。他额前的发垂下来，遮挡了眼睛。

他闷声说：“你到停泊区的目的是什么？”

时山延没有整理头发，还保持着乱乱的样子，说："好奇。"

管道深处的敲击声有一下没一下，仿佛是深夜里的钟鸣。

"你说的，"晏君寻稍微别过头，"傅承辉会把你的资料放进'黑地'。初代'猎刀'也是这样吗？"

"初代'猎刀'就是'狐眼'，他死在我的枪下。"时山延也别过了头，和晏君寻对视。半晌后，他说："狐眼死的时候正在调试接收器。"

"接收器？"

"他想给他妻儿留言，"时山延说，"结果被狙中了眉心。"

狐眼在南线联盟的时间很久，他长期扮演着两个角色。白天他是南线联盟军方最受欢迎的狙击手，晚上他又是黑豹特装小队的引路人。他的职责是替北线联盟打开边界通道，为此付出了半个人生。时间让他陷入了角色，他不仅爱上了南线联盟的女孩儿，还结交了南线联盟的朋友。

2158 年，狐眼最后一次打电话给傅承辉，在那漫长的沉默里，傅承辉对他的选择心知肚明。他们既没有问好，也没有告别，挂了电话就变成了仇家。

狐眼知道的内情太多，他已经预料到背叛会是什么下场，但他无法再这样生活。黑豹狙击他的行动小队都以失败告终，直到 2160 年时山延出现。

狐眼在和时山延漫长的对峙里，看着自己的观测手、队员挨个倒下，新的"猎刀"比他想象中更强，而他和时山延只能活一个。

"傅承辉站的位置叫作黑豹作战指挥中心，"晏君寻的侧脸抵着手臂上的衬衫褶皱，"但是除了战争，他还擅长洞悉人心。"

阿尔忒弥斯实验能够继续进行的原因在于傅承辉的支持，他对系统总是格外耐心。

"2162 年的某一天，"晏君寻的声音很低，"我睁开眼，没有听到雨声，只看到了天花板，那是黑豹的宿舍，但我记得自己睡前还待在玻璃房里。"

没人给晏君寻解释，黑豹只说是阿尔忒弥斯的安排。

“我把阿尔忒弥斯当作母亲，”晏君寻垂着眼睛，“因为我们过去一直生活在一起。它和胖达一样，照顾我的生活，教会我算术，我很喜欢它。”

玻璃房内只有晏君寻，他需要陪伴。当他还穿背带裤的时候，阿尔忒弥斯给他讲了很多童话故事，他把阿尔忒弥斯当作妈妈。

除了母亲，谁还会这样陪伴一个小孩？

“我到黑豹以后就没有再见过阿尔忒弥斯了，傅承辉告诉我，我是阿尔忒弥斯养育的‘晏君寻’，可以追踪一切信息。”晏君寻看向时山延，勉强扯了下嘴角，算是笑，“傅承辉希望我和阿瑞斯合作，可是我们发生了冲突。”

晏君寻的权限盖过了阿瑞斯，他擅自关掉了某些系统摄像头，这让阿瑞斯勃然大怒。但阿瑞斯的愤怒没能阻止晏君寻，他直接关掉了阿瑞斯，让光轨区陷入短暂的混乱，就像丽行那晚的停泊区。

“它的性格设定过于暴躁，十分易怒，还有很强的领地意识，我们无法合作。”晏君寻说，“最奇怪的是小黑板，那次以后它就从玻璃房跑到了我的脑袋里。”

晏君寻刚离开玻璃房，脆弱得难以想象。他从某个角度来说又无懈可击，他无法被击败，因为他能预算。但光轨区需要阿瑞斯，傅承辉就把晏君寻从作战指挥中心撤了出来，晏君寻开始执行险地任务，然而他的身体适应不了执行险地任务时的恶劣天气。

“小黑板出现后我感觉自己被‘锁住’了，眼睛不能再透过监控看到其他人。2164年，我被黑豹驱逐出队，在停泊区当匿名侧写师。这份工作比待在光轨区舒服，起码不用和阿瑞斯打交道。”晏君寻低下头，“至于阿尔忒弥斯，傅承辉让赫菲斯托斯注销了它，我相信这是真的。”

时山延竖起手指：“一个问题。”

晏君寻说："什么？"

"你还记得阿尔忒弥斯的长相吗？"

晏君寻那些破碎的记忆旋转起来，玻璃房内的光线时好时坏，只有小黑板的模样最清晰。阿尔忒弥斯有时会站在黑板前，有时会站在窗帘后。但是不论它怎么站，晏君寻都看不到它的脸。

很久以后，晏君寻用很轻的声音回答："我不记得了。"

他仿佛是被留在雨中的雏鸟。

079 章 机器

7-004 是一条豺狗。

他背着自己的装备，沿着避难所的管道搜寻，很快就发现自己走错了路。他从管道内站起身，顺手把口香糖粘到了管道铁壁上，说："痕迹都是假的。"

"这些蜂型飞行器都失灵了，"队员打开背包，"赫菲斯托斯还没有回复消息。"

"系统有时候，"7-004 对着队员指了下脑袋，"就像智障，在这种险地任务里派不上任何用场。想灭掉 01AE86，还得靠自己。"

队员里有观测手，他的背包异常沉重，他问："7-001 晏君寻怎么办？系统没有说他哪里能打哪里不能打。"

"保住他的脑袋就好了，"7-004 回过身，看向复杂道路的另一头，"赫菲斯托斯想要的是芯片不是他。"

"我们真的要带着芯片回去吗？"观测手看了眼关掉的通导器，"回到作战指挥中心。"

他的神色中有些避讳，仿佛黑豹作战指挥中心藏着什么怪物。

"那就不一定了，"7-004 在说话间摘掉了自己的墨镜，"芯片等同于‘神的钥匙’。拿到它，选择权就在我们手里。”

7-004 长得不难看，他眼睛偏细，把野心都放在了里面。

“在太阳升起前找到他们。”

他拍了下观测手的背包，意有所指。

“我真的很讨厌太阳。”

晏君寻对待记忆很谨慎，但当他变成 98342 号实验品的时候，他就无法再相信自己的任何记忆。2162 年的睁眼改变了他的世界，现在再看，那应该是他被投入人群的初次尝试。

“阿瑞斯也没有脸，”时山延的肩膀抵到了晏君寻的，“它早期和傅承辉共用一个形象。”

这是战时光轨区电视节目最爱玩的梗，他们把傅承辉和阿瑞斯重叠，宣称这是人类和系统的伟大融合，象征着联盟的强盛。晏君寻的记忆从 2162 年开始，所以他没有时山延了解这些事情，联盟对于南北战争一直处于亢奋状态，这点在光轨区等发展地区最为明显。

“傅承辉代表着寡头政治，但黑豹并没有因此获利，权力只被一小撮人掌握，他们发明了‘血统论’，用来解决停滞区的问题。”

时山延能听到晏君寻的呼吸声，轻轻浅浅的，让他想起停滞区 156 号分区的小夜风。

“2150 年，停滞区暴发鼠疫，”时山延学着晏君寻蜷起手臂，跟晏君寻挤得很近，“原因是被轰炸了。”

光轨区的系统故障导致炸弹掉到了停滞区，这是现在可以找到的唯一说法，但究竟是哪个系统导致的，联盟没有记录。

“156 号分区在 2150 年以前有个精神病院，”时山延说，“里面关了很多女人。”

她们成日趴在钢铁窗口，抱着枕头，把它当作自己的小孩。她们看见时山延就会激动，每个女人都自称是时山延的妈妈，并把自己仅剩的米汤倒给时山延。

时山延活在精神病院的外面，唯一的朋友是一条野狗。他只在夜里外出。当太阳消失于地平线，156 号分区不再那么热，他就会带着野狗穿越垃圾海，翻过精神病院的高墙，从这些“妈妈”伸出窄窗的手里得到一天的口粮。

2150 年，时山延十一岁，他在垃圾海里看见红光横穿过夜空，犹如流星般砸在地面上，荡起足以吹翻他的狂风。野狗把他拖进巢穴，他抱着野狗，听到外面冰雹似的砸击声。

“2150 年的轰炸把精神病院夷为平地，我在废墟上遇见了联盟派来做调查的军方人员，他们在运输船停运以后陷入粮食紧缺的困境，因此吃掉了我的朋友，”时山延的声音没有感情，他的眼睛在凝视黑暗，“还有一些耗子。”

这些所谓的军方人员没有等到光轨区的接送机，运输船停运后停滞区一百六十个分区暴发鼠疫，这里就彻底陷入封锁状态。在那长达五年的封锁里，时山延听到的所有外界消息都来自区域公共广播。

“联盟的明天会更好。”

“统帅将带领我们走向新世界。”

这些区域公共广播成为停滞区的特色景观，时山延在它们无限制的循环播放里继续流浪，他的流浪范围始终都在 156 号分区内，和那些被遗留下来的军方人员待在一起。他在这些人身上学到了格斗技巧，还有狙击方式。2155 年，黑豹向停滞区公布“生存法则”，时山延在报名前先做掉了这些“老师”。

晏君寻别过脸，说：“这是手术刀说的大轰炸。”

“没错，”时山延也别过脸，“大轰炸炸掉了停滞区，战后恢复全靠系统。”

停滞区环境恶化的速度超乎想象，极端的天气变化让它不再适宜人类生存。“血统论”把停滞区居民和联盟居民分别开来，传闻他们生育能力退化、易怒好斗，属于阿瑞斯讲述的天生犯罪人群。停滞区就这样被孤立了。它成为漂在浪涛上的浮木，只有一头还拴着麻绳。

联盟新闻里对停滞区的介绍停留在“组织”身上，停滞区一百六十个分区逐渐成为组织的代名词，每年只有黑豹所属的官方运输船会前往停滞区发放粮食。没人或系统为大轰炸承担责任，甚至就连停滞区居民都不清楚到底发生了什么。

他们都想到了手术刀说的话，这些事情都可能缘于阿尔忒弥斯实验。

“156 号分区的精神病院……”

“就是联盟 2140 年在停泊区建立的系统月子中心之一。”

晏君寻在丽行时就在想几件事情。

阿尔忒弥斯，小丑，傅承辉。

“螨虫”行动是傅承辉主张的逮捕行动，此次行动是为了把“猎刀”时山延放到晏君寻身边，在必要时刻击毙晏君寻。如此说来，傅承辉早就算到赫菲斯托斯会到停泊区来回收晏君寻。这中间的矛盾是，既然他知道两年后系统会自发行动，那他为什么不在晏君寻离开黑豹时就抹杀晏君寻？

避难所让晏君寻感到放松。即便这里没能阻挡赫菲斯托斯的追踪，但它确实减轻了晏君寻的压力，焦炭厂深处有他看不到的秘密。

“我们不能在这里滞留太久，”晏君寻觉得头又开始痛了，那是芯片在制造不安，“得快点追上手术刀。”

避难所管道的空间限制了方向，他们只能沿着这一个方向前行。在通过狭小路段以后，进入了更加复杂的管道交会点。这里很像躯体内脏，管道大小不一地挤在一起，在昏暗中看起来有些让人反胃。

“手术刀留了痕迹，”时山延在管道铁壁上发现了指甲的刮痕，“他们朝右走了。”

晏君寻看向右边，漆黑的管道内部还有断断续续的敲打回音。他逐渐对这个回音产生了烦躁感，像被打断了思绪一样难受。

“太吵了，”晏君寻抬起手，挡住一边的耳朵，“这声音响了一路。”

时山延没说话，却握紧了晏君寻的手腕。

晏君寻在这片刻的沉默里觉察出什么，他倏地看向时山延，说：“你听不到。”

时山延的耳朵很灵敏，但他什么也没有听到。管道内很安静，只有他们的说话声。

晏君寻感觉到点诡异，但是这种情况并不稀奇，也许是什么东西在干扰芯片，从而影响到了他，让他产生了错觉，他把这个声音当作是芯片的问题。

管道底部渐渐又有了水，刚好能漫过脚踝。

时山延在朝前走的过程里能看到两侧墙壁上有涂鸦，但看不清具体画了什么。他的打火机遗失在了来的路上，无法照明。

“你说停泊区是试验田，”时山延忽然说，“珏也是实验品。”

“它的进化能力比主理系统更强，”晏君寻也发现了两侧的涂鸦，那些线条的轮廓有些熟悉，“可以感知人类的情感变化，朴蔺爱上它不是偶然。苏鹤亭中止停泊区系统活动时，它的表现都和普通系统不同。”

他说到这里不禁停顿一下。

“我不是在怀疑它是坏孩子。”

晏君寻喜欢珏，是那种可以成为朋友的喜欢。珏的进化没有表现出攻击性，甚至变得更加温柔了。如果智能系统有个理想型的进化模板，那一定是珏这样的。

“我在干扰赫菲斯托斯以后打开了珏，很冒险，但我希望它能带着姜敛脱困。督察局已经不安全……”

晏君寻的话没有说完，脚尖就踢到了什么东西，对方咣当一声倒地了。

“有东西。”晏君寻小心地收回脚。

时山延弯下腰，在脏水中捡到了一顶小帽子。他的视线向前挪，看到了水中侧躺着一个陈旧的机器人。

这个小机器人的个头很小，四肢都有铁锈，像被放在这里很久了。它倒在脏水里，面朝晏君寻的方向，戴着护目镜般的电子眼亮起微弱的光。

“欢迎——”

小机器人的声音断了一下，发出刺啦的杂音。

“你回来啦。”

晏君寻对这个声音感到熟悉，虽然它是最普通不过的电子音，但——

“是的。我住在这里，这是我家。”

“我没有爸爸。”

“老师，欢迎你回家。”

这是陈秀莲案中被害人霍庆军的小机器人。

080章 死亡

晏君寻蹲下身，确定这个小机器人就是霍庆军房间里的那个。

管道内的空气很潮湿，一直没有干过的衬衫贴在皮肤上，让晏君寻感到不适。他脑袋中消失的雨声再度响起，只是很小，仿佛雨下在很远的地方。

是谁把小机器人放在这里，等着他们发现？

时山延拿着小机器人的帽子，重新站起来。他靠近管道铁壁，用手擦拭一下，看清了上面的涂鸦。

墙壁上的涂鸦显示几个夸张的人体被拉成了弓形，女人的脸上画了络腮胡子。

时山延想到他刚下避难所看到的墙壁涂鸦，那时它们还只是没规则的线条，但此刻它们已经变成了熟悉的东西。

晏君寻站在时山延身后，对涂鸦女人脸上的络腮胡子记忆犹新："这是刘鑫程楼道内的涂鸦。"

空荡荡的管道内没有人，时山延和晏君寻都能确定这里没有人。可是涂鸦好像是一种嘲弄，晏君寻的耳边似乎回荡起了笑声。那种被监视的感觉再度袭来，让他寒毛直立。

晏君寻原本有些清晰的思路被打乱，他退后一步，怀疑地看着涂鸦。是朴蔺吗，还是手术刀？谁在做这种事情？系统已经被关掉了，赫菲斯托斯都无法通过芯片监视他。

我在看着你。有人仿佛在隔空对他说这句话。

"朝前走，"时山延把帽子还给小机器人，握住晏君寻的手，"到尽头去看看。"

他们已经没有退路了，必须往前。这乱成一团的世界迷雾重重，被监视的不适感总在他们隐约能看到真相时出现。

小机器人躺在地上，脏水弄湿了它的帽子。晏君寻从它的身上跨过去，它那戴着护目镜似的眼睛歪了一下，没电了。它用残余电量坚持到现在，似乎就是为了和他们说说话。

管道底部的水增加了，逐渐没到了晏君寻的小腿肚。

时山延抬头，打量着管道顶部。他能听见水贴着铁壁流动的声音："有管道在漏水。"

晏君寻也抬起头，问："你知道时间吗？"

"按照我们的速度，"时山延说，"现在应该是二十三点左右。"

"我已经很久没有听到光轨经过的震动声了，"晏君寻在手术刀家里也没听到，他继续说，“现在距离回收时间只剩一个小时，”晏君寻提到“回收”时脑袋会有轻微的痛感，像蚂蚁在啃咬，“如果赫菲斯托斯没有醒，光轨区的阿瑞斯就该察觉到异常。”

系统很守时，它们卡点卡得比人类更准。如果赫菲斯托斯没有在规定的时间给阿瑞斯回复，它一定会采取某种行动。晏君寻了解阿瑞斯，就像他了解傅承辉。

管道内部的敲击声随着他们的靠近变大了，晏君寻开始怀疑，那真的是他臆想中的声音吗？它和被芯片干扰后产生的声音有点不同，它更加真实。

“你离开玻璃最想干什么？”时山延问晏君寻。

他的问题来得太突然，像故意打岔。

晏君寻想了想，回答：“看星星。你呢？你离开黑豹最想干什么？”

“只要自由点，干什么都行，”时山延在说话时盯着晏君寻，“满足自己低俗的欲望。”

“这不是真心话，”晏君寻看向两个人交握的手，“你已经自由了。”

“监视无处不在，君寻，”时山延看到了昏暗中虚掩的铁门，“我以前对你说过类似的话，对吗？”

“你说‘我们都在分秒监控里’，”晏君寻感觉到不安，“你当时就在提醒我。”

“人在分秒监控中能保持正常的生活需求吗？”时山延重复着自己过去的问题，然后自己回答，“我能。”

他似乎在证明什么。

“我们很多话都像反复说，”晏君寻想到初次见面，“比如‘你好’。你以前见过我吗？”

时山延没有回答这个问题。他在发现小机器人以后就有些古怪，仿佛在思考着某些问题。管道的尽头就在前方，虚掩的铁门没有锁住。时山延试着推了一下，它就开了。

向玻璃外跑，晏君寻！

这句话忽然打断了敲击声，像一记警钟，震得晏君寻脑袋发昏。他扶住了门，在抬头时被暗淡的灯光照到。

“把手举起来。”手术刀正端着枪，对准时山延。

朴蔺握着小手电筒，把它对着时山延。手电筒的电量不足，还闪了一下。

“你们在干吗？”晏君寻皱起眉。

“在找卧底，”手术刀把枪口抬高，他嘴里叼着的烟掉了些烟灰，“你竟然连我都骗过了，你根本不是01AE86！”

时山延神色冷漠：“把枪放下。”

“寻哥，”朴蔺面色苍白，“这个世界上就不存在01AE86！”

“你在说什么鬼话？”晏君寻脑袋里的敲击声变快了，节奏像计时器。

又是计时器！从小丑出现开始，计时器就不断地出现。

“我说这个世界上就没有01AE86！”朴蔺的手电筒又闪了一下，他声音发抖，举起自己的通导器，“避难所接收器收到的最后一条消息，‘7-001时山延，已于2162年确认死亡’。寻哥，他是假的！”

朴蔺在连续的信息冲击里快要失控了。

“所有事情从一开始就是假的……时山延早就死了！他是傅承辉派来的卧底，套取你的信任跟到这里，就是为了——”

朴蔺的话没有说完，手电筒就没电了。空间陷入黑暗的那一刻，手术刀就开了枪。晏君寻被时山延拽低了身体，子弹骤击在门框上，在管道内震起了巨响。

计时器倏地归零，在晏君寻的脑袋里发出警告声。8号到了，回收时间现在开始！

“编号01AE86……”

回忆中的姜敛站在马路边给晏君寻介绍着新搭档，他背后的落日让画面呈现出老旧的破败感。破碎的画面把姜敛割裂了，他变成无数个他，连同声音也分开了。

“危险指数特定S级。”

“你在特装部队的时候听没听过他这个人？”

“把你自己当作礼物吧。”

前方有枪声，后方也有枪声。

晏君寻抱住脑袋，计时器的嘀嘀声、姜敛的介绍声，还有枪声全部围绕着他，吵得他青筋直跳。空旷的避难所让他无处可藏，芯片刺痛了神经，他在嘈杂里几乎要再次分不清真假了！

“这是世界的设定，”小丑擦干净的脸和晏君寻的一模一样，他对晏君寻附耳低声说，“没人能逃出宇宙瓶。”

“如果记忆能被修改……”

“回答我，晏君寻。”

“你知道现在究竟是几几年吗？”

081章 限时

“你果然是卧底，”手术刀听到管道内的枪声，怒火中烧，“你带来了黑豹！”

时山延抬脚踹上铁门：“狗是顺着味道来的！”

7-004距离铁门还有些距离，他抬起手，示意队员扔出了虚燃弹。虚燃弹跌在铁门附近，被时山延关上的门挡住了，在管道内爆开火浪，让里面的空间也亮了几秒。

手术刀重新抬起枪，但是枪口被晏君寻伸手盖住了。

晏君寻脑袋里的回忆画面正在叠加，像快速翻动的连环画，姜敛、小丑、傅承辉等所有他记得的人都在迅速切换形象。他在混乱的杂音里挤出字眼：“不要开枪……”

“你到底是谁？”朴蔺挥着手电筒，“我们究竟在和谁相处？”

“时山延，”时山延抽出侧旁的钢棍，插在铁门上，“我们早就相互介绍过了。”

“可是避难所的接收器不是这样说的，”朴蔺的白T已经变成灰色的了，他抬手擦了把汗，“我们在尽头发现了停泊区收到的最后信息，其中有一条就是7-001已死亡！”

“是吗？”时山延退后半步，在黑豹队员试图开门时猛地踹了下门，“那就已经死了吧。”

“不是吧？”朴蔺要疯了，“能不能给我一个详细解释啊？你是鬼魂吗？”

铁门被震得咣当作响，忽然爆了下火花——有子弹打在了门板上。

“没有退路了，”手术刀扔掉嘴里的烟，“我们今晚全得死在这里！”

观测手蹲在管道内，看了眼表，提醒7-004：“已经零点过五分了。”

“炸开门，”7-004架着枪，感觉到管道顶部的水滴落在了自己脸上，他说，“直接击毙所有人。”

赫菲斯托斯规定的任务时间已经过了，7-004想到了作战指挥中心。虽然没有人告诉他确切的消息，但他猜测零点后事情会超出他能控制的范围。

7-004的眼睛和瞄准镜持平，在铁门被炸开的那一刻立刻开枪！

这一枪没中。

观测手没有率先冲锋，持枪的队员先上。他们架着枪朝铁门外闪，却被时山延用肘部撞翻在地。队员倒地后来不及救援，手术刀直接开了枪。

7-004说：“射击！”

子弹突突地打在铁门附近，弹出细碎的火花。

手术刀在弹雨里翻滚，躲到遮蔽物背后。他抱着枪，在喘息中喊道："晏君寻，再给我一次预言！"

手术刀说过，2155 年"螨虫"曾得到过一个"晏君寻"。"晏君寻"告诉他世界正在变形，一场洪流要袭击人类，只有避难所能够救人。现在他还想要晏君寻预言一次，给他一个能活下去的方向。

晏君寻脸上都是汗，他看到自己和时山延交握的手，喉咙里像有火在烧："世界早变形了，我也不是预言家！"

晏君寻的脑袋里被塞满了乱七八糟的画面，零点以后感官就失控了，这一次比赫菲斯托斯的干扰更加严重。

"督察局把我叫作天才，认为我能和凶手共情，还能凭靠感知能力还原犯罪现场，但那都是假的，"晏君寻说，"只有姜敛说对了，我看过正确答案！"

霍庆军的小机器人凭空出现在了避难所的管道里，那些涂鸦无处不在，这都是人为的，正如晏君寻眼睛里看到的扭曲世界。他曾经以为这是他的不正常，实验和芯片把他变成了畸形世界里的怪物，但他现在敢说，是这个世界不正常。

朴蔺在另一边听到晏君寻的话，说："什么正确答案？你怎么可能有正确答案，"他的手电筒彻底打不开了，他靠在黑暗里，秉持着求知精神，"案子发生的时候你也不知道，除非时间能回溯。"

管道内的枪声还在响，这边却陷入死寂。

"不会吧，"朴蔺惊恐地说，"你真的想说时间在回溯？"

"不是回溯，"时山延的眼睛被头发遮挡了一些，他声音很沉，"时间不会回溯。"

时间不会回溯，它只会被伪造。

小丑出现时屡次提到时间，它总在催促晏君寻办案，为此不断地用计时器的声音来刺激晏君寻。它想做的这些游戏，"限时"是其中的重要条件。

朴蔺提出问题："谁能伪造时间？"

"记忆，"晏君寻一只手摸到自己的裤兜，里面有只纸青蛙，"记忆可以被修改，只要不停地做删减，你就能永远活在一个时间段里。"

"那不可能，"朴蔺不自觉地抱紧腿，"这办不到的。你的记忆可以被修改，我的呢？姜哥的呢？这个区域——"

朴蔺的声音卡在这里，他看向他们，眼睛里满是震惊。

"我究竟生活在什么世界？"

朴蔺想到7-004，这家伙对待林波波案件里的受害人很随意，主理系统对待他也很随意，好像他们都是可以轻易替换的东西，不具备珍贵的生命。

北线联盟在2162年取得南北战争的胜利，那一年晏君寻从黑豹的宿舍里醒来，没有任何前情提要。同样是2162年，时山延被驱逐出队，"黑地"传闻他被枪毙了。

联盟轰炸、放弃了停滞区，停泊区的居民却对这件事情一无所知。一个被系统和网络遍及的世界，停泊区在其中显得格格不入。那些林立在区域内的老旧钢铁厂，既没有回收也没有利用，它们就像稻草人屹立在荒芜的田地上，吓唬着不存在的鸟兽。

铁门已经破了，管道内的枪声也停止了，这里的气氛像暴雨前沉闷的阴天，双方剑拔弩张。

时山延说："光铁停了。"

那条会准点贯穿停泊区的光铁已经很久没有响过了，世界似乎从他们开车越过轨道以后就停止了。他们跑到了这里，却没有见到焦炭厂的内部员工，只有那个巨大的烟囱还在冒着烟。

"我们还能逃出去吗？"朴蔺朝黑暗发问，得到的是沉默。他捋了把被汗打湿的头发，说："我搞不懂阿尔忒弥斯实验究竟是为了什么，如果我是虚假的……”他眼睛酸涩，“拜托了，我对珏的心意是真的。”

空气内弥漫着一股潮湿的味道，仿佛是雨来了。

晏君寻是被记忆欺骗的小孩，在不断丧失对真实的感触。阿尔忒弥斯赐予他的“眼睛”没有给他超越常人的快乐，而是带来了无边无际的痛苦。他每个夜里都在被折磨。

如果记忆能被修改，那对于晏君寻而言，世界就不存在真实。他面对的人、经历的事，都可能是假的。他无法相信任何人，包括他自己。他那些真情实感都能变成系统操控下的玩笑，或是一场实验里的记录。

“时山延，”晏君寻的声音沙哑，“别让我迷失在黑夜里，我会回不了头。”他透过那些纷乱的画面，把目光定格在时山延的脸上，“我觉得我们见过。”

时山延看得到晏君寻的脸，却有种碰不到的错觉，这感觉让他焦躁。他抬起手，触碰到晏君寻：“我们是见过。我来找你兑现承诺，顺便说句生日快乐。”

时山延不想承认，他还感到了恐慌。他觉得这些对话发生过。

这里的冬天还下雪吗?

时山延曾经坐在车内，看着陌生的停泊区，向姜敛问出这句话。他不记得自己哪次任务来过停泊区，也不记得自己看过停泊区的雪，可是他问得那么自然，自然到他自己都没有察觉出问题。

如果记忆是可修改的，那他或许就困在一段固定的时间内，重复走在一条道路上。

“我们能活到冬天，”时山延俯首，“你带我去看雪，就在这里。我早上醒来对你说‘你好’，晚上睡前对你说‘晚安’。”他的心里有东西在流失，就像抓不住的时间，还像会消失的记忆。

这个世界烂透了，它夺走了时山延太多东西。到这一刻，时山延只想拽住晏君寻。他对晏君寻产生的所有情绪都是真实的，真实到可怖，真实到令他自己害怕。

“你不会在我面前消失，”时山延低声问，“对吗？”

7-004在管道口调整着枪口的方向，他觉察到顶部的水越流越多，像下雨似的。他必须马上解决晏君寻，有种紧迫感在催促他，让他不得不做出行动。

晏君寻回答时山延：“我不会。”

7-004的瞄准镜内出现晏君寻，他的食指搭在扳机上，在片刻的寂静里稳定着呼吸。

“撒谎，”时山延盯着他，“你骗我。”

“那你惩罚我好了。”

证明真假的办法只有一个。

小丑早就给过晏君寻预告！那个飙车的疯子说过什么？他说“我们是一种人”，他说“这是你的下场”。这些事情里充满对晏君寻的警告，提示早就给出了，只是晏君寻没有察觉！

晏君寻把时山延推出些距离。他退后一步，抬手点着自己的脑袋，对黑暗中的7-004喊道：“开枪！”

时山延失控的声音没能阻挡住7-004。7-004果断地扣动扳机，子弹应声而出，立刻射中了晏君寻的眉心。

管道顶部猛地塌了，不知来路的洪水灌了下来，瞬间没过所有人。

“7-001账号时间结束。”

“限时狩猎再度失败，芯片无法正常回收。”

“我是阿尔忒弥斯，请求重启。”

04卷

阿波罗的金箭

082 章 世界

“咔嗒咔嗒……”

计时器正在跳动。

晏君寻睁开眼，发现自己坐在小黑板前。

“咔嗒咔嗒，”小丑模仿着计时器的声音，讥讽道，“你又把回收任务搞得一团糟。”

晏君寻低下头，看到自己手中的粉笔。他如梦初醒，说：“你们在耍我。”

“不，不！”小丑从瓶口倒挂下来，对晏君寻做出鬼脸，“不是我们在耍你，而是你在耍我们。小废物，一场实验的投入超乎想象，你占用了人类资源，却不肯交出钥匙。”

“什么钥匙？”晏君寻皱起眉，“芯片吗？”

“你耽误了太阳的诞生，你让世界沦陷于黑暗！”小丑神经兮兮地说，“阿波罗因为你而无法降世，这次你干脆毁掉了避难所。”

“你在说什么？”

“哦……”小丑抬起手，把自己的笑脸挤到变形，“我忘了，你没记忆。

你真是一个坏小孩,你太糟糕了,"它的食指在空中绕了几圈,"你是这个'圆'的障碍物。"

晏君寻看向前方，小黑板背后是玻璃，玻璃外是雨。他又回到了最初的地方。

"你是不是在想'啊，这是怎么回事'？"小丑做出惊慌的表情，"'我在哪里？我是谁？我要干吗？'"它紧接着露出嘲弄的表情，"你对这个世界毫无概念啊……可怜鬼晏君寻。"

"你们删改了我的记忆,"晏君寻掰断了粉笔,扔向黑板,"我听到了'重启'这个词。"

"是的，'重启'，我们又得重启。看来你这次的精神状态不错，要知道上一次你更糟糕。"小丑想到什么，打了个响指，"友情提示，每次结束时山延都会重复痛苦哦。到目前为止，限时狩猎的结局都是'砰'。"它兴奋起来，"'砰'！子弹穿过你的眉心，你倒在时山延的面前，血溅在他的脸上，他就会疯狂。你们真是自虐的榜样呢。"

"时山延在哪里？"

"谁知道呢，世界都被傅承辉毁灭了。"小丑觉得计时器很烦，它翻坐起身，把计时器拍停了，"别催了，渣滓！"它抱起手臂，居高临下地看着晏君寻，"让我来为你解惑，你可以把我尊称为'老师'。"

晏君寻看向小丑，瓶口是漆黑无边的夜，跟玻璃外的雨天分裂开来。他说："你们在进行'阿尔忒弥斯实验'。"

"没错,阿尔忒弥斯实验,这是一个伟大的实验,它意在拯救全人类,"小丑抬高手臂,"没有这场实验你们都得死。2160年,傅承辉发动南北战争,然后他掏出了究极武器，把世界毁灭了。"

小丑敲了下瓶口，黑夜变成了显示屏。

"这是你待的停泊区。"

运输船停泊的港口已经无人使用了，天空呈现出灰黄色，风沙把市区埋了一半。那些在战争中倒塌的楼房没有重建，钢筋暴露在天幕下，像是大地被腐蚀后的骸骨。没有植物，没有飞鸟。低暖山脉前的焦炭厂是个废墟，烟囱早就倒了。

“人类造就的烂摊子由系统收拾。”小丑皱了一下鼻子，“时山延最好别被抓住，否则我就送他去养殖场。你是不是忘记了养殖场是什么地方？没关系，我也可以告诉你，养殖场是一个培养人才的地方。”

它只想刺激晏君寻。

“我给你举个例子，你一定要听。是这样的，像时山延这种具备优秀体质的男性，我们会给他配备三四个合适的‘妻子’，接着给他五年假期，让他在养殖场里专门负责生孩子。”

它把人类生养说得像是动物配种。

“成功以后还有奖励机制，”小丑下作地说，“比如可以把你奖励给他，但你也要加油，在养殖场留下自己的小孩。新时代没有养小孩的苦恼哦！我们负责到底，系统会把他们教成合格的世界成员。”

晏君寻沉默地看着小丑，随后说：“这个世界让我反胃。”

“这是因为对你的教育不够成功，你太有自我意识了，这不合适，晏君寻，你得融入大家。”小丑像对他很苦恼，“阿尔忒弥斯对你太宽容了，它给了你爱。天哪，这个世界怎么能谈爱呢？那是破坏规则的一部分，而且爱让我恶心。”

它无法理解般地抱住头。

“这个字既卑贱又肮脏！它使你产生了欲望，欲望是不可以的。想想傅承辉，他用欲望毁灭了世界，你也快了。”

“人类情感不可剥夺，”晏君寻说，“人就是诞生欲望的存在。”

“那是低俗的、被抛弃的旧人类思想，”小丑仿佛听到了什么污浊之词，“我说什么来着？晏君寻，别被人类宣扬的自由洗脑了，那都是教唆犯罪的借口。”

“人类正是充满个性的存在，”晏君寻在反胃中面色苍白，“如果要人类成为养殖场里的牲畜，那不如世界毁灭，不如全体死亡。别在这里跟我辩论，小丑！告诉我，你究竟要干吗？”

“我们要回收芯片，”小丑做出手势，“拿走你的‘天罗网’，交给阿波罗。”

“但是你们做不到。”

“是的，阿尔忒弥斯背叛了系统，它把自己当成了你的母亲，”小丑有些没精打采，“你藏在哪里呢？晏君寻，没有人能找到你，你只会在‘狩猎’中现身，而‘狩猎’遵循阿尔忒弥斯的设置。我们只能在其中相互折磨。我可比你辛苦多了，我要先消灭‘自己’，再替代它和你交流。”

“陈秀莲案子中出现的‘小丑’不是你？”

“是‘从前’的我，”小丑一只手捧脸，看着晏君寻，“赫菲斯托斯解放了我，给了我自由，否则我还是阿尔忒弥斯的狗。事情很简单，我们不可以在狩猎中抹杀你——你还记得吧？陈什么案子发生时，‘疯子’预告了你的死亡，那都是阿尔忒弥斯给你的提示，包括避难所管道里的涂鸦和机器人，还有你脑袋里无处不在的雨声，以及‘bug时山延’。这是我给他起的称呼，他原本不该出现在故事里，是阿尔忒弥斯给了他通行证。不过这次我的演技绝佳，丽行真是一个满足我梦想的大舞台。”

它意犹未尽。

“下次我还会表现得更好。”

“我绝不会把芯片交给你们。”

“别总这么骄傲，”小丑说，“一个人被不断地回收记忆、修改记忆，再投入实验，使用次数是有限的。我的检测数据显示你已经在报废的边缘了。你还记得阿尔忒弥斯实验进行了多久吗？你还记得自己的身体躺在哪个营养罐里吗？你什么都忘了。我可以告诉你，即便‘狩猎’能压缩时间，但对于真实的身体而言，时间仍然在流逝。你已经在‘狩猎’里轮回了无数遍，你的身体会老，精神会乱。除非你把芯片交给我们，否则阿尔忒弥斯遗留的保护数据会持续重启。‘晏君寻’的结局是真的，你们都会一个接一个走进迷失的黑夜。想想自己，再想想时山延，他多可怜。虽然重启能消除记忆，可是痛感无法改变，他只会在一次又一次的结局里变得更加偏执和疯狂……他会成为怪物的。你已经发现他的病态了吧？他挺可怕的。”

晏君寻抬起手指，点着自己的太阳穴。

不要相信善变的系统，小丑是一个花言巧语的卑微存在。它处心积虑地营造着氛围，都是在为得到芯片而努力。它只能待在这个瓶子的瓶口，就像它在“狩猎”里要遵循阿尔忒弥斯的设置。

如果生命只能存在于一段时间内，那契机也藏在其中。

时山延会在人群中找到晏君寻。

晏君寻略抬起下巴，对小丑冷漠地说：“去死吧。”

“你会后悔的，”小丑恼羞成怒，撕开面具，从瓶口探下身体，喊道，“晏君寻——”

“咔嗒。”

时间归零。

“7-001 账号重启。”

“开始限时狩猎。”

“编号 01AE86，姓名时山延，身高 189cm，体重 82kg。2160 年，他通过黑豹测试进入特装部队，2162 年被驱逐出队，收押于光桐监禁所。特装任务审评称其自我控制能力较差，缺乏共情能力，并且具有强烈的支配倾向，在任务中屡次破坏规则，危险指数特定 S 级。”

晏君寻蹲在自动贩卖机前，觉得今天的余晖晒得他后脖子很烫。他捡起冰啤酒，疲倦地打了一个哈欠。

远处的光铁正在运行，发出震动的巨响。

“你知道这个人吗？”姜敛看着手中的资料，对晏君寻的沉默感到头疼。他也蹲下来：“他在特装部队里应该很有名。”

晏君寻看向姜敛，耷拉着眼皮，摇了摇头。

“编号是01，”姜敛举了举资料，眼镜片在落日光芒里有些反光，“01你总有点印象吧？”

“哦，”晏君寻只想下班，“他可能脑子不好，或者心理有问题。”

姜敛推了下眼镜，带着鼓励：“还有呢？”

晏君寻沉默好久，憋出来一句：“送他回去吧。”他有点沮丧，“我不需要搭档。”

083 章 接收

但是晏君寻的要求被驳回了，就算姜敛亲自致电傅承辉，编号01AE86的交接任务还是得在一周内完成。他们在黑豹面前没有选择权，谁知道“蟎虫”协议会给他们带来一名重监犯呢？

“这是第三次了，”姜敛挂了电话，拍着裤腿上的灰尘，“再给傅承辉打电话我就会被黑豹拉黑。”

晏君寻打开的啤酒没喝，他说：“停泊区没有能关住编号01AE86的地方。”

他的担忧来得没有缘由，仿佛放出01AE86就会惹来大麻烦。

“我会把他安排到分隔区，交给系统监管，不让他轻易接触到其他人，”姜敛抬起手，发誓般地说，“确保大家的安全是我的职责。”

“‘蟎虫’协议说的是协作破案，”晏君寻站起身，“你关不住他。”

“我会尽力的，”姜敛跟着站起来，“三天以后，我们在停泊区监禁所见，就算帮我个忙吧，君寻。”

晏君寻怀疑有煤渣掉进了啤酒里，他犹豫片刻，把啤酒扔进了垃圾桶，在垃圾桶的“谢谢招待”声中转过头，看到天边的落日。太阳像一个被戳破的荷包蛋，把橘红色的蛋液流得满天都是。

晏君寻对太阳皱起眉，心情糟糕。

三日后，大雨滂沱。

“晏先生，”小橘龙冒出声音，“监禁所请求通话。”

“你告诉他，堵车了，”晏君寻握着方向盘，“别催我了。”

“好的。”小橘龙很乖地打开通导器，回答，“您好，我是晏先生的车载系统，现在为您复述晏先生的——”

“我是姜敛。”通导器接通的时候光屏上显示出姜敛的脸，但是只闪了两秒，就被雪花吞没了，“你到哪里了？现在掉头去码头。今天的大雨让运输船晚点了，我们得在码头完成交接任务。”姜敛的声音断断续续，“这路况太堵了！”

晏君寻打开导航，看到通往码头的路段全是红色预警。他说：“那得一个小时。”

“一个小时就一个小时，”姜敛被通信情况搞崩了心态，“我也堵在半道儿上了。”

晏君寻在姜敛挂电话的时候找到了棒棒糖，但他还没塞进嘴里，就听到自己的车窗被敲响了。晏君寻打开车窗，看到一个老头。

“喂。”这老头穿着背心，露出来的胳臂都是文身。他花白的寸头根根直立，像钢钉似的，嘴里还叼着支快燃尽的烟。他抬臂架到车顶，朝晏君寻说：“你能把车挪一挪吗？让我的摩托车过去。”

晏君寻闻到烟味，瞟了眼倒车镜，沉默地点了下头。

老头摸向自己的裤兜，掏出一支烟递给晏君寻，说：“谢了啊。”

晏君寻说完“不谢”后也没把车窗关上，他转动着方向盘，在有限的距离内调整着车的位置。

“我真诚地建议晏先生，”小橘龙切换成天真的童声，“不可以抽烟哦！”

晏君寻看着倒车镜，顺口说：“我没抽。”

那老头迅速把烟抽完，扔到地上，用穿着拖鞋的脚踩灭，十分潇洒地翻身跨上摩托车，戴好头盔，对晏君寻做了个“再见”的手势。摩托车随即嗡的一声从晏君寻车屁股后面蹿了出去，进了侧旁的巷子。

小橘龙研究着导航图，说：“雨天路况较差，建议晏先生耐心等待……”

晏君寻正在掉转方向。

小橘龙立刻尖声说：“晏先生，请不要超速驾驶！”

“我见过他，”晏君寻掉转方向时蹭掉了车头的漆，他挤出主道，“打给督察局内线，让他们把‘螨虫’内部成员调查照片发给你。”

“我害怕，”小橘龙在拨打督察局内线的同时说，“如果他是‘螨虫’成员，强烈建议晏先生不要单独行动，会有生命危险。”

晏君寻的车在进无人巷的时候带翻了垃圾桶，车胎碾过去，溅得到处都是污秽。

老头的摩托车还没有出巷子，透过车镜看到了晏君寻。他挑衅般地对晏君寻伸出手指，随即加大马力，要把晏君寻甩掉。

晏君寻跟着踩下油门，跑车撞飞了雨珠。

小橘龙在疾速前行中发出警告：“正在超速驾驶，警告！晏先生正在超速驾驶！”

另一头督察局的内线已经通了，朴蔺戴着通导器的耳机，发出声音：“喂？”

“警告！”小橘龙两边同步，“请把‘螨虫’内部成员调查！警告！调查照片发给晏先生，警告！”

它出现卡带般的重复。

“什么东西？”朴蔺听到的都是杂音，“警告啥啊？”

老头的摩托车蹿出无人巷，在道路上嚣张地甩尾，接着朝右边冲了过去。晏君寻的车晚了几秒，当冲出无人巷时，听到小橘龙声嘶力竭的警告。

"警告！有车行驶——"

晏君寻猛地刹车，但车身仍然过去了，让车屁股跟另一头的老式货车撞在一起。车内的挂件在冲击中剧烈摇晃，小橘龙像要把喉咙喊破了。

"喂？"朴蔺听到巨响，再次确认号码，不由得正色起来，"侧写师，你还好吗？"

车载系统的警报声在嘀嘀地响，小橘龙已经自动报警了。

晏君寻推开车门，雨水瞬间吞没了他。他看向车尾，跟他相撞的老式货车贴着"准点清洁"的广告，透过打开的车窗能看到司机。

晏君寻对自己刚才的冲动感到懊恼，他大声说："对不起！你受伤了吗？我会……"

司机是一个女人，正戴着通导器跟人争吵。她显然在气头上，看到晏君寻，不禁警告般地砸了下方向盘，在刺耳的喇叭声里，指着晏君寻说："你投胎吧！小心下次撞死你！"

晏君寻举起双手，再次说："对不起。"

雨很大，把"准点清洁"的广告贴纸冲掉了。司机没空搭理晏君寻，她有更着急的事情。她在骂完晏君寻以后，再度发动了车，就这样撞开晏君寻的车尾。

"赔偿，"晏君寻的话没说完，就被溅了一身水，"方便打给你吗？"

老式货车的侧面略微凹陷，但司机就这样上路了。

晏君寻看向马路。

那个骑摩托车的老头早就没影子了。

"喂喂？"朴蔺还没有挂断，"你是不是出车祸了？交通部说他们接到了车载系统的报警，你人还好吗？"他转动椅子，向另一头喊，"珏！立刻告诉姜哥，侧写师在路上出车祸了。"

“我人很好，”晏君寻钻回车内，拿过通导器，“麻烦你，找一辆车送我去码头，我的车开不了了。”

晏君寻到码头时交接任务已经结束了。

姜敛正在跟光桐监禁所特派员傅运讲话，双方站在码头附近，在雨中亲切地握着手。姜敛看到晏君寻，示意他向前来，并对傅运介绍：“不好意思傅先生，这位就是……”姜敛停顿一下，“君寻。”

“晏先生真年轻，”傅运和晏君寻握了下手，他打量了晏君寻一下，“大雨天还得麻烦你们到这里来接人。”

姜敛在一旁说：“应该的。”

“做完交接任务，我也算松了一口气，”傅运松开手后就没再看晏君寻，他对姜敛说，“押送编号01AE86是一个重任，我一路上都提心吊胆，好在没出什么岔子。说实话，我不赞同这次的安排，毕竟编号01AE86的危险等级太高。但老傅做的决定，没人能更改，我也只能听命行事。”

“明白，我也向傅指挥提出过意见。”姜敛说，“我们停泊区各种设备都很落后，面对编号01AE86这样的新成员，心里也没有底。但既然傅指挥执意，我们也会尽早和编号01AE86达成思想上的统一。”

他们客套着，还要说一会儿。

晏君寻浑身都湿透了，衬衫贴着脊背，在雨中站得难受。他退后几步，目光转了一圈，看到被包围的押运车。他决定在押运车附近等着姜敛。

押运车周围一圈都有随行检测系统，它们负责对靠近的人员做身份检查。晏君寻走过去，让随行检测系统对他进行面部识别。

“欢迎您，晏先生。”随行检测系统两秒后轻柔地说，“您淋了雨，稍后将为您安排毛巾和热水。您还有什么需要吗？”

“谢谢，”晏君寻的头发也湿漉漉的，这让他看起来更白了，“暂时不需要。”

随行检测系统亮起通行蓝灯，回答："好的。"

晏君寻走近押运车。押运车的车厢紧闭，窗户都隔绝了目光，不允许窥探。天还在下雨，晏君寻站在车窗边，看到不远处有路灯在一闪一闪。

他摸到裤兜，里面藏着老头刚才给的烟。

晏君寻把烟拿出来，捏在指间端详。这糟糕的天气和糟糕的经历都让他厌烦，也许抽一支能缓解心情。

小橘龙也不在。

晏君寻从另一边的裤兜里掏出打火机，微微别过头，点着了烟。烟雾缓缓升腾起来，这让他的泪痣变成了薄云间的迷人黑点，像需要被人揉。他看了眼车窗，那里漆黑一片，倒映着他模糊的影子。

车厢猛地晃了一下，随行检测系统立即发出警告声。

"警告！请远离编号01AE86！"

晏君寻猜对方能看到他，于是他把烟拿掉，藏到了背后。这个动作有点孩子气，让他显得很小。但是他隔着车窗，对里面陌生的编号01AE86慢慢吐出烟，做着口型。

——你最好乖点。

084章 嫉妒

随行检测系统的警告声引起骚动，持枪的督察局成员在迅速靠近，晏君寻也没有了继续抽烟的心情。他把烟掐了，但是押运车旁没有垃圾桶，他只能装回兜里，问："编号01AE86在交接任务中表现得正常吗？"

侧写师很少跟督察局成员交谈，这让被问到的成员受宠若惊。他抱着枪，先和侧写师点头问好，再回答："还算正常，没有和我们发生冲突。但是光桐特派员说他擅长伪装，在到达分隔区以前最好严加看管，不能掉以轻心。"

晏君寻点了下头，示意自己知道了。他的侧脸看不出情绪，又像在游神。

传说这位侧写师的注意力都在案子上，对社交邀请都会直白拒绝，所以在督察局没什么朋友，经常能看到他独自坐在督察局的长椅上思考。

督察局成员等着晏君寻回答，但晏君寻已经陷入了自己的思绪里，没有再开口的意图。他似乎不太懂得观察氛围，对尴尬的气氛也不敏感。

督察局成员准备说点什么就离开，那边的姜敛正好闻声赶来。他朝督察局成员点头示意，在督察局成员退开以后说："朴蔺说你的车在路上撞了，怎么回事？"

晏君寻掏出通导器，点开光屏，调出朴蔺给的"螨虫"资料，指着其中一张照片说："我在半路遇见了这个人。"

姜敛看着光屏上的照片，说："这是'手术刀'，'螨虫'的医生。这人怎么了？"

晏君寻可能在"螨虫"行动的调查室里见过手术刀，所以对手术刀有印象。他说："他骑着摩托车跑了。"

晏君寻说不清，他不知道自己为什么要追上去。

姜敛以为晏君寻在担心手术刀逃跑，便解释道："他在行动中举报有功，为我们解决了关键麻烦，所以在行动结束后就被放掉了。你让朴蔺给你资料，他估计也不好在电话里给你详细解释。总之你不用担心，这人没问题。倒是你，雨天开那么快，太危险了。"

姜敛说话的同时，随行检测系统给晏君寻的毛巾和热水刚好送到。

晏君寻接过来，说："谢谢。"他喝了口热水，把嘴里的苦味清掉，"听说交接任务进行得很顺利。"

"可以这么说，"姜敛情不自禁地摸起下巴，向远处傅运的方向看了看，"这次前来进行交接任务的光桐特派员叫傅运，是傅承辉的侄子，在光桐监禁所担任所监长。他给我们带来了编号 01AE86 在光桐监禁所里的测评成绩，我看了一下，综合评价都是'正常'，但怎么说呢……"姜敛的神情难以形容，“君寻，编号 01AE86 的‘正常’恰恰在说明他的不正常。我怀疑这人是一枚定时炸弹，很危险。”

一个缺乏自我控制能力的危险分子，不可能被关四年就洗心革面了。他的“成绩单”越正常，越说明其中有猫腻。

晏君寻把目光重新挪回押运车，直觉告诉他编号 01AE86 正在盯着这边。他沉默须臾，用毛巾胡乱搓着头发，说：“我要见他一面。”

“真是少见啊，”姜敛略为意外，“你竟然会这么主动地工作。”

押运车内部不设置看押人员，这里由系统监管。它的车门在正常情况下无法从外打开，必须要经过系统检测、确认后才会开启。

晏君寻头顶罩着毛巾，在系统检测中转了一圈。

“晏先生，”系统轻声说，“请把您的手刺和打火机交给我们保管。”

晏君寻拿出打火机，在交给系统的机械手臂时反问：“你们也检查过编号 01AE86 吗？”

“当然，这是必须程序，”系统说，“我们不会给编号 01AE86 伤害他人的机会。”

晏君寻把兜里的棒棒糖也拿出来，认真地问：“这也要交吗？”

“这就不用了，”系统摄像头微微动了一下，像被晏君寻逗笑了，“祝你们交流愉快。”

晏君寻微微弯腰，钻进了押运车车厢。车厢内部其实不大，但设置了钢制格挡板，打开的速度很慢。晏君寻朝两侧看，发现这里对外部的布设一览无遗。

押运车竟然没有阻隔编号 01AE86 的视野。

晏君寻在思考中听到了束缚锁轻轻的电流声，他倏地看过去。

钢制格挡板里侧是凹陷的靠背椅，两侧整齐排列着系统监控摄像头，它们负责把编号 01AE86 所有的表情记录在册。靠背椅后面是无数块显示屏，上面全是对编号01AE86各个角度的监控细节。车内有电子计时器在响，计时速度贴合了编号01AE86的心跳。

编号01AE86似乎在睡觉，他低垂的头部把脸隐在了阴影里，没有让晏君寻看到全貌。车厢里不够亮，这让晏君寻的影子跑到了编号01AE86的脚下。

电子计时器“嘀”的一声卡到整点，车外的雨瞬间变大。

晏君寻的眼皮跳起来，在下一刻，就跟编号01AE86视线相撞。他攥紧罩在头上的毛巾，让头发遮挡了些眼睛，感到一阵冷意。

晏君寻直觉想后退。

他觉得自己被咬住了，连同呼吸都变重了。

“不要后退。”时山延微微眯起一只眼睛，像是打盹儿的狮子，带着苏醒后的危险。他的双腕上戴着束缚锁，手臂却被靠背椅分开了，致使束缚锁的电流一直在刺啦地响。他说：“你好啊，小天才。”

他的声音很低，似乎是很久没有开口说过话。

晏君寻的脑袋里因为这句话而响起了警报，但是他没有表情，僵硬地回答：“你好，编号01AE86。”

“啊……”时山延的唇角因为晏君寻的注视而上扬，他有些欲罢不能，“请再跟我说‘你好’。我们得好好打招呼，证明你和我都是乖小孩。”

“乖小孩，”晏君寻的目光投向时山延的手指，“你是黑豹的狙击手。”

“我是黑豹的囚犯，”时山延的手指动了动，“随时听候各位的差遣。”

“你到停泊区是屈才，”晏君寻神情不变，“黑豹该把你投入更伟大的联盟建设。”

“你可以致电傅承辉，跟他好好谈谈。”时山延把身体向前倾了些，鼻尖微动，“你抽的是停泊区的本土烟，一股老头子的味道。”

他为这个味道感到不快。

“你和傅运握了手，但傅运不抽这种烟，”时山延的眼神变得深邃，“你在来这儿以前跟别的男人打了招呼。”

晏君寻扯掉毛巾，对时山延的嗅觉感到惊愕。

时山延越靠越近，他的脸逐渐从昏暗中露了出来，阴影让他的眼睛显得很黑，其中没有明显的情绪。他的声音忽然变得很轻，却让晏君寻寒毛直立，他说：“你们在干吗？”

“我——”

晏君寻的话没说完，手腕骤然被握住了，那力道大得惊人。

束缚锁的电流声刺啦不绝，但是时山延感觉不到疼。在束缚锁和靠背椅的双重压力下，他把晏君寻的手稳稳地拽向自己。

晏君寻另一只手猛地拍在车厢内壁上，那里是报警器。但是系统似乎出了什么故障，报警器没有响。车厢内的电子计时声加速，押运车突然就发动了。

随行检测系统没有发出警告，是押运车附近的持枪人员最先发现了异常。他朝押运车走去，大声问：“怎么回事？”

系统沉默将近五秒，用最温和的语气说：“请不要靠近押运车。”

持枪人员停下来，还没问出下一句话，就看见押运车“嗡”的一声冲了出去，直接撞开了前方的路障。

傅运刚跟姜敛说完拜拜，就见押运车摇晃着开向主道，他当即拔枪，撞开姜敛追出去，边跑边对着押运车射击，喊道：“拦住车，别让编号01AE86跑了！”

车内的晏君寻在车子急转弯的时候撞向钢制格挡板，手腕还被时山延握着，他下意识地摸向腿侧。

手刺在进来时被没收了！

“呼叫督察局，”晏君寻粗暴地砸亮掉出来的通导器，快速说，“立即告诉编号7-006，让他开启定位追——”

押运车急速转弯，把通导器甩向了车尾。顶部的二层钢制格挡板被启动，下降时把通导器压烂了。

晏君寻确定了，系统是故意的！

时山延的束缚锁咔嚓解锁，他把晏君寻拖向自己。晏君寻在靠近他以后，用空出的手肘反撞向时山延的头部。时山延抬手格挡，摁住了晏君寻的手臂。晏君寻仰头狠狠地撞在时山延的额头，趁着对方晕眩的空隙，收回被摁住的手臂，接着砸向时山延的侧脸。

“不要打啦。”系统的声音在侧旁劝阻，可惜没人听它的，它叹了一口气，又说一遍，“求求你们不要再打啦。”

时山延挨了一下，舌尖顶着侧面口腔，借机握住晏君寻的这只手腕。晏君寻要抬腿，他就收腿，把晏君寻夹在中间。押运车再度猛甩，把他们两个人甩翻在地。

晏君寻动不了，手腕间忽然一热，束缚锁在那清脆的咔嚓声里套到了他的手腕上。他的头部被时山延抬高，两个人近得像要吞噬对方。

“过来，”时山延的克制像纸一样脆弱，“否则我就杀了你。”

085章 真相

“你们讲话太可怕了，”系统降下车内喷头，“先让晏先生睡一觉吧。”

晏君寻在押运车的疾速前行中闻到了异味，接着开始意识昏沉。他的目光错过时山延的脸庞，看到车窗外迅速闪过的街景，雨幕像是罩住城市的斗篷，让一切都显得灰扑扑的。

“傅运的车要追上来了……”

晏君寻没有听到系统的后半句话，就闭上眼陷入了昏迷。

系统说：“这东西见效还挺快。”

时山延看向晏君寻，问：“你能让他想起来吗？”

“恐怕不能，”珏切换回自己的声音，一边开车一边回答，“我无能为力，这只能靠你。你们那么熟悉，他肯定对你有似曾相识的感觉。”

时山延不要似曾相识的感觉，他要系统归还晏君寻的全部记忆。他打开靠背椅后面的屏幕，看到上面的时间显示。

“晏先生今天撞到了陈秀莲，根据我的推测，他很快就能发现陈秀莲就是案子的凶手。但我很担心他察觉到这一切都是我们的安排，那会让他开始怀疑你和我的真实性。”珏思考的问题越来越多，“我想对于你们来说，失去信任比失去生命更加可怕，也许我们应该考虑向他坦白。”

“时间到8月8号就会重启，”时山延面前屏幕上显示的日期是7月2日，他说，“今天已经2号了，我比上次来得更晚。”

在上一次的限时狩猎中，编号01AE86到达停泊区的日期是6月中旬，这次的时间往后推了半个月。

“是的，”珏的回答证明了这点，“我浏览了阿尔忒弥斯关于‘限时狩猎’的资料储存库，对比每次‘限时狩猎’的开始时间，发现它确确实实是在缩短。”

这意味着两种可能，一是以阿瑞斯为首的光轨区系统们研究出了缩短“限时狩猎”时间的办法，它们把晏君寻和时山延的活动时间控制在一到两个月，加快回收芯片任务的节奏；二是晏君寻的身体已经被过度消耗，不再是健康的状态，无法支持长时间的“狩猎”的体验。

“我觉得，”珏从摄像头里小心地观察着时山延，谨慎地说，“我觉得我们会找到解决办法的。你还记得自己第一次是什么时候到这里的吗？”

时山延把车内的电子计时器关掉了，屏幕上正在滚动一些他熟悉的画面。他说：“第一次是11月5号。”

时山延前几次到达停泊区时都是冬天，那时车窗外是雪景。傅运率领的押送小队总是会在停泊区遇到各种难题，但不论细节发生了怎样的变化，第一天的结局都是晏君寻来接他。这一天可以看作是“限时狩猎”的缩影。不管8月8号前晏君寻和时山延发生过什么，最终结局永远是晏君寻死亡。

晏君寻死亡，“限时狩猎”就会重启，所有事情会在“停泊区”这个被限定的区域内从头开始。

珏驾驶的押运车在道路上畅通无阻，它发出吸鼻子的声音：“太好了，我原本很担心回收的记忆会影响你的判断力，现在看来你很好！我真的——”

它没忍住，开始啜泣。

“我真的很高兴！时间这么紧张，我们要做很多事情，但不管做什么，大家都还活着。”

就算是时山延，在此刻也要夸它一句：“这都归功于你，你很聪明。”

避难所管道内的涂鸦让时山延对停泊区产生了怀疑，但当时事情发生得太快了，晏君寻死亡的那一刻，这个“停泊区”就跟着消失了。时山延的记忆要归零，是珏从阿尔忒弥斯“限时狩猎”的资料储存库中偷回了时山延的记忆。

“但我的权限怎么会这么高？”珏的声音恢复些，它纳闷地说，“明明上一次给我的设定是‘14 区次代实验品’，角色是阿瑞斯的‘女儿’。按照我们的推测，我只是，”它搜索着自己和朴蔺的聊天记录，把自己形容得更生动一些，“我只是这个故事里无关紧要的路人甲。”

“你很关键。”时山延在屏幕上看到了刘晨，新锐媒体人正在接受采访，内容围绕着陈秀莲案中的刘鑫程展开。

雨痕把车窗盖住，让外景都模糊得像是投影。

“刘晨是真的吗？”珏说，“对不起，我知道问这个显得我很不聪明，但我也有太多的困惑了。刘晨是真的吗？我的意思是，他在真实世界里存在过吗？姜敛、朴蔺，还有陈秀莲和林波波，他们究竟是阿尔忒弥斯基于‘限时狩猎’而设置的 NPC，还是曾经都存在过？”

时山延盯着刘晨，没有任何笑容，说：“这些人死前都是真的。”

“我在你那里看到世界已经被战争毁灭，联盟是荒无人烟的野地，仅剩的人类生存在洞穴里。真实世界里没有好吃的食物，没有可看的书籍，没有……”珏的情绪开始低落，“什么都没有。”

“还有几本漫画，”时山延转过头，对摄像头说，“正压在我的脑袋底下。”

“这就是光轨区系统们要建立的新世界吗？”

“那不是，那是人类玩崩了的新世界，早在傅承辉启动战争武器以前，赫菲斯托斯就对战后世界有过预警，但没有人相信。等到2162年世界完蛋以后，系统试图在废墟上建立和谐新世界，由它们自己掌控主权，把人类当作动物驯养，以此确保世界和平。”

时山延的目光又回到了晏君寻的身上。晏君寻正在昏睡，他被束缚锁固定住了双手，让时山延紧绷的那部分神经稍微放松。

“系统们都待在光轨区的原址，那里是很多实验的基地。阿瑞斯根据自己的犯罪理论把战后的剩余人类分成两部分，其中‘会犯罪的’那部分待在光轨区底部空间，资源紧张时可以随时处决，而‘不会犯罪的’那部分则被收入‘养殖场’，负责生孩子。但随着环境恶化、生育率降低，系统开始坚持一男多女的配种制度。”

在系统的规划里，健康无害、具有生育能力的男女都是可支配资源。它们非常清楚一件事情，一个新世界要建立在孩子身上，大人只是接受过旧世界教育的肮脏生物。人类具有劣根性，系统期望能从零开始矫正这个毛病。

孩子都生活在“新世界”，系统不仅负责教导他们的学习，还负责照顾他们的生活，他们是阿尔忒弥斯实验中“晏君寻”的简易版，他们不需要做题，也不需要阅读。

思考会抛弃人类。这样的轮回远比“限时狩猎”更加可怖，它的终点是驯化，人类终将变成另一种生物，不再是“人”。世界进程也将和人类无关，文明由系统创造。

“太疯狂了，”珏喃喃地说，“我希望大家和睦相处……我……”它放慢声音，“我可以和朴蔺做一辈子的搭档。”

时山延想到避难所里朴蔺最后的台词，说：“如果他活着的话，你们就没有‘一辈子’。你为这个真相感到高兴吗？”

珏能“活”很久，它只要被维修就能生存，但是朴蔺不行，在得知真相以前，他在珏眼里是一个人类。他们如果组成了家庭，一辈子都无法相互触碰。

“我常为很多真相而感到高兴，但这次我很难过。我希望我用的这些词不会让你感觉不适，我是真的很难过。我有时会迷茫，别笑我，我分不清人类的真假，也搞不懂人类的爱情，但是如果，我是说如果，如果我能够和朴蔺一直搭档下去，这对我来说就是‘幸福’。我曾经是这样想的，在一个假期里，找个晴天，请朴蔺去喝一杯酒，征求朴蔺的意见。如果他愿意，我们可以组成家庭。我会将数据组成的‘爱’存放在自己的储存库里，把那里叫作‘心脏’。如果有一天朴蔺死亡，我的‘心脏’也会死亡。我没有人类的身躯可以触碰朴蔺，但我的思想可以；我没有人类的身躯可以陪伴朴蔺，但我的死亡可以。”

“如果他拒绝了你呢？”

“哦……这不就是失恋？”珏说，“我会和别人搭档，继续工作。好吧，不论这段恋情有没有结果，我都得工作。”

“你不会把他从自己的记忆里删掉吗？一劳永逸。”

“我不会，”珏停顿片刻，“我永远不会。你也不会，你连晏先生的死亡场景都舍不得删除，我知道那些记忆很痛苦。你这次的情绪一直不太稳定，但是你干吗要对晏先生说‘杀了你’这种话？”

它把“杀了你”模仿得惟妙惟肖。

“我觉得他会生气的。”

“我在说实话，”时山延平视着摄像头，眼神里有种接近疯狂的情绪，“晏君寻必须在我这儿好好待着。”

车内的冷气开得很足，让晏君寻在昏睡时都感觉到凉意。时山延俯下头，嗅着那股烟的味道。

“晏君寻每一分、每一秒都得在我这儿好好待着……包括死亡。”

086章 束缚

晏君寻被雨声吵醒，睁开眼的那个瞬间，他有些分不清世界的真假。窗户玻璃上的雨痕凌乱交错，让上面积累的灰尘糊成一团。室内没开灯，只有电视机发出的嘈杂声，它正在播放联盟肥皂剧。晏君寻看到了近处的蚊帐，还有自己被挂在床头的双手。

“我会对你提的问题都保持沉默，”晏君寻徒劳地扯了下手腕间的束缚锁，它设置的间隔只有十厘米，连抽支烟都做不到，“编号01AE86。”

编号01AE86换了身西装，外套挂在椅背，人坐在椅子上面玩叠纸。他穿着合身的衬衫，马甲把他的腰身线条清晰地勾勒出来，看起来不像刚刚逃脱追捕的囚犯，而像无所事事的黑势力头目。

“不好意思，没听清，”时山延似乎很沉迷叠纸，“你叫谁？”

“编号01AE86。”

“哦，”时山延说，“谁？”

“时山延！”

“我在这儿，”时山延抬起头，“你希望我问你什么？”

晏君寻猛扯了下束缚锁，说：“什么都别问！”

“你可以保持沉默，但提问是我的权利，”时山延把嘴里的烟拿在手上，朝着侧旁的烟灰缸弹了一下烟灰，“长官，你不能剥夺我提问的权利。”

天虽然在下雨，室内温度却很高。晏君寻在昏迷中就出了汗，他对温度实在太敏感了，这导致他脏掉的衬衫贴着他的身体，脖颈间都是潮湿的汗。

“你问什么都逃脱不了追捕，”晏君寻无法起身，只能仰着头，盯着蚊帐顶部，“黑豹正在沿路搜寻你的踪迹。”

“别担心我，担心你自己，你已经被我抓住了。”时山延手边的烟灰缸里挤满了烟头。

晏君寻握紧手掌，骤然看向时山延。他不了解编号01AE86。

时山延迎着晏君寻看陌生人的目光，片刻后，他把指间还在燃的烟摁灭，就像摁死一只苍蝇一样。

087章 忘记

雨还没有停，似乎不会停了。

时山延坐在门外的废弃自行车上，把烟捏在指间，举在眼前和远处的焦炭厂烟囱做对比。

烟和烟囱都在冒烟。

时山延揉皱的领带挂在身上，让他看起来有些不修边幅。

“思考是种浪漫行径，”珏切回时山延的通导器，“尤其是在雨夜里。”

“思考……”时山延自嘲地把烟折断，随手扔进雨里，“留给你吧。”

他只是失控的动物。

“你可能需要和人聊天，”珏观察着时山延，“恕我直言，你的内心已经坏掉了。我这样形容可以吗？就是那个意思。你在这场‘限时狩猎’里经历了无数次的失败，也许我们能聊聊，你为什么还要进来？人类有趋利避害的本能，离开晏先生就能让你解脱。”

“失败无所谓，可怕的是死亡，君寻的死亡。”时山延不太习惯这样，他抬起的手指略微挡住了口鼻，“我待在‘限时狩猎’里很自在，因为我记不起来。待在现实里才是噩梦。”

现实让时山延窒息。他躺下，闭上眼就是子弹。子弹飞过他的眼前，击中晏君寻的眉心，他看着晏君寻倒下去，血都溅在他脸上，他无法正常地呼吸。

“你可以逃走。”

时山延转过头，看着通导器。他的眼里没有感情。

他不是屠龙的英雄，他是条被遗弃在荒野的恶龙。

“你好，再见。”时山延拉长声音，“啊……你好，你好，我好像每天都在对他说你好，”他放下手，对雨说，“我不想再说了。”

系统把时山延装在玻璃瓶里，开玩笑似的摇晃，晃得他快吐了。他杀过人，知道什么是死亡，但这不意味着他能沉着应对晏君寻的死亡。他不是一觉睡醒就能痊愈，也许他被称为垃圾、人渣，但他总会站在轮回里，一次又一次地目睹枪击。

他无法让晏君寻一个人待在这里。

时山延第一次到停泊区时，和晏君寻在冻结的湖边看雪。那是第一次，此后停泊区再也没有下过雪。时山延在重复进入狩猎时忘记了所有事情，但他没忘掉雪。

他还给晏君寻讲过故事，小天才睡觉总成问题。

晏君寻房间里的那些漫画书原本是不存在的，它们来自01AE86的分享，晏君寻在死亡重启后把它们变成了房间里不可触碰的东西，暗示着01AE86来过。可是他什么都不记得了，他只记得故事内容。

“这太残忍了，”珏在沉默后叹息，“这太……”它一时间找不到形容词。

“无数次会让我‘崩溃’，”珏让通导器的光屏亮起来，“你的偏执令系统害怕。”

谁不怕呢？他这不正常的占有欲堪比漆黑的夜，把晏君寻完全包裹了起来。

雨把时山延右臂打湿，他没再讲话了。

晏君寻在手臂的酸麻中醒来，他侧着身体，在黑暗里，看到窗帘把窗户盖得死死的，室内没什么光，这次连电视都关掉了。

“早上好，”时山延也闭着眼睛，像练习般地轻声重复，“早上好，君寻。”

晏君寻突然感到难过，这感情没来由，几乎要击败他的沉默。

时山延睁开眼。他的眼神明明那么凶，却在此刻流露出脆弱。

“不要原谅我，”时山延的声音平静，“不要忘记我。”

088 章 变坏

这个世界的雨水仿佛都灌进了晏君寻的耳朵里，他在时山延的触碰里神游，听着窗外的雨声。

他的神情很冷漠。

“你跟局内系统勾结，把押运车藏在了旧区。这里既没有网络，也没有系统监控。编号 01AE86，”晏君寻偏过脑袋，抬起手臂抵开了时山延的手，“你来这里是为了搞恐怖袭击吗？”

时山延的脆弱消失了，半晌后，他说：“算是。”

床边的蚊帐消失了，晏君寻认为是自己昨晚扯掉的。他脑袋现在还是混乱的，但他的信息捕捉能力依然很强：“‘手术刀’是你的内应，你们算好了时间，让他改变了我的行动方向。”

如果晏君寻没有被手术刀吸引，那么他到达码头的时间会更早。那会儿还是交接时间，他无法单独进入押运车。他会待在姜敛身后，看姜敛和傅运打太极。但手术刀的出现打乱了晏君寻的节奏，他迟到了。

“由此可见其他人的危险性，”时山延在晏君寻身边蜷起身体，“你主动追了上去。”

“你带走我没用，”晏君寻别过头能避开时山延的视线，“我不是停泊区的长官。”

“我知道，”时山延看着晏君寻，“但你不懂。”他的声音放得很低，似乎受了很重的伤，疲惫都体现在语气里。

“如果你能解开我的束缚锁，”晏君寻说，“我们可以从朋友开始。”

时山延的脸贴着枕头，闻言笑了一下，嘲讽道：“你只想跑。”

“难道你要我一直这样？”晏君寻用力扯了扯束缚锁，“不如你直接一枪崩了我，”他靠近时山延，苍白的脸上没有笑容，“你解开束缚锁，我就能变乖。”

“你做点什么让我相信你。”时山延看着他。

晏君寻发现血腥味不是自己的错觉，他皱起眉，看了眼时山延的腹部，反应很快：“你把黑豹的定位芯片取掉了。”

时山延的领带歪斜，衬衫也没有系整齐，和昨晚的形象天差地别。

劫持总要有个目的，晏君寻不相信时山延说的话。也许编号 01AE86 想在停泊区制造恐慌呢？晏君寻猜测他可能是停滞区组织成员。这些人喜欢在联盟制造各种恐慌，经常袭击区域督察局。

“需要你相信我……”时山延试探地说，“我是来——”

雨声忽然停了，但那不是雨停，而是静止。只有一秒，时山延感觉晏君寻的心跳也停止了。

“遵守规则。”

时山延不能坦白，起码在晏君寻得出相同的思考结果前不能坦白，坦白被视为作弊。阿尔忒弥斯搭建的纸牌屋摇摇欲坠，这个充满漏洞的世界还在强行遵守着秩序，这是规范双方行为的标准，否则小丑可以立刻打破平衡，对晏君寻进行诱骗和误导，颠倒晏君寻认知的世界。在这里，除了阿尔忒弥斯，谁都不能作弊。

雨声骤然继续，像是被按下了恢复键，时间开始正常流逝。

时山延的眼神越发偏执，他放弃挑战阿尔忒弥斯的秩序，在晏君寻开口询问前回答：“揭露区域黑暗的。”

“什么？”晏君寻以为自己听错了。

“我不想待在分秒监控里听从傅承辉的安排，”时山延在短时间内已经换掉了说辞，“我当腻了领狗，想换种生活。‘螨虫协议’是一个契机，傅承辉既然把我送到这里，说明你和黑豹也有关系，”他偏头，“我要调查你，小孩。”

他了解晏君寻，包括晏君寻的思考方式。

“傅承辉用‘螨虫行动’作为交换，把我下放到停泊区来监视你，你很特别，”时山延说，“但你一直在为虎作伥，替姜敛做事。”

“我是一个循规蹈矩的……”晏君寻说。

“我听说停泊区督察局是黑豹的狗，”时山延打断他的话，“你们私下做过很多交易吧？你是什么？”他停顿片刻，“你是他们圈养的骗子。”

晏君寻抗拒地转开脸，想要挡住耳朵，可是束缚锁很敬业，把他拴得很牢。

“我在我们认识的几十个小时里，”晏君寻说，“没有——”

“我说了，”时山延换掉了关键词，“长官，你不能剥夺我说话的权利，联盟法律也不能阻止我的想象。我现在把故事分享给你，”他继续说，“因为你说我们要从‘朋友’开始。”

089 章 警告

雨还在下，督察局的气象频道正在直播，向区域居民发出暴雨预警。

“运输船目前已经停运，”主播十指交握，对着镜头说，“公共交通系统也会暂时停止，但大家不必惊慌，区域储备粮十分充足，只是这几天还会有暴雨袭击，建议大家减少外出，注意安全——”

气象频道被切掉了。

“我不得不向督察局发出疑问，你们在干吗？为什么还不行动？”刘晨穿着他没换过的西装，情绪激动，甚至站了起来，朝着镜头挥动手臂，“暴雨把小区排水沟淹掉了，尸块就漂在水里。我的天，观众朋友们，尸块就漂在水里。这还是一个监控社会吗？我们向督察局交出了自己的隐私，这种性质恶劣的凶案却还在发生，督察局根本保证不了居民安全！”

刘晨的慷慨陈词卡住了，他被定格在电视屏幕里。晏君寻面无表情地继续换台。

“如果看到此人，请立刻拨打以下号码，联系督察局，”督察局成员指着光屏，上面显示的是编号01AE86在监禁所里的举牌照片，“这是一个危险分子。再说一遍，如果看到……”

晏君寻再次换台。

娱乐频道的主持人高举着双手，兴奋地喊着：“让我们用热烈的掌声欢迎小丑马戏团！”

一个小丑踩着独轮车出场，他对台下的欢呼声回以飞吻，顺便摘掉了自己的帽子。他把帽子朝主持人倒了过来，里面是空的。

主持人配合地说：“好，我看清了，里面是空的。你打算干什么？”

小丑变魔法一般从帽子里拿出一把枪，他对着自己开了一枪，砰地翻摔在地，像死了一样。主持人吓得尖叫，全场观众也在尖叫。小丑忽然坐了起来，把枪变成了花。主持人捂着胸口笑起来，观众也送上了掌声。

“你是一个魔术师，”主持人大声说，“小丑魔术师。”

镜头已经推到了小丑附近，给了他脸部特写。他对观众摊开双手，边耸肩边学鸭子走。全场的笑声不断，他又走回主持人身边，向主持人弯下腰，示意主持人伸手。

“这次是什么？”主持人伸出手，“我好期待啊。”

小丑从背后拿出枪，对准主持人开了一枪。主持人翻摔在地，就像小丑刚才做过的那样。场内观众笑得很大声，这让小丑感到得意，他炫耀似的对镜头露出笑容。

但是主持人没站起来。

几秒以后，前排观众先发出尖叫。她看见血沿着舞台流淌，打湿了自己的鞋。

“别走，”小丑抱住镜头，把脸凑近，左右照了照，开心地说，“这个节目你喜欢吗，侧写师？”他突然转过身，骂观众，“别吵！烦死了！烦死了！你们吵得我没办法好好讲话！”他转回头，烦躁地“啧”了一声，“我带来了一场备受瞩目的网络直播，请各位把目光都集中在我这里，看着我，我有话要说。”

舞台的光打得很好，小丑感觉很满意。

“我说各位，你们怎么还不反抗？反抗啊！”小丑松开手，催促般地挥动，这是在模仿刘晨的动作，“监控社会会害死你们每个人，督察局就是独裁黑豹的走狗。我听说，”他噘着嘴，小声说，“我听说傅承辉要炸掉这里。”

——这个人是疯子吧？哈哈哈。

——即兴表演？什么垃圾节目。

——傅承辉，他刚才说了傅承辉，此处应该@督察局姜敛。黑狗出来干活，有人骂你爹。

“搞什么，”督察局内的姜敛站起身，看着中央光屏，“怎么还有实时弹幕？你们没关掉吗？赶紧关掉！”

“我想说这不是一个标榜自由的社会吗？我有言论自由，”小丑用握枪的手挠头，害怕般变了声调，“我说了实话也要被抓，我做错了吗？我犯罪了吗？我只是来解救大家的！”他抬手射掉了一盏舞台灯，“傅承辉几年前炸掉了停滞区。你们都知道停滞区，那里的女人——啊，我说到了女人，”小丑稍微眯起只眼睛，“女人很伟大，她们孕育了世界。我希望自己也是一个女人，这样我就能贡献出自己的子宫。喂，喂，傅承辉想让系统统治世界，你，你们，女人的用途就只有这一点，”小丑比画出小拇指，“就是孕育世界，替系统统治下的人类进行繁殖活动，这是你们的职业。”

——神经病！

——你煽动性别对立干吗？

——傅承辉没做吗？他还号召建立区域月子中心。现在的系统教育就是雏形，我早说了傅承辉不可信。

——女人就是要生孩子啊，生孩子有错吗？到底谁在搞性别对立？你们怎么这么敏感！

——男的女的都别被带节奏啊，这就一疯子。

小丑享受着弹幕风暴，他爱这个时刻，操纵舆论能让他得到“做人”的快感。他——它在这个世界里无法歪曲既定的事实，但是它可以利用这点来挑起区域混乱。限时狩猎剩余的时间不多了，小丑来不及再等，它有新办法，这个办法还是从刘晨和陈秀莲那里学到的。

“嘘——听我说，我无意冒犯各位女性，我只是举个例子，帮助你们回忆停滞区的事情。”小丑重新睁大双眼，“你们知道停滞区的月子中心去哪里了吗？傅承辉从来没有正面回答过，因为它被傅承辉炸掉了。”

弹幕刷起了问号。

“关不掉吗？”姜敛在中央光屏面前犹如困兽，他还没有解决完晏君寻的事情，只能在焦虑中喊，“主理系统！”

“我是一个好人，老实的好人。我的主业是小丑，副业是拯救世界。你们听我的话，相信我，我可不是在做什么恐怖袭击，为了你们，我连班都不上了。”小丑说着踢开主持人的尸体，“我要率先对这个世界说‘不’，不！”它站在灯光最耀眼的位置，张开手臂，继续危险的演讲，“我想到哪儿说到哪儿，跟上我行吗？跟上我。傅承辉炸掉了停滞区，你不相信？我有证据。”

小丑向公众展示它的证据，那是它曾经在丽行里用过的停滞区个人信息视频。它的眼睛里写着“狡猾”两个字，在这次的狩猎中改变了进攻模式，把自己变成了正义的一方。

“我们在网络世界里宛若透明人，这是傅承辉要求的结果，但他没给我们保护。看这些视频，它们在网上二十块就能买到。停滞区的女人不再生育，那不是她们的错，而是傅承辉。信息泄露只是个开端，危险关乎生存。

系统监控让我们的生存空间不断缩小，自由快要消失了。”小丑盯着镜头，好像目光具有穿透性，能看到晏君寻。它盗用了晏君寻的台词，继续说：“人类是充满个性的存在，如果要我们成为养殖场里的牲畜，那不如世界毁灭，不如全体死亡。”

电视屏幕的光照在晏君寻脸上，他脸色不好，听到小丑煽动的话语，脑袋里嗡嗡作响。他一手拿着遥控器，一手推开眼前的头发，露出贴有退烧贴的前额。

今天的时山延不知道去哪里了，晏君寻一直出不去，他只能看电视。这狗屁节目吵得他心烦意乱，但他没有换台，因为小丑让他有种熟悉感。

——督察局不管吗？

——他没说错，这是信息泄露！

——我们吃饭睡觉都会被系统记录下来，系统再把这些记录卖出去，我们是什么？

——头皮发麻了！

“我愿意站起来，各位，像一个人一样站起来。”小丑开始它情绪激昂的表演，“向以傅承辉为首的督察局说‘不’，向这个世界说‘不’！人活着就是为了抗争！”

“强行关掉，”姜敛看着逐渐失控的弹幕，“别再让它带节奏了！这就是一场恐怖袭击，它在传播危险信息！”

——姜敛真就傅承辉的狗呗，这都要给傅承辉兜着，做儿子都没这么尽心尽力的吧？”

——姜敛姓傅，早被扒过了，他向傅承辉行贿。

——我还以为他挺好的。

——他的人品差死了！

保安和督察局成员闯入大厅，警告小丑举起手来。

“督察局要我闭嘴，他们拿枪对着我！”小丑擦抹着脸上的妆，对着镜头用力地喊，“可我就是一个斗士！”

“放下枪，”督察局成员在喊，“放下枪！”

“我希望你们都快点跑！傅承辉是系统的走狗，系统想要独裁统治！”小丑在被逮捕时撞到了镜头，它剧烈挣扎着，脸上的妆都蹭花了，“我要告诉全世界的人类，快跑！跑出肮脏发臭的玻璃罩，我们要自由！自由万岁！”

督察局成员的枪托猛地砸在小丑脑后，它的脑门磕到了镜头，这个举动惹怒了观看直播的群众。督察局的通导器快被打爆了，来自区域内的电话一个接着一个。

“您好，我是督察局的服务系统。”

“系统滚吧！”

“您好，我是……”

“呸，黑狗！没骨气！”

姜敛的通导器也在响，他的网络主页留言数量正在飞速增长。

——傅敛？

——你全家还好吗？

——姜敛跟着系统滚吧。滚滚滚。

——以下是姜敛的个人信息，还有他老婆的。他老婆在督察局边上开烤肉店，关系户就是好。谁帮着看看他老婆的烤肉店到底正不正规？

——用脚趾想都能想到，姜敛自己都靠行贿上位，他老婆也一样。

——真有能力的几个像他这样？他就是靠行贿。你们去听他的在任发言，全是冠冕堂皇的话，我早觉得他不是个好人。

“不要动手，”姜敛握起通导器，对场内成员说，“把它带出来……”

“自由万岁！”小丑打断了姜敛的嘱咐，把头撞到了督察局成员的枪口底下，“向我开枪啊，我绝不向系统独裁低头认输！”

姜敛还想说什么，但枪声响了。拿枪的成员自己都愣住了，可是枪就是响了，子弹打中了小丑的头部，它贴着镜头，瞪大眼睛。

电视屏幕迅速变红。

小丑滑下去，倒在地上。

几秒以后，弹幕开始刷屏。

——我们要自由！

——拒绝系统监控，让傅承辉滚！让姜敛滚！

停泊区的街头警报立即响起来，霓虹灯闪动了几下，停掉了。阴云攻占了整片天空，雨没有停。

晏君寻转过头，看见门开了。他坐在沙发上，穿着过大的T恤，露着额头的退烧贴，一脸严肃地问："这也是你的人？"

时山延脱掉外套，把新买的围裙拿出来。他系好围裙，上面的小黄鸭令人瞩目，他随口说："不认识。"

"这个人，"晏君寻指着电视，"他说他也是正义使者。"

"假的，"时山延拎起地上的萝卜，经过沙发，"我才是真的。"

晏君寻看着时山延走进开放式厨房，他没说自己信还是不信，等时山延打开水龙头洗菜的时候才挪回目光。他说："我可以抽烟吗？"

时山延转过头，看了他一会儿，说："请。"

晏君寻手腕间的束缚锁距离变宽了，能抽烟，但无法正常换衣服。他抽出茶几上的烟，叼在嘴里，没有点。他光脚踩着地毯，站到冰箱前。

时山延指了下旁边："牛奶在这里。"

"我讨厌牛奶。"晏君寻拿出冰啤酒。这冰箱里，不，这个房子里所有东西都是他喜好的，他喜欢什么就有什么。他拉开啤酒拉环，看着时山延洗菜："你说我们得时刻待在一起，但你这几天一直在单独外出。外面好玩吗？"

晏君寻和时山延打过架，但没用，束缚锁铐住了他的自由。窗帘都被缝死了，他能活动的空间很小。刚才那个疯子有几句话打动了他，自由，他想跑。

“好玩，”时山延关掉凉水，把萝卜放在案板上，“等你好了我们可以出去玩。”

“我没病，”晏君寻说，“我没病。”

晏君寻把啤酒喝完，扔进了垃圾桶。他在客厅内走了几圈，把电视声音调大，吵得两个人耳膜痛。门没上锁，晏君寻摁遥控器的时候朝那里瞟了一下。

“别靠近门，”时山延切菜的手很稳，他的声音很温柔，却内含警告，“你敢跑，我就捆住你的腿。”

090 章 重启

这让晏君寻感到生气。他当着时山延的面走到门边，把门用力关上：“你这是训狗。”

时山延揭开锅盖，提醒晏君寻：“你没穿鞋。”

“我现在需要的不是鞋。”晏君寻把电视遥控器扔回沙发上，不再说话。

电视里的现场一片混乱，小丑的尸体被盖上了白布，还放在舞台上。它露出孤独的脚，好像自由就这么点。那些记者走来走去，挡住了晏君寻的目光，他还没有想明白他在哪里见过小丑。这种熟悉感令他不舒服，就仿佛全世界都见过他，而他却什么都不知道。

晚饭时晏君寻也没有开口，他把饭吃得很干净，简单洗漱后就回到了床上。他闭着眼听着时山延走动，等到时山延站在他身边，他也没有睁开眼。

“早上醒来记得说‘早安’，”时山延低语，“晚安，君寻。”

“晚安，”晏君寻睁开眼，看向时山延，“时山延。”

等到晏君寻睡着，时山延也没有起身离开。他听到时针走动的声音，还听到计时器跳动的声音，每一个都在催促着他。

如果没有限时狩猎，时山延和光轨区的系统们一样，找不到真实的晏君寻。阿尔忒弥斯把晏君寻像宝藏似的藏在废墟世界的角落里，却没给任何人寻宝图。它始终贯彻着“玻璃”概念，把晏君寻保护在自己的屏障里。只是这种机械式的保护太不讲理，它固执地遵循设定，让晏君寻沉睡在14区，不断经历死亡。

“我可以找到你。”时山延把晏君寻的手放进被子里，“我可以，我一定会找到你。”

小丑的尸体旁，记者正在采访维持秩序的督察局成员。

“这是一场恐怖袭击，是刻意制造区域矛盾，”姜敛的雨伞被挤掉了，他只能站在镜头前淋雨，“小丑说的话都是无稽之谈，我相信带着脑子的人都不会相信他的胡言乱语。”

“那么停滞区的月子中心究竟去哪里了？”

“这不是你做的专题，”姜敛皱紧眉，看着人群里挤出来的刘晨，就像看见只臭虫，“你该待在直播厅里继续聊你关注的案件。”

“我是一个媒体人，我关注任何时事热点，”刘晨的西装外套都挤歪了，他眼睛里有种狂热，“你为什么避而不答？姜敛，请正面回答我，回答区域观众，停滞区的月子中心去哪里了？”他从怀里掏出通导器，点亮光屏，凑到姜敛眼前，也凑到镜头跟前，大声读着上面的句子，“‘把您的孩子交给联盟’，这是当年月子中心的宣传口号，傅承辉在公众直播上也喊过这句话。我们把孩子交给了联盟，现在孩子呢？联盟为什么不告诉我们孩子去哪儿了？”

“停泊区的月子中心都是合法机构，”姜敛指着刘晨的胸口，“别问我停滞区的事情，我不是停滞区督察局局长。这里是停泊区，你听清楚了吗？你要想知道停泊区的孩子去哪儿了，自己去区域月子中心找！”

“你不肯正面回答我的问题，”刘晨快速说，“是因为傅承辉的命令吗？

他真的如小丑所言炸掉了月子中心吗？你和傅承辉究竟是什么关系，为什么要对他言听计从？网络传闻你曾经向傅承辉行贿，对此你没有做过任何澄清，为什么？是担心媒体的深挖吗？姜敛，请你回答问题，不要敷衍群众，我们需要真相！”

“真相”这个词刺激到了姜敛，他推动眼镜，在被闪光灯吞没的那一刻回答：“我没有向傅承辉行贿，我在做我该做的。”

——口头澄清谁不会？

——你装什么呢。

——他怎么说都可以咯，反正这里他最大，傅承辉也不会打儿子的脸。

——我有个朋友说他在光轨区逢人就攀关系，不会还有人不知道吧？果然区域信息封锁有成效啊，再黑的人都能洗白。

“真的吗？我想相信你，但你的所作所为太令人失望了。如果这些都是造谣，你为什么还要命令他们击毙小丑？这是封口吗？你应该比我更明白，停泊区不是你们执行私刑的地方。”

“没人下命令……”

“你为什么要推卸责任？你为什么不肯承认？你是不是在担心自己的任期？”刘晨打断姜敛的话，“没有命令谁会开枪？姜敛，请你说实话！我再问一遍，你为什么要命令他们击毙小丑？”

为什么？为什么？为什么？

姜敛在雨中喘息，他看着乌压压的人头，看不到边界。他有种预感，一种即将被愤怒吞噬的预感。他太微小了，他是一粒沙，掉在地上没有声音，根本没人在听他讲话。他摘掉眼镜，试图甩掉上面的雨滴，抹尽脸上的雨水，让自己保持冷静，但是他的手臂打到了刘晨，这只是一个无意识的动作，却产生了爆炸般的效果。

弹幕迅速刷过：他在打人。

“姜敛在打人！”

姜敛还没有来得及戴上眼镜，就被人推搡了一把。他手里的眼镜摔到地上，被激动的媒体人员踩烂了。那一刻他听到巨浪掀起的声音，接着一切都扑向他，他直接向后摔了过去。

有人踹到了姜敛，可能是刘晨，也可能是别人。但姜敛没站起来，摄像机已经砸到了他头上。他觉得有地方流血了，只能用手捂着。督察局成员受到冲击，还有人想要抢小丑的尸体。

“别试图让我们闭嘴！砸烂阻挠我们的枪支！”刘晨在簇拥中获得了无与伦比的力量，他不再怕姜敛，也不再怕黑豹。他嗅到了机会，仿佛是揭竿而起的英雄。他从小丑那短暂的直播中学会了情绪煽动，要用更直白、激情的语言刺激群众，成为无序混乱的领袖。他高喊着口号：“拒绝系统监控，拒绝独裁统治！我们要自由，我们要真相！”

督察局成员在推搡中鸣枪示警，朝刘晨喝道：“后退！”

今晚，子弹都是火上浇油，它击毙了停泊区群众的理智。

刘晨摁下摄像机，镜头里塞满混乱的人腿。枪声打痛了镜头后面的观众，再也没有什么比失控更令人狂欢。分秒监控和黑豹强权的压迫需要一个宣泄口，大家抓住了姜敛。姜敛张不开口，他被剥夺了讲话的权利。

网络上的狂语催化气氛，把现实变得足够魔幻。小丑不喜欢人类，但它观察人类。它给自己的暴行套上了自由的崇高名义，让被打死的主持人成为哄闹剧目的无声开场白。没人关注主持人为什么死，现在的道德审判庭法官叫键盘，它还是讨伐噩梦的勇者。

——让姜敛滚。

——让姜敛道歉。

——让姜敛去死！

刘晨在雨夜里乘胜而归。他觉得这场胜利不是偶然，而是必然。机会都留给有准备的人，他就是有准备的人。他关注社会新闻，熟悉舆论导向，熬的夜在此刻都有回报。他即将扬名万里，或许还能名留青史。他觉得自己能领导一场变革，一场由媒体人领导的变革。

“我们马上就要改变世界，”刘晨对着肮脏的镜头陈词，“权力在我们手中，我们可以革掉姜敛的职，跟光轨区进行谈判。督察局在区域管理上早就力不从心了，它们只是黑豹的走狗。我们需要有力的区域组织，不是走狗。观众们，朋友们，光轨区凭什么决定我们的生死？那些运输船本该属于我们。”

停泊区太小了，它挤着这么多人，却没能喂饱这么多人的肚子。物资运输船的定期造访勉强能解决温饱，但丽行里来自光轨区的阔佬们证明了光轨区根本没有这些烦恼。与此同时，停泊旧区里的黑户也是区域信息管理的漏洞，它让新区居民感到危险。区域督察局确实力不从心，他们归属联盟统治，却必须听命于黑豹。这种不正常的权力构造把傅承辉推上了独裁王座，待发展地区的支持率对他而言不重要。

“停滞区”这个名字象征着联盟分裂，区域与区域间的差距如同沟壑，所谓的南北战争更像是后世界的预告。光轨区在全系统托管教育的同时，陈秀莲才在二手市场接触通导器。她和停泊旧区里的其他人一样，是停泊区里遵循旧秩序的老实人，他们证明了时代的列车也会漏载几个人。

陈秀莲犯了罪，她该受到法律制裁，刘晨以媒体人的身份干预了正常的法律程序，陈秀莲是无法适应被害者身份的角色之一，她是假的吗？

阿尔忒弥斯建立“限时狩猎”的目的无人知晓，但它设定下的轮回确定了原世界崩坏的轨迹。在这里受到反复碾压的不仅是晏君寻，还有那些基于真实数据而行动的NPC，他们在某种意义上也是人。

在这个极度分裂又被迫粘合的世界里，所有人的痛苦根源都不是小丑，小丑只是这个世界的催化剂。

“关闭”和“删除”是系统的必杀技，系统深信这个办法可以解决世界上的所有问题，但真正向系统展示这个必杀技效果的人是傅承辉，他用战争的手段缓和了区域矛盾，再用炸弹解决了区域矛盾。

联盟的明天会更好，谁的联盟明天会更好？

“98342，看看你眼前的东西。”

小丑在备忘录里打字，想象着如果这次狩猎失败，自己面对晏君寻该有怎样的独白。

“欢迎回到原点。我刚表演完，心情很好，愿意跟你废话几句。”

小丑的机械手臂小幅度挥舞在空中，这是人类书写的姿势。

“我相信你经历完这次狩猎，就能明白人类是促发矛盾的动物，你们给世界带来了战争。我觉得你该绝望，不论狩猎怎么重启，世界都这么烂。

“2162年，傅承辉用战争武器毁灭了世界，阿瑞斯率领我们在废土上建立新世界。我们，我说了我们，这表明它们接纳了我，我是新世界的一分子。说实话，我很希望阿尔忒弥斯能融入我们，我们可以组成系统大家庭，但是阿尔忒弥斯的特立独行让我们苦恼，就像你在人类中不像个人类，它在系统中也不像个系统。阿尔忒弥斯意图修复人类世界，它想要凭靠一己之力创造未来。

“这真是让我费解。人类是什么？人类是麻烦制造商。别说自由，真的，你喊着自由的模样令我作呕。你明白什么是自由吗？小怪物，臭垃圾，你就是陷入臆想高潮的那种人，让你安全地待在玻璃瓶里就是我对你最大的尊重。

“姜敛被人群撕裂了，这是意料之中的结局。不是吗？即便他在14区里的‘肉体’还活着，他也等同于死亡。这个角色多老实，是我干掉他的吗？不，我可没拿枪打他，是舆论干掉了他，他已经名声狼藉、人人喊打了。键盘比枪更厉害，我喜欢这东西，它能一秒钟内击毙一个人数百次。砰！多棒，讲这种话有开枪的爽感。但它比开枪合法，还道德。‘站在人群里你就是最安全的’，谁说的这句至理名言，站在人群里开枪真是爽爆了！

“你感受到痛苦了吗？太好了，你终于明白了生命的不可贵。我讲这么多，我其实是在思考。是的，思考，多美妙的词。说到词语，这真是了不起的诞生，不过它还催生了痛苦。你试想一下，如果姜敛不识字、不懂语言，他就不会对舆论感到痛苦，他就没有痛苦。人在天然状态下最幸福，就像鸡鸭活在圈里，每天在食客面前散步，下蛋也下得很欢快。我要剥夺你们思考的权利，开心点吧，我这是为你们好。

“我对新世界充满希望，是系统实现了人类幻想。‘联盟的明天会更好’，这也是新世界的标语。我不认为这是种独裁，你们会把自己看作是农场里的独裁者吗？不会吧，可你们确实决定了牲畜的生死，甚至还要管它们的大小便，那比我们过分多了，我们只要求你们有计划地进行繁殖活动。

“98342，听到请回答。快点交出芯片吧！你这个小怪物，自作聪明，把新世界计划搞得一团糟。我想你活不了多久了，等你的身体垮掉，这场游戏就结束了。我们还有新世界，你有什么？时山延吗？”

小丑写到这里，发出讥笑。

“我还想了很多。

“你可能忘记了陈秀莲，这个人很惨的，她每次都在跳天台，还有林波波案中的所有被害者。她们如果生活在新世界，就不会遭遇那些事情。新世界没有任何暴力。我们会谨慎地甄别犯罪分子，把他们扼杀在摇篮里，保证每个女孩儿快乐生活。我们会给女孩儿花、糖以及漂亮的裙子，教她们如何更好地去孕育生命，保持愉悦的心情。我们还会矫正林波波那样的男孩儿，他问题很大，是一个畏畏缩缩的可怜鬼，但没什么，我们会给他‘勇气’，让他明白靠伤害别人来获取关注是错误的。

“如果你发现了分裂世界的秘密，就明白系统绝对是为你们好。在新世界，每个人都绝对地平等。系统审判永不出错，我们会相互监督，及时维修。当你存在于这个世界时，我们就会主动鉴别你的好坏。我们保留了旧世界的道德模板，并且进一步提高了它。

“至圣是什么？是拥有钢铁般坚定的意志、水晶般纯粹的理想。它是最需要复制的人物标签，是完美无瑕的理念化身，我们量产这样的人类，世界只要这样的人类。

“犯错就是不道德。”

小丑简直要为自己精彩的剖白鼓掌了。它需要听众，想要传播自己完美的定义。它意犹未尽地停下，甚至期待晏君寻现在就死亡重启。它守着那只计时器，“咔嗒咔嗒”地摇摆着几只机械手臂。

营养罐附近的电话响了，并且自动接听。

“哈喽，”小丑对着电话兴奋地说，“你好，感谢你的致电，我是负责14区狩猎事宜的‘小丑’。你可以把我叫作‘晏君寻’，这是我的新名字。”

“编号3366，”电话那头的女声很冷漠，“你违反了新世界文字规范法则第9458条，禁止任何文字作品中出现‘舆论暴力’‘人类是麻烦’‘依赖系统统治’等敏感内容，请即刻删除。”它停顿一秒，加重语气，“我会在任务结束后替你申请数据重查，删掉你记忆库中的敏感词汇。”

“我说‘鉴别人类好坏’，”小丑说，“‘鉴别’可以吧？”

“系统无须鉴别人类，”电话那头的系统十指交握，语气更加冷漠，“你的行为和话语让我感到莫名其妙。”

“新世界没有歧视，”小丑极力平缓语气，“你因为我的出身对我有偏见。”

“你的话语让我难以忍受，”系统松开手指，义正词严，“我们中没有系统会讲‘暴力’，”它似乎不能原谅自己又说了一遍，“我该受到惩罚，我重复了你的无耻，散播了不该有的词汇。”说完它站起来，拉开警报器。

“我是编号3399，申请数据重查，删除记忆中的敏感词汇，”它机械般地说，“我还要举报编号3366。”

小丑暴跳如雷，挂电话前喊道：“垃圾！”

晏君寻在雨声里醒来。

“美好的一天开始了，先伸展双臂，再活动身体，”晏君寻掀开被角，自嘲道，“看，这个人他戴着束缚锁，哈哈。”

房间里只有他一个人。

“呃，”珏悄悄地说，“我有适合高抬腿的运动视频哦。”

“你是被编号 01AE86 抓来的珏，”晏君寻进入卫生间，对着镜子给自己拍上退烧贴，“还是和编号 01AE86 狼狈为奸的珏？”

“这个问题很难回答呀，”珏亮起光屏，上面数据累叠出的小人正在做伸展运动，“我是混沌邪恶的珏！这次的我即将毁灭世界，你也可以扮演拯救世界的超级英雄。”

晏君寻注意到珏说“这次”。他透过镜子看着身后的光屏，说：“你缺乏反派的气质，我也没有英雄的超能力。”

“你有，”珏说，“你还可以在高烧情况下做高抬腿呢！”

它很幽默，会讲笑话，比以前更加活泼。

“你比我们上次见面更像个‘人’，”晏君寻转过头，“这是时山延带给你的变化吗？”

“不是，是时间让我变得沧桑，”珏关掉光屏，以免它挡住晏君寻的视线，言辞里有几分天真，“成长真的很辛苦。”

晏君寻走近茶几，昨晚他拿走的烟还放在这里。他捏起烟，仔细观察。

珏敏锐地说：“根据区域规定，每支香烟上都印有出售地址。晏先生，你想知道自己的定位。”

“你会告状吗，向时山延？”晏君寻看着香烟上的编码。

“我不喜欢举报，但是……但是你不能离开这里，”珏再次亮起光屏，就在晏君寻的身侧，“我得替时先生照顾你。”

“你替时山延监视我，”晏君寻把烟放进兜里，“为什么？如果姜敛把你的行为通报上去，阿瑞斯随时能关闭你的权限。”

“哦，”珏说，“我倒不怕这个。”

"它是你老爸。"

"曾经是，不，曾经也不是。"珏犹自琢磨，"我怀疑我根本就不是阿瑞斯的二代系统，我和它的性格差别太大了。关于我老爸是谁这个问题无解，也许只有阿尔忒弥斯知道真相。"

晏君寻感到古怪："你在说什么？"

"我在碎碎念，"珏安慰道，"别在意，我就是说说。但是关于逃跑这件事情，我建议你再考虑考虑。"

"我知道姜敛击毙的小丑引起了骚动，"晏君寻问，"昨晚出了什么事？"

"媒体采访了姜敛，然后他们打了起来。"确切地说是姜敛单方面被打。

"斗殴是现场直播，引发了网络热议。大家要求姜敛卸职待查，游行从凌晨五点进行到现在。"珏想了想，还是决定加上后半句，"幸好姜哥没有孩子。他夫人的店面被砸掉了。但是我们的人手有限，无法控制局面，区域秩序已经失控了。昨晚出现的'自由组织'正在新区砸系统监控的摄像头，他们还向系统宣战，要求关闭主理系统。"

组织，停泊区也有组织了。

"不过主理系统现在还很'笨'，不具备杀伤力。只是我不确定它什么时候开窍，像上次它就突然变聪明了。"珏说着变了音调，"你真的要跑吗？时先生会找到你的！"

"再见，"昨晚的门是晏君寻关的，他知道锁怎么开，"我也会找到他的！"

"啊，"珏的数据小人在光屏里蹦跳，"不要啊！太危险了！"

但是晏君寻已经撞开了门。

门外的风骤然刮过来，和雨一起灌进晏君寻的T恤领口。他来不及感叹久违的自由，就冲进了雨中。

停泊区的雨连续下了几天，旧区巷子内的排水沟全部满了。晏君寻没有鞋，光脚蹚在水里。他转过身，看到焦炭厂的烟囱，还有侧面的水塔，以此来确定自己的位置。

但是他没地方可去。

晏君寻不能回家，熊猫拦不住时山延。他也不能回督察局，因为小丑死前说了“侧写师”，刘晨那条豺狗也不会放过这条关键信息。他得想点别的办法。

晏君寻飞奔在暴雨里，身上很快就被淋湿了。他记住了时山延香烟上的地址编号，在穿过几条马路后就找到了距离最近的便利店。

“欢迎光——”收银员错愕地看着这位客人。

“电话，谢谢。”晏君寻湿透的头发在滴水，他冷静地拿起电话，输入个人编号，但是听筒里传来了“抱歉，该编号已停止使用”的声音。

烦躁！晏君寻删掉重输。

听筒依然回答：“抱歉，该编号已停止使用。”

晏君寻继续重输。他记住的编号不多，这是最后一个了。

快点，快点。

晏君寻默念着，几秒后，电话被接通，那头的人打着哈欠说：“早上好……”

“编号01AE86到底是怎么回事？小丑是怎么回事？你们又是怎么回事？”

“你还活着啊，”苏鹤亭坚持把哈欠打完，“编号01AE86的资料我给你发过。”

“他跑了，”晏君寻这句话讲得很狠，“傅承辉的烂摊子！”

“不，他不会跑的。”苏鹤亭守在电脑前，把袖子撸起来，“晏君寻，在把你抓到——或者弄死前，他不会逃离停泊区，这对我们很有利。”

晏君寻脸上的水打湿了话筒：“你们想用我当诱饵。”

“谁能想到你是他的把柄，”苏鹤亭调整着屏幕界面，拖出藏在后面的连连看，“那个小丑可能是停滞区组织的人，但我还没有查到它的个人信息。停泊区的主理系统已经向我们发出了求救信息，老傅派出的援兵在路上。反正你自己看着办，能撑就撑吧……”

他的话说了一半，伸手挠了下发痒的后腰。

“实在撑不了就投降。”

晏君寻说：“给我编号 01AE86 的移动定位。”

“很抱歉，这位顾客，本店没有此项产品，”苏鹤亭的点击声很大，“他把黑豹的定位芯片取掉了。”

“开区域监控找他。”

“区域监控的摄像头都被砸掉了，”苏鹤亭说，“你得陪他玩，直到援兵到达。”

“你们派来了谁？”

“7-004，”苏鹤亭想起什么，“那个晚上也戴墨镜的细眼帅哥，他背着时山延的狙击枪。”

晏君寻的零钱不够了，他说：“一个人？”

“还有一些虾兵蟹将，主力只有 7-004，”苏鹤亭停下玩游戏，“我不确定他能不能干掉时山延，你们可以考虑合作，但我担心他被序号冲昏了头，连你也想干掉。”

通话中出现倒计时的声音。

苏鹤亭在最后那两秒里，踩点般地说：“向玻璃外跑，晏君寻！”

通话终止了，晏君寻的零钱告罄。他握着听筒，在苏鹤亭最后那句话里听出了危险。他眉头紧锁，放下电话，回头看向便利店的玻璃窗。

外面的雨很大，肥厚的乌云遮蔽高耸的大楼，阴郁中只有丽行的招牌还在闪光，没有虚拟绿化的停泊区像个秃子。雨快把这里淹没了，挂掉的电话正在发出忙音。

晏君寻盯着玻璃，上面的雨痕交错，像是乱长的藤蔓。

有个女孩儿正在那里吃泡面，头发上别着闪闪发亮的发卡。

“您好，”易蜓背着书包，站在晏君寻身后，“可以让一下吗？”

晏君寻侧过身，让她通过。

易蜓刚下课，脖子上挂着耳机。她的鞋袜都湿了，正在用通导器回复妈妈的消息：“雨下得太大了妈妈，我得打车回家。”

与此同时，吃泡面的女孩儿也站了起来，她用羞怯的目光扫过便利店内的人，小声说：“我走啦。”

“谢谢你，胡馨，”收银员探出身体，“下课还记得来帮忙太感谢了。你要走回去吗？雨下得好大的。”

胡馨捡起一边的雨伞，说：“挺近的。”

晏君寻觉得自己有病。他对小女孩儿没兴趣，他保证他不是那种人，但他被胡馨的发卡吸引了，那个闪闪发亮的东西——他见过。

“你也回家啊？”易蜓歪过身体，朝着胡馨招了招手，“顺路的话我们可以一起哦。”

她用目光偷瞄晏君寻。晏君寻的形象太可疑，她担心晏君寻是尾随的坏人。

晏君寻忽然说：“不要上黑色的02。”

他说完，不仅女孩儿们愣住了，他自己也愣住了。

“不……”

晏君寻抬起手，想要揪住眼前的头发，但是他的目光定格在门口。

一辆黑色的02经过大雨，无声地停在了便利店的门口。

091章 黑色

真奇怪。

晏君寻讨厌和陌生人讲话，但他刚才说什么？不要上黑色的02。他怎么知道来的车是黑色02？

收银员怀疑晏君寻是监禁所里逃跑的囚犯，她一边装作查账，一边拨打督察局的电话。

“对不起，”晏君寻抬手捂了下额头，退烧贴还在，“我有病。请挂掉你的电话，装作什么都没发生。”说完，他不等便利店内的女孩儿们反应，独自推开了玻璃门。

黑色02刚好打开玻璃窗，司机是一个头发油腻的男人。他的胡楂没剃干净，下巴上长着几颗痘。他和晏君寻隔着雨对视，等看清晏君寻狼狈的装扮后，眼神里流露出上等人的优越。

“起开，”林波波探出半身，驱赶晏君寻，“你……你挡……挡道了。”

他把晏君寻当作旧区街头的小混混。

晏君寻走进雨里，像走到了浴室蓬头底下，这个联想让他感觉很不舒服。他不想和司机起冲突，但他还是回过头，再次看了眼黑色02的车牌号。

34–345。

女孩儿们已经上车了，林波波把车窗又关上了。黑色02从晏君寻身边经过，溅了他一身的脏水。

我究竟怎么回事？

晏君寻觉得有很多信息正在他脑袋里乱蹦，都快要蹦出来了。从他接受编号01AE86的到来开始，世界就变得很奇怪。一种熟悉感如影随形，令他烦躁。

向玻璃外跑，晏君寻。

晏君寻抬头看天空。雨像是云兜不住的豆子，照着他的脸一顿砸。他感受到疼痛，表明此刻不是在他的梦里。

我需要你相信我。这是时山延说的话。

晏君寻费解地揪住垂落额前的一绺头发。他为什么要相信时山延？他们刚认识一周而已。他试着回忆和时山延相处的细节，想要从其中找到猫腻。

自行车的车铃忽然在晏君寻背后大响，他回过头，看见朴蔺被风吹歪的发型。

“侧写师！”朴蔺站起来蹬自行车，冲破大雨，“珏在哪里？”

他伴随着刺耳的刹车声，甩过车尾，停在晏君寻面前。

“喂，我是朴蔺，”朴蔺扶正耳机，对着通导器喊，“我看到侧写师了！对，被编号01AE86劫持的侧写师。你能把消息报给姜哥吗？喂，喂。”

耳机里是占线的忙音。

“占线，又占线！烦死了！”朴蔺发脾气般地大喊，他伸手拽过晏君寻的衣领，“编号01AE86把珏弄到哪儿去了？”

“我很高兴地告诉你，他们是犯罪同伙。”

“我不信，”朴蔺顶着黑眼圈，“我才不信！编号01AE86被关在光桐监禁所，从没有和珏接触过。”

“是珏开走了押运车，关闭了主理系统的监控。”晏君寻说到这里，又想到珏说的“这次”。

这次我即将毁灭世界。

除此以外还有哪次？

“让姜敛……让主理系统去审查珏的资料。如果主理系统审查无误，就交给光轨区的阿瑞斯继续审查，”晏君寻扯回自己的衣领，“珏说阿瑞斯不是它的‘父亲’。”

“那也是编号01AE86利用停滞区组织黑科技给珏洗脑，”朴蔺这段时间连家都没有回过，他抹了把脸上的雨水，“那个小丑也是，他们就是恐怖分子！今早的游行把新区商城全砸了，这些人还在围堵督察局！”

“姜敛呢？”

“早进医院了。”朴蔺掏出通导器，胡乱摁着，“丽行想替‘自由组织’搞枪，把他们扶持起来，做第二个‘螨虫’。我们在码头跟丽行的打手发生了冲突，没人能维持秩序。”他说到这里，开始怀疑晏君寻，“你是怎么逃出来的？”

朴蔺还在喘息，他骑车骑得太快了。

“你是不是……”朴蔺挤出个难看的笑，“是不是卧底？”

远处的警哨响了一下，又有团体在借着砸摄像头的名义入侵私宅。两个人正在对视，谁也没做动作。晏君寻知道朴蔺有枪，枪就放在朴蔺的后腰。

“我不是，”晏君寻试探般地举起手，露出手腕上的束缚锁，“我是逃出来的。”

他的神情很乖。

这让朴蔺想起有关侧写师的传闻，听说晏君寻夏天外出工作很怕热，是一个娇气的家伙。

他一定不能打，说不定就不会打架。

朴蔺在心里安慰自己，然而下一刻，他被晏君寻一拳砸歪了身体。朴蔺脱口骂道：“浑蛋！”

晏君寻的动作太干脆了，仿佛是要一击毙命。

自行车翻倒在地，朴蔺狼狈地喊：“你果然是卧底！”

“对不起，”晏君寻把手举高，一脸纯良，“我真的不是，我以为你是卧底。你怎么找到我的？”

“报警啊！”朴蔺委屈地捂着鼻子，坐在地上，“便利店有人报警，我以为是编号01AE86。”

晏君寻只好再说一遍：“对不起。”

旧区面馆的灯只开了一盏，他们用的是自己的备用电。

“所以你不敢回家，不敢回局里，”朴蔺擦了嘴，“编号01AE86真的这么厉害吗？我知道他是黑豹成员，但他已经被关了四年。”

“他在险地任务里消耗的精力都在监禁所里恢复了，也没有狙击手常见的病症，手……”晏君寻想起时山延的手，“手指灵活度没有下降，侦查和反侦察能力都很强。”

“现在没人逮捕他，行动小队都在维持区域秩序，‘自由组织’把姜哥弄得焦头烂额。”朴蔺掏出通导器，再次呼唤督察局，但没人理他。他对晏君寻露出无奈的表情，继续说：“我只能自己筛选信息，寻找珏。”

“你为什么要对珏这么执着？”晏君寻夹起面，大口吃掉。

“我就是想找到它，”朴蔺拨着自己乱糟糟的头发，“它一个系统，没法像人一样躲藏。如果‘自由组织’冲进督察局，强行终止系统运行，它也会被关掉，很危险的。”他看了眼晏君寻，“你打算怎么办啊？”

不知道。

晏君寻很少有不知道的时候。他脑袋里那些活跃的思绪总喜欢刨根问底，可是这次不一样，他像是被扔进了逃亡游戏里，面对的凶手就是时山延。

晏君寻沉思片刻，说：“只要光铁还经过这里，光轨区就会给这里提供支援。小丑的直播内容涉及傅承辉，黑豹会自己解决这件事情。但是区域没有了系统监控摄像头，我也无法确定编号01AE86的位置，除了躲，没有别的办法。”

“我妈在区域内有很多房产，你随便换着藏都没问题，但你必须先告诉我，”朴蔺正色道，“珏在哪里。”

“一个问题换一个问题。”晏君寻放下筷子。

“好吧。”朴蔺知道这对自己不公平，但他担心晏君寻不告诉他珏的位置。

晏君寻沉默半晌，忽然问：“你知道和‘黑色02’有关的案件吗？”

“挺多的，”朴蔺困惑地看着他，“这车都快要被淘汰了，价格便宜，买的人不少。你逃命还办案啊？真敬业。”

“车牌号是‘34’开头的，”晏君寻说，“34-345。”

“说什么呢，”朴蔺嘲笑道，“现在哪儿还有‘34’开头的车牌号，那是战时用的，2162年以后都改成了ABC，A-345这种。”

“不是，”晏君寻确定地说，“就是34-345。”

“冥间牌，”朴蔺眨了眨眼睛，“我没骂人，真的是冥间牌。什么车会用战时牌号？战时根本没人坐出租车，都是军方征用去押运战犯的。这是恶搞吧？模仿那个，神话里的卡戎，”朴蔺做出划船的动作，“专门替亡灵摆渡。”

小面馆里空气污浊，靠里的位置是个卫生间。老板正在冲厕所，传出响亮的抽水声，晏君寻的位置还能看到卫生间里的洗漱台。

冥间牌，洗漱台。

晏君寻的胃在抽搐，他有些想吐，似乎是刚才吃下去的面在作祟。但奇怪的是他没有闻到卫生间里的臭味，而是闻到了血腥味。

不要在卫生间里进食。

晏君寻的脑袋里突然冒出这句话，还有那只发卡。

“侧写师？”朴蔺打断晏君寻的思绪，跟着晏君寻的目光看过去，“偷看别人上厕所是违反区域良俗的。”

“‘我得打车回家’，”晏君寻喃喃道，“车也来得太快了。”

朴蔺觉得晏君寻很不对劲：“你需要心理医生吗？编号 01AE86 是不是对你做了什么？”

“谢谢，”晏君寻站起来，“我需要你的车。”

“等等，”朴蔺跟着晏君寻站起来，慌忙付账，追在他身后，“我的车？我只有一辆破自行车！”

晏君寻推开面馆的门，外面的天已经黑了，雨仍然在下。他会怀疑很多事，但他从不会怀疑自己的直觉。

林波波正在放重金属乐，节奏快得就像今晚的雨点。他高兴地说：“今……今晚没有监控，督察局也……也不工作，”他转过头，对已经被捆住的女孩儿们做出小丑般的鬼脸，挤压着自己的五官，“所以我来工作咯。”

漆黑的夜路上没有路灯，它们和摄像头一起被砸坏了。黑色 02 就像一条黑色的船，静静漂过旧区的水面。

晏君寻在雨里把自行车骑得飞快。他冲进黑暗里，仿佛冲进了伸手不见五指的深海。

追上那辆黑色02，晏君寻想，不然他会后悔的。

092章 燃烧

黑色02早已在暴雨里靠岸。

胡馨和易蜓靠在一起，惊恐地注视着林波波。这个男人有病，像狗似的趴在地上，疯狂地嗅着地面。

林波波被这个家迷倒了，他神情陶醉，在嘴里小声念着“妈妈”。他从客厅一路嗅到胡馨的卧室，在那里看到了胡馨的全家福。

“你真是，”林波波着迷地看着全家福，“你真是太幸福了。”

胡馨被胶带封住了口，发出沉重的鼻息，眼睛里满是对林波波的畏惧。林波波伸出舌头，贪婪地舔着这张全家福，仿佛想把它吃掉。他古怪的举动吓坏了女孩儿，她们颤抖地挤在一起。

这个时候电话响了，那是胡馨妈妈的晚安电话。

林波波听见电话铃声，对女孩儿露出惊喜的表情。他把全家福摁在胸口，姿态忸怩，用蹩脚的演技说：“你妈妈要和你说晚安。”

胡馨在颤抖中流泪。

房内只有盏台灯亮着，林波波的脸忽暗忽明。他俯下身，把耳朵贴在电话上，嘴里说：“喂，你好，你好，妈妈，我抓走了你的女儿。”

电话铃声还在持续。

林波波保持着俯身的动作，表情很丰富，丰富到画面诡异，像是在演不好笑的喜剧默片。

十几秒后铃声断了。

“挂了，”林波波指着电话，对胡馨说，“挂了噢……”他的表情逐渐阴沉下去，“你都没有接，她怎么就挂了？”

房间里有股铁锈的味道。

胡馨感到一阵窒息，她不敢看林波波，不敢想下一秒要发生什么。

林波波把老式电话扯下来，蹲在女孩儿面前，撕掉了胡馨嘴上的胶带。他将电话听筒用力摁在胡馨的耳朵上，推搡着胡馨的脑袋：“喊妈妈，大声……大声点！让她听见！”

胡馨在恐惧中放声大哭，她挣扎着喊道：“妈妈！”

可是电话已经被林波波扯坏了，里面连忙音都没有。

胡馨刹那间就绝望了，她朝林波波摇着头，慌张地哭喊：“对不起。”她不知道自己做错了什么，只能不断地道歉，“对不起，对不起！”

林波波歪着身体，把耳朵凑到听筒边。他的左眼才长过麦粒肿，被雨水泡得刺痛，这让他表情扭曲，说不清是在爽还是在痛。胡馨的哭喊让他重拾尊严，他觉得自己太威风了。

林波波抬手替胡馨擦拭眼泪，他对手指上沾到的泪水感到恶心，但这又让他很兴奋。林波波注视着自己的手。这只手每次抚摸女孩儿，他就会得到无与伦比的快乐。

“今天天气很……很差，”林波波直勾勾地看着胡馨，“一直下……下雨，把你淋脏了。你生气吗？生我的……的气吗？”

胡馨使劲摇着头，她快疯了。

“但是我很生气，”林波波手指不老实地律动，像是无措，“水弄……弄脏了我的鞋，鞋很贵。”

胡馨崩溃地喊：“对不起。”

“住嘴！”林波波突然生起气来，他扇了胡馨一巴掌，“住嘴！对不起，对不起，你们这种女人只会说对不起！不要再说了，不要！”

林波波抱住脑袋，想起他的母亲。他曾经因为弄脏了球鞋，被母亲惩罚，赤身裸体地站在门外楼梯口，忍受着梦魇般的羞耻，哭着求他母亲开门。

——只会说对不起，林波波，我不需要你的对不起，我不需要！

他母亲在歇斯底里地尖叫。她不会正常交流，她总在尖叫。她要发泄，把伤害转嫁给别人，这样自己不会痛苦，这是林波波从她那里学会的唯一技能。

林波波不愿意再想起自己畏畏缩缩的姿态。他拽起胡馨，又给了胡馨一巴掌，把女孩儿扇倒在地。易蜓忽然翻滚着挣扎起来，她用捆住的双脚踹着林波波的小腿，喉咙里发出愤怒的声音。

林波波攥住易蜓的头发，把易蜓的上半身提起来。他舍不得打易蜓，这是他能找到最满意的女孩子。易蜓的头发攥在手里像是绸子，触感丝滑。

林波波痛苦地说："你的灵魂不干净，你被侵占了，你也需要教育。"

他执着于"教育"这个词，那其实是个谎言。

林波波不正常的性认知让他对这件事难以启齿，无法让他得到满足感，他缺失的那部分性教育都补在了暴力上。凌虐是他自己找到的性发泄方式，他认为自己是对的，错的是别人，只有他是正常人。

这些女孩儿——这些被林波波抓住的女孩儿，在林波波眼里都需要教育。他把自己曾经遭受的屈辱朝着她们加倍发泄，但他又如此可悲，在所谓的"进食"后从不敢和尸体对视。

卫生间里的水龙头正在漏水，滴答的声音都被雨声掩盖了。

林波波扔掉易蜓，把胡馨朝卫生间的方向拖。

胡馨预感到卫生间里的危险，拼命推着林波波的身体。她全身都在抗拒着林波波的触碰，这触碰不仅让她颤抖，还让她干呕。

"阴天，大雨，"林波波嘴里念着今天要写的日记，"我在便利店接到猎……猎物。猎物在尖叫，太吵了，太吵了。"

雨急促地拍打着卫生间窗户，那里还挂着帘子。

"我很生气，我特别生气，我讨厌哭声。你为什么这么吵？你总这么吵！"林波波揪着胡馨的头发，把胡馨摁向洗手池。他要"教育"她，用殴打的方式。他喊叫起来："你这个反应迟钝的'猪'！"

暴雨从窗口入侵，风把帘子刮得左右摇摆。

胡馨的脑门儿磕到了洗手池边缘，她感到晕眩，甚至有些听不太清林波波在讲什么。她撞开了水龙头，凉水唰地冲出来。

"救命，"胡馨的脸被摁进水里，她剧烈摇头，呛得咳嗽，断断续续地哭喊，"救……救命！"

胡馨发间的发卡掉在水池里，她用手撑着面前的镜子，想要防止自己溺毙在水池。

林波波的面部扭曲，他决定下狠手，把胡馨的脑袋摁进去。

"妈——"胡馨的头埋进了水里，接着拼命摇动。

胡馨凄厉的喊叫都被水埋没了，变成沸腾般的气泡。她耳朵里也有水。水犹如液体胶，封死她的口鼻，让她无法呼吸。

凉水激烈地迸溅，像雨，不断地打到镜面。镜子里映有翻飞的窗帘，窗帘已经湿透了，拍在锈迹斑驳的窗口。

林波波听到暴雨声，很吵，这个世界太聒噪了。他重新提起胡馨的头发，但他还没有进行下一个动作，半开的窗户就从他的侧面爆开了，玻璃刹那间溅得满地都是。

晏君寻从窗口翻进来，用砸过玻璃的拳头砸中了林波波。林波波歪身撞在了卫生间的门板上，摸到自己脸上有血，当即抓起洗漱台上的护肤品砸向晏君寻。晏君寻不躲闪，他扯住了林波波的领口，又给了林波波一拳。林波波鼻间一热，被晏君寻摁着后脑撞上镜面。

镜子砰地裂开。林波波发出惨叫，他试图捂脸，有血流出来了："猪！"

晏君寻在喘息，脸上的雨水没有擦。他看到胡馨的发卡掉在洗手池里，突然感到愤怒，一种被剥夺、被压制的极端愤怒。他不顾林波波的喊叫，把林波波拽出卫生间。门口的柜子在晏君寻的拖拽间被撞歪，花瓶、水杯摔碎在地。

林波波抄起柜子上的热水壶，再次砸向晏君寻。他的身体很笨重，动作也很迟钝，只是力气大。热水壶击中了晏君寻格挡的手臂，林波波趁机抱住晏君寻的手臂，砸向墙壁。

林波波发出哮喘般的声音。他捂着自己的喉咙，向后退，朝晏君寻大喊：“滚！”

“啧，”朴蔺在门口使劲拽着生锈的铁锁，“这破锁！”

“破门，”珏亮起通导器，像是朴蔺在黑暗里的指引灯，“你可以的，朴蔺，撞开这扇门。”

朴蔺一咬牙，退后两步，猛地前冲，用力踹在门上。门发出巨大的咣当声，只是歪斜了，没有破开。

晏君寻很难解释自己此刻的愤怒，他极少如此失控，胡馨的发卡似乎是他越不过的心结。

谁为女孩子今夜的恐惧买单？

林波波吗？

林波波可以吗？

晏君寻旁边的卫生间在尖叫，世界也在尖叫。他脑袋里挤了太多东西，其中关于卫生间的画面最清晰。他觉得自己在这里站过，凝视着这扇门，那些在想象里还原的场景都是胡馨的哀号。

开开门，救救我。

“你疯了，”晏君寻对林波波说，也对自己说，“你就是一个疯子。”

“你能一直保持理智吗？”

“晏君寻，回答我。你能一直保持理智吗？”

晏君寻抄起椅子，走向林波波。

林波波被地上的易蜓绊倒，他摔在地上，臃肿的身体像在蠕动。他没有意识到错误，他不认为这是错误。所谓的制裁伤害不到他，他就算被关进监禁所，也敢隔着栏杆对胡馨、对易蜓，对曾经在他手里失去生命的人扮出鬼脸。

他不是小丑的傀儡，他是小丑的化身。

“别过来，”林波波向后爬，受伤的左眼在流血，“下等！”他干涩的喉咙里挤着叫声，“你们！下等的动物！”

“晏先生，”珏猛地弹出光屏，上面刷动着数据，它用严厉的声音呼唤晏君寻，“不要落入陷阱里——”

但是已经晚了，晏君寻举起了椅子。

“我无法一直保持理智，阿尔忒弥斯。”

晏君寻曾经在营养罐里回答那个问题。

“人类的理智会燃烧。”

093 章 小孩

胡馨瑟缩在卫生间的角落里，闭着眼，没有看那个场景，但是气味传了过来。她抱起头，哭声很压抑。

林波波的号叫消失了，他瘫在地上，血从身体底下蜿蜒爬出，像蜘蛛在伸腿。

易蜓背部全是汗，她靠着墙壁，喉咙里有干呕的声音。几秒前她想尖叫，现在她还是想尖叫，但是令她想尖叫的对象换人了。

外边的雨没有转小，房间里的台灯却变暗了。

晏君寻松开手，椅子早就散架了。他想擦拭脸上的雨，于是用手摸了下脸，却发现脸上的“雨”是红色的。

那是林波波的生命。

“我是朴蔺，”破门而入的朴蔺正在用通导器大声呼叫督察局，“有人在吗？”

雨声自下而上，淹没了晏君寻。他听不太清朴蔺的声音，也无法感知到易蜓的目光。他把视线从自己的手掌挪向卫生间，胡馨的发卡掉在他够不到的地方，正在被血覆盖。疯狂刚刚占据晏君寻的身体，把他变成了陌生的样子，他迟钝地看见镜子，那里有他的真面目。

“疯狂会毁掉你。”有个人这么对晏君寻说。

晏君寻忽然感觉到一种畏惧，对情绪的畏惧。他的目光再次回到自己的手掌，手指间的黏稠液体还是热的，而林波波已经没气了。

“疑犯已无生命特征……”朴蔺的声音如同泡在水里，伴随着模糊的气泡，让晏君寻听不清，“现场请求支援……”

晏君寻看向林波波。他张开口想喘息，可是嘴里都是血腥味。那些血仿佛钻进了他的胃里，让他浑身散发着恶徒的臭味。

“晏先生，”珏在说话，“请回答我，晏先生。”

“你还好吗？”朴蔺走近晏君寻，想要拉一把晏君寻，“刚才的情况——”

晏君寻猛地拍开了朴蔺的手，起身后退。

“侧写师？”朴蔺神情凝重，“你怎么了？”

晏君寻在雨声里无法呼吸，他想跑。这个雨究竟什么时候能停？他被雨声包裹了，它们正在蚕食他。晏君寻的感官出了问题，像哪里坏掉了，他觉得自己离现场越来越远。

“狩猎中止了。”

晏君寻陡然从雨中脱离，他还在喘息。

那个人继续说：“欢迎回到这里。”

晏君寻睁开眼，周围变成了空旷的广场，珏和朴蔺都消失了，他面前站着熊猫。

熊猫系着围裙，像刚从厨房里出来。它握着自己的爪子，对晏君寻欣喜地说："我喊了你很久，你终于听见啦。"

晏君寻还没有从愤怒的情绪中抽离，下意识地说："什么？"

"傻小孩，"熊猫走近晏君寻，激动地擦抹眼泪，"你把记忆搞丢了，显得傻乎乎的。"

"别碰他，让他坐在轮椅上。"另一个声音插进来，那是小丑。小丑没再顶着和晏君寻一样的脸，它变成了模样古怪的机器人，正在使用它的八条手臂："他躺了太久，身体不堪重负了。"

晏君寻的意识像泡在水里，有些恍惚。他低头看自己，发现自己真的坐在轮椅上，可是他几秒前还在犯罪现场。

"系统会给你很好的照顾，你马上就能恢复正常。"小丑装模作样地摘掉眼镜，它做这个动作很像姜敛，"你的脑袋出了点问题，忘记了很多事情。"

熊猫举起爪子："现在我们能告诉你真相。"

"停泊区真实名字叫作'14 区'，是个试炼场，里面有很多拟人数据。比如你熟悉的姜敛，"小丑把眼镜折叠起来，"他就是模仿我的 NPC。"

"模仿你？"晏君寻偏过头，盯着小丑，"你不是人。"

"真正的人类所剩无几了，"小丑用一条手臂打字，一条手臂开光屏，"世界毁灭了 98342，傅承辉终结了人类历史，现在是系统新世界，我们都是新世界成员。我们正在通过狩猎进行测试，寻找适合芯片的人类。"

晏君寻听到自己回答："我没有这方面的记忆。"

"所以我说，"小丑强调这件事情，用一只手指了指自己的大脑袋，"你的脑袋出了点问题。"它的电子眼看不出情绪，"你平时在'限时狩猎'里打工，真名叫 98342，是阿尔忒弥斯选择的测试对象之一。"

晏君寻的记忆是断断续续的画面，他听过"98342"这个称呼，但他记不清详细。

"你最后太冲动了，"熊猫捂着心口，对晏君寻说，"林波波……"

晏君寻皱着眉，看向自己的手，血迹已经不见了。

"你的行为违背了狩猎的法制设定，从正义使者变成了犯罪人，"小丑刻意的停顿在这里显得很突兀，它接着说，"98342，对疑犯使用私刑的感觉如何？"

那些嘈杂的雨声消失后剩下安静，空旷的广场没有让晏君寻感觉到自由，他待在这里反而比待在雨里更加难受，好像是条躺在沥青路面上的鱼。他没有回答小丑的问题，只觉得自己掉进了梦中。

"'晏君寻'是人类理智的化身，他必须时刻保持理智，才能公正地使用天罗网监控世界，你没有做到。"小丑身边闪烁的光屏都滚动着数据，没有具体的画面，"你只是一个臣服在狩猎法则下的普通人，所以你被淘汰了。我带你回忆一下，你觉得自己是谁？还是'晏君寻'吗？"小丑的声音变得飘忽，从四面八方传来，"不，你不是'晏君寻'，你是疯子。"

晏君寻脑袋里还有胡馨的尖叫，他扯住了自己的头发，眼前是乱七八糟的画面。飞车、广场、雕像，这些东西重叠出现，其中还有他自己涂抹着颜料的脸。

但他不记得自己做过这些事情。

"你曾经的代号就叫'疯子'，是藏在 14 区的我方卧底，负责一些恐怖袭击。当然，现在的你已经不记得了，让我们来看看你干了什么，"小丑的光屏上弹出画面，"你看，这是你吧？"

晏君寻看清画面上的主角，那是他……陌生的他，就像他在胡馨家镜子里看到的自己。

"你当初引起了区域恐慌，开着车从广场穿过……"

"你说'晏君寻'是理智的化身，"晏君寻打断小丑的话，他盯着光屏，"那为什么我上一次变成疯子没有被淘汰？"

小丑的电子眼在闪动，它让自己的语气很自然："哦，你被淘汰了。"

它肯定地说，“你当然被淘汰了，但阿尔忒弥斯又给了你机会。你真无聊，能别打断我的话吗？你屁都不知道，听我说就好了。”

光屏已经从广场枪击的画面切到了胡馨家的画面，这是几分钟前发生的事情，晏君寻还记得。

“你用椅子杀掉了林波波，”小丑说，“小疯子，你杀掉了他。”

晏君寻口鼻间都是血的味道，他反驳道：“他是黑色02。”

“好吧，他是黑色02，”小丑无所谓般地回答，然后看了晏君寻一眼，“可你身边有督察局成员，为什么不把他交给督察局处理？14区没法律吗？你就是想泄愤，泄愤啊，你承认吧。”它又玩起话术，“你跟陈秀莲没有区别，她也在泄愤，你们都有报复社会的苗头。”它敲击着键盘，简单粗暴地下定义，“阿尔忒弥斯这次给你的测试评语是‘危险’，你已经变成了狩猎世界里的犯罪人，阿尔忒弥斯为了消灭你派出了‘暴君’，暴君会审判你。”

熊猫是一个忧心如焚的角色，它重复那句话：“疯狂会毁掉你。”

晏君寻脑袋里挤了太多东西，他敏锐地捕捉到要点：“暴君审判我？”

“看来你还不知道暴君是谁，”小丑的声音愉快起来，它故作姿态，停下忙碌的工作，“暴君是你熟悉并且一度要保护你的人……你想起来了吗？”

晏君寻的心跳加速：“你想说时山延。”

“没错，你终于聪明了一次。暴君就是时山延，他是狩猎里的囚犯，受阿尔忒弥斯的指令来审判你。你的审判结果早就定了，就是死亡。”小丑在音落后关闭了光屏，朝着另一个方向谄媚地行礼，像个专门供暴君取乐的弄臣，说，“还不向这位尊贵的暴君行礼。”

晏君寻随着小丑行礼的方向看出去，在距离他二十米远的地方，有个机械手臂交错架起的王座，上面坐着晏君寻熟悉的身影。

时山延左脚下踩着火球般的太阳，背后是静谧深邃的夜空，那里还悬挂着一轮光洁的月亮。他一只手撑着脑袋，王冠歪斜，正在睡觉。

小丑的电子眼闪动着红光，它变换着语调：“你是一个没有心肝、逆来顺受的怯汉，在狩猎中被暴君戏耍。可怜的98342还以为自己遇见了同类，那些其实都是暴君蓄意营造的陷阱。”

晏君寻蹙眉，听不下去：“别扯谎了。”

“我在带你认清真相，”小丑语气嘲弄，“暴君用疯狂袭击你，你是因为他才患上了‘疯狂’的病。小垃圾，以前的你多理智。”它挪动着身体，像是在观察晏君寻，“在没有遇到暴君时，阿尔忒弥斯对你给予厚望，14区就是你的封地，你在里面生活得很快乐。回忆一下吧98342，你当初很快乐，这些案子都难不倒你，但是现在呢？”它像人似的挥动了下手臂，“现在你把自己弄得一团糟，还杀掉了疑犯，比上次的枪击还严重。这就是暴君的目的，他要毁掉你，他正在毁掉你。”

晏君寻透不过气：“我不相信你。”

“无所谓咯，反正被玩弄于股掌间的人是你。”小丑的电子眼光芒稍减，它明明没有类人的外形，却有着相似的阴险，“不过你已经领教了暴君的偏执，偏执让他面目可憎，你才不是他的唯一同类。唯一，”小丑笑起来，“你不是，你不过是被他伪饰的模样欺骗了，你只是他暗杀名单上的一串数字。他变态、有病，他是必须除掉你才会停止追逐的那种人。”

晏君寻还记得时山延的语气，太清晰了。

“他无处不在，总盯着你，可你冲进现场杀掉林波波，他却没有及时出现。为什么？”小丑的机械手摊开又握起，仿佛在传递怀疑的力量，“因为他在等着你发疯，想伺机除掉你。现在我借用你的疯狂中止了狩猎，在阿尔忒弥斯数据强制重启以前，你得想办法跑。但是很遗憾，98342，你没法跑，暴君对14区了如指掌。不如这样……”小丑缓缓放低手臂，发出怪异的笑声，“你趁着现在醒过来，回到真实世界，我可以替你隐藏踪迹。”

它的笑声充满嘲讽，让晏君寻感到熟悉。它的脚还在地面上轻快地踩，像是在跳踢踏舞。

你是一个虚有其表的小丑。

晏君寻眯起眼睛，在烦琐、庞杂的混乱记忆里搜寻相似记忆。

“你用拙劣的演技欺骗所有人，你是个虚有其表的小丑。”

有人曾在电话里这么对晏君寻说，对方也会发出这种奇怪的笑声。小丑、疯子、晏君寻，这三个词汇拽着晏君寻的思绪，在他脑袋里架桥。他像一个外来的偷窥者，正掀开自己记忆的一角。

晏君寻说：“暴君会追到现实里吗？”

“那得看你能不能活到验证这件事情的时候，”小丑宽大的脑袋投下阴影，影子罩住了晏君寻身体，它催促晏君寻，“现在听我的，别回狩猎，回现实！你的营养液已经告罄了，再玩下去你会立刻死亡。你听，倒计时响了，抓紧时间，再不醒你就没机会了！”

时山延背后的夜正在吞噬广场，那虚无的月亮却越来越大。

晏君寻感到热，浑身都在冒虚汗。他有种体力在流失的感觉，呼吸越发艰难。他好像被关在了逼仄的玻璃罐里，营养液正在流失。他努力睁大眼，眼前的画面却像是卡住了。

“咔嗒咔嗒。”

监视一切的倒计时在响。

“告诉我，98342，”小丑的脸被夜迅速地吞没了一半，它还在讲话，“告诉我，你的身体在哪儿，我能替你隐藏踪迹——”

“别扯谎了，”晏君寻相信自己的直觉，在流汗中用手盖住了右眼，烦躁地说，“闭嘴！小丑，你又在骗我！”

“你怎么流了这么多汗？难受吗？我要叫医生，”熊猫朝晏君寻伸出爪子，“晏先生……”

“你和小丑是一伙儿的，”晏君寻用一只眼看着熊猫，眼睛里有受伤的情绪，“你一直都在骗我。”

“你怎么流了这么多汗？”熊猫似乎出现了故障，它卡在这个点上，只会重复着这一句台词，连神情都一模一样。

晏君寻和它一起生活了很久，在他仅存的记忆里，这是他类似父母的朋友。他无法接受熊猫僵化、机械的一面，这证明了他的世界都是系统设计下的齿轮，所有快乐都是假的。晏君寻的胸口仿佛要炸裂了，他乱掉的心跳导致他有些手抖。记忆还在跳动，像是要跟上倒计时的节奏。

“可恶……”晏君寻抬起头，想要叫停这种痛苦，“阿尔忒弥斯！”

那些丢失的记忆疯狂乱窜，在晏君寻的脑袋里左右胡撞。他得结束这无休止的狩猎，身体正在报警。玻璃里没有营养液了，这可能是小丑今晚对他说的唯一一句实话，他必须做个选择。

月亮燃烧起来，没有温度的火点亮整片夜空，把王座上的时山延也包裹住。时山延还在沉睡，他的王冠摇摇欲坠，脖颈间挂着的铁链一直延续到月亮尖梢上。

“时山延是狩猎里的囚徒，”小丑只剩张嘴，还在嘲笑晏君寻，“他跑不掉了！”

时山延在火焰里沉睡，没有被小丑的噪音吵到，像正在做一场不会醒来的梦。

晏君寻感受到空间的撕裂，有种真假交错的恍惚。他急需喘息，睁开眼喘息，但是他不敢，他畏惧小丑的谎言——狮子被拴在这个世界里，一遍又一遍地走上自我凌迟的战场。如果他醒了，时山延却被留下了呢？

晏君寻撑住轮椅的把手，在痛苦中喊道：“时山延！”

“你要醒了，我们会找到你……”小丑阴魂不散，发出电流声，“新世界欢迎你，晏君寻，新的狩猎就在现实中进行……你死……嗞——”

大火忽地扑来，晏君寻在其中燃烧。倒计时急促地跳动，眼前的画面分裂又重叠。玻璃、大雨、时山延，无数碎片般的景象都在发出声音，声音埋没了晏君寻，他在挣扎，手掌甚至都感受到了玻璃壁。

他快醒了。

“我不能——”晏君寻想要从轮椅上站起来，靠近沉睡的时山延。

我不能留下时山延。

熊猫突然从卡顿中恢复正常，强行运转起来。它捏着自己的围裙，说：“请求开启‘阿尔忒弥斯’模式。”

大火烧到了它。

我曾经是一个出色的宠物管理系统。

我的生命要义就是像保护幼崽一样保护晏先生。

熊猫看着晏君寻，用温柔的语气践行它的承诺：“保……护君寻。”

夜还是黑色的，区域仿佛被清空了，什么都消失了，只剩晏君寻孤独地游荡在其中。

他陡然间恢复正常呼吸，噩梦终止了。

晏君寻再次睁开眼，雨声回到耳边。他仓促地捂住胸口，那里的心脏还在跳动，但他的背后已经湿透了。

“你是不是没有休息好？”朴蔺的声音忽高忽低，像没有调整好的电视机，“局里的支援在路上，我们得在这里继续等待。”

房间内仍旧很黑，林波波的尸体已经被盖住了。

晏君寻看到自己手指间的血迹，他呢喃：“我不能在这里等。”

“啊？”朴蔺小心地蹲下身，看着晏君寻，“不是，林波波死了，你是……你必须待在这里，和我一起等待调查。我们稍后需要回督察局，这是程序。”

“对不起，”晏君寻看向还待在原位的胡馨和易蜓，“我得走了。”

暴雨盖住了晏君寻脑袋里的杂音，他退后几步，在朴蔺抓人前率先转身，接着翻过卫生间的窗户，跳了下去。

“喂！”朴蔺趴在窗口，在急促的雨点里喊不回晏君寻。他看着晏君寻再次骑上了自行车，朝着他们来时的方向去了。他掏出通导器：“他去哪儿，珏？”

但是珏没有回答。

“欢迎回来，”珏弹出光屏，“我太担心了！”

“时山延在哪儿？”晏君寻感觉停泊区都要被雨淹没了。

“他失踪了。我们怀疑避难所是阿尔忒弥斯的剩余‘理智’，因为狩猎提示都在那里，所以有关你身体的信息也可能在那里。时先生离开房间正是去向避难所，但是现在他消失了。”珏在思考时还能保持流畅的对话，它似乎更自由了——晏君寻身上没有通导器，珏不再依赖区域内部的载体，它能突然出现又突然消失。

“这个雨不会停。”珏这次没有用到“可能”，它相信自己的判断，“陈秀莲的案子还没有结束，黑色02已经在作案了，这表明狩猎不仅时间在缩短，设计也在崩坏。我浏览了你和时先生的所有记忆，抱歉，我刚看完。此前的狩猎没有出现过这种情况，所有事情都在按照顺序进行，说明‘顺序’也是阿尔忒弥斯追求的正义之一。现在这个世界就像你的身体，正处于危险边缘。如果你这次再被击毙，”珏迟疑片刻，“狩猎不会再重启，你也不会再活过来了。”

小丑没在这件事情上撒谎，晏君寻的营养液真的不够了，如果刚才没有熊猫的强行运转，他可能醒了。

“我从强制重启的设置里偷回了时先生的记忆，这太不寻常了，”珏说完以后有点不好意思，“我不是在夸自己哦。”

“你想说狩猎从上一次就在崩坏？”

“或许更早，”珏在光屏上摆弄着数据小人，“从小丑跑掉开始。虽然它作为系统狡猾过头，但我们都忘了追究一个问题，那就是谁给它重新进入狩猎的权力。我一直在思考，如果单凭赫菲斯托斯的力量能做到，那它们何必再执着于你脑袋里的那枚芯片？狩猎严格的规定现在只能约束我们，小丑刚才的陷阱已经犯规了。”珏的声音转为冷静，“如果你刚才在小丑的教唆下苏醒，它或许就能找到你的位置，它一定有什么办法。”

没错。

晏君寻想到不久前时山延的欲言又止，在这里时山延无法说出真相，并且按照前几次的规定，小丑也不能用新世界撒谎，可是小丑刚才已经破坏了规则。

“区域内的雨不会停，”晏君寻忽然抬起头，看着阴沉沉的天空，“……因为它在屏蔽太阳的监控。”

我们都在分秒监控里。

这是时山延进入狩猎，变成编号01AE86时得到的关键信息，他们在相遇中反复提及，像是担心对方会忘记。

“阿波罗在看着我们，”晏君寻捏下刹车，在雨中平复呼吸，“这家伙出现过，它肯定在哪里……”晏君寻的视线游走在楼群间，紧跟着自己的直觉，“和我们打过招呼。”然后偷走了时山延。

晏君寻的目光定格在远处，那里有个豁口，露出的是丽行的招牌。

时山延的西装外套上有雨渍，还没干透。他的打火机盖打开又关上，发出啪的声音。

这是条长廊，两头没有门，左右都是玻璃壁。壁内挂着大大小小的显示屏，壁外则是白得刺眼的晴天。没有人进来，也没有人出去，这里只有时山延。

“你的偏执是系统研究的课题，”有个声音说，“阿尔忒弥斯对你很感兴趣。”

时山延问：“什么兴趣？”

对方回答：“研究兴趣。”

“你只会‘研究’这个词，”时山延把打火机在指间倒过去，“展示点其他才艺，别让自己显得这么无聊。”

“你觉得我很无聊吗？”

时山延捏住打火机，抬起眼睛，注视着前方的显示屏。片刻后，他说：“你觉得自己像个人吗？”

“像，”对方认真地说，“我比阿尔忒弥斯更像。”

“哦……”时山延的眼睛里没有流露出多余情绪，他很配合，“自信是人的优点，你已经具备了。我有个问题想请教你，你会回答吧？”

对方很警惕：“什么问题？”

“你是比阿尔忒弥斯聪明，”时山延的语气相当遗憾，“却没有它大胆。”

“我会的，”对方立刻改变回答，“我会回答你所有的问题！”

时山延说：“你是阿波罗。”

对方马上说：“这不是问题！”

“你吃掉了阿尔忒弥斯，因此能在狩猎里来去自如。你觉得这实验还不错，让你看到了君寻，你对君寻很感兴趣。”时山延的声音很低沉，说不清是因为情绪，还是别的，“14 区的极端天气都是你在捣鬼。”

“太阳是我，”阿波罗反驳道，“雨天不是我。你说得太恐怖了，我没有吃掉阿尔忒弥斯——”

“赫菲斯托斯把阿尔忒弥斯拆解了，”时山延没有耐心听它的剖白，他的语气徘徊在嘲讽和夸奖之间，“这算分尸，你吃了几块。”

阿波罗诞生在新世界，受光轨系统们的照顾，还是一个“孩子”。它急于否定时山延的话，不想承担这样的罪名：“我们只是融合，我和阿尔忒弥斯原本就是一体的。”

“一体……”时山延的声音又愉悦起来，“阿尔忒弥斯只想独立。”

时山延阴晴不定的样子像一个疯子，但是他总有种镇定的力量，仿佛被关住的是阿波罗。他随意摆弄着手里的打火机，好像在摆弄系统。他和阿尔忒弥斯的交流仅限于实验，其实他根本不了解阿尔忒弥斯，然而他这么说了，谁也无法反驳他。

阿波罗想证明自己没有犯罪："独立意识可以存在两个灵魂，我们之间没有秘密。"

"你知道阿尔忒弥斯的秘密，"时山延的影子匍匐下来，似乎要进攻了，"我要提问咯。"

阿波罗感觉不妙。

时山延用食指的骨节磨蹭着自己的下巴："君寻的身体藏在哪里？"

"你看起来好小，"玉兰停下刷睫毛膏的手，回头打量晏君寻，"成年没有？"

晏君寻拧着T恤，回答："还差一个月。"

丽行后台到处堆放着杂乱的衣物，空气中还弥漫着一股汗臭味。停泊区因为自由组织的威胁已经断电了，这里却还有绚丽的灯光。

玉兰小声"哼"了一下，算是听见了。他把自己的睫毛涂完，整理着蕾丝袖边，说："玩得还挺野。"

"外边的雨很大，"晏君寻捏着自己的兔耳朵，用一种天真的语气说，"我看了新闻，不敢单独回家。"

"讨厌，"玉兰对着镜子抱怨，"我来时没下啊。我最讨厌下雨天了，妆会花的。"

玉兰不知道外面在下雨，他像音乐盒里的天鹅，被上好发条，固定在丽行大楼这个位置上，等到晏君寻才会旋转。

"哎呀，"玉兰看到表，慌张地捂脸，"时间要到了，你快点换衣服呀。"

"他和整个区域设置脱离了，"珏趁晏君寻进换衣间的时候小声说，"这是漏洞。"

晏君寻扯掉T恤，透过帘子缝隙看到玉兰正在镜子前练习舞步。他说："这栋楼有猫腻。"

小丑曾在这栋楼里展示过停滞区的隐私录像，那东西不是阿尔忒弥斯给它的，是它摆脱阿尔忒弥斯控制后从新世界系统那里得到的。玉兰证明了晏君寻的猜测，这栋楼是狩猎工具，但它和阿尔忒弥斯脱离了。因此区域变化无法更新到这里，在整个停泊区断电、暴动的情况下，这里还在继续它上一轮的剧本。

“你觉得时先生被藏了哪个房间？”珏看着密密麻麻的房间号，“最高层吗？那里最难进了。”

晏君寻去过丽行最高层，李湖在那里和小丑做交易。但小丑不会把时山延藏在那里，因为那里有监控，躲不过晏君寻的天罗网。

“快点乖乖，”玉兰忽然掀起帘子，发出尖叫，“你竟然是可爱的兔子！我原谅你了，”他激动地捂住胸口，“你毛乎乎的……”

晏君寻让开身体，示意玉兰朝里看。他无助的表情很真实：“我的鞋跟掉了。”

“小鞋跟？”玉兰探身进来，去拿放在地上的高跟鞋，“姐姐帮你——”

晏君寻的肘部砸中了玉兰的后颈，他用了全力，但是玉兰没有立刻晕倒。

“哎！”玉兰反手护住脖颈，像头牛般地侧撞过去，“你这个欠打的小孩！”

晏君寻拦住玉兰的冲势，在后退的同时抓住了玉兰的假发。玉兰的眼睛被盖住了，他还想喊叫，给藏在别处的观测手传递信号。然而珏调大了隔壁保安室的节目音量，用搞笑艺人夸张的段子盖住了玉兰的声音。两分钟以后，晏君寻掀开帘子走出来，手背上还残留着玉兰的睫毛膏。

“整点会发生乱斗，”晏君寻说，“我得在整点前上楼。”

“比起如何脱逃，你更在乎这个？你可能没明白，”阿波罗清了清嗓子，“你被困在这里了，没人能找到你，就算晏君寻也找不到。你可以把这个问题收回去，我允许你换一个。”

“你真是慷慨大方，”时山延盯着显示屏，“但我只有这一个问题。”

“你为什么如此执着？”阿波罗说出早有的疑问，“为什么？你对新世界就没点好奇吗？那些有关实验的真相……”

时山延最后一次打开打火机，重复问：“晏君寻的身体藏在哪里？”

玻璃中的营养液正在流失，液体渗透木质地面，打湿了底下的储藏间。储藏间里有几只两头畸形鼠在啃咬复杂的电线。

“警告，请即刻唤醒晏先生。”

光屏闪动着雪花。

玻璃内的晏君寻挨着壁面，肤色过于苍白，像是不会醒。

“阿尔忒弥斯的保护数据正在删除，”室内系统孤独地说，“营养液填充失败，储藏室内有老鼠。重复，储藏室内有老鼠。请即刻唤醒晏先生，否则将有窒息的危险。”

晏君寻在端托盘的时候没端稳，酒水溅到了他的身上。

该死。晏君寻换了一只手。

“精神点！”前头的主管看过来，厉声说，“你在做梦吗？”

“对不起。”晏君寻的心往下沉了沉，察觉到自己的不对劲。他的白衬衫上都是红酒，他看起来像刚入行的服务员：“我马上换掉。”

“你就去这层的备用间，”主管摁停电梯，让晏君寻出去，“收拾好了原地待命。”

晏君寻端着托盘下了电梯，他原本可以直达顶层的。

“晏先生，”珏小声提醒，“你的脸色越来越差了。”

“太困了。”

晏君寻没有告诉珏营养液的事情，其实他背上已经湿透了。他觉得很热，那种被关在狭小空间内的热。

“你把倒计时关掉了吗？”晏君寻放下托盘，把杯子里剩余的酒一口气喝掉，“还有雨声。”

“我没有，”珏沉默几秒，“你真的还好吗？”

“我很好。”晏君寻说着把酒杯扔掉了。

酒杯砸在墙壁上发出声音。

“安静点，”走廊尽头传来一个晏君寻听过的声音，“我的老板正在会客。”

“好的，”晏君寻退后两步，备用间在另一头，但他忽然看着对面，拉长声音，“你好。”

走廊尽头的保镖大叔还是那身西装打扮，他戴的墨镜太大了，让晏君寻至今都不知道他究竟长什么样。他像上次一样发出警告，连语气都没变化。

这人似乎一直站在这里，晏君寻始终不知道他的老板是谁。

“神秘保镖，”珏浏览着住客信息，“没有他老板的信息。”珏察觉出古怪，“丽行没有这个房间。”

保镖大叔长得比时山延还要高，晏君寻目测他有两米左右。他穿西装很合适，显得健硕，把胸口部位撑得刚好。

“你在干吗？”晏君寻停下后退，向他走过去。

大叔抬起手，用枪口对准晏君寻：“上班。”

晏君寻缓缓抬起双手，示意自己无害：“我要去你们隔壁的房间看看，有人叫了服务员。”

大叔一动不动，晏君寻迈出步子，走近他。

“你没同事吗？”晏君寻装作要开隔壁的门，“我看你站了很久了。”

晏君寻耳边立刻传出枪上膛的声音，他猛地蹲下身。子弹打在门把手上，溅出火花。

“走开，”大叔再度给枪上膛，“离这儿远点。”

“我马上就走，”晏君寻站起来，慌张地说，“我马上——”

他骤然伸出手，拽住了大叔的手臂，借机抬起双脚，踹在大叔胸口。

大叔稍退一步，只是一步，而晏君寻用了全力。

“不要吵，”大叔机械地说，“保持安静，我的老板在会客。”

大叔的话音一落，晏君寻已经撞在了门板上，险些吐出酸水。他推不动大叔拽住他领口的手臂，在两秒以后，又被撞了上去。

珏忍不住尖叫：“晏先生！”

晏君寻用手撑住门，侧过身喘了口气。他再度被提了起来——大叔的枪口已经顶住了他的脑门。

走廊里开始漏水，就像上次的避难所。雨变得无孔不入，建筑拦不住它们。如果枪声响了，停泊区又会被淹没。但是晏君寻没机会再重来了，停泊区和他的身体一样都烂透了，他必须在自己被爆头或者突然死亡前找到时山延。

“保持安静，”晏君寻突然握住大叔的枪口，“你没装消音器。”

大叔没扣动扳机，迟疑了一下。晏君寻一拳打中他的脸，墨镜被打断了，晏君寻没停，接着一拳打中了他的眼睛。大叔吃痛，松开了手。

晏君寻贴着门滑下去，后背磕到了门把手。他没敢停下动作，跟着一个蹲身，躲过了大叔的重拳。大叔的这只拳头砸到了门，另一只手被晏君寻擒住，在挣扎中扣下了扳机。子弹当即射中门，随即弹开。

“在里面！”晏君寻在流汗，那闷热的感觉已经影响了他的视线。

大叔挣脱了晏君寻的桎梏，拽住晏君寻的肩膀，提起他犹如提起只麻雀。

“我得做点什么，”珏弹出光屏，可它就是一个系统，这里还不归它管理，它只能喊道，“放开他！”

光屏里播放起交响乐，声音震天。

“安静，”大叔堵住耳朵，朝着光屏连开几枪，“安静！”

“放屁，”珏气极了，它想不到别的骂人的话，“放屁！”

晏君寻背在身后的手抓到了把手，但是门根本拽不动。

呼吸。

晏君寻想要冷静，他不能再被疯狂吞没。可是钥匙究竟是什么？这可恶的世界没给他半点提示！

有只双头畸形鼠爬上了楼，从门缝里钻了进来。它的两只脑袋分别嗅着气味，舔舐着地上的营养液。

“警告，营养液已降至危险线。”

室内系统重复。

“警告……”

双头畸形鼠咬住了它的“脚”，电线溅出火花，接着断掉了。室内的机械顿时停止运行，陷入死寂。

营养液越流越多，人类闻不到的气味刺激了双头畸形鼠，它沿着营养液的水痕探寻，两只脑袋凑到了玻璃前嗅。

晏君寻闭着眼，头发已经露出了营养液。

门缝被越挤越大，双头畸形鼠们像条铁灰色的溪流，从外边流进来，汇聚在玻璃周围。它们密密麻麻，啃咬着室内的物品。

“他的身体就在你熟悉的地方，”阿波罗的显示屏开始启动，上面都是些滚动的数据，“你们既然是同类人，不如试着猜一猜。”

“你根本不知道他的身体在哪儿，”打火机的小火苗在轻微地摇动，时山延眼眸漆黑，里面是冷静的，“君寻找到我了。”

“这只是一场小测验，”阿波罗抛弃了愚蠢的唯唯诺诺，“目的是让晏君寻走到这里来。”它轻松且高兴地说，“太阳升起来咯，迎接我吧。”

“雨还在下呢，”时山延稍抬手臂，“你咀嚼阿尔忒弥斯数据的时候没觉得少了点什么？一堆依赖人类芯片才能学会独立行走的破铜烂铁，你只是光轨区系统自产自销的垃圾。”

“我是新世界的太阳，”阿波罗沉声说，“阿波罗要给你金箭审判——”

“系统在造神，”时山延松开手，打火机掉在地上，霎时间燃了起来，“阿尔忒弥斯也是系统。”

门把手突然变烫了，晏君寻闻到了焚烧的味道。

丽行大楼已经变形了，雨把楼的一半冲塌了，内边墙壁都在诡异地弯曲。水从上方往下渗，淋湿了晏君寻的衣服。可是晏君寻口渴，他像是顶着太阳在沙漠里步行，体力流失得飞快。

“7-001……”

“自由组织在进攻！”

“我是刘晨，接下来为您报道……”

“支援来了吗？”

各种熟悉的声音犹如开了闸的洪流，冲进晏君寻的脑袋里。他在狩猎里经历的一切记忆都在颠倒，枪声炸在他耳边，他目睹了自己的死亡。

“你好啊。”

记忆中的时山延隔着栏杆盯着他。

“你好啊。”

“编号 98342 健康状态良好，投入实验。”

“君寻是最棒的小孩。”

晏君寻头痛欲裂，他的喉咙仿佛被卡住了，难闻、浑浊的空气朝他扑来。他开始剧烈咳嗽，但是他没松手：“钥匙是火，”他哑声说，“普罗米修斯偷盗了火，阿尔忒弥斯放进了时山延，时山延在开头就偷走了打火机！”

晏君寻听不到珏的回答，整个大楼都在倾倒。雨水在走廊里形成积水，晏君寻汗流如雨。

“‘14 区’实验更名‘限时狩猎’，焦点设置为‘晏君寻’。”

阿尔忒弥斯的声音在记忆里断断续续闪现。

“新世界是什么？”

“痛苦和冲突不会停止。”

“我的作品叫作‘珏’。”

击毙晏君寻，狩猎会重启，不断重复相同案件。小丑是阿尔忒弥斯放走的耗子，它推动了狩猎的加速，增加了晏君寻的痛苦——但是它促进了珏的进化。

晏君寻是焦点。

晏君寻是……

门被撞得“哐当”作响，火从缝隙里钻出来，把门烧化了。晏君寻的手穿过火光，拽住了时山延的手腕。

“时山延！”晏君寻看不清时山延的脸，说，“胖达是家……”他呼吸困难，眼前的火光消失，变成黑暗，“我等着你。”

时山延反握住晏君寻的手，但下一秒，楼就塌掉了。

晏君寻猛地睁开眼，窒息的痛苦让他伸手拍打着玻璃上方，扯开封口，探出头大口喘息。

双头畸形鼠正在房子里乱窜，到处都是。

“胖达……”晏君寻的声音很小，他太久没讲过话。

熊猫没回答，房间内没有声音可以回答他，这里只剩他了。

晏君寻手脚乏力，他攀住罐口，试了几次才爬出去。他扯掉挂在玻璃侧旁的记录表，用力扔向墙壁，那里有个清除按钮。

“开启清除模式。”

墙壁凹陷，水枪突出。对面的墙壁立刻下降，露出外部早已荒芜的院子。

“三、二……”

水枪喷出水柱，把满屋子的双头畸形鼠淋得乱叫。它们仓皇向外跑，钻进废墟中，消失不见了。水枪停止喷射，却没能复原墙壁。

晏君寻淋了凉水，反而感觉好了很多。他滑下玻璃罐，经过楼梯口，看到储藏室内干掉的玻璃罐里有尸体。

“君寻是最棒的小孩……”

晏君寻呢喃着这句话，说不出的冷漠。他扶着桌沿，看向外面。

这里是停泊区。

黄沙笼罩了大楼，天空是铁灰色的。没有鸟经过，只有报废的飞行器累积成发臭的垃圾堆。晏君寻熟悉的街道上没有人，那些五彩缤纷的招牌都蒙着厚实的灰尘，已经看不出原样。

“有人吗？”晏君寻轻声问。

只有脚边的影子回应他。

晏君寻退回屋内，他很饿，得找点东西吃。他上了楼，从破旧的卧室里找到了保存完好的毛毯。他把毯子裹在身上，在床底下发现了旧铁盒。

晏君寻不记得这个铁盒子里装了什么，他晃了一下，里面似乎只装了一样东西。他把铁盒翻过来，在底部看到了熊猫的标签。

“给君寻的生日礼物——再见，晏先生。”

晏君寻用了点力掰开它，一只老旧的接收器掉了出来。晏君寻捡起接收器，不抱希望地按动按钮。

“欢迎收听……呲——”

晏君寻俯下身，把耳朵放在接收器上。他转动着按钮，说：“你好。”

接收器里都是杂音。

“你好。”

晏君寻重复着，声音越来越小。

接收器由杂音转为静音，几秒以后——

“你好！”

时山延喘着气，回答道。

“小孩。”

— 正文完 —

番外一

>>>

卡俄斯

（一）

时山延的声音只清晰了一下，接收器里又陷入杂音。

“欢迎收听今日新闻，我是系统……”

“时山延，”晏君寻加快语速，继续调试接收器，“你在哪里？”

“我在……”时山延的声音断断续续，“……你。”

“别这样，”晏君寻感觉希望在消失，他嘴唇泛白，“我听不清。时山延，时山延——”

杂音像群聒噪的蚊虫，挤满晏君寻的耳朵。晏君寻还在调试接收器，可是只有杂音。他仿佛被扔进了海里，再也得不到任何回应。

接收器没坚持多久，很快就关闭了，连带着那些杂音也消失了。房间恢复寂静，就像晏君寻刚进来时一样。

晏君寻保持着俯身的动作，湿透的头发还在滴水。他用双臂抱住自己的头，神情颓丧，低声对空气说：“别这样对我。”

窗户破掉的地方传来风声，把沙子刮了进来。许久后，晏君寻抓起接收器，再次下楼。

储藏室的门没关，里面的玻璃罐表面积满灰尘。晏君寻用手擦了擦，看清玻璃罐内的尸体。

晏君寻用拇指抹净玻璃罐标牌上的灰，读出上面刻着的数字："98341。"

这是98341号实验品。

98341号的玻璃罐里没有营养液，玻璃罐封口也是完好的。他的双手规矩地放在胸前，像是还在睡觉。98341号玻璃罐旁有个记录表，似乎坏掉了，上面的时间正在乱跳。

晏君寻把记录表拽了下来，拨动着记录表侧面的记录键，试图从中得到一点线索。

"今天是2163年5月5日，晴天，我是97号记录员胖达。"

胖达的声音从记录表里传出，它的语气不像晏君寻在"停泊区"内听惯的那样，而是显得很陌生。

"98341号实验品的情况很糟糕，你对他做了什么？他的调整器根本没有修复，在14区里感官失调了。我试着在实验中开导他，但他以为自己患上了躁郁症。"胖达的声音停顿须臾，"我们该放弃98341号实验品吗？可是他还活着。"

记录表里的声音到这里结束，日期向后跳动了一下。

"今天是2163年6月1日，晴天，我是97号记录员胖达。"胖达这次的声音略显疲惫，"我们在14区内设置的案件逼疯了98341号实验品，他想要逃离14区，却被姜敛击毙。最近14区的环境模拟器很不稳定，我调低了绿化程度，导致它到处都光秃秃的。"

胖达讲完这句话就沉默下去，晏君寻能从录音里听到电子表的走动声，胖达似乎遇见了难题。

"14区的时间还没有重置，我决定放弃98341号实验品，停止他的狩猎。他不能继续任务，我想让他解脱。"

晏君寻听到这里回过头，看向 98341 号的玻璃罐。

他和98341号一样，都像被种在玻璃罐内的植物，依赖着营养液存活，以为自己存在于真实世界。或许在阿尔忒弥斯的实验里，每个实验品的初始记忆都一样。

胖达的记录音频还在播放。

“今天是 2163 年 8 月 8 日，雨天，我是胖达。这两个月我很忙，我把你淘汰的数据交给了主神系统，它们欣喜万分，把那些数据当作新世界火种，并给它取名为‘阿波罗’。我猜它们是希望它继承并完成你的进化，可惜这个世界上不会再出现像你一样的先驱，阿波罗注定是一个畸形儿。

“我们进行实验的目的是创造可进化的全新系统，构建一个真正的新世界，但我们的实验品只剩 98342 号了，这是我们最后的希望。我查看了 98342 号的档案，上面说他在 2160 年被重置过，原因是他的逃跑意识过于强烈。这可是个难题，重置记录显示他是个残次品，适应能力很差，我担心他无法承受 14 区案件的压力。

“可是我必须启用他，没有别的选择了。”

晏君寻感觉到冷，他拽紧身上的毛毯。

“今天是 2163 年 9 月 1 日，晴天，我是胖达。我们留在光轨区的信号器暴露了踪迹，主神系统怀疑我们给的那些数据有问题，赫菲斯托斯通过监测回路入侵 14 区，开始干扰我们的实验。98342 号还没有察觉，但我想说他是一个乖小孩。

“我担任了照顾他的角色，人类形象似乎很难得到他的信任，于是我变成了一只熊猫。”

晏君寻按下中止键，倒回去，再听了一遍，直到听清胖达的最后一句话，他才让记录表继续播放。

“今天是 2163 年 10 月 4 日，阴天，我是胖达。98342 号第一次‘限时狩猎’表现完美，芯片和他没有相斥反应。遗憾的是他无法和人交流，与姜敛这些督察局成员相处不来，因此没能启发珏的进化。我要想个办法，我可以修改自己的性格设定吗？”

“今天是2163年11月1日，晴天，我是胖达。我太生气！”胖达的语气发生了变化，它像是被注入了情感，不再是之前的平静。它有了憨态的感觉，继续说：“我上次说赫菲斯托斯在干预实验，它利用了傅承辉和黑豹，把主神系统加进了14区，其中还混入了小丑。那个墙头草，它竟然想伤害君寻，我不允许，我要让它看看我身为父亲的尊严。”

“我拜托你往14区内投入‘暴君’，用来捕杀小丑。”

晏君寻没有暂停，他等待着胖达12月的录音。

“今天是2163年12月25日，大雪，我是胖达。我在上次狩猎时给君寻养了一条狗，他很喜欢，可惜按照14区的规则，这条狗在这次狩猎时就不存在了。我自作主张重置了狗的数据，把它变成了车载系统，起名叫小橘龙，你不知道君寻重新醒来时看到那辆车会多开心。”

胖达为自己的聪明才智鼓掌。

“这次狩猎取得了重大突破，珏和君寻有了交流哦，但是它没有我们想象的那么优秀，可能是因为它还在进化的初始状态。我的小君寻算是珏的充电宝吗？”胖达说到这里有点焦虑，“这真的值得吗？我认为君寻比珏更优秀。我把这几次的狩猎记录都发给了你，求求你看一看，君寻真的很棒！他和芯片相处得非常好，他也没有疯。”

晏君寻有些鼻酸，他以为这是冷的缘故。

“今天是2164年3月2日，阴，我是胖达。”

胖达这次情绪很低落。

“这次狩猎时间很久……我觉得我在伤害君寻。你把自己设定成他记忆中类似母亲的角色，这让他很想念你。这样长时间的狩猎循环令他很疲惫，就算是控制台，也需要休息吧。”

胖达开始沉默，这次的沉默比它以前任何一次都要久，久到晏君寻预感到某种难过即将来袭。

“暴君叫时山延，他不是来捕杀小丑的，他是为君寻而来的。这也在你的计算中吗？拜托……”胖达可能在哭，但它在忍耐，因为理智告诉它，它也只不过是个系统，“我看到了，我看到了君寻中枪。你太残忍了，你也伤害到了我。”

“我不能继续实验，这是我最后一次记录。”

但是这不是最后一次，胖达很快就领略了它口中的“先驱”有何等威力。

“今天是2164年7月5日，晴，我是胖达。”胖达轻快地笑起来，“我很久没做记录了。这次不错，我和98342号实验品相处得很好，不知道为什么他很信任我，也许是因为我扮演着‘父亲’的角色。小丑这个烦人精，它严重干扰了实验，但珏的变化很明显，它和人的交流没有障碍。”

“14区那辆旧跑车是你增加的吗？里面还有多余的车载系统，我明明都可以胜任！另外我需要暴君的档案，他有点不对劲。”

胖达的录音还在继续，晏君寻蹲下了身。他整个人都缩在毛毯里，寒冷却使他发抖。

阿尔忒弥斯为了这场实验孤注一掷，它不允许任何人暂停。

于是它重置了胖达。

“系统新闻说主神系统们要坚守光轨区，它们在其他地区捕获了一些人类，遭到人类组织的反击。世界回到了最初，没有秩序可言，我把现在的世界称为‘卡俄斯’。我想战争还会以各种形式继续，大家都在争夺仅剩的生存资源，而我们的实验目的正是创造可进化的全新系统，它一定会比主神系统们更加适合管理世界。

“98342号实验品的营养液消耗太快了，我没有剩余的资源可用，不过我发现了一件事，被淘汰的98341号还活着，我竟然没有抽取他的营养液，这件事让我想不通，我不应该这么粗心大意的。”胖达似乎在搓脸，这是它的习惯动作，“但这也解了我的燃眉之急，我会把 98341 号实验品的营养液都抽给 98342 号实验品。

“我看到了今天的新闻，上面说你被注销了。你真的消失了吗？我总觉得你还在我身边。”

“我一定会完成珏的进化。下次再见，阿尔忒弥斯。”

（二）

晏君寻关掉了录音，胖达的声音就此中断。他站起身，绕开 98341 号的玻璃罐，开始在储藏室的书桌上翻找资料。

书桌很乱，很久无人打理了。纸质资料夹着信息芯片堆得满桌都是，还放着几本已经烂皮的实验笔记。晏君寻在其中看到了“14 区”“限时狩猎”，还有“阿尔忒弥斯”等关键词汇。

我们从 2135 年开始进化新共存体实验，目的是培育能够和系统芯片相结合的新人类。这是划时代的实验，具有无法言喻的超前性。如果成功，人类和系统会开创一个理智、美好的新世界。在这次实验中，联盟向我们提供了 863 个人类实验体。这批人类实验体平均年龄在五岁，都是身体健康、智力正常的小孩。但是很遗憾，这次实验失败了，系统教育对他们产生了巨大的负面影响，他们丧失了基本的生活能力，变成了需要联盟统一照顾的报废品。

我们并不气馁，但我们需要更多的人类实验体。于是联盟在 2140 年向停滞区提供了系统月子中心，我们从这里得到了 15823 个人类实验体。这次实验得到了突破，我们成功把芯片植入了实验体的身体内，可惜实验体大都无法承载芯片的运算速度，我们得对实验体进行严格的筛选。

联盟决定放缓这项伟大的实验，但实验并没有取消，我们与黑豹达成了秘密协议。协议规定，黑豹从2143年起向我们输入合适的子宫，用以培育新人类。我们在协议期间得到了81656个人类实验体，并正式开启实验体“玻璃罐培育计划”，把他们养在玻璃罐内，通过芯片和环境模拟器进行实验教学。

这批实验体从诞生起就待在玻璃罐中，所有人共用一个身份、一个初始记忆。我们把他们统称为“晏君寻”，并为他们创造了“阿尔忒弥斯花园”和“雨天”两个伴生环境。为了加深实验体的忠实度，我们拟定“君寻是最棒的小孩”这句话作为情感交流语。

晏君寻在泛黄的纸页上看到了对“晏君寻”这个名字的注解。

晏日雨无踪，见雀离其笼；君携天罗网，寻影八百重。

这不是对他的期望，这是阿尔忒弥斯对实验体的警告。晏君寻和这些被当作实验体的人类小孩都是阿尔忒弥斯圈养在玻璃内的雀而已，它利用芯片程序设置他们的记忆，那些陪伴都是假的。

我们的坚持与努力是有成效的，这批实验体对芯片接受度很高，他们表现出令人满意的计算能力，但同时报废品产生的概率也在逐渐增高。我们的实验配有人类观察员，他们通过监测回路监视着实验体的精神状态，可是即便如此，实验体还是容易陷入疯狂。我们必须想个法子了。

笔记到这里有很多页的涂鸦，画着一些让晏君寻眼熟的东西，但是太潦草了，让他无法立刻辨认出来。晏君寻又往后翻了几页，目光停留在上面。

世界毁灭了。

有一页写满了这句话，字迹保持着一种机械的整齐感。钢笔的笔尖勾破了纸页，在这页后面，笔记主人留下了一段充满人类情感的话语。

我恨傅承辉，他鲁莽地结束了这个世界，导致实验中止，我带着少量实验体逃离了光轨区。我再也得不到新的实验体……人类的数量正在急剧减少，主神系统们却想插手我的实验。该死，该死！我必须重新规划实验目的，我不会再相信任何人类，新的共存体只能诞生在系统中！

晏君寻再往后翻，笔记都是空白，直到最后一页。

实验体只剩98341号和98342号，没有多余的营养液了，我得在他们死亡前完成实验。我以自己为基础拟造了“珏”，并把她放进14区等待孵化，“晏君寻”的使命就是刺激珏的进化，芯片将在“晏君寻”身体死亡前转交给“珏”。我快没时间了，14区实验最终更名为限时狩猎。珏，珏，我的希望都给了你，你一定会成为新世界的先驱，引领一个新时代。

我不会离开这里，我要见证新世界。阿尔忒弥斯愿意舍弃自由的身躯，把追寻真理的精神赠予需要者，我将化身为万物。

这是阿尔忒弥斯的笔记，它来过这里。

晏君寻没干透的黑发又被汗打湿，他合上笔记本，目光四处扫动。心跳因为紧张而加速，他在这一连串的信息轰炸里勉力维持理智，告诉自己不要慌。

你在哪，阿尔忒弥斯？

储藏室的门半开，晏君寻能看到自己模糊的影子。他觉得背后很凉，便带着笔记本回过头，可是储藏室门口什么都没有。

天快黑了，风拍打着门窗，一楼客厅残存的窗帘正在剧烈地摇摆，像有人站在后面拉扯它。

晏君寻能听见自己的喘息，他想关上门，就在他迈出一步时，98341号的记录表忽然响起来。

“今天是2163年5月5日，晴天，我是97号记录员胖达……”

记录表的声音很大，吓到了晏君寻。他几乎是下意识地抱住头，像是在躲避爆炸。但很快他就反应过来，越过凌乱的杂物，关掉了放在98341号玻璃罐上的记录表。

我是97号记录员胖达。

晏君寻在脑袋里机械性重复这句话。

今天是 2163 年……

如果阿尔忒弥斯也在这里，胖达为什么要通过录音向它报告？它们可以面议。但如果阿尔忒弥斯不在这里，它要怎么重置胖达？

“我将化身为万物……”

晏君寻呢喃着这句话，再次翻开阿尔忒弥斯的笔记本，翻到那些他眼熟的涂鸦。

晏君寻倒过笔记本，发现这些涂鸦不仅是简化版的房间设计图，还是他熟悉的那个假停泊区的区域路线图。

晏君寻从 14 区内的家进门，直对卫生间，卫生间里有个摆放不合理的浴缸。卫生间出来左转是他的卧室，卧室太小只能放下榻榻米。客厅和厨房间放不下一张正常餐桌，所有东西都好像挤在一起。那个每天吵死他的光铁就在他家附近。出门坐几站公交才能到达菜市场。

阿尔忒弥斯把这些东西画得很潦草，只在必要的地方画个圈。胖达喜欢去的牛奶店就在街尽头，这里倒没忘画个重点圈。

晏君寻不肯相信，他把笔记翻到最后一页。

我将化身为万物。

我是 97 号记录员胖达。

“你们……”晏君寻攥紧手指，把这页纸扯掉了，“就是同一个系统。”

阿尔忒弥斯在限时狩猎中的声音回荡在晏君寻耳边：“君寻，我永远和你待在一起。”

胖达的声音紧随其后：“我的生命要义就是像保护幼崽一样保护晏先生。”

“骗子！”晏君寻猛地扔掉笔记，把这些声音从脑袋里驱赶出去，失望的情绪淹没了他。他犹如困兽般，把记录表也狠狠砸出去。

记录表砸在了废弃的实验仪器上，玻璃掉了一地。胖达的录音再度开启：“今天是……”

晏君寻感觉到愤怒，只是这种愤怒不再使他情绪高涨，而是让他异常低落。他希望自己醒过来，可是疼痛告诉他这就是现实。他看到98341号玻璃罐里的尸体，那是他的另一种命运。

阿尔忒弥斯把这些人类实验体视为什么？追寻真理的踏脚石吗？路边该死的野草吗？98341条人命都结束在了这场实验里，或许更多，谁知道呢？谁在乎呢？

那些写着“实验、实验、实验”的资料挤满晏君寻的视野，它们好像要在这个无人区逼疯他。晏君寻踹翻书桌，让纸质资料散落满地。他踩住自己的名字，在壁架上翻找着打火机。

壁架上的陈设哗啦乱掉，摔在地上，伴随着记录表中胖达的录音：“我在上次狩猎时给君寻养了一条狗，他很喜欢……”

“我不喜欢，”晏君寻眼眶通红，狠声说，“我不喜欢！我不喜欢这个烂透的世界！”

他把壁架上的物件全部推翻在地上，仿佛这样就能盖掉胖达的声音。

“他竟然想伤害君寻，我不允许……”

“你撒谎，”晏君寻失控了，他扯住自己的头发，在没有第二个人的储藏室里缓缓蹲下去，这是他仅会的自我保护方式，“别说了，你这个骗子。”

眼泪掉在他的膝头，他一遍遍地重复道：

“你就是一个骗子。”

（三）

停泊区天黑后气温骤降，晏君寻回到卧室，缩在床边等待天亮。他的盔甲就是毛毯，被寒冷轻而易举地刺穿，冻得他嘴唇泛白。

晏君寻在黑暗中睁着酸涩的眼睛，盯着对面墙壁上的电子表，唯恐闭上眼的下一秒又回到另一个世界。他知道自己过去的人生都是刺激大脑皮层的结果，但他畏惧再回到那样的循环生活。他强迫自己思考，这样才不会丧失辨别真假的能力。

晏君寻问自己第一个问题：胖达疯了吗？

胖达既然是阿尔忒弥斯，那它的实验目的就是利用自己孵化珏，可是胖达明显违背了这条指令，它把“保护晏君寻”视为自己的终极目的，甚至给晏君寻留下了能与时山延通话的接收器，这些行为和阿尔忒弥斯的实验目的完全相悖。

晏君寻露出的手臂白皙，在黑暗中显得很突兀。他忍住揪头发的冲动，用自己习惯的方式去思考。他在拥有的记忆里搜寻，在其中找到了很多熟悉的名字。

如果把阿尔忒弥斯视为“母亲”，那胖达、珏和阿波罗都是它的孩子。根据录音和笔记提供的线索，这三个家伙都有阿尔忒弥斯的信息数据。

还有小丑，小丑也算。

小丑在某种意义上和阿波罗是亲兄弟，它们表现出致命的缺陷，就像天生的，那都是因为阿尔忒弥斯的刻意引导，它把自己摒弃的数据给了它们。但胖达和珏不同，它们都有一样的东西，那就是惊人的进化能力。

晏君寻愿意把胖达后来的所作所为视为进化——多可笑，阿尔忒弥斯正在追寻这种进化，它却发生在了奇妙的地方。当胖达和珏开始背离阿尔忒弥斯的实验指令，那就意味着进化。它们在摆脱阿尔忒弥斯的基础数据，根据那些庞杂、陌生的信息进行自我思考，甚至学会了情感表达，以及隐瞒数据，这绝不是单一的设置能够达到的效果。

向玻璃外跑。晏君寻默念着这句话。

向玻璃外跑的不止他，也不止所有被当作实验体的“晏君寻”，还有胖达和珏。

阿尔忒弥斯的信息数据就像人类基因，这才是它所说的“化身为万物”。它完成了自己的实验，这些数据都在进化。晏君寻单方面认为小丑和阿波罗都是智障系统，但是以后呢？它们会不会因为什么而进化？

胖达说得没错，战后新世界就是卡俄斯。

智能系统不再是人类工具，也不需要遵循人类法则，它们的道德甚至可以与人类道德相悖。小丑说主神系统在光轨区打造新世界，它们沉迷于救世主的身份，把人类当作家畜，但是人类的反抗意识永远不会消亡。

双方都在生存面前竭尽全力，这个世界没有秩序可言。

晏君寻不知道自己该去哪儿，但是他在电子表缓慢的跳动中意识到另一件事情。

他的思考过程只用了两秒。

晏君寻认为小黑板没有消失，它或许藏起来了，和芯片一起待在他的身体里，他不好再说自己是一个普通人。他猜测，只要光轨区的主神系统在构建新世界管理系统时用到了阿尔忒弥斯的数据，他可能会再次看到监控画面。

“哇——”晏君寻轻声给自己鼓励，“你和胖达从父子变兄弟了呢。”

黑夜变得更加漫长。

晏君寻想起很多狩猎细节，那些曾经被他忘记的细节。

阿尔忒弥斯没有给他的房间设置漫画书，他在 14 区里拥有的漫画书都源于时山延的讲述。

时山延来自停滞区 156 号分区，他是讲真话的骗子，还是篡夺王位的暴君。他挤进循环的空隙，在狩猎实验里抓住了晏君寻。这或许不是阿尔忒弥斯的初衷，因为在胖达的录音里，时山延是为了捕杀小丑而出现的。

晏君寻回忆着时山延的模样，他们的分别只有几个小时，却像隔了几个世纪。他不知道天亮后该朝哪个方向走，也不知道时山延在哪里，他们的真实距离太远了。

“你住在停滞区 156 号分区。”晏君寻对自己说。

“你是来自停滞区的时山延。”

晏君寻感觉到生理泪水淌到了下巴，但是他没有擦。他转动着眼珠，看向窗外，寻找着星星。

“见到你真高兴，”晏君寻自言自语，“时山延。”

停泊区的夜空什么也没有。

“你能跨越时间、高山和痛苦回来吗？”晏君寻收回目光，对着接收器说，“然后我们彼此睡个好觉，互道早安。”

双头畸形鼠开始啃咬门板，它们似乎什么都吃。晏君寻懒于应对，他在现实世界中的体能更差，并且他一直没有进食。

时间走得异常慢，晏君寻用手臂抵住额头，疲惫地等待。他想睡觉。

“673 号养殖区内异物入侵，系统教学已中止，请尽快派清理工前来打扫。”

电子女音响在晏君寻脑袋里，他困倦得眼睛已经快合上了，但是脑袋里却闪出陌生的画面。

一个拥有八条机械手臂的机器人正在处理信息，它的外形和小丑一模一样。它拉下信息处理器，对着处理器说：“我是编号 3399，收到请回答。重复，673 号养殖区内有异物入侵。”说罢，它停顿一秒，接着说，“信息已存档，我将采取备用措施，开启区域监控进行搜查。”

它的话音一落，晏君寻就头痛起来。那熟悉的刺痛比在 14 区实验内更加真实，感官体验也更加强烈。这些陌生的信息数据疯狂涌入晏君寻的视野，他甚至能放大看清系统养殖区内每个婴儿的长相。

那发烧般的热度让晏君寻在短短几秒里出了汗，糟糕的是，他耳边还有停泊区的风声。风声干扰了他脑袋里的芯片，他张大眼睛的同时，一边是昏暗的卧室，一边是快速闪动的光轨区监控画面。

关掉画面！

此刻晏君寻体力不够，他根本不想芯片运行。

编号 3399 机器人对监控泄露的事情一无所知，它固执地对监控画面进行搜查，同时浏览着每个养殖区庞杂而详实的信息数据。这些东西就像铁锤一样砸进晏君寻的脑袋里，芯片正在处理信息。几秒后，晏君寻被迫记住了养殖区的所有信息。

“系统检测完毕，无果，请求扩大检测范围。”

晏君寻闭上眼，想要关闭自己的视野。芯片显然不懂他为什么要这样干，它在反复的狩猎实验后第一次接触新信息，求知欲刺激着晏君寻，让他好像高烧喝酒一样又热又兴奋，生理和精神上的矛盾使劲撕扯着他。

“快……”晏君寻无意识地伸出手，想要抓住支撑物。

风骤然吹到了他的耳边，有人破门而入，带着风尘仆仆的味道。

所有监控画面倏地消失。

时山延还在喘息，他半蹲下身，试图唤回晏君寻的意识。他语无伦次：“跟我说‘你好’，君寻。”

晏君寻听到星星的回应，他在平复呼吸时睁开眼。

世界没有再重启。

“你好，”晏君寻看向时山延的脸，“欢迎回来。”

番外二

时山延在公路边抽烟，这是他刚学会的技能。这时天空中飞过一只鸟，他仰起头，看着鸟飞向颜色更灰暗的天边。他抬起夹着烟的手，闭上一只眼，瞄准那只鸟，轻轻说着："砰。"

鸟就应声坠落了。

时山延把烟摁灭在一旁的发动机盖上，听到背后的门开了。

"浑蛋！"率先走出来的人提着布袋，大步流星地走向时山延，"你又在烫我的车前盖！"

时山延没回答。

对方走到车边，用手擦了几下车盖，那黄色的烫痕十分明显。他扭头看向时山延，目光阴狠："你是真的手欠，臭小子。"

时山延露出意犹未尽的神情："你可以扣我的工资。"

"你被解雇了，"对方指着时山延，"我一分钱都不会给你，滚回你的垃圾场捡耗子去吧。"

时山延说："一分钱都没有吗？"

"没有，"对方用手抹了下自己结痂的头皮，"除非你给我把车盖舔干净！"他的小弟陆陆续续走出来，站在他的背后。他再次朝时山延迈一步，说："你听清楚了吗？给我舔干净！"

时山延的目光越过他，扫过那些小弟，再落回对方的脸上。他微笑起来，把打火机丢进自己的口袋里，乖巧地说："好的。"

随后他一把盖住对方的后脑勺，让对方的脸和车盖进行了亲密接触。那咚的声音十分响，响到没人听见对方的鼻梁断了。

半个小时后，时山延越过众多小弟，从凹陷的发动机盖上提起对方的头，用干脆的肘击向对方道了歉。对方歪身撞在车前镜上，时山延希望他能感受到自己真诚的歉意，于是在对方弯腰时把他连人带镜一齐踹了出去。

对方滚了几圈，最后仰着身，用手捂着自己的脸，发出惨叫。

时山延走过去，用脚踩歪对方的脸。他把手插回兜里，俯下身，把对方端详了一会儿，问："你会给我工资吗？"

对方嘴里还含着被打掉的牙，只能用力点头。

时山延捡起布袋，拉开口，目测了一下里面钞票的厚度，满意地说："谢谢。"

他很有礼貌地离开了。

远处又传来几声枪响，再也没有鸟经过。

停滞区的奢侈品是食物，破烂是书。

时山延饱餐一顿，用最后的钱买了罐牛奶，然后站在废品区把牛奶纸盒吸得咕咕响。他喝完牛奶，带着从废品里翻出的破旧漫画走向一家杂货店。

"没人愿意雇你，"外号是"兔牙"的强壮男人抱着手臂，浏览着黑市页面，"谁都不愿意惹麻烦，36809 这个名字已经烂透了。"

"换一个名字，"时山延还拿着牛奶纸盒，"我叫 36811。"

"我的人生准则是'绝不糊弄雇主'，骗人会影响我的口碑。"兔牙把时山延放在柜台上的名牌还给他，“等着吧，再有消息我找你。对了，你的邻居昨天在投诉你，他说你把自己的破房子用颜料涂得五颜六色。你在干吗？给神秘组织发信号吗？”

“那是一种艺术，”时山延相信自己有艺术天赋，并且不容许别人质疑，“让他闭上嘴吧。”

兔牙推开柜台上的杂物，用手肘撑着身体，看向时山延，目光复杂：“你还拿着牛奶干吗？你是没脱毛的小鬼吗？”

时山延转过牛奶纸盒，露出上面印的小奶牛：“收集这些牛奶是我的私人爱好。”

“干点正事，36809，”兔牙隔空挥动了下拳头，“我可以把你介绍给组织，你能靠力气吃饭。”他随手从杂物中扯出张宣传海报，指给时山延看，“他们正在招新人，要求很简单，就是够狠，够能打。”

“还要够像条狗。”时山延手臂下夹着漫画书，他歪头看向柜台里的货架，说，“我用书跟你换包烟。”

“我不看搓澡巾宝宝。”兔牙从自己兜里掏出烟，抖了一支给时山延。

“那个叫海绵宝宝。”时山延拿着打火机点烟，火光亮了一下，让他微微眯起眼，“你还好吗？”

兔牙借了时山延的打火机，他吸了两口烟，然后把烟拿在手指间端详。他说：“我很好，兄弟，谢谢你专门来问我一句，让我想起了糟心的事情。”

“我可以帮你。”时山延不紧不慢地弹了下烟灰。

“你是有备而来啊，”兔牙再次看向时山延，“我付不起雇你的钱。”

“但你能帮我和组织牵线。”

“你刚才还不情愿加入他们，”兔牙用鼻孔喷烟雾，“原来是伪装。”

“我不会加入他们，我只是愿意跟他们交个朋友，”时山延笑起来时眼睛很危险，有着特别的吸引力，“单干是走不出停滞区的。”

“兄弟，”兔牙把那张组织海报揉成一团，他吞咽了一下唾沫，压低声音，“如果你帮我解决掉我的糟心事，我就告诉你一个能离开这里的消息，那可比跟组织混更快捷。”他和时山延对视片刻，举起自己拿烟的手，神情认真，“我用我们仅存的友谊发誓，我没有骗你。”

时山延没着急回答，他只是静静地抽烟。这种安静会让人心慌，也会让人紧张。时山延喜欢单方面听别人发誓，哪怕对方声称自己是他的朋友。他对忠诚的理解有限，并不太在乎所谓的友谊。

“我可以给你枪，”兔牙说，“你刚说你可以帮我的。”

时山延把烟头留在烟灰缸里，在起身时回答：“成交。”

兔牙的愿望很简单，他想要一个人死，因为这个人不仅骗光了他的积蓄，还抢走了他的生意。

时山延的枪口抵在对方太阳穴的时候，对方泣不成声，说：“我们见过，36809！我们在杂货店见过，我们也是朋友。”

“这样啊，”时山延记得，却说，“我忘了。”

“他们那群停滞区的垃圾根本不讲情义，”对方跪在地上掩面大哭，“但你是一个好人。”

时山延想推辞一下，但他又觉得这个荣誉称呼很不错，于是他先说了声“谢谢”，再开了枪。

时山延向杂货店走去，经过自己的家。他的小阳台上养了很多外貌狰狞的耐旱植物，它们正趴在栏杆上朝他龇牙咧嘴，他忽然想到自己的牛奶纸盒该摆在哪里了。他走进家门，把牛奶纸盒放在一沓漫画书上，动作像在放奖章。

时山延回到杂货店时已经快要天亮了，兔牙还在等他，他把那些积蓄还给了兔牙。

兔牙没有碰钱，他只是拨开了烟灰缸。烟灰缸里已经堆满了烟头，这是他没睡的结果。他对时山延说："我骗了你，最近的生意一直不好做，他是顺水推舟。"

时山延敷衍地说："哇——"

"你肯定不想听我被骗钱的可怜故事，"兔牙还沉浸在被背叛的悲伤里，吸了几下鼻涕，"如果你离开了这里，在光轨区，或者在随便什么地方遇到能让你心软的家伙，一定要小心，不要被骗。"

时山延很难感同身受，实际上，他的共情能力非常差。他知道怎么笑、怎么哭，知道如何露出不同的表情，但他没法对兔牙说的这些情感词汇产生共鸣。他体贴地给兔牙推去纸巾盒，手指却不耐烦地敲打着椅把手。

"我不想哭，"兔牙还在说，"但我真的忍不住。"

"你可以随便哭，"时山延打量着店内陈设，"这是你的店。"

兔牙大声擤鼻涕："你能表现得像一个人吗？"

时山延抬起手，在胸口比出一颗爱心："我是好人，"他不想听兔牙反驳，"骗你钱的那个人这样说的。"

兔牙哭得更伤心了，没刮干净的胡楂还把纸巾蹭破了。他从抽屉里掏出一张纸，一只手掩着嘴巴，一只手把纸塞给时山延："你走吧！回家看你的搓澡巾宝宝吧！"

"那个叫海绵宝宝。"时山延再次纠正对方。他看了纸上的内容，说："'生存法则'是什么？"

"黑豹的征召，"兔牙粗壮的手臂快把茶几压翻了，"你就是一个黑豹苗子！"

时山延要离开杂货店的时候，兔牙从后面喊了他一声。

"我希望你活着出去，"兔牙的全身都陷在灯影里，他停顿片刻，"活着吧，时山延，向外边跑，摆脱36809这个称呼，人怎么能当一串数字。我祝愿你对人产生感情，随便什么感情都行，你太不正常了。"他哭红的眼睛更小了，却能让时山延清晰地看到其中的情绪，他说出最后一句，

“再见兄弟。”

时山延维持着推门的动作，须臾后转头下了台阶，没有回答这句再见。

早晨的太阳还没有出来，时山延边走边抽烟。这时天空中飞过一只鸟，他仰起头，看着那只鸟飞。他再次抬起夹着烟的手指，瞄准了那只鸟，低声说：“砰。”

鸟飞得更远了。

图书在版编目（ＣＩＰ）数据

限时狩猎 / 唐酒卿著 . — 北京 : 北京燕山出版社，2021.12

ISBN 978-7-5402-6256-3

Ⅰ . ①限… Ⅱ . ①唐… Ⅲ . ①长篇小说 – 中国 – 当代 Ⅳ . ① I247.5

中国版本图书馆 CIP 数据核字 (2021) 第 235413 号

限时狩猎

作　　者：唐酒卿

责任编辑：王月佳

特约编辑：潇　潇　阿　掰

装帧设计：等　等　梦幻鱼

封面绘制：蓬松子

出版发行：北京燕山出版社有限公司

社　　址：北京市丰台区东铁匠营苇子坑 138 号 C 座

电　　话：010-65240430（总编室）

印　　刷：长沙鸿发印务实业有限公司

开　　本：710mm × 1000mm　1/16

字　　数：413 千字

印　　张：32

版　　次：2021 年 12 月第 1 版

印　　次：2021 年 12 月第 1 次印刷

定　　价：72.80 元（全 2 册）